O JOGO DAS HORAS

DAVID BALDACCI

O JOGO DAS HORAS

Tradução de Ana Deiró

Rocco

Título original:
HOUR GAME

Esta é uma obra de ficção. Nomes, personagens, localidades e incidentes são produtos da imaginação do autor ou foram usados de forma ficcional. Qualquer semelhança com acontecimentos e locais ou pessoas reais, vivas ou não, é mera coincidência.

Direitos para a língua portuguesa reservados
com exclusividade para o Brasil à
EDITORA ROCCO LTDA.
Av. Presidente Wilson, 231 – 8° andar
20030-021 – Rio de Janeiro, RJ
Tel.: (21) 3525-2000 – Fax: (21) 3525-2001
rocco@rocco.com.br
www.rocco.com.br

Printed in Brazil/Impresso no Brasil

preparação de originais

MÔNICA MARTINS FIGUEIREDO

CIP-Brasil. Catalogação-na-fonte.
Sindicato Nacional dos Editores de Livros, RJ.

B146j

Baldacci, David
O jogo das horas/David Baldacci; tradução de Ana Deiró. – Rio de Janeiro: Rocco, 2006.

Tradução de: Hour game
ISBN 85-325-2067-7

1. Investigações governamentais – Ficção. 2. Homicídios em série – Ficção. 3. Ficção norte-americana. I. Cardoso, Ana Lucia Deiró. II. Título.

CDD – 813

06-1471

CDU – 821.111 (73)-3

Este livro é dedicado a
Harry L. Carrico
Jane Giles
e à memória de Mary Rose Tatum

Três das pessoas mais preciosas que já conheci

CAPÍTULO

1

O HOMEM DE CAPA IMPERMEÁVEL comprida caminhava ligeiramente inclinado para frente, a respiração ofegante e o corpo suado. O peso adicional que carregava, embora não muito substancial, estava distribuído de maneira inconveniente e o terreno era acidentado. Nunca foi uma tarefa fácil carregar um cadáver pela floresta no meio da noite. Passou o corpo para o ombro esquerdo e prosseguiu com dificuldade. As solas de seus sapatos não tinham quaisquer marcas distintivas; não que isso importasse, pois a chuva rapidamente apagou todos os traços de pegadas. Consultara a meteorologia; a chuva era o motivo por que estava ali. O mau tempo inclemente era o melhor amigo que poderia ter.

Além do fato de ter um corpo pendurado sobre o robusto ombro esquerdo, o homem também era notável pelo capuz preto que usava: nele havia um símbolo esotérico bordado que descia por todo o comprimento do tecido. Era um círculo com um retículo cobrindo-lhe o miolo. Era provável que fosse imediatamente reconhecido por qualquer pessoa com mais de cinqüenta anos, o logotipo outrora havia inspirado um terror que tinha se desgastado de maneira significativa com o passar do tempo. Não importava que ninguém "vivo" fosse vê-lo usando o capuz; ele sentia uma satisfação fúnebre por seu simbolismo letal.

Em menos de dez minutos, chegou ao local que selecionara cuidadosamente numa visita anterior e deitou o corpo com uma reverência que contrastava com a maneira violenta com que a pessoa morrera. Respirou fundo e prendeu a respiração enquanto desamarrava o fio telefônico que mantinha o fardo fechado e abriu o plástico que a envolvia. Ela era jovem, tinha feições atraentes até dois dias antes; agora a visão daquela mulher não era grande coisa. Os cabelos louros macios se espalhavam ao redor da pele de tom esverdeado, revelando olhos fechados e um rosto de faces inchadas. Tivessem os olhos estado abertos, era provável que ainda mostrassem a expressão surpresa da morta durante o próprio assassinato, uma experiência repetida aproximadamente trinta mil vezes a cada ano na América.

Ele retirou o plástico por completo e deitou a mulher sobre as costas. Então soltou o ar, lutou contra ânsias de vômito causadas pelo fedor do corpo e, novamente, respirou fundo, enchendo os pulmões de ar. Usando uma das mãos enluvadas e a lanterna, procurou e encontrou o pequeno galho em forma de forcado que havia colocado anteriormente no arbusto espinhoso nas proximidades. Ele o usou para apoiar o antebraço da mulher que posicionou de forma que ficasse apontado para o céu. Embora a rigidez cadavérica estivesse rapidamente desaparecendo, tornara esta tarefa difícil. Porém, ele era forte e finalmente conseguiu levantar o membro enrijecido no ângulo correto. Tirou o relógio do bolso, verificou, com o auxílio da lanterna, se estava corretamente ajustado e o colocou no pulso da mulher.

Apesar de não ser um homem religioso, ajoelhou-se diante do corpo e murmurou uma breve prece, cobrindo a boca e o nariz com as mãos em concha enquanto o fazia.

– Você não era diretamente responsável, mas era tudo que eu tinha. Você não morreu em vão. E creio que, na verdade, esteja melhor assim. – *Será que ele realmente acreditava no que acabara de dizer? Talvez não. Talvez não tivesse importância.*

Olhou para o rosto da mulher morta, examinando-lhe as feições de maneira meticulosa, como um cientista diante de uma experiência particularmente fascinante. Nunca havia matado alguém antes. Fizera-o rapidamente e, esperava, de maneira indolor. Na noite escura e cheia de neblina, a mulher parecia cercada por uma luminosidade amarelada, como se já tivesse se tornado um espírito.

Afastou-se, recuando mais um pouco, e examinou toda a área ao redor, em busca de quaisquer objetos estranhos que pudessem resultar em indícios contra ele. Descobriu apenas um pedacinho de pano de seu capuz que ficara preso num arbusto próximo de onde estava o corpo. *Descuido, você não pode se dar a este luxo.* Ele o guardou no bolso. Passou mais vários minutos procurando por outros vestígios semelhantes, mesmo que de tamanho microscópico.

No mundo da investigação criminal, eram justamente estes detalhes de perícia forense "que não se viam" que destruíam a gente. Uma única gota de sangue, sêmen ou saliva, uma marca de pegada borrada, um folículo de cabelo preso a uma minúscula raiz carregada de DNA e a polícia poderia ler para você seus direitos enquanto os promotores públicos circulavam avidamente ao redor. Infelizmente, mesmo o pleno conhecimento dessa realidade oferecia pouca proteção. Todo criminoso, por mais cuidadoso que fosse, deixava material potencialmente incriminador na cena do crime. Assim sendo, ele tomara enorme cuidado para não ter qualquer contato físico direto com a mulher morta, como se ela fosse um agente infeccioso que pudesse causar uma doença fatal.

Enrolou o plástico e embolsou o cabo telefônico, consultou o relógio mais uma vez e, então, lentamente se encaminhou de volta para o carro.

Atrás dele jazia a mulher morta, a mão erguida para o alto, aos céus chuvosos. O relógio de pulso dela estava ligeiramente luminoso na escuridão e produzia uma luz-guia baça para seu novo lugar de descanso. Ela não permaneceria muito tempo sem ser descoberta. Cadáveres acima da superfície da terra raramente permaneciam, mesmo em lugares tão isolados quanto aquele.

Enquanto se afastava no carro, o homem usou o dedo para traçar o símbolo em seu capuz, fazendo o sinal-da-cruz ao mesmo tempo. O símbolo do retículo também aparecia no mostrador do relógio que havia colocado no pulso da mulher. *Aquilo com certeza deveria provocar alguma reação por parte deles.* Respirou fundo, dominado tanto pelo entusiasmo como pelo temor. Durante anos ele havia hesitado. Agora, dado o primeiro passo, experimentou um intenso sentimento de fortalecimento e libertação.

Engrenou a terceira marcha e acelerou, os pneus aderindo ao asfalto da estrada e se mantendo firmes enquanto a escuridão engolia as luzes de seu VW azul. Ele queria chegar ao lugar para onde estava indo o mais rápido possível.

Tinha uma carta para escrever.

CAPÍTULO

2

MICHELLE MAXWELL ACELEROU o passo. Completara a parte "plana" de seu percurso de corrida pelas colinas ao redor de Wrightsburg, uma cidade isolada a sudoeste de Charlotesville, no centro do estado da Virgínia; o terreno agora iria se tornar muito mais íngreme. Maxwell era uma ex-remadora olímpica que, subseqüentemente, havia passado nove anos intensos no Serviço Secreto. Em conseqüência disso, a mulher de um metro e setenta e sete de altura estava em excelente forma física. Entretanto, uma enorme massa de alta pressão havia estacionado sobre toda a região do meio do Atlântico, tornando aquele dia excepcionalmente úmido, e seus músculos e pulmões começavam a sentir o esforço à medida que ela subia. A um quarto do percurso, havia prendido os cabelos negros, na altura dos ombros, num rabo-de-cavalo, embora alguns fios teimosos ainda escapulissem e se colassem no rosto.

Ela havia deixado o Serviço Secreto para abrir uma firma de investigação particular naquela pequenina cidade da Virgínia, associando-se a um outro ex-agente do Serviço Secreto, Sean King. King deixara o Serviço Secreto desprestigiado e sob suspeita, mas tornara-se advogado e criara uma vida nova em Wrightsburg. Os dois não tinham se conhecido enquanto trabalhavam para o Tio Sam; haviam unido forças e trabalhado juntos em um caso no ano anterior, enquanto Michelle ainda estava no Serviço Secreto e King estivera envolvido nas investigações de uma série de assassinatos locais. Depois de terem encerrado aquele caso com sucesso e, no processo, adquirido alguma notoriedade, Michelle tinha sugerido que abrissem uma firma juntos e King, com alguma relutância, concordara. Com a reputação que adquirira com o caso anterior e a competência de ambos como investigadores, o negócio rapidamente se tornara um sucesso. Contudo, viera um período de calmaria no trabalho, pelo qual Michelle estava agradecida. Era uma mulher que gostava da vida ao ar livre, encontrava tanta satisfação em acampar ou correr numa maratona quanto em estourar uma quadrilha de falsários ou apanhar um espião industrial.

A mata na floresta estava silenciosa exceto pelo farfalhar de galhos provocado por uma brisa úmida que levantava as folhas mortas do último inverno, formando ciclones em miniatura. Entretanto, o súbito estalar de galhos de árvores despertou a atenção de Michelle. Fora advertida de que, vez por outra, um urso negro podia ser avistado naquelas redondezas, mas se encontrasse algum animal era muito mais provável que fosse um gamo, um esquilo ou uma raposa. Não pensou mais no assunto, embora se sentisse reconfortada por ter a pistola enfiada no coldre com o pente de balas encaixado na tira da pochete sobre seu traseiro. Como agente do Serviço Secreto, jamais fora a lugar nenhum sem sua arma, nem mesmo ao banheiro. Nunca se sabia quando uma SIG automática de nove milímetros e catorze disparos poderia ser útil.

Momentos depois, um outro som despertou sua atenção e a capturou: o de pés correndo. Em seus dias de Serviço Secreto, Michelle tinha ouvido muitos tipos de sons de pés correndo. A maioria fora inócua; outros assinalavam um propósito mais assustador: ação secreta, ataque ou pânico. Ainda não tinha certeza de como classificar o que ouvia: bom, mau ou fora de forma. Reduziu um pouco a marcha de corrida, usando a mão para proteger os olhos da luz do sol que surgia em meio às copas das árvores. Por alguns segundos, houve um silêncio mortal, então o som de pés apressados retornou, agora muito mais próximos. O que estava ouvindo claramente não era o passo de marcha controlado de um corredor. Havia certa dose de medo no irregular e acelerado som do bater de passos. Parecia vir de perto, à sua esquerda, agora, mas não podia ter certeza. O som ali tinha a tendência de ecoar.

– Alguém aí? – gritou, ao mesmo tempo em que sua mão descia e empunhava a pistola. Não esperava resposta e não recebeu nenhuma. Introduziu um projétil na câmara, mas manteve a trava de segurança. Como com tesouras, deve-se evitar correr com uma arma carregada quando a trava de segurança está liberada. Os sons continuaram vindo; eram de pés humanos com certeza. Lançou um olhar rápido para trás; aquilo podia ser uma cilada. Ciladas podiam ser armadas por um par de pessoas: uma para atrair sua atenção enquanto a outra a atacava de surpresa. Bem, se fosse assim, iriam se arrepender muito de tê-la escolhido.

Então, ela parou, no instante em que finalmente localizou a origem do som: vinha da direita, acima do pequeno morro imediatamente defronte a ela. A respiração estava acelerada; o movimento de pernas rápido, o estalar da vegetação rasteira pisada parecia frenético. Em mais alguns segundos, quem quer que fosse teria que aparecer na borda de terra e rochas.

Michelle soltou a trava de segurança de sua arma e se posicionou atrás de um largo tronco de carvalho. Tinha esperanças de que fosse apenas mais um corredor e de que a pessoa nem sequer se apercebesse de sua presença armada. Terra e pedrinhas soltas voaram sobre a beira do morro anunciando a chegada da fonte de toda aquela comoção. Michelle se preparou, as duas mãos coladas ao redor da coronha e do gatilho de sua pistola, pronta, se necessário, para meter uma bala entre as pupilas de alguém.

Um garotinho saiu numa explosão do alto do pequeno morro, ficou suspenso no ar por um instante e depois, com um grito, caiu rolando pela encosta. Antes que ele chegasse ao fundo, um outro garoto, um pouco mais velho, surgiu na crista do morrinho, mas conseguiu se deter a tempo e apenas desceu escorregando pela encosta, sentado no traseiro, indo parar ao lado de seu companheiro.

Michelle poderia ter pensado que estavam apenas fazendo travessuras e correndo por ali, não fosse pela expressão de terror absoluto estampada no rosto dos dois. O menor estava soluçando, o rosto raiado de lágrimas e terra. O garoto mais velho o pôs de pé, puxando-o pelo colarinho da camisa, e ambos saíram correndo em disparada, os rostos afogueados pelo fluxo sangüíneo acelerado.

Michelle enfiou a arma no coldre, saiu de trás da árvore e levantou a mão.

– Meninos, parem!

O par gritou e saiu em disparada, passando, cada um, por um de seus lados num borrão. Ela girou rapidamente e tentou agarrar um deles mas não conseguiu. Gritou para eles:

– O que há de errado? Eu quero ajudar vocês!

Por um instante, Michelle contemplou a possibilidade de correr atrás deles, mas a despeito de seu passado olímpico, não tinha certeza de que conseguiria apanhar dois garotinhos cujos pés pareciam movidos a jato tendo como combustível puro pavor. Ela fez meia-volta de novo e olhou em direção ao alto do pequeno morro. O que poderia tê-los assustado daquela maneira? Rapidamente alterou sua linha de raciocínio. Ou *quem* poderia tê-los assustado? Mais uma vez, olhou na direção para onde os garotos tinham fugido. Então virou-se de volta e, cautelosamente, começou a subir na direção de onde os meninos tinham vindo. *OK, isto está ficando meio arriscado.* Pensou em usar seu celular para ligar e pedir ajuda, mas decidiu verificar as coisas antes. Não queria ligar para a polícia apenas para descobrir que os meninos tinham se assustado com um urso.

No topo do morrinho, ela encontrou com facilidade o caminho que os dois haviam usado. Penetrou, sem fazer barulho, na trilha estreita e irregular, aberta pela fuga frenética dos garotos. Prolongava-se por cerca de trinta metros e, depois, se abria numa pequena clareira. A partir dali, o caminho ficava menos definido, mas, então, ela avistou o pedaço de pano balançando pendurado no galho mais baixo de um corniso e encaminhou-se em sua direção através daquela fenda na floresta. Quinze metros depois, chegou a uma outra clareira, esta maior, onde uma fogueira de acampamento fora apagada.

Ficou se perguntando se os meninos *tinham* estado acampando ali e se, de fato, teriam sido assustados por algum animal. Porém, eles não carregavam nenhum equipamento de camping e tampouco havia algum ali na clareira. Além disso, a fogueira não parecia ser assim tão recente. *Não, alguma outra coisa está acontecendo.*

Por um instante, a direção do vento mudou e soprou o cheiro bem fundo em suas narinas. Michelle sentiu ânsia de vômito e seus olhos adquiriram sua própria medida de pânico. Já tinha sentido aquele cheiro inconfundível antes.

Era carne em putrefação. *Carne humana!*

Michelle puxou a camiseta sem mangas para cima e cobriu a boca e o nariz, tentando respirar o fedor de seu próprio suor em vez do odor pútrido de um corpo em decomposição. Foi caminhando com cuidado ao redor do perímetro da clareira. A 120 graus, em sua bússola mental, ela o encontrou. Ou a encontrou. Em meio aos arbustos que se estendiam ao redor da orla da clareira, a mão estava espetada para o alto, como se a mulher morta estivesse acenando um alô ou, neste caso, um adeus. Mesmo daquela distância, Michelle podia ver que a pele esverdeada no braço estava se soltando do osso e escorregando para baixo. Ela fez um reconhecimento, do lado contra o vento, de onde estava o corpo e revigorou-se inalando profundamente.

Percorreu o cadáver com o olhar, mas manteve a arma em punho. Embora o fedor do corpo, sua descoloração e o descolamento da pele mostrassem que a mulher já estava morta havia um bom tempo, poderia ter sido desovado ali recentemente e o assassino ainda estar por perto. Michelle não tinha nenhuma vontade de ter o mesmo destino que aquela senhora.

O sol rebrilhava refletido em alguma coisa no pulso da mulher. Michelle se aproximou e viu que era um relógio. Deu uma olhada rápida no seu; eram duas e meia. Agachou-se sentada nos calcanhares, com o nariz colado na dobra do braço. Ligou para 911, comunicando calmamente ao policial do atendimento de emergência o que havia encontrado e sua localização. Depois disso, ligou para Sean King.

– Você a reconhece? – perguntou ele.

– Acho que nem a mãe dela seria capaz de reconhecê-la, Sean.

– Estou a caminho. Apenas mantenha-se em guarda. A pessoa que fez isso, seja lá quem for, poderia voltar para admirar sua obra. Ah, Michelle? – disse King.

– Sim?

– Será que você não poderia começar a correr numa esteira?

Ela desligou e se encaminhou para uma posição tão distante do cadáver quanto era possível para mantê-lo em seu raio de visão e fazer uma vigilância atenta. O dia agradável e o bem-estar criado pela produção de endorfinas durante a corrida nos belos sopés das colinas, subitamente, tinham adquirido um tom sombrio.

Engraçado como um assassinato tinha o poder de fazer isso.

CAPÍTULO

3

A PEQUENA CLAREIRA TESTEmunhava um bocado de atividade, toda ela obra de homens. Uma ampla área havia sido isolada com fita amarela da polícia entrelaçada em meio às árvores. Uma dupla de peritos forenses andava em busca de vestígios. Outras pessoas debruçavam-se sobre o corpo da mulher morta, enquanto outras, ainda, abriam caminho, com certa dificuldade, pela mata circundante e vegetação rasteira em busca de objetos de interesse e, possivelmente, do local de entrada e saída do assassino. Um policial uniformizado havia fotografado e depois filmado em videoteipe toda a cena do crime. Todos os policiais usavam máscaras de mergulho para protegê-los do fedor, mas, mesmo assim, um por um, se revezavam para correr até o meio da floresta e esvaziar o estômago.

Tudo tinha um aspecto muito eficiente e ordenado, mas, para um observador experiente, era claramente um caso de um para o bandido, zero para os mocinhos. Eles não haviam encontrado nada.

Michelle se manteve um pouco afastada e observou. Ao lado dela estava Sean King, seu sócio na firma de investigações King & Maxwell. Aos seus quarenta e poucos anos, King era oito centímetros mais alto que Michelle e tinha cabelos escuros e curtos que já ficavam grisalhos nas têmporas. Era esguio e musculoso com ombros largos, mas tinha um andar desajeitado, ligeiramente manco, devido a problemas nos joelhos e um ombro que fora trespassado por uma bala anos antes, na época em que era agente do Serviço Secreto quando encontrara resistência ao dar voz de prisão a um suspeito, durante uma investigação de falsificação de dinheiro. Em outros tempos, também fora agente voluntário de polícia de Wrightsburg, mas tinha renunciado ao cargo, jurando se manter à distância de armas e dos órgãos de segurança pública pelo resto de seus dias.

Sean King havia passado por várias tragédias em sua vida: o fim vergonhoso da carreira no Serviço Secreto depois que um candidato político, por cuja segurança era responsável, fora assassinado bem diante de seus olhos; um casamento fracassado e um divórcio litigioso e, mais recentemente, uma trama para incriminá-lo falsamente numa série de assassinatos locais que tinha trazido à tona os detalhes dolorosos de seus últimos dias como agente federal. Esses acontecimentos haviam feito de King um homem muitíssimo cauteloso, que não se dispunha a confiar em ninguém, pelo menos até que Michelle Maxwell irrompera subitamente em sua vida. Embora o relacionamento deles tivesse se iniciado numa situação difícil e instável, ela hoje era a única pessoa em quem ele tinha certeza absoluta de que podia confiar.

Michelle Maxwell iniciara a vida numa corrida desabalada, concluindo os estudos na faculdade em três anos, ganhando uma medalha de prata de remo nas Olimpíadas e tornando-se policial em sua terra natal, o Tennessee, antes de entrar para o Serviço Secreto. Como King, sua saída da agência federal não havia sido agradável: perdera alguém sob sua proteção no desenrolar de um engenhoso plano de seqüestro. Fora a primeira vez em sua vida que havia fracassado em alguma coisa e aquela debacle quase a destruíra. Enquanto investigava o caso de seqüestro, conhecera King. Inicialmente, tivera uma antipatia imediata pelo homem. Agora, como sua sócia e parceira, compreendia o que Sean King realmente era: a melhor mente investigativa pura com a qual jamais havia trabalhado. E seu melhor amigo.

Apesar disso, os dois não podiam ter sido mais diferentes. Enquanto Michelle ansiava pelos picos de adrenalina e pôr seu corpo à prova até o limite máximo com atividades físicas intensas, de arrebentar os pulmões e os músculos, King preferia passar o tempo livre em busca dos vinhos apropriados para acrescentar à sua adega, circulando no meio artístico e comprando obras de artistas locais, lendo bons livros, bem como saindo de barco para pescarias no lago à beira do qual ficavam os fundos de sua casa. Era um homem introspectivo por temperamento; gostava de pensar nas situações em todos os seus aspectos antes de agir. Michelle tinha a tendência de se mover em velocidade maior do que a da luz, de dobra no tempo, e deixar que os pedaços caíssem onde quisessem. Aquela parceria de supernova com geleira firme e constante de alguma forma havia florescido.

– Eles encontraram os garotos? – perguntou ela a King.

Ele assentiu.

– Pelo que soube estão bastante traumatizados.

– Traumatizados? Eles provavelmente vão precisar de terapia até terminar a faculdade.

Michelle já dera um depoimento detalhado à polícia local, na pessoa do chefe Todd Williams. Os cabelos do chefe tinham se tornado visivelmente mais brancos depois da primeira aventura dela e de King em Wrightsburg. Naquele dia, suas feições exibiam uma expressão resignada, como se assassinato e situações descontroladas e confusas agora devessem ser esperados em sua minúscula cidadezinha.

Michelle observou quando uma mulher ruiva, esguia e atraente, de seus trinta e tantos anos, carregando uma maleta preta e um kit de estupro chegou à cena do crime, se ajoelhou e começou a examinar o corpo.

– Esta é a médica-legista suplente nomeada para esta área – explicou King. – Sylvia Diaz.

– Diaz? Ela me parece mais com Maureen O' Hara.

– George Diaz era marido dela. Foi um eminente médico e cirurgião na área. Foi atropelado e morto por um carro há vários anos. Sylvia era professora de patologia forense na UVA. Agora trabalha como médica em consultório particular.

– E suplente. Médica-legista além do trabalho principal. Mulher ocupada. Tem filhos?

– Não. Acho que o trabalho é a sua vida – respondeu King.

Michelle levantou a mão e cobriu o nariz quando o vento mudou de direção mais uma vez, lançando o odor fétido do corpo diretamente para eles.

– Que vida – comentou. – Deus do céu, ela nem sequer está usando a máscara e eu daqui estou a ponto de vomitar as tripas.

Vinte minutos depois, Diaz se levantou, falou com os policiais, tirou as luvas de exame e começou a tirar fotografias do corpo e área circundante. Depois que acabou de fazer isso, guardou a câmera e já começava a se afastar para ir embora quando viu King. Deu um sorriso caloroso e veio na direção deles.

Michelle sussurrou:

– E você se esqueceu de me dizer que andaram namorando.

King olhou para ela surpreso.

– Nós saímos algumas vezes já faz algum tempo. Como sabia disso?

– Depois de passar todo esse tempo encarando de perto um cadáver, você não conseguiria dar um sorriso daqueles a menos que tenha havido um relacionamento anterior.

– Obrigado pela observação astuta. Mas seja boazinha. Sylvia foi realmente uma mulher maravilhosa.

– Tenho certeza de que foi, mas não preciso ouvir os detalhes, Sean.

– Fique tranqüila, você nunca ouvirá detalhes enquanto eu ainda estiver vivo.

– Compreendo. Você está sendo um verdadeiro cavalheiro da Virgínia.

– Não, apenas não quero ser criticado.

CAPÍTULO 4

SYLVIA DIAZ DEU UM ABRAÇO em King que foi um pouco mais demorado, na opinião de Michelle, que o status de "amigos" justificava e, em seguida, King apresentou as duas mulheres. A médica-legista suplente olhou para Michelle com o que esta última interpretou como um olhar pouco amistoso.

– Faz algum tempo que não vejo você, Sean – comentou Sylvia, virando-se de volta para ele.

– Temos andado às voltas com uma montanha de trabalho investigativo, mas as coisas finalmente se acalmaram.

– E então – Michelle os interrompeu –, já tem uma causa da morte para o nosso cadáver?

Sylvia olhou para ela com uma expressão surpresa.

– Isto sinceramente não é algo que eu possa abordar com você.

– Estava apenas conjeturando – disse Michelle em tom inocente –, uma vez que me aconteceu de ser a primeira a chegar à cena do crime. Mas imagino que não vá saber com certeza até fazer a autópsia.

– Vai fazer a autópsia aqui, não vai? – perguntou King.

Sylvia assentiu.

– Sim, embora mortes suspeitas tradicionalmente costumassem ir para Roanoke.

– Por que não são mais? – perguntou Michelle.

– Costumava haver quatro instalações governamentais com autorização para conduzir autópsias no estado: Fairfax, Richmond, Tidewater e Roanoke. Contudo, devido à generosidade de John Poindexter, um homem muito rico que também foi Líder da Maioria na Assembléia Geral do estado, nós agora também temos uma subestação de medicina legal aqui.

– Que doação estranha, um Instituto Médico-Legal – observou Michelle.

– A filha de Poindexter foi assassinada aqui, alguns anos atrás. Wrightsburg fica bem na linha jurisdicional entre o Instituto Médico-Legal de Richmond e o instituto do distrito do Oeste, em Roanoke. Por causa disso, houve uma briga sobre qual instituto realizaria a autópsia. Roanoke finalmente ganhou, mas, durante a transferência do corpo, o veículo se envolveu num acidente e indícios vitais foram perdidos ou ficaram comprometidos. Em conseqüência disso, o assassino da garota jamais foi apanhado e, como você pode imaginar, o pai dela não ficou nada contente. Quando Poindexter morreu, seu testamento deixava dinheiro para que se construísse uma instalação de ponta, equipada com o que houvesse de mais moderno em termos de tecnologia. – Sylvia lançou um olhar por cima do ombro para o corpo. – Mas, mesmo com uma instalação de ponta, determinar a causa da morte desta aqui poderá ser um bocado difícil.

– Alguma idéia de há quanto tempo está morta? – perguntou King.

– Muito depende dos fatores individuais ambientais e do grau de decomposição. Com um cadáver nas condições deste, é possível que o *post mortem* nos dê *alguma* idéia de um período de tempo, mas não mais do que isso.

– Reparei que alguns dos dedos haviam sido comidos – disse King.

– Claramente por animais – acrescentou Sylvia em tom pensativo. – Mas, mesmo assim, deveria haver mais sinais de invasão. Eles agora estão tentando identificá-la.

King perguntou:

– E o que você acha da mão dela posicionada daquela maneira?

– Receio que isto seja tarefa para os detetives encarregados, não para mim. Apenas digo a eles como a vítima morreu e coleto quaisquer indícios e vestígios que possam ser úteis durante a autópsia. Me meti a bancar Sherlock Holmes logo que comecei a fazer este trabalho e rapidamente fui informada de qual é o lugar que me compete.

– Não há nenhum mal em usar seu conhecimento especializado para ajudar a solucionar um crime – comentou Michelle.

– É o que se imaginaria, não é? – Sylvia fez uma pausa, depois disse: – Posso dizer a vocês que aquele braço foi erguido apoiado pelo galho e que isto foi feito deliberadamente. Além disso, não me ocorre mais nenhuma observação. – Sylvia se virou para King. – Foi bom ver você de novo, ainda que tenha sido nessas circunstâncias. – Ela estendeu a mão para Michelle que a apertou.

Quando a mulher se afastou, Michelle comentou:

– Pensei que tivesse dito que vocês *tiveram apenas* um namorico.

– E foi isso. Já acabou há mais de um ano.

– Não tenho certeza de que ela tenha entendido isso.

– Eu sinceramente aprecio seus poderes de intuição e observação. Talvez agora você possa ler minha mão. Está pronta para ir? Ou vai querer acabar sua corrida?

– Obrigada, acho que já tive estímulo suficiente para um dia.

Enquanto eles passavam nas proximidades do corpo, King parou e cravou o olhar na mão que ainda apontava para o céu, com o rosto subitamente tenso.

– Que foi? – perguntou Michelle, observando-o atentamente.

– O relógio – respondeu ele.

Ela examinou o relógio rapidamente, agora percebendo que estava marcando uma hora e não parecia estar funcionando.

– O que tem o relógio?

– Michelle, é um relógio Zodiac.

– Zodiac?

– Algo me diz que vamos ver o trabalho desta pessoa novamente.

CAPÍTULO

5

A ÁREA ISOLADA NUM COSTÃO escarpado com vista para um dos canais principais dos quarenta e oito quilômetros de comprimento do lago Cardinal era, havia muito tempo, um dos recantos favoritos para os adolescentes de Wrightsburg se reunirem e realizarem uma variedade de atos que seus pais não aprovariam. Como a noite estava nublada e garoenta, com um vento chocalhando as árvores, havia apenas um carro estacionado no alto do costão, mas mesmo assim os ocupantes apresentavam um espetáculo cheio de energia.

A garota já estava nua, o vestido e as roupas íntimas bem dobrados com cuidado no banco de trás ao lado de seus sapatos. O rapaz tentava freneticamente tirar a camisa pela cabeça enquanto a garota lhe desabotoava e tirava as calças; a tarefa não era fácil no espaço apertado. A camisa finalmente saiu mais ou menos ao mesmo tempo em que as calças e cuecas foram puxadas para baixo e arrancadas pela jovem de respiração ofegante, para quem paciência, pelo menos naquelas circunstâncias, claramente não era uma virtude.

Ele deslizou o corpo em direção ao meio do banco da frente depois de botar uma camisinha e ela se ergueu e montou nele, encarando-o. As janelas do carro agora começavam a embaçar. Ele olhou para fora, pelo pára-brisas, por cima do ombro dela, sua própria respiração se acelerando enquanto fechava os olhos. Era a primeira vez para ele, embora sua parceira parecesse bem mais experiente. Vinha sonhando com este momento havia pelo menos dois anos, os hormônios se acumulando próximos à verdadeira agonia. Sorriu quando ela gemeu e se balançou em cima dele.

Então abriu os olhos e parou de sorrir.

Pelo vidro do pára-brisa, o vulto de capuz negro estava de olhos cravados nos dele. Através da condensação que se tornava mais espessa, viu o cano da espingarda subir. Começou a empurrar a garota para tirá-la de cima de si, instintivamente, planejando dar partida no carro e sair dali. Não conseguiu. O vidro explodiu para dentro. O impacto do chumbo grosso contra as costas dela a arremessou contra ele com violência; contudo, o corpo dela o protegeu. Mesmo assim, a colisão com a cabeça da garota lhe quebrou o nariz, quase nocauteando-o. Banhado no sangue dela, mas ainda não criticamente ferido, ele agarrou o corpo apertando-o contra o peito, como se fosse um precioso manto de segurança capaz de manter longe o bicho-papão. Queria gritar mas não conseguia. Finalmente se soltou da garota enquanto deslizava em direção ao local do carona. Os movimentos dele eram desajeitados, seus pensamentos nebulosos. *Será que tinha levado um tiro?* Ele não sabia, mas estava em estado de choque, a pressão sangüínea rapidamente subia e baixava, arrastando seu corpo para níveis de estresse para o qual não estava preparado.

Começou a girar a chave na ignição quando a porta do lado do motorista se abriu e lá estava o capuz negro novamente. Enquanto olhava impotente, com os olhos arregalados, o cano da espingarda deslizou em sua direção como a cobra mais mortífera do mundo. O rapaz começou a suplicar e, então, a chorar, o sangue jorrando do nariz destruído. Ele recuou afastando-se do matador, até chocar-se contra o corpo da garota.

– *Por favor!* – gemeu. – *Não, pelo amor de Deus, não!*

Os nove grãos de chumbo do disparo da espingarda de caça acertaram-no na cabeça com a força coletiva de um martelo gigantesco e ele tombou ao lado da garota morta. A frente do corpo dela estava intocada; contudo, o outro lado estava obliterado. Olhando para a garota ali deitada de costas, não se poderia dizer o que matara a moça. A causa da morte de seu namorado era muito mais óbvia, considerando-se que não tinha mais rosto.

O assassino apoiou a espingarda contra o lado do passageiro do carro, abriu mais a porta e estendeu o braço para dentro. Colocou um relógio no pulso do rapaz, apoiando-lhe o braço para cima contra o painel, e finalmente acabou enfiando-o entre o painel e a porta. Depois começou a mexer no relógio que a garota estivera usando. Então tirou-lhe o anel de ametista barato e o enfiou no bolso. Tirou um cordão com uma medalha de são Cristóvão que o rapaz tinha no pescoço. Isto também foi para o bolso do homem encapuzado.

Inclinado sobre o corpo do rapaz disse:

– Sinto muito. Você não é culpado pessoalmente, mas era parte do pecado original. Você não morreu em vão. Você corrigiu uma injustiça, pagou uma conta há muito tempo vencida. Console-se com isso.

Ele não se deu ao trabalho de dizer uma prece para a garota. Puxou um objeto do bolso e o colocou no assoalho do carro, fechou a porta e se afastou caminhando pesadamente. Enquanto a chuva entrava pela vidraça destruída do pára-brisa, os dois jovens mortos e nus pareciam estar se abraçando.

No assoalho do carro, o objeto que o assassino havia posicionado lá.

Era uma coleira de cachorro.

CAPÍTULO

6

O CHEFE WILLIAMS FEZ UMA visita aos escritórios da King & Maxwell situados num sobrado de tijolos de dois andares na cidade, bem no coração do pequeno mas elegante centro de Wrightsburg. Os escritórios tinham abrigado a firma de advocacia de King antes que ele abandonasse a profissão de advogado. O chefe estava sentado com o chapéu no colo, os olhos inchados e as feições tensas enquanto dava informações detalhadas a King e Michelle sobre o terrível duplo homicídio.

– Eu deixei os quadros da polícia em Norfolk de maneira a não ter que lidar com este tipo de merda – começou Williams. – Minha ex-mulher me convenceu a me mudar para cá por causa da paz e tranqüilidade. Droga, como estava enganada! Não é de admirar que tenhamos nos divorciado.

King estendeu-lhe uma caneca de café e depois sentou-se defronte dele, enquanto Michelle continuava empoleirada na beira de um divã de couro.

– Esperem só até os jornais saberem deste. E a coitada da Sylvia. Mal tinha acabado a autópsia da garota e então teve que fazer mais duas.

– Quem eram eles? – perguntou King.

– Estudantes de terceiro ano do Colégio de Wrightsburg: Steve Canney e Janice Pembroke. Ela foi baleada nas costas; ele tomou o tiro bem no meio da cara. Chumbo grosso. Quando abri a porta daquele carro, me custou o café. Que inferno, ficarei vendo os dois em meus sonhos durante meses.

– Nenhuma testemunha?

– Não de que tenhamos conhecimento. A noite estava chuvosa. As marcas dos pneus deles eram as únicas por lá.

Michelle se animou.

– Isso mesmo, estava chovendo. Portanto, não viu marcas de outros pneus, o assassino deve ter subido a pé até o carro. Não encontrou vestígios?

– Praticamente tudo foi apagado pela chuva. Havia dois centímetros e meio de água ensangüentada no assoalho do carro. Steve Canney era um dos garotos mais estimados do colégio, astro do time de futebol e tudo mais.

– E a garota? – perguntou Michelle.

Williams hesitou.

– Janice Pembroke tinha uma reputação entre os rapazes.

– De ser... acessível? – perguntou King.

– É.

– Alguma coisa foi levada? Poderia ter sido um assalto?

– Não é provável, embora duas coisas estivessem faltando: um anel barato que Pembroke sempre usava e a medalha de são Cristóvão de Canney. Não sabemos se o assassino as levou ou não.

– Disse que Sylvia havia concluído as autópsias. Presumo que tenha assistido a elas.

Williams pareceu ficar constrangido.

– Tive um probleminha na metade da autópsia da Fulana de Tal e acabei ficando ocupado enquanto ela estava fazendo as outras duas. Estou esperando pelos relatórios de Sylvia – acrescentou apressadamente. – Não temos funcionário que seja detetive graduado na corporação, então pensei que vir aqui e pedir uma ajuda não seria má idéia.

– Alguma pista? – perguntou Michelle.

– Não do primeiro assassinato. E também ainda não a identificamos, embora tenhamos conseguido tirar as impressões digitais dela e estamos checando no computador. Também fizemos uma fotomontagem com reconstituição facial computadorizada, que pusemos em circulação.

– Algum motivo para pensar que haja ligação entre os assassinatos? – perguntou Michelle.

Williams sacudiu a cabeça.

– Pembroke e Canney provavelmente acabarão por revelar ser algum tipo de triângulo amoroso. A garotada hoje em dia mata em um segundo e acha que não foi nada de mais. Com toda a merda a que assistem na TV.

King e Michelle trocaram olhares e então ele disse:

– No primeiro assassinato, ou o assassino atraiu a mulher para a floresta ou a obrigou a ir com ele. Ou então a matou em outro lugar e depois carregou para a floresta.

Michelle concordou.

– Se valer esta última alternativa, então teria que ser um homem forte. No caso dos adolescentes, a pessoa poderia tê-los seguido até lá ou apenas esperar no costão.

– Bem, aquela área é bem conhecida como um lugar para dar uns amassos e assistir a corrida de submarino, se é que eles ainda chamam assim – observou Williams. – Ambas as vítimas estavam nuas. É por isso que estava pensando que talvez fosse algum rapaz que Pembroke tenha dispensado ou alguma guria com ciúmes de Canney. A Dona Fulana na floresta vai ser um caso mais difícil de solucionar. É neste que vou precisar da ajuda de vocês.

King pareceu pensativo por um momento e então disse:

– O relógio no primeiro assassinato, você *realmente* prestou atenção nele, Todd?

– Bem, parecia um tanto pesadão para a garota.

– Sylvia disse que o braço em que o relógio estava tinha sido deliberadamente apoiado para ficar levantado.

– Ela não pode ter certeza disso.

– Eu vi que o relógio estava marcando uma hora – prosseguiu King.

– Certo, mas tinha parado ou a haste tinha sido retirada.

King lançou um olhar de relance para Michelle.

– Você reparou na marca do relógio?

Williams olhou para ele com curiosidade.

– A marca do relógio?

– Era um relógio Zodiac: círculo com um retículo.

Williams quase derramou o café.

– Zodiac!

King assentiu.

– Também era um relógio de homem. Creio que o assassino o pôs no pulso da mulher.

– Zodiac – repetiu Williams. – Você está dizendo...

– O assassino serial Zodiac original atuou em 1968 e 1969 na região conhecida como Bay Area, San Francisco e Vallejo – respondeu King. – Creio que *aquele* Zodiac estaria um pouquinho velho demais. Mas houve pelo menos dois assassinos imitadores do Zodiac, um em Nova York e um outro em Kobe, no Japão. O Zodiac de San Francisco usava um capuz de carrasco preto, brasonado com um retículo branco dentro de um círculo, o mesmo símbolo que aparece no mostrador do relógio Zodiac. Ele também deixou um relógio em sua última vítima, um motorista de táxi, se me lembro corretamente, embora não fosse um Zodiac. Contudo, o homem suspeito de ser o Zodiac em San Francisco tinha um relógio Zodiac. Acredita-se que foi de onde tirou a idéia da logomarca do retículo dentro do círculo que usou e que lhe valeu o apelido. O caso nunca foi solucionado.

Williams se curvou para a frente na cadeira.

– Olhe, isto é pura especulação de sua parte e, francamente, um prodígio de imaginação.

Michelle lançou um olhar rápido para seu sócio.

– Sean, você realmente acha que é um assassino imitador?

King deu de ombros.

– Se duas pessoas copiaram o original, quem vai afirmar que uma terceira não poderia? O Zodiac de San Francisco escrevia para os jornais em código – o código finalmente foi decifrado. As cartas em código revelavam que o assassino era motivado por um conto intitulado "O jogo mais perigoso". É uma história sobre caçar seres humanos.

– Um jogo em que se caçavam seres humanos? – repetiu Michelle devagar.

King perguntou:

– Algum dos corpos no carro estava de relógio?

Williams franziu a testa.

– Espere um minuto, Sean, como eu disse, são assassinatos totalmente diferentes. Espingarda de caça e, bem, ainda não sei como a Dona Fulana morreu, mas não foi chumbo grosso, disso temos certeza absoluta.

– Mas e os relógios?

– Tudo bem, os dois moleques estavam de relógio. E daí? Isto por acaso é crime?

– E você não reparou se eram Zodiacs?

– Não, não reparei. Mas também não reparei no da Fulana de Tal. – Ele fez uma pausa e refletiu sobre alguma coisa. – Embora o braço de Canney *estivesse* meio encostado contra o painel do carro.

– Quer dizer, de certo modo apoiado?

– Quero dizer que talvez estivesse – retrucou Williams em tom cansado. – Mas ele levou um tiro de chumbo grosso de espingarda. Não há como dizer de que maneira isso o teria arremessado para trás.

– Os dois relógios estavam funcionando?

– Não.

– E que horas o relógio de Pembroke estava marcando?

– Duas.

– Duas exatamente?

– Creio que sim.

– E o de Canney?

Williams tirou do bolso o bloquinho de anotações e virou algumas páginas até encontrar.

– Três – disse com nervosismo.

– O relógio tinha sido acertado pelo disparo?

– Não tenho certeza – respondeu Williams. – Creio que Sylvia pode nos dizer isso.

– E o da garota?

– Parece ter sido acertado por um caco de vidro do pára-brisa.

– Mesmo assim o relógio dela marcava duas horas e o de Canney três – observou Michelle. – Se o relógio da garota parou às duas horas quando ela foi morta pela carga de chumbo grosso da espingarda, como poderia o do garoto ter parado às três sem ter sido acertado por coisa nenhuma?

Williams continuou na defensiva.

– Ora, vamos, exceto por esse negócio do relógio, que não é de forma alguma assim tão convincente, não vejo absolutamente nenhuma ligação.

Michelle sacudiu a cabeça teimosamente.

– O primeiro assassinato foi o número um, o de Janice Pembroke foi o número dois e Steve Canney foi a vítima número três. Isto *não pode* ser coincidência.

– Você realmente precisa verificar se os relógios de Steve Canney e de Janice Pembroke eram Zodiacs – disse King a Williams com um toque de urgência na voz.

Williams usou seu celular para fazer algumas chamadas. Quando terminou, o chefe de polícia parecia confuso.

– O relógio encontrado em Pembroke era dela, um Casio. A mãe confirmou que era o que sua filha usava. Mas o pai de Canney me disse que o filho não usava relógio. Verifiquei com um de meus policiais. O relógio encontrado no pulso de Canney era um Timex.

O cenho de King se franziu.

– Portanto, nenhum relógio Zodiac, mas o de Canney possivelmente foi colocado pelo assassino, como é provável que tenha acontecido no primeiro assassinato. Pelo que me lembro, o Zodiac de San Francisco também cometeu um assassinato num local de encontro de namorados. A maioria ou todos os seus assassinatos também ocorreram perto de fontes de água ou lugares que tinham nomes relacionados a água.

– O costão onde Canney e Pembroke foram mortos dá para o lago Cardinal – admitiu Williams a contragosto.

– E a Fulana de Tal não estava muito longe do lago – disse Michelle. – Só precisaria ultrapassar a crista do morro onde ela estava e há uma enseadinha bem ali.

– O que eu faria, Todd – disse King –, seria começar a trabalhar na questão do relógio Zodiac. O assassino teve que comprá-lo em algum lugar.

Williams estava olhando para as próprias mãos, de cenho franzido.

– O que é? – perguntou Michelle.

– Encontramos uma coleira de cachorro no assoalho do carro de Canney. Presumimos apenas que pertencesse a Canney. Mas o pai dele acabou de me dizer que eles não têm cachorro.

– Não poderia ser de Pembroke? – perguntou King, mas Williams fez que não.

Todos eles estavam ali sentados pensando a respeito daquilo quando o telefone do escritório tocou. King foi atender e voltou com uma expressão satisfeita.

– Quem ligou foi Harry Carrick, juiz da Suprema Corte aposentado, atualmente advogado. Ele tem um cliente acusado de algumas coisas sérias e quer nossa ajuda. Não disse quem nem o quê.

Williams se levantou e pigarreou.

– Ah, só pode ser o Junior Deaver.

– Junior Deaver? – perguntou King.

– Exato. Ele estava fazendo um trabalho para os Battle. Fica fora de minha jurisdição. Junior neste momento se encontra na cadeia do condado.

– E o que ele fez? – perguntou King.

– Você terá de perguntar a Harry a respeito disso. – Ele se encaminhou para a porta. – Vou chamar a polícia estadual para participar na investigação. Eles têm detetives de homicídios de verdade.

– Você talvez devesse pensar em chamar o FBI também – disse Michelle. – Se for um assassino serial, o VICAP pode traçar um perfil – acrescentou, referindo-se ao Programa de Apreensão de Criminosos Violentos.

– Nunca pensei que teria que preencher um formulário do VICAP aqui em Wrightsburg.

– Eles simplificaram muito a papelada – acrescentou ela em tom prestativo.

Depois que o chefe saiu, Michelle se virou para King.

– Estou com pena dele.

– Nós faremos o que pudermos para ajudar.

Ela se recostou.

– Então diga-me, quem são Junior Deaver e os Battle?

– Junior é um bom sujeito, um sulista típico que viveu aqui a vida inteira. Nascido do lado mais pobre da cidade, se poderia dizer. Os Battle são uma história bem diferente. São de longe a família mais rica por aqui. São tudo o que você poderia esperar de uma boa família tradicional sulista.

– E o que significa isto exatamente?

– Significa que são, bem, encantadores, estranhos... sabe como é, ligeiramente excêntricos.

– Você quer dizer malucos – disse Michelle.

– Bem...

– Todas as famílias são malucas – interrompeu Michelle. — Acontece que algumas mostram isso mais do que outras.

– Creio que você vai descobrir que os Battle estão no topo da lista no que diz respeito a isso.

CAPÍTULO

7

HARRY LEE CARRICK MORAVA numa grande propriedade na extremidade leste de Wrightsburg. Enquanto iam de carro para lá, King informou Michelle detalhadamente sobre o jurista transformado em advogado praticante.

– Ele trabalhava como advogado aqui anos atrás, então passou para o Juízo de Direito da comarca local e de lá para a Suprema Corte do estado, onde ficou pelas últimas duas décadas. Na verdade, foi ele quem presidiu o ato de minha prestação de juramento para admissão na Ordem dos Advogados do estado da Virgínia. A família dele tem trezentos anos de história na *commonweath*.* Sabe como é, um *daqueles* Lee. Tem bem mais de setenta anos, mas continua mais sagaz do que nunca. Depois que deixou a Suprema Corte, voltou para cá e foi morar na propriedade da família.

– Você disse que Junior era do lado mais pobre da cidade.

– Digamos que ele de vez em quando tenha se desencaminhado e violado a lei. Mas, por tudo que ouvi, já faz muito tempo que não se metia em nenhuma encrenca.

– Aparentemente até agora.

Eles passaram por um par de portões de ferro batido, brasonados com a letra C.

Michelle olhou ao redor para o terreno ajardinado e arborizado a perder de vista.

– Bela propriedade.

– Harry foi bem-sucedido na vida e sua família sem dúvida tinha dinheiro.

* EUA, título oficial de quatro estados da federação: Kentucky, Massachusetts, Pennsylvania e Virgínia. (N. da T.)

– Casado?

– A esposa dele morreu quando ainda jovem. Ele nunca voltou a se casar e não tem filhos. De fato, até onde sei, é o último dos Carrick.

Eles avistaram de relance uma grande casa de tijolos com colunas brancas aninhada em meio às árvores. Contudo, King fez uma curva e entrou na direção oposta à da casa principal, seguiu por uma estrada estreita de cascalho até chegar a uma pequena estrutura revestida de tábuas de madeira pintada de branco e estacionou defronte.

– O que é isto? – perguntou Michelle.

– Os opulentos escritórios de advocacia do Ilustríssimo Senhor Harry Lee Carrick.

Bateram à porta e uma voz de tom agradável gritou:

– Podem entrar.

O homem se levantou de trás de uma grande mesa de trabalho de madeira, com a mão estendida. Harry Carrick tinha cerca de um metro e setenta e cinco de altura, era magro e tinha cabelos prateados finos e a pele rosada. Vestia calças cinza, um blazer azul-marinho, camisa social branca e uma gravata listrada vermelha e branca. Seus olhos tinham mais o tom azul-violeta da pervinca do que realmente azul, refletiu Michelle, e também eram agradavelmente travessos. As sobrancelhas eram espessas, da mesma cor do cabelo. Seu aperto de mão era firme e a voz, com o melodioso sotaque sulista, tão suavemente agradável e sedutora quanto três dedos de sua bebida favorita e uma poltrona confortável para saboreá-la. Em suma, ele era a encarnação da versão de Hollywood da aparência que deveria ter um juiz.

Harry disse a Michelle:

– Andava a me perguntar quando Sean finalmente se daria ao trabalho de trazê-la para me conhecer. De maneira que resolvi encarregar-me eu mesmo de fazer isso.

Ele os conduziu a um grupo de cadeiras em um dos cantos da pequena sala. Robustas estantes de livros cobriam a maior parte das paredes. A mobília parecia ser toda antiga e bastante usada. Fumaça de charuto pairava no ar como cúmulos em miniatura, Michelle reconheceu uma velha máquina de escrever

Remington numa mesinha lateral, embora também houvesse um computador e uma impressora a laser na escrivaninha com magnífico trabalho de entalhe de Harry.

– Acabei por ceder completamente às eficiências da era moderna – comentou, os olhos alertas observando o olhar curioso dela. – Resisti aos computadores até o último momento possível e então me atirei de todo coração nos braços deles. Conservo a Remington para correspondência com certos amigos de idade avançada que considerariam realmente uma ofensa receber uma missiva em qualquer coisa que não fosse papel de linho timbrado agraciado pelo toque da máquina de escrever manual ou escrito à mão, em minha letra, que, infelizmente, vem se tornando cada vez mais indecifrável. Envelhecer é terrivelmente pouco atraente até você considerar a alternativa. Eu recomendaria se manter sempre jovem e bonita como você, Michelle.

Michelle sorriu. Harry realmente *era* um cavalheiro e um sedutor.

Ele insistiu em fazer um chá para eles e o serviu em xícaras de porcelana antiga com pires combinando, que mostravam sinais de uso delicado. Então sentou-se entre os dois.

– Junior Deaver – sugeriu King.

– E os Battle – retrucou Harry.

– Parecem um estranho casal – comentou Michelle.

– O mais estranho dos casais – concordou Harry. – Bobby Battle era brilhante e impiedoso, duro como pedra. Fez sua fortuna à custa de muito trabalho e astúcia. A esposa dele, Remmy, é uma das senhoras mais finas e requintadas que conheço. E também é feita de aço. Teria que ser, para estar casada com Bobby.

Michelle olhou para ele com curiosidade.

– O senhor disse "era". Bobby Battle está morto?

– Não, mas recentemente sofreu um grave derrame. Não muito tempo antes do incidente de que Junior é acusado, na verdade. Ainda não se tem certeza do prognóstico quanto à possibilidade de recuperação.

– Isto é a família inteira, Bobby e Remmy?

– Não, há um filho, Edward Lee Battle, embora todo mundo o chame de Eddie. Ele tem cerca de quarenta anos. O nome completo de Bobby é Robert E. Lee Battle. Não temos nenhum parentesco. Lee era nome de batismo para ele, bastante comum aqui nesta região, como deve saber. Havia um outro filho, Bobby Jr., irmão gêmeo de Eddie. Morreu de câncer na adolescência.

– Depois temos a esposa de Eddie, Dorothea. E a irmã mais moça de Eddie, Savannah – acrescentou King. – Ela acabou de terminar a faculdade, pelo que soube.

– Disse que Eddie tem cerca de quarenta anos e Savannah acabou de se formar? – perguntou Michelle.

Harry explicou:

– Bem, Savannah foi de certo modo uma surpresa. Remmy tinha mais de quarenta anos quando aquela coisinha alegre chegou. Ironicamente, Remmy e Bobby estiveram separados por algum tempo antes do nascimento de Savannah e pareciam estar se encaminhando para um divórcio.

– Qual foi o problema? – perguntou King.

– Remmy o apanhou com outra mulher, uma prostituta. Não era a primeira vez; Bobby tinha uma desagradável afinidade por esse tipo de mulheres. Tudo isso foi abafado na época. Eu realmente pensei que aquilo seria a última gota, mas então eles se reconciliaram.

– Um bebê faz essas coisas – disse King.

– Todos eles moram juntos? – perguntou Michelle.

Harry fez que não.

– Bobby, Remmy e Savannah moram na casa grande, Eddie e Dorothea moram ao lado, no prédio que costumava ser o abrigo de carruagens da casa principal, mas que agora é uma propriedade separada. Ouvi rumores de que é possível que Savannah vá se mudar.

– Imagino que parte de seu fundo fideicomisso lhe deva ser entregue por ocasião da formatura na faculdade – observou King

– E provavelmente, para ela, já vem tarde – comentou Harry.

– Posso presumir que não se dê muito bem com os pais? – perguntou Michelle.

– Não, eu diria mais que é o seguinte: Bobby foi em grande medida um pai ausente e ela e Remmy são ambas mulheres fortes e independentes, isto significando que não concordam a respeito de muita coisa.

– O que fazem Eddie e Dorothea? – perguntou Michelle.

Harry respondeu:

– Eddie é um artista profissional e um ávido reencenador da Guerra Civil. Dorothea é proprietária de uma imobiliária e é muito bem-sucedida. – Harry deu um sorriso malicioso para Michelle. – As pessoas no círculo social dos Battle trocam de parceiros domésticos com uma rapidez alarmante e, por causa disso, com freqüência estão no mercado em busca de novas e ainda mais luxuosas residências. Embora isto seja bom para a carteira de dinheiro de Dorothea, deve fazer com que a mulher tenha acessos para conseguir lembrar quem está com quem no dia-a-dia.

– Parece um pouco com Peyton Place – comentou Michelle.

– Ah, nós deixamos Peyton Place na poeira há anos – retrucou Harry.

– E agora chegamos a Junior Deaver – acrescentou King.

Harry descansou a xícara de chá e pegou uma pasta de arquivo em sua escrivaninha.

– Junior estava fazendo alguns obras de carpintaria para os Battle. Especificamente, estava trabalhando no closet do quarto de Remmy. Ele é bom; inclusive já fez alguns trabalhos para mim, aqui, e para uma porção de gente na área.

– E o crime de que ele é acusado? – perguntou King.

– Roubo. Há um compartimento oculto no closet de Remmy onde ela guardava jóias, dinheiro e outros objetos de valor. Foi arrombado e o conteúdo, esvaziado. E também havia um esconderijo secreto no closet de Bobby que foi arrombado. Valores diversos estimados em um total de cerca de duzentos mil dólares, pelo que soube, dentre os quais se incluía, infelizmente, a aliança de casamento de Remmy – relatou Harry. Enquanto folheava o arquivo, acrescentou: – E nem no inferno há fúria que se compare à de uma mulher espoliada de sua aliança de casamento.

– E eles suspeitam de Junior porque estava trabalhando lá? – perguntou Michelle.

– Bem, há um bom número de indícios que parecem apontar para ele.

– Quais? – perguntou King.

Harry contou, enquanto enumerava tocando nas pontas dos dedos.

– O ladrão ganhou acesso à casa por uma janela no terceiro andar. A janela foi forçada e ficou a marca de uma ferramenta bem como um pedacinho de metal da ferramenta que foi comparada e combinou com um pé-de-cabra de propriedade de Junior. Ele também tem uma escada que alcançaria aquela janela. Além disso, também encontraram cacos de vidro na bainha de uma de suas calças. Não conseguiram uma comparação e combinação definitiva do vidro encontrado com o da janela dos Battle, mas é semelhante. Ambos são da mesma cor.

– Disse que ele forçou a janela – disse King. – De onde veio o vidro?

– Parte da janela se quebrou quando foi forçada. Imagino que a teoria seja de que os cacos entraram na bainha quando ele estava se enfiando pela abertura. A seguir, temos marcas de pegadas de sapatos encontradas no piso de tacos do quarto de Remmy. Elas combinam com um par de botas encontradas na casa de Junior. Havia vestígios de material de construção no piso do closet de Remmy: pó de massa corrida seca, cimento, pó de madeira, o tipo de coisa que Junior teria nos sapatos, considerando-se o tipo de trabalho que faz. Também havia vestígios de terra que foi comparada e combinou com o solo na parte externa da casa de Junior. Indícios similares também foram encontrados no quarto e no closet de Bobby.

– Então eles dormem em quartos separados? – perguntou Michelle.

Harry ergueu uma única sobrancelha.

– Uma informação que tenho certeza de que Remmy teria preferido manter privada.

– OK, tudo isso é incriminador mas ainda assim é circunstancial – disse King.

– Bem, há mais um outro vestígio. Ou suponho que deveria dizer dois. Uma impressão de luva e uma impressão digital que combinam com as de Junior.

– Uma impressão de luva? – perguntou Michelle.

– Era uma luva de couro – respondeu Harry – e estas têm linhas definidas e deixam marcas exatamente como impressões digitais, ou pelo menos é o que me dizem.

– Mas, se ele estava de luvas, como uma de suas impressões digitais foi aparecer? – perguntou King.

– Presumivelmente, tinha um furo em um dos dedos. E Junior tem uma luva assim.

King encarou Harry.

– Qual é a história de Junior?

– Junior afirma sua inocência veementemente. Estava trabalhando sozinho até de madrugada em uma nova casa que está construindo para si e sua família no condado de Albemarle. Ele não viu ninguém e ninguém o viu. Assim, lá se vai qualquer possível álibi.

– Quando o roubo foi descoberto? – perguntou King.

– Remmy o descobriu por volta das cinco da manhã, depois que voltou para casa do hospital. Na noite anterior, esteve em seu quarto até por volta das oito da noite e havia gente em casa até as onze ou perto disso. Portanto, o crime provavelmente teve lugar entre, digamos, meia-noite e quatro.

– Claramente dentro do horário em que Junior diz ter estado trabalhando sozinho na casa.

– E mesmo assim, apesar de tudo isso – disse Michelle –, o senhor acha que ele é inocente, não é?

Harry enfrentou os olhos dela.

– Já defendi pessoas que eram culpadas antes; isto faz parte do trabalho. Como juiz, já vi culpados saírem livres e inocentes de vez em quando acabarem presos e, de maneira geral, me vi impotente para fazer qualquer coisa quanto a isso. Agora, com

Junior, acredito sinceramente que ele não cometeu este crime por um motivo muito simples: o pobre sujeito saberia tão pouco o que fazer com duzentos mil dólares em dinheiro, títulos ao portador e jóias quanto eu, se tentasse ganhar uma medalha olímpica de prata de remo feminino na classe de quatro remadores com timoneiro.

Michelle pareceu surpresa porque, quando estudante universitária, havia feito exatamente isso.

– Sim, minha querida – disse Harry em tom de desculpas –, pesquisei sua vida. Espero que não se incomode. – Ele deu uma palmadinha na mão dela e continuou: – O fato de Junior ser um ladrão incompetente está claramente estabelecido. Um caso para exemplificar: anos atrás ele roubou algumas baterias de caminhão de uma oficina local, só que não se deu ao trabalho de retirá-las do motor de seu caminhão quando foi à mesma oficina para mandar fazer um conserto no caminhão. Este pequeno escorregão lhe custou seis meses de cadeia e demonstrou sua falta de talento no ramo de crimes qualificados.

– Bem, talvez ele tenha melhorado com o passar dos anos – sugeriu King.

– Ele está indo melhor do que nunca com sua firma de construção. A esposa dele ganha bem. Estão construindo uma casa nova em Albemarle. Por que tentar roubar os Battle?

– Talvez com a nova casa, eles precisassem de um dinheiro adicional. Mas, se não foi ele, alguém está tentando implicá-lo no crime. Por quê? – perguntou King.

Harry estava pronto para esta pergunta.

– Ele estava trabalhando lá, de modo que seria um suspeito. A pessoa poderia ter pegado suas ferramentas, sapatos, calças e luvas do trailer onde Junior e sua família estão morando agora. Fica no meio de lugar nenhum e com freqüência não há ninguém em casa. – Harry acrescentou: – Embora as impressões digitais sejam realmente preocupantes. Seria preciso uma pessoa experiente para forjar isso.

– Como é a família dele? – perguntou Michelle.

– Três crianças, a mais velha com cerca de doze anos. A esposa dele é Lulu Oxley.

– Lulu Oxley? – perguntou Michelle.

– Ela é gerente de um clube para cavalheiros chamado Aphrodisiac. Na verdade, me disse que agora também é sócia de parte do negócio.

– O senhor está brincando – disse Michelle. – O Aphrodisiac?

– Ouvi dizer que o ambiente no lugar é bastante agradável, sabe como é, não é apenas um bar de má fama com dançarinas *topless*. – Harry acrescentou rapidamente: – Embora eu nunca tenha estado lá, é claro.

– Mas é assim mesmo – observou King.

Michelle olhou para ele.

– Por favor, não me diga que *você esteve* lá.

Ele hesitou, pareceu meio sem graça e então disse:

– Estive, apenas uma única vez. Numa despedida de solteiro de um amigo.

– Hã-han – resmungou Michelle.

King chegou para a frente na cadeira.

– Tudo bem, é possível que Junior não tenha planejado o negócio, mas e se alguma outra pessoa planejou? Esta pessoa sabia que Junior tinha acesso à mansão dos Battle e o convenceu a fazê-lo. As provas materiais contra ele *são* um bocado convincentes, Harry.

Harry não se deixou abalar.

– Sem dúvida *existem* provas contra ele. Na verdade, provas *demais*!

King não pareceu convencido.

– OK, então o que quer que façamos?

– Conversem com Junior. Ouçam a história dele. Visitem os Battle.

– Tudo bem, mas suponhamos que verifiquemos tudo isso e não adiante nada?

– Então eu conversarei com Junior. Se ele ainda afirmar sua inocência, realmente não terei alternativa senão dar andamento ao caso. Contudo, se a *commonwealth* oferecer uma negociação para redução de pena razoável, terei que abordar a questão com

Junior. Ele já esteve na cadeia antes; não tem nenhuma vontade de voltar.

Ele entregou a King uma pasta com todas as informações detalhadas do caso. Os dois trocaram um aperto de mãos depois disso e Harry se virou para Michelle e segurou-lhe a mão.

– E devo dizer que finalmente poder conhecer esta jovem encantadora valeu qualquer preço que você possa cobrar.

– Vai me fazer corar, Harry.

– Vou entender isto como um elogio e tanto.

Enquanto deixavam Harry e caminhavam do lado de fora, Michelle comentou:

– Adorei este homem.

– Ótimo, porque é possível que conhecê-lo seja a única coisa positiva que resultará deste caso. – O celular dele tocou. Um minuto depois ele desligou. – Era o Todd. Vamos tratar de ir.

– Para onde? – perguntou Michelle.

– Para um lugar muito divertido chamado necrotério.

CAPÍTULO

8

O VOLKSWAGEN 1969 AZUL claro avançou devagar por uma das estradas rurais secundárias que levavam ao centro de Wrightsburg. O homem dirigindo vestia calça jeans e camisa social branca, com sapatos esporte. Também usava um boné de beisebol puxado para baixo sobre a testa e óculos de sol com lentes bem escuras cobriam-lhe os olhos. Provavelmente aquilo era um exagero, ele sabia. A maioria das pessoas vivia tão absorvida em seus próprios pensamentos que não seria capaz de descrever nada a respeito de ninguém que tivesse visto passando dez segundos antes.

Vindo na direção oposta, estava um Lexus conversível. Enquanto Sean e Michelle passavam ao lado, a caminho do necrotério, o homem não lhes deu nem sequer um olhar de relance. Seguiu seu caminho no fusquinha que tinha mais de trezentos e vinte mil quilômetros no odômetro. O carro saíra da linha de montagem amarelo canário. Tinha sido pintado de muitas outras cores depois de ter sido roubado pela primeira vez, anos atrás, e passara pelo menos dez pares de vezes por emplacamento. Ao longo do caminho, o número identificador do veículo havia sido adulterado por um especialista. Como uma arma, cujo número de fabricação foi destruído, agora era virtualmente impossível de rastrear. Ele o adorava.

O assassino serial Theodore "Ted" Bundy também preferia usar fusquinhas nas farras assassinas que o levaram de costa a costa antes que fosse executado. Com freqüência, ele se referia à quantidade de "carga" que podia transportar no fusquinha depois de retirado o banco traseiro, carga que um dia havia sido humana, de sexo feminino e viva. Bundy também aplaudia o incrível rendimento de combustível que o Volkswagen oferecia.

Podia matar e fugir com facilidade com um único tanque cheio de gasolina.

O homem fez uma curva à direita, entrou e parou no estacionamento de um shopping-center de luxo, freqüentado por muitas das pessoas que viviam na pequenina mas rica Wrightsburg. Dizia-se que Bundy e outros assassinos em série de sua laia passavam vinte e quatro horas por dia planejando os próximos assassinatos. Deve ter parecido fácil para homens assim. De acordo com os relatos, Bundy tinha um QI superior a 120. Bem, o do homem na direção do fusquinha era superior a 160. Era membro da Mensa,* fazia as palavras cruzadas do *New York Times* todos os domingos com facilidade; poderia ter feito uma pequena fortuna no programa *Jeopardy!* respondendo às perguntas antes que o apresentador, Alex, tivesse sequer acabado de fazê-las.

Contudo, a verdade era que não se precisava ser gênio para caçar vítimas adequadas; elas estavam por toda parte. E nos dias de hoje era muito mais fácil que nos tempos de Bundy, por motivos que poderiam não parecer tão evidentes para a maioria das pessoas, mas que eram claríssimos para ele.

Observou o casal idoso sair cambaleante do supermercado e entrar na camionete Mercedes. Escreveu o número da placa do carro. Mais tarde faria uma busca do número na Internet e conseguiria o endereço residencial deles. Estavam fazendo suas compras, o que provavelmente significava que não tinham empregados que morassem com eles nem filhos adultos nas vizinhanças. O modelo do carro era relativamente novo, portanto não estavam sobrevivendo apenas com a pensão da Previdência. O homem usava um boné com a logomarca de um clube campestre local. Isso era mais uma potencial mina de ouro de informações que ele poderia aproveitar mais tarde.

Recostou-se no assento e esperou pacientemente. Mais possibilidades com certeza se apresentariam naquele shopping-cen-

---

* Sociedade formada por pessoas de alto QI (na camada superior formada por 2% da população em geral) fundada em 1946 na Inglaterra e que hoje conta com 100 mil membros em mais de 100 países. (N. da T.)

ter movimentado. Podia consumir tudo o que quisesse sem nem uma vez tirar a carteira.

Alguns minutos depois, uma mulher atraente de trinta e poucos anos saiu da farmácia carregando uma grande sacola. O olhar dele voltou-se para ela, as antenas homicidas trepidando de interesse. A mulher parou no caixa eletrônico ao lado da farmácia, retirou algum dinheiro e então cometeu o que deveria ter sido classificado como um pecado mortal neste novo século: jogou fora o recibo do caixa na lata de lixo antes de entrar num Chrysler Sebring conversível vermelho vivo. Na placa personalizada lia-se: "DEH JD."

Ele rapidamente traduziu isso como sendo suas iniciais e o fato de que era uma advogada, o "JD" significando *Juris Doctor.* Suas roupas diziam-lhe que era exigente com relação à aparência. Os braços, rosto e pernas estavam bem bronzeados. Se era uma advogada no exercício da profissão, provavelmente acabara de voltar de férias ou então visitara uma cabine de bronzeamento artificial durante o inverno. Parecia estar em muito boa forma física, tinha as panturrilhas especialmente bem desenvolvidas. Provavelmente fazia exercício físico com regularidade, talvez até corresse nas trilhas na floresta dos arredores, deduziu. O olhar dele tinha se fixado na pulseirinha de ouro de tornozelo que usava na perna esquerda enquanto ela entrava no carro. Aquilo era interessante, pensou.

Tinha um adesivo atual da ABA, a Ordem dos Advogados Americana, de modo que as probabilidades eram de que ainda estivesse advogando. E, bem ao lado do adesivo da ABA, havia um outro de permissão para estacionamento de um caro condomínio residencial fechado, que ficava a cerca de três quilômetros dali. Ele assentiu em sinal de apreciação. Aqueles adesivos eram muito informativos.

Estacionou, saltou do fusquinha, caminhou até a lata de lixo, fingiu jogar alguma coisa fora e no mesmo movimento apanhou o recibo do caixa. A mulher realmente não deveria ter sido tola a ponto de fazer aquilo. Era como se tivesse jogado sua declaração de imposto de renda no lixo. Agora estava nua, completamente aberta a qualquer sondagem que ele quisesse fazer.

Quando entrou de volta no carro, olhou o nome ao lado da conta. D. Hinson. Procuraria por ela no catálogo telefônico mais tarde. E ela também estaria nas listas comerciais, de modo que saberia para que firma de advogados na cidade trabalhava. Isto lhe daria dois alvos em potencial. Os bancos tinham começado a excluir algumas das informações da conta porque sabiam que seus clientes eram alvos fáceis para pessoas como ele. Entretanto, não queria o dinheiro dela; era algo muito mais pessoal que o interessava.

Continuou circulando com o carro sob o sol que se aquecia. Que dia bonito se anunciava. Ele se recostou ligeiramente no assento apenas para se empertigar quando, a pouca distância a sua direita, uma *Soccer Mom* começou a colocar as compras em sua camionete. Não estava adivinhando quanto a isso: ela usava uma camiseta que anunciava esse status. Um bebê estava na cadeirinha no banco de trás. Um adesivo plástico anunciava que a mulher era mãe de um aluno da lista de honra da Escola de Ensino Médio de Wrightsburg naquele ano escolar.

Bom saber, pensou ele: um aluno de sétima ou oitava série e um bebê. Estacionou no espaço ao lado da camionete e esperou. Enquanto levava o carrinho de volta para a frente da loja, a mulher deixou o bebê completamente sozinho.

Ele saltou do fusca, se inclinou para dentro da camionete pela janela aberta do lado do motorista e sorriu para o bebê, que retribuiu-lhe o sorriso. O interior do carro era uma bagunça. Provavelmente a casa da mulher também. Se tivessem um sistema de alarme, talvez nunca o ligavam. Era provável também que esquecessem de trancar todas as portas e janelas. Para ele, era um espanto que os índices de criminalidade no país não fossem muito mais altos por causa dos milhões de idiotas como ela que cambaleavam cegamente pela vida.

Havia um livro de álgebra no banco traseiro; do filho maior, sem dúvida. Ao lado deste, um livro ilustrado para crianças, de maneira que havia no mínimo mais uma criança. Esta dedução foi confirmada pela presença de um par de tênis manchados de grama no assoalho traseiro do carro; pareciam pertencer a um menino de cinco ou seis anos.

Ele examinou rapidamente o banco do carona. Lá estava: uma revista *People*. Levantou o olhar. A mulher acabara de enfiar o carrinho na fila e agora tinha parado para falar com alguém que saía da loja. Estendeu o braço para dentro e puxou a revista para mais perto. O nome e o endereço da casa estavam na etiqueta de endereçamento postal. Já tinha o número de telefone de casa; prestativamente, ela o havia escrito no cartaz que dizia "Vende-se" pregado na janela do carro.

Mais uma na mosca. As chaves estavam na ignição. Ele colocou uma placa de massa de vidraceiro ainda amolecida sobre as que pareciam ser as chaves da casa, rapidamente imprimindo moldes. A parte de arrombamento e invasão de domicílio tornava-se muito mais fácil quando não se precisava do "arrombamento" para fazer a "invasão".

Uma última bola na cesta. O celular dela estava na base. Ele levantou o olhar. A mulher continuava tagarelando sem parar. Estivesse ele inclinado a fazê-lo, poderia ter matado o garotinho, roubado todas as compras e tocado fogo no carro e a mulher jamais teria conhecimento disso até que alguém começasse a gritar ao ver as chamas se elevarem em direção ao céu. Olhou ao redor. As pessoas estavam ocupadas demais com suas vidas para prestar atenção a ele.

Passou a mão no telefone, apertou o botão da tela principal e pegou o número do celular. Então acessou a agenda telefônica, tirou uma câmera digital do tamanho de seu dedo médio do bolso e fotografou tela após tela até obter todos os nomes e números de telefone arquivados na agenda dela. Colocou o telefone de volta na base, acenou para o bebê e entrou rápida e silenciosamente em seu próprio carro.

Examinou sua lista. Tinha o nome, endereço residencial e o fato de que ela tinha pelo menos três filhos e que era casada. A etiqueta impressa do correio estava endereçada a Jean e Harold Robinson. Também tinha o número de seu telefone residencial, do celular e os nomes de uma legião de outras pessoas importantes para ela, bem como os moldes das chaves da casa dela.

Ela e sua adorável família agora me pertencem.

A mulher voltou para a camionete, entrou e saiu dirigindo. Observou enquanto ela acelerava ao sair do estacionamento, ignorando completamente o fato de que ele havia se tornado um de seus íntimos no curto período de alguns breves minutos. Ele acenou um adeuzinho para a *Soccer mom* que não sabia de coisa nenhuma. *Talvez a gente volte a se ver, se você for extremamente azarada.*

Consultou o relógio: três vítimas em potencial em menos de vinte minutos. Inalou o ar fresco da próspera cidade de Wrightsburg, uma cidade que havia sofrido uma trinca de assassinatos brutais em rápida sucessão.

Bem, eles ainda não tinham visto nada.

CAPÍTULO

9

O NECROTÉRIO DE WRIGHTSburg situava-se numa rua tranqüila e bem arborizada distante três quilômetros da área principal do centro. Ficava abrigado numa ala de um pequeno prédio de um andar, construído com tijolos e vidro, e tinha um jardim, com projeto paisagístico profissional, que havia florescido com o tempo úmido que fizera ultimamente. Poderia ter abrigado qualquer tipo de negócio. As pessoas que passavam por ele nunca teriam adivinhado que era para onde os cadáveres eram trazidos para serem cortados, abertos e examinados, para determinar o que e/ou quem os havia matado. No espaço imediatamente vizinho ao necrotério, havia uma placa proclamando que a dra. Sylvia Diaz, médica, também tinha seu consultório ali.

O Lexus de King parou no estacionamento e ele e Michelle saltaram. Um instante depois, uma viatura de polícia parou ao lado do deles e Todd Williams saiu pesadamente com seu corpanzil. Parecia extremamente infeliz enquanto enfiava as fraldas da camisa e endireitava a pistola.

– Vamos acabar logo com isso – resmungou antes de sair andando furioso.

– Que houve com ele? – sussurrou Michelle.

– Vou apenas arriscar um palpite e dizer que ele não gosta de olhar para cadáveres.

Eles pediram para ver Sylvia Diaz na recepção. A recepcionista fez uma chamada e um homem magro de óculos apareceu. Com vinte e tantos ou trinta e poucos anos, o homem ostentava um cavanhaque e vestia trajes cirúrgicos. Ele se apresentou como Kyle Montgomery, assistente de Sylvia.

– Ela está quase acabando – disse numa voz monótona, embora seus olhos tivessem se arregalado ao ver a escultural Michelle. – Pediu que os levasse ao escritório dela.

– Há quanto tempo trabalha aqui? – perguntou King.

Kyle apertou os olhos encarando-o desconfiado.

– Por que isto importa?

– Estava apenas perguntando – respondeu.

– Sou um sujeito que preza a privacidade – retrucou Kyle.

– Aposto que estudou na UVA, não foi? – perguntou Michelle. – Que grande universidade – acrescentou, sorrindo e se aproximando dele.

King observou com uma expressão divertida enquanto sua parceira prosseguia lançando mão de suas "manhas femininas" para tirar informações de Kyle. Ela raramente fazia isso, mas King sabia que podia ser muito eficiente. Kyle provavelmente não tinha nada de importante para divulgar, mas seria útil dispor de informações sobre todas as pessoas envolvidas na investigação.

Kyle rapidamente concentrou toda sua atenção em Michelle.

– Eu me formei entre os primeiros de minha turma – declarou pomposamente. – Queria ficar na área, por isso trabalhei no Hospital da UVA durante alguns anos e então obtive meu diploma de especialista em análise patológica. Mas fui dispensado de um centro de oncologia e as contas começaram a se acumular. Então apareceu a vaga para este emprego. E pimba! Num passe de mágica, me tornei técnico de medicina legal. Obrigado, meu Deus – acrescentou em tom sarcástico.

– É preciso ser uma pessoa muito especial para fazer este tipo de trabalho – declarou Michelle.

– É, sem dúvida – respondeu Kyle vaidoso. – Mas também sou médico assistente da dra. Diaz em seu consultório aqui ao lado. Ela está lá, agora, tratando de dois pacientes. Na verdade, ela me contratou para ambos os cargos. É em parte um número de prestidigitação correr de um lado para outro, mas pelo menos os dois consultórios são ligados. E não temos muitas mortes por aqui que exijam autópsias. Mas, puxa vida, é possível que isto esteja mudando, certo? De repente, tem havido um bocado de movimento. Wrightsburg realmente está crescendo. É isso aí, garota. – Kyle, na verdade, sorriu ao dizer isso.

Michelle, Williams e King trocaram olhares de aversão e descontentamento enquanto o seguiam.

O escritório de Sylvia era tudo que Michelle havia imaginado que seria. Muito elegante e bem arrumado, decorado com bom gosto, pelo menos para padrões de necrotérios, com toques de calor feminino aqui e ali para dissipar a atmosfera fria e antiséptica que dominava no resto do prédio. Em um cabide de pé perto da porta, havia uma jaqueta de mulher, uma bolsa grande e um chapéu. No chão ao lado do cabide, havia um par de sapatos finos de salto.

– Ela é muito elegante e exigente.

Michelle olhou de relance para o lado e viu Kyle sorrindo para ela.

– O consultório médico é a mesma coisa. E a doutora não gosta que se leve nada para a sala de autópsia, muito embora, de fato, não seja o mais limpo dos lugares – na verdade, é bastante sujo. Temos um vestiário onde vestimos os trajes cirúrgicos e os acessórios de proteção, mas às vezes acho que ela preferiria se trocar aqui por medo de contaminar algum elemento que poderia ser uma prova. Eu acho um exagero e que ela deveria aproveitar a vida.

– Na verdade, é bom saber que ainda existe gente dedicada – observou King secamente.

Enquanto Kyle se mantinha parado junto ao vão da porta, esperando sua chefe, Michelle deu um olhar em volta examinando o resto do aposento. Na prateleira atrás da escrivaninha de Sylvia, havia várias fotos de um homem sozinho ou com Sylvia. Apanhou uma e mostrou para King, com um olhar interrogativo.

– Este é George Diaz, o falecido marido – explicou ele.

– E ainda tem as fotos dele em exposição no trabalho?

– Creio que ela realmente amava o sujeito.

– Então por que vocês não estão mais saindo juntos? Havia problemas? – perguntou em tom brincalhão.

– Você é minha parceira de trabalho, não minha psicanalista – rebateu ele.

Um instante depois de Michelle ter colocado a foto de volta no lugar, Sylvia apareceu no vão da porta.

– Obrigada, Kyle – disse secamente.

– Tudo bem – respondeu Kyle e, com seu sorriso de superioridade, retirou-se rapidamente, pisando duro.

– Seu assistente tem um comportamento meio impertinente ou isso é só conosco? – perguntou King.

Sylvia tirou o jaleco branco do laboratório e o pendurou num gancho na porta. Michelle levou um momento para examinar a outra mulher. Com pouco menos da altura média, vestia calças pretas e uma camisa de linho. Não usava nenhum tipo de jóia, por causa de seu trabalho, presumia. Um brinco ou um anel acabar no estômago aberto de um cadáver provavelmente não seria nada bom. A pele dela era lisa e ligeiramente sardenta ao redor da linha do maxilar. O cabelo ruivo estava preso, puxado para trás num coque, revelando orelhas de desenho perfeito e um pescoço longo e esguio. Estava com o cenho franzido e sua expressão era distraída enquanto sentava-se atrás da escrivaninha.

– Kyle acabou de fazer trinta anos e na verdade não quer trabalhar aqui.

– Imagino que seja difícil conquistar mulheres em bares com o comentário: "Quer dar uma olhadinha em uns cadáveres fantásticos?" – observou Michelle.

– Acho que o sonho de Kyle é fazer parte de uma banda de rock mundialmente famosa – disse Sylvia.

– Certo, ele e mais vinte milhões de outros sujeitos – retrucou King. – Ele precisa superar isso. Consegui quando tinha dezessete anos.

Sylvia examinou rapidamente alguns papéis em sua mesa, os assinou, estendeu os braços para alongá-los e bocejou.

– Perdoem-me. Não faço três autópsias seguidas, assim, uma atrás de outra já faz um bocado de tempo e está havendo um surto de gripe de primavera. Era disso que estava cuidando aqui ao lado. – Ela sacudiu a cabeça cansadamente. – É um pouco esquizofrênico. Num minuto estou examinando a garganta de uma mulher de cinqüenta anos, no momento seguinte estou cortando e abrindo o corpo de alguém para descobrir como foi assassinado. Geralmente se passam meses sem que eu nem sequer pise no necrotério. Mas não ultimamente.

– É preciso ser uma pessoa muito especial para fazer o que você faz, Sylvia – observou King.

– Eu não estava pedindo um elogio, apenas constatando um fato, mas de qualquer forma, obrigada.

Ela se virou para Williams, que parecia mais pálido a cada minuto. Quando falou, seu tom não era exatamente doce nem caloroso.

– Espero que tenha se recuperado da primeira autópsia.

– Creio que minha cabeça sim, mas não tenho certeza com relação a meu estômago.

– Eu estava realmente com esperança de ver o senhor nas autópsias de Canney e Pembroke. Ter a presença do investigador chefe, em geral, é muito útil – acrescentou ela num tom de censura que deixava bem claro seu ponto de vista.

Williams olhou para ela com uma expressão infeliz.

– Estava planejando fazê-lo, mas então fui chamado a comparecer a outro lugar.

– É claro. – Sylvia olhou de relance para King e Michelle. – Todd, tem alguma objeção a que eles vejam os corpos? É claro que quero que o senhor, ou pelo menos um de seus homens, também esteja presente. Poderia parecer estranho para um júri que ninguém da polícia tenha sequer examinado os corpos pelo menos *depois* da autópsia.

Williams esboçou uma expressão zangada, mas depois pareceu entregar-se a um debate íntimo consigo mesmo. Finalmente, deu de ombros.

– Que diabo, vamos lá.

CAPÍTULO

10

A SALA DE AUTÓPSIA ERA MUITO parecida com o escritório de Sylvia, só que sem todo o calor e os toques femininos. Tudo era de aço inoxidável e meticulosamente arrumado. Havia duas estações de trabalho com escrivaninhas embutidas situadas de um lado do aposento e duas mesas de exame de aço inoxidável com buracos para drenagem, encanamento de água com mangueiras, uma pequena mesa de dissecação, balança de órgãos e bandejas de instrumentos cirúrgicos situavam-se do outro. Os quatro pararam no vestiário, trocaram de roupa e vestiram trajes cirúrgicos, luvas e máscaras antes de entrar. Pareciam figurantes em um filme de segunda sobre bioterrorismo feito com baixo orçamento.

Michelle cochichou para King enquanto Sylvia seguia na frente para falar com Kyle.

– Posso entender por que vocês namoraram. Ambos têm o gene supermutante da arrumação. Não se preocupe; ouvi dizer que estão trabalhando em busca de uma cura.

– Não fique muito esperançosa – sussurrou King de volta através da máscara. – Eu nunca passarei para a banda ruim.

– Vou mostrar a vocês, primeiro, a mulher não identificada – disse Sylvia, voltando a se juntar a eles.

Uma grande porta de aço inoxidável se abriu e, enquanto Kyle entrava, empurrando uma maca com rodinhas em que a mulher morta estava coberta por um lençol, volutas de ar gelado escaparam do compartimento refrigerado.

Michelle começou a tremer incontrolavelmente.

– Você está bem? – perguntou King.

– É claro que estou – retrucou ela através dos dentes que batiam. – E você?

– Fui estudante de curso pré-médico antes de me decidir

pelo direito. E trabalhei no necrotério em Richmond durante um verão. Já vi muitos cadáveres.

– Pré-médico?

– Pensei que me ajudaria a conquistar garotas. Eu sei, eu sei, mas era jovem e tolo.

Kyle se retirou. Antes que Sylvia afastasse o lençol, olhou para Williams e sua expressão agora estava mais gentil.

– Chefe, apenas faça o que eu disse da primeira vez e ficará bem. O senhor já viu a parte pior. Não haverá mais surpresas, juro.

Ele assentiu, puxou as calças para cima e pareceu estar prendendo a respiração e rezando por um desastre natural que lhe permitisse dar o fora dali.

Ela afastou o lençol e todos eles olharam para baixo.

A incisão em Y estendendo-se do tórax ao púbis fazia com que o corpo parecesse ter sido aberto com um zíper. Os órgãos da Fulana de Tal tinham sido removidos, pesados e examinados, então o bloco de órgãos, músculos e tecidos, sem nenhuma cerimônia, havia sido enfiado num saco e recolocado na cavidade do corpo. A incisão que abrira o crânio não era prontamente aparente do ângulo de visão deles, embora a face estivesse frouxa, como a de uma boneca cuja costura de suporte tivesse cedido.

– A incisão intermastóide é sempre impressionante – comentou King secamente.

Williams parecia estar com vontade de estrangular King, se fosse capaz de encontrar forças para isso.

O cheiro do corpo estava muito intenso na pequena sala. Michelle começou a cobrir a boca e o nariz apesar de estarem cobertos pela máscara.

– Esta sala é muito suja, Michelle; há germes por toda parte, portanto não toque seu rosto com as mãos. E tentar impedir o cheiro dessa maneira só faz com que fique pior. Com odores como este seus sentidos de olfato ficarão anestesiados em cerca de dois minutos. Apenas continue a respirar. – Ela lançou um olhar rápido para Williams, que, para seu crédito, estava inspirando e exalando rapidamente e tinha uma das mãos apertada contra a barriga como se tentando manter seu conteúdo lá dentro onde estava. – Na cena do crime, seus agentes a todo momento corriam para longe para respirar ar fresco e então voltavam. A única coisa que estavam fazendo era dar a seus sentidos do olfato uma oportunidade de retornar.

– Eu sei – disse Williams entre arquejos. – Vomitaram as porcarias dos uniformes todos. Estouramos nosso orçamento de lavanderia para o mês inteiro. – O chefe de polícia ficou com o rosto ligeiramente esverdeado, mas bravamente se manteve onde estava.

Michelle sentiu que estava respirando em pequenas inalações rápidas e bruscas. Como Sylvia dissera, seu sentido de olfato estava começando a desaparecer. Baixou o olhar para o corpo mais uma vez.

– Não vejo quaisquer ferimentos evidentes. Foi estrangulamento? – perguntou.

Sylvia sacudiu a cabeça.

– Foi a primeira coisa que verifiquei. Usei um laser no pescoço para procurar marcas de ligadura uma vez que nenhuma parecia visível sob a luz normal. Pensei que pudesse haver alguma hemorragia nos músculos do pescoço, mas não encontrei nada. Além disso, o osso hióideo e as cartilagens da tireóide e cricóides não estavam fraturadas. Às vezes há fraturas em casos de estrangulamento. – Ela baixou o olhar para a vítima não identificada. – Fizemos os exames para violência sexual. Deram resultados negativos. Quem quer que a tenha matado não a estuprou nem a violou sexualmente. Devido à ordem habitual que se segue numa autópsia, só descobri a causa da morte quase no fim; até aquele ponto era um enigma. – Ela lançou um olhar penetrante para Williams. – Todd, você já tinha ido embora.

Williams a encarou com uma expressão desamparada.

– Que diabo, doutora, estou aqui tentando, certo? Me dê uma folga.

– Não nos mantenha em suspense, Sylvia. Como ela morreu? – exclamou King. – E em linguagem compreensível para gente ignorante, se puder.

Sylvia pegou um longo bastão de metal e o usou como alavanca para abrir a boca da mulher não identificada.

– Um revólver calibre vinte e dois foi colocado em sua boca e disparado. O ângulo do tiro foi de cerca de setenta e cinco graus. A bala acabou alojada no mesencéfalo. Observei alguns resíduos estranhos nos dentes dela. Não eram do disparo da arma; isto teria sido uma indicação imediata. O assassino deve ter lavado os dentes e a boca com algum líquido de limpeza para eliminar os indícios. O ferimento no interior da boca foi vedado pelos gases quentes emitidos quando a arma foi disparada, basicamente cauterizando-o. Contudo, as chapas de raios X mostravam a bala. Sempre fazemos chapas de raios X antes de fazer qualquer incisão, mas tivemos problemas para revelar o filme, então comecei a autópsia. Depois que a abri, a trajetória do ferimento e a bala se revelaram. Quando recebi os resultados de raios X, a bala no cérebro estava visível no filme.

– A arma na boca não é um método típico de suicídio? – perguntou Michelle.

– Não para mulheres – respondeu Sylvia. – É um caso clássico de Marte versus Vênus, de testosterona versus estrogênio. Os homens se matam com armas ou por enforcamento. Mulheres preferem veneno ou superdoses de drogas, cortar os pulsos ou enfiar um saco plástico na cabeça. Além disso, não havia nenhum vestígio de pólvora nas mãos dela.

King refletiu em voz alta:

– A pessoa teria que saber que a causa da morte finalmente seria revelada, mesmo se tentasse escondê-la.

– Mais um ponto interessante – observou Sylvia. — A mulher *não* foi morta na floresta. Ela foi morta em outro lugar, dentro de alguma estrutura e seu corpo mais tarde foi transportado para a floresta. Muito provavelmente em um carro e o corpo dela foi embrulhado em plástico.

– Como pode ter tanta certeza? – quis saber King.

– Como sabe, o *rigor mortis* é um processo químico básico, simples, que ocorre após a morte. Começa nos músculos pequenos do maxilar e do pescoço e vai se propagando para baixo, para os grupos de músculos maiores, do tronco e das extremidades e, de maneira geral, está completo depois de passadas de seis a doze horas. Digo de maneira geral porque existem várias exceções a esta regra. Características do corpo e condições ambientais podem ter impacto sobre o tempo. Uma pessoa obesa pode não passar pelo *rigor* após a morte e enquanto o frio inibe o começo do *rigor mortis*, o calor o acelera. A rigidez se mantém por um tempo que pode variar de trinta horas a três dias e depois desaparece na mesma ordem em que apareceu.

– OK e o que isso nos diz? – perguntou Michelle.

– Muita coisa. A vítima não identificada era uma mulher jovem, bem desenvolvida e bem alimentada, mas não com excesso de peso. Nela, o *rigor* teria se processado dentro dos parâmetros normais na ausência de forças ambientais extraordinárias. As temperaturas ambientes na noite antes de ela ter sido encontrada tinham caído, ficando em torno de oito graus, o que teria inibido um pouco o progresso do *rigor*. Bem, o *rigor mortis* da vítima não identificada havia se processado plenamente e seu corpo estava flácido quando a examinei na cena do crime. Isto significa que tinha morrido havia três dias, no máximo, naquela ocasião, ou no mínimo pelo menos trinta horas antes. Dado o desaparecimento do *rigor* a despeito do tempo frio, estaria mais inclinada para a possibilidade de ela estar morta havia três dias quando foi encontrada.

– Mas disse que o *rigor* não é preciso. Talvez tenha havido alguma outra coisa, um outro fator que o tenha alterado – sugeriu Michelle.

– Eu tinha um outro meio de verificar além do *rigor*. Quando examinei o corpo na floresta, já estava descorado e inchado com gás das bactérias engolfando o corpo. A pele também estava cobrindo-se de vesículas e os fluidos vazavam de todos os orifícios. Isto quase nunca começa até passados três dias da morte. – Ela fez uma pausa. – E, se tivesse ficado exposta naquela floresta por até trinta horas para não falar em três dias, a infestação por insetos teria sido dramaticamente diferente da que eu vi. Eu esperava ver grande infestação por moscas varejeiras azuis e verdes, ambas variedades encontradas ao *ar livre*. As moscas atacam um cadáver quase que imediatamente e põem seus ovos. Passados um ou dois dias os ovos dão cria e o ciclo segue adiante. Pois bem, quando examinei a boca, nariz e olhos, de fato encontrei larvas de ovos de moscas, mas do que descobri serem moscas *domésticas*. As larvas de moscas de espécies encontradas ao ar livre ainda não tinham saído dos ovos. Além disso, besouros e insetos necrófagos deveriam ter estado enxameando no corpo quando o encontramos. Nada impede os insetos de cumprir sua tarefa. E, para completar, depois de três dias naquela floresta, os animais silvestres deveriam ter atacado o corpo e removido grandes pedaços das extremidades. A única coisa faltando eram dedos.

Ela virou o corpo de lado e apontou manchas roxo-avermelhadas na frente, onde o sangue havia se acumulado após a morte.

– Também tive uma outra maneira de verificar minha teoria sobre o corpo ter sido removido. A posição da lividez realmente me disse tudo que eu precisava saber. Como podem ver, a lividez tem a aparência de hematomas com seus tons escuros. Contudo, aqui, vocês também podem ver que a descoloração está na frente do torso e das coxas e da parte inferior das pernas. As faixas brancas que vêem no abdômen, na parte inferior do tórax e partes das pernas são onde o corpo esteve apoiado contra alguma coisa dura e a pressão resultante inibiu o processo.

Ela virou o corpo para que pudessem ver as costas.

– Como podem ver, não há nenhuma descoloração desse tipo nas costas nem na parte de trás das pernas. Conclusão: ela foi morta e deitada de bruços e o processo de acumulação do sangue começou. A lividez geralmente ocorre inicialmente uma hora depois da morte e se completa depois de passadas três a quatro horas. Se o corpo é movido num intervalo de mais de três ou quatro horas, a descoloração inicial pode desaparecer parcialmente e novas descolorações se formam quando o sangue se acumula de novo. Contudo, os padrões de lividez recente não são produzidos por mudanças de posição doze horas depois da morte, porque a drenagem de sangue se torna fixa neste momento.

Delicadamente, ela tornou a deitar e cobrir o corpo.

– Minha opinião é que ela foi morta em um lugar fechado ou talvez num carro, pelo tiro na cabeça. Creio que o corpo foi mantido abrigado por no mínimo de vinte e quatro a quarenta e oito horas e que, então, foi levado para o lugar onde foi descoberto. Ela não poderia ter estado na floresta por mais de dez ou doze horas.

– E o transporte de carro? E o plástico? – perguntou King.

– O que ele iria fazer? Carregá-la nos braços pela estrada? – retrucou Sylvia. – Nem eu nem a polícia encontramos quaisquer fibras na roupa dela, o tipo de vestígios que você esperaria ver do tapete ou da mala de um carro. E não encontrei nenhum no corpo. Plástico não deixa quase nenhum resíduo.

Michelle tomou a palavra:

– Encontrei o corpo por volta de duas e meia da tarde. Os garotos o teriam visto talvez minutos antes disso.

– Fazendo uma contagem regressiva – disse King –, isto significa que o corpo deve ter sido deixado lá, se usarmos seu limite máximo de doze horas, não antes de duas e meia da manhã.

Williams se mantivera recuado esse tempo todo, mas naquele momento deu um passo adiante:

– Bom trabalho, Sylvia. Wrightsburg tem sorte de ter você – declarou.

Ela esboçou um sorriso diante do elogio dele.

– Um *post-mortem* não diz quem cometeu o crime, a menos que o assassino tenha deixado para trás coisas como sêmen, saliva ou urina que possamos testar. O *post-mortem* nos diz apenas como e o quê. – Sylvia folheou suas notas e continuou. – Como já disse, não há nenhum indício de estupro, nenhum ferimento no reto ou na vagina e ela nunca teve um bebê. Calcularia a idade dela no meio da casa dos vinte anos e diria que sua saúde física era boa. Em vida, era uma mulher de corpo bem-feito, com cerca de um metro e sessenta e quatro de altura. Tinha implantes nos seios e injetara colágeno nos lábios. E também se submetera a cirurgia para retirar o apêndice. Saberemos mais quando os exames de toxicologia ficarem prontos dentro de umas duas semanas. – Sylvia apontou para o estômago cortado da vítima não identificada. – Todd, havia um orifício no umbigo dela, talvez para usar uma dessas argolas de *piercing*, mas não havia nada no corpo. Isto poderia ajudar a identificá-la.

– Obrigado. Vou verificar.

– O único sinal útil para identificação que encontrei foi isto. – Ela pegou uma lente, ergueu o lençol na parte inferior do corpo e levantou uma das pernas, posicionando a lente de aumento num ponto em direção à parte interna da coxa, muito próximo da virilha da mulher. – É um pouco difícil de ver devido à grande descoloração do corpo, mas é uma tatuagem de um gato.

Michelle examinou a tatuagem do felino e sua proximidade dos órgãos genitais da mulher e se empertigou rapidamente.

– Realmente não quero pensar a respeito desta ligação.

– Que diabo – disse Williams, corando.

– Eu sei, não é muito refinado, não é? – comentou Sylvia.

Ela levantou o olhar quando Kyle entrou na sala.

– Tem um outro sujeito da polícia na recepção, quer falar com o chefe, doutora.

– *Sujeito* da polícia? – O tom dela soou um pouco estridente. – Tente dizer *agente* de polícia.

– Exato, este *agente* de polícia quer falar com o chefe.

– Você pode pedir a ele que venha até aqui?

Um sorriso malicioso iluminou rapidamente o rosto do rapaz.

– Isto foi a primeira coisa que fiz, doutora. O *agente* de polícia declinou, sem explicação. Pensando bem, contudo, ele pareceu ficar meio verde quando sugeri.

– Eu irei até lá – disse Williams e saiu apressado, com Kyle logo atrás.

Cinco minutos depois, Williams voltou com um patrulheiro uniformizado em sua esteira e o apresentou como patrulheiro Dan Clancy. Williams parecia abalado.

– Talvez tenhamos uma identificação da moça a partir da fotomontagem que pusemos em circulação – declarou, a voz ficando ligeiramente trêmula quando todos o encararam. – Parece que ela trabalhou por um breve período no Aphrodisiac.

– No Aphrodisiac? – exclamou King.

Williams assentiu.

– Como dançarina exótica, seu nome de "palco" era Tawny Blaze ou Chama Tostada. Nada de muito imaginativo, eu sei. O nome verdadeiro era Rhonda Tyler. – Ele consultou o papel que segurava. –Tyler trabalhou lá durante algum tempo, mas saiu quando o contrato acabou.

– A pessoa que reconheceu a foto virá aqui para tentar fazer uma identificação positiva? – perguntou Sylvia. – Embora, no estado em que se encontra o corpo, eu não tenha certeza de que seja possível. Mas se...

Williams a interrompeu.

– Isto não vai ser necessário, Sylvia.

– Por que não? – inquiriu ela.

– Disse-nos que ela tinha um sinal distintivo. – Williams pareceu constrangido.

Michelle entendeu num instante.

– Uma tatuagem de um gato perto da...

Williams se mostrou boquiaberto ao mesmo tempo em que assentia.

– Quem foi a pessoa que forneceu a informação? –perguntou King.

– A gerente do Aphrodisiac, Lulu Oxley.

Agora foi a vez de King ficar boquiaberto.

– Lulu Oxley! A Lulu Oxley de Junior Deaver?

– Quantas Lulu Oxley você conhece, Sean? – perguntou Williams.

– Eu também a conheço – disse Sylvia. – Bem, costumávamos freqüentar o mesmo ginecologista.

Williams prosseguiu:

– Isto não é tudo. Recebemos uma mensagem do *Wrightsburg Gazette*. Eles receberam uma carta.

– Que tipo de carta? – perguntou Michelle nervosamente.

– Uma carta em código – respondeu Todd Williams, o rosto muito pálido. – Com o símbolo do Zodiac no envelope.

CAPÍTULO

11

KING ACOMPANHOU WILLIAMS para examinar a carta enquanto Michelle ficava com Sylvia e o policial Clancy para acompanhar a revisão dos laudos das autópsias já realizadas em Canney e Pembroke.

Durante o percurso de carro até a chefatura de polícia, King telefonou para Bill Jenkins, um velho amigo de San Francisco. Quando fez seu pedido, o amigo ficou compreensivelmente surpreso.

– Para que você precisa disso? – perguntou Jenkins.

King olhou para Williams e disse:

– É para um curso de justiça criminal que estou lecionando na faculdade comunitária.

– Ah, tudo bem – disse Jenkins. – Depois de toda a sensação que você e sua sócia provocaram no ano passado, pensei que estivesse novamente metido em alguma coisa parecida.

– Não, Wrightsburg voltou a ser apenas uma cidadezinha sulista modorrenta e tranqüila.

– Se algum dia decidir que quer voltar à linha de frente, me dê uma ligada.

– Quando acha que vai poder me mandar isso?

– Você está com sorte. Estamos com um programa especial que será apresentado esta semana sobre casos clássicos de assassinos seriais. Trinta minutos. Basta que me dê um número para enviar o fax e sua fatura do cartão de crédito – disse ele rindo baixinho.

King pegou o número de fax da chefatura de polícia com Williams e passou para o amigo.

– Como você vai conseguir isso tão rápido? – perguntou King a Jenkins.

– Seu telefonema é de uma oportunidade impecável. Fizemos uma limpeza, há muito necessária, aqui no escritório e apenas na semana passada examinamos aquela pasta para arquivá-la. As cópias das anotações do professor estão nela. Na verdade, eu as estava relendo na noite anterior, só para relembrar os velhos tempos. É isso que vou enviar para você, a chave que ele descobriu para decifrar as cartas em código.

King agradeceu e desligou.

Quando chegaram à chefatura, Williams entrou com King logo atrás.

Quer tivesse perdido o pé profissionalmente ou não, o chefe agora estava em seu próprio terreno e iria agir como tal. Gritou para chamar o policial que havia lhe telefonado para informar sobre a carta em código e também pegou um frasco de Advil com sua secretária. King e o policial se reuniram no escritório de Williams, onde o chefe se deixou cair na cadeira atrás de sua escrivaninha e engoliu três comprimidos de Advil usando apenas a saliva. Antes de pegar a folha de papel e o envelope com o policial, ele disse:

– Por favor, diga-me que os dois já passaram por um exame para levantar impressões digitais.

Já tinham passado, disse-lhe o policial.

– Embora Virgil Davies, o dono do *Gazette*, inicialmente tenha pensado que se tratasse de uma brincadeira quando recebeu pelo correio. Não teríamos sabido de nada a respeito, não fosse por uma amiga minha que é repórter do *Gazette* e ligou para cá e me contou. Fui até lá imediatamente e peguei a carta, mas para mim é grego.

– Então o que fez Virgil? Fez a carta circular de mão em mão pela porcaria da redação? – berrou Williams.

– Parece que sim – respondeu o policial nervosamente. Provavelmente mais que algumas poucas pessoas tocaram nela. Eu disse a minha amiga no jornal que se mantivesse calada, mas acho que ela pode ter contado a alguém que acreditava que isto fosse coisa séria.

O grande punho de Williams desceu sobre o tampo da mesa com tamanha força que tanto King quanto o policial se encolheram.

– Que inferno! Esta porcaria está crescendo em espiral e saindo de controle. Como vamos conseguir manter esta droga em segredo se não conseguimos nem sequer controlar as pessoas em Wrightsburg?

– Vamos dar uma olhada na mensagem – disse King. – Deixemos a questão da mídia para mais tarde.

Ele se debruçou sobre o ombro de Williams enquanto o xerife examinava o envelope. O carimbo do correio era local, postado quatro dias antes, com um selo colado com muita precisão. Estava endereçado, em letras de forma maiúsculas, a Virgil Dyles do *Wrightsburg Gazette*. No canto inferior, do lado direito do envelope, estava o círculo com o retículo. Não havia nada escrito no espaço para endereço do remetente.

– Não há grande coisa aqui – disse Williams enquanto desdobrava a carta. – Talvez exista algum especialista que possa nos dizer alguma coisa a partir de como ele escreveu as letras, colocou o selo e todo o resto, mas eu sinceramente não posso.

A mensagem estava escrita em tinta preta borrada, mais uma vez usando letras maiúsculas, e as linhas, estruturadas em colunas bem juntas, alinhadas ao mesmo tempo na horizontal e na vertical.

– A parte borrada é da ninidrina – explicou o policial. – Usaram a substância para fumigar a carta em busca de impressões digitais, o senhor sabe.

– Obrigado. Isto jamais teria me ocorrido – retrucou Williams com irritação.

Todas as linhas estavam em código. Alguns dos caracteres eram letras; outros apenas símbolos. Williams ficou sentado ali por alguns minutos, examinando as linhas cuidadosamente. Finalmente suspirou e se recostou na cadeira.

– Você, por acaso, não sabe como decifrar códigos, sabe? – perguntou Williams a King.

Naquele exato instante, o subdelegado Rogers – que havia servido com King quando ele trabalhara como agente policial de meio expediente de Wrightsburg – bateu à porta e entrou, trazendo nas mãos algumas páginas.

– Este fax acabou de chegar para Sean.

King recebeu as páginas e disse para Williams:

– Agora eu sei.

Levou a carta e as páginas enviadas por fax para uma mesinha no canto, sentou-se e começou a trabalhar. Dez minutos depois, levantou o olhar. Aquilo não era nada bom, pensou. De fato, era provavelmente pior do que ter alguém à solta imitando o assassino Zodiac.

– Conseguiu decifrar? – perguntou Williams.

King assentiu.

– Tenho alguma experiência com criptografia de meus tempos no Serviço Secreto. Mas lembrei que um professor de segundo ciclo de Salinas originalmente decifrou o código das cartas do Zodiac de San Francisco. Tenho um amigo na polícia de lá que conhece bem o caso. Achei que talvez pudesse ter acesso às notas do professor. Foi isso que ele me enviou por fax, a chave para decifrar o código. Facilitou um bocado as coisas.

– Então, o que diz? – perguntou Williams, engolindo nervosamente.

King consultou suas anotações.

– Tem erros de ortografia, de gramática e sintaxe, são erros deliberados, creio. O Zodiac original também fazia isso.

Rogers olhou para Williams.

– Zodiac? Que diabo é isto?

– Um assassino serial na Califórnia – explicou Williams. – Andava matando gente muito antes de você sequer ter nascido. Nunca foi apanhado.

Uma expressão de pânico surgiu nos olhos azul-bebê do subdelegado Rogers.

King começou a ler:

> *A esta altura, vocês encontram a garota. Ela é toda cortada, mas não fui eu. Podem cortar toda em busca de pistas. Não tem nenhuma. Podem confiar em mim. O relógio não mente. Ela foi a número uno. Mas mais números virão. Muitos deles. Mais uma coisa. Eu não sou, repito, não sou o Zodiac. Nem sua segunda ou terceira ou quarta encarnação. Eu sou eu. Não vai ser tão fácil assim, sabem como é. Quando afinal eu acabar com vocês, desejarão que fosse apenas o Zodiac.*

– Então isto não vai acabar aqui – disse Williams devagar.

– Na verdade, receio que esteja apenas começando – respondeu King.

CAPÍTULO

12

O SUBDELEGADO CLANCY ERA alto e de porte atlético e estava se esforçando muito para não demonstrar ansiedade enquanto olhava de Sylvia para Michelle.

– Está se sentindo bem? – perguntou Sylvia enquanto o observava atentamente. – A última coisa de que preciso é que você desmaie em cima de mim.

– Estou bem, doutora – respondeu ele corajosamente.

– Você já viu um corpo submetido a uma autópsia antes? – perguntou Sylvia.

– É claro – respondeu ele secamente.

– Aqui teremos ferimentos de espingarda na cabeça. – Sylvia também olhou para Michelle enquanto dizia isto.

Michelle respirou fundo.

– Estou pronta.

– Faz parte do serviço – disse Clancy, tentando aparentar confiança. – Na verdade, no mês que vem, o chefe Williams vai me mandar para a Escola de Investigação Forense de Cena do Crime.

– Este é um excelente programa, vai aprender muita coisa. Não deixe que o que vai ver seja motivo para dissuadi-lo de ir.

Sylvia se dirigiu para um conjunto de portas de aço inoxidável.

– Isto aqui é o que extra-oficialmente chamamos de sala do horror. É para corpos que sofreram trauma maciço: queimaduras, explosivos, ficaram submersos em água por longos períodos de tempo. E levaram tiros de espingarda na cabeça – acrescentou com ênfase. Apertou um botão na parede e as portas se abriram. Ela entrou e saiu alguns momentos depois, empurrando uma maca sobre rodas com um cadáver. Empurrou a maca até a área de seu posto de trabalho e acendeu a luz de exame acima.

Clancy tossiu e levantou a mão, pondo-a sobre a máscara do rosto. Sylvia rapidamente lhe fez o mesmo sermão sobre o sentido do olfato ficar amortecido. Ele retirou a mão a contragosto, mas pareceu um pouco instável nas pernas. Sylvia empurrou uma cadeira para junto dele. Michelle reparou no movimento; Clancy não. As duas mulheres trocaram uma comunicação silenciosa.

– Este é Steve Canney. – Quando ela descobriu o corpo, a mão de Michelle se estendeu rápida e empurrou a cadeira bem atrás do policial a tempo de apanhá-lo quando tombava para trás, sofria uma ânsia de vômito e então desmaiava.

Elas o empurraram na cadeira para um canto afastado da sala, onde Sylvia quebrou uma ampola de amônia e a enfiou debaixo das narinas dele. Clancy recuperou os sentidos, deu um tranco para cima e sacudiu a cabeça, parecendo estar mal.

– Se você vai vomitar, tem um banheiro bem ali – disse ela, apontando.

O rapaz enrubesceu.

– Lamento muito, doutora. Sinceramente, lamento mesmo.

– Subdelegado Clancy, não há nenhum motivo para lamentar. É uma visão medonha. Da primeira vez em que vi algo semelhante, minha reação foi a mesma que a sua.

Ele pareceu surpreso.

– Foi?

Sim, ela lhe garantiu, foi.

– Tenho um relatório escrito que posso lhe dar. Se quiser se retirar, pode ir. Se quiser se juntar a nós quando se sentir melhor, também não tem problema. Se quiser apenas ficar sentado aqui, isso também não tem problema.

O subdelegado Clancy optou pela última alternativa, embora, no instante em que elas se afastaram, tenha desabado sobre a escrivaninha, com o rosto nas mãos.

Sylvia e Michelle voltaram para junto do corpo de Steve Canney.

– Você realmente desmaiou em sua primeira vez? – Michelle perguntou baixinho.

– É claro que não, mas por que fazer com que ele se sinta ainda pior? Os homens quase sempre desmaiam. E quanto maior o homem, mais depressa.

Sylvia indicou várias áreas dos ferimentos de Canney com um comprido bastão de aço inoxidável.

– Como pode ver, todo o supratentorial do cérebro foi praticamente eviscerado, o que não é inesperado com um ferimento de espingarda.

Ela descansou o bastão e seu rosto ficou sombrio.

– O pai de Canney veio aqui ver o filho. Eu o aconselhei a não o fazer, disse que os ferimentos eram terríveis, mas ele insistiu. Esta é a parte mais difícil deste trabalho. Ele conseguiu dar uma identificação presuntiva a partir de uma marca de nascença e de uma cicatriz no joelho de um velho ferimento de futebol. Obtivemos uma identificação positiva de registros do dentista e de impressões digitais.

Sylvia parou e respirou fundo.

– Fiquei morta de pena dele, de coração apertado, embora tenha se mostrado bastante estóico. Nunca tive filhos, mas posso imaginar como seria, ter que entrar num lugar como este e... – A voz dela se apagou.

Michelle deixou que o silêncio se prolongasse por alguns momentos e então perguntou:

– E a mãe de Canney?

– Ela morreu há vários anos. Creio que isto em certa medida foi uma bênção.

Sylvia retomou o exame.

– Determinar a distância do tiro em ferimentos com espingarda é difícil. A maneira mais confiável é disparar a mesma munição com exatamente a mesma arma com o mesmo estrangulamento do cano. Não temos este luxo aqui, mas você pode observar que o ferimento de entrada não tem recorte em curva na margem nem quaisquer lesões satélite. De modo que a distância entre a boca do cano e a vítima foi a menos de sessenta centímetros. – Ela cobriu o que restava da cabeça de Canney com um lençol.

– Sabe qual foi o tipo de munição?

– Ah, sim. A bucha da carga do cartucho foi recuperada do ferimento. Todos os grãos de chumbo também ficaram nele. É por isso que o ferimento foi tão devastador. Toda a energia cinética se esgotou internamente. – Sylvia consultou suas anotações. – Foi uma calibre doze carregada com chumbo grosso nove duplo zero, de fabricação federal.

– E Pembroke morreu da mesma maneira?

– Ela foi baleada nas costas. Os ferimentos foram instantaneamente fatais mas não tão devastadores. Também havia numerosos caquinhos do vidro do pára-brisa espatifado incrustados em sua pele. Conclusão: o assassino disparou o primeiro tiro através do vidro do pára-brisa. Examinando apenas os ferimentos, você pensaria que a distância entre vítima e arma era muito maior. Entretanto, creio que o cano da arma estava perto do pára-brisa quando foi disparada ou a uma distância total de cerca de noventa centímetros de Pembroke. O orifício de entrada em suas costas tem uma margem em curvas característica e temos lesões satélite adicionais à medida que os grãos de chumbo individuais se separaram da massa principal. Como os grãos de chumbo tiveram que atravessar o vidro, parece que o tiro foi disparado de uma distância muito maior do que a que realmente foi.

– Por que você acha que ela estava de costas para o pára-brisa?

– Eles estavam fazendo sexo – disse Sylvia. – Havia resíduo do espermicida da camisinha de Canney na vagina de Pembroke. Ela provavelmente estava montada em Canney de frente para ele, de costas para o pára-brisa quando aconteceu. É uma posição muito natural para fazer sexo no ambiente apertado do interior de um carro. O corpo dela agiu como um escudo de proteção; caso contrário, Canney teria sido morto pelo primeiro disparo também.

– Tem certeza de que ele não foi?

– Foram disparados dois tiros no total. O número de grãos de chumbo que encontramos demonstra isso. Havia nove em cada corpo. Simetria na morte – acrescentou ela secamente.

– Suponho que não foram encontrados quaisquer cartuchos.

Sylvia sacudiu a cabeça.

– Ou o assassino recolheu os cartuchos ejetados ou a arma não era de ejeção automática do tipo cujos cartuchos disparados têm que ser retirados manualmente.

– Imagino que, como foi uma espingarda sem raias, não haja possibilidade de comparação de balística mesmo se encontrarmos uma arma suspeita.

– Por vezes, irregularidades no final do cano de uma espingarda deixam marcas de arranhões na bucha plástica. Foi exatamente este o caso aqui. Não sou perita de balística, mas é possível que a polícia tenha o suficiente para fazer comparações se um dia encontrarem a espingarda. E temos também a bala do corpo de Rhonda Tyler para análise de balística.

– Ouvi falar que o tiro de espingarda que matou Steve Canney poderia ter feito com que seu relógio parasse, indicando a hora da morte.

– Não. O relógio foi posto nele após a morte. Estava parado porque a haste havia sido retirada. Observei isto na cena do crime. Encontrei cacos de vidro incrustados em seu pulso esquerdo, exatamente onde o relógio teria estado.

– Alguma idéia de por que o relógio foi posto depois da morte?

– Como um cartão de visita, talvez? Observei que marcava três horas. O de Pembroke marcava por volta de duas. Isso também poderia confirmar a ordem em que foram mortos.

– E a vítima não identificada também estava com um relógio que não era dela, que marcava uma hora. E era um Zodiac.

Sylvia olhou para ela.

– E agora temos uma carta ao estilo Zodiac.

– E três pessoas mortas.

– Portanto, imagino que na próxima o relógio marcará quatro horas, representando a quarta vítima?

– Se houver uma próxima – disse Michelle.

– Há pouca dúvida quanto a isso. A primeira vítima era uma dançarina exótica. Contudo, as duas vítimas seguintes eram jovens daqui da cidade transando num carro. Depois que começam a matar, assassinos em série geralmente se prendem a um segmento da população. Este sujeito está nos mostrando que não joga de acordo com as mesmas velhas regras. – Ela fez uma pausa e acrescentou em voz baixa: – Então, a verdadeira pergunta fica sendo: quem será a próxima?

CAPÍTULO 13

Do lado de fora da delegacia de polícia, o fusquinha azul-claro passou bem devagar e parou no cruzamento. O motorista olhou de relance para o prédio baixo de tijolos aparentes que abrigava o departamento de polícia. Àquela altura, eles já teriam recebido a carta. Talvez também tivessem decifrado o conteúdo. Não se podia dizer que ele o tivesse tornado muito difícil. O difícil viria depois, como tentar detê-lo. *Pense em impossível, sr. Policial.*

A seguir, eles pediriam a ajuda da unidade de investigação criminal da polícia estadual. Quereriam manter as coisas em segredo, não havia sentido em deixar as pessoas em pânico. Sem dúvida, um pedido de assistência para elaborar o perfil seria encaminhado ao tão louvado VICAP do FBI. Pessoas importantes seriam contatadas para agilizar o atendimento do pedido e um perfil do assassino, um perfil dele, seria rapidamente elaborado.

É claro que estaria totalmente errado.

Havia passado de carro defronte do necrotério antes, onde a médica-legista provavelmente estava arrancando seus cabelos vermelhos sobre os três corpos que representavam coisas muito diferentes, mas, ao mesmo tempo, tinham temas comuns. Os indícios seriam mínimos. Ele sabia o que procurar e, portanto, o que remover, mas ninguém era infalível e a ciência forense podia arrancar muita coisa de um vestígio microscópico. Ela encontraria algumas coisas, tiraria algumas conclusões, mas nos pontos chave não teria nada. Os detalhes "que não se viam" não iriam dar-lhe uma rasteira.

Passou pelo cruzamento quando vários policiais saíam correndo do prédio, entravam em suas viaturas e saíam a toda velocidade. Provavelmente estavam indo investigar pistas irrelevantes, desperdiçando energia e tempo, o que não o surpreendia, considerando as parcas qualidades de seu líder, Todd Williams. Contudo, Sylvia Diaz era de primeiríssima classe em seu campo. E, em algum ponto, à medida que os assassinatos proliferassem, o FBI seria chamado para assumir a investigação. Ele estava realmente se deliciando com este desafio.

Seguiu até um outro cruzamento, estacionou junto à caixa de correio e enfiou a carta antes de sair a toda velocidade. Quando recebessem sua comunicação seguinte, explicando as circunstâncias da morte de Steve Canney e de Janice Pembroke, a polícia saberia que estava envolvida no maior combate de sua vida.

King apanhou Michelle no necrotério e a informou sobre os detalhes a respeito da carta Zodiac. Ela, por sua vez, o pôs a par dos resultados da autópsia de Pembroke e Canney. Infelizmente, enumerar os detalhes não tornou o quebra-cabeça menos inexplicável.

– Então parece que o assassino quer deixar claro que, apesar do fato de estar de certa forma copiando o crime do Zodiac com Rhonda Tyler, ele *não* é o Zodiac – observou ela. – O que você acha disso?

King sacudiu a cabeça.

– Parece que estes assassinatos foram apenas a primeira salva de tiros.

– Acha que ele vai mandar outra carta?

– Sim e brevemente. E, embora Todd não esteja convencido disso, tenho certeza de que fará referência a Canney e Pembroke. Ele vai falar com Lulu Oxley e obter mais informações sobre Rhonda Tyler.

Michelle olhou para fora pela janela.

– Para onde estamos indo?

– Para a casa dos Battle. Telefonei e marquei uma visita. – Ele olhou de relance para ela. – Temos um trabalho remunerado, lembra? – King ficou em silêncio e depois acrescentou: – Você já passou por um bom bocado hoje. Tem certeza de que está em condições de continuar?

– Depois do que já vi, até que ponto os Battle podem ser maus?

– Pode ser que se surpreenda.

CAPÍTULO 14

A PROPRIEDADE DOS BATTLE ficava no topo de uma imponente colina. Era uma estrutura ampla de três andares, de tijolos, pedra e madeira, que se estendia por uma vasta área cercada por hectares de relvado verde-esmeralda e salpicada de árvores maduras. Era uma exibição ostentosa de velha fortuna, embora as montanhas de dinheiro que a haviam construído tivessem apenas algumas décadas. King e Michelle pararam diante de um par de maciços portões de ferro batido. Havia um porteiro eletrônico fixado num pilar baixo próximo à entrada para carros. King baixou a janela e apertou o botão branco no interfone. Uma voz eficiente respondeu e um minuto depois os portões se abriram e King avançou com o carro.

– Bem-vinda à Casa Battle – disse ele.

– É assim que eles a chamam?

– Não, apenas uma brincadeira minha.

– Você disse que conhece Remmy Battle?

– Tão bem quanto a maioria das pessoas, imagino. Também costumava jogar golfe de vez em quando com Bobby. Ele é gregário e dominador, mas também audacioso e temerário, com um temperamento realmente desagradável se for contrariado. Remmy, no entanto, é do tipo que só permite que se veja miudezas e apenas nos termos dela. E, se você contrariar *Remmy*, vai precisar de um urologista e de vários milagres para se recuperar.

– Onde ela arranjou um nome como Remmy?

– É a abreviação de Remington. A história que ouvi é que era a marca favorita de espingarda do pai dela. Todo mundo que a conhece acha que o nome é apropriado.

– Quem diria que tanta gente interessante morava numa cidade tão pequena? – Michelle olhou para frente, para a imponente mansão. – Uau, que casa fabulosa.

– Vista de fora sim. Deixarei que faça seu julgamento quanto ao interior.

Quando bateram à porta da frente, foi aberta quase que imediatamente por um homem grande, bem musculoso, de meia-idade, vestindo um cardigã amarelo, camisa branca, gravata discreta e calças pretas. Ele se apresentou como Mason. A sra. Battle estava acabando alguns afazeres e logo viria se reunir a eles no terraço dos fundos, informou.

Enquanto Mason os conduzia pela casa, Michelle olhou ao redor, para um interior que era de tirar o fôlego. As coisas que estava vendo eram sem dúvida caras. Contudo, o que também estava presente era um sentido de moderação deliberada que por algum motivo a surpreendeu.

– O interior é lindo, Sean – sussurrou ela.

– Eu não estava falando sobre *este* interior – resmungou baixinho. – Estava me referindo aos que estão respirando.

Eles chegaram ao terraço nos fundos onde encontraram uma mesa posta com chá quente e gelado, canapés, doces e salgadinhos. Mason serviu as bebidas e então se retirou, fechando as vidraças silenciosamente atrás de si. A temperatura estava em torno dos vinte e um graus, com um sol cálido, e o ar, ainda um pouco úmido das chuvas recentes.

Michelle bebericou o chá gelado.

– Então Mason é uma espécie de mordomo?

– É, trabalha para eles há séculos. Na verdade, é mais do que um mordomo.

– Um confidente, talvez? Quem sabe não será útil para nossos propósitos?

– Provavelmente é leal demais para esta opção – respondeu King. – Mas, pensando bem, a gente nunca sabe de que lado estão as lealdades até perguntar, de preferência com alguma coisa para dar em troca.

Eles ouviram um som de espirrar de água e ambos foram até a grade de ferro que cercava parcialmente o terraço e olharam para além dela, para o belo terreno ajardinado nos fundos.

A vasta área ao ar livre para entretenimento, visível dali, incluía um pavilhão de pedras próximo à piscina, um spa que poderia acomodar facilmente uma dúzia de adultos, uma área de jantar coberta e uma imensa piscina de formato oval delineada por lajes de pedra e tijolos.

– Eu sempre quis saber como viviam os ricos de verdade – comentou Michelle.

– Eles vivem exatamente como você e eu, só que muito melhor.

Emergindo das águas azuis límpidas e obviamente aquecidas da piscina estava uma moça num biquíni de tirinhas realmente revelador. Tinha cabelos louros compridos, cerca de um metro e setenta de altura e suas curvas e seios se situavam definitivamente na categoria de chamar a atenção. Havia músculos definidos em suas pernas, braços e ombros e uma argola no umbigo do estômago liso. Enquanto se abaixava para pegar uma toalha, eles também puderam ver uma grande tatuagem na parte posterior de uma de suas nádegas parcialmente expostas.

– O que ela tem tatuado no traseiro? – perguntou Michelle.

– O nome dela – respondeu King. – Savannah. – King observou a moça se enxugar. – É surpreendente o que eles conseguem escrever na pele e em letra cursiva, para completar.

– Você consegue ver isso daqui? – perguntou Michelle.

– Não, já vi antes. – Ele rapidamente emendou a resposta. – Numa festa na piscina a que compareci.

– Hã-hã. O nome dela na bunda, para que os homens não esqueçam?

– Estou me esforçando muito para tentar não pensar no motivo.

Savannah olhou para cima, os viu e acenou. Vestiu um robe curto transparente, calçou um par de sandálias havaianas e se encaminhou para a escada de tijolos em direção a eles.

Quando os alcançou, deu um abraço em King que pareceu destinado a enterrar seu busto grande no peito dele. De perto, suas feições não eram tão perfeitas quanto o corpo; o nariz, queixo e maxilar tinham um desenho um tanto afilado demais e irregular, mas isso era um detalhe sem importância, decidiu Michelle. Savannah Battle era uma belíssima mulher.

Savannah examinou King de alto a baixo com admiração.

– Eu juro, Sean King, a cada vez que o vejo, você fica mais bonito. Agora me diga, como isso pode ser justo? Nós, mulheres, apenas ficamos mais velhas. – Aquilo foi dito com um sotaque sulista arrastado que Michelle achou muitíssimo afetado.

– Bem, você com certeza não precisa se preocupar com isso – disse Michelle, estendendo a mão. – Eu sou Michelle Maxwell.

– Ah, mas que docinho você é – disse Savannah, num tom que não tinha nada de doce.

– Parabéns pela formatura – disse King. – William and Mary, certo?

– Papai sempre quis que eu fosse para a faculdade, e fui, embora não possa dizer que tenha adorado. – Ela se sentou e lentamente secou as pernas bem torneadas no que Michelle interpretou como um gesto sedutor endereçado a King. Então atacou os pequeninos sanduíches.

– Em que se formou? – perguntou Michelle, pensando que a moça deveria ter se diplomado em chefe de torcida ou organizadora de festas ou talvez ambos.

– Engenharia química – foi a resposta surpreendente, ainda que balbuciada. Aparentemente ninguém havia ensinado à moça a não falar de boca cheia. – Papai fez fortuna como engenheiro e creio que puxei isto dele.

– Lamentamos muito ao saber do estado de Bobby – disse King.

– Ele é forte; vai se recuperar – declarou ela confiante.

– Ouvi dizer que você está pensando em sair daqui e se estabelecer por conta própria – disse King.

A expressão de Savannah ficou séria.

– Imagino que as pessoas estejam se divertindo, tentando descobrir o que vou fazer. Bebê Battle da Fortuna no Fundo – acrescentou em tom amargo.

– Não tive a intenção de falar neste sentido, Savannah – disse King em tom delicado.

Ela descartou o pedido de desculpas com um gesto como golpe de caratê no ar:

– Tive que lidar com isso a minha vida inteira, por que parar agora, certo? Tenho que abrir meu próprio caminho no mundo, e isso nem sempre é fácil com pais como os meus. Mas encontrarei alguma coisa para fazer que me satisfaça. Não vou passar a vida usando cartões de crédito para comprar a felicidade.

Enquanto ouvia, Michelle sentiu sua opinião sobre a moça se tornar mais positiva.

Savannah limpou a boca com a mão e disse:

– Eu sei por que vocês estão aqui – disse Savannah. – É para falar sobre Junior Deaver, certo? Não consigo entender por que ele teria feito uma coisa tão idiota. Cá entre nós, acha que minha mãe vai fingir que não vê enquanto ele dá sumiço na aliança de casamento dela? Acho que não.

– Talvez não tenha sido ele – retrucou King.

– Claro que foi – disse Savannah enquanto passava a toalha no cabelo. – Pelo que ouvi, ele deixou ficar para trás tantos indícios que poderia muito bem ter simplesmente se sentado e esperado que a polícia aparecesse para prendê-lo. – Ela enfiou mais um pedaço de sanduíche na boca e acrescentou um punhado de batatas fritas como acompanhamento.

– Pare já de comer como se fosse um porco, Savannah! – disse a voz rispidamente. – E, enquanto faz isso, tente tratar de sentar-se como uma senhora, se for possível para sua imaginação conceber o que é ser uma senhora.

Savannah, que estivera relaxada na cadeira, com a cabeça recostada e as pernas abertas como uma prostituta atrás de michê, imediatamente se empertigou, colou as coxas uma na outra e puxou o robe até cobrir os joelhos.

Remington Battle entrou a passadas largas no terraço, com tanta presença quanto uma lenda da Broadway convencida de sua capacidade de dominar uma platéia sem nenhum esforço.

Estava impecavelmente vestida, numa estonteante saia branca pregueada que caía vários centímetros abaixo dos joelhos. Calçava sapatos fechados elegantes, de saltinho, um tanto conservadores. Uma blusa estampada em tons de azul-claro estava parcialmente coberta pelo suéter branco que lhe envolvia os ombros. Era vários centímetros mais alta que a filha – tinha mais ou menos a mesma altura de Michelle – e o penteado dos cabelos castanho-avermelhados e a maquiagem bem aplicada e retocada eram de uma perfeição impecável. Suas feições eram fortes, na verdade, visualmente quase impressionantes. Michelle imaginava que na juventude ela provavelmente havia sido ainda mais bonita que a filha. Agora, com sessenta e poucos anos, ainda era uma mulher muito bonita. Entretanto, apesar de tudo isso, eram os olhos dela que atraíam e capturavam você: parte águia, parte falcão e muitíssimo intimidadores.

Remmy trocou um aperto de mãos com King e depois foi apresentada a Michelle. Esta última sentiu o olhar severo da mulher examinando-a e suspeitou de que Remmy Battle encontrara muito a criticar em sua roupa informal, na maquiagem ausente e nos cabelos soltos ao vento. Não teve muito tempo para ruminar o assunto, contudo, uma vez que a atenção de Remmy se voltou para a filha.

– Em meus tempos de juventude, não recebíamos convidados sem vestir nenhuma roupa – disse em tom gelado.

– Eu estava nadando, mamãe. Não costumo nadar com meu vestido de baile de debutante – rebateu Savannah, mas seus dedos voaram para a boca e, com nervosismo, começou a roer uma unha.

Remmy lançou um olhar tão penetrante para a filha que Savannah finalmente pegou mais um sanduíche e um punhado de batatas fritas, se levantou, resmungou alguma coisa baixinho, que para Michelle soou muito próxima de "vaca velha", e saiu pisando duro, as sandálias havaianas batendo no piso de tijolos numa série de pontos de exclamação.

Então Remmy Battle sentou-se e voltou sua plena atenção para King e Michelle.

Ambos respiraram fundo quando o olhar dela se cravou neles. Para Michelle, fora uma apresentação e tanto à Casa Battle. Agora entendia perfeitamente o que King quisera dizer sobre fazer seu julgamento quanto ao "interior".

CAPÍTULO

15

– TENHO QUE PEDIR DESCULPAS por Savannah – disse Remmy. – Eu amo minha filha, mas há dias em que não consigo acreditar que tenhamos realmente o mesmo sangue ou lá o que for em comum.

– Não faz mal, sra. Battle, ela é apenas uma garota – disse Michelle. – Todos eles fazem maluquices infantis.

Remmy retrucou:

– Ela não é mais uma criança. Tem vinte e dois anos! Acabou de se formar numa das melhores universidades da costa leste. Usa argolas na barriga e tatuagens no traseiro! Não mandei esta moça para a faculdade para que ela fosse perder a maldita cabeça!

Michelle olhou para King em busca de ajuda.

– Humm, Remmy, lamentamos saber da doença de Bobby. Como ele está passando?

– O estado dele ainda é crítico – respondeu Remmy no mesmo tom áspero e então a mão dela subiu lentamente à testa enrugada e disse num tom mais contido: – Sinto muito. Aqui estou reclamando de Savannah e eu mesma não estou, na verdade, sendo nenhum exemplo de hospitalidade. Mas tanta coisa tem acontecido ultimamente... – Ela fez uma pausa e disse devagar: – Bobby esteve em coma por muito tempo e os malditos médicos não sabiam dizer nem quando nem se ele sairia do coma. Mas ele saiu. Agora, já conseguiram até retirá-lo do respirador. Há duas noites ele disse suas primeiras palavras.

– Isto deve ser encorajador – disse King.

– Você imaginaria que sim, não é? O problema é que ele estava incoerente. Declamou nomes, nada do que disse fez nenhum sentido. Que diabo, eles não sabem nem dizer com certeza se entrou de novo em coma ou não.

– Imagino que seja difícil para os médicos dizerem.

– Pelo que eles cobram, espero que andem sobre a água e tenham uma linha direta com Deus – retrucou ela com amargura.

– Há alguma coisa que *nós* possamos fazer?

– No presente momento, uma ou duas preces não fariam mal.

Mason apareceu trazendo uma bandeja de café. Serviu uma xícara para Remmy e ofereceu a Michelle e King – ambos declinaram – antes de tornar a se retirar.

– Não há nada tão tranqüilizador quanto uma xícara de café à tarde. – Remmy tomou um longo gole e então se recostou na cadeira. – Harry Carrick é um excelente advogado e Junior tem muita sorte de contar com ele. – Fez uma pausa, tomou outro gole de café e acrescentou: – Mas foi Junior. Tenho tanta certeza quanto se o tivesse visto com meus próprios olhos.

King partiu para o ataque.

– Mas esta é a questão, Remmy, você *não* o viu. Ninguém viu.

Ela descartou o comentário com um aceno de mão que fez Michelle se lembrar do gesto semelhante a um golpe de caratê que Savannah fizera antes.

– Os indícios são arrasadores.

– Exato, arrasadores *demais*. Ele poderia ter sido falsamente incriminado.

Remmy olhou para King como se ele estivesse falando numa língua que não pertencesse à terra.

– Quem em seu juízo perfeito quereria incriminar falsamente uma pessoa como Junior Deaver?

– Quem quer que tenha sido a pessoa que realmente arrombou e invadiu sua casa e roubou todos aqueles valores – respondeu King. – E, sinceramente, você pode imaginar Junior vendendo títulos roubados ao portador e jóias finas?

– Ele não sabia o que tinha. Tirou dinheiro também. Não é preciso ser um Einstein para gastar dinheiro, não é mesmo? – rebateu ela.

– Tudo o que queremos é dar uma olhada no local e conversar com algumas pessoas. E, muito embora estejamos trabalhando para Harry e Junior, presumo que queira ver a parte culpada ser apanhada.

Remmy sorriu, mas havia um brilho perigoso em seus olhos.

– Presume corretamente, sr. King, embora a parte culpada já tenha sido apanhada. – Ela de repente rugiu, disparando as palavras como uma arma calibre 50 enlouquecida. – E, se aquele grande cretino filho-da-mãe me dissesse onde o *diabo* de minha aliança de casamento está, eu poderia ser persuadida pelo promotor da *commonwealth* a retirar as acusações! Por que você não volta lá e diz isso a Harry? E então talvez nós possamos pôr um fim a esta empulhação!

Michelle observou que o sotaque sulista da mulher ficava muito mais pronunciado quando estava com raiva e, ao contrário da filha, não havia nada de afetado a respeito dele. Michelle descansou o copo de chá gelado porque quase o deixara cair depois da explosão de Remmy. Silenciosamente agradeceu a Deus pelo fato de Remington Battle não ser *sua* mãe.

Sem se abalar, King disse em voz calma:

– Está devidamente anotado, Remmy. Mas podemos examinar o local agora?

Remmy o encarou por um longo momento. Seus lábios se contorceram enquanto ela aparentemente tentava controlar a raiva. Por um instante, Michelle, na verdade, acreditou que a mulher fosse arremessar sua tranqüilizadora xícara de café na cabeça de King. *Talvez você devesse trocar para descafeinado*, pensou Michelle.

Finalmente, Remmy se levantou da cadeira e, com um gesto, os convidou a acompanhá-la.

– Que diabo, vou mostrar eu mesma.

CAPÍTULO 16

REMMY BATTLE CONDUZIU King e Michelle pelo interior da casa, subindo pela escadaria principal para o terceiro andar. A casa parecia ter sido ampliada com o passar dos anos, observou Michelle, com novas alas se estendendo para os lados do bloco central.

Remmy pareceu ter lido seus pensamentos, porque disse:

– Esta casa tem sido uma obra em progresso há décadas. Muitos de nossos amigos têm várias belas propriedades ao redor do mundo, mas esta é a única que Bobby e eu quisemos. Por vezes é uma certa miscelânea e alguns corredores simplesmente acabam numa parede, mas eu... – ela se corrigiu imediatamente – *nós* a adoramos.

Chegaram a uma porta que Remmy abriu e os convidou a entrarem.

Era um quarto grande e bem mobiliado, pintado em cores suaves, com uma fileira de janelas. Uma das janelas parecia nova.

Remmy apontou para ela.

– Foi por ali que ele entrou. A polícia disse que usou um pé-de-cabra. Agora, finalmente, me deram autorização para mandar reparar tudo.

King cravou os olhos num porta-retrato quebrado sobre uma das mesinhas-de-cabeceira. O vidro tinha sido retirado. Ele o pegou.

– Que aconteceu com isso?

Remmy fez uma carranca zangada.

– Este porta-retrato ficava sobre uma mesa ali, junto da janela. Foi quebrado quando Junior entrou por ali. Ainda não mandei consertar.

King e Michelle olharam para o desenho de um menininho na moldura quebrada. O desenho estava rasgado pela metade.

– Quem é? – perguntou King.

– É um desenho de Bobby Jr. Nunca perdoarei Junior por tê-lo destruído.

King pôs o retrato de volta no lugar.

– Pelo que soube, havia uma espécie de gaveta escondida em seu closet?

Remmy assentiu e gesticulou para que a seguissem. Seu closet tinha armários embutidos e prateleiras de mogno finamente trabalhados de ponta a ponta e as roupas, bolsas, sapatos, chapéus e outros acessórios estavam arrumados em ordem precisa.

King examinou a arrumação meticulosa com indisfarçável admiração. Mantinha seus objetos pessoais em perfeita ordem, um fato bem conhecido de Michelle. A expressão de visível encantamento foi claramente percebida por ela. Pois, enquanto Remmy não estava olhando, Michelle bateu de leve no braço dele, deu um estremecimento orgásmico e então imitou alguém fumando um cigarro depois do sexo.

– Onde ficava a gaveta secreta, se não se importa com o fato de eu perguntar?

Remmy puxou ligeiramente uma gaveta e então bateu na frente de uma peça de madeira logo baixo dela. Esta se abriu automaticamente, revelando um pequeno espaço de cerca de cinqüenta centímetros de largura por sessenta centímetros de profundidade.

– É uma frente falsa – explicou Remmy. – Parece uma almofada de madeira, mas puxar a gaveta de cima posiciona uma alavanca falsa na frente. Então bater no canto direito superior da frente falsa aciona a alavanca e ela se abre.

King examinou o mecanismo.

– Muito engenhoso.

– Eu sempre quis ter uma gaveta secreta em meu armário – disse Remmy. – Desde que era menina.

– Mas a pessoa que a roubou não sabia como abri-la? – perguntou Michelle.

– *Junior Deaver* não sabia como abri-la – corrigiu ela. – Praticamente todas as gavetas aqui estavam arranhadas e arrebentadas. Me custou um bom dinheiro mandar consertá-las. Pretendo arrancar isto do couro de Junior numa ação civil. Não deixe de dizer isto a Harry.

– Mas como alguém além de você poderia saber que havia uma gaveta secreta aqui? – quis saber Michelle.

– Ao longo dos anos posso ter deixado escapulir um comentário. Não achei que tivesse nenhuma importância, porque temos pelo menos o que pensávamos ser um sistema de segurança de primeira classe.

– E o sistema estava ligado? – perguntou King.

– Sim, estava, só que não temos monitores de movimento no terceiro andar e as janelas aqui também não estão conectadas. O sistema foi instalado anos atrás depois de uma quase tragédia. Imagino que a filosofia na época fosse que os homens do segundo andar não se aventuravam no terceiro – acrescentou com desagrado.

– Que quase tragédia? – perguntou King.

Remmy se virou para ele.

– Meu filho Eddie foi seqüestrado.

– Nunca soube disso – comentou ele.

– Aconteceu há mais de vinte anos, quando ele ainda estava na faculdade.

– Mas evidentemente tudo acabou bem – disse King.

– Sim, graças a Deus. Nem sequer tivemos que pagar o resgate de cinco milhões de dólares.

– E por que não? – perguntou Michelle.

– O FBI localizou o seqüestrador e o matou num tiroteio. De fato, Chip Bailey, o agente do FBI que resgatou Eddie e matou o seqüestrador, mora perto daqui. Ainda trabalha para o FBI, em Charlotesville.

– Então não havia ninguém em casa quando houve o arrombamento? – perguntou King.

Remmy sentou-se na beira da grande cama coberta com dossel, tamborilando os dedos longos e finos nos esteios de madeira entalhada.

– Savannah ainda estava na faculdade. Ela se formou durante o inverno, mas decidiu ficar lá e se divertir com programas de pós-graduação. Tenho certeza de que vocês puderam ver que a minha caçula realmente adora se divertir. Eddie e Dorothea estavam fora da cidade. Mason, os outros empregados da casa e Sally, a garota que cuida dos estábulos, moram na casa nos fundos da propriedade. Não teriam ouvido nem percebido nada. Meu quarto fica de frente para uma parte bastante isolada do terreno.

– Então fica sozinha na casa? – perguntou Michelle.

– Bobby e eu! – declarou em tom de desafio. – Nossos filhos estão criados. Houve uma época em que recebíamos muitos parentes e amigos para temporadas. A maior parte do tempo este velho casarão viveu cheio ao longo de anos. Agora é apenas a nossa casa.

– Mas na noite do roubo a casa estava vazia – concluiu King. – Pelo que soube, você estava no hospital com Bobby.

– Exato, no Wrightsburg General.

– Mas disseram-nos que só voltou para casa por volta das cinco da manhã – prosseguiu Michelle. – É um longo horário de visita.

– Eu dormi lá, num quarto particular no mesmo corredor em que ele estava e que me foi cedido pelo hospital – explicou Remmy.

– Isso foi muita gentileza da parte deles – comentou Michelle.

– Nosso nome está na placa comemorativa da construção do prédio, querida – retrucou Remmy, num tom de falsa polidez. Numa voz bem mais dura, acrescentou: – Francamente, por uma contribuição de quinze milhões de dólares, achei que era o mínimo que eles poderiam fazer.

– Ah – disse Michelle sem graça.

– A polícia me disse que todos os indícios apontam para Junior, inclusive as impressões digitais.

– Mas ele estava trabalhando aqui – disse King. – Isto explicaria as impressões digitais.

– Eles encontraram uma do lado de fora de uma das vidraças da janela quebrada. – Acrescentou ela. – Contratei Junior para trabalhar *dentro* de meu quarto, não do *lado de fora* da porcaria da minha janela.

– Pelo que entendi, também foram roubados objetos do closet de Bobby.

– Foi arrombado.

– E o que foi levado? – perguntou Michelle.

– Vamos lá, vejam vocês mesmos.

Ela os conduziu para fora de seu quarto e mais abaixo no corredor, onde abriu outra porta. Entraram num quarto que recendia a fumaça de charuto e cachimbo. Era um aposento intensamente masculino, observou Michelle. Havia um suporte para espingardas sobre a lareira, embora não houvesse nenhuma arma nele. Um par de espadas antigas decorava a outra parede. Estavam cruzadas uma sobre a outra, formando um grande X. Havia vários quadros a óleo de magníficos cavalos. Um suporte para cachimbos ficava num canto com uma variedade de cachimbos bastante usados pendurados nele. No outro canto, havia uma mesa e uma cadeira de campanha. A cama era pequena e, na mesinha-de-cabeceira ao lado, havia uma pilha de revistas sobre pesca, caça e ciência. Uma parede inteira era dedicada a fotografias de Bobby Battle. Era um homem alto, de peito largo, com cabelos escuros ondulados e feições que pareciam fundidas em ferro. Na maioria das fotos, ele estava pescando ou caçando, mas havia uma em que ele saltava de pára-quedas de um avião e outra em que pilotava um helicóptero.

Remmy abanou a mão diante do nariz.

– Desculpem pelo cheiro. Deixamos as janelas abertas durante o dia para arejar, mas o cheiro continua. A esta altura, deve estar entranhado no tapete e na mobília. Bobby adora seus cachimbos e charutos.

Enquanto Michelle olhava ao redor para a toca de Robert E. Lee Battle, imagens do homem pareciam fluir em sua direção somando-se às das fotografias: um homenzarrão forte, que vivia a vida intensamente até os limites e não fazia concessões a ninguém. Que um homem desses agora estivesse em coma, com perspectivas desanimadoras de algum dia se recuperar, a deixou muito deprimida, apesar de jamais tê-lo conhecido e de sentir repugnância por sua reputação de mulherengo.

Michelle apontou para uma série de fotos de Battle com grandes grupos de pessoas.

– De quem são estas fotos?

– Alguns dos empregados de Bobby. Ele era um engenheiro que se transformou em homem de negócios. Tem mais de cem patentes registradas. Ao ver este quarto, você poderia pensar que meu marido só gostava de se divertir e não dava bola para o trabalho, mas Bobby é, acima de qualquer coisa, um trabalhador muitíssimo dedicado. Todas as coisas que inventou renderam muito dinheiro.

– Quando vocês se conheceram? – perguntou Michelle. E acrescentou rapidamente: – Eu sei que é uma pergunta pessoal, mas ele parece uma pessoa fascinante.

Remmy, na verdade, sorriu ao ouvir isto.

– Ele entrou na loja de roupas de meu pai em Birmingham, no Alabama, há quarenta e cinco anos e anunciou que tinha me visto em várias funções sociais e que eu era a coisa mais bonita que já tinha visto e que iria se casar comigo. E que queria apenas que meu pai soubesse, embora dissesse que não estava pedindo sua permissão, o que era, e ainda é em muitos sentidos, o costume por lá. Disse que a única pessoa que ele tinha de convencer de suas intenções era eu. Bem, ele me convenceu. Eu tinha apenas dezoito anos e não conhecia nada da vida, mas não era boba nem fácil. Ainda assim, ele acabou por me conquistar.

– Era um verdadeiro furacão – disse King.

– Era dez anos mais velho que eu. Quando nos casamos, ele ainda não havia ganho muito dinheiro, mas tinha cérebro para isso e o dinamismo necessário. Era especial. E, mesmo assim, ele *me* queria. – Esta última parte foi dita com uma humildade surpreendente.

– Ora, mas não se pode dizer que você não fosse uma conquista e tanto – comentou King.

– Suponho que eu fosse uma das pouquíssimas que resistiram a ele. Ah, e nós tivemos nossos altos e baixos como a maioria dos casais – acrescentou em voz baixa.

Remmy abriu uma porta e os convidou a entrarem.

– O closet de Bobby.

O espaço era bem menor do que o do closet da esposa dele, mas também era construído com requinte.

Remmy empurrou algumas calças penduradas em bastões e apontou para a face lateral de um dos armários, de onde um painel de madeira havia sido retirado.

– Há um compartimento secreto ali, mais ou menos do mesmo tamanho do que tenho em meu quarto. Uma das gavetas neste armário não vai até o fundo, compreendem. É muito bem bolado, porque, olhando de frente, é quase impossível dizer qual a profundidade das gavetas. E não se pode ver o minúsculo buraco da fechadura na lateral a menos que você esteja procurando por ele. Estive aqui um milhão de vezes e nunca reparei nele.

King lançou um olhar rápido para ela.

– Então não sabia que Bobby tinha uma gaveta secreta?

A expressão de Remmy foi a de uma mulher que só tarde demais se deu conta de ter falado mais do que devia.

– Não, eu não sabia – respondeu.

– O que foi roubado?

– Que importância tem isso? – retrucou com aspereza. – Eu sei o que foi roubado da minha.

– Remmy, você quer dizer que não sabe o que Bobby guardava aqui dentro? – perguntou King.

Ela não respondeu por um longo momento. Quando o fez, foi num tom de voz muito mais brando:

– Não, não sei.

CAPÍTULO

17

– PUXA VIDA – DISSE MICHELLE depois de saírem da casa. – Um psiquiatra poderia escrever um estudo inteiro só a respeito do relacionamento entre Savannah e Remmy.

– O fato de ela não ter conhecimento do que estava na gaveta de Bobby está deixando a mulher completamente obcecada – observou King enquanto olhava para a mansão.

– E, embora o closet dela estivesse todo arrebentado, o de Bobby não estava. Isto é significativo.

– É verdade. A pessoa sabia onde ficava o esconderijo de Bobby, mas não tinha a chave para abri-lo.

Antes de deixarem a casa, tinham falado com Mason e os outros empregados. As respostas deles eram incrivelmente consistentes: todos tinham estado na casa, na parte dos fundos da propriedade, e não tinham visto nem ouvido nada quando o arrombamento ocorreu.

King e Michelle entraram no carro, mas, em vez de ir embora, King dirigiu seu Lexus pela estrada asfaltada que levava à parte de trás da propriedade.

– Aonde estamos indo? – perguntou Michelle.

– Conheci Sally Wainwright, a mulher que cuida dos estábulos, numa competição de equitação no ano passado. Vamos ver se ela também não viu nem ouviu nada naquela noite.

Sally era uma moça de vinte e poucos anos, bonitinha, de tipo mignon, mas ágil e musculosa, com longos cabelos castanhos que mantinha presos num rabo-de-cavalo. Estava limpando uma baia quando King e Michelle estacionaram o carro. Secou o suor do rosto com um lenço e se aproximou do carro.

– Provavelmente não se lembra de mim – começou King. – Passei um dia com você na prova de adestramento para fins beneficentes, em Charlotesville, no ano passado.

Ela deu um largo sorriso.

– É claro que me lembro de você, Sean. – Lançou um olhar rápido para Michelle. – Você e a srta. Maxwell agora são bastante famosos.

– Ou infames – retrucou King. Ele olhou ao redor, para os estábulos e para os cavalos. – Então, muitos dos Battle ainda cavalgam? – perguntou.

– Dorothea nunca montou. Eddie ainda cavalga bastante. Anda apaixonado por reencenações de batalhas da Guerra Civil e, nelas, volta e meia tem que montar.

– Você também gosta disso? – perguntou Michelle.

Sally deu uma gargalhada.

– Eu sou do Arizona. Não tenho nenhum interesse pela Guerra Civil.

– Vi que Savannah está de volta em casa. Ela não costumava participar de competições de hipismo? – perguntou King.

Uma ligeira expressão de aborrecimento se revelou nas feições de Sally.

– Ela costumava. – King esperou com expectativa para ver se Sally acrescentaria um ponto de exclamação definidor no comentário.

– Ela é uma grande amazona. Não é nada habilidosa na hora de limpar as baias, cuidar dos cavalos e lidar com pessoas que não nasceram em berços de ouro. – Sally de repente pareceu amedrontada, como se tivesse falado o que não deveria.

– Não se preocupe, Sally – disse King, em tom compreensivo. – Eu sei exatamente o que você quer dizer. – Ele fez uma pausa e acrescentou: – A sra. Battle monta?

– Há cinco anos que trabalho aqui e não a vi montar nenhuma vez durante este tempo. – Ela se apoiou no cabo do ancinho. – Vi vocês chegarem de carro mais cedo. Estavam apenas fazendo uma visita?

King contou a ela o motivo por que estavam ali e a expressão de Sally ficou sombria enquanto lançava olhares rápidos em direção à casa principal.

– Não sei de nada a respeito disso – declarou.

– Então esteve em sua casa com Mason e os outros empregados o tempo todo, imagino.

– Exato – disse ela. – Eu me deito cedo. Tenho que acordar ao raiar do dia.

– Eu sei. Bem, se lhe ocorrer alguma coisa, me avise. – Ele entregou um de seus cartões de visita. Sally nem sequer olhou para o cartão.

– Eu não sei de nada, Sean, sinceramente não sei.

– Tudo bem. Você alguma vez viu Junior Deaver por aqui?

Sally hesitou e então respondeu:

– Umas duas vezes, quando ele estava trabalhando aqui.

– Chegou a falar com ele alguma vez?

– Talvez uma – respondeu ela evasivamente.

– Bem, então tenha um bom dia, Sally.

Eles se afastaram no carro. Pelo retrovisor, King observou Sally dando mostras de grande nervosismo.

– Tem alguma coisa que ela não está nos contando.

– Com certeza.

– Para onde agora?

King apontou para uma grande casa do outro lado da cerca de tábuas.

– Faltam mais dois Battle e então poderemos dar o dia por encerrado.

CAPÍTULO

18

– ENTÃO ISTO AQUI É UMA COcheira – disse Michelle enquanto desembarcava do carro de King e observava a estrutura de tijolos de cerca de quatrocentos e sessenta metros quadrados. – Sempre imaginei que fossem maiores – acrescentou ironicamente.

– Imagino que dependa do tamanho de sua carruagem. – King olhou de relance para o utilitário Volvo prateado, último modelo, estacionado no pátio. – Este é o carro de Eddie.

– Deixe-me adivinhar, você tem o dom da clarividência.

– Não, mas vejo um uniforme de soldado confederado e uma palheta de pintor no banco de trás.

Eddie Battle veio abrir a porta e os convidou a entrarem. Era um homem grande, de pelo menos um metro e oitenta e sete de altura e pesando mais de noventa e cinco quilos de puro músculo. Tinha cabelos escuros fartos e rebeldes e olhos azuis impressionantes, suas feições eram fortes e marcadas pelos elementos. Herdara o cabelo do pai e a boca e os olhos vinham direto da mãe, observou Michelle. Contudo, nele não havia nada da rigidez e da frieza de Remmy; na verdade, seu jeito de menino era muito agradável. Ele a fazia lembrar um típico surfista bonitão da Califórnia, ainda que mais velho.

Eddie trocou um aperto de mãos com eles e os convidou a se sentarem na sala. Seus antebraços muito musculosos e com as veias saltadas estavam respingados de tinta e usava o que pareciam ser botas de cavalaria com os jeans desbotados enfiados no cano. A camisa branca de trabalho ostentava vários furos e manchas de tinta; ele também estava com a barba por fazer. Parecia a antítese do filho de um homem rico.

Eddie riu baixinho quando percebeu o olhar fixo de Michelle em suas botas.

– Eu fui morto na semana passada durante uma desafortunada carga de cavalaria contra uma posição fortificada da União, em Maryland. Queria morrer calçando as minhas botas e agora pareço não conseguir reunir forças para tirá-las. Receio que a pobre Dorothea esteja começando a ficar um bocado aborrecida comigo.

Michelle sorriu e King disse:

– Você provavelmente está querendo saber o que estamos fazendo aqui.

– Não. Minha mãe ligou há alguns minutos. Ela me avisou. Receio que não tenha grande coisa a contar. Estávamos fora quando o roubo aconteceu. Dorothea estava numa convenção de corretores em Richmond. E eu lutei numa feroz reencenação de dois dias em Appomattox e então segui direto de carro para o Tennessee, para chegar a tempo de pegar a luz do amanhecer nas montanhas Smoky. Eu estava pintando uma paisagem – explicou ele.

– Parece um bocado exaustivo – comentou Michelle.

– Na verdade, não. Tenho a oportunidade de cavalgar em lugares diferentes, brincar de ser soldado e me lambuzar todo de tinta. Eu sou um garotinho que nunca teve que crescer. Creio que incomoda a meus pais verem que me transformei nisso, mas sou um bom artista, embora nunca vá ser um grande artista. E nos fins de semana brinco de soldado. Sou uma pessoa privilegiada e de sorte e sei disso e, por causa disso, tento ser modesto e me autodepreciar. Na verdade, tenho muitos motivos para ser modesto e me depreciar. – Ele sorriu de novo e mostrou dentes tão perfeitos, em formato e cor, que Michelle concluiu que todos tinham coroa.

– Você sem dúvida é muito franco com relação a você mesmo – observou.

– Olhe, eu sou o filho de pais fabulosamente ricos e, nunca, na verdade, precisei trabalhar para viver. Não me dou ares de importante nem sou metido a besta e as coisas que faço faço tão bem quanto posso. Contudo, sei que não é por isso que vocês estão aqui. Então podem ir em frente e fazer as perguntas que quiserem.

– Alguma vez viu Junior Deaver aqui pelas vizinhanças? – perguntou King.

– Claro, ele fez vários trabalhos para meus pais. Junior também fez trabalhos para mim e Dorothea e nunca tivemos nenhum problema com ele. É por isso que não consigo entender este roubo. Ele estava ganhando um bom dinheiro trabalhando para a família, mas talvez não fosse o suficiente. Pelo que entendi, existem muitos indícios ligando Junior ao crime.

– Talvez demais – respondeu King.

Eddie olhou para ele pensativo.

– Compreendo o que quer dizer. Acho que não dei muita atenção ao caso. Temos andado um bocado preocupados com questões de família ultimamente.

– Claro. Lamentamos muito saber do estado de seu pai.

– É engraçado. Eu sempre pensei que ele fosse sobreviver a todos nós. Veja bem, ainda é possível que o faça. O homem está habituado a conseguir o que quer.

Houve uma pausa antes que King dissesse:

– Esta pergunta poderá parecer meio constrangedora, mas tenho que fazê-la.

– Bem, eu acho que a situação inteira é meio constrangedora, portanto vá em frente.

– Aparentemente, seu pai tinha uma gaveta secreta no *closet* da qual objetos foram retirados. Sua mãe não sabia da existência da gaveta e, portanto, não sabe o que poderia ter estado dentro dela. Você tinha conhecimento de alguma coisa a respeito disso?

– Não. Até onde sei, meus pais não guardavam segredos um do outro.

– Mas, no entanto, tinham quartos separados? – perguntou Michelle abruptamente.

O sorriso luminoso de Eddie se apagou.

– Isto é assunto deles. Não significava que não dormissem juntos ou que não se amassem. Papai fumava charutos e gostava de seu quarto de uma determinada maneira. Mamãe não consegue respirar quando há um charuto aceso e gosta de suas coisas de uma outra determinada maneira. A casa é grande e eles podem fazer tudo o que bem entenderem dentro dela.

King pareceu meio sem graça.

– Eu avisei que era constrangedora.

Eddie parecia a ponto de levantar a voz e continuar a falar no mesmo tom áspero, mas então pareceu controlar o impulso.

– Eu não tinha conhecimento de nenhuma gaveta secreta que papai tivesse. Mas não sou o confidente dele.

– Ele tem um confidente desse tipo? Talvez Savannah?

– Savannah? Não, eu riscaria minha irmã caçula como potencial fonte de informação.

– É, ela esteve fora na faculdade – disse Michelle, encorajando-o a continuar.

– Ela esteve fora, sem dúvida, e começou muito antes da faculdade.

– Pelo que entendi, vocês não são muito unidos – disse Michelle.

Eddie deu de ombros.

– Isto não é culpa de ninguém, na verdade. Eu tenho quase o dobro da idade dela e não temos nada em comum. *Eu* estava na faculdade quando ela nasceu.

– Sua mãe nos relatou o que aconteceu com você nessa época – observou King.

Eddie falou devagar.

– Não me lembro de muita coisa do que aconteceu, para falar a verdade. Eu nunca tinha visto a pessoa que me seqüestrou até eles me mostrarem o corpo do homem. – Eddie deixou escapar um longo suspiro. – Eu tive muita, mas muita sorte. Minha mãe e meu pai ficaram tão felizes quando voltei que conceberam Savannah. Pelo menos esta é a história oficial da família.

– Sua mãe disse que Chip Bailey se tornou um bom amigo.

– Ele salvou a minha vida. Como é possível retribuir isso?

King olhou para Michelle.

– Compreendo o que quer dizer.

Eles ouviram um carro se aproximando e parando com um cantar de pneus perto da porta da frente.

– Deve ser Dorothea. Ela não gosta de perder tempo para chegar aos lugares – disse Eddie.

Michelle olhou para fora, pela janela, e viu o grande BMW preto. A mulher que saltou do carro estava vestida numa saia preta curta e justa, com sapatos pretos e meias pretas, e seu cabelo ondulado era da mesma cor do conjunto. Ela tirou os óculos escuros, lançou um olhar atento para o carro de King e então se encaminhou para a porta.

Dorothea entrou na sala a passadas largas, no que pareceu a Michelle uma imitação pálida – ainda que negra como piche – de Remmy Battle. E então ficou a se perguntar com seus botões se a mulher mais jovem havia conscientemente se moldado nos padrões de sua sogra neste sentido. Elegantemente magra, com quadris bem desenhados, um traseiro arredondado e firme, pernas esguias e sensuais, a mulher possuía um par de seios desproporcionalmente grandes que sem dúvida tinham sido trabalho de um profissional. Sua boca era um pouco larga demais para o rosto e o batom um pouco vermelho demais para a pele muito clara. Os olhos eram de um verde opaco, mas de expressão perspicaz.

Foram feitas as apresentações e trocados os cumprimentos de praxe e então Dorothea pegou um cigarro e o acendeu enquanto Eddie explicava por que Michelle e King estavam ali.

Ela disse:

– Receio que não possa ajudar você, Sean. – Dorothea concentrou o foco de sua atenção nele e pareceu fazer questão de ignorar Michelle. – Estava fora da cidade quando aconteceu.

– Certo. Parece que todo mundo estava fora ou ninguém que estava aqui pareceu notar coisa alguma – observou Michelle, provocando a mulher de propósito.

Os olhos verdes opacos se voltaram lentamente em sua direção.

– Sinto muito se a família e seus empregados não organizaram seus programas para combinar com as atividades criminosas de Junior Deaver – retrucou ela num tom gelado e condescendente. Se fechasse os olhos, Michelle teria jurado que era Remmy Battle falando. Antes que Michelle pudesse revidar o fogo, Dorothea olhou de volta para King: – Creio que vocês estão caçando a raposa errada por aqui.

– Estamos apenas tentando nos assegurar de que um homem inocente não seja mandado para a prisão.

– Mais uma vez, creio que estão desperdiçando o tempo.

King se levantou.

– Bem, não se preocupe, não vamos mais desperdiçar o seu tempo – disse gentilmente.

Enquanto iam embora, Michelle e King ouviram vozes exaltadas se elevando atrás deles. Michelle se virou para seu parceiro.

– Aposto que as reuniões de fim de semana de Battle são divertidíssimas.

– Espero nunca descobrir com certeza.

– Então agora vamos encerrar o dia? – perguntou Michelle.

– Não, eu menti. A próxima visita é Lulu Oxley – respondeu King.

CAPÍTULO

19

KING E MICHELLE ESTACIONARAM defronte do trailer de largura dupla fixado sobre uma fundação permanente de concreto armado ao final de uma entrada de cascalho para carros. Pinheiros maltratados e raquíticos loureiros silvestres formavam um fundo desgastado para a casa humilde de Junior Deaver e Lulu Oxley. Um antiquíssimo Ford LTD, a capota de vinil rachada, o cinzeiro cheio de pontas de cigarro e uma garrafa de um litro de gim Beefeater no banco da frente, com chapas enlameadas da Virgínia Ocidental, estava plantado na frente do trailer como uma miserável sentinela.

Contudo, enquanto eles saltavam do Lexus, Michelle observou que jardineiras floridas se enfileiravam nas janelas do trailer e que outros vasos repletos de flores primaveris de cores vivas enfeitavam os dois lados da escada de madeira que levavam à porta da frente. O trailer propriamente dito parecia velho, mas o exterior estava limpo e em bom estado.

King olhou para o céu.

– O que você está procurando?

– Tornados. A única vez em que fui apanhado por um foi num trailer no Kansas. Não se via uma única folha de relva se mover na área inteira, mas aquele danado levantou o trailer e foi largá-lo em algum lugar em Missouri. Por sorte, eu saí antes de começar a cavalgada. O sujeito a quem eu tinha ido interrogar sobre uma quadrilha de falsificadores decidiu ficar lá dentro. Foram encontrá-lo num campo de milho a dezesseis quilômetros de distância.

King não seguiu para a porta da frente; em vez disso, deu a volta pela lateral do trailer. Imediatamente atrás deste, estendendo-se por cerca de doze metros para trás e cercado em três lados por árvores frondosas verdejantes, havia um grande barracão de madeira. Não tinha porta e no interior se podiam ver as paredes cobertas de ferramentas enfileiradas e um grande gerador no chão. Enquanto eles se aproximavam da estrutura, um cachorro maltratado, com as costelas à mostra, saiu devagar do barracão, os viu e começou a latir e a arreganhar os dentes amarelados. Felizmente o animal parecia estar acorrentado a um pilar bem firme.

– OK, chega de espionar às escondidas – disse King.

Enquanto ele e Michelle subiam os degraus da escada do trailer, uma mulher corpulenta apareceu atrás da porta de tela.

O cabelo da mulher era comprido, volumoso e preto com mechas grisalhas. Seu vestido parecia uma grande forma de sanduíche retangular, de cor púrpura, colada sobre seu corpo imenso e redondo; o rosto era composto de faces vigorosas, três queixos, lábios pequeninos e olhos bem juntos um do outro. A pele era pálida e virtualmente sem rugas. Exceto pela cor do cabelo, teria sido difícil determinar sua idade exata.

– Sra. Oxley? – perguntou King, estendendo a mão para um cumprimento. Ela não a aceitou.

– Quem quer saber?

– Sou Sean King e esta é Michelle Maxwell. Fomos contratados por Harry Carrick para cuidar da investigação em favor de seu marido.

– Isto seria uma verdadeira façanha, considerando que meu marido está morto há muitos anos – foi sua resposta surpreendente. – Deve estar procurando minha filha, Lulu. Eu sou Priscilla.

– Perdoe-me, Priscilla – disse King, olhando de relance para Michelle.

– Ela saiu para ir buscá-lo. Buscar Junior, quero dizer. – Ela tomou um gole de alguma coisa numa caneca de café da Disney World que segurava.

– Pensei que ele estivesse na cadeia – disse Michelle.

O olhar da mulher se voltou rapidamente para ela.

– Ele estava. É para isso que serve a *fiança*, meu doce. Eu vim da Virgínia Ocidental para ajudar com as crianças até Junior se livrar desta confusão. Se ele puder. – Ela sacudiu a cabeçorra. – Roubar de gente rica. Não existe burrice maior, mas burro é o que Junior sempre foi a vida inteira.

– A senhora sabe quando estarão de volta? – perguntou King.

– Eles iam buscar as crianças na escola, portanto não devem demorar muito mais. – Priscilla olhou para eles com desconfiança. – Então, exatamente o que estão fazendo aqui?

– Fomos contratados pelo advogado de Junior para procurar indícios que possam provar sua inocência – explicou King.

– Bem, vocês têm pela frente um longo caminho.

– Então, a senhora acha que ele é culpado? – perguntou Michelle, apoiando-se no corrimão.

Priscilla olhou para ela com evidente desagrado.

– Ele já fez merda deste tipo antes.

King interveio:

– Bem, talvez Junior não tenha feito isso.

– Certo e talvez eu seja manequim trinta e oito e tenha meu próprio programa de televisão.

– Como eles devem estar de volta logo, poderíamos entrar e esperar?

Priscilla levantou a arma que tinha na outra mão; estivera escondida atrás de uma saliência do quadril gordo.

– Lulu não gosta que eu deixe ninguém entrar. E não tenho como saber se vocês são quem dizem ser. – Ela apontou a arma para King. – Agora, não quero atirar em você porque é um homem bonito, mas pode ter certeza de que atiro, e na sua bonequinha magricela também, se tentar se meter a engraçado.

King levantou as mãos numa rendição zombeteira.

– Não tem problema, Priscilla. – Fez uma pausa e acrescentou: – É uma bela pistola esta que você tem. H K nove milímetros, não é?

– E você acha que eu sei? Era do meu marido – respondeu Priscilla. – Mas posso garantir que sei atirar com ela.

– Bem, nós só vamos dar um passeio lá fora e esperar – disse King, recuando pelas escadas e puxando Michelle consigo.

– Façam isso. Apenas não roubem o meu Mercedes ali – disse Priscilla enquanto fechava a porta.

Michelle resmungou:

– Bonequinha magricela? Eu gostaria de enfiar aquela pistola bem no...

King a agarrou pelo ombro e a conduziu para longe do trailer.

– Vamos manter a calma e viver para brincar de detetive um outro dia.

Enquanto iam se afastando do trailer, King se abaixou, pegou uma pedra e a arremessou voando em direção à ravina.

– Por que você acha que Remmy Battle deixou o buraco aberto no compartimento secreto de Bobby? Ela contratou alguém para consertar o estrago no dela. Por que não consertar o de Bobby na mesma ocasião?

– Talvez ela esteja danada com ele e não queira lidar com isso.

– E você acha que ela está aborrecida porque não sabia que havia uma gaveta secreta no closet dele ou porque não sabe o que havia dentro dela?

– Aproveitando que estamos falando nisso, tem uma coisa que também está me incomodando – prosseguiu Michelle. – Por que a *aliança de casamento* estava naquela gaveta? Ela ficou lá nos falando sobre que homem fantástico era o marido dela, então por que não estava usando a aliança? Não poderia ser por causa da gaveta secreta. Só descobriu a gaveta *depois* de a aliança e as outras coisas terem sido roubadas.

– Ela poderia ter desconfiado de que Bobby estava lhe escondendo alguma coisa ou talvez estivessem tendo problemas. Como Harry disse, Bobby tinha outras mulheres. Ou poderia ter estado mentindo para nós.

Michelle teve uma súbita idéia.

– Você acha que Junior foi contratado por alguém para arrombar a casa e roubar o que estava na gaveta secreta de Bobby?

– Quem poderia saber senão Bobby?

– E a pessoa que a construiu.

King assentiu.

– E esta pessoa poderia presumir que objetos de valor seriam guardados nela. De fato, poderia ser a mesma pessoa que construiu a de Remmy. Bobby pode ter contratado o homem para fazer a sua, sem se dar ao trabalho de contar à mulher.

Michelle disse:

– Bem, acho que podemos excluir a possibilidade de Remmy ter contratado Junior para arrombar a casa e roubar o que estava na gaveta do marido. Se soubesse onde estava, poderia tê-lo feito ela mesma.

– *Se* soubesse onde ficava. Talvez não a tenha encontrado ou não tenha conseguido encontrá-la sozinha e tenha contratado Junior para encontrá-la para ela e fazer com que parecesse um arrombamento.

– Mas se ela o tivesse contratado, jamais teria chamado a polícia.

King sacudiu a cabeça.

– Isso não é verdade, não se Junior a tiver trapaceado e roubado as coisas dela, enquanto procurava pelo esconderijo secreto de Bobby. E talvez Junior não esteja contando tudo por enquanto porque queira ver como vão evoluir as coisas.

– Por que de repente estou achando que este caso é um bocado mais complicado do que as pessoas pensam que é? – perguntou Michelle em tom cansado.

– Eu nunca pensei que fosse simples.

Ambos se viraram em direção à van que estava se aproximando do trailer.

King examinou rapidamente os ocupantes e então se virou para Michelle.

– Lulu deve ter conseguido pagar a fiança. Aquele é Junior Deaver no banco do carona. Vamos ver se conseguimos arrancar a verdade dele.

– Pelo jeito com que as coisas têm andado ultimamente, não tenha grandes esperanças quanto a isso. Respostas francas parecem estar em falta.

CAPÍTULO

20

JUNIOR DEAVER DE FATO *PARECIA* um homem que ganhava a vida com as mãos. Seus jeans e camiseta estavam cheios de manchas de tinta e pareciam recobertos por uma permanente camada de pó de massa corrida. Tinha mais de um metro e oitenta, os braços eram grossos e fortes, bem bronzeados pelo sol e ostentavam várias cicatrizes, casquinhas de machucados e pelo menos cinco tatuagens, pelas contas de Michelle, cobrindo uma variedade de temas: de mães a Lulu e motos Harley-Davidson. O cabelo castanho já rareava, ele o usava comprido e puxado para trás num rabo-de-cavalo que, infelizmente, acentuava as entradas e a linha da calva recuando. Um pequeno cavanhaque de fios espetados cobria-lhe o queixo e tinha deixado crescer as suíças fartas bem longas, abaixo das bochechas de Papai Noel. Ele pegou no colo a filha mais nova, uma garotinha de seis anos, com belos olhos castanhos claros e tranças finas, e a tirou do carro com uma ternura que Michelle teria tido dificuldade de creditar-lhe.

Lulu Oxley era magra e vestia um *tailleur* conservador, preto, de aspecto impecável e sapatos de salto baixo. Seus cabelos castanhos estavam penteados com profissionalismo numa trança complicada presa num coque e usava óculos sofisticados, com armação fina de ouro. Numa das mãos, carregava uma maleta e com a outra segurava a mão de um menino que parecia ter oito anos. A terceira criança, uma garota de cerca de doze anos, vinha atrás dela carregando uma grande pasta escolar. Todas as crianças vestiam o uniforme de uma das escolas católicas locais.

King se adiantou e estendeu a mão para Junior:

– Junior, sou Sean King. Harry Carrick nos contratou para trabalhar na sua defesa.

Junior lançou um olhar para Lulu, que assentiu e, então, de muita má vontade, estendeu a mão e apertou a mão de King. Michelle viu seu parceiro se contrair de dor antes que o homenzarrão a soltasse.

– Esta é minha sócia, Michelle Maxwell.

Lulu examinou ambos muito atentamente.

– Harry disse que viriam. Acabei de tirar Junior de lá e não quero vê-lo voltar.

– Não vou voltar – resmungou Junior. – Porque não fiz nada de errado.

No instante em que ele disse isso, a garotinha em seus braços começou a chorar baixinho.

– Ah, droga – disse ele –, Mary Margaret, agora pare, não chore mais. O papai não vai a lugar nenhum exceto para casa. – A garotinha continuou a soluçar.

– Mamãe – chamou Lulu –, venha buscar as crianças, por favor.

Priscilla apareceu no vão da porta sem a arma e empurrou as crianças mais velhas para dentro antes de estender os braços para Mary Margaret e levar a menina que continuava a soluçar.

Ela lançou um olhar furioso para Junior.

– Bem, pelo que vejo, eles hoje em dia deixam qualquer um sair da prisão.

– Mamãe – exclamou Lulu –, por favor, apenas entre e cuide das crianças.

Priscilla pôs Mary Margaret no chão e a garotinha saiu correndo para dentro do trailer.

– Este sujeito de conversa sebosa e a franguinha dele apareceram fazendo uma porção de perguntas. Disseram que estão trabalhando para Junior. Eu acho que deveria dar um tiro acima da cabeça deles e dizer para onde podem ir.

Diante do insultuoso "franguinha", King automaticamente agarrou o braço de Michelle para impedi-la de estrangular a mulher mais velha.

– Sra. Oxley – retrucou –, como eu disse, estamos aqui para ajudar Junior. Já estivemos com Remmy Battle.

– Puxa, parabéns, almofadinha – replicou Priscilla Oxley, que concluiu a frase fungando alto. – E como está passando a rainha hoje?

– A senhora a conhece? – perguntou King.

– Eu costumava trabalhar na Estância Greenbrier, na Virgínia Ocidental. Ela e a família iam para lá toda temporada.

– E ela era... exigente? – perguntou King.

– Ela era um tremendo de um pé no saco comigo – declarou Priscilla. – E se Junior foi burro o suficiente para roubar de uma bruxa como aquela, merece o castigo que tiver.

Lulu apontou um dedo para a mulher.

– Mamãe, nós temos coisas a conversar com estas pessoas. – Levantou o olhar para a porta da frente do trailer de onde Mary Margaret estava escutando a conversa e tremendo de aflição. – Coisas que as crianças não precisam ouvir.

– Não se preocupe com isso, querida – respondeu Priscilla. – Vou deixar as crianças bem informadas a respeito de todos os defeitos do paizinho delas. Só vai me levar uns dois meses.

– Ora, mãe, por favor, não faça uma coisa dessas – pediu Junior enquanto examinava os próprios pés. Ele era bem uns trinta centímetros mais alto que Priscilla Oxley, embora não fosse muito mais pesado do que ela, contudo, estava muito claro, tanto para King quanto para Michelle, que o homem morria de medo da sogra.

– Não venha me chamar de mãe. Depois de todas as coisas que Lulu e eu fizemos por você, é isso que nos dá em troca? Se meter em encrenca, talvez até acabar na cadeira elétrica!

Ao ouvir isso, os soluços de Mary Margaret se transformaram em gritos de arrebentar os tímpanos e, como um vulcão, Lulu entrou em ação.

– Com licença – disse educada, mas firmemente, para King e Michelle.

Subiu as escadas em passo de marcha, agarrou um punhado do vestido da mãe e puxou a mulher muito maior para dentro do trailer junto com Mary Margaret. De trás da porta fechada, eles podiam ouvir gritos abafados e vozes furiosas e então tudo ficou em silêncio. Alguns segundos depois, Lulu reapareceu e fechou a porta ao sair.

– Mamãe às vezes fala demais quando bebe. Desculpem a cena – disse ela.

– Ela não gosta muito de mim – observou Junior desnecessariamente.

– Por que não nos sentamos aqui? – perguntou Lulu, apontando para uma velha mesa de piquenique do lado direito do trailer.

Depois que se acomodaram ali, King pôs ambos a par da visita aos Battle.

Lulu disse:

– O problema é aquilo. – Ela apontou para o grande barracão atrás do trailer. – Já disse a Junior um milhão de vezes para botar uma porta e uma tranca naquela coisa.

– É a velha história – disse ele, envergonhado. – Trabalhando na casa de todo o mundo, não tenho tempo para a minha própria casa.

– Mas a questão – prosseguiu Lulu – é que qualquer pessoa pode entrar ali.

– Não com o velho Luther ali – disse Junior, balançando a cabeça para o cachorro que tinha saído mais uma vez de dentro do barracão e latia alegremente ao ver os donos.

– Luther! – exclamou Lulu com incredulidade. – É claro que ele late, mas não morde e vira de barriga para cima como um filhote quando alguém lhe traz comida. – Ela se virou para King e Michelle: – Junior tem amigos que entram e saem o tempo inteiro para pegar ferramentas emprestadas. Quando não estamos aqui, eles deixam bilhetinhos e nos avisam quando vão trazer as coisas de volta e, às vezes, nunca trazem. E o Luther nunca deteve nenhum deles.

– Eles deixam uma embalagem com seis latas de cerveja como agradecimento – acrescentou Junior rapidamente. – São bons sujeitos, trabalhadores como eu.

– São realmente bons sujeitos, você só não sabe em que medida são *bons* – retrucou Lulu em tom acalorado. – Um deles pode ter incriminado você falsamente.

– Ora, querida, nenhum deles iria fazer isso comigo.

King o interrompeu:

– Mas tudo o que temos que mostrar é dúvida razoável. Se o júri achar que isto significa uma via alternativa, será bom para você.

– É isso mesmo, Junior – disse a esposa.

– Mas eles são meus amigos. Não vou arrumar encrenca para eles. Eu sei que não fizeram nada para me prejudicar. Que diabo, não tem como eles pudessem ter arrombado a casa dos Battle. E vou dizer mais uma coisa a vocês: eles não iriam se meter a enfrentar a sra. Battle, disto podem ter toda a certeza. Eu não tenho diploma de faculdade, mas sou esperto o suficiente para não pegar o diabo da aliança de casamento da mulher. Merda, acham que eu preciso desse tipo de aporrinhação?

– Você não tem que fazer nada contra seus amigos – declarou King em tom enfático. – Apenas nos dê nomes e endereços e os investigaremos, muito discretamente. Provavelmente, todos eles têm álibis mais do que sólidos e poderemos seguir em frente. Mas veja bem, Junior, amigos ou não, a menos que encontremos outros possíveis suspeitos, os indícios contra você são muito convincentes.

– Ouça o que ele diz, Junior – disse Lulu. – Você quer voltar para a cadeia?

– Claro que não, querida.

– Bem e então? – ela olhou para ele com expectativa.

Com muita relutância, Junior deu os nomes e endereços.

– Agora, Junior – disse King com delicadeza –, preciso que você seja franco comigo nisto. Estamos trabalhando para o seu advogado, portanto tudo que você disser é confidencial, não passa daqui. – Ele fez uma pausa, escolhendo as palavras com cuidado. – Você teve alguma coisa a ver com o arrombamento? Não que o tenha feito pessoalmente, mas talvez tenha feito alguma coisa para ajudar alguma outra pessoa envolvida, talvez até sem saber?

Junior se levantou, as mãos cerradas em grandes punhos.

– OK, seu bundão, que tal se eu arrebentar esta sua cara! – rugiu.

Michelle se levantou, a mão deslizando para a arma no coldre, mas King fez um gesto para que parasse.

– Junior, a minha colega ali foi uma atleta olímpica, tem várias faixas pretas e poderia acabar com você e comigo usando só os pés. Além disso, ela tem no coldre uma nove milímetros com balas na agulha pronta para disparar e poderia lhe enfiar um pente inteiro entre os olhos a quinze metros, imagine a um metro e meio. Agora, hoje foi um longo dia e estou cansado. Portanto, sente-se e comece a usar o cérebro antes de acabar se ferindo!

Junior olhou de relance e com surpresa para Michelle, que o encarou de volta sem nenhum vestígio de preocupação ou medo em suas feições. Ele se sentou, mas seu olhar ficou saltando dela para King enquanto este prosseguia.

– Não queremos ser surpreendidos mais tarde. Assim sendo, se houver alguma coisa que não nos disse ou a Harry, precisa corrigir isto agora mesmo.

Depois de um longo momento, Junior sacudiu a cabeça.

– Eu falei a verdade, fui franco com vocês. Não fiz aquilo e não tenho nenhuma idéia de quem tenha feito. E, agora, vou entrar e ver os meus filhos. – Ele se levantou e saiu em direção ao trailer, pisando duro.

CAPÍTULO

21

QUANDO KING E MICHELLE SE encaminharam de volta para o carro, Lulu foi com eles.

– Junior é um homem bom. Ama as crianças e me ama – disse ela. – Trabalha duro, mas sabe que o aspecto da situação não parece nada bom para ele e isso está abrindo um buraco em seu estômago. – Ela deixou escapar um longo suspiro. – As coisas estavam indo bem, talvez bem demais. Meu emprego está indo muitíssimo bem e Junior tem mais ofertas de trabalho do que dá conta de fazer. Estamos construindo uma casa nova e as crianças estão indo muito bem na escola. Sim, talvez estivesse tudo bom demais.

– Você manteve o nome de solteira? – perguntou Michelle.

– Eu não tenho irmãos – respondeu Lulu. – Minhas irmãs usam os sobrenomes dos maridos. Eu apenas queria manter os Oxley vivos, pelo menos enquanto eu estiver viva.

– Você trabalha no Aphrodisiac, não é? – perguntou King.

Ela pareceu um pouco espantada.

– Isso mesmo, como sabia? – Ela sorriu de repente. – Não me diga que esteve lá?

King sorriu de volta.

– Uma vez. Há muitos anos.

– Quando comecei a trabalhar lá, era mais um puteiro do que qualquer outra coisa. Na época, chamava-se Love Shack, sabe, por causa da música do B-52. Mas vi que tinha muito mais potencial do que isso. Ao longo dos anos, transformamos o lugar num clube elegante. Tudo bem, ainda temos as dançarinas e coisa e tal, mas isso é só numa seção separada, a parte original do antigo lugar. Junior trabalhou um bocado na reforma. Deveriam ver o trabalho de marcenaria e carpintaria que temos lá agora, as portas, rodapés, as colunas de madeira, as sancas com acabamento em gesso, cortinados elegantes e papel de parede. Temos um excelente restaurante, com toalhas de linho e louça de porcelana, uma sala de bilhar e uma para jogar cartas, uma sala de cinema e um bar de primeira classe com um local com ventilação especial para que os homens possam fumar seus charutos e acabamos de abrir um clube para pessoas interessadas em negócios. Sabe como é, um lugar para você ir e fazer contatos. Temos acesso a Internet, um *business center.* O lucro aumentou 86% comparado com o do ano passado e o ano passado foi o melhor ano que tivemos nos últimos dez. E tenho feito pressão para mudar o nome para alguma coisa um pouco mais...

– De bom gosto? – perguntou Michelle.

– Isso – respondeu Lulu. – Sou dona de uma cota de participação no negócio, portanto isto é a minha aposentadoria e a de Junior. Quero que seja tão lucrativo quanto for possível. Tenho os custos sob controle, dívidas em níveis razoáveis e administráveis, um bom fluxo de caixa com muito pouca competição direta e nosso alvo demográfico é precioso: público masculino, de alto nível de renda, que não se preocupa muito com quanto gasta. Deveriam ver nosso lucro atual comparado ao que era.

– Você parece ser uma mulher de negócios e tanto – disse Michelle.

– Não começou assim. Não concluí nem o secundário. Meu pai teve um aneurisma quando eu tinha dezesseis anos. Parei de estudar para ajudar a cuidar dele. Acho que não era grande coisa como enfermeira, porque, de qualquer maneira, ele morreu. Mas então me casei com Junior, voltei para o colégio, fiz o supletivo, me formei e comecei a fazer cursos de administração de negócios no colégio comunitário. Comecei a trabalhar no Love Shack em meio expediente. Como garçonete – acrescentou rapidamente. – Não tenho o equipamento físico necessário para ser dançarina. Comecei por baixo e fui sendo promovida, aprendi o negócio e assim cheguei aqui.

– E uma de suas dançarinas acabou de ser assassinada – observou King.

Lulu se empertigou.

– Como sabe disso?

– Somos uma espécie de consultores informais do chefe Williams – explicou King.

– Ela era uma de nossas *ex*-dançarinas – corrigiu Lulu.

– Você a conhecia? – perguntou Michelle.

– Não de verdade. Temos muitas dançarinas que vêm e vão. A maioria não fica muito tempo, faz parte do negócio. Nós operamos de acordo com as regras. Não permitimos nada, exceto dançar. Não queremos perder o alvará de funcionamento porque alguma garota quer ganhar um dinheiro a mais abrindo as pernas.

– Rhonda Tyler queria fazer isso? Foi por isso que ela foi embora? – perguntou Michelle.

– Eu já contei tudo isso à polícia. Há algum motivo para que tenha que contar a vocês também?

– Absolutamente nenhum motivo – respondeu King.

– Ótimo, porque tenho mais do que o suficiente em que pensar sem ter de me preocupar com por que uma dançarina foi assassinada.

– Duvido que ela pretendesse que isto acontecesse – comentou Michelle.

– Querida – disse Lulu –, estou neste ramo há tempo suficiente e já vi o suficiente para que nada, e realmente quero dizer nada, seja mais capaz de me surpreender.

– Estava pensando na mesma coisa – comentou King.

Enquanto eles se afastavam no carro, Lulu os observou e depois entrou no trailer.

Michelle seguiu os movimentos dela pelo espelho retrovisor lateral.

– Ela diz que não conhecia realmente a mulher, mas, apesar disso, foi capaz de identificá-la por meio de uma fotomontagem feita por um artista. E ela sabia da tatuagem na virilha? Ora, vamos, eu diria que isto é um pouco inconsistente.

– Pode ser – respondeu King.

– E, embora Junior possa ser burro demais para saber o que fazer com títulos ao portador, creio que a esposa dele é mais do que esperta o suficiente para vender os títulos e ainda obter um lucro razoável.

– Se isto for comprovado, nosso cliente é culpado.

Michelle deu de ombros.

– Essas coisas às vezes acontecem. E agora?

– Agora vamos descobrir quem instalou as gavetas secretas nos closets dos Battle. Vamos checar os álibis dos amigos de Junior e informar Harry sobre o que fizemos até agora.

– E vamos esperar que o próximo assassinato aconteça – acrescentou Michelle suspirando.

CAPÍTULO

22

DIANE HINSON DEIXOU A FIRMA de advocacia onde trabalhava no centro da cidade, como quase sempre fazia, às sete da noite. Entrou em seu Chrysler Sebring último modelo e saiu dirigindo. Passou num restaurante próximo para pegar uma quentinha para o jantar e seguiu para o condomínio fechado onde morava, acenou para o guarda idoso na guarida – que não andava armado e poderia ter sido facilmente dominado por um par de adolescentes parrudos de doze anos – e seguiu para sua casa, situada no final de uma rua em formato de cachimbo.

As coisas tinham corrido bem para Hinson naquele ano. Acabara de se tornar sócia na Goodrich, Browder & Knight, a segunda maior firma de advocacia de Wrightsburg, finalmente havia conhecido um homem que acreditava que pudesse ser a pessoa certa para ela, um contador de um metro e oitenta e sete, quatro anos mais moço que ela, que gostava de canoagem em corredeiras e que, de vez em quando, conseguia derrotá-la na quadra de tênis. Tinha a sensação de que, a qualquer momento, ele faria a grande pergunta e sua resposta seria um sim imediato. Também conseguira trazer um novo cliente para a firma, com faturamento bastante superior a seis algarismos, que aumentaria significativamente sua renda pessoal. Estava pensando em se mudar para uma casa para uma única família. E fazê-lo com um anel no dedo e um marido com quem fosse viver até a velhice.

Estacionou seu carro na garagem e entrou. Colocou o jantar no forno microondas, trocou a roupa por roupas de corrida e saiu. Cerca de cinco quilômetros e pouco mais de vinte minutos depois, ela chegou em casa um pouco suada, mas quase nada ofegante. Tinha sido uma corredora meio-fundista razoável na faculdade e uma dedicada tenista amadora e mantivera-se em excelente forma ao longo dos anos.

Tomou um banho de chuveiro, comeu sua refeição, assistiu a um programa de televisão que gostava de ver e recebeu um telefonema de seu namorado contador que estava em Houston, trabalhando numa auditoria de uma corporação. Depois de algumas promessas ofegantes de sexo realmente memorável, quando ele voltasse, desligou o telefone, assistiu ao noticiário da noite, reparou que era quase meia-noite e desligou a TV. Despiu-se no banheiro até ficar só de calcinhas, vestiu uma camiseta longa que mantinha pendurada atrás da porta e se encaminhou para a cama.

Ela sentiu uma presença atrás de si, mas, antes que pudesse gritar, a mão enluvada se cerrou ao redor de seu pescoço, cortando-lhe o fôlego e a voz. Um braço muito forte envolveu-lhe o corpo, imobilizando seus membros contra os flancos. Atordoada, Hinson viu-se ser atirada de bruços no chão sem poder se mover nem gritar, enquanto uma mordaça era posta em sua boca e as mãos amarradas atrás das costas com um fio telefônico.

Como advogada criminalista, ela havia defendido réus acusados de estupro, conseguido a liberdade para alguns homens que deveriam ter ido para a cadeia. Havia considerado esses casos vitórias profissionais. Deitada de cara no chão, com um peso esmagador em cima, ela se preparou para ser estuprada. Dominada por um horror sufocante, sabia que, a qualquer momento, sua roupa de baixo seria arrancada e uma violação dolorosa começaria. Nauseada de medo, disse a si mesma para não resistir, se o deixasse fazer o que quisesse, possivelmente sobreviveria àquilo. Não tinha visto o rosto dele. Não tinha nenhuma possibilidade de identificá-lo. Ele não teria nenhum motivo para matá-la.

– Por favor – tentou dizer através da mordaça –, não me machuque.

Sua súplica não foi ouvida.

A faca enterrou-se em suas costas, acertou de raspão o lado esquerdo do coração, foi puxada e enterrada de novo, abrindo um talho de cinco centímetros no pulmão esquerdo e cortando a aorta ao ser retirada. Quando ele finalmente acabou, uma dúzia de ferimentos salpicavam-lhe as costas. Contudo, Diane Hinson estava morta desde o quarto corte.

O homem de capuz negro se inclinou sobre ela, tomando cuidado para não pisar na poça de sangue que formava-se no tapete, e virou Hinson de frente. Levantou a camiseta dela, tirou uma caneta de tinta indelével do bolso e desenhou um símbolo em sua barriga lisa. Repetiu o mesmo símbolo na parede atrás da cama dela. Fez o desenho bem grande, uma vez que não queria que ninguém deixasse de vê-lo. Policiais podiam ser muito imbecis.

Voltou para junto do corpo e cuidadosamente tirou a pulseirinha de tornozelo da mulher, a que havia admirado no estacionamento do shopping, e a enfiou no bolso.

Deixou a faca ao lado do corpo da morta; não poderia conduzir a ele. Havia sido tirada da gaveta da cozinha dela quando ele entrara na casa anteriormente. Estivera escondido atrás dos arbustos na escuridão junto da porta da garagem, esperando que ela voltasse para casa. Quando abrira a porta da garagem, havia esperado até que saltasse do carro e entrasse na casa. A maioria das pessoas fechava a porta da garagem ao entrar em casa usando o botão do controle remoto ao lado da porta que conduzia à casa. Ela nunca o vira se esgueirar para dentro.

Desamarrou as mãos dela e apoiou o braço parcialmente aberto na gaveta de uma cômoda. Tinha observado no shopping que ela usava relógio, portanto não se dera ao trabalho de trazer um. Acertou os ponteiros na posição em que queria e arrancou o pino, congelando aquele número no mostrador. Não fez nenhuma prece pela alma. Contudo, balbuciou alguma coisa sobre aquilo ser uma lição para guardar os recibos do caixa eletrônico.

Metodicamente, examinou o quarto em busca de possíveis indícios de sua presença, mas não encontrou nenhum. Impressões digitais e impressões de palmas de mãos estavam fora de questão. Não só ele havia usado luvas, como também havia colado pequenos retalhos de feltro nas pontas dos dedos e nas palmas das mãos. Retirou um pequeno aspirador de pó portátil do bolso do casaco e o passou no chão e debaixo da cama onde estivera escondido. Fez o mesmo com o closet de casacos de inverno, onde inicialmente havia se escondido, e continuou o processo na escada e finalmente na garagem.

Depois que tirou o capuz, colocou uma barba postiça e um chapéu e saiu pela porta dos fundos. Encaminhou-se para o carro, que havia deixado estacionado numa rua lateral, do lado de fora do elegante condomínio fechado com seu guarda de segurança idoso e desarmado. O fusquinha arrancou. Ele dirigiu depressa, mas dentro do limite legal de velocidade. Tinha uma outra carta para escrever. E sabia exatamente o que queria dizer.

CAPÍTULO

23

SEAN KING ACORDOU CEDO NO barco de seis metros e setenta que lhe servia de casa e que estava atracado no cais. O barco-casa *era* seu lar, pelo menos até que conseguisse acabar de construir uma nova casa para substituir a que havia desaparecido numa cratera feita pelo homem. Vestiu uma roupa de mergulho, respirou fundo e então mergulhou de cabeça na água. Depois de uma nadada de várias centenas de metros, em bom ritmo, retornou ao barco e embarcou numa jornada de um quilômetro e duzentos metros em seu caiaque Loon. Os hábitos atléticos de sua parceira estavam começando a influenciá-lo, ainda que a contragosto, tinha que admitir.

Enquanto impelia o remo na água, pensando nisso, levantou o olhar e a viu. Não ficou surpreso, mesmo naquela hora. Com freqüência, costumava imaginar com seus botões se ela jamais dormia. Seria possível que, na verdade, sua parceira fosse um vampiro que por algum acaso não tivesse problemas com a luz do sol?

Michelle estava em seu leve barco de corrida, remando com uma destreza, força e intensidade com que King só podia sonhar. Ela se movia com tamanha velocidade que qualquer um que não conhecesse a mulher pensaria que a embarcação estava navegando a motor.

Sean gritou o nome dela, suas palavras indo longe sobre as águas tranqüilas.

– Está na hora de tomar um café ou você está a caminho do Atlântico esta manhã?

Ela sorriu, acenou e se aproximou.

Eles emparelharam as embarcações ao lado da doca e as amarraram.

No barco, King preparou o café enquanto Michelle tirava uma barra energética da pochete presa à cintura e começava a devorá-la. Olhou ao redor para o interior bem arrumado.

– Você sabe, este barco é quase maior que o meu chalé – observou entre mordidas.

– E é muito mais bem arrumado, eu sei – retrucou ele, servindo suco e café.

Tinham se passado dois dias desde a conversa inicial deles com Lulu e Junior. Haviam feito um relatório para Harry Carrick, que parecera satisfeito com o progresso deles, mas que, por sua vez, os informara que o Tribunal do Júri decidira, de maneira nada surpreendente, pronunciar seu cliente. Eles haviam conseguido localizar o homem que tinha instalado as gavetas secretas nos closets dos Battle. Era idoso, aposentado e parecia não ter nenhum motivo no mundo para arrombar a casa de seus antigos clientes. Aquilo parecera um beco sem saída até que King lhe perguntara quando Robert Battle havia pedido que sua gaveta secreta fosse instalada.

O velho parecera pouco à vontade diante da pergunta.

– Não gosto de guardar segredos de outras pessoas – dissera. – A sra. Battle é uma pessoa admirável, para mim não existe melhor.

– Então o sr. Battle não queria que ela soubesse da gaveta? – incentivou Michelle, quando o velhote pareceu pouco inclinado a continuar.

– Entrar e sair às escondidas, quando ela não estava lá, não gostei daquilo, não, senhor – declarou ele, evitando responder diretamente à pergunta.

– Alguma idéia de por que o sr. Battle queria que a gaveta fosse instalada? – perguntou King.

– Não perguntei, porque, na minha posição, não me cabia perguntar – respondeu ele teimosamente.

– Por volta de que época foi isso? – perguntou Michelle.

O homem dedicou um minuto a refletir a respeito disso.

– Deve ter sido mais ou menos cinco anos atrás. Instalei a gaveta da sra. Battle alguns anos antes.

King refletiu por um momento e então perguntou:

– E o sr. Battle tinha conhecimento da gaveta secreta de sua esposa?

– Não sei se ele sabia ou não. Ouvi dizer que está à beira da morte.

– Nunca se sabe, com um homem como aquele – respondeu King.

Eles tinham verificado os álibis de todos os amigos de Junior. Na ocasião, os homens tinham estado ou num bar bebendo ou dormindo com suas mulheres, namoradas ou amantes. As senhoras poderiam ter estado mentindo, é claro, mas poderia ser difícil invalidar o testemunho delas sem muita investigação e, em cada caso, King tivera a intuição de que estavam dizendo a verdade. De todo modo, os amigos de Junior pareciam muito longe de ser capazes de levar a cabo um roubo daqueles e, ao mesmo tempo, incriminar falsamente Junior de maneira tão inteligente. A habilidade deles parecia limitada a firmar pregos, beber cerveja e levar mulheres para a cama.

– Você vai morar neste barco o tempo todo enquanto estiver reconstruindo? – perguntou Michelle.

– Não tenho muita escolha.

– Meu chalé tem um quarto de hóspedes.

– Obrigado, mas não creio que meu gene de arrumação pudesse sobreviver.

– Eu melhorei.

– Melhorou! Da última vez em que estive lá você tinha tudo, de esquis aquáticos a espingardas, empilhado numa mesa de jogo em sua sala de jantar, uma pilha de roupa suja na *pia* da cozinha e pratos sujos empilhados numa cadeira na sala. Serviu o jantar em pratos de papelão, numa prancha apoiada sobre duas cadeiras – foi a primeira vez que vi coisa semelhante, posso lhe assegurar.

– Bem – disse ela em tom magoado –, pensei que fosse apreciar o fato de que cozinhei para você. Sabe quantas latas tive que abrir?

– Tenho certeza de que foi uma verdadeira provação.

Ele estava a ponto de dizer alguma outra coisa quando seu telefone celular tocou. Era Todd Williams. A conversa foi breve, mas, quando King desligou, parecia muito abalado.

– Outro assassinato? – perguntou Michelle enquanto descansava a xícara de café e olhava para ele.

– Sim.

– Quem foi?

– Uma pessoa que eu conhecia – respondeu ele.

CAPÍTULO

24

O BRUTAL ASSASSINATO DE DIANE Hinson não havia sido nada bem aceito pela comunidade do condomínio luxuoso, cercado de grades e supostamente seguro. Quando Michelle e King chegaram lá, uma pequena, mas barulhenta, multidão de moradores furiosos havia cercado vários homens de terno que representavam a administração do condomínio de luxo e os assediava. Também, no meio do grupo cercado, havia um guarda de segurança idoso em tamanho estado de aflição que parecia a ponto de chorar.

Carros de polícia e outros veículos de emergência enfileiravam-se pela rua em formato de cachimbo até a casa de Hinson e uma barreira de fita amarela da polícia se estendia ao redor da pequena extensão de grama na frente da casa, ainda que não houvesse muita gente querendo dar uma espiadela. Policiais uniformizados entravam e saíam pela porta da frente e da garagem. King estacionou e ele e Michelle saltaram.

O chefe Williams acenou para eles da sacada na entrada da casa. Apressaram-se para ir ao seu encontro e então os três entraram.

Como se fosse possível, Todd Williams parecia ainda mais miserável do que estivera no necrotério. A força da gravidade parecia estar sugando as forças do policial para dentro da terra.

– Droga – disse ele. – O que fiz para merecer isto, eu não sei.

– Já houve identificação positiva de Hinson? – perguntou King.

– Já, é ela. Por que, você conhece a moça?

– Esta é uma cidade pequena, nós dois éramos advogados.

– Você a conhecia bem?

– Não o suficiente para ajudar na investigação. Quem a encontrou?

– Ela deveria ter estado no trabalho bem cedo hoje de manhã, preparando-se para uma tomada de depoimento ou coisa assim. Quando não apareceu, as pessoas da firma ligaram para o telefone da casa e para o celular dela. Não respondiam. Eles mandaram alguém até aqui. O carro estava na garagem, mas ninguém atendeu à porta. Eles ficaram preocupados e chamaram a polícia. – Williams sacudiu a cabeça. – Este é o mesmo sujeito que matou Tyler, Pembroke e Canney, não há nenhuma dúvida quanto a isto.

Michelle percebeu o tom confiante na voz dele.

– Recebeu uma carta sobre os estudantes universitários?

Williams assentiu, puxou uma folha de papel do bolso e a passou para ela.

– Aqui está a fotocópia. O maldito jornal a escondeu porque estava endereçada a Virgil e ele estava fora da cidade. Aparentemente, nem uma única pessoa lá pensou em abri-la. E dizem que são repórteres! Uma ova!

– Estava em código como a primeira? – perguntou King.

– Não, foi exatamente assim que a recebemos. E sem nenhum símbolo no envelope.

King comentou:

– Lá se vai a teoria do Zodiac. – Olhou para Michelle. – O que diz?

Michelle examinou rapidamente a carta e começou a ler:

OK, mais uma tombou com outras por vir. Eu avisei da primeira vez que não era o homem-Z. Mas vocês provavelmente estão pensando que aquela coisinha de moleque foi obra da mão do Z. Pensem de novo. Deixei a coleira de cachorro ficar porque não foi o cachorro quem me fez fazer aquilo. Nem sequer tenho um cachorro. Queria fazer tudo sozinho. E não, eu também não sou ele. Até a próxima vez e não vai demorar muito. Não é SOS.

Ela olhou para King com uma expressão perplexa.

– Coleira de cachorro? Não foi o cachorro quem me fez fazer aquilo?

– Você está dando sinais de sua idade, ou melhor, da falta de idade, Michelle – respondeu King. – SOS foi o cachorro quem me fez fazer aquilo. Este era o Son of Sam, Filho de Sam, David Berkowitz, o assassino de Nova York nos anos 70. Foi chamado de matador dos lugares de encontros de casais de namorados porque suas vítimas eram jovens casais namorando que eram mortos dentro dos carros.

– Lugares de encontros de casais de namorados, como Canney e Pembroke – disse Michelle.

Williams assentiu.

– Berkovitz dizia que seu vizinho era uma espécie de demônio que comunicava suas ordens para matar por intermédio do cachorro. Um monte de besteira, é claro.

– Mas o nosso sujeito sabe exatamente o que está fazendo. Ele diz isso – observou King.

Michelle o interrompeu.

– Mas não estou entendendo isso. Por que cometer assassinatos em estilo semelhante ao de outros assassinos como um imitador faria e depois escrever para esclarecer que *não* é nenhum deles. O que quero dizer é que a imitação é a forma mais sincera de elogio, certo?

– Quem sabe? – retrucou Williams. – Mas ele matou aqueles dois estudantes.

King encarou o chefe e depois tornou a olhar para a carta.

– Espere um minuto. Ele não disse isso. Disse: "Mais *uma* tombou."

– Não fique preso a detalhes gramaticais com um psicótico – reclamou Williams. – Ele apenas juntou tudo numa coisa só.

– Veja a carta de novo; ele também usa o singular "moleque", não "moleques".

Williams coçou o queixo.

– Bem, talvez ele tenha apenas esquecido e deixado de pôr a última letra. Poderia ser apenas isso.

– Mas se foi intencional, de qual dos moleques ele está falando? – perguntou Michelle.

Williams deu um profundo suspiro e depois apontou para a escada:

– Bem, vamos subir e ver isto aqui. Porém, não creio que vá esclarecer coisa nenhuma. E não preciso de uma porcaria de uma carta para me dizer quem ele *não* está tentando imitar desta vez.

Eles subiram a escada e entraram no quarto. Diane Hinson permanecia onde fora morta. Havia um monte de atividade no quarto enquanto técnicos forenses, policiais, homens vestindo jaquetas do FBI e investigadores de homicídios da Polícia Estadual da Virgínia cuidavam da questão de preservar a cena do crime e absorver todos os detalhes valiosos que pudesse conter. Contudo, se seus olhares vazios fossem alguma indicação, aparentemente estava sendo difícil encontrar pistas de possível utilidade.

King observou Sylvia Diaz num canto, absorvida numa conversa com um homem corpulento, vestido num terno que não lhe caía bem. Ela levantou o olhar, deu-lhe um sorriso cansado e então virou para o outro lado. Quando o olhar de King encontrou o símbolo pintado na parede, ele recuou com um sobressalto.

Era uma estrela de cinco pontas, mas desenhada de cabeça para baixo.

– Sim, eu fiz a mesma coisa.

King se virou para ver Williams de olhos cravados nele. O chefe de polícia se abaixou e levantou a blusa de Hinson.

– E também está aqui. – Todos examinaram o desenho na barriga da mulher.

Michelle tinha visto aquele símbolo na parede também.

– É um pentagrama de cabeça para baixo – disse. – Este eu conheço. Richard Ramirez, certo?

– "O caçador da noite" – disse King, assentindo. – Que, a menos que eu esteja enganado, atualmente reside no corredor da morte, a quase cinco mil quilômetros daqui. Ele desenhou um pentagrama de cabeça para baixo em algumas de suas vítimas e também nas paredes do quarto de pelo menos uma das vítimas, exatamente como aqui.

Williams virou Hinson de lado e todos olharam para os múltiplos ferimentos a faca que lhe cobriam as costas.

– Sylvia diz que ela foi mantida de bruços, esfaqueada nas costas, e depois, presumivelmente, virada de frente e a mão foi empurrada para ficar presa contra a gaveta da cômoda.

– Alguma pista? – perguntou Michelle.

– O assassino usou uma das facas de cozinha da vítima para esfaqueá-la e o fio de telefone de um de seus aparelhos para amarrá-la. Há marcas nos pulsos dela que mostram isso. Mas ele tirou os fios para apoiar o braço dela. Há uma porção de impressões digitais aqui, mas eu ficaria muito surpreendido se o canalha não tiver usado luvas.

– E temos certeza de que era um homem?

– Não há nenhum sinal de luta. Ela foi dominada muito rapidamente. E, mesmo se uma mulher tivesse feito isso, talvez com uma arma na mão, seria um pouco arriscado amarrá-la. Hinson poderia ter conseguido reagir e dominá-la. Ela estava em excelente forma física.

King parecia perplexo.

– E ninguém viu nem ouviu nada? Estas casas são residências coladas umas às outras. Alguém tem que ter visto ou ouvido alguma coisa.

– Estamos investigando isso, é claro, mas ainda é cedo demais para saber. O que sabemos é que a casa à direita da de Hinson estava à venda e vazia.

– Quando ela foi morta? – perguntou Michelle.

– Você terá que perguntar isso a Sylvia, se aquele sujeito do FBI permitir que ela se afaste.

King mais uma vez olhou rapidamente na direção de Sylvia.

– Ele é do VICAP?

– Para dizer a verdade, juro por Deus que não tenho certeza. Apareceu tanta gente aqui que não sei mais quem entrou e quem saiu.

– Todd – disse King –, tome cuidado para não dizer isso ao alcance dos ouvidos de um advogado de defesa.

Williams pareceu confuso por um momento e então disse:

– Ah, certo, tudo bem.

Eles foram examinar o relógio.

– Foi ajustado para marcar quatro horas – disse Williams tristemente.

King se abaixou e o examinou mais de perto.

– Não, não foi.

– Quê? – exclamou Williams.

– Está marcando quatro horas *e um* minuto.

Williams se ajoelhou ao lado dele.

– Ora vamos, Sean, creio que diante das circunstâncias isto é praticamente a mesma coisa.

– Este sujeito tem sido extremamente exato até agora, Todd.

Williams pareceu incrédulo.

– Ele tinha acabado de matar uma mulher e queria sair daqui o mais rápido possível. Provavelmente estava operando no escuro. Ao contrário das outras cenas de crime, estava bem no meio de uma porção de possíveis testemunhas. Em sua pressa, é provável apenas que não tenha reparado que havia cometido um erro de um minuto.

– Talvez – disse King com o mesmo ceticismo. – Mas um assassino que é cuidadoso o suficiente para não deixar nenhum indício utilizável para trás não me parece ser do tipo que iria escrever "moleque" quando queria dizer "moleques" nem acertar um relógio para quatro-zero-um quando queria dizer quatro.

– Ora, se o que ele quis que o relógio indicasse de fato fosse quatro e um minuto, por que foi?

King não tinha resposta para a pergunta. Olhou para a mulher morta por um longo momento enquanto Williams se afastava para verificar alguma outra coisa no aposento.

Michelle pôs a mão no ombro dele.

– Desculpe, Sean, eu me esqueci de que você a conhecia.

– Ela era uma boa pessoa e uma excelente advogada. E com certeza não merecia isto – não que alguém mereça.

Enquanto eles passavam por Sylvia a caminho da saída, ela os deteve. O homem de terno havia se juntado a um outro grupo parado junto ao corpo. Era um pouco mais baixo que King, porém mais corpulento e muito musculoso, os ombros pareciam a ponto de rasgar o paletó. Os cabelos de um tom grisalho acastanhado, estavam ficando ralos. Tinha orelhas deformadas e um nariz achatado de boxeador entre os vibrantes olhos castanhos.

– Bem, número quatro e a contagem continua – declarou Sylvia. – O caçador da noite. Quem poderia ter imaginado? – Ela sacudiu a cabeça.

– Quem era aquele sujeito com quem estava falando? – perguntou King.

– Um agente do FBI. Chip Bailey, de Charlottesville.

– Chip Bailey? – repetiu Sean lentamente.

– Você o conhece? – perguntou Sylvia.

– Não, mas creio que gostaria de conhecer.

– Posso combinar alguma coisa. Mais tarde, é claro. As pessoas estão um bocado ocupadas agora.

– Tudo bem. – Ele fez uma pausa e acrescentou: – Você reparou na hora no relógio?

Sylvia assentiu.

– Quatro horas e um minuto. Exatamente como o de Pembroke.

– O quê? – disseram King e Michelle ao mesmo tempo.

– O relógio de Pembroke estava marcando duas horas e um minuto. Eu não disse isso a vocês?

– Não – respondeu Michelle –, nem o Todd. Ele parece achar que era tão perto de ser a hora exata que descartou qualquer significância.

– O que você acha? – perguntou-lhe King.

– Creio que é importante. Apenas não sei por quê.

– Alguma outra coisa chamou sua atenção? – perguntou King.

– Tirei a temperatura retal de Hinson, depois a examinei em busca de indicações de violação sexual, é claro; isso deu negativo. Ela está morta há nove horas. Porém, foi esfaqueada *doze* vezes.

Michelle compreendeu o que o tom da voz de Sylvia insinuava.

– Isto significa um exagero.

– Sim. E também significa raiva – disse Sylvia. – Não havia quaisquer ferimentos defensivos nas mãos nem nos antebraços dela. Evidentemente foi apanhada de surpresa e rapidamente dominada.

Sylvia pegou a bolsa e balançou a cabeça em direção à porta.

– Vou voltar para o consultório. Tenho pacientes para atender e depois farei a autópsia de Hinson.

– Vamos acompanhar você até a porta – disse King.

Eles seguiram para o ar fresco que rapidamente estava sendo aquecido pelo sol.

– Eu quis perguntar como está correndo sua investigação com Junior Deaver?

King olhou para ela surpreso.

– Como soube disso?

– Encontrei-me com Harry Carrick no mercado. Contei a ele que vocês dois estavam acompanhando as investigações desses assassinatos e ele me disse que também estavam trabalhando para ele. Ainda não consigo acreditar que Junior Deaver possa ter feito aquilo. Ele fez obras em minha casa. Sempre o achei muito gentil e prestativo, embora seja pouco instruído.

– Nós conversamos com Remmy, Eddie, Dorothea, Savannah e os empregados da casa.

– E não foram muito longe, tenho certeza – observou Sylvia.

– Remmy está realmente arrasada por causa de Bobby – disse King.

– Ouvi dizer que ele está muito mal.

– Bem, há esperança – disse Michelle. – Recentemente recuperou a consciência, até falou, mas aparentemente coisas sem nexo; não está de fato coerente, apenas dizendo nomes e coisas assim. Mas, apesar disso, é um sinal positivo, creio.

– Derrames são completamente imprevisíveis – disse Sylvia. – Justamente quando você pensa que alguém está se recuperando, morre ou vice-versa.

King sacudiu a cabeça.

– Bom, pelo bem de Remmy, espero sinceramente que ele se recupere. – Ele olhou para Sylvia: – Você nos avisará do que encontrar em Hinson?

– Todd me disse para fazê-lo e ele é o chefe. Pelo menos até que o FBI ou a polícia estadual assuma a investigação.

– Acha que isso é provável? – perguntou Michelle.

– Com a finalidade de encontrar este maníaco, creio que realmente seria uma evolução positiva – disse Sylvia com firmeza.

CAPÍTULO

25

Os QUATRO ASSASSINATOS EM série em Wrightsburg ganharam as atenções e entraram no fluxo de informações dos noticiários nacionais naquela tarde e continuaram em foco durante a noite. A maioria dos cidadãos da pequena cidade ficou sentada diante de suas telas de TV enquanto âncoras de expressão sombria se dedicavam a explicar detalhadamente onde ficava o município rural da Virgínia e como este havia sido devastado por uma série de assassinatos violentos e aparentemente sem motivo. Autoridades estaduais e federais estavam no local, dizia o pessoal das emissoras de TV, e esperava-se que o assassino fosse detido brevemente. O que ficou por dizer foi o fato de que ninguém que estivesse ativamente envolvido na investigação acreditava que isto fosse uma possibilidade muito realista.

Como os outros moradores da cidade, King e Michelle ficaram sentados diante da televisão no escritório de King, assistiram às histórias documentando o matadouro que o humilde domicílio deles havia se tornado. Quando o fato de que duas cartas haviam sido enviadas para o *Wrightsburg Gazette* pelo assassino foi anunciado à nação, King exclamou:

– Merda!

Michelle assentiu em sinal de compreensão.

– Você acha que o assassino está assistindo?

– É claro que está – retrucou King com aspereza. – A notoriedade faz parte de tudo isso.

– Você realmente acha que os assassinatos sejam sem motivo?

– Não há nenhuma ligação evidente entre quaisquer das vítimas. – King ficou em silêncio por um momento. – Exceto pela referência apenas a um moleque na carta sobre Canney e Pembroke. A questão é: qual dos moleques?

– Não estou compreendendo.

Ele olhou para ela.

– Se Pembroke foi especificamente escolhida como alvo, por exemplo, e Canney apenas tenha calhado de estar lá quando aconteceu, isto significa que *havia* um motivo para Pembroke morrer. Agora, se havia um motivo para ela morrer, então talvez haja um motivo para os outros terem morrido também. E talvez estes motivos estejam relacionados de alguma forma.

– E os relógios?

– São, obviamente, a marca registrada do sujeito, mas talvez signifiquem mais que isso.

– Vamos esperar que Sylvia encontre algumas respostas brevemente.

King consultou o relógio.

– Eu tenho um jantar ao qual preciso comparecer.

– Onde?

– No Sage Gentleman, com gente de fora da cidade. Quer vir comigo?

– Não. Tenho coisas a fazer também.

– Um encontro? – Ele sorriu para ela.

– É, com meu instrutor de kickboxe. Nosso plano é suar e amassar muitas roupas.

Eles saíram e seguiram em direções opostas. Como era típico dela, Michelle registrou uma média de trinta e dois quilômetros acima do limite de velocidade permitido em seu Toyota Sequoia branco que havia apelidado de Baleia, em honra à criação fictícia de Melville, Moby-Dick. Ultrapassou o último cruzamento pouco utilizado cerca de trinta segundos antes de chegar à estrada de cascalho que serpenteava em meio à floresta e conduzia a seu chalé. Tão logo ultrapassou o cruzamento, as luzes do fusquinha azul-claro se acenderam e o motorista engrenou a marcha, virou à direita e começou a segui-la.

Ele reduziu a velocidade quando ela entrou na estrada de cascalho, observou enquanto as rodas dela levantavam poeira e pequeninas pedras e então rapidamente sumiam de vista na escuridão que se adensava. Quatrocentos metros mais adiante e depois à direita, sabia, pois já tinha estado lá quando Michelle não estava em casa. Não havia outras residências num raio de oitocentos metros do lugar. Ficava às margens do lago onde ela mantinha um barco leve de corrida, um caiaque e um jet-ski Sea-Doo em sua pequena doca flutuante. O chalé tinha cerca de cento e quarenta metros quadrados e uma planta de espaços abertos com grandes janelões. Ele havia se certificado de que morava sozinha, não tinha nem sequer um cachorro para lhe fazer companhia e mantê-la em segurança. Contudo, ela era uma ex-agente federal com treinamento e conhecimentos especializados; uma pessoa que não deveria ser subestimada. Dirigiu por mais um trecho na rodovia principal, estacionou o carro num retângulo de terra atrás de uma cortina de árvores e seguiu a pé pela floresta em direção ao chalé.

Quando chegou lá, viu que o Sequoia estava estacionado no desvio ao lado da porta da frente. As luzes estavam acesas na casa. Ele tirou o binóculo e com ele examinou a frente do chalé. Nenhum sinal dela. Mantendo-se bem recuado entre as árvores, encaminhou-se para a parte de trás da casa. Uma luz estava acesa num dos quartos ali, no segundo andar. O quarto dela, presumiu. Havia uma cortina na janela, mas ele avistou sua silhueta duas vezes. Os movimentos eram claros: ela estava se despindo. Ele baixou o binóculo enquanto ela fazia isso. Michelle saiu alguns minutos depois vestida em trajes de ginástica, entrou em sua camionete e levantou poeira enquanto arrancava.

Ele deu a volta na casa e chegou a tempo de ver as luzes das lanternas traseiras piscando antes de desaparecerem na escuridão enquanto ela entrava na curva e saía de vista. A mulher de fato era rápida no volante, pensou. Cravou os olhos na porta da frente. Estava trancada, mas isso não era nenhum grande problema. Não havia nenhum sistema de segurança; já verificara isso também. Tirou do bolso a gazua adequada e a ferramenta de tensão do conjunto que trazia.

Depois de alguns minutos de trabalho com a gazua, ele estava dentro da casa e olhava ao redor. A casa era uma bagunça;

ficou maravilhado com a capacidade da mulher de conseguir funcionar em meio a tamanho caos. Colocou o aparelho de escuta atrás de uma pilha de livros e CDs que acumulavam poeira num canto da sala de visitas. Era um aparelho transmissor de sinal de teste de FM com tamanho de mais ou menos uma moeda de um quarto de dólar. Havia um microfone soldado ao transmissor, o que era ilegal de acordo com a legislação dos Estados Unidos porque transformava o transmissor em equipamento de escuta, embora ele não estivesse preocupado com aquela violação da lei e da privacidade. Correu para o andar de cima, para o quarto de Michelle, onde revistou o armário dela e encontrou várias calças pretas, duas blusas brancas, um trio maltratado de sapatos de salto, mais formais, e também uma abundância de jeans, blusões de malha e roupas de ginástica e uma variedade de calçados para atletismo.

Voltou para o andar de baixo. Ela não tinha uma área formal de escritório ali; mesmo assim, ele examinou uma pilha de correspondência acumulada de modo desordenado sobre a mesa da cozinha. Nada de incomum desde que se considerassem assinaturas das revistas *Shooting Magazine* e *Iron Women* normais.

Ele saiu rápida e silenciosamente; tinha uma última tarefa a executar. Como estava escondendo aqueles aparelhos de escuta em lugares diferentes, não poderia estar presente para ouvir todos ao mesmo tempo. Portanto, havia modificado o transmissor de maneira que ficasse conectado a um microgravador digital, ativado pela voz, que agora estava escondendo do lado de fora do chalé de Michelle. O transmissor sem fio tinha um alcance de cem metros dentro do chalé e o gravador tinha um disco rígido que lhe permitiria armazenar centenas de horas de gravação. Ele voltou para dentro da casa, falou e, então, voltou depressa para testar o microgravador. As palavras que dissera tinham sido gravadas sem problema. Satisfeito, foi embora em seu carro. Já tinha instalado aparelhos de escuta no barco de King, bem como no escritório e telefones dos investigadores particulares. Rapidamente havia descoberto que o chefe Williams estava usando King e Michelle na investigação. Sabia perfeitamente bem quanto isto poderia ser muitíssimo útil para ele. Agora, pelo menos duas pessoas que tentavam capturá-lo iriam lhe fornecer informações sem saber. Como King havia previsto, ele *estivera* ouvindo os noticiários. Tinha pleno conhecimento de que um exército de homens da lei estava sendo reunido para capturá-lo. Bem, ele morreria antes que isso acontecesse. E levaria consigo tantos outros quantos pudesse.

CAPÍTULO 26

MAIS TARDE NAQUELA NOITE, Kyle Montgomery, assistente de Sylvia e aspirante a astro de rock, estacionou seu jipe na frente do necrotério e saltou. Usava um casaco preto com capuz com a sigla "UVA" estampada nas costas, calças amarrotadas de algodão grosso e botas de caminhada sem meias. Observou que o Audi conversível azul-marinho de Sylvia também estava estacionado ali na frente. Consultou o relógio. Eram quase dez horas. Um bocado tarde para que ela estivesse lá, mas havia a última vítima para dissecar: a tal advogada, lembrou-se. Sua chefe não havia pedido sua ajuda para esta tarefa, uma decisão pela qual estava muito grato. Contudo, a presença dela ali, naquela noite, tornava o que viera fazer um pouco mais arriscado, porque não sabia em qual das instalações estaria. Provavelmente no necrotério, contudo, se estivesse no consultório médico, sempre poderia inventar uma desculpa se ela o descobrisse. Passou o cartão de segurança na ranhura ao lado da porta da frente, ouviu a tranca estalar ao se abrir e entrou no consultório de Sylvia.

Somente as lâmpadas de emergência, de baixa intensidade, estavam acesas. Kyle foi caminhando cautelosamente pelos ambientes conhecidos, parando apenas quando passou pela sala do gabinete de Sylvia. A luz estava acesa, mas não havia ninguém ali dentro.

Entrou em silêncio na área da farmácia do consultório, usou sua chave para abrir um dos armários de medicamentos e retirou vários frascos. Tirou um comprimido de cada um, tomando cuidado para separá-los em saquinhos plásticos que tivera o cuidado de identificar com uma caneta preta de tinta indelével. Ele invadiria o sistema de computador do consultório e adulteraria os números do inventário para esconder o roubo. Kyle só retirava alguns comprimidos de cada vez, assim era fácil esconder seus rastros.

Estava prestes a ir embora quando lembrou que havia deixado sua carteira de notas no armário do vestiário do necrotério mais cedo, naquele dia. Guardou os comprimidos na mochila e, silenciosamente, destrancou a porta que separava as duas áreas de trabalho. Se cruzasse com ela, diria apenas a verdade, que deixara a carteira. Passou pelo escritório de Sylvia no necrotério. Estava desocupado. Entrou na área de assepsia. A sala de autópsia ficava lá atrás, nos fundos do prédio; era onde Sylvia estaria cuidando de sua companheira silenciosa. Não tinha intenção de ir a lugar nenhum perto de lá. Escutou atentamente por alguns segundos, esforçando-se para ouvir os sons da serra Stryker, de água correndo ou de instrumentos esterilizados batendo em metal, mas só havia silêncio. Aquilo era um pouco assustador, embora muito do que acontecesse durante uma autópsia envolvesse aquele tipo de silêncio. Afinal, os mortos não iriam reclamar de todo o mexer, remexer e esquadrinhamento.

Agora havia um som vindo, distintamente, pensou ele, dos fundos do prédio. Sua chefe poderia estar em movimento. Rapidamente apanhou a carteira e se escondeu nas sombras. Estava temeroso de que, se ela o encontrasse ali, pudesse começar a fazer perguntas desagradáveis. Sylvia às vezes agia assim, era direta e áspera. E se lhe pedisse que abrisse a mochila? Ele recuou mais para o canto da parede, o pulso martelando em seus ouvidos. Silenciosamente, amaldiçoou sua falta de sangue-frio. Por fim, encontrou coragem para retornar ao corredor mal iluminado. Trinta segundos depois, estava fora do prédio e dirigindo pela rua, os medicamentos controlados, roubados, em segurança na mochila.

Quando chegou ao lugar, o estacionamento estava cheio. Encaixou o jipe entre um par de utilitários e entrou.

O Aphrodisiac estava cheio de vida e atividade, virtualmente todas as mesas e bancos altos no bar estavam ocupados. Kyle mostrou sua identidade para um leão-de-chácara de cara sonolenta na entrada para a sala onde as dançarinas estavam e passou alguns minutos admirando as moças. As mulheres bem-feitas de corpo, quase despidas, faziam gestos tão lascivos com os postes metálicos de dança que teriam feito suas pobres mães morrerem de humilhação – ou seja, depois que tivessem estrangulado as filhas desavergonhadas. Kyle adorou cada minuto do que viu.

Ele consultou o relógio e então se encaminhou para a escada que levava ao segundo andar e seguiu por um corredor em direção a uma grossa cortina vermelha que fechava a passagem. Além da cortina vermelha, havia um labirinto de pequenos quartos. Ele foi até a primeira porta, bateu de acordo com um sinal já combinado e imediatamente recebeu permissão para entrar.

Fechou a porta atrás de si e ficou parado, nervoso, não querendo avançar muito no ambiente escurecido. Aquela não era a primeira vez que fazia isso, mas cada vez encerrava sua própria parcela de risco e incerteza.

– Você trouxe? – perguntou a mulher, numa voz tão baixa que ele mal conseguiu ouvir.

Kyle assentiu.

– Está tudo aqui. Todas as coisas de que você gosta. – Ele enfiou a mão no bolso do casaco e tirou os saquinhos plásticos. Levantou-os como um menino orgulhosamente mostrando um passarinho morto à mãe.

Como sempre, a mulher usava um vestido longo esvoaçante e uma echarpe envolvendo-lhe a cabeça. Seus olhos estavam escondidos atrás de óculos de sol de lentes muito escuras, apesar do quarto estar mal iluminado. Evidentemente, ela não queria ser reconhecida. Com freqüência, Kyle ficava pensando quem seria ela, mas nunca tivera a coragem de perguntar. A voz lhe parecia familiar, mas não conseguia situá-la de maneira definitiva.

Houvera um bilhete deixado em seu jipe, certa noite, dizendo que se ele quisesse ganhar um dinheiro a mais, poderia telefonar para o número escrito no papel. Bem, quem não gostaria de ter um dinheirinho a mais? Respondera afirmativamente e havia sido informado de que a pequena farmácia que Sylvia mantinha em seu consultório podia ser uma fonte de renda muito lucrativa para ele. Analgésicos potentes e outras drogas potencialmente alteradoras da mente eram os itens na lista desejada pela compradora.

Sem quaisquer escrúpulos que o impedissem, Kyle havia concordado em examinar a possibilidade de obtê-los, empenhara-se em descobrir qual seria a melhor maneira de acessar aquela mina de ouro em potencial e concluíra que era viável. Depois de chegarem a um acordo quanto aos termos, as entregas começaram e Kyle aumentara significativamente sua renda.

O vestido comprido não escondia totalmente o corpo bem-feito da mulher diante dele. A privacidade do ambiente, a cama num canto do quarto e o fato de estarem num clube de strip-tease sempre faziam com que o coração de Kyle pulsasse mais forte. Numa fantasia recorrente, ele entrava no quarto, muito maior e mais masculino do que realmente era. Levantava a mão segurando os comprimidos, como estava fazendo agora, mas, quando ela se aproximava para pegá-los, ele a agarrava, a levantava no colo, rindo de sua débil resistência, e a atirava brutalmente sobre a cama. Então caía em cima dela e satisfazia seu desejo até tarde da noite. Sua brutalidade sexual aumentava com os gritos angustiados dela, até que finalmente a mulher gritava em seu ouvido que queria, que ela *o* queria, que queria o Grande Kyle, tanto, tão loucamente.

Naquele mesmo instante, ele sentiu o tecido da calça subir com sua ereção, enquanto aquelas ávidas cenas de fantasia sexual se repetiam mais uma vez em sua cabeça. Ficava a se perguntar se algum dia teria coragem de agir para realizá-la. Duvidava. Era um medroso, covarde demais. Ela colocou o dinheiro sobre a mesa e pegou os saquinhos, então fez um gesto com a mão para que se fosse.

Imediatamente ele obedeceu, dobrando o dinheiro mais de duas vezes e enfiando-o no bolso com um grande sorriso.

Kyle não se daria conta, senão bem mais tarde, de que algo que havia visto era de grande significado, principalmente porque não fazia sentido. E aquilo, por fim, o faria refletir. E, em algum ponto, aquela reflexão conduziria à ação. Por ora, a única coisa a respeito do que refletia era o que fazer com o dinheiro que acabara de ganhar. Kyle Montgomery não era um grande poupador; era muito mais um esbanjador. Gratificação imediata era um estilo de vida para ele. Uma nova guitarra, talvez? Ou um novo aparelho de TV com sistema de CD-DVD combinado para seu pequeno apartamento? Quando, afinal, chegou a seu jipe e foi embora, a nova guitarra havia ganho a parada. Ele a encomendaria no dia seguinte.

No quarto, a mulher trancou a porta, desenrolou a echarpe e tirou os óculos. Descalçou os sapatos e, então, tirou o vestido, revelando uma combinação de seda por baixo dele. Examinou os rótulos nos saquinhos, tirou um dos comprimidos, triturou-o e tomou o pó com um copo de água seguido por um copo com uma dose de gim Bombay Sapphire puro.

Pôs música para tocar, deitou-se na cama, cruzou os braços sobre o peito e permitiu que a força do medicamento a enviasse para um outro lugar, um lugar onde poderia, pelo menos por alguns breves momentos, sentir-se feliz. Até o dia seguinte, é claro, quando a realidade de sua vida voltaria gritando com estridência.

Ela tremeu, se contorceu, gemeu e, então, ficou deitada quieta; o suor brotava por todos os seus poros à medida que alcançava o clímax mais intenso do efeito da droga e depois mergulhava na mais profunda depressão. Num dos espasmos carregados de calor, ela arrancou a combinação encharcada de suor e caiu no chão apenas de calcinhas, a respiração saindo em grandes explosões, os seios batendo um no outro enquanto rolava para trás e para frente numa convulsão de êxtase manufaturado. Seus nervos se incendiaram e negaram fogo sob a tensão deliciosa de sua potente decocção.

Mas ela *estava* feliz. Pelo menos até a manhã seguinte.

CAPÍTULO

27

King acabou seu jantar com amigos por volta das nove e meia e decidiu ligar para Michelle para ver se estaria interessada em tomar um último drinque no Sage Gentleman e conversar mais um pouco sobre o caso. Ela chegou em cerca de dez minutos. Quando sua parceira chegou, King observou com divertimento enquanto muitas cabeças masculinas se viravam para olhar para a morena alta e atraente que caminhava confiante pelo bar vestindo calça jeans, um suéter de gola rulê, bota e uma jaqueta do Serviço Secreto. As fantasias que eles deveriam estar fazendo, pensou. *Imaginem se soubessem que estava armada, que era perigosa e independente como o diabo.*

– Que tal foi o jantar?

– Previsivelmente tedioso. E que tal o kickboxing?

– Preciso de um novo instrutor.

– O que aconteceu com o atual?

– Ele apenas não é exigente o bastante.

Enquanto olhavam ao redor em busca de uma mesa na área do bar, Michelle avistou um rosto conhecido no canto, no fundo do salão.

– Aquele não é Eddie Battle?

No mesmo instante, Eddie levantou o olhar, os viu e acenou, convidando-os a se sentarem.

Michelle e King sentaram-se à mesa dele, onde ainda havia os restos de uma refeição.

– Dorothea não quis cozinhar esta noite? – perguntou King com um sorriso.

– Isto estaria correto. De fato, seria correto com relação à maior parte do tempo de nosso casamento. Na verdade, quem cozinha na maioria das vezes sou eu – acrescentou ele, com um sorriso maroto de menino.

– Um homem de muitos talentos – comentou Michelle.

Ele vestia calças de veludo cotelê e um suéter preto com reforço de couro nos cotovelos. Michelle baixou o olhar para seus pés e viu sapatos esporte tipo mocassim.

– Estou vendo que finalmente tirou as botas de cavalaria.

– Não sem algum esforço. Os pés realmente incham quando se calçam aquelas coisas.

– Quando vai ser sua próxima representação? – perguntou King.

– Neste fim de semana. Pelo menos o tempo tem cooperado. Aqueles uniformes de lã são um bocado ásperos e, quando está quente de verdade, são de matar. Embora eu esteja pensando em me aposentar disso. Minhas costas estão quase destruídas por causa de todo o tempo que passo montado a cavalo.

– Vendeu alguma pintura ultimamente? – perguntou Michelle.

– Duas, ambas para um colecionador na Pensilvânia que, por acaso, também participa das representações. Só que ele luta pela União, mas não me aborreço com ele por causa disso. Afinal, dinheiro é dinheiro.

– Eu gostaria de ver seu trabalho um dia desses – comentou King e Michelle disse o mesmo.

– Bem, eu tenho um estúdio atrás da casa. Me dêem uma ligada quando quiserem. Eu teria o maior prazer em mostrar a vocês. – Ele acenou para o garçom. – Vocês dois parecem estar com sede e, como diria a minha mãe, é falta de educação e uma vergonha beber sozinho.

Enquanto esperavam pelas bebidas, Eddie disse:

– Então, conseguiram solucionar o caso e inocentar Junior Deaver? – Ele fez uma pausa e acrescentou: – Embora imagine que não possam me contar. Parece que, de certo modo, estamos em campos opostos.

– Não é um caso fácil de resolver – respondeu King. – Veremos.

Os drinques chegaram, King provou seu uísque *sour* e perguntou:

– E como vai a sua mãe?

Eddie consultou o relógio.

– Ela está no hospital, embora já sejam quase dez horas, de modo que eles a estarão mandando sair do quarto de papai a qualquer momento. Apesar disso, provavelmente vai dormir lá. Geralmente é o que ela faz.

– Qual é o prognóstico de seu pai?

– Na verdade, parece que melhorou. Os médicos acham que o pior já passou.

– Que ótima notícia – comentou Michelle.

Eddie tomou um gole de sua bebida.

– Ele tem que sair dessa. Realmente tem. – Olhou para um e para o outro. – Não sei se minha mãe sobreviveria à morte dele. E, embora a morte esteja esperando por todos nós, eu simplesmente não o vejo saindo de cena agora, montado em seu cavalo rumo ao pôr-do-sol. – Eddie baixou o olhar, constrangido. – Perdoem-me, bastam alguns gins a mais e começo a dizer um monte de clichês. Este provavelmente é um dos motivos por que beber sozinho, em companhia de seus próprios problemas, nunca é uma boa idéia.

– Por falar em beber sozinho, onde está Dorothea? – perguntou Michelle.

– Em algum compromisso social – respondeu Eddie, em tom cansado. E acrescentou rapidamente: – Uma corretora tem de cumprir toda essa chateação de agenda social. Mas não se pode discutir com o sucesso dela.

– É verdade, Dorothea tem sido muito bem-sucedida – disse King em voz baixa.

Eddie levantou o copo num brinde:

– A Dorothea, a maior corretora de imóveis do mundo.

Michelle e King se entreolharam um tanto constrangidos.

Eddie baixou seu drinque.

– Olhem, ela tem os negócios dela e eu tenho os meus. Há um certo equilíbrio nisto.

– Vocês têm filhos? – perguntou Michelle.

– Dorothea nunca quis filhos e isso praticamente decidiu a questão. – Eddie deu de ombros. Quem sabe, talvez eu também não quisesse filhos. Provavelmente teria sido um péssimo pai.

Michelle interveio.

– Você poderia ter ensinado seu filhos a pintarem, a montarem cavalos, talvez eles também tivessem se interessado por representações.

– E você ainda *poderia* ter filhos – acrescentou King.

– Para fazer isso, eu teria que arrumar outra mulher – disse Eddie com um sorriso resignado – e não tenho certeza de que tenha energia para isso. Além do que, entre os Battle não se admite o divórcio. É indecoroso. Que diabo, se Dorothea não me matasse, minha mãe provavelmente me mataria.

– Bem, a vida é sua – comentou Michelle.

Eddie olhou para ela com uma expressão estranha.

– É o que se imaginaria, não é? – Eddie acabou de beber seu drinque e disse: – Então, ouvi nos noticiários que eles chamaram os chefões para ajudar.

– Inclusive seu velho amigo, Chip Bailey.

– Eu não estaria aqui se não fosse por ele.

– Tenho certeza de que seus pais ficaram realmente muito gratos.

– Ah, claro. Meu pai lhe ofereceu o cargo de chefe de segurança numa de suas companhias. Uma grana preta.

– Eu não sabia disso – respondeu King. – Mas ele evidentemente não aceitou.

– Não. Acho que ele gostava de ser policial. – Eddie bateu a colher contra o garfo. – Lembro-me de quando era criança e esta área não tinha nada além de colinas e florestas. Era fantástica. A gente nunca se preocupava com a possibilidade de que coisa alguma acontecesse.

– E agora? – perguntou Michelle.

– Agora as pessoas estão sendo assassinadas em suas casas, deixadas no meio da floresta, mortas a tiros de espingarda em seus carros. Se eu algum dia viesse a ter uma família, não creio que fosse fazê-lo aqui.

– Bem, acho que você poderia viver em qualquer lugar – retrucou King.

– Não tenho certeza de que minha mãe fosse ficar muito satisfeita com isso.

– Mais uma vez, a vida é sua, Eddie, não é mesmo? – observou Michelle.

Desta vez, Eddie Battle não se deu ao trabalho de responder.

CAPÍTULO

28

ENQUANTO KYLE MONTGOMERY cometia seu crime doloso e Eddie, King e Michelle estavam no bar, Bobby Battle jazia deitado em seu leito de hospital debaixo de uma massa de cateteres intravenosos. Remmy Battle estava sentada ao lado dele, com a mão direita apertada dentro da mão pálida e imóvel do marido.

Os olhos de Remmy estavam cravados numa fileira de monitores que detalhavam vividamente a frágil ligação que o marido mantinha com a vida. Ele havia sofrido uma pequena piora e voltara para o respirador artificial e este emitia seu irritante guincho estridente sempre que a respiração de Bobby começava a sair do ritmo certo. A própria respiração de Remmy se acelerava e desacelerava de forma irregular de acordo com os grasnados daquele equipamento infernal.

A enfermeira entrou no quarto.

– Olá, sra. Battle, está tudo bem?

– Não! Ele não me reconhece – retrucou bruscamente. – Não reconhece ninguém.

– Mas ele está ficando mais forte, os médicos disseram isso. Só vai demorar algum tempo. Os sinais vitais estão muito melhores. Apesar do fato de ter voltado para a respiração artificial, as coisas estão melhorando, realmente estão melhorando.

O tom de Remmy mudou.

– Obrigada por me dizer isto. Realmente agradeço muito, querida. – Ela baixou o olhar para o homem grande deitado na cama.

A enfermeira sorriu e então pareceu constrangida.

– Sra. Battle – começou ela, num tom respeitoso sem dúvida reservado àqueles poucos afortunados que tinham seus nomes nas placas comemorativas de prédios.

– Eu sei – disse Remmy baixinho.

– A senhora vai dormir aqui esta noite? – perguntou a enfermeira. – Se for, vou mandar fazer a sua cama.

– Não esta noite. Vou voltar de manhã. Mas obrigada.

Remmy se levantou e foi embora. A enfermeira fez um exame rápido no paciente e então, poucos minutos depois, saiu do quarto.

Battle era o único paciente naquele pequeno corredor que exceto por ele, era em grande medida ocupado por áreas de armazenagem de materiais. Os dez leitos restantes da unidade davam todos para uma área central que ficava defronte do posto de enfermagem. Remmy Battle havia exigido aquele quarto em particular para seu marido porque oferecia maior privacidade. No final daquele corredor, também havia uma entrada que dava para os fundos do hospital que lhe permitia, com um código de acesso especial, entrar e sair sem ter de passar por um grande número de quartos, enfermeiras e olhares curiosos. O quarto onde ela por vezes dormia ficava mais abaixo, no mesmo corredor.

Passava um pouco das dez horas e naquela parte do hospital, isolada do resto, estava ocorrendo a troca de turno do pessoal que trabalharia à noite. A enfermeira que cuidava de Battle passaria os quarenta e cinco minutos na sala dos residentes com sua substituta, passando em revista o status atual dos pacientes sob sua supervisão bem como os medicamentos pertinentes e as instruções médicas.

Cada quarto de paciente naquela unidade era monitorado por uma câmera, com a imagem ao vivo sendo transmitida para o posto central de enfermagem. Os monitores de televisão no posto central de enfermagem deveriam ser observados ininterruptamente, embora, durante a troca de turno, este procedimento não fosse observado por cerca de vinte minutos enquanto as enfermeiras, exauridas pelo excesso de trabalho e sobrecarregadas pelo esforço de operar no limite de suas capacidades, devido à falta de recursos para atender às necessidades, lutavam para resumir uma hora de trabalho em um terço desse tempo. Contudo, os equipamentos que ajudavam a manter os pacientes vivos em cada um dos quartos tinham dispositivos de alarme que imediatamente alertariam a equipe se ocorressem quaisquer mudanças drásticas de quadro.

Pouco depois de Remmy ter saído, uma pessoa entrou pela mesma entrada nos fundos por onde ela havia passado minutos antes. Vestindo trajes cirúrgicos e jaleco branco do hospital, com uma máscara de proteção cobrindo a parte inferior do rosto e parecendo muitíssimo fazer parte daquele contexto, este indivíduo passou pela porta do quarto de Bobby Battle, lançou um olhar rápido para dentro e viu que estava vazio, exceto pelo paciente. Uma rápida espiadela além da curva do corredor revelou que não havia ninguém no posto de enfermagem. O intruso entrou no quarto de Battle e fechou a porta.

Sem desperdiçar tempo, a pessoa moveu ligeiramente a câmera aparafusada à parede defronte do leito de tal modo que a imagem gerada ao vivo não mostrasse a área à esquerda da cama. Então, o vulto mascarado se dirigiu rapidamente para o suporte IV ao lado da cama, retirou a seringa com agulha hipodérmica do bolso do casaco e, com a agulha, golpeou uma das bolsas contendo medicamentos acima da linha do líquido, esvaziando todo o conteúdo da seringa dentro dela. Olhou de relance uma única vez para Battle, deitado ali, as feições serenas, mesmo apesar do tubo enfiado na garganta. O intruso levantou a mão dele, colocou o relógio de pulso nela e o acertou para marcar cinco horas. Finalmente, a pessoa puxou o objeto de um outro bolso de casaco e o colocou cuidadosamente sobre o peito de Battle.

Era uma única pena de pássaro.

Momentos depois, a pessoa havia saído rapidamente pela entrada dos fundos, descido a escada, entrado silenciosamente no estacionamento e embarcado num carro. O veículo se afastou do hospital em velocidade.

O motorista tinha uma carta a escrever e postar.

Nem dez minutos depois do carro ter se afastado, um alarme de emergência soou numa das máquinas no quarto de Bobby Battle, seguido por outro. Segundos depois, todos estavam tocando com estridência seus alertas coletivos e agourentos.

As enfermeiras correram em massa para o quarto. Um minuto depois, um código azul foi anunciado no sistema de alto-falante e uma equipe médica de ressuscitação cardiopulmonar muitíssimo experiente entrou correndo no quarto. Tudo em vão. Às 22:23 Robert E. Lee Battle foi declarado morto.

CAPÍTULO

29

De início, presumiu-se que Battle simplesmente tivesse sucumbido aos efeitos posteriores do derrame. A pena branca deixada sobre seu peito pelo assassino tinha caído ao chão, sem que se percebesse, quando a equipe médica tentava ressuscitá-lo. Quando foi descoberta mais tarde por um técnico do hospital, ele a colocou sobre a mesa ao lado do cadáver, talvez presumindo que tivesse saído de um travesseiro. O relógio que o assassino tinha posto no pulso do homem morto ficou coberto por cateteres intravenosos e também obscurecido pelas pulseiras de identidade e de medicamentos de Battle. Angustiada e enfurecida, Remmy Battle entrou e saiu do quarto, sem reparar no relógio nem na pena. Foi somente quando uma enfermeira questionou a presença da pena que as pessoas começaram a pensar e a ter dúvidas. Não viera de um travesseiro de hospital, uma vez que estes não continham penas. Além disso, a rápida e imprevista mudança no estado de saúde de Battle era intrigante e com certeza merecedora de um exame.

Contudo, foi somente por volta das três da manhã, quando estavam se preparando para remover o corpo de Bobby para o necrotério do hospital, que o relógio finalmente foi observado no pulso do homem morto, resultando num exame muito mais detalhado do corpo e, subseqüentemente, das bolsas IV. Foi então que o médico responsável viu a perfuração na bolsa onde a agulha da seringa hipodérmica havia penetrado.

– Deus do céu! – foi tudo o que ele conseguiu dizer.

Todd Williams foi acordado e tirado da cama e, a caminho do hospital, telefonou para King, que por sua vez ligou para Michelle. Todos os três chegaram ao hospital mais ou menos ao mesmo tempo. Ficaram surpresos ao ver Chip Bailey lá. Williams rapidamente apresentou King e Michelle ao agente do FBI.

– Eu estava hospedado num motel próximo e estava com meu rádio *scanner* da polícia ligado – explicou Bailey. – Puxa vida, Todd, você deve estar com sua força policial inteira aqui no hospital.

– Este é Bobby Battle – rebateu Williams. – Um eminente cidadão nesta área.

King silenciosamente concluiu o pensamento que o outro homem não expressara em palavras. *E agora você vai ser o objeto de toda a ira da viúva.*

O pessoal do hospital os acompanhou até o quarto de Battle. O corpo estava estendido com os cateteres intravenosos ainda nele e o tubo do respirador enfiado na garganta, embora todas as máquinas de suporte e monitores tivessem sido desligados, seus guinchos e leituras digitais não mais necessários. Michelle descobriu-se constantemente olhando para Battle, alguém de quem muito ouvira falar, mas nunca conhecera. Por algum motivo, e não simplesmente a maneira como havia ocorrido sua morte, ele parecia tão fascinante morto quanto o fora em vida.

A enfermeira chefe e o médico responsável fizeram um breve relato do que haviam descoberto com relação à pena, ao relógio e ao furo na bolsa IV.

– Isto é extremamente incomum – declarou o médico, ao concluir a exposição dos fatos, na avaliação mais subestimada do ano.

– Tínhamos bastante certeza de que não costuma acontecer todas as noites – disse King.

Williams examinou o relógio.

– Não é um Zodiac – disse baixinho para King e Michelle. – Mas está marcando *exatamente* cinco horas e o pino foi retirado.

Quando a pena de pássaro foi mostrada a Chip Bailey, a reação do agente foi palpável, mas não disse nada até que o médico e a enfermeira tivessem saído do quarto.

– Mary Martin Speck – disse ele quando ficaram a sós. – Uma enfermeira cujo apelido era Florence *Nightinghell*.* A mulher matou vinte e três pacientes em seis estados ao longo de um período de dez anos. Speck atualmente está cumprindo pena de prisão perpétua numa penitenciária federal na Geórgia. O cartão de visitas dela era uma pena de pássaro branca; afirmava que estava fazendo o trabalho do Senhor.

– Então, podemos esperar por mais uma carta – disse King.

– Não tivemos tempo nem de receber a de Hinson – reclamou Williams. – Por que Bobby Battle? Por que o assassino quereria acrescentá-lo à lista? Foi um bocado arriscado entrar aqui assim.

Contudo, conforme eles rapidamente descobriram depois de consultar mais uma vez a enfermeira-chefe, entrar pela porta dos fundos não era tão difícil quanto haviam inicialmente imaginado. O código era bem simples, 4-3-2-1, e não tinha sido mudado em anos.

Havia numerosas pessoas no hospital que o conheciam e que muito provavelmente tinham contado a outras.

– Temos alguma idéia do que foi injetado na bolsa? – perguntou Michelle.

– O laboratório vai analisar e fazer os testes de toxinas no conteúdo – disse Williams. – Por sorte, alguém tinha olhos atentos e descobriu o buraco na bolsa antes que tudo fosse retirado e jogado fora.

– Onde está Sylvia? – perguntou King.

Williams sacudiu a cabeça.

– Em casa e doente. Ela acabou a autópsia de Hinson ontem à noite, pegou algum tipo de infecção e agora está em casa vomitando no vaso. Pelo menos era o que ela planejava fazer quando desliguei. Virá para cá assim que puder.

Bailey se manifestou:

– O FBI também. Esta é a quinta morte relacionada, pelo menos de que tenhamos conhecimento. Vamos começar a ter uma presença mais ativa, Todd. Sinto muito.

---

* *Nightinghell*, "Noite no inferno", trocadilho com o sobrenome de F. Nightingale, famosa fundadora da enfermagem moderna. (N. da T.)

– Então talvez *você* possa falar com Remmy. Quando aquela mulher descobrir o que aconteceu aqui, ela vai arrancar a minha pele.

– Eu não faria isso enquanto não recebermos uma carta do assassino – aconselhou King. – A presença do relógio e da pena faz com que pareça certo que Bobby foi mais uma vítima, mas precisamos ter certeza absoluta antes de enfrentarmos esse abacaxi com Remmy.

– Bom argumento – concordou Bailey.

– Havia alguma coisa faltando do quarto de Bobby? – perguntou Michelle. – O sujeito que estamos procurando levou alguma coisa de todas as outras vítimas.

– Nós não saberemos realmente com certeza enquanto não conversarmos com Remmy – respondeu Williams. – Agora eu quero estabelecer a cadeia de acontecimentos. – Ele saiu do quarto por um momento e retornou mais uma vez com o médico responsável e a enfermeira-chefe.

– Será que vocês poderiam repetir a ordem cronológica dos fatos mais uma vez para nós? – pediu Williams.

– Sim, senhor – respondeu a enfermeira. – A sra. Battle esteve aqui de quatro da tarde até por volta das dez. Ela ficou no quarto o tempo todo. O sr. Battle estava vivo e passando bem até alguns minutos depois das dez quando a enfermeira dele o examinou. Não houve outros visitantes durante este período.

– E antes da sra. Battle ter chegado aqui? – perguntou Michelle.

– A filha dele, Savannah, veio e ficou algum tempo logo no princípio da tarde. Não sei os horários exatos. E também Dorothea Battle veio visitá-lo depois disso, digamos, por volta das duas e meia.

– Elas vieram pela entrada dos fundos? – perguntou Bailey.

– Savannah sim, Dorothea Battle entrou pela frente – respondeu a enfermeira.

– Nós precisaremos de horários exatos dessas visitas – disse-lhes Williams.

– Tudo bem, nós apuraremos – respondeu o médico formalmente. – Agora, será que poderiam me dar licença? Tenho outros pacientes para cuidar. – O homem sem dúvida estava refletindo sobre a ação indenizatória que estaria no caminho de sua carteira e da do hospital, pensou King.

– Espero que o senhor tenha mais sorte com eles – disparou Williams de bate pronto, que evidentemente tinha interpretado a mesma mensagem no tom de voz do homem.

Depois que ele saiu, Williams continuou a interrogar a enfermeira.

– Então às dez e quinze o estado de Battle se alterou.

A enfermeira assentiu.

– Ele sofreu uma parada cardíaca. O monitor mostrava uma linha reta indicando assístole quando a primeira enfermeira chegou. A equipe de atendimento de emergência tentou ressuscitá-lo mas não teve sucesso.

King interveio:

– De modo que, nos cerca de dez minutos entre o exame da enfermeira e a parada cardíaca, o assassino atacou e o veneno, se for com isto que estivermos lidando aqui, fez efeito.

– Parece que sim – concordou Bailey.

– Eu reparei que o quarto tem uma câmera de vídeo – observou King.

– Todos os quartos têm. Assim, podemos monitorar todos os pacientes do posto de enfermagem.

– Mas ninguém viu nenhuma outra pessoa entrar no quarto depois que a sra. Battle saiu?

A enfermeira manifestou nervosismo.

– Por vezes o posto de enfermagem fica desguarnecido.

– Como durante a troca de turnos? – perguntou King.

– Sim. Agora, se alguém de fato entrou depois que a sra. Battle saiu, teve que entrar pela porta dos fundos, caso contrário qualquer pessoa o teria visto.

– Entendido – respondeu King.

– É preciso um bocado de coragem para fazer isso com tanta gente em toda parte – comentou Williams.

– Bem, se havia alguém disposto a tentar fazer alguma coisa desse tipo – observou a enfermeira –, escolheu a hora certa para fazê-lo.

– Sim, escolheu com certeza – disse King.

* *

Quando Michelle e King estavam saindo da unidade, King parou no posto de enfermagem.

– Se importa se eu der uma olhada? – perguntou ele à enfermeira-chefe.

Ele foi para trás do grande console e examinou as imagens geradas ao vivo que apareciam nos monitores.

– Estas imagens não são gravadas em fita, não é? – perguntou.

– Não. Não são para um sistema de segurança, apenas para assegurar o bem-estar dos pacientes.

– Bem, talvez vocês devessem rever esta filosofia.

– De que você estava falando? – perguntou Michelle depois de terem saído da unidade do hospital.

– Ocorreu-me que alguém familiarizado com os procedimentos do hospital também saberia a respeito das câmeras. Você não quer ser visto numa câmera de TV quando está matando alguém; isso realmente corta a sua linha de defesa legal. Em todos os outros quartos, a câmera estava posicionada de tal modo que a cama inteira e todos os aparelhos em ambos os lados da cama estivessem visíveis. No quarto de Battle, a imagem gerada era apenas da cama e do lado direito.

Michelle concluiu:

– O assassino moveu a câmera de modo que não fosse visto cometendo o crime, caso alguém estivesse olhando para o monitor.

– Isso mesmo.

A caminho da saída do hospital, Harry Carrick veio encontrá-los na porta. Embora fosse de manhã, muito cedo, Carrick estava elegantemente vestido num paletó de *tweed* e camisa social branca com o colarinho aberto.

– Harry, o que está fazendo aqui? – perguntou King.

– Bobby Battle e eu somos velhos amigos. Ou melhor, *éramos* velhos amigos. E também sou o advogado conselheiro do hospital. Eles telefonaram para minha casa. Acabei de me reunir com eles. Há um conflito de interesses, reconheço prontamente. Mas essas coisas acontecem. Você já viu Remmy?

– Não, ela já tinha vindo e ido embora quando chegamos aqui.

Carrick disse:

– Eu sei alguma coisa do que foi descoberto no quarto de Bobby. Estou presumindo que haja mais.

– E há. Nós apenas não sabemos realmente o que é.

– Bem, não vou detê-los ainda mais, mas precisamos voltar a nos reunir brevemente para falar sobre o caso de Junior.

– Como está andando?

– O que você descobriu até o momento são coisas de que eu precisava saber, mas que não são particularmente úteis para a nossa causa. Fui falar com o procurador da *commonwealth* para sondá-lo com relação a algum tipo de negociação para redução de pena e o que recebi em troca foi um silêncio mortalmente gelado. Remmy sem sombra de dúvida está dando as ordens. Ela já estava transtornada antes e agora, com a morte de Bobby, não vejo possibilidade de sua agressividade diminuir.

– Provavelmente vai aumentar – disse Michelle.

– Provavelmente – concordou Carrick em tom desanimado. – Bem, não quero atrasá-los. Se descobrirem mais alguma coisa sobre a morte de Bobby, avisem-me.

Ele se virou e os deixou. Os dois observaram enquanto embarcava num MG conversível, de fabricação britânica perfeitamente restaurado e saía a toda velocidade sob a luz avermelhada do sol que subia.

Michelle se virou para King.

– Sinceramente, tenho pena de Harry. É amigo dos Battle e ao mesmo tempo está defendendo Junior Deaver *e* o hospital onde Bobby morreu.

King assentiu.

– Eu definitivamente vejo um processo contra o Wrightsburg General a caminho. Bastante irônico, processar um lugar que tem seu nome na parede externa do prédio.

– Não creio que isso fosse capaz de deter Remmy Battle nem um bocadinho.

– Não estava imaginando que a deteria. – Ele se espreguiçou e bocejou. – Estou na dúvida entre ir direto para o escritório ou voltar para o barco para dormir.

– Eu vou sair para dar uma corrida – disse Michelle. – Por que não vem comigo? Endorfinas fazem bem ao cérebro.

– Uma corrida! Você acabou de treinar kickboxing! – exclamou ele.

– Isso foi ontem, Sean.

– Deus tirou um dia para descansar, sabe.

– Se ele fosse mulher, não teria tirado.

– OK, você me convenceu.

Ela ficou toda satisfeita.

– Você vem correr comigo?

– Não, vou voltar para o barco para descansar. Se foi bom o suficiente para Deus, também será bom para mim.

CAPÍTULO

30

O SERVIÇO DE CORREIOS ESTAva com instruções rigorosas de encaminhar imediatamente à polícia quaisquer cartas suspeitas endereçadas ao *Gazette*. A carta sobre Hinson chegou um dia depois de Bobby Battle ter sido assassinado. Estava escrita em termos muito simples:

Um advogado a menos, quem se importa? Tenho certeza de que vocês sabem quem eu não sou desta vez. Até breve.

Enquanto isso, Sylvia Diaz tinha saído da cama, após superar a doença, e realizado a autópsia em Robert Battle.

Naquele momento, estava sentada com King e Michelle em seu escritório. O chefe Williams e Chip Bailey tinham ambos assistido à autópsia de Battle, contou-lhes.

– Lamento dizer que creio que Todd agora esteja completamente habituado aos procedimentos de autópsia, pura e simplesmente devido à quantidade delas a que assistiu – comentou Sylvia.

– Então, o que matou Bobby? – perguntou King.

– Não saberei com certeza até os resultados de toxicologia ficarem prontos, dentro de uma semana mais ou menos, mas parece que alguém injetou uma grande quantidade de cloreto de potássio na bolsa de alimentação por via intravenosa. Em menos de dez minutos, isso teria passado pela solução de nutrição parenteral, entrado no cateter e, então, no corpo dele. No instante em que isso acontecesse, seu coração entraria em fibrilação ventricular. No estado já debilitado em que ele se encontrava, o fim teria sido rápido e pelo menos indolor.

– Tudo isso sugere algum conhecimento médico – observou King.

Sylvia refletiu a respeito disso por um instante.

– É verdade que cloreto de potássio não é muito usado para matar pessoas. Contudo, se a pessoa de fato tinha conhecimento médico, foi descuidada.

– Como assim?

– Battle tinha a variedade padrão de cateteres IV: heparina para afinar o sangue, uma solução salina de açúcar e uma NPT, ou seja, de nutrição parenteral total, um antibiótico para combater a infecção pulmonar que ele contraiu pelo fato de estar num respirador por tanto tempo, dopamina para controlar a pressão sangüínea.

– OK, e o que isso nos diz? – perguntou King.

– Bem, se a pessoa tivesse injetado o cloreto de potássio diretamente no *cateter* e não na bolsa NPT, o mesmo resultado fatal teria ocorrido, mas teria sido impossível de detectar. O que você tem que compreender é que a solução NPT já contém cloreto de potássio e, por causa disso, a substância já estava no organismo de Battle. Eu consegui determinar que alguém tinha acrescentado cloreto de potássio a mais na bolsa, comparando os níveis presentes numa bolsa NPT normal. Na dele, havia mais do que o triplo da quantidade padrão, o suficiente para matá-lo facilmente.

– Então, está dizendo que se o cloreto de potássio tivesse sido injetado no tubo do cateter e não na bolsa, você jamais teria percebido?

– Exato. O resíduo no cateter teria sido insuficiente para despertar suspeitas. Na verdade, só teria havido motivo para suspeita *se não houvesse* resíduo de cloreto de potássio no corpo dele. E, como eu disse, Battle já tinha cloreto de potássio em seu organismo. É absorvido naturalmente, motivo pelo qual uma simples autópsia não teria resultado em confirmação de uma dose excessiva.

– Então foi como se a pessoa tivesse algum conhecimento médico mas não fosse especialista? – perguntou King.

– Ou – disse Michelle – queria que o fato de que Battle tinha sido assassinado fosse descoberto. Como se o relógio e a pena não fossem suficientes.

– E quase não foram – recordou-lhe King. – A pena tinha caído no chão e o relógio estava escondido debaixo dos cateteres e das pulseiras do hospital.

– Porém, isto não faz sentido – observou Sylvia. – O que quero dizer é: a primeira regra para se assassinar alguém não é tentar cometer o assassinato perfeito? E se for assim, que maneira de torná-lo mais perfeito do que fazer com que pareça que nunca foi cometido?

Michelle e King sacudiram a cabeça juntos, sem conseguir apresentar uma teoria que explicasse o comportamento do assassino.

Sylvia suspirou.

– Não que importe, mas Battle apresentava sinais de arteriosclerose. Também havia alterações incomuns no tecido da aorta, um enrugamento. Além disso, tinha um pequeno tumor no pulmão direito, talvez o princípio de um câncer de pulmão. Nada surpreendente para um fumante da idade dele.

– E quanto à causa da morte de Diane Hinson? – perguntou King. E acrescentou rapidamente: – Embora parecesse bastante evidente.

– Ela morreu de hemorragia interna maciça devido a múltiplos ferimentos a faca. Estes ferimentos romperam a aorta e perfuraram a câmara cardíaca e o pulmão esquerdos. Para ela, também deve ter acabado em minutos. – E concluiu: – Porém, não foi nem de longe tão indolor quanto a morte de Battle.

– Ela foi violentada ou sexualmente molestada? – perguntou King.

– Não vi nenhuma indicação disso na autópsia, mas ainda faltam os resultados dos exames de laboratório. A propósito, ouvi comentários sobre a conexão Florence Nightinghell. Imagino que receberemos uma carta a respeito disso.

– A carta sobre Hinson indicava que o veríamos brevemente e vimos – comentou Michelle. – Pelo menos é um homem de palavra.

King acrescentou:

– Primeiro, uma dançarina exótica; depois um casal de estudantes, então uma advogada e agora Bobby Battle.

– É como se o assassino estivesse incorrendo em um risco maior a cada um – comentou Sylvia.

– Passar de uma dançarina exótica, que ele poderia ter encontrado num bar, convidado para um programa e depois baleado e deixado no meio da floresta, para o envenenamento de um homem de negócios imensamente rico, em estado de coma numa cama de hospital, não faz muito sentido – observou King. – Não quero parecer insensível, mas como o sujeito está escolhendo suas vítimas: programa de trepada de uma noite ou o livro de registro da sociedade?

– Como eu disse antes, este sujeito opera de uma maneira realmente extraordinária, fora dos padrões – disse Sylvia, esfregando os olhos vermelhos e irritados.

King olhou para ela atentamente.

– Você não parece nada bem – declarou com um sorriso para desarmá-la. – Deveria estar na cama.

– Obrigada por reparar. Vou tentar fazer isso uma semana dessas.

– Onde está Kyle? – perguntou Michelle. – Ele não pode fazer parte do trabalho?

– Ele não é patologista; não pode fazer as autópsias. E, para responder a sua pergunta, telefonou dizendo que iria faltar porque estava doente. Eu também gostaria de contar com essa opção. Estive abraçando o vaso sanitário a maior parte da noite passada e tenho uma agenda cheia de pacientes esperando. Graças a Deus que existem antibióticos.

– O que você acha de o assassino ter escolhido copiar Mary Martin Speck? – perguntou Michelle.

– No sentido de que escolheu uma mulher em vez de um homem? – Michelle assentiu. – Bem, não tenho certeza de como interpretar isso – disse Sylvia. – Uma mulher poderia ter matado Battle. Evidentemente, não é preciso ter nenhuma força física para injetar uma solução de uma seringa numa bolsa IV. Contudo, eu apostaria minha reputação que os assassinatos de Rhonda Tyler e Diane Hinson foram cometidos por um homem. Uma mulher não poderia ter carregado Tyler por toda aquela distância no meio da floresta e os ferimentos a faca em

Hinson eram muito profundos. Foram feitos por um homem ou uma mulher tão forte que eu detestaria encontrá-la num beco escuro.

– Então – começou Michelle lentamente –, é possível que aqui tenhamos dois assassinos, um homem e uma mulher.

– Não necessariamente – argumentou King. – A única indicação disso é a referência que Bailey fez a Speck e a pena de pássaro. Enquanto não recebermos uma carta, não saberemos se o assassino estava imitando Speck. A pena poderia simbolizar alguma outra coisa, algo singular para o assassino.

– Isto é verdade – concordou Michelle. Sylvia também assentiu.

King olhou para as duas mulheres.

– Querem ouvir uma sugestão realmente estranha?

– Eu topo – respondeu Michelle rapidamente.

– Bobby Battle era um homem muito rico. Eu gostaria de saber quem será beneficiado pelo seu testamento.

Houve um longo silêncio e então Sylvia disse:

– Você está sugerindo que um membro da família o matou por dinheiro e tentou fazer com que parecesse um dos assassinatos em série?

– Não poderia ter sido Eddie. Ele estava conosco no Sage Gentleman até bem depois das onze – disse Michelle.

– É verdade – disse King. – Mas Dorothea e Savannah estiveram no hospital mais cedo. Não poderiam ter posto o veneno na ocasião porque ele teria morrido muito antes de Remmy ter aparecido. Mas suponhamos que uma delas tenha escondido o cloreto de potássio no quarto durante a visita mais cedo naquele dia, depois voltado, às escondidas, quando viram Remmy sair, cometido o crime e ido embora rapidamente.

– Eddie disse que Dorothea estava num compromisso social – lembrou-lhe Michelle.

– Vamos precisar confirmar isso.

– Bem, muitos assassinatos têm vantagens financeiras como motivo – observou Sylvia. – Você pode ter alguma razão nisso, Sean.

– E, enquanto estou falando no assunto, há uma outra pessoa em que precisamos pensar: Remmy esteve no quarto de Battle durante horas. Quem pode dizer que não injetou a substância na bolsa IV antes de sair?

– Mas que motivo Remmy poderia ter? – perguntou Sylvia. – Ela é rica.

– E se Bobby tivesse retomado seus velhos hábitos de andar com outras mulheres e Remmy simplesmente não tolerasse mais essa situação? Poderia não haver dinheiro suficiente no mundo que contabilizasse isso.

– Essa é uma história bem diferente, é claro. Você tem indicações que fundamentem isso?

King pensou na gaveta secreta de Battle e no fato de Remmy não usar a aliança de casamento, mas decidiu não mencionar isso para Sylvia.

– Não estou dizendo que tenhamos nada para fundamentá-la. Estou apenas apresentando possibilidades. E, talvez, até mais do que dinheiro, uma mulher traída e desprezada é um dos mais antigos motivos para assassinato que existe. De modo que ela sai com um álibi preparado e deixa a pena e o relógio para nos orientar na direção errada. O *modus operandi* do assassino foi amplamente divulgado pela imprensa, portanto ela saberia de detalhes desse tipo.

– Mas o simples fato de que esteve lá já faz dela uma suspeita, especialmente com o método empregado para causar a morte com retardo, por envenenamento – argumentou Sylvia. – Você poderia defender uma hipótese de que, se Remmy fosse fazer alguma coisa semelhante, ela teria entrado sem ser vista, numa outra ocasião, feito o que queria e ido embora antes que alguém a visse. Da maneira como está agora, ela, na verdade, não tem álibi nenhum.

– Bem – disse Michelle –, se eu fosse a pessoa que matou Battle e tentasse atribuir a culpa a nosso assassino serial da vizinhança, eu estaria olhando por cima do ombro para trás e para os lados a cada minuto.

– Como assim? – perguntou Sylvia.

– Se eu fosse o verdadeiro assassino, estaria um bocado aborrecida com tudo isso.

– Continuo não compreendendo – disse Sylvia.

– Veja a situação da seguinte maneira: os assassinatos seriais têm sido meticulosamente planejados e executados. Recebemos cartas complementares do assassino, provocando a polícia, depois de cada um dos crimes. Claramente, este sujeito é um controlador obsessivo e tem em mente algum plano grandioso. Agora, se foi uma outra pessoa que matou Bobby Battle e tentou atribuir a culpa ao assassino serial, o nosso controlador obsessivo pode considerá-la como uma mácula que estraga a sua obra-prima. Ele vai querer se vingar da pessoa que matou Battle.

– Então, na verdade, poderemos ter um assassino à caça de um outro – disse King.

– Exatamente – concordou Michelle.

CAPÍTULO

31

– VOU NOMEAR VOCÊS MEUS assistentes – declarou o chefe Williams, enquanto se sentava e cravava os olhos em King e Michelle no escritório deles no dia seguinte. Os dois o encararam de volta, claramente atordoados.

– Como disse? – perguntou King. – Eu já fui um de seus delegados assistentes. Não tenho nenhuma vontade de me realistar, Todd.

– Não estou oferecendo uma escolha. Eu preciso de vocês!

– O que está havendo, Todd? – perguntou Michelle.

– Estou sendo excluído à força pelos federais, isso é o que está acontecendo.

– Mas você *queria* a ajuda deles – exclamou King.

– Mas também não queria ser excluído do caso, bem aqui, em minha própria cidade. Não quero que as pessoas pensem que não sou capaz de fazer o trabalho. Estou disposto a trabalhar com os federais, claro, e até deixar que tenham controle conjunto da investigação comigo. Mas uma ova que vou deixar que me ponham para fora na hora de investigar uma onda de crimes que é minha!

King sacudiu a cabeça com espanto.

– Todd, acho que você andou assistindo a autópsias demais. Por que não deixa que cuidem do caso? Eles têm o pessoal e a experiência necessários. Deixe que seja a dor de cabeça deles.

– Existe uma coisa que se chama orgulho, Sean – replicou Williams num tom ofendido. – E vocês já dedicaram um bocado de tempo a este caso. Têm teorias e idéias. Quem sabe se trabalharmos juntos não conseguiremos solucionar o caso mais depressa que o todo poderoso FBI? Que diabo, Chip Bailey anda circulando por aí como se fosse o rei do pedaço. Enquanto eu estou apenas esperando que venha ele me dizer para lhe preparar um café. Nem no dia de São Nunca! Meto uma bala no filho-da-mãe antes disso. – Ele olhou para os dois com uma expressão de súplica. – Ora, vamos, vocês têm tanta experiência quanto qualquer um desses sujeitos. Eu sei que juntos poderemos resolver isto. E, lembrem-se, nós moramos aqui, eles não. Precisamos tornar Wrightsburg um lugar seguro para se viver de novo. É nosso lar. Todo mundo está contando conosco.

Michelle e King trocaram olhares.

Michelle falou primeiro:

– Bem, é uma proposta desafiadora.

– Voar de asa delta também é; isto não significa que deva fazê-lo – rebateu King.

– Vamos, Sean, este caso tem deixado você intrigado, não pode negar isso – argumentou ela. – Você tem estado pensando nele quer esteja trabalhando nisso ou não. Pelo menos se formos nomeados delegados assistentes, poderemos investigar com algum status oficial. Poderíamos fazer mais progresso assim.

– E a nossa firma de investigação?

– Vocês ainda podem continuar com a firma – respondeu Williams rapidamente. – Não estou pedindo que dediquem todo o tempo ao caso. Mas o que estou disposto a fazer é lhes dar acesso a tudo. Não terão que ficar andando atrás de mim e indo a todos os lugares. Vocês podem ir falar com pessoas e espionar o que quiserem sozinhos, com a autorização da minha insígnia. Eu tenho autoridade para isso. Posso nomear qualquer um que me dê na telha, quem eu quiser.

– E Bailey não vai criar nenhum problema? – perguntou King com ceticismo. – Ora, vamos, Todd, você sabe que não é bem assim.

– E daí se ele reclamar ou conseguir reforços? Ele não tem como discutir as credenciais de vocês. Mas deixem Bailey por minha conta. Eu vou brigar até o fim nesta questão, mesmo se tiver que ligar para o governador.

– Não sei – disse King –, isto poderia se tornar um pesadelo de uma grande guerra por território. Já passei por um número suficiente delas no Serviço Secreto.

Michelle deu-lhe um soco brincalhão no braço.

– Vamos, aceite, que mal poderia fazer?

– Poderíamos ser mortos por este psicótico! Aposto que isso faria mal.

Michelle olhou para Williams e piscou o olho.

– Eu aceito.

O chefe de polícia olhou nervosamente para King.

– Sean?

Um longo momento se passou.

– Está bem – resmungou finalmente.

– Ótimo – disse Williams num tom aliviado. Tirou um par de insígnias de prata do bolso, recitou duas frases de "legalês" formal, no ato público de prestação de juramento deles e lhes entregou as insígnias. – OK, vocês agora são oficialmente delegados-assistentes. Agora, vejam isto.

Ele puxou um pedaço de papel do bolso e o estendeu para eles sobre a mesa. Ambos leram simultaneamente.

– A carta do assassino de Bobby, aspirante a Mary Martin Speck, só que não é – disse Michelle, quando levantou o olhar.

King leu a carta em voz alta:

Mais um tombou. Com isso são cinco. Desta vez foi um dos grandes, mas há mais por vir. E não, não sou Mary, não há nenhuma Florence Nightinghell por aqui. A pena era apenas isso, uma pena para os pesos-pena que são todos vocês! Vejo vocês brevemente. Não MMS.

Ele levantou o olhar com uma expressão pensativa.

– Havia um símbolo do Zodiac no envelope em que veio esta carta?

– Não, estava limpo. Como o da carta Canney-Pembroke e o da carta de Hinson. Já checamos para ver se tinha digitais ou outros vestígios. Nada.

– Esta carta diz que Battle foi a vítima número cinco – observou King.

– Bem, ele *é* a número cinco, Sean – respondeu Williams.

– Mas a carta Pembroke-Canney só mencionava a morte de *um* dos moleques. Se interpretada literalmente, isso faria de Battle apenas a vítima número quatro. Isto é uma incoerência inexplicável no momento.

Williams bateu na coxa com a mão.

– Estão vendo? É por isso que quero vocês dois comigo. Você vê coisas, deduz coisas.

– É possível que estejamos inteiramente errados em nossas deduções – rebateu King.

– Ou pode ser que esteja absolutamente certo – prosseguiu Williams. – Uma outra coisa que precisa saber. Hinson usava uma pulseirinha de tornozelo, de ouro. Não estava no corpo e não apareceu em lugar nenhum na casa.

King imediatamente disse:

– O anel de Pembroke, a medalha de são Cristóvão de Canney, possivelmente o piercing do umbigo de Tyler e agora a pulseirinha de tornozelo de Hinson.

– Talvez ele as queira como lembranças – observou Michelle, – troféus de suas matanças.

– Talvez. Havia alguma coisa de Bobby Battle faltando?

– Nada que saibamos. – Williams observou King atentamente. – Então, qual é nosso próximo passo?

King refletiu a respeito por algum tempo. Finalmente disse:

– Está na hora de determinarmos de uma vez por todas se existe alguma ligação entre os assassinatos.

– Mas, Sean, nós sabemos que foram mortos pela mesma pessoa – argumentou Williams.

– Não, nós *não* sabemos disso – retrucou King em tom áspero. – Mas, de todo modo, não era isso que eu queria dizer. O que quero dizer é que temos que descobrir se há algum fio em comum entre as *vítimas*, se de alguma forma *elas* têm alguma ligação umas com as outras.

– Mas em assassinatos em série não há ligação – protestou Williams.

– Este aqui poderia ser a exceção a esta regra – disse King. – E, enquanto estivermos nisso, vamos ter que voltar à toca do leão.

– A toca do leão – disse Michelle. – O que significa isso?

– Precisamos ir visitar os Battle de novo – respondeu King.

– Acho que eu preferiria encarar Priscilla Oxley – disse Michelle. – E deixe-me avisar que, se aquela mulher me chamar de franguinha ou bonequinha de novo, a coisa vai ficar feia.

Depois de Williams ter ido embora, Michelle perguntou a King:

– Então, o que você realmente espera descobrir na casa dos Battle?

– Com sorte, uma resposta para a sua pergunta sobre por que Remmy não estava usando a aliança de casamento. E também a verdade sobre o que havia dentro da gaveta secreta de Bobby Battle.

– Mas tudo isso está ligado ao roubo, não aos assassinatos.

– Certo, exceto que Battle poderia ter sido morto por causa do que havia dentro da gaveta. Mesmo se tiver sido assassinado por alguma outra pessoa, precisamos descobrir esta outra pessoa.

– OK, mas se um dos Battle de fato o tiver envenenado, quando formos interrogá-los, estaremos falando com um assassino em algum momento.

– E quanto antes descobrirmos quem é, melhor.

– Se foi um deles, em quem você apostaria? Eddie estava conosco, então é a esposa dama-de-ferro, a filha vagabunda ou a língua de víbora da nora?

– Vou reservar meu julgamento, por enquanto. Mas, se a morte de Battle foi um simples assassinato *copycat* com um motivo distinto, isto ainda não nos dá nenhuma pista que nos leve à pessoa que matou quatro outras pessoas e a contagem ainda continua.

– Então você acha que teremos mais vítimas?

– Quem sabe? – Ele deu um tapinha no ombro dela. – Apenas trate de ser cuidadosa quando estiver por aí.

– Você sabe que eu sei me cuidar, Sean.

– Não foi isto que eu quis dizer. Eu quero você por perto para *me* proteger.

CAPÍTULO

32

O ASSASSINATO DE BOBBY BATTLE foi notícia de primeira página em toda a região. As manchetes ficaram muito mais sensacionais pelo fato de sua morte ser atribuída ao assassino serial. O que não havia sido revelado à imprensa e ao público eram os roubos de objetos de cada uma das vítimas e o conteúdo exato das cartas.

Os cidadãos de Wrightsburg estavam trancando as portas, limpando as armas, ativando os alarmes de suas casas e olhando com desconfiança uns para os outros. A expressão em seus olhos era clara: se alguém como Bobby Battle podia ser assassinado dentro de um hospital movimentado, ninguém estava seguro.

Ao presumir isto, eles estavam de fato corretos.

A caverna ficava bem recuada nas colinas ondulantes do leste de Wrightsburg e a caminho de Charlottesville. Sua entrada era coberta por pinheiros caídos e densas cortinas de hera e outros obstáculos comuns em florestas e não havia nenhuma trilha que se pudesse ver conduzindo a ela. O buraco na rocha era grande o bastante para abrigar vários clãs de ursos pretos, o que fizera no passado. Contudo, agora havia apenas um ocupante e este andava sobre duas pernas, embora nem por isso deixasse de ser um predador.

Ele estava sentado numa postura ameaçadora a uma mesa tosca no centro da caverna. Esta havia sido equipada com suprimentos suficientes para tornar possível viver dentro dela por longos períodos. A única iluminação vinha de uma lanterna a bateria. O homem levantou o capuz que usara ao matar quatro pessoas. Tocou de leve com os dedos o tecido. Um carrasco, era isso o que ele era, pura e simplesmente. Mesmo assim, carrascos apenas executavam uma sentença de morte imposta com justiça.

O homem olhou para o jornal. Olhando de volta para ele estava uma foto reticulada de Robert Battle tirada anos antes. A manchete no cabeçalho dizia: *Homem de negócios milionário e filantropo, Robert E. Lee Battle, assassinado em hospital, Assassino serial é suspeito.*

Assassino serial! Aquelas duas palavras martelaram seu cérebro até que ele amassou o jornal numa bola e a arremessou longe. Enfurecido, agarrou a lanterna e a atirou contra a parede, ficando mergulhado na escuridão. Levantou-se e começou a andar lenta e pesadamente pelo ambiente, esbarrando nos objetos, tropeçando, caindo, se levantando e esmurrando as paredes de pedra com os punhos endurecidos até perderem a sensibilidade. Finalmente exausto, deixou-se cair no solo frio da caverna.

Subitamente, ele berrou tão alto que teve a sensação de que seu coração iria explodir. Por fim, o suor cobriu-lhe toda a pele e a respiração tornou-se mais regular e, afinal, se acalmou. Arrastou-se de volta até uma arca colocada contra uma parede, encontrou o fecho, abriu e tirou outra lanterna, uma lanterna a óleo. Pegou um fósforo no bolso, acendeu o pavio, olhou ao redor e encontrou o jornal. Mais uma vez sentou-se à mesa e releu a história com toda a atenção, desviando o olhar da fotografia reticulada do homem morto.

Aquilo era um revés – um revés importante, tinha que admitir –, mas a vida era cheia de desapontamentos. Faria apenas o que sempre havia feito: transformaria um obstáculo numa vantagem para si mesmo. O grande Bobby Battle podia estar morto, mas ainda havia mais coisas a fazer. Havia mais pessoas a ser mortas – não, rapidamente se corrigiu, *executadas.*

Olhou fixamente para a manchete, a última parte, pelo menos. *Assassino serial é suspeito.* Aquele impostor roubara-lhe o impacto de sua força no pior momento possível. Roubara-o e depois atribuíra-lhe a culpa pelo que não fizera. De certa maneira, tinha que admirar o profissionalismo do canalha. Admirar, sim; perdoar, não.

Pegou uma folha de papel na qual estava escrita, em código, uma lista de suas vítimas, as que já estavam mortas e as que ele mataria no futuro. Pegou um lápis e escreveu um ponto de interrogação na última linha da página. Ele descobriria aquele impostor antes da polícia e o mataria. A justiça exigia isso.

CAPÍTULO

33

– KYLE, O QUE ESTÁ FAZENDO? – perguntou Sylvia enquanto entrava no escritório administrativo de seu consultório médico e via Kyle sentado diante do terminal de computador.

Ele girou na cadeira.

– Ah, oi, doutora, não esperava que a senhora chegasse tão cedo.

– Parece que não. E então, o que exatamente você está fazendo?

– Apenas acessando a Internet.

– Já disse a você que não pode usar este computador para seus assuntos pessoais.

– Mas não estava fazendo isso. Eu ia encomendar trajes cirúrgicos e máscaras novas de que precisamos, tanto para o necrotério como para cá. Descobri uma companhia que oferece um preço muito mais barato na Internet do que estamos pagando ao nosso atual fornecedor.

– Kyle, isto é aceitável para meu consultório médico, mas o necrotério é propriedade do governo. Existem procedimentos em vigor para tomada de preços e compra e estes são muito rígidos. Você não pode simplesmente encomendar alguma coisa por conta própria e mandar o governo emitir um cheque para pagá-la.

– Puxa, doutora, estava tentando economizar algum dinheiro aqui.

– Aprecio sua iniciativa. Estou apenas dizendo que isso deve ser feito pelos canais apropriados.

– Às vezes fico me perguntando por que me dou ao trabalho. Não existe nada além de burocracia.

– Você acha que eu gosto de ter de lidar com isso? Olhe, envie-me um e-mail a respeito do assunto, inclusive a comparação de custos, e eu o incluirei no sistema. Se for um bom negócio, nós o faremos, tanto aqui como na porta ao lado.

Kyle se animou.

– OK, doutora. Tudo bem.

Ela cruzou os braços sobre o peito e ficou olhando para ele:

– Você parece já ter-se recuperado plenamente de sua doença. Deve ter sido alguma coisa muito rápida.

– Foi mesmo. E a senhora, está melhor?

– Não – respondeu ela asperamente. – Mas não tenho escolha com relação a vir trabalhar.

– Ora vamos, doutora, as pessoas mortas não vão saber se a senhora chegar um pouco mais tarde.

– Os necrotérios ao redor do país têm corpos empilhados e, a cada minuto que passa, as vítimas se deterioram cada vez mais, vestígios vitais são perdidos e as probabilidades aumentam dramaticamente de que os criminosos fiquem livres. Eu me recuso a permitir que isto aconteça aqui.

– Tudo bem, doutora, entendi. A senhora é a melhor.

– Humm-hum. Agora acabe com isto. Precisamos completar os relatórios das autópsias de Hinson e de Battle e temos uma agenda completa de pacientes marcados para hoje.

– Tem razão.

Depois que Sylvia se foi, Kyle rapidamente concluiu o que, na verdade, estava fazendo: adulterando os registros do inventário da farmácia para encobrir seu roubo. Depois de terminar, Kyle se lembrou de que teria que encontrar uma boa oferta na Internet para trajes cirúrgicos para apresentar a Sylvia. Se havia uma coisa que aprendera sobre a mulher era que ela nunca se esquecia de nada. Se não apresentasse o trabalho, ela faria perguntas e, se não tivesse uma resposta, ficaria desconfiada. Ele não deveria ter a senha de autorização para acessar aqueles arquivos, mas a havia pirateado da mulher que cuidava daquela parte da operação. A mulher só vinha ao escritório três vezes por semana, o que lhe dava oportunidade e tempo de sobra para cobrir seus rastros cada vez que fazia uma "retirada" da farmácia.

Contudo, Kyle não tinha dado crédito suficiente a Sylvia Diaz. Ela já estava desconfiada dele. E essa desconfiança só faria aumentar à medida que o tempo passasse.

Enquanto Kyle se levantava para ir se juntar a ela, olhou de relance para o jornal que estava sobre a mesa ao lado do computador. A manchete era a mesma que deixara enfurecido o homem da caverna: Battle assassinado e a culpa atribuída ao assassino serial. Rapidamente leu a matéria que a acompanhava. Havia acontecido na mesma noite em que ele levara as drogas para a mulher no Aphrodisiac. De fato, de acordo com o relato do jornal, tinha ocorrido no mesmo horário em que Kyle passara de carro pelo hospital, a caminho do clube noturno. Ele poderia ter passado pelo assassino no caminho, uma descoberta que o fez se encolher na cadeira. À medida que seus pensamentos retornavam àquela noite, subitamente lembrou-se do que havia visto. E, como estava habituado a fazer a vida inteira, Kyle imediatamente começou a pensar em como o conhecimento de que dispunha poderia ser melhor empregado de modo a ser útil para *ele*.

CAPÍTULO

34

JUNIOR DEAVER EMPURROU uma pilha de telhas de asfalto de sua picape. Elas aterrissaram com um ruído surdo que quebrou o silêncio da manhã. Junior saltou da traseira do carro e lançou um olhar para a casa que estava construindo para sua família. A estrutura estava toda pronta, as vigas e o forro do telhado colocados e logo estariam cobertos pelas telhas. Contudo, o progresso fora lento. Tinha feito a maior parte do trabalho ele próprio, pedindo favores de amigos de vez em quando. Não era uma casa grande, mas bem maior que o trailer duplo onde viviam atualmente. Puxou o cinto de ferramentas da picape, pôs na cintura e foi ligar o gerador a gasolina que iria fornecer energia para a pistola de ar comprimido que usaria para pregar os pregos nas telhas.

Foi só então que ouviu os passos furtivos vindo em sua direção. Virou-se rapidamente. Não esperava quaisquer visitantes naquele lugar isolado. Ninguém sabia que estava ali, exceto sua esposa. E não tinha ouvido sequer um carro se aproximar.

A visão da mulher fez com que o sangue desaparecesse de seu rosto.

Remmy Battle estava vestida num casaco de couro preto comprido, com a gola levantada. Usava grandes óculos escuros. Botas cobriam-lhe os pés e estava de luvas, embora não estivesse frio.

– Sra. Battle? O que está fazendo aqui?

Ela parou a cerca de vinte centímetros dele.

– Eu queria conversar com você, Junior, só você e eu.

– Como soube que eu estava aqui?

– Eu sei de muita coisa Junior, muito mais do que as pessoas imaginam. É por isso que queria falar com você.

Junior levantou as mãos.

– Olhe, eu tenho um advogado. É melhor a senhora falar com ele.

– Eu *já falei* com ele. Agora quero falar com você.

Ele a encarou desconfiado e então olhou ao redor como se esperasse que policiais fossem aparecer para prendê-lo. A expressão de seu rosto tornou-se teimosa.

– Não vejo coisa nenhuma para a gente conversar. A senhora já me pôs na cadeia.

– Mas agora você já saiu, não é?

– Bem, pois é, mas tivemos que pagar uma fiança. Quase nos deixou quebrados. Não temos tanto dinheiro.

– Ora, deixe disso, Junior, sua esposa ganha um bocado bem naquele *clube*. Eu sei que isto é fato. Meu marido freqüentava o lugar. Ela provavelmente ganhou uma pequena fortuna só às custas dele.

– Não sei de nada a respeito disso.

Ela o ignorou.

– Meu marido *morto*.

– Eu soube – balbuciou Junior em resposta.

– Ele foi assassinado, você sabe – disse ela num tom estranhamente neutro.

– Também soube disso.

– Você sai da cadeia e então ele acaba morto.

Junior olhou para ela de olhos arregalados.

– Olhe, a senhora não vai jogar a culpa disso em mim.

– Ah, eu tenho certeza de que você tem um álibi.

– Pode acreditar que tenho.

– Que bom para você, mas não é por isso que estou aqui. – Ela se aproximou ainda mais e tirou os óculos. Seus olhos estavam inchados e vermelhos.

– Então por que está aqui? – perguntou ele.

– Eu quero aquilo de volta, Junior. Quero de volta agora.

– Mas que droga, sra. Battle, eu não roubei a sua aliança de casamento.

Subitamente ela gritou:

– Estou pouco me lixando para a porcaria da aliança. O que eu quero são as outras coisas. Você vai me devolver. Você vai me devolver tudo agora, neste instante.

Junior bateu a palma da mão na coxa direita com frustração.

– Quantas vezes eu tenho que dizer isto? Eu não estou com as coisas porque não arrombei a sua casa.

– Eu pagarei quanto você quiser – persistiu ela, ignorando a negativa dele. Olhou para a casa semiconstruída. – Pagarei para uma equipe de primeira vir aqui e acabar esta casa para você. Dobrarei o tamanho; darei uma porcaria de uma piscina, o que você quiser. – Ela parou bem diante dele, uma das mãos agarrando a jaqueta jeans desbotada com muita firmeza: – Qualquer coisa que você ou Lulu queiram, eu darei a vocês. Mas, em troca, quero aquelas coisas de volta. Apenas me dê aquilo tudo e todas as acusações serão retiradas e você terá uma casa realmente bonita. E pode ficar com a maldita da aliança.

– Sra. Battle, eu...

Ela o esbofeteou no rosto, deixando-o num silêncio atordoado. Junior teria matado qualquer homem que fizesse aquilo com ele. Porém não se moveu para retaliar.

– Mas se você não me devolver as coisas, vou fazer com que deseje vinte duros anos de cadeia. Você vai implorar por isso quando eu tiver acabado com você. Eu conheço muita gente, Junior, não pense que não. Virão visitá-lo. Você nunca esquecerá a visita deles. – Ela largou a jaqueta. – Vou lhe dar algum tempo para pensar a respeito, mas não muito.

Ela fez meia-volta para ir embora, mas então se virou de novo para ele.

– Mais uma coisa, Junior. Se você tentar usar alguma parte daquilo, de qualquer que seja a maneira, ou se mostrar a um outro ser humano, eu virei visitá-lo pessoalmente. Com uma espingarda calibre doze que meu pai me deu pouco antes de morrer. E vou explodir esta sua cabeça feia, arrancá-la fora de seus ombros. Você está me compreendendo, filho? – Tudo isso foi dito com tamanha calma e ao mesmo tempo num tom tão gelado que Junior podia ouvir cada batimento de seu coração pulsar em seus ouvidos.

Remmy Battle não parecia pensar que uma resposta para sua pergunta fosse necessária. Colocou os óculos de volta, se virou e se foi, tão silenciosamente quanto viera.

Junior apenas ficou parado ali, o barrigão arfando, e a observou ir. Já estivera envolvido em muitas brigas de bar em sua vida e contra alguns homens muito grandes dispostos a feri-lo muito seriamente; já levara até umas facadas em algumas ocasiões. Contudo, aquilo não era nada comparado ao terror que sentia naquele momento, pois não tinha dúvida de que aquela mulher maluca falava sério, cumpriria cada palavra que acabara de dizer.

CAPÍTULO

35

Mais tarde naquela semana, Chip Bailey, do FBI, convocou uma reunião bem cedo, de todo o pessoal de segurança pública que participava na busca pelo assassino ou assassinos de cinco pessoas. Foi realizada na chefatura de polícia de Wrightsburg, algo que King – que estava presente, acompanhado por Michelle, Todd Williams e vários outros membros da Polícia Estadual da Virgínia e do FBI – considerou uma demonstração mesquinha de quem agora estava no comando. O FBI, afinal, era o gorila peso-pesado. O mau humor resultante disso logo se manifestou.

– Temos um perfil – anunciou Bailey enquanto seu assistente distribuía pastas àqueles acomodados ao redor da mesa.

– Deixe-me adivinhar – disse King. – Homem, caucasiano, entre vinte e trinta anos, com no mínimo instrução secundária e possivelmente alguns anos de faculdade. QI acima da média, mas tem dificuldade de manter um emprego fixo; filho mais velho de família de classe média baixa, vítima de trauma de infância, mãe dominante, possivelmente ilegítimo, que demonstra interesse por trabalho de polícia e é um solitário, controlador obsessivo que também manifestou entusiasmo, desde a infância, por pornografia sadomasoquista, voyeurismo e tortura de pequenos animais.

– Você já tem uma cópia do relatório? – rosnou Bailey.

– Não. Mas a maioria deles diz isso ou alguma coisa muito parecida.

– Isto é porque todos os assassinos seriais têm esses mesmos traços de personalidade. Ao longo dos anos, isto ficou claramente demonstrado – disparou Bailey de volta. – Na verdade, tudo neste perfil foi comprovado ao longo dos anos. Infelizmente, adquirimos uma larga experiência. Mais de três quartos dos assassinos em série do mundo estão neste país com um crédito coletivo de mais de mil assassinatos desde 1977 e dois terços das vítimas eram mulheres. A única coisa interessante a respeito deste sujeito é que, em sua abordagem, ora ele parece ser organizado, ora desorganizado. Há o uso de meios físicos de coerção num dos casos, mas não nos outros. Uma vítima transportada, as outras não. Um corpo escondido na floresta, mas os outros deixados onde foram mortos. Ausência de arma em um dos casos, mas não nos outros. Isto é baseado em fatos concretos, Sean.

– A maioria deles provavelmente se encaixa de fato neste perfil, mas não todos. Alguns deles não se encaixam muito bem em coisa nenhuma.

– E você acha que este é um caso assim? – perguntou Williams.

– Reflita a respeito. Nenhuma das vítimas sofreu violência sexual nem foi mutilada; em assassinatos em série isto é quase sempre um componente. E vamos examinar os alvos. Os assassinos em série, em sua maioria, não são exatamente corajosos. Eles escolhem as vítimas mais fáceis, que estão à mão: crianças, adolescentes que fogem de casa, prostitutas, jovens homossexuais de sexo masculino e pessoas com problemas mentais.

Bailey revidou:

– Uma das vítimas *era* uma dançarina exótica e talvez tenha sido prostituta em algum momento da vida. E dois outros *eram* estudantes adolescentes. E uma outra estava em coma, numa cama de hospital. Estas são vítimas bastante fáceis, se quiser minha opinião.

– Não sabemos se Rhonda Tyler era prostituta. E, mesmo se fosse, será que foi morta por causa disso ou por algum outro motivo? Canney e Pembroke *não eram* adolescentes fugidos de casa. E você realmente acha que um assassino do tipo de Ted Bundy iria entrar às escondidas num hospital e injetar uma substância na bolsa IV de um velho que sofreu um derrame? – ele fez uma pausa para deixar que os outros refletissem sobre o significado de suas palavras e então acrescentou: – E Bobby Battle era um homem muito rico. Poderia haver outras pessoas que desejassem a sua morte.

– Isto significa que temos dois assassinos à solta? – perguntou Bailey, cético.

– Significa que não sabemos, mas não podemos ignorar esta possibilidade – retrucou King.

Bailey não se deixou abalar.

– Eu tive um pouco mais de experiência neste tipo de trabalho do que você, Sean, e, enquanto não surgir alguma coisa que me faça mudar de opinião, este é o perfil que vamos usar e vamos trabalhar presumindo que temos apenas um único assassino em ação. – Ele encarou King atentamente: – Eu soube que vocês dois foram nomeados delegados-assistentes. – Meneou a cabeça em direção de Michelle. – Quero que saibam que não tenho nenhum problema com isto. De fato, para mim, contar com mais dois profissionais experientes neste caso é uma vantagem.

Mas... pensou King.

– Mas – disse Bailey – temos protocolos estabelecidos que devem ser cumpridos com relação à maneira de fazer as coisas. Precisamos nos coordenar e manter informados uns aos outros. Todos nós precisamos estar trabalhando juntos.

Por entre os dentes cerrados, Williams concluiu:

– E é claro que o Birô será a central de controle de coordenação de tudo.

– Exato. Se quaisquer pistas promissoras surgirem, quero ser informado imediatamente. Então poderemos avaliar quem está mais bem preparado para segui-las.

King e Michelle trocaram olhares rápidos. Eles pareciam estar lendo a mente um do outro. *Desse modo, Bailey e o Birô podem comandar todas as operações, fazer a prisão e ficar com todo o crédito.*

– Por falar em pistas – disse King –, tem alguma?

Bailey se recostou na cadeira.

– Ainda é um pouco cedo para dizer, mas agora que temos o pessoal em campo, há de surgir alguma.

– Descobriu-se algo com relação ao relógio Zodiac? – perguntou Michelle.

– Não deu em nada – respondeu Bailey. – Não havia nenhum outro vestígio significativo nas outras cenas de crimes nem nos corpos. Passamos um pente fino e entrevistamos toda a vizinhança de Diane Hinson. Ninguém viu nada. Falamos com as famílias e os colegas de colégio de Canney e Pembroke. Não há nenhum rival enciumado com consciência culpada por aí.

– E Rhonda Tyler? – perguntou King. – Qual é o histórico?

Bailey folheou suas anotações.

– Ao contrário do que você poderia pensar, o FBI sabe coletar fatos, Sean – disse ele. – Ela nasceu em Dublin, Ohio. Abandonou a escola no secundário e foi para a estrada, a caminho de Los Angeles, para ser atriz. Pois é! Depois que este sonho se desfez, tornou-se viciada em drogas, seguiu para o leste, cumpriu breves penas de prisão por um par de delitos leves e seguiu para o sul. Vinha trabalhando como dançarina exótica havia cerca de quatro anos, numa série de clubes da Virgínia à Flórida. O contrato dela com o Aphrodisiac acabou cerca de duas semanas antes de seu assassinato.

– Onde ela estava morando quando desapareceu? – perguntou Michelle.

– Não temos certeza. O clube possui alguns quartos que as garotas usam quando estão se apresentando lá. São mantidos pela casa e incluem três refeições por dia. Por isso, são muito apreciados pelas *strippers*... perdoem-me, dançarinas exóticas. Falei com Lulu Oxley, a gerente. Tyler tinha ficado hospedada num desses quartos por algum tempo logo que chegou, mas depois encontrou outro lugar.

– Enquanto ainda estava trabalhando no clube? – perguntou King.

– Exato. Por quê?

– Bem, essas dançarinas não devem ganhar tanto dinheiro assim, de modo que deve ser difícil abrir mão de um quarto de graça e pensão completa. Rhonda tinha amigos ou parentes na área com quem pudesse estar morando?

– Não. Mas estamos tentando descobrir onde estava vivendo neste período.

– Isto realmente deve ser investigado, Chip – disse King. – Se ela arranjou um velhote rico para sustentá-la perto da ocasião em que foi assassinada, precisamos saber quem é. Poderia muito bem ter sido o sujeito que lhe enfiou uma pistola na boca e a deixou no mato entregue aos lobos.

– Engraçado, nós tivemos a mesma idéia – disse Bailey, sem conseguir conter o tom de desdém.

– Já conversou com os Battle? – perguntou Williams.

– Estava planejando ir lá hoje – disse o homem do FBI. – Quer vir comigo?

– Por que, em vez disso, não leva Sean e Michelle?

– Tudo bem – respondeu Bailey, franzindo o cenho.

Depois de comentar os outros pontos da investigação, a reunião foi encerrada. Enquanto Bailey dava ordens adicionais a seus homens, Williams puxou King e Michelle para um canto.

– OK, eu estava certo: os federais dão as ordens e ficam com a glória.

– Talvez não, Todd – disse Michelle. – Não posso dizer que não estejam sendo razoáveis. E é mais importante que este psicótico seja apanhado, independentemente de quem o faça.

– Isto é verdade. Porém, seria muito melhor se as pessoas que o apanhassem fôssemos *nós*.

– Nós iremos à casa dos Battle para ver o que conseguimos descobrir – disse King. – Mas não espere milagres, Todd. Este sujeito sabe o que está fazendo.

– O assassino ou Bailey? – retrucou o outro irritado.

Eles seguiram para a casa dos Battle em carros separados, King e Michelle na Baleia e Bailey em seu grande sedã fornecido pelo Birô.

– O FBI sempre teve carros melhores do que o Serviço Secreto – comentou King, olhando para o veículo de Bailey.

– É, mas nós temos barcos melhores.

– Isto é porque os tomamos do DEA, que os confiscou dos barões da droga latino-americanos.

– Ora, a gente faz o que tem que fazer. – Ela lançou um olhar de esguelha para King: – A propósito, que bicho mordeu você na reunião? Bailey tinha sido bastante cooperativo até esta manhã. Foi como se você, deliberadamente, estivesse tentando deixá-lo contrariado.

– Por vezes, esta é a única maneira de descobrir como uma pessoa realmente é.

Enquanto os grandes portões da propriedade dos Battle se fechavam ruidosamente atrás deles, King disse:

– A única que me preocupa é Savannah.

– Savannah? A mocinha festeira? Por que diz isso?

– Você não era a queridinha de seu pai?

– Ah, sim, era, e acho que ainda sou.

– Bem, uma vez a queridinha do papai, sempre a queridinha do papai. E o papai de Savannah morreu.

CAPÍTULO

36

HAVIA VÁRIOS CARROS ESTAcionados no pátio quando eles estacionaram. Mason abriu a porta. Tanto King quanto Michelle perceberam a mesma coisa, ao mesmo tempo. Enquanto seguiam o homem para dentro da casa, ela se virou para King e sussurrou:

– Mason não parece mais contente?

– Não – sussurrou King em resposta. – É mais como se estivesse satisfeito com a desgraça dos outros.

Remmy os recebeu na grande biblioteca. Sentaram-se nos grandes sofás de couro e observaram enquanto a dona da casa se apresentava perfeitamente composta diante deles, como uma rainha diante de sua corte. Ela não parecia uma mulher cujo marido tivesse acabado de ser assassinado, pensou King. Contudo, Remmy raramente seguia o comportamento normal das outras pessoas.

– Este é um dia triste para você, Remmy, eu sei – começou Chip Bailey, num tom apropriadamente simpático.

– Estou me habituando a eles – respondeu Remmy.

– Não tomaremos muito de seu tempo. Creio que já conhece Sean e Michelle.

– Sim, a última visita deles foi bastante memorável.

King percebeu a insinuação no tom de voz da mulher. *O que exatamente foi memorável com relação à visita?*

Bailey pigarreou.

– Já sabe que a morte de Bobby não se deveu a causas naturais?

– Tem certeza disso? Não foi algum erro na administração dos medicamentos?

King se perguntou por um breve instante se ela perguntara porque estava contemplando a possibilidade de processar o hospital, mas rapidamente concluiu que Remmy estava querendo outra coisa. Se ao menos conseguisse descobrir o quê.

– Não, foi uma dose excessiva administrada deliberadamente. A interação teria sido muito rápida. De fato, quem quer que o tenha feito provavelmente entrou no quarto de seu marido pouco depois da senhora sair.

– Muito pouco depois – acrescentou King. – Remmy, viu alguém enquanto saía?

– Eu saí pela porta dos fundos, como sempre. Vi algumas pessoas quando cheguei ao estacionamento, mas só isso. Ninguém de aparência suspeita ou coisa parecida, se isto é o que quer dizer.

– E quanto a alguém que reconhecesse? – perguntou Michelle.

– Não.

– E a que horas, mais ou menos, chegou de volta aqui? – perguntou Bailey.

Remmy olhou para ele num gesto claro e enfático.

– Chip, por acaso eu deveria interpretar esta pergunta como significando que *eu* estou sob suspeita na morte de meu marido?

Houve um silêncio constrangido até que King o quebrou:

– Remmy, isto é uma investigação. O agente Bailey está apenas fazendo seu trabalho.

– Se não se importa, eu gostaria de responder pessoalmente – disse Bailey com firmeza.

Tudo bem, pensou King, *eu tentei ser seu amigo. Agora vire-se sozinho, valentão.*

– Remmy, eu tenho que determinar onde estava todo mundo na hora em que Bobby foi morto. Apenas responda à minha pergunta e poderemos seguir adiante.

Naquele momento, Mason entrou trazendo uma bandeja com café.

King reparou que ele já havia servido uma xícara para Remmy e logo a passou para ela.

Remmy disse:

– Muito obrigada, Mason.

Mason sorriu, fez uma discreta mesura para a senhora e se retirou.

– Eu deixei o hospital por volta das dez e dirigi direto para casa – disse Remmy.

– OK – respondeu Bailey enquanto anotava a resposta. – A que horas chegou aqui?

– Por volta das onze, mais ou menos.

– Mas o hospital não fica a mais de trinta minutos de sua casa – observou King.

– Vim por uma estrada secundária. Eu precisava de ar; dirigi devagar, precisava de tempo para pensar.

– Alguém pode confirmar a hora em que chegou em casa? – perguntou Bailey.

Remmy pareceu se irritar um pouco, mas respondeu:

– Mason ainda estava de pé e abriu a porta para mim. – Ela tomou um longo gole de café. – Antes que eu pudesse sequer tirar a roupa e me deitar, o telefone tocou e meu marido estava morto. – Ela fez uma pausa por um momento, parecendo examinar as profundezas de sua xícara. – Telefonei para Eddie, mas ele não estava em casa.

– Ele, na verdade, estava conosco, no Sage Gentleman, até pouco depois das onze – afirmou King. – Estava jantando lá e nos juntamos a ele para um drinque.

A sobrancelha esquerda de Remmy se levantou diante desta informação.

– Onde estava Dorothea?

– Num compromisso social em Richmond, pelo que disse Eddie.

Remmy fungou.

– Compromisso? Ela com certeza vai a muitos. – Fez uma pausa e disse em tom mais calmo: – Eu voltei diretamente para o hospital e vi meu marido morto. – Ela olhou para todos eles, um por um, como se os desafiasse a duvidar de uma palavra do que estava dizendo. – Aquilo pôs fim ao dia mais longo de minha vida.

– Havia alguma coisa faltando dos objetos pessoais de Bobby no hospital?

– Não. Sou meticulosa com essas coisas, fiz até com que o hospital preparasse uma lista de inventário.

Bailey pigarreou.

– Remmy, esta vai ser uma pergunta difícil de responder, mas quero que tente.

Remmy pareceu se empertigar.

– O que é? – perguntou imperiosamente.

Bailey lançou um olhar de esguelha para King antes de falar.

– Os outros assassinatos que parecem relacionados à morte de Bobby podem não estar. É possível simplesmente que alguma outra pessoa o tenha matado.

Ela descansou a xícara, chegou para a frente na cadeira e pôs as mãos nos joelhos.

– Qual é, exatamente, a sua pergunta?

– Apenas a seguinte: você sabe de alguém que desejaria fazer mal a Bobby?

Ela pareceu desapontada e voltou a se recostar.

– Todo homem tem seus inimigos. Um homem rico, bem-sucedido, tem mais do que a maioria.

– Tem alguém específico em mente?

– Não, não tenho.

– Remmy, estamos apenas tentando apurar a verdade.

– Eu também – retrucou ela.

King interveio:

– Com "inimigos", está se referindo ao campo de negócios ou pessoal?

O olhar da mulher rapidamente se voltou para ele:

– Tenho certeza de que não saberia dizer. Agora, se me dão licença, tenho que cuidar dos preparativos para a cerimônia fúnebre, agora que finalmente recebi de volta o corpo de meu marido *daquele lugar* – disse ela, sem dúvida se referindo à desrespeitosa invasão dos restos mortais de seu marido no necrotério.

– Remmy, nós temos outras perguntas – disse Bailey.

– E você sabe onde me encontrar quando quiser fazê-las – retrucou ela.

– Tudo bem, precisaremos falar com Savannah. Ela está por aqui?

Remmy tinha começado a se levantar e então parou:

– Por que quer falar com ela?

– Ela esteve no hospital no dia em que Bobby morreu.

– E daí?

– E daí que isto faz com que ela seja uma pessoa com quem preciso falar – respondeu Bailey com muita firmeza. – Sabe, Remmy, salvei a vida de seu filho. Pensei que, pelo que fiz, você se daria conta de que sei o que estou fazendo.

King estava esperando por uma explosão diante daquela declaração, mas tudo que ela disse foi:

– Pode ser que demore um pouco. Minha filha nunca teve o hábito de acordar cedo. – E se retirou do aposento.

King não conseguiu se conter e perguntou:

– Então você *não* está descartando a possibilidade de serem dois assassinos, Chip?

– Numa investigação de assassinato, eu não descarto nada. O fato de que nada estivesse faltando do quarto de Battle não combina com os outros assassinatos. – Ele olhou para King e Michelle: – Então, o que vocês dois acham?

– Creio que a mulher tem seus próprios planos e está tentando arrancar de nós o máximo de informações, exatamente como nós estamos tentando arrancar dela – respondeu Michelle prontamente.

– E creio que este round ela venceu com facilidade – declarou King de olhos cravados em Bailey.

CAPÍTULO

37

NA MANHÃ EM QUE O INTERrogatório dos Battle estava tendo lugar, Kyle Montgomery ficou sentado em seu apartamento e dedilhou a nova guitarra acústica que havia comprado com o dinheiro ganho com as drogas. Tocou alguns acordes e cantou a letra de algumas canções, seu procedimento normal quando estava concentrado em pensar com atenção. Por fim, deixou a guitarra de lado, calçou luvas, pegou um lápis e uma folha de papel e sentou-se à mesa da cozinha. Pensou a respeito do que escrever e como escrevê-lo. Depois de mais vários minutos de contemplação, começou a desenhar grandes letras maiúsculas. Escreveu até a metade, amassou o papel numa bola e o jogou no lixo. Fez isso mais duas vezes antes de chegar à redação final, mastigando um lápis inteiro enquanto isso.

Recostou-se na cadeira e releu o texto três vezes. Sem dúvida, iria despertar a atenção da pessoa; contudo, seu dilema era que não sabia se realmente possuía qualquer informação que pudesse usar para fazer chantagem. Contudo, a beleza do negócio era que, se a pessoa *fosse* culpada, o texto da carta certamente daria conta do recado. E sua mensagem seguinte conteria um pedido de dinheiro, a ser entregue de uma maneira muito segura, em que pensaria nesse meio-tempo. Ficou imaginando quanto valeria e finalmente chegou à conclusão de que não tinha ainda condições de determinar isso. Olhou para a guitarra nova. Uma hora de trabalho lhe trouxera isto. Uma hora! E pensar que trabalhava como um escravo durante o dia para ganhar centavos! Bem, talvez não por mais muito tempo.

Pôs a carta num envelope, endereçou-o e, então, foi andando até a caixa de correio na esquina e o deixou cair dentro dela.

Quando a porta de metal da caixa se fechou com um estalo, Kyle se perguntou por um segundo aterrorizante se não teria acabado de cometer um erro enorme. Porém, aquele pânico rapidamente o deixou. Foi substituído por uma emoção ainda mais forte: ganância.

Eles esperaram por quarenta e cinco minutos e Bailey estava a ponto de sair da biblioteca e ir procurar um dos empregados da casa, quando Savannah Battle finalmente entrou cambaleante na biblioteca.

Onde a aparência da mãe fora inteira só pedra e gelo, a filha parecia uma fotografia em chamas apenas a alguns segundos de se enrolar e se desintegrar.

– Oi, Savannah – disse King. – Lamentamos ter de incomodá-la agora.

Se ela disse alguma coisa em resposta, ninguém conseguiu ouvir. Apenas ficou parada ali, vestindo calças largas de malha e uma camiseta da William & Mary, sem sutiã por baixo. Estava descalça, os cabelos uma massa desgrenhada. O nariz e as faces estavam tão vermelhos que ela parecia ter mergulhado de cabeça numa lata de *rouge*. E estava roendo as unhas.

– Hãh, Savannah, não quer se sentar? – perguntou Bailey.

A mulher apenas continuou parada, olhando fixamente para o chão, de dedo na boca. Michelle finalmente se levantou e a guiou até o sofá, serviu-lhe uma xícara de café que pôs nas mãos dela.

– Beba – disse com firmeza.

Savannah segurou a xícara com as duas mãos e tomou um gole.

A entrevista que se seguiu foi muito frustrante. Savannah, quando respondia às perguntas deles, balbuciava. Quando lhe pediam que repetisse, balbuciava de novo. Tinha ido ao hospital por volta da hora do almoço para visitar o pai no dia em que ele morreu. Pelo menos isso conseguiram apurar depois de várias tentativas tediosas e fracassadas. Ela ficara lá por cerca de trinta minutos, não tinha visto ninguém e fora embora. O pai dela não estivera consciente durante aquele período. Eles nem se deram ao trabalho de lhe perguntar se tinha algum motivo para acreditar que alguém pudesse querer matar seu pai. Isto exigiria um nível de acuidade mental do qual a garota naquele momento simplesmente não era capaz. Tinha ficado em casa na noite da morte de Bobby Battle, mas não tinha certeza de que alguém a tivesse visto.

Enquanto lentamente ela saía do aposento, Michelle tocou no braço de King.

– Você estava certo. A queridinha do papai está arrasada.

– Mas temos certeza do motivo?

Chip Bailey recebeu uma chamada telefônica que o obrigou a sair apressadamente.

King e Michelle o seguiram até a porta da frente, onde King disse:

– Nós ficaremos mais um pouco. Sabe como é, coisa de delegados.

Bailey não pareceu muito satisfeito com isso, mas não tinha nenhuma justificativa para discutir a questão.

– Você está se divertindo ao provocá-lo, não está? – comentou Michelle depois do homem ter ido embora.

– Eu busco os pequenos prazeres da vida onde quer que possa encontrá-los.

King e Michelle voltaram à biblioteca, de onde Mason estava retirando a bandeja e as xícaras de café.

– Ora, deixe-me ajudá-lo. – King estendeu as mãos e empurrou as xícaras, juntando-as, derramando, no processo, o resto do conteúdo de uma delas.

– Perdoe-me – disse King. Ele limpou o líquido derramado com um guardanapo.

– Obrigado, Sean – agradeceu Mason enquanto pegava a bandeja. Eles o seguiram até a enorme cozinha que era equipada com utensílios de classe profissional, além de aparelhos de todo tipo de que um cozinheiro pudesse precisar para transformar comida em arte.

King assobiou.

– Sempre quis saber como os Battle conseguiam servir aqueles pratos maravilhosos durante recepções a que compareci.

Mason sorriu.

– Tudo de primeira classe. A sra. Battle não aceitaria outra coisa.

King se empoleirou na ponta de uma mesa.

– Foi bom que você ainda estivesse acordado quando Remmy voltou para casa naquela noite. Pensando em tudo por que ela teve que passar e mais o que aconteceu.

– Tem sido difícil para a família inteira – comentou Mason.

– Posso imaginar. Então ela chegou aqui por volta das onze?

– Isso mesmo. Lembro-me de ter consultado meu relógio quando ouvi o carro chegar.

Michelle anotou isso enquanto King continuava.

– Você ainda estava na casa quando ela recebeu o telefonema avisando que Bobby tinha morrido?

Ele assentiu.

– Estava acabando de fazer algumas coisas e pronto para sair quando ela desceu a escadaria correndo. Estava transtornada, semidespida, embaralhando as palavras. Levei um minuto inteiro para acalmá-la até conseguir compreender o que dizia.

– Ela disse que ligou para Eddie para vir buscá-la.

– Só que ele não estava em casa. Eu quis dirigir para levá-la ao hospital, mas ela me pediu que ficasse, para o caso de alguém telefonar. Saiu cerca de dez minutos depois. Quando voltou, parecia um fantasma, não havia nenhuma luz em seus olhos.

Mason baixou o olhar, aparentemente constrangido por sua escolha de palavras.

– De qualquer maneira, agora revelou-se que ele foi assassinado. Pois bem, a sra. Battle é uma pessoa forte. É capaz de enfrentar um golpe duro como alguns dos mais bravos. Mas dois golpes e tão próximos um do outro, isto é outra história.

– Ela me pareceu bastante calma e controlada esta manhã – comentou Michelle.

– Sim, ela se recupera depressa – disse ele, um tanto irritado. – E tem que ser forte para os outros.

– Pois é, Savannah me pareceu um pouco desorientada, fora de si. Creio que ela e o pai eram muito ligados – observou Michelle.

Mason não fez nenhum comentário.

– Embora não tenha passado muito tempo em casa nos últimos anos.

– Quase nenhum – disse Mason. – Se isto é bom ou mau, eu certamente não saberia dizer.

Você já disse, Mason, pensou King.

– Aparentemente, Savannah estava em casa naquela noite. Estou surpreso de que não tenha ido para o hospital com Remmy.

– Eu não sei se estava em casa ou não. Se estava, não a vi.

– Posso falar com você francamente, Mason?

O homem se virou para ele, parecendo um tanto surpreso:

– Creio que sim.

– A morte de Bobby pode não estar relacionada com os outros assassinatos.

– Entendo – respondeu Mason lentamente.

– De maneira que, se ele foi morto por uma outra pessoa, temos que começar a examinar possíveis motivos.

Mason não disse nada por alguns segundos.

– Quer dizer alguém da *família*?

– Não necessariamente, mas isso não pode ser descartado. – Ele encarou o homem com um olhar penetrante. – Você trabalha para eles há muito tempo. É fácil ver que é muito mais do que apenas um empregado.

– Estive com eles durante períodos bons e maus – respondeu Mason.

– Fale-nos a respeito dos maus – pediu King.

– Olhe, se está tentando me levar a dizer alguma coisa que vá prejudicar a sra. Battle...

King o interrompeu:

– Tudo que estou tentando fazer é apurar a verdade, Mason.

– Ela nunca teria feito uma coisa daquelas! – retrucou ele acaloradamente. – Ela amava o sr. Battle.

– Apesar disso, a aliança de casamento não estava no dedo dela.

Mason se sobressaltou por um instante e depois disse:

– Creio que precisava de reparos. Ela não queria se arriscar a danificá-la ainda mais. Eu não tiraria maiores conclusões a respeito disso.

Bela recuperação, pensou King.

– Alguma outra pessoa em que você possa pensar?

Mason refletiu a respeito, mas então sacudiu a cabeça:

– Eu realmente não poderia dizer. Isto é, não tenho conhecimento de nada nesse sentido – acrescentou rapidamente.

A verdade é a primeira ou a última parte? Perguntou-se King. Ele estendeu-lhe um de seus cartões.

– Se alguma coisa lhe ocorrer, ligue para nós. Somos muito mais gentis do que o FBI – acrescentou.

Enquanto Mason os acompanhava até a saída, King parou diante de uma estante contendo numerosas fotografias. Uma em particular atraiu seu olhar e a apontou para Mason.

– Este é Bobby Jr., o irmão gêmeo de Eddie. Tinha cerca de catorze anos quando esta foto foi tirada. Ele nasceu alguns minutos antes; é por isso que era o Júnior.

– Você não pode ter trabalhado para os Battle por todo este tempo – disse Michelle.

– Não. Eles tinham comprado esta propriedade e estavam construindo a casa, os meninos eram pequenos e precisavam de ajuda. Eu respondi a um anúncio e estou aqui desde então. Os outros empregados vêm e vão, mas eu sempre fiquei aqui. – A voz dele se apagou aos poucos e se calou. Então se recobrou e olhou para King e Michelle, que o observavam. – Eles têm me tratado muito bem. Poderia me aposentar, se quisesse.

– Tem planos de fazer isso? – perguntou Michelle.

– Não posso exatamente abandonar a sra. Battle agora, não é?

– Tenho certeza de que a sua presença aqui significa muito para ela – respondeu King.

Michelle examinou as feições anormais do rapazinho na foto.

– O que havia de errado com Bobby Jr.?

– Ele tinha um grave retardo mental. Já não estava nada bem quando comecei a trabalhar para eles. Então teve câncer e morreu logo depois de seu décimo oitavo aniversário.

– Ele era gêmeo de Eddie, mas Eddie é saudável – comentou King. – Isto não é incomum?

– Bem. Foi o que aconteceu. Eles eram gêmeos fraternos.

– Como Eddie se dava com o irmão?

– Fazia tudo para ele. Não poderia ter sido mais carinhoso. Creio que Eddie sabia que tinha sido somente pela graça de Deus que não era ele o doente.

– E Bobby sênior?

– O sr. Battle andava muitíssimo ocupado na época, viajando o tempo todo. Não estava nem aqui quando Bobby Jr. morreu. – Ele acrescentou rapidamente: – Porém, não tenho dúvida de que amava o menino.

– Deve ter sido muito traumático para Remmy quando Eddie foi seqüestrado.

– Se não fosse pelo agente Bailey, ela poderia ter perdido os dois filhos.

– Por sorte, ele está cuidando do caso novamente – observou King.

Eles saíram da casa, mas, quando Michelle começou a se encaminhar para o carro, King a segurou pelo braço.

– Está um dia bonito. Estou com vontade de fazer um passeio – disse ele.

– Onde?

– Você vai ver. – Ele tirou do bolso o guardanapo de papel que havia usado para limpar o café derramado e o cheirou. Sorriu com o resultado.

– O que é? – perguntou Michelle.

– Nenhuma enorme surpresa, mas Remmy gosta de um pouco de *bourbon* com o café.

CAPÍTULO

38

O LOCAL ESCOLHIDO POR KING para o passeio os levou para o terreno nos fundos da casa. Caminharam até o ponto de onde podiam ver a janela do quarto de Remmy. King contemplou a casa onde os empregados viviam e depois olhou de volta para a janela da patroa.

– Se alguém estivesse realmente olhando... – comentou em tom vago.

Michelle observou:

– Mason definitivamente tem uma queda por Remmy. Talvez ele espere se tornar o novo homem da casa.

King lançou um olhar rápido para o outro lado e viu uma mulher andando em direção ao estábulo.

– Vamos conversar sobre cavalos. – Enquanto ia se virando, uma imagem numa das janelas do segundo andar chamou sua atenção.

Era Savannah, olhando fixamente para eles. Contudo, desapareceu tão depressa que, por um instante, King não teve certeza de que ela tivesse realmente estado lá. Porém, estivera. E a expressão em seu rosto fora muito clara: ela estava aterrorizada.

Os dois cumprimentaram Sally Wainwright ao chegar ao estábulo. Seu temperamento alegre habitual não se manifestou naquele dia.

– Deus, estou pensando em ir embora – disse ela.

– Porque Battle foi assassinado? – perguntou King.

– E mais quatro outras pessoas – respondeu Sally enquanto olhava por cima do ombro, como se em busca de um atacante. – Esta era uma cidade simpática e tranqüila quando vim para cá. Agora eu provavelmente estaria mais segura no Oriente Médio.

– Eu não tomaria nenhuma decisão apressada – observou Michelle. – Você provavelmente viveria para se arrepender.

– Eu quero apenas viver – rebateu Sally.

King assentiu com a cabeça.

– Bem, então talvez possa nos ajudar a descobrir o assassino antes que ele ataque de novo.

Sally pareceu chocada.

– Eu! Mas eu não sei de nada.

– Você pode saber de alguma coisa importante, só que não sabe que é – argumentou King. – Por exemplo, poderia pensar em alguém que pudesse querer mal a Bobby Battle?

Sally sacudiu a cabeça – depressa demais, na opinião de King.

– Ora, vamos, Sally, qualquer coisa que você diga não passará daqui.

– Sean, eu realmente não sei de nada.

Ele decidiu tentar uma abordagem diferente:

– Por que eu não apresento algumas possibilidades e então você me diz, se alguma despertar alguma lembrança?

Ela pareceu em dúvida.

– Bem?

– Battle era um homem rico. Existem pessoas que vão se beneficiar com a morte dele, certo?

– Mas eu suponho que a sra. Battle herdaria a maior parte. E Savannah tem o fundo de fideicomisso. Não creio que precise de mais dinheiro.

– E Eddie?

Sally lançou um olhar em direção à antiga cocheira.

– Eles não parecem estar contando tostões. E sei que Dorothea Battle ganha muitíssimo dinheiro mesmo.

– Como sabe disso? – perguntou Michelle.

– Minha melhor amiga faz as unhas dela. Dorothea gosta de se gabar.

– Bem, mas algumas pessoas nunca têm dinheiro suficiente – sugeriu King.

– Eu simplesmente não vejo isso como motivo – retrucou Sally teimosamente.

– Se não foi por dinheiro, por qual outro motivo? – Ele cravou os olhos na moça num gesto claro e enfático. – Creio que você provavelmente não trabalha aqui há tempo suficiente para saber do passado adúltero de Bobby Battle.

– Ah, eu sei de mais do que você imagina – Sally deixou escapar sem querer. – Quero dizer... – Ela se calou e olhou para as botas sujas.

– Está tudo bem, Sally – garantiu King, escondendo o prazer que sentiu de ela ter mordido sua isca tão depressa. – Sabe de muita coisa porque talvez Bobby tenha se insinuado com você?

Ela sacudiu a cabeça:

– Não, não foi nada desse tipo.

– Então o quê? – pressionou King. – Poderia realmente ser importante, Sally.

Ela permaneceu em silêncio por mais um momento e então disse:

– Venham comigo.

Eles caminharam para além dos estábulos, passaram pelos alojamentos de empregados, desceram por uma estradinha pavimentada e finalmente chegaram a um grande prédio de tijolos de dois andares, com oito antiquadas portas de garagem de madeira. Havia uma antiga bomba de gasolina com uma bola de vidro com o topo projetado para fora, na frente.

– Esta é a garagem particular do sr. Battle. Ele tem, ou *tinha,* uma coleção de carros antigos. Creio que a sra. Battle agora é a dona. – Ela tirou uma chave e eles entraram.

O revestimento do piso formava um padrão preto e branco de tabuleiro de xadrez. As prateleiras continham troféus empoeirados de exposições de carros antigos. Diante de uma das sete portas, perfeitamente alinhados uns com os outros, estavam carros de coleção que iam de um Stutz Bearcat a um imponente veículo com capota de tecido, grade arredondada e uma placa na frente que proclamava ser um Franklin 1906 de seis cilindros.

– Eu tinha ouvido dizer que Bobby colecionava carros, mas não sabia que a coleção era tão grande – comentou King enquanto olhava ao redor.

– Ele tem mais uma porção no segundo andar. Há um elevador especial para subir e descer com os carros – disse Sally. – Ele costumava ter um mecânico trabalhando em tempo integral para cuidar deles. – Sally caminhou até o último espaço e parou. King e Michelle foram se juntar a ela. Não havia nenhum carro ali. Olharam para ela com expressões interrogativas.

Sally hesitou por um instante:

– Olhem, não digam a ninguém que ouviram isto de mim. – recomendou. Os dois assentiram concordando. – Bem, costumava haver um carro que ficava bem aqui. Era enorme, sabem, um daqueles grandes Rolls-Royces que a gente vê em filmes antigos.

– O que aconteceu com ele? – perguntou Michelle.

Sally hesitou de novo, como se debatendo se deveria contar-lhes.

Percebendo isso, King disse:

– Sally você já veio até aqui.

– OK, isso foi há mais de três anos. Era tarde da noite e eu tinha vindo escondida para cá, só para admirar os carros. Eu não deveria ter uma chave, mas o mecânico que costumava trabalhar aqui ficou meio caído por mim e me deu uma. Estava aqui dentro dando uma olhada quando ouvi um carro chegar. Foi então que reparei que um dos carros tinha sumido. A porta começou a se abrir e vi os faróis. Fiquei morta de medo e tive certeza de que iria ser despedida se eles me encontrassem aqui. Corri e me escondi ali. – Ela apontou para uma torre de barris de cinqüenta galões de gasolina que ficava num canto. – O Rolls estacionou na garagem e o motor foi desligado. O sr. Battle saltou e parecia estar mal. Falando sério, parecia realmente mal.

– Como podia ver? Não estava escuro? – perguntou King.

– Há um gatilho automático nas portas. À noite, quando as portas sobem, as luzes aqui dentro se acendem.

– Quando você diz que ele parecia mal, em que sentido quer dizer? – perguntou Michelle. – Doente? Bêbado?

– Não, como se estivesse realmente transtornado, aflito, preocupado.

– Você algum dia descobriu por quê? – perguntou King.

– Não. De qualquer maneira, como eu disse, ele parecia mal, mas então de repente, começou a sorrir e depois começou a rir às gargalhadas. Às gargalhadas! Bem, fez isso até ela aparecer.

– Ela quem? Remmy? – perguntou King.

Sally assentiu e disse em voz baixa:

– Se ela tivesse uma arma, creio que o sr. Battle estaria morto há muito tempo.

– Que aconteceu então? – perguntou Michelle.

– Eles começaram a discutir. Bem, no começo, ela estava apenas berrando com ele. A maior parte do que dizia não fazia muito sentido. Mas, pelo que pude ouvir, estava envolvido com uma outra mulher.

– Remmy parecia saber quem era? – perguntou King.

– Se sabia, nunca mencionou o nome, pelo menos não que eu ouvisse – disse Sally.

– O que fez Bobby?

– Ele começou a gritar com ela. Disse que não era de sua conta com quem ele dormia ou deixava de dormir.

– E pensar que eu estava quase admirando o homem – comentou Michelle, decepcionada.

– Bem. Ele disse uma outra coisa de que eu nunca vou me esquecer – prosseguiu Sally. Ela fez uma pausa, tomou fôlego e olhou para eles ansiosamente.

– Continue – disse King. – Não creio que mais nada vá me surpreender agora.

– O sr. Battle disse que ele não era o único na família a praticar esta filosofia.

– De dormir com outras pessoas? – perguntou King e Sally assentiu.

Michelle e King se entreolharam.

– E você acha que ele estava se referindo a Remmy? – perguntou ela.

– Eu apenas presumi que sim. Mas a sra. Battle sempre pareceu tão correta e...

– Leal ao marido – sugeriu King.

– Isso, exatamente.

– As fachadas que as pessoas apresentam em público podem ser enganadoras – comentou ele.

– E o Rolls? – perguntou Michelle.

– Simplesmente desapareceu depois daquela noite. Não sei o que aconteceu com o carro. Na verdade, Billy Edwards – era o mecânico que costumava cuidar dos carros – também havia sumido no dia seguinte. Foi nessa ocasião em que o sr. Battle perdeu o interesse pela coleção. Nunca mais veio aqui depois disso, pelo menos que eu saiba.

– Você não viu este tal de Billy Edwards antes que ele fosse embora?

– Não, o quarto dele estava limpo e vazio no dia seguinte. Não sei quem veio e levou o carro. Deve ter sido durante a noite, caso contrário alguém o teria visto sair.

– Obrigado, Sally, você foi de grande ajuda.

Eles deixaram Sally e seguiram de volta para a frente da casa.

– Então, o que você acha dessa história? – perguntou Michelle.

– Acho que suscita uma porção de perguntas. Com quem Bobby Battle estava tendo um caso na época? Será que a referência a andar dormindo com outras pessoas foi realmente dirigida a Remmy? E por que se livrar do carro? – King pareceu pensativo. – Gostaria de saber se existe alguma possibilidade de localizar o tal Billy Edwards e lhe fazer perguntas a respeito disso.

– Por que não perguntar diretamente a Remmy?

– Ela perguntará como descobrimos. E Sally, evidentemente, não sabe esconder seus sentimentos. Um olhar de Remmy e ela contaria tudo. É possível que tenhamos que fazê-lo, em algum momento, mas primeiro vamos procurar uma outra maneira.

– Continuamos achando cada vez mais perguntas e nenhuma resposta – comentou Michelle.

– Em algum momento a maré terá de virar. Porém, é bem possível que as respostas que encontrarmos não nos agradem.

CAPÍTULO

39

Dorothea e Eddie Battle não estavam em casa, portanto King e Michelle naquela tarde se dirigiram para o Aphrodisiac para falar com Lulu Oxley sobre a dançarina exótica assassinada, Rhonda Tyler.

O estacionamento já estava começando a encher com a clientela do almoço quando eles chegaram. Enquanto iam passando por uma das áreas de bar, viram de relance as mulheres quase nuas dançando e os homens que assistiam, assobiavam e bradavam em aplauso.

– Eu simplesmente não entendo qual é a atração – observou Michelle.

– O produto não é exatamente voltado para alguém como você.

– Ora, vamos, está me dizendo que acha agradável ficar assistindo a uma coisa daquelas?

– Não, mas receio que eu esteja em minoria entre meus companheiros de sexo. – Ele sorriu e acrescentou: – Isso faz parte de ser inteligente, sofisticado e sensível.

Eles foram encaminhados para o pequeno e atravancado escritório de Lulu, onde a encontraram ocupada, imersa no trabalho e não parecendo muito satisfeita com a interrupção.

– Eu já disse tudo ao FBI e ao chefe Williams – declarou Lulu enquanto fechava o isqueiro com um estalo e dava uma tragada num cigarro.

– Bem, agora nós somos delegados-assistentes, de modo que também pode nos contar – disse King, em tom bem-humorado, enquanto lhe mostrava a insígnia.

Ela suspirou, deu mais uma tragada e se recostou na cadeira.

– Caso ainda não tenha ouvido, o Ministério da Saúde adverte que fumar realmente faz mal à saúde – observou Michelle, abanando a mão para afastar a fumaça do rosto.

– O Ministério da Saúde não gerencia um clube de cavalheiros – rebateu Lulu.

– Ficaremos contentes em ser fumantes passivos desde que você nos fale de Rhonda Tyler – disse King.

– Tudo bem, pela terceira vez e a contagem continua: Rhonda Tyler, também conhecida como seja lá que droga tenha sido seu nome de palco...

– Tawny Blaze – disse Michelle prestativamente.

– Isso, boa memória – disse Lulu, examinando a outra mulher com um olhar penetrante. – Seja como for, ela veio trabalhar aqui sob contrato. Ficou morando num dos quartos do clube, mas, pouco antes do contrato acabar, nos disse que tinha um outro lugar para ficar. Cumpriu seu tempo de contrato e aquela foi a última vez em que a vi. Já tinha trabalhado conosco antes e sempre se conduziu como uma verdadeira profissional, nunca houve nenhum problema.

– Ela mencionou se tinha amigos ou família na área?

– Não para mim. Mas, com esse tipo de trabalho, a família costuma se afastar de você.

– E quanto a um homem que possa ter conhecido? – perguntou Michelle.

Lulu bateu a cinza do cigarro num copo de papel de café vazio sobre a escrivaninha.

– Nenhum de que eu tenha conhecimento.

– Há alguma outra pessoa a quem ela possa ter feito confidências? – perguntou King.

– Ela poderia ter conversado com alguma das outras garotas.

– Podemos falar com elas?

– Se conseguirem acordá-las. As que trabalham à noite não saem da cama antes do fim da tarde. As garotas do turno do almoço agora estão no palco.

– Vamos fazer uma tentativa – declarou King.

– Podem fazer – respondeu Lulu, mais uma vez observando Michelle atentamente.

Enquanto se encaminhavam para a porta, Michelle lançou um olhar rápido para trás e viu a mão de Lulu desaparecer dentro da gaveta da escrivaninha. Quando Lulu a tirou, não havia nada nela. Michelle desviou o olhar antes que a outra mulher pudesse vê-la observando.

Lulu então disse:

– A propósito, há uma informação que vocês poderiam achar interessante: a altaneira e poderosa Remmy Battle ameaçou Junior.

Ambos a encararam enquanto ela resumia o encontro entre os dois, inclusive a oferta de Remmy de pagar a Junior se ele devolvesse os itens roubados.

– Então ela queria alguma coisa que estava na gaveta, mas não estava interessada na aliança de casamento? – indagou King confuso.

– Aparentemente, a madame tem algo a esconder.

– Onde estará Junior hoje?

– Trabalhando numa obra em Lychburg; vocês não poderão vê-lo. Mas esta noite ele estará na casa que está construindo para nós.

– Por favor, me diga onde fica e como chegar lá. E me dê o número do telefone celular de Junior. – Enquanto ela o fazia, King fez mais uma pergunta: – Bobby Battle alguma vez já veio aqui?

Lulu pareceu estar se esforçando muito para não parecer surpresa diante da pergunta.

– Creio que o vi por aqui algumas vezes.

– Recentemente?

– O que você considera recentemente?

– Nos últimos dois anos.

– Não saberia dizer com certeza.

Tenho certeza de que não saberia, pensou King.

– Bem, mais uma vez obrigado por toda sua ajuda.

– Vou mostrar a vocês onde ficam os quartos – ofereceu Lulu.

Ela os conduziu ao segundo andar e apontou para o corredor dissimulado pela cortina vermelha.

– Boa sorte – disse, num tom que não soava nem um pouco sincero.

Quando King e Michelle iam se encaminhando para o corredor, Lulu tocou no braço de Michelle:

– Posso lhe fazer uma pergunta?

– Fizemos um bocado de perguntas a *você*, vá em frente, pergunte.

– Você alguma vez já pensou em dançar com o poste?

– Como é que é?! – retrucou Michelle, visivelmente chocada.

– É só que você faz o tipo perfeito da garota tipicamente americana, com a sedução irresistível e o jeitinho convidativo da garota da casa ao lado. Isto é bastante raro neste ramo. É mais magra que as outras garotas e um tanto mal servida de busto, mas não creio que os rapazes se importarão com isso depois que virem o que você *realmente* tem.

Michelle enrubesceu.

– Deve estar brincando!

– O salário é um bocado melhor do que você imaginaria e pode ficar com todas as gorjetas. Pode ficar no turno da noite e ainda manter seu emprego fixo durante o dia. A lei estadual não permite nudez total em nenhum clube de *strippers,* portanto pode ficar vestida com seu fio dental. Mas a parte de cima tem que sair, isto é regra da casa. Sem mamas de fora não tem grana.

Michelle deu um sorriso forçado:

– Deixe-me explicar da seguinte maneira: o dia em que você me vir dançando com um poste, vestindo apenas um fio-dental, diante de uma multidão de imbecis bêbados, será o dia em que o céu vai desabar e matar todos nós.

– Não sei, não – disse King que tinha escutado atentamente a conversa. – Eu daria uma gorjeta de pelo menos vinte dólares para ver isso.

CAPÍTULO

40

KING E MICHELLE SEGUIRAM até o corredor, passaram para o outro lado da pesada cortina vermelha e começaram a bater nas portas. Vários quartos estavam destrancados e desocupados. De outros, ouviram um festival de palavrões ou gemidos sonolentos. A cada vez que uma porta era destrancada e aberta – sempre por uma mulher jovem pouquíssimo vestida e com uma expressão de extremo cansaço –, Michelle fazia a mesma pergunta, enquanto King desviava o olhar.

– Na verdade, eu não a conhecia – era o refrão constante. Contudo, no penúltimo quarto no corredor, eles ouviram a voz dizer:

– Entre. – Michelle entrou. Quando saiu poucos minutos depois, parecia realmente abalada.

– Você está bem?

– Acabei de levar uma cantada de uma mulher nua, de mais de um metro e oitenta, chamada Heidi.

– Eu posso esperar no carro, se você quiser.

– Cale a boca!

– Deve ter sido o jeitinho convidativo.

No último quarto, a porta foi aberta por uma jovem vestindo um robe longo que não escondia inteiramente suas curvas fartas e seios inchados. O cabelo louro oxigenado estava preso num rabo-de-cavalo e estava descalça. Bebericava uma xícara de café preto. Apresentou-se apenas como Pam e depois que disseram o que queriam, os convidou a entrarem.

Eles se sentaram a uma mesa pequena ao redor da qual estavam posicionadas quatro cadeiras. O quarto parecia bastante confortável, embora King se apanhasse de olhos fixos na cama em desordem num canto e na variedade de peças de lingerie empilhadas nela. Ele se virou e deu de cara com o olhar severo de Michelle cravado nele.

– Então você conhecia Rhonda? – perguntou King.

– Sim, senhor.

King a examinou de alto a baixo. Tinha uma aparência tão jovem que, caso a tivesse visto seminua se esfregando contra o poste, provavelmente teria jogado um cobertor em cima dela e ligado para o pai vir buscá-la.

– A polícia já falou com você?

– Sim, senhor, na verdade, o FBI. Pelo menos foi de onde disseram que eram.

– Pode nos contar o que disse a eles?

– Sim, senhor.

– Você não precisa me chamar de senhor, Pam. Eu sou Sean e esta é Michelle.

Pam olhou para os roliços dedos dos pés, com esmalte lascado, e cruzou um pé gorducho sobre o outro.

– Desculpe. Acho que estou meio nervosa, Sean.

Michelle seu uma palmadinha na mão dela.

– Não há nenhum motivo para ficar nervosa.

– O que quero dizer é Rhonda ter sido morta e tudo mais. Acho que poderia ter sido qualquer uma de nós, embora Rhonda corresse riscos que eu jamais correria.

– Que tipo de riscos? – perguntou King.

– Nós trabalhávamos juntas nos mesmos clubes. Ela saía com homens que nem sabia se seriam bons com ela. Eu só estou trabalhando nisto há dois anos, mas sei que não é coisa que se faça. Mas ela sempre voltava. – Pam enxugou algumas lágrimas. – Só que desta vez não voltou.

– Você tem alguma idéia de com quem ela saiu naquela noite? – perguntou Michelle.

– Não. Como eu disse aos outros, às vezes ela me avisava antes de ir, outras vezes não. Desta vez não avisou. – Ela tomou um gole do café e esfregou os lábios grossos com as costas da mão trêmula. King reparou que o esmalte vermelho estava lascado.

– Quando foi a última vez que você a viu?

– Umas duas semanas antes dela ser encontrada. Nossos contratos aqui estavam chegando ao fim, mas eu assinei uma renovação por mais um mês. Gosto daqui. O pagamento é bom e as pessoas aqui nos tratam realmente bem. Não existem muitos lugares que ofereçam um quarto, as três refeições e o resto.

– E não há clientes aqui que a incomodem, imagino? – disse King.

– Não, senhor, não há nada disso – disse ela. – Eles são muito cuidadosos com relação a isso.

– Você alguma vez a viu com alguém, um homem que não conhecesse? Ela mencionou alguém com quem estivesse saindo?

– Não, nada desse tipo. Desculpe.

Ele lhe deu um de seus cartões.

– Se você se lembrar de mais alguma coisa, ligue para nós.

King e Michelle saíram e se encaminharam para a camionete, ambos perdidos em seus próprios pensamentos.

King estava examinando o estacionamento cheio.

– Difícil acreditar que as pessoas encontrem tempo no meio do dia para vir aqui.

– É realmente doentio, se quer minha opinião – declarou Michelle. Ela ainda estava de cenho franzido quando se acomodou atrás da direção. – Você sabe que tem que ter vinte e um anos para poder ver *strippers*, mas que só precisa ter dezoito para *ser* uma? Como isto pode ter sentido?

King se acomodou no assento do carona.

– Concordo que é ridículo e degradante. É por isso que você está tão mal-humorada?

– Não! O *lendário* Aphrodisiac foi uma total perda de tempo, só isso.

– Como pode dizer isso? Não só você recebeu uma proposta de trabalho como dançarina, que poderia até ser útil quando a nossa firma passar pelos inevitáveis tempos das vacas magras, mas também pode ter encontrado uma verdadeira amiga em Heidi.

Um segundo depois, King estava esfregando o braço onde ela lhe dera um murro.

– Droga, Michelle, isto realmente machucou – reclamou ele.

– E vai machucar ainda mais se você continuar.

CAPÍTULO

41

JUNIOR DEAVER SAIU DE SUA casa semiconstruída e olhou para o céu escuro. O homem estava cansado, depois de ter trabalhado o dia inteiro em obras de outras pessoas e antes de chegar ali para pregar com pistola os pregos nas telhas e na madeira compensada. Tinha acabado pouco antes da luz desaparecer e então trabalhara mais um bocado no interior da casa. Todos eles estavam ansiosos para sair do trailer apertado.

Contudo, o julgamento de processo penal que se aproximava era uma preocupação que vinha pesando em sua mente. Lulu não parava de repetir o assunto. Poderia ser a ruína de todos os nossos sonhos, vivia dizendo. E se a sra. Battle os processasse? Estaria tudo acabado. Então sua sogra começava e, depois que começava, Priscilla Oxley nunca mais se calava. Junior havia passado por muitas fases ruins em sua vida. A atual estava à altura das piores.

Ele pensou na oferta de Remmy Battle. Se ao menos tivesse alguma coisa para dar a ela. O que o enfurecia era que ninguém parecia acreditar nele. Porém, com todos os indícios acumulados contra ele, podia compreender que a mulher pensasse que era culpado.

Enquanto mastigava um sanduíche e bebia uma cerveja que tinha tirado do isopor, ficou remoendo algumas idéias. Podia pôr um fim a toda aquela história agora mesmo, se quisesse – era só contar a verdade sobre o que estivera fazendo naquela noite –, mas preferia ir para a cadeia. Pura e simplesmente não podia fazer aquilo com Lulu. Tinha sido burrice, realmente burrice. Mas agora não havia como desfazer.

Acabou de comer o sanduíche. O telefone celular estava vibrando e com a caixa de mensagens cheia. Detestava o maldito aparelho; todo o mundo queria alguma coisa imediatamente. Ele checou a lista de chamadas. Uma delas o deixou intrigado: Sean King. *Gostaria de saber o que ele quer*, pensou Junior. Bem, teria que esperar.

Voltou para dentro da casa. Eram quase oito horas, definitivamente estava na hora de encerrar o dia. Estivera de pé desde as quatro da manhã. Suas costas estavam doendo de subir e descer a escada com as telhas. Estava ficando velho demais para este tipo de trabalho pesado. No entanto, esperava fazê-lo até cair morto. O que mais havia para um sujeito como ele?

O golpe veio de bem atrás dele, de fato rachando-lhe o crânio e fazendo o homenzarrão cambalear. Junior agarrou a cabeça e, no mesmo movimento, girou nos calcanhares. Em meio ao sangue que lhe escorria pelo rosto, viu o capuz negro se aproximando para atacá-lo, com a pá erguida. Conseguiu bloquear o golpe com o antebraço, embora este o espatifasse. Caiu para trás, gritando de dor. Enquanto jazia deitado no chão frio de madeira, viu a pá vir de novo em sua direção. Conseguiu arremessar a perna direita para fora e dar uma rasteira derrubando seu agressor.

O homem caiu pesadamente, mas em seguida saltou de pé. Junior se inclinou para trás, sentado, apoiado no traseiro, segurando o braço quebrado. Com a barriga volumosa arquejando, continuou a chutar seu atacante, tentando mantê-lo recuado enquanto se arrastava para trás. O sanduíche e a cerveja subiram-lhe à boca, cobrindo a armação do piso de madeira de vômito. Ele conseguiu se levantar pela metade, mas um outro golpe o acertou no meio das costas e foi derrubado de novo.

Junior Deaver tinha mais de um metro e noventa de altura e pesava cerca de cento e vinte quilos. Se conseguisse apenas acertar um bom golpe em seu oponente menor, sabia que as coisas poderiam mudar rapidamente. Ele mataria o filho-da-mãe. Considerando quanto já estava gravemente ferido, Junior calculou que lhe restava apenas uma chance de fazer isso. Como já estivera metido em um bocado de brigas de bar, tinha alguma experiência em que se basear. Planejou atrair e enganar seu atacante para apanhá-lo de surpresa.

Ajoelhou-se, a cabeça quase tocando no assoalho, como se impotente. Quando viu a pá se erguer, arremessou-se para frente e acertou o atacante diretamente no estômago, carregando os dois até o outro lado da sala onde, com um estrondo, derrubaram uma parede e pequenas vigas crivadas de pregos.

Ambos foram ao chão e rolaram para longe um do outro. Junior tentou segurar o homem menor, mas as dores em seu braço e ombro foram demasiadamente intensas. E o sangue estava se infiltrando através da fissura em seu crânio, criando pressão sobre seu cérebro e fazendo com que sua destreza e coordenação motoras se deteriorassem rapidamente. Junior lutou para tentar agarrar-lhe os pés, mas o outro homem foi mais rápido. Rolou para longe, apanhou um pedaço de uma das vigas quebradas e repetidamente golpeou a cabeça de Junior com ele, os golpes tornando-se mais violentos e mais selvagens; o pedaço de madeira de cinco por dez centímetros se estilhaçou, com pregos retorcidos virados para fora, e finalmente se partiu em dois. Junior gemeu, foi ao chão, rolou e não se levantou mais. Com a barriga arquejando, o sangue jorrando de múltiplos ferimentos na cabeça, ele apenas ficou deitado ali, de olhos fechados.

O homem do capuz se aproximou cautelosamente, desconfiado de outra armadilha. Primeiro, amaldiçoou Junior e depois a ele próprio por ter subestimado tanto seu alvo. Estivera certo de que um golpe direto de uma pá na parte de trás da cabeça teria derrubado o homem. Ele se acalmou, clareou a cabeça e disse a si mesmo que tinha que terminar o serviço. *Então ande logo com isso.*

Seu próprio estômago arquejava, a garganta seca como algodão e, com o aumento de ácido láctico em seus músculos deixando-o tonto, ele se ajoelhou ao lado de Junior e tirou o pedaço de madeira arredondada e a corda do casaco. Enfiou o torniquete sobre a cabeça de Junior, o ajeitou ao redor do pescoço largo e, bem devagar, começou a apertar até ouvir Junior gorgolejando em busca de ar. Continuou girando regularmente, mantendo pressão constante. Alguns minutos depois, o barrigão arquejou uma última vez e então parou.

O homem largou o pedaço de madeira e sentou-se agachado nos calcanhares. Sentiu o ombro onde o impacto com Junior e as vigas com pregos o haviam ferido. Podia viver com isso. Muito mais problemático era o fato de que a luta tivesse deixado indícios, provas em potencial, em jogo. Usando o gerador de luz de Junior, examinou-se metodicamente. Estava coberto de sangue, vômito e muco do outro homem. Felizmente, estava usando seu capuz, luvas e mangas compridas, porque mesmo um único fio de cabelo arrancado de sua cabeça com a raiz teria seu DNA e poderia se tornar um pesadelo forense para ele.

Vasculhou a área e depois o homem morto, em busca de qualquer coisa que pudesse entregá-lo a gente da laia de Sylvia Díaz. Passou muito tempo a examinar os dedos e debaixo das unhas de Junior Deaver, em busca de algum fragmento humano que pudesse ter ido parar lá. Finalmente satisfeito de que não havia deixado quaisquer de seus próprios vestígios significativos, retirou a máscara de palhaço de seu outro bolso do paletó e a posicionou ao lado do corpo. Tinha ficado amassada pelo impacto com ele, mas, mesmo assim, a polícia dificilmente deixaria de entender o significado pretendido.

Tomou o pulso de Junior para se assegurar de que não houvesse nenhum batimento, então ficou sentado ali por mais cinco minutos e checou de novo. As mudanças sutis no corpo após a morte eram-lhe bem conhecidas e, de maneira satisfatória, estavam todas ocorrendo ali. O homem estava morto. Estendeu a mão para ele e rapidamente levantou a mão esquerda de Junior. Puxou o pino do relógio e o acertou para exatamente cinco horas – o mesmo horário que o impostor pusera no relógio de Bobby Battle. Aquilo enviaria uma mensagem clara para a polícia e para o impostor. Queria que ambos fossem informados. Em vez de apoiar o braço de Junior para cima, puxou a mão para trás e depois tirou uma caneta preta do cinto de ferramentas de Junior e desenhou uma flecha no assoalho de madeira compensada apontando diretamente para o relógio. Por último, retirou a grande fivela do cinto de Junior com a logomarca NASCAR e a enfiou no bolso.

O som lhe deu um grande susto até que se deu conta do que era. O telefone celular de Junior estava tocando. Tinha caído durante a luta. Ele olhou para a tela. O identificador de chamadas mostrava que era de casa. Bem, podiam chamar tanto quanto quisessem, Junior nunca mais voltaria para casa.

Ele se levantou com as pernas trêmulas, baixou o olhar para o homem com o laço do torniquete ao redor do pescoço e depois para a máscara de palhaço ao lado dele e sua boca se descontraiu num sorriso. *Mais uma vez a justiça foi feita,* disse para si mesmo. Não pretendia fazer uma prece para Junior. Com um toque de pé, desligou o gerador, a bateria e a área foi mergulhada na escuridão; o homem morto desapareceu como se por um passe de mágica.

O som seguinte o abalou até o íntimo.

Era o som de um carro que se aproximava. Correu para o recorte de uma das janelas da frente. Faróis estavam cortando a escuridão, vindo direto para ele.

CAPÍTULO

42

King e Michelle saltaram do Lexus e olharam ao redor. Tinham trocado de carro na casa de King porque um dos faróis da camionete de Michelle estava com a lâmpada queimada. King pegou uma lanterna e a acendeu, mas seu feixe fino de luz fez pouco efeito contra a escuridão.

– A picape dele está aqui – disse Michelle enquanto batia na lateral da picape maltratada, cheia de ferramentas e material de construção na caçamba.

– Junior! – gritou King. – É Sean King. Queremos falar com você.

Michelle pôs as mãos em concha ao redor da boca.

– Junior! Junior Deaver!

Eles se entreolharam.

– Talvez ele esteja dentro da casa.

– O quê, trabalhando nesse breu absoluto? – perguntou King.

– No porão e talvez não possamos ver a luz daqui.

– OK, então acho que vamos entrar.

– Você tem outra lanterna em seu carro?

– Não, mas talvez Junior tenha uma na picape.

Eles procuraram e encontraram uma no assoalho da picape. Agora feixes duplos se moviam em meio à escuridão.

Entraram pela porta da frente e olharam ao redor.

– Junior – gritou King mais uma vez.

Eles varreram o aposento com as lanternas. Em um canto, um grande pedaço encerado de lona cobria o que parecia ser uma pilha de divisórias. Por toda parte ao redor, havia madeira empilhada e outros materiais de construção, ferramentas, baldes e sacas de cimento, uma verdadeira bagunça.

– Veja, isto parece igual à sua casa – comentou King.

– Puxa vida, você hoje está realmente em bela forma. Olhe, a escada para o porão é ali.

Michelle gritou para os degraus mais abaixo. Não houve resposta.

King olhou ao redor.

– Isto está começando a me parecer meio estranho – comentou baixinho. – Por que você não...?

Michelle já estava de arma em punho. Cautelosamente, desceram a escada.

No canto mais distante do porão, havia uma pilha de latas. Olharam atrás dela. Nada. O sistema de aquecimento, ventilação e ar refrigerado estava em outro canto do porão. Viraram o foco de luz das lanternas para a massa de metal, mas uma vez mais não viram nada.

Atrás de um dos grandes dutos de aquecimento, em um espaço que a luz não alcançara, o homem do capuz observou enquanto eles seguiam de volta para o andar de cima. Lentamente saiu de seu esconderijo.

No andar de cima, King e Michelle olharam ao redor mais atentamente. Michelle foi quem viu primeiro.

– Ah, não! – disse baixinho. Michelle agarrou a mão de King e o puxou em sua direção.

– Sangue – sussurrou no ouvido dele e então apontou sua lanterna para o assoalho. Os borrifos carmesim estavam claramente visíveis. Os feixes de luz das lanternas seguiram a trilha até a fonte: o encerado de lona.

Os dois avançaram devagar, tomando cuidado para não pisar nos borrifos. King se ajoelhou, levantou o encerado e eles viram que era Junior. King rapidamente procurou sentir o pulso e não encontrou.

– Que diabo! Ele está morto. – Ele girou a luz ao redor, iluminando mais de perto. – Ah, merda!

– O quê?

– Ele está com um laço corrediço de torniquete ao redor do pescoço.

– Não me diga...

King afastou mais o encerado e virou o foco da lanterna para o braço do homem.

– E o relógio dele está marcando cinco horas e há uma flecha preta desenhada no assoalho apontando diretamente para o relógio.

Michelle direcionou a luz da lanterna para o rosto de Junior.

– Ele não está morto há muito tempo, Sean.

– Eu sei; o corpo ainda está quente. – King se imobilizou. – Que foi isso?

Michelle olhou para trás, o foco da lanterna fazendo arcos na escuridão.

– O quê?

– Pensei ter ouvido o som de passos.

– Eu não ouvi nada... – A respiração dela ficou presa na garganta quando viu o ponto vermelho do laser aparecer na cabeça de King. O significado daquilo era claro como cristal para a perita em armas de fogo Maxwell. – Sean, não se mova – disse roucamente. – Você está sob luz vermelha.

– Estou o quê... – Mas então ele compreendeu o que ela estava dizendo. O rastreador de mira a laser podia ser seguido a qualquer momento por uma bala que acertaria precisamente o lugar onde estava o ponto: neste caso, em seu cérebro.

Enquanto ela observava, o ponto vermelho moveu-se lentamente para a arma de Michelle, parando ali como uma vespa mortífera, pronta para picar. Esta mensagem também era clara. Ela hesitou, debatendo se deveria correr o risco, virar-se e disparar. Olhou para King. Ele obviamente tinha visto a localização do ponto e, lendo os pensamentos dela sobre tentar disparar um tiro, sacudiu a cabeça num não definitivo.

Relutantemente, Michelle pôs a arma no assoalho, afastando-a com o pé. Quando o ponto vermelho apareceu sobre sua lanterna, ela a apagou e a colocou no chão. King lentamente fez o mesmo. O ponto vermelho então apareceu sobre o peito de Michelle e moveu-se de alto a baixo sobre seu corpo, aparentemente, de maneira provocadora, como se a pessoa que apontava o laser a estivesse acariciando.

Michelle estava ficando cada vez mais irritada e começando a calcular que distância teria de pular para agarrar a arma.

Enquanto calculava as probabilidades de conseguir disparar um tiro antes que o outro sujeito o fizesse, deixou de reparar que o ponto vermelho havia desaparecido.

Finalmente se dando conta disso, olhou para a imagem de King na escuridão sombria.

– Ele já foi? – perguntou baixinho.

– Não sei – respondeu King num sussurro. – Não ouvi nada.

Aquilo mudou momentos depois, quando eles ouviram os disparos da arma. Ambos atiraram-se ao chão, Michelle arrastando-se desesperadamente para a direção onde acreditava estar sua arma. Dois centímetros, trinta centímetros. *Vamos! Vamos!* Quando seus dedos se fecharam ao redor do metal, ela se deteve e parou para escutar.

– Sean, você está bem?

Segundos se passaram e não houve resposta.

– Sean! – sussurrou ela em desespero, suas esperanças desabando quando ele não respondeu.

– Estou bem – respondeu ele finalmente.

– Que diabo, você quase me matou do coração. Por que não disse nada?

– Porque caí em cima de Junior, por isso!

– Ah.

– Pois é, ah.

Eles esperaram mais alguns minutos. Quando ouviram um carro dar partida ao longe, Michelle se levantou de um salto, agarrou uma lanterna e correu para fora, com King em seus calcanhares.

Eles entraram no Lexus.

– Ligue para 911 – disse King. – Diga-lhes para fechar as estradas ao redor desta área o mais depressa possível. E fale com Todd.

Michelle já estava ao telefone.

King pisou fundo no acelerador e o carro saltou para frente. O carro sacolejava tanto enquanto se movia que derrubou o telefone da mão de Michelle. Ele pisou nos freios.

Os dois se entreolharam.

– Que diabo, ele atirou nos pneus – constatou King com incredulidade. – Aqueles tiros eram para isso. Vamos ver se eu ainda consigo dirigir. – Depois de trinta metros, ficou claro que se dirigissem a mais de oito quilômetros por hora, logo teriam um eixo quebrado.

Michelle saltou do carro e acendeu a lanterna junto aos pneus arriados da frente e de trás, do seu lado. Correu de volta e examinou a picape de Junior. Também estava com dois pneus arriados por tiros. Michelle ligou para 911, deu-lhes as informações, então ligou para Todd, enquanto King se agachava encostado em seu carro.

Quando ela acabou, voltou para junto dele e disse:

– Todd e os homens dele estão a caminho.

– É bom saber disso – respondeu ele baixinho.

– Nunca se sabe; eles poderiam dar sorte e pegar o sujeito, Sean.

– Os mocinhos raramente têm esta sorte. – Ele cruzou os braços sobre o peito e ficou olhando fixamente para a casa semiconstruída.

Michelle bateu com a palma da mão na capota do carro.

– Deus, eu me sinto como a mais idiota caloura do mundo por ter deixado aquele sujeito nos apanhar de surpresa. Não consigo acreditar que estivemos provavelmente a três metros daquele maníaco. E ele escapou. – Ela ficou em silêncio, olhando fixamente para o chão, antes de olhar para seu parceiro. – OK, fale comigo, o que você está pensando?

Ele não respondeu imediatamente. Quando falou, sua voz estava ligeiramente trêmula.

– Estava pensando que esta noite três crianças pequenas perderam o pai e uma mulher, seu marido. Estava apenas querendo saber quando isso vai parar.

– Só quando alguém obrigá-lo a parar.

King não tirou os olhos da casa inacabada.

– Bem, a partir de agora este é nosso trabalho em tempo integral.

CAPÍTULO

43

COMO KING HAVIA PREVISTO, A polícia chegou tarde demais para apanhar o assassino de Junior. Quando a notícia de mais um assassinato tornou-se pública, a área inteira entrou num frenesi total. O prefeito de Wrightsburg, numa atordoante demonstração de falta de confiança em Todd Williams e no FBI, exigiu que a Guarda Nacional fosse chamada e que se decretasse lei marcial. Felizmente, ninguém atendeu a este pedido. A máquina nacional de notícias rolou sobre Wrightsburg e seus arredores com um enorme apetite por detalhes, por mais triviais ou irrelevantes que fossem, com relação à investigação. Os grandes caminhões de externa da mídia, com suas antenas parabólicas e seus âncoras competindo por notícias, com microfones sem fio na mão, tornaram-se tão onipresentes quanto botões de flores na primavera. As únicas pessoas satisfeitas com esta situação eram os donos de restaurantes, donos de pensões e os fanáticos por conspirações locais, que podiam ser ouvidos tecendo intermináveis teorias. Quase todo mundo estava em busca de seus quinze minutos de fama.

Todd Williams foi inundado pelo dilúvio jornalístico, do mesmo modo com que Chip Bailey. Nem mesmo King e Michelle conseguiram escapar inteiramente da enchente, observando, com desânimo, enquanto detalhes de seus feitos na famosa investigação anterior em que haviam participado eram desenterrados e incluídos na história atual.

Mais pessoal de segurança pública foi requisitado, tanto federal quanto estadual e King ficou a se perguntar se um contingente maior de homens estaria auxiliando ou prejudicando a investigação. A última hipótese parecia ser verdadeira, uma vez que todos competiam entre si.

A carta finalmente chegou. Proclamava que o assassino de Junior Deaver agora estava imitando o príncipe da escuridão dos palhaços, pelo menos nos círculos de assassinos seriais: John Wayne Gacy. *E vocês pensaram que ele só matasse jovens rapazes e meninos*, dizia a mensagem em tom provocador. *Agora sabem que ele não se incomoda de matar caipiras trabalhadores braçais, grandes e gordos, como Junior Deaver.*

Estavam todos presentes a mais uma reunião da força tarefa, de manhã bem cedo, na chefatura de polícia. A grande sala de conferências havia sido transformada em uma espécie de grande sala de planejamento de combate, com fileiras de computadores e telefones com operadores vinte e quatro horas por dia, sete dias por semana, gráficos, mapas, pilhas de pastas de arquivos, pessoal altamente especializado examinando em detalhes todas as pistas, toneladas de café e rosquinhas e nenhum suspeito viável em algum lugar à vista.

– Gacy estrangulou muitas de suas vítimas usando aquela técnica de ligadura – explicou Chip Bailey.

– Você sem dúvida conhece bem os assassinos seriais – comentou Michelle.

– Eu deveria. Passei anos caçando-os.

– E na prisão o sujeito grandalhão e alegre começou a fazer pinturas de palhaços – acrescentou King –, o que explica a máscara, caso não fôssemos capazes de descobrir apenas pelo torniquete do carrasco.

– E o relógio de Junior estava, definitivamente, marcando cinco horas – disse Michelle. – Portanto, ou nosso assassino serial não sabe contar ou quem matou Bobby Battle foi um imitador.

– Creio que podemos presumir que temos dois assassinos à solta – admitiu Bailey. – Embora haja uma possibilidade pouco provável de que seja apenas um único assassino e ele esteja embaralhando os números por algum motivo.

– Qual? Ele quer ser acusado de cinco assassinatos em vez de seis? – perguntou King. – Não sei como é em outros lugares, mas na Virgínia só se executam assassinos *uma vez*.

Williams gemeu e estendeu a mão para o frasco de Advil.

– Que diabo, minha cabeça está começando a doer de novo.

– Já viu o testamento de Bobby Battle? – perguntou Michelle.

Williams engoliu os comprimidos e assentiu:

– A maior parte da vasta fortuna foi deixada para Remmy.

– Eles tinham bens imóveis ou propriedades por arrendamento em comunhão? – perguntou King.

– Não. Muita coisa estava apenas em nome de Bobby, inclusive todas as patentes dele. A casa passou automaticamente para Remmy e ela ainda tinha uma quantidade substancial de bens imóveis em seu próprio nome.

– Você disse "a maior parte da vasta fortuna". Para onde foi o resto?

– Algumas instituições de caridade. Um pouco para Eddie e Dorothea. Porém, nem de longe nada que por que valesse a pena matar.

– E Savannah? – perguntou King.

– Não, ela não recebeu nada. Mas já tinha um grande fundo de fideicomisso.

– Mas, apesar disso, não deixar nada para ela é ser um bocado duro.

– Talvez eles não fossem tão ligados – observou Bailey.

King olhou para ele.

– Em que medida você conhece realmente bem a família?

– Eddie e eu nos vemos com bastante regularidade. Caçamos juntos e eu já fui a algumas das representações dele. E ele já foi a Quantico e visitou a Academia do FBI. Na verdade, Remmy e Bobby também vieram nessa ocasião e Mason, o mordomo, também. Eu tenho umas duas obras de Eddie. Dorothea me ajudou a encontrar a casa onde moro em Chalottesville. Passei uma tarde com eles depois que o pai foi morto. Eddie ficou abalado, posso afirmar com certeza. Eu, na verdade, acho que estava mais preocupado com o efeito que teria sobre a mãe dele.

King assentiu.

– Bem, ele não poderia ter matado o pai. Estava conosco.

– E estava fora, combatendo em representações, quando Rhonda Tyler, Canney e Pembroke foram mortos – observou Bailey.

– E quanto a Dorothea? – perguntou Michelle.

– Nós verificamos. Também está limpa.

– Na ocasião em que Bobby Battle morreu também? – perguntou King.

– Bem, ela disse que estava dirigindo para Richmond para uma reunião na manhã seguinte.

– Sozinha?

– Sim.

King observou:

– Então, ela tampouco tem um álibi, de fato. Por falar em Dorothea, você a conhece bem?

– Como eu disse, ela foi a minha corretora de imóveis. Mas não creio que esteja chorando a noite inteira porque Bobby está morto.

– O casamento é feliz? – perguntou Michelle.

– Eddie a ama, disso eu sei. Não tenho muita certeza de que o amor seja correspondido. Na verdade, aqui entre nós, não me surpreenderia se ela estivesse tendo uns casos por aí.

– E Savannah disse que estava em casa quando o pai morreu. Estava mesmo?

– Interroguei os empregados a respeito disso, mas todos eles tinham ido para casa àquela hora da noite, exceto por Mason, e ele não se lembra de tê-la visto. Além disso, ela não estava exatamente batendo bem quando a entrevistamos. Vou ter de interrogá-la de novo.

– Então, ela também ainda é suspeita. E quanto a Bobby e Remmy? – perguntou King.

– O que quanto a eles?

– Se eu lhe dissesse que temos informações de que eles tiveram uma briga daquelas de arrasar o quarteirão cerca de três ou quatro anos atrás porque Bobby andava dormindo com outras mulheres, isto o surpreenderia?

– Não. Ele tinha a reputação de fazer isso. Algumas pessoas pensavam que tivesse parado, mas o caráter das pessoas, sobretudo quando velhas, raramente muda.

– O que seria um excelente motivo para que ela matasse o marido – comentou Michelle.

– É possível – respondeu Bailey.

– E Remmy? – perguntou King.

– O quê, se andava com outros homens? – King assentiu. – Não, nunca ouvi falar disso – respondeu Bailey enfaticamente.

– Mason parece realmente ter uma grande admiração por Remmy – comentou King.

– Não tenho dúvida de que sim, mas não está à altura dela e jamais estará, se é isto que está insinuando.

King encarou Bailey por alguns segundos, então decidiu mudar de assunto. Olhou para Williams:

– Sylvia já acabou com a autópsia de Junior?

– Já – respondeu Williams, que havia se recuperado o suficiente de sua infelicidade para devorar uma rosquinha de chocolate e tomar duas xícaras de café.

– Ele morreu por estrangulamento causado pela corda, embora tenha sido golpeado várias vezes na cabeça com uma pá e com um pedaço de madeira antes disso. Uma quantidade medonha de sangue.

– Nós sabemos – respondeu King secamente.

– Certo – retrucou o chefe. – De qualquer maneira, Sylvia acha que poderia encontrar algum tipo de vestígio do sujeito dessa vez. E a equipe técnica retirou algumas fibras que não combinavam com nada que Junior estivesse vestindo. E também conseguimos uma impressão parcial de um pneu nas vizinhanças. Poderia ser do carro em que ele fugiu.

– É melhor comparar as fibras com minhas roupas – disse King. – Eu... eu tive algum contato com Junior quando os tiros começaram.

– Falando de tiros, você retirou as balas dos pneus? – perguntou Michelle.

– Eram calibre quarenta e quatro – disse Williams. – Nada de especial. – Espero que em algum ponto encontremos uma arma para compará-las.

– O sujeito tinha um apontador de mira a laser, isto é um bocado especializado – comentou King.

– A fivela do cinto de Junior também estava faltando – observou Williams.

– Mais um troféu – disse Michelle.

– Parece que Junior lutou duramente – comentou Bailey. – Havia muitos ferimentos defensivos em suas mãos e braços. E uma parede de traves de vigas foi derrubada, provavelmente durante a luta.

– O sujeito claramente começou a cometer alguns erros – disse Williams. – Vocês dois calharam de aparecer, na hora, e isto realmente complicou as coisas para ele.

– Não creio que tenhamos conseguido grande coisa – comentou Michelle –, exceto deixá-lo escapar.

King examinou a cópia da carta mais uma vez.

– Esta foi a primeira vez em que ele se referiu a uma vítima pelo nome – observou.

– Eu reparei nisso – disse Bailey.

– Ora, mas por que um assassino faria isso? – perguntou Williams.

– Ele está brincando conosco. Quer nos fazer de bobos.

– Com que objetivo? – perguntou Michelle.

– Porque isto tudo é parte de um plano muito maior que não estamos vendo no momento – respondeu King.

– E qual seria este? – perguntou Bailey num tom cético.

– Quando eu descobrir, você será o *segundo* a saber – disse King lançando um olhar significativo para Williams. – Como foi que Lulu reagiu à notícia, Todd? – perguntou em tom mais suave.

Williams se recostou na cadeira e deu de ombros:

– Não chorou nem um pouco, mas também as crianças estavam com ela. Porém, aquela mãe dela, a maldita da mulher teve um ataque histérico, ficou berrando como amava Junior e o que eles iriam fazer agora sem ele. Lulu finalmente teve que tirá-la da sala. Aquela mulher é realmente maluca.

King e Michelle se entreolharam e apenas sacudiram a cabeça.

– Agora chegamos a um ponto interessante – disse Williams. – Você nos disse que Remmy havia ameaçado Junior. Que ela queria algumas coisas de volta e que não queria que Junior as mostrasse a ninguém.

King assentiu.

– Pelo menos foi isso o que Lulu nos contou que Junior disse. Mas não foi Remmy Battle quem surrou Junior antes de estrangulá-lo até matá-lo.

– Mas Lulu disse que Remmy falou para Junior que conhecia gente capaz de fazê-lo.

King sacudiu a cabeça.

– Não tenho certeza de por que Remmy quereria matá-lo, pelo menos não agora. De acordo com Lulu, ela prometeu que daria a Junior algum tempo para pensar. Se ele está morto, não tem como dizer a ela onde estão as coisas – não que ele pudesse de qualquer maneira, pois não acredito que soubesse, para começar.

– Mas, se ele está morto – disse Bailey –, também não pode mostrar seja lá o que for a alguma outra pessoa.

King se manteve incrédulo.

– Mas Remmy não podia ter certeza disso. Ele poderia ter feito acertos para o caso de alguma coisa lhe acontecer.

– Quanto a isso, você tem razão – disse Williams. – Mas, ainda assim, é algo que temos que investigar. Não que eu esteja desejoso de enveredar por este caminho com Remmy.

– Bem – disse King –, temos pessoas para ver e lugares aonde devemos ir.

– Aonde e quem? – perguntou Bailey asperamente.

– O pai de Steve Canney e os pais de Janice Pembroke.

– Nós já falamos com eles. E com todo o mundo ligado a Diane Hinson também.

– Mas não vai se incomodar com um outro par de olhos – disse Michelle.

– Vão em frente – disse Williams. – Têm toda a autoridade para isso.

– Apenas me informem se descobrirem alguma coisa interessante – disse Bailey.

– Eu contarei os minutos – resmungou King.

CAPÍTULO

44

KING E MICHELLE DIRIGIRAM até o escritório, onde trabalhariam um pouco antes de sair para visitar os pais de Pembroke e de Canney. A camionete Volvo prateada e o BMW Série Oito estavam estacionados defronte do escritório deles.

– Eddie e Dorothea – disse Michelle, enquanto saltava da Baleia. Como se ouvindo uma deixa, as portas se abriram em cada um dos veículos e o par saltou.

– Dirigindo carros separados – comentou Michelle em voz baixa.

Eddie estava vestindo calça cinza, camisa social branca e um blazer azul e carregava uma pasta de couro. Com seu intenso bronzeado e feições fortes e marcadas, mais as roupas elegantes, estava muito atraente e bonitão, Michelle observou com olhar apreciador.

Dorothea estava toda vestida de preto, o que parecia apropriado diante das circunstâncias, mas King sabia que não tinha nada a ver com a morte do patriarca da família: as meias arrastão, sapatos de salto agulha e o decote profundo muito visível esclareciam a questão.

King destrancou a porta do prédio do escritório e todos entraram.

Depois que estavam acomodados, King disse:

– Nós sinceramente sentimos muito por seu pai, Eddie. – Lançou um olhar rápido para Dorothea, mas não disse nada porque uma mulher com aquela aparência não parecia indicada para receber condolências.

– Ainda não consigo acreditar – disse Eddie. – Mamãe esteve lá até as dez e, às dez e meia, ele estava morto.

– Remmy nos disse que não viu ninguém quando estava indo embora – observou Michelle.

– Bem, não se poderia imaginar que a pessoa fosse pular diante de Remmy, gritando "Vou matar o seu marido agora" – disse Dorothea com irritação.

Eddie interveio:

– Obrigado por nos esclarecer isto, Dorothea. Se não tiver nada de útil com que contribuir, por que não fica sentada calada aí no seu canto e continua emburrada?

Ponto para você, Eddie Battle, pensou Michelle.

Dorothea pareceu estar a ponto de revidar o comentário com alguma coisa adequadamente desagradável, mas conseguiu se conter. Ficou apenas sentada ali, de braços cruzados, olhando para o chão com uma expressão de raiva.

– O que podemos fazer por você, Eddie? – perguntou King.

Eddie tirou um jornal da maleta e apontou para um artigo de primeira página. King pegou o jornal e leu rapidamente a matéria, enquanto Michelle lia por cima do ombro dele.

Quando acabou de ler, King pareceu muito aborrecido.

– Como é possível que o relato de Remmy ter ameaçado Junior tenha vazado para a imprensa?

– Talvez Lulu – sugeriu Michelle. – Ou a mãe dela, Priscilla. Parece algo que ela faria.

– Não importa – declarou Eddie –, agora a cidade inteira pensa que mamãe mandou matar Junior.

– Mas a *Gazzette* noticiou que a morte de Junior estava relacionada aos assassinatos seriais – argumentou Michelle.

Eddie afundou numa cadeira.

– Não importa. As pessoas vão achar que ela pagou alguém para fazer com que parecesse.

– E como Remmy está reagindo a isso?

– Está acabando com ela.

– Mas ela não nega ter ameaçado Junior? – perguntou King.

Eddie agora parecia desconfiado.

– Não quero brincar com questões de semântica com você, Sean, mas, mesmo se ela o tivesse ameaçado, não teve nada a ver com a morte do homem.

– Eu não posso controlar o que as pessoas pensam.

– Eu sei disso, mas pensei apenas que, bem...

– O que você quer que façamos, Eddie? – perguntou Michelle delicadamente.

– Sim, seria bom que você fosse direto ao ponto – disse Dorothea. – Tenho que mostrar duas casas esta manhã.

Eddie a ignorou e disse:

– Você poderia ir lá e conversar com mamãe de novo? Eu sei que esteve lá com Chip no outro dia e ela, de certo modo, interrompeu a entrevista. Mas, se for de novo, tenho certeza de que o receberá. Ela agora precisa de alguém com quem possa falar.

– E o que exatamente ela nos diria? – perguntou King.

– Não tenho certeza absoluta – admitiu Eddie. – Mas, pelo menos, você poderia ouvir a versão dela dos fatos em vez dessa porcaria no jornal.

– Tenho certeza de que Chip e os homens dele farão isso.

– Mas ela se sentiria mais à vontade com você. Cá entre nós e as paredes, Chip e mamãe não se dão nada bem.

– Apesar dele ter salvado sua vida?

– Eu não sei como explicar. Sei apenas que é verdade.

– Ele fala muito bem dela.

– Talvez eu não tenha sido claro. *Mamãe* não gosta nem um pouco dele.

– Está bem, nós falaremos com ela. É bom salientar, mais uma vez, que isso não vai impedir que as pessoas continuem com os rumores.

Dorothea o interrompeu:

– Uma vez que Eddie fica falando em círculos sem ir direto ao ponto, deixe-me ser franca. De maneira nenhuma no mundo, Remmy teria tido alguma coisa a ver com a morte daquele homem. Mas se vocês descobrissem quem quer que tenha sido que *de fato* o matou, isso acabaria com os rumores.

– Exato – disse Eddie. – E então talvez vocês também descobrissem quem matou papai.

– Então, pensa que pode ter sido a mesma pessoa? – perguntou King.

– É que me parece muita coincidência que Junior tenha sido acusado de assaltar a casa de meus pais e, então, rapidamente, um após o outro, ele e meu pai são mortos.

– Isto, na verdade, foi *minha* idéia – disse Dorothea orgulhosamente. – E é o motivo por que estou aqui. Comecei a pensar a respeito disso ontem à noite. E se alguém estiver usando esta série de assassinatos para esconder os assassinatos de Bobby e Junior? Se for assim, deve estar relacionado com as coisas roubadas.

– Isto é, na verdade, uma hipótese que estamos considerando – admitiu King.

– Está vendo! – exclamou Dorothea, apontando para o marido.

– Está bem, Dorothea, está bem – disse Eddie. – Então você acha que é possível, Sean?

– Qualquer coisa é possível – respondeu King em tom vago. – Sua mãe vai estar em casa hoje?

– Vai, mas o enterro é amanhã. Tem muita gente de fora vindo.

– Então falaremos com ela depois disso. A que horas é a missa?

– Às duas. Vai haver uma missa na igreja Christ e o sepultamento será em Kensington. Vocês serão bem-vindos, se quiserem comparecer, é claro.

Dorothea se inclinou, os ombros curvados para frente.

– Então vocês têm pistas, algum suspeito até agora?

– A investigação está em curso, Dorothea. Não podemos comentar o assunto – respondeu King.

– Pensei apenas que, se ajudássemos vocês, poderiam nos informar das coisas – disse ela sem rodeios.

– Desculpe-me, mas não funciona assim. Porém, uma vez que você já está aqui, tenho uma pergunta a lhe fazer. Você visitou Bobby à tarde no dia em que foi morto?

Dorothea o encarou, sem compreender.

– Isso mesmo. E daí?

– Qual foi o propósito de sua visita?

– Ele era meu sogro. Queria ver como estava passando. Não foi a primeira vez e estive lá muito antes dele ser morto.

– E naquela noite você foi para Richmond. A que horas chegou lá?

– Não me lembro. Era tarde. Fui direto para a cama.

– Em que hotel?

– No Jefferson. Sempre me hospedo lá.

– Tenho certeza de que sim. E tenho certeza de que eles poderão nos dar a hora exata de sua chegada.

– Que diabo você está insinuando? Eu vim aqui esta manhã para tentar ajudar, não para ser interrogada.

– E eu estou tentando ajudar *você*. Se estava num hotel a cento e quarenta e quatro quilômetros de distância quando seu sogro estava sendo morto, você tem um álibi sólido. Tenho certeza de que o FBI já verificou isto também.

Dorothea encarou King por mais alguns instantes, então se levantou e saiu a passos largos e pomposos. Eddie agradeceu aos dois e rapidamente a seguiu. King e Michelle ficaram olhando pela janela enquanto eles iam cada um para seu carro.

Michelle perguntou:

– Você não acha que ela estava naquele hotel às dez horas, não é?

– Eu creio que ela estava em algum outro lugar que não quer que o marido saiba. E tenho certeza de que Bailey já descobriu isso mas não se deu ao trabalho de nos dizer. A resposta dela quanto a ter visitado Bobby antes era pura mentira. Eu chequei com o hospital.

Michelle observou enquanto Eddie embarcava em seu carro.

– Só queria saber como um sujeito tão legal como ele acabou com uma bruxa como ela?

King olhou para ela e sorriu.

– Está ficando caída por Eddie Battle?

O rosto de Michelle ficou rubro.

– Deixe de besteira, Sean.

– Você tem alguma coisa planejada para amanhã à tarde?

– Talvez uma corrida.

– Está cancelada. Vamos ao enterro.

– Por quê?

– É um fato bem conhecido que os assassinos, com muita freqüência, vão aos enterros de suas vítimas.

– Bem, nós não fomos aos outros enterros.

– Na verdade, não houve outros. Os pais de Rhonda Tyler aparentemente não queriam se incomodar com isso, por isso ela foi enterrada num cemitério público, numa cova de indigentes perto de Lynchburg. Eu fui ao enterro. As únicas pessoas presentes eram os coveiros.

– Estou surpresa que ninguém do Aphrodisiac tenha ido. Como Pam, talvez.

– Creio que eles querem apenas esquecer que sequer aconteceu.

– Tem gente que gosta de esconder a cabeça na areia.

– E Steve Canney foi cremado sem nenhum funeral.

– Isso é meio incomum para um grande astro de futebol.

– Não era essa a opinião do pai dele.

– E Pembroke? – perguntou Michelle.

– Os pais dela ficaram tão envergonhados com o que ela estava fazendo com Canney quando morreu que a enterraram em local não revelado, fora da área.

– Hinson?

– Os pais dela levaram os restos mortais para Nova York, onde ela nasceu.

– Então o que acha de Eddie e Dorothea terem aparecido? – perguntou ela.

– Eddie, eu compreendo. A mãe dele provavelmente lhe pediu que o fizesse. O filho leal e atencioso é uma ferramenta perfeita para ela. A presença de Dorothea foi muito mais interessante. Ela afirmou que era para nos contar sua teoria sobre o assassino. Na verdade, fiquei surpreso que tivesse pensado tanto a respeito do assunto. Creio que ela veio principalmente para pescar informações.

– Talvez esteja apenas jogando para ver se ganha uma parcela maior da herança. Não que precise.

– Não, eu acho que talvez precise sim.

– O que você está querendo dizer? Ela é a rainha do mercado imobiliário local.

– Dorothea esteve envolvida em alguns empreendimentos imobiliários que fracassaram muito recentemente.

– Você checou isso?

– Estava ficando cansado de deixar que só Chip Bailey se divertisse.

– E não contou isto a ele?

– Ele é do FBI, pode descobrir por si mesmo.

– Portanto, Dorothea precisa de dinheiro e está tentando cair nas graças de Remmy para consegui-lo.

– É possível. – Ele consultou o relógio. – Marquei as entrevistas com Roger Canney e os pais de Pembroke, para começar, dentro de cerca de uma hora. Quando terminarmos com eles, seria bom que você fosse fazer compras.

– Compras? Para quê?

Ele a olhou de alto a baixo.

– Jeans e uma jaqueta do Serviço Secreto não são trajes adequados para um funeral.

CAPÍTULO

45

Sylvia Díaz estava contando comprimidos. Ela os contou uma vez e depois contou de novo. Examinou as receitas que prescrevera durante as últimas três semanas e comparou este número com as contagens do inventário na farmácia feitas no mesmo período. Por último, entrou no computador e examinou os números do inventário ali arquivados. Os registros do computador combinavam com os números na farmácia, mas não batiam com os das receitas escritas. Sylvia confiava em suas receitas. Claramente, havia drogas faltando. Ela chamou a funcionária que cuidava da administração e teve uma longa conversa com ela. Ambas verificaram todos os registros juntas. Em seguida, falou com a enfermeira farmacêutica, que aviava as receitas para os pacientes no consultório. Depois de encerrar esta conversa, Sylvia estava convencida de que conhecia a origem do problema.

Debateu consigo mesma o que fazer a respeito. Não tinha nenhuma prova concreta, apenas uma quantidade razoável de indícios circunstanciais. Começou a se perguntar quando o roubo ou roubos poderiam ter ocorrido. Só havia uma maneira de verificar. A porta externa que permitia a entrada tanto para o necrotério quanto para seu consultório médico era controlada por um sistema de cartão de acesso para entrada e saída fora dos horários de serviço. O sistema mantinha um registro eletrônico que lhe diria quem tinha entrado no recinto e quando. Sylvia ligou para a empresa de segurança, deu as informações necessárias, sua senha de acesso e fez sua pergunta. Salvo por ela própria, havia apenas uma pessoa que havia acessado o consultório médico fora do horário de serviço ao longo do último mês:

Kyle Montgomery. De fato, Sylvia descobriu que ele fizera sua última visita noturna por volta das dez horas, na noite em que Bobby Battle fora assassinado.

A mãe de Janice Pembroke era mais velha do que King havia esperado. Janice era a caçula, a mais jovem de oito, explicou a sra. Pembroke, que tinha quarenta e um anos quando a filha nasceu. Ela e seu segundo marido, padrasto de Janice, moravam numa casa dilapidada de tijolos vermelhos, de um só andar, num bairro pobre. Janice fora a única dos filhos que ainda morava em casa. O padrasto era um homem baixo, barrigudo e de rosto azedo. Tinha um cigarro enfiado atrás de uma orelha e uma lata de cerveja na mão, às nove horas da manhã. Aparentemente, não ia para o trabalho cedo, se é que ia. Sorriu lascivamente para Michelle e não tirou os olhos dela depois que se acomodaram na sala de visitas atravancada. A mãe de Janice era um fiapo de gente e de expressão exausta, algo compreensível depois de criar oito filhos e perder uma de uma maneira tão medonha. Ela também apresentava vários grandes hematomas nos braços e no rosto.

– Eu caí da escada – explicou, quando King e Michelle perguntaram.

A mulher falou de maneira hesitante sobre a filha morta, com freqüência enxugando os olhos com um lenço de papel. Ela nem sequer sabia que Janice estivera saindo com Steve Canney, disse-lhes.

– Esta é a parte pobre da cidade. Ele vivia do outro lado da estrada de ferro – disse o padrasto rudemente. – E ela dormia com todo o mundo, a vadiazinha vagabunda, e isso lhe custou caro. Provavelmente pensou que poderia engravidar e agarrar um garoto rico como Canney. Eu disse a ela que era um lixo, que tudo que lixo arruma é mais lixo. Bem, foi o que ela arrumou. – Ele lançou um olhar triunfante para King.

Surpreendentemente, a mãe não se moveu para defender a filha e King concluiu que os hematomas no rosto e nos braços dela eram o motivo.

Janice não tivera, até onde eles soubessem, quaisquer inimigos e não podiam pensar em nenhum motivo pelo qual alguém quisesse matá-la. Era a mesma história que tinham contado à polícia e ao FBI depois disso.

– E eu espero que esta seja a maldita da última vez que temos que repetir tudo isso – disse o padrasto. – Se ela foi à vida e acabou morta, a culpa é toda dela. Não tenho tempo para ficar sentado aqui contando as mesmas coisas a gente como vocês uma vez depois da outra.

– Ah, nós estamos impedindo o senhor de fazer alguma coisa importante? – perguntou Michelle. – Como talvez de tomar mais uma cerveja?

O homem acendeu o cigarro, deu uma tragada e sorriu para ela.

– Eu gosto do seu estilo, dona.

– A propósito, onde o *senhor* estava na noite em que ela foi morta? – perguntou Michelle, que visivelmente estava fazendo um enorme esforço para não dar uma surra no homem.

O sorriso dele desapareceu.

– Que diabo isto quer dizer?

– Isto quer dizer que eu quero saber onde o senhor estava quando sua enteada foi morta.

– Eu já disse isso à polícia.

– Bem, nós também somos da polícia. Por isso, o senhor apenas vai ter de nos dizer de novo.

– Tinha saído com uns amigos.

– Esses amigos têm nome e endereço?

Eles tinham e Michelle anotou tudo enquanto o homem a observava nervosamente.

– Eu não tive nada a ver com a morte dela – disse ele em tom acalorado, enquanto os seguia para fora da casa.

– Então não tem nada com que se preocupar – respondeu Michelle.

– Está absolutamente certa, gatinha.

Michelle girou nos calcanhares.

– O nome é delegada Maxwell. E, caso o senhor não saiba, bater em sua esposa é crime.

Ele fungou, com desdém.

– Não sei de que diabo está falando.

– Creio que talvez ela possa discordar – disse Michelle, balançando a cabeça para a sra. Pembroke, que estava escondida dentro da casa, espiando por entre as cortinas da janela.

Ele deu uma gargalhada:

– Aquele cachorro não vai à caça. Sou o rei de meu castelo. Por que não experimenta aparecer por aqui uma hora dessas e eu lhe mostro, gatinha gostosa.

O corpo inteiro de Michelle ficou tenso.

– Michelle, por favor, não faça isso – advertiu King, que a estava observando. – Deixe para lá.

– Quer saber, dane-se, Sean.

Ela marchou até onde estava o padrasto e falou em voz baixa, mas muito clara:

– Escute, seu canalhinha imbecil, ela não precisa mais dar queixa pessoalmente. O Estado pode fazê-lo por ela. Portanto, quando eu voltar aqui – e vou voltar –, se ela tiver até uma minúscula marca no corpo – apenas uma! –, vou prender você, seu cretino. Depois que eu lhe der uma *surra* e arrancar o *seu* couro.

O cigarro caiu da boca do homem.

– Você não pode fazer isso, você é polícia.

– E vou dizer que você apenas caiu da escada.

O homem olhou para King:

– Ela acabou de me ameaçar – reclamou.

– Eu não ouvi nenhuma ameaça – disse King.

– Então é assim que vão ser as coisas, hein? Bem eu não tenho medo de uma magrela como você.

Havia um grosso pilar de madeira de um metro e cinqüenta de altura que sustentava uma lanterna antiquada. Michelle se aproximou dele e, com um pancada lateral dada com a perna direita poderosa, partiu o pilar bem no meio.

Depois de ver isto, a lata de cerveja do homem se juntou ao cigarro no chão, enquanto ele olhava fixamente, boquiaberto, para aquela demonstração de destruição.

– Até minha próxima visita, *gatinho* – disse Michelle e se encaminhou para o carro.

King se abaixou, pegou um pedaço da madeira partida e disse para o homem assustado:

– Que diabo, pode imaginar se isto fosse a coluna de alguém? – Ele deu ao outro quarenta dólares para os reparos e se afastou.

Enquanto entravam no carro, King disse:

– Acho que ele realmente mijou nas calças.

– Vou dormir melhor por saber que ele não vai conseguir dormir.

Ele disse num tom magoado:

– Quer saber? Dane-se, Sean.

– Desculpe-me, eu estava aborrecida. Mas também não se pode estar sempre virando a outra face.

– Na verdade, fiquei muito orgulhoso de você.

– Sei. Não existem ameaças de minha parte que possam tornar melhor a situação dela. Um sujeito como aquele nunca se sabe do que é capaz. Provavelmente eu apenas deveria ter ficado calada.

– Mas você vai aparecer e ver como ela está, não vai?

– Pode estar certo disso.

– Avise-me quando estiver pensando em voltar aqui.

– Por que, para que você me convença a não vir?

– Não, para que eu possa segurar o canalha enquanto você acaba com ele.

CAPÍTULO

46

ELE HAVIA SEGUIDO KING E Michelle até a casa dos Pembroke e agora estava atrás deles enquanto se dirigiam para o outro lado da cidade, onde ficava a casa de Roger Canney. Naquele dia, não estava dirigindo o VW azul; seu veículo era uma velha picape. Um chapéu de caubói manchado de suor, óculos escuros e barba e bigode postiços, frutos de sua própria criação, ofereciam uma cobertura satisfatória. O par de investigadores estava começando a se tornar um verdadeiro problema e ele não sabia o que fazer a respeito deles. Pembroke não poderia levá-los a lugar nenhum; nem a morte de Diane Hinson. E, por si só, o assassinato de Rhonda Tyler também era um beco sem saída. Contudo, Canney era uma questão bem diferente. O garoto era a chave que poderia fazer com que o castelo de cartas inteiro desmoronasse.

Não tinha tempo para matar Roger Canney e, de qualquer maneira, aquilo despertaria ainda mais suspeitas sobre o motivo pelo qual o astro de futebol do colégio tivera que morrer. Ele não tinha escolha senão permitir que a entrevista se realizasse, analisar que informações haviam sido fornecidas e tomar as medidas apropriadas depois disso. Fora afortunado que tivesse tomado a precaução de grampear a casa de Canney antes de ter matado o garoto. Tática, tudo se resume em tática.

Esfregou as costas onde ficara machucado durante a briga com Junior Deaver. Não podia se dar ao luxo de ter um outro encontro como aquele. Ele havia observado Michelle Maxwell partir o pilar pela metade com um golpe aparentemente simples de perna. Ela era uma mulher perigosa. E King ainda mais perigoso, à sua maneira. De fato, Sean King era a única pessoa que realmente temia que pudesse derrotá-lo. Ele poderia ter que fazer alguma coisa a respeito disso. E então poderia ter que matar Maxwell também. Não queria aquela mulher atrás dele, em busca de vingança pela morte do parceiro.

Enquanto o carro à sua frente entrava numa longa entrada para carros que levava a uma grande casa de tijolos colonial, fez a curva e entrou numa rua transversal, estacionou a picape e colocou um par de fones de ouvido que tinham estado escondidos sob seu chapéu. Mexeu num aparelho receptor que estava no banco da frente, encontrou a freqüência correta para o transmissor que havia escondido na casa de Canney, se acomodou e esperou que o espetáculo começasse.

CAPÍTULO

47

– ENTÃO O QUE ROGER CANNEY faz? – perguntou Michelle, enquanto olhava ao redor para a casa imponente. Uma governanta os havia feito entrar e, então, fora chamar seu patrão.

– Não sei, mas seja lá o que for, ele faz bem – respondeu King.

– De que morreu a esposa dele?

– Também não sei. Não sou amigo deles.

Michelle continuou olhando ao redor.

– Você sabe o que eu não estou vendo?

King assentiu.

– Não há fotografias da família.

– O que acha disso?

– Ou foram retiradas recentemente por causa da terrível perda e luto do pai ou nunca estiveram aqui.

– Terrível perda e luto? Essencialmente, ele enterrou seu único filho sob o manto da noite.

– Cada pessoa tem uma maneira diferente de manifestar suas emoções, Michelle. Algumas pessoas, por exemplo, arrebentam pilares de madeira, com um chute, quando estão aborrecidas.

Roger apareceu um minuto depois, um homem alto, magro, de ombros curvados, rosto pálido e uma expressão infeliz. Com um gesto, ele os convidou a se sentarem no sofá da sala e sentou-se defronte deles. Quando falou, o homem não se deu ao trabalho de olhar para eles, em vez disso voltou o olhar para o teto de vigas aparentes.

– Não tenho certeza de por que é necessária uma outra entrevista – declarou para começar.

King respondeu:

– Eu sei que este é um momento extremamente difícil...

Canney o interrompeu:

– Certo, certo, apenas vamos tratar de ir direto ao ponto.

Eles fizeram as perguntas padrão, às quais Canney respondeu de maneira monossilábica, extremamente pouco prestativa.

Frustrado, King perguntou:

– Então, não havia inimigos no colégio de que o senhor tivesse conhecimento? Nem que seu filho pudesse ter mencionado?

– Steve era muito estimado. Todo o mundo simplesmente o adorava. Ninguém achava errado nada que ele fizesse.

Isto não foi dito no tom de um pai orgulhoso, mas de uma maneira zombeteira. King e Michelle trocaram olhares perplexos.

– Ele alguma vez mencionou que estava saindo com Janice Pembroke?

– Steve não me fazia confidências. Se o garoto andava transando com uma vagabunda qualquer, isso era assunto dele. Tinha dezessete anos e estava com os hormônios em pleno furor. Mas se tivesse engravidado alguma garota, eu teria ficado mais do que aborrecido.

– Há quanto tempo sua esposa morreu? – perguntou Michelle.

O olhar de Canney baixou do teto para ela.

– Por que isto é relevante?

– Apenas curiosidade.

– Bem, restrinja a sua curiosidade ao assunto em questão.

– OK, o senhor pode pensar em alguma coisa, qualquer coisa, que Steve possa ter-lhe dito ou que o senhor possa ter ouvido sem querer, ou mesmo um dos amigos dele mencionar, que pudesse contribuir para esclarecer o assassinato dele? – perguntou ela.

– Olhe, eu já disse a vocês que não éramos exatamente bons amigos. Morávamos na mesma casa, mas se resumia a isso.

– Há algum motivo pelo qual o senhor e seu filho não fossem próximos? – perguntou King.

– Nós dois tínhamos nossos motivos e eles não são pertinentes à morte dele.

– Receio que tenhamos que decidir isso por nós mesmos. Portanto, se nos fizer o favor de responder à pergunta...

– Receio que eu tenha que declinar – disse Canney em tom ácido.

– Bem, é uma prerrogativa sua. Vamos repassar o que o senhor disse. O senhor e seu filho tinham o que poderia ser descrito, em termos razoáveis, como um relacionamento hostil. O senhor talvez estivesse aborrecido com o fato de que ele estivesse namorando uma vagabunda, conforme a descreveu, e estava preocupado com a possibilidade de ter que pagar por uma criança futuramente. Então Steve e esta "vagabunda" acabam mortos a tiros de espingarda. O senhor tem uma espingarda?

Canney se levantou, o rosto pálido agora enrubescido.

– Que diabo está insinuando? Como ousa! Torceu completamente as minhas palavras.

King se manteve impassível.

– Não, estou apenas seguindo o raciocínio que qualquer promotor competente seguiria. O que o senhor nos disse o torna um possível suspeito da morte de seu filho. Tenho certeza de que lhe perguntaram onde estava quando ele foi morto. Gostaria que também nos dissesse.

– Estava em casa dormindo.

– Sozinho?

– Sim!

– Então não tem um álibi – concluiu King. – Bem – ele olhou para Michelle –, vamos passar estas informações. Pelo menos é uma outra linha de investigação que o FBI pode seguir ativamente. – Olhou de volta para Canney: – Tenho certeza de que o Birô entrará em contato com o senhor. Por favor, não faça planos para deixar a área num futuro próximo. – Ele começou a se levantar.

Canney, agora pálido de novo, disse:

– Espere um minuto, espere só uma droga de um minuto. Eu não tive nada a ver com o assassinato de Steve.

– Com todo o devido respeito, sr. Canney, eu nunca conheci um assassino que dissesse o contrário – respondeu King.

Canney ficou parado ali, cerrando e descerrando as mãos em punhos enquanto King o observava com expectativa. Finalmente, Canney tornou a se sentar.

Depois de um minuto de silêncio, como se estivesse procurando as palavras exatas, ele disse:

– Steve era, pura e simplesmente, filho-da-mãe dele. Ele a adorava, a idolatrava. Quando ela morreu, de alguma forma ele me culpou.

– Não me lembro do que ela morreu – disse King.

Canney agora estava esfregando as mãos uma na outra nervosamente.

– Ela sofreu um acidente de carro, há bem mais de três anos. Saiu da estrada e despencou num barranco. Morreu instantaneamente.

– Como é possível que seu filho o tenha culpado por isso? – perguntou Michelle.

– Que diabo, como eu posso saber! – rugiu Canney subitamente e então com a mesma rapidez se acalmou. – Perdoe-me. Como pode imaginar, tudo isso é muito difícil. – Todos eles se mantiveram em silêncio por um momento. – Havia... havia, aparentemente, álcool envolvido – disse Canney numa voz muito baixa.

– Sua esposa estava embriagada quando morreu?

– Ao que parece, sim. Isto foi surpreendente, porque ela nunca foi de beber muito.

– E seu casamento era feliz? – perguntou Michelle.

– Era um casamento como muitos outros – respondeu Canney em tom defensivo.

– Querendo dizer? – persistiu Michelle.

– Querendo dizer que tinha seus altos e baixos.

Naquele momento, a governanta entrou na sala e disse a Canney que havia um telefonema para ele. Canney pediu licença e saiu da sala.

Michelle se virou para o parceiro.

– Bem, isto não foi exatamente o que eu estava esperando. Você acha que ele teve alguma coisa a ver com a morte da esposa?

– Não posso excluir a possibilidade.

– Ele definitivamente está escondendo alguma coisa. Acha que matou o filho?

– Filho. Esta é uma palavra interessante.

Ela olhou para ele sem entender.

– Como assim?

– Só que Canney nunca se referiu a ele como seu filho. Apenas Steve.

– É verdade. Embora possa ser apenas porque Steve era quase um homem e o relacionamentos *era* difícil.

– Não, creio que ele pode ter nos dado a resposta.

– Tudo bem, Sean. Qual foi?

– Ele estava explicando por que o relacionamento deles tinha se deteriorado. Disse que Steve o culpava pela morte da mãe.

– E?

– Bem, logo antes disso ele disse... – King puxou o bloco de anotações e leu: – Ele disse: "Steve, era, pura e simplesmente, filho-da-mãe dele."

– Certo, querendo dizer que ele preferia a mãe ao pai.

– Ou, mais literalmente, que ela era mãe dele – King se calou e olhou para Michelle.

Finalmente, ela compreendeu o ponto que ele estava assinalando.

– E Roger Canney *não* era o pai dele.

Do lado de fora, a picape deu partida. O homem tinha ouvido tudo que precisava ouvir. Estava na hora de agir. Mas primeiro ele precisava preparar o terreno.

CAPÍTULO

48

KYLE MONTGOMERY AINDA NÃO recebera a resposta para a carta de chantagem. Havia alugado uma caixa postal no correio, algum tempo antes e dado aquele endereço para que a pessoa respondesse. Tinha enviado a carta anonimamente, é claro. Sua carta escondia o fato – de maneira muito inteligente, em sua opinião – de que ele, na verdade, não sabia de muita coisa. Estivera contando com uma consciência culpada para trazer à tona algo de importante, o que significava, em sua mente, algo de valor material. Apesar disso, estava começando a se perguntar se não estivera enganado. Bem, se fosse assim, nenhum mal teria sido feito. Ou, pelo menos, era no que acreditava.

Kyle estava se dirigindo para o Aphrodisiac com mais uma entrega para sua "cliente". Ainda não havia precisado fazer mais uma retirada da farmácia, uma vez que, com esperteza, tirara quantidades adicionais suficientes da última vez. Não havia motivo para abusar da sorte.

Parou no estacionamento cheio e entrou no clube. Não havia reparado no carro que entrara atrás dele. Perdido em pensamentos sobre o dinheiro que iria receber, Kyle não tinha nenhuma noção do fato de que havia sido seguido desde que deixara seu apartamento.

Entrou e, como sempre fazia, passou alguns minutos admirando as dançarinas nos postes. Havia uma em particular de que ele gostava, não que tivesse muita chance com ela. Não tinha nem a bela figura nem, mais importante, o dinheiro que aquelas garotas exigiam para lhe dedicar atenção especial.

Subiu ao segundo andar e começou a entrar atrás da cortina vermelha quando uma mulher apareceu ao seu lado. Ela parecia cansada e de pernas meio trôpegas.

– Para onde está indo?

– Visitar uma pessoa – respondeu ele, com nervosismo. – Estão me esperando.

– É mesmo? – perguntou a mulher falando arrastado, visivelmente embriagada. – Posso ver um documento de identidade?

– Identidade? Para quê? Não estou bebendo e não estou vendo as garotas dançarem. E por acaso pareço menor de idade? Ou será que não viu os cabelos grisalhos em meu cavanhaque?

– Não se meta a esperto comigo ou mando botar você para fora daqui.

– Olhe, minha senhora, há algum problema? – perguntou Kyle num tom mais educado. – Já estive lá antes – acrescentou.

– Eu sei que já esteve, já vi você – respondeu a mulher.

– A senhora vem muito aqui? – perguntou Kyle nervosamente. De repente, ele se deu conta de que ter a reputação de ser um visitante tão regular não era algo muito bom.

– Eu venho todos os dias – respondeu Lulu Oxley. Ela abanou a mão em direção à cortina vermelha. – Vá se divertir até se acabar, malandro.

Lulu desceu as escadas cambaleante enquanto Kyle se apressava em passar pela cortina vermelha.

Ele bateu na mesma porta e recebeu a resposta habitual. Kyle entrou. A mulher estava deitada na cama, debaixo de um cobertor. O quarto estava tão escuro que Kyle mal conseguia enxergar.

Levantou seu saquinho plástico.

– Aqui está.

Ela atirou alguma coisa para ele. Kyle estendeu a mão, mas não conseguiu apanhar e o objeto caiu no chão. Abaixou-se e o apanhou. Dez notas de cem enroladas e presas com um elástico. Kyle pôs o saquinho plástico em cima da mesa e ficou parado ali, olhando para ela nervosamente. Transcorridos alguns segundos sem que ela falasse, fez meia-volta para ir embora. Mas parou quando ouviu as molas da cama rangerem e viu as luzes ficarem mais fortes. Apertando os olhos, ele olhou para trás e a viu vindo em sua direção. Usava uma echarpe cobrindo a cabeça e o pescoço, óculos escuros e estava enrolada no cobertor. Quando se aproximou, ele pôde ver que seus ombros estavam nus e que estava descalça com meias finas nos pés.

Quando chegou a uma distância de trinta centímetros dele, a mulher deixou o cobertor cair. Vestia uma tanga de renda preta, meias finas de elástico nas coxas e sutiã combinando e isto era tudo. A respiração dele começou a se acelerar e sentiu cada músculo em seu corpo ficar tenso. O corpo dela era absolutamente estonteante, a barriga lisa, os quadris em curva suave, os seios lutando contra o tecido negro delicado que os sustentavam. Kyle queria apenas rasgar e tirar o pouco que ela vestia.

Como se percebesse seus pensamentos, transparentes como eram, ela estendeu as mãos para trás das costas, abriu o fecho, o sutiã caiu no chão e seus seios ficaram livres.

Kyle gemeu e quase caiu de joelhos. Aquela era, sem dúvida, a melhor noite de sua vida.

Ela estendeu a mão como se para tocar nele, mas então apenas apanhou o saquinho, recolheu o cobertor e se cobriu de novo.

Kyle avançou para ela:

– Não há necessidade de fazer isso, querida – disse no tom mais descontraído que conseguiu. – Isso apenas vai atrapalhar. – Ele nunca chegara perto de ter uma mulher como aquela. Mil dólares e ainda poder dar uma trepada de graça. O que poderia ser melhor? Ele se aproximou e pôs os braços ao redor dela, mas ela o empurrou para trás com uma força que o surpreendeu.

O rosto dele enrubesceu quando ela começou a gargalhar.

A mulher voltou para a cama, deixou o cobertor cair no chão novamente, deitou-se de costas na cama e se espreguiçou como um gato, então se virou e se pôs de quatro, estendeu a mão e colocou o saquinho na mesinha-de-cabeceira. Fez tudo isso com uma deliberação lenta, que deu a ele uma visão panorâmica dela de costas. Kyle agora estava tão excitado que na verdade chegava a ser doloroso.

Ela rolou e deitou-se de barriga para cima, levantou os pés no ar e, bem devagar, fez cada uma das meias deslizar, descendo-a pela perna e, depois de tirá-las, enrolou-as numa bola e as atirou em cima dele. Depois disso, apontou para ele e deu uma outra gargalhada. Kyle sentiu sua pressão sangüínea subir bruscamente ao mesmo tempo que outras partes de seu corpo murchavam.

– Sua putinha! – A fantasia dele finalmente seria realizada e ao mesmo tempo iria dar uma lição nela. Avançou rapidamente e então parou com a mesma rapidez quando uma pistola foi erguida, apontada em sua direção. Devia estar escondida debaixo das cobertas.

– Saia daqui. – Aquela era a primeira vez que ela falava com ele num tom normal. Não reconheceu a voz. Contudo, não estava concentrado nisso. Seu olhar estava cravado na arma que subia e descia, primeiro apontada para sua cabeça depois para sua virilha.

Kyle começou a recuar, as mãos erguidas na frente do corpo, como se para desviar uma bala.

– Ei, apenas fique calma, madame. Estou indo.

– Agora – disse ela numa voz mais alta. Puxou o cobertor ao redor de si e ficou de pé diante dele, segurando a arma apontada com as duas mãos, como se soubesse exatamente como usá-la.

Ele levantou as mãos ainda mais alto.

– Estou indo. Estou indo! Droga!

Ele se virou para sair.

– Ponha o dinheiro na mesa – disse ela.

Ele se virou lentamente de volta.

– Como disse?

– Na mesa, o dinheiro. – Ela gesticulou com a arma.

– Eu trouxe o que você queria. Isso custa *dinheiro*.

Em resposta, ela deixou o cobertor cair mais uma vez e passou uma das mãos pelo corpo curvilíneo, quase nu.

– Isto aqui também – disse ela com muita firmeza. – Dê uma boa olhada, garotinho pequenininho. Vai ser a última vez que o vê.

Ele ficou indignado diante do insulto.

– Mil dólares! Para quê? Uma porra de um show de *voyeurismo*? Eu não pagaria mil dólares nem se fosse para foder você.

– Nenhuma quantia seria suficiente para permitir que você sequer me tocasse – disse ela asperamente.

– Ah, é? Puxa, você é realmente uma preciosidade. Uma viciada em drogas, exibicionista, vivendo num quarto em um clube de striptease? E se escondendo atrás de uma echarpe e desses grandes óculos escuros. Rebolando essa bunda nua na minha frente e depois não querendo dar para mim. Que raio você pensa que é? Hein?

– Você está me entediando. Saia daqui.

– Sabe de uma coisa? Não acredito que você vá disparar essa arma, não com o monte de gente que tem por aqui. – Ele olhou para ela triunfante. O olhar durou pouco tempo.

Ela bateu com o dedo num objeto cilíndrico encaixado no cano da arma e disse:

– Isto é um silenciador. Realmente obtém um tiro silencioso. – Mais uma vez ela apontou a arma para a virilha dele. – Gostaria de uma demonstração rápida?

– Não – gritou ele, recuando e se afastando. – Não. – Deixou o dinheiro cair sobre a mesa, virou-se e saiu correndo do quarto, batendo a porta ao fechá-la às suas costas.

A mulher trancou a porta, voltou para a cama e engoliu vários comprimidos. Alguns minutos depois estava gemendo no chão, feliz de novo.

Do lado de fora do quarto da mulher, Sylvia se afastou da porta e se esquivou, virando-se de costas imediatamente antes de Kyle passar por ela correndo. Tinha ouvido tudo. Correndo em direção à saída, Sylvia chegou justo em tempo de ver Kyle partir a toda, levantando cascalho com os pneus de seu jipe, enquanto saía em disparada do estacionamento. Sylvia discretamente tirou o chapéu da cabeça e soltou o cabelo. Suas suspeitas tinham sido confirmadas. Kyle estava roubando drogas e depois vendendo-as para a mulher no quarto. Sylvia decidiu esperar no estacionamento para ver se ela saía.

Passaram-se horas. Era de madrugada, perto de amanhecer e Sylvia tinha observado bem mais de cem pessoas, na maioria homens, deixarem o prédio. Estava a ponto de desistir quando alguém saiu. Era uma mulher, a cabeça estava envolta numa echarpe e usava óculos escuros, embora ainda estivesse muito escuro do lado de fora. Ela parecia meio trôpega ao andar, mas entrou num carro estacionado perto dos fundos do prédio e se afastou dirigindo. Sylvia não a seguiu, porque teria sido facilmente avistada. Contudo, tinha visto bem o carro em que a mulher embarcara. Foi-se embora em seu carro. Apesar de algumas ter respostas para algumas perguntas naquela noite, outras novas e perturbadoras haviam ocupado o lugar delas.

CAPÍTULO

49

O DIA DO FUNERAL DE ROBERT E. Lee Battle começou sob um céu azul que logo tornou-se nublado. Quando, afinal, a procissão chegou ao cemitério, uma chuva cálida e suave estava caindo. O exército de preto sentou-se ao redor da cova recém aberta sob uma enorme tenda branca.

King olhou para os vários rostos conhecidos e para os muitos que não conhecia. Dizia-se que os aeroportos regionais, em Charlottesville e Lynchburg, estavam repletos de jatos particulares, enfileirados asa com asa, pertencentes a amigos dos Battle que tinham vindo prestar uma última homenagem. A curiosidade mórbida, provavelmente, havia atraído mais que alguns dos muitos presentes.

Michelle estava sentada ao lado de King. Usava um vestido de verdade! King não fez a besteira de fazer nenhum comentário. Seu braço ainda doía do soco que levara pela última bobagem que dissera.

Os Battle estavam na fileira da frente, Eddie e Savannah, um de cada lado da mãe. Chip Bailey estava ao lado de Eddie. Dorothea estava sentada ao final da fila, os braços cruzados. Mason mantinha-se de pé, um pouco para o lado, o olhar cravado em Remmy, que tinha o rosto coberto por um véu pesado. *Sempre o criado dedicado*, pensou King.

Do outro lado de King, estava sentado Harry Carrick. O homem estava vestido com a elegância habitual, os cabelos brancos chamando ainda mais atenção pelo contraste com o terno preto. Cumprimentara Michelle com beijinho no rosto e King com um firme aperto de mão antes de se sentar.

– Muita gente – cochichou King para ele. Michelle se inclinou mais para perto para ouvir.

– Bobby e Remmy tinham muitos amigos e sócios de negócios. Acrescente os curiosos e os que vieram apenas para se satisfazer com a desgraça alheia e você terá um público estrondoso.

– Então, imagino que o caso de Junior Deaver esteja encerrado – disse King.

– Tecnicamente sim. Não se pode processar penalmente um homem morto por um assalto; de que serviria?

– Tecnicamente, mas... – disse King, observando com atenção o amigo.

– Mas, se minha presunção estiver correta e Junior fosse inocente, eu ainda gostaria de apanhar o ladrão.

– Quer que continuemos a investigação?

– Sim, quero, Sean. Eu tenho que pensar na esposa e nos filhos dele. Por que deveríamos permitir que essas crianças cresçam pensando que o pai era um ladrão, se ele não era?

– Na verdade, também temos nossos próprios motivos para continuar a investigação.

– Eu compreendo, sobretudo se considerarmos a maneira como Junior foi morto.

– Exatamente. O que vai fazer depois do funeral?

– Fui convidado para ir à casa dos Battle – respondeu Harry.

– Nós também. Talvez possamos encontrar um canto tranqüilo e ter uma conversa sobre tática.

– Estou muito interessado nisso. – Todos se recostaram nas cadeiras e ouviram enquanto o pastor começava seu sermão sobre o homem morto, a ressurreição e a vida eterna. A chuva continuava a cair, tornando a tarde sombria ainda mais deprimente.

Quando a longa homilia finalmente terminou, o pregador avançou para confortar a família. O olhar de King se deslocou para além do grupo reunido ao redor da cova, para fora das grades, e examinou a área circundante. Era a mesma técnica que havia usado quando fazia parte do destacamento de proteção no Serviço Secreto. Na época, estivera à procura de possíveis assassinos; agora estava procurando por alguém que já havia matado.

King a avistou quando ela chegou à ligeira elevação do terreno à direita.

Lulu Oxley estava toda vestida de preto, mas, ao contrário de Remmy Battle, não usava véu. E então subitamente King se lembrou: o funeral de Junior também estava marcado para hoje. E só existia um cemitério na área. Aparecendo logo atrás de Lulu, enquanto esta vinha na direção deles, em passo determinado, estavam Priscilla Oxley e as três crianças.

– Ah, merda – sussurrou King para Harry e Michelle. Michelle já tinha visto a aproximação da família. Harry não, até que King a apontou para ele.

Harry recuou com um sobressalto e disse:

– Ah, Deus do céu.

Lulu se virou e fez um gesto para que sua mãe e seus filhos ficassem onde estavam. Eles obedeceram imediatamente e então Lulu continuou a se aproximar. King, Michelle e Harry se levantaram juntos para detê-la. Outros no grupo ao redor da sepultura também a tinham visto, porque os murmúrios começaram a se tornar mais altos.

Quando eles a alcançaram, a cerca de quinze metros dos Battle, King disse:

– Lulu, você realmente não quer fazer isso.

– Saia da minha frente! – respondeu Lulu numa voz que denunciou a King que ela estivera bebendo.

Harry a segurou pelo braço.

– Lulu, me escute. Trate de me escutar agora!

– Por que diabo eu deveria? Escutei você antes e Junior está morto! – Para King, ela parecia a ponto de ter um colapso a qualquer momento ou então de puxar uma arma e sair disparando contra qualquer coisa vestindo roupas.

– Nada de bom pode resultar de você estar aqui – prosseguiu Harry. – Nada de bom. A sra. Battle também está enlutada.

– Ela deveria estar apodrecendo no inferno pelo que fez! – Com um safanão, ela tentou soltar o braço da mão de Harry, mas o velho de alguma forma conseguiu continuar segurando.

A voz dele soava firme e calma:

– Não existe um fiapo de vestígio nem qualquer indicação de que ela tenha tido alguma coisa a ver com a morte de Junior.

Na verdade, tudo indica que ele foi morto pela mesma pessoa que matou todos os outros, inclusive Bobby Battle. A mesma pessoa matou o marido de *vocês duas*.

– Então, talvez ela tenha mandado matar o marido dela, eu não sei. Mas ela ameaçou Junior e agora ele está morto.

King olhou para trás e viu que Remmy Battle tinha levantado o véu e agora estava de olhos cravados neles. E então os piores temores de King se realizaram. Remmy foi até junto de Mason, disse-lhe alguma coisa enquanto apontava para eles e começou a andar na direção deles com um guarda-chuva aberto para se proteger da chuva.

– Ah, isto está ficando cada vez melhor – murmurou King baixinho. Todos os outros no grupo ficaram sentados observando, esperando por uma catastrófica colisão de viúvas.

Com passadas longas e metódicas, Remmy os alcançou rapidamente. King imediatamente bloqueou o caminho dela para Lulu.

– Saia já da minha frente, Sean. Isto *não* é assunto seu. – O sotaque sulista arrastado jamais estivera tão proeminente, pelo menos na experiência de King. O olhar e o tom de voz de Remmy não admitiam oposição e King, relutantemente, fez o que ela mandou.

Harry era a barreira seguinte, mas bastou apenas uma expressão feroz de Remmy para que ele também se afastasse para o lado. Provavelmente percebendo a inutilidade de qualquer gesto, Michelle nem sequer tentou.

Remmy agora estava cara a cara com Lulu, que a encarava com as pernas trôpegas, as lágrimas escorrendo pelo rosto, contraído numa expressão de ódio.

Sem olhar para trás, Remmy disse:

– Eu quero ter uma conversa reservada com a sra. Oxley. Temos algumas coisas a resolver que dizem respeito apenas a nós duas.

Lulu começou a responder:

– Eu não tenho nada a dizer para...

Remmy levantou a mão, mas King, que não podia ver as feições dela, concluiu que provavelmente tivesse sido a expressão no rosto da mulher mais velha que impediu a geralmente indomável Lulu de embarcar em sua tirada de acusações.

– Por favor, vamos conversar – disse Remmy em um tom mais calmo.

Os três começaram a se afastar devagar. King permaneceu bem perto, tenso, pronto para saltar se as mulheres começassem a tentar estrangular uma à outra.

Remmy imediatamente segurou Lulu pelo braço com a mão firme. De início, a outra mulher resistiu, mas Remmy se inclinou para ela e começou a falar rapidamente, embora ninguém tentando escutar a conversa pudesse ouvir o que foi dito. Longos momentos se passaram e King observou com espanto enquanto as feições de Lulu se acalmavam. Ainda mais miraculosamente, depois de alguns minutos de conversa, Lulu estendeu a mão e agarrou-se ao braço de Remmy para se apoiar. As duas mulheres terminaram a conversa e começaram a andar na direção de King.

Remmy disse:

– A família Oxley virá se juntar a nós, lá em casa. Mas primeiro eu vou prestar minha última homenagem a Junior.

Enquanto elas se afastavam, King viu que Mason tinha ido buscar Priscilla e as crianças e as estava conduzindo para a limusine dos Battle.

– Em meus mais de setenta anos, nunca vi nada tão estranho e inexplicável quanto isto – comentou Harry, atordoado.

Enquanto as duas mulheres desapareciam após a ligeira elevação no terreno, King disse para seus dois companheiros:

– Fiquem aqui. – E saiu correndo seguindo as duas mulheres.

O local da sepultura de Junior não tinha nenhuma tenda e era muito mais humilde do que o funeral de Bobby Battle, em todos os outros aspectos. Porém, havia o fato indiscutível de que ambos os homens estavam *igualmente* mortos.

As únicas pessoas presentes eram os dois homens cuja tarefa era baixar o caixão simples de madeira para dentro da cova e cobri-lo com um metro e oitenta de terra. King observou, escondido atrás de uma grande escultura ornamentada de mãe e filho que marcava uma sepultura próxima, enquanto Remmy falava com os coveiros, que assentiram nervosamente e se afastaram. As duas mulheres se ajoelharam no tapete verde de grama falsa diante do caixão, uniram as mãos e rezaram juntas. Elas permaneceram ali por vários minutos. Quando se levantaram, Remmy foi até o caixão e colocou sobre ele uma única rosa vermelha. Lulu assentiu para os homens, que se aproximaram mais uma vez enquanto as duas mulheres se afastavam de braços dados.

King recuou mais quando elas passaram por seu esconderijo e observou enquanto desapareciam após a elevação. King se virou de volta para a cova de Junior. Os coveiros tinham seguido de novo para uma picape um pouco adiante, provavelmente para apanhar suas pás. King pensou em ir até lá também, para prestar sua última homenagem a Junior. Ele não conhecera muito bem o homem, mas sua esposa e filhos claramente o amavam muito; todo homem deveria deixar esse tipo de legado. King não vira muitas lágrimas no enterro de Bobby Battle, por mais caro que tivesse custado.

Quando estava a ponto de voltar, se deteve e se agachou mais para trás da estátua. Alguém havia aparecido saindo de trás de um grupo de árvores próximo. Esta pessoa caminhou rapidamente em direção à sepultura, olhando ao redor com nervosismo. Parecia haver uma abundância de culpa nos movimentos furtivos do vulto. King não conseguia distinguir quem era, nem se era homem ou mulher, uma vez que a roupa da pessoa consistia de calças, um casaco e um chapéu de caubói enterrado na cabeça.

Quando a pessoa se ajoelhou diante da sepultura, King se aproximou em silêncio para tentar ver melhor. E então o chapéu foi tirado e a cabeça, baixada para dizer uma prece. Parecia ser uma mulher, dado o comprimento do cabelo preso no alto da cabeça. Contudo, daquele ângulo, King não conseguia distinguir as feições. Será que deveria se aproximar e confrontar a pessoa? Mas aquilo revelaria sua presença. Pensou mais um pouco, então se esgueirou para trás de uma grande escultura, mais uma vez de mãe e filho, pegou uma pedrinha no chão, fez pontaria e a arremessou em direção a uma outra estátua fúnebre a cerca de seis metros à sua direita e próxima da sepultura de Junior. O resultado foi o que previra.

A mulher levantou a cabeça rapidamente ao ouvir o som da pedra batendo na estátua, proporcionando a King uma visão clara de seu rosto. Ela pôs o chapéu de volta e correu para a cobertura das árvores.

King não tinha nenhum motivo para segui-la. Ele sabia quem era.

Contudo, por que Sally Wainwright, a tratadora de cavalos dos Battle, estaria ali rezando, diante da sepultura de Junior Deaver?

CAPÍTULO

50

A CASA BATTLE, APESAR DE muito grande, estava muito cheia. Longas mesas cobertas com toalhas de linho tinham sido postas no andar principal com comida e bebida. Depois de encherem seus pratos e copos, Harry havia conduzido King e Michelle ao estúdio no segundo andar para terem uma conversa.

Ele explicou:

– Não creio que seremos interrompidos aqui. Fica bastante longe da comida e, mais importante, das bebidas. A morte deixa as pessoas especialmente sedentas, já descobri.

King examinou a escrivaninha, uma peça de antiquário, contra uma parede. Havia elegantes instrumentos de escrita, papel de linho timbrado com as iniciais *REB*, um mata-borrão de couro e vários tinteiros antigos.

– Ainda mais do que eu, Remmy é uma missivista da velha escola – comentou Harry, que estava observando King. – É uma pessoa que não acredita em correio eletrônico nem mesmo em máquinas de escrever. E espera receber missivas escritas da mesma forma.

– Fico satisfeito que ela tenha tempo de se comunicar assim. Creio que isto faz parte de ser realmente rico. Vi Remmy e Lulu saindo juntas quando cheguei aqui – observou King.

– Remmy tem um gabinete particular perto de seu quarto no terceiro andar – respondeu Harry. – Eu adoraria ser uma mosca na parede de lá.

– Não consigo imaginar o que Remmy disse a Lulu para levá-la a fazer as pazes de maneira tão imediata – disse Michelle. – Isso sim é que é um milagre. Eu me sinto quase como se tivesse visto a Virgem Maria.

King tomou um gole de seu vinho e sorriu com satisfação:

– Valandraud de St-Emilion; Remmy não economizou nos bons vinhos. – Ele olhou para o homem mais velho: – Não consigo formular sequer uma suposição para tentar adivinhar a conversa entre Remmy e Lulu. E você, Harry?

Harry ajustou a gravata-borboleta e ajeitou os cabelos antes de provar o vinho e um bolinho de caranguejo do prato que repousava sobre seus joelhos.

– Creio que podemos interpretar o que Michelle disse de maneira bastante literal; em outras palavras, ela fez as pazes, em termos gerais e irrestritos, para todos.

– E o que isto quer dizer exatamente? – perguntou Michelle.

– Que ela disse a Lulu que não acredita que Junior tenha cometido o roubo e, portanto, não vai dar andamento ao processo pedindo o retorno dos objetos roubados. Com o abandono do processo penal, devido à morte de Junior, a questão está oficialmente encerrada.

– Tenho certeza de que ela acrescentou que não teve nada a ver com a morte de Junior e que lamenta profundamente que Lulu também tenha perdido o marido – comentou King.

– E provavelmente houve alguma conversa sobre Remmy criar um fundo para pagar os estudos das crianças de Oxley – acrescentou Harry.

– E talvez auxílio financeiro para ajudar Lulu a acabar a construção da casa e o resto – disse King. – Ela já tinha oferecido isso a Junior quando acreditava que ele estivesse por trás do roubo. Provavelmente se sentiu culpada por todos os problemas que criou para eles.

Michelle ficou olhando fixamente para os dois, perplexa:

– Vocês acham que ela abrangeu tudo isso em alguns minutos no cemitério?

Harry levantou sua taça de vinho numa espécie de brinde.

– Remmy não é do tipo que dorme no ponto. Ela pode nem sempre tomar a decisão correta, mas, quando aquela mulher age, todo o mundo sabe! Não é muito diferente de uma certa investigadora que conheço.

Michelle sorriu do comentário e depois rapidamente ficou séria.

– E a que se deve a mudança de opinião de Remmy?

– Como dissemos, ela sabe, ou pelo menos acredita, que Junior fosse inocente com relação ao roubo – disse King. – Além disso, de maneira alguma é possível que Junior tenha matado Bobby. Mesmo se tivesse o conhecimento médico necessário, coisa que não tinha, teria sido difícil que alguém não o visse no hospital. E eu chequei: ele tinha um álibi para o horário em que Bobby foi morto.

– Portanto, Remmy deve estar pensando que o assassinato de seu marido e o roubo dos objetos da casa estejam relacionados – disse Michelle. – Se Junior não cometeu um, não poderia ter cometido o outro.

– Exato – disse Harry. – O que prova que ele foi falsamente incriminado.

King olhou ao redor para as paredes de livros e então lançou um olhar para fora, pela janela, para a tarde sombria. Tinha começado a chover mais forte. Observou as gotas espirrarem nas capotas dos carros estacionados no pátio,

– Quando eu segui Remmy e Lulu até a sepultura de Junior, vi uma outra pranteadora lá – disse King. – Uma pessoa muito inesperada.

– Quem? – exclamaram ambos ao mesmo tempo.

– Sally Wainwright.

– A tratadora de cavalos? – Harry pareceu confuso.

Michelle estalou os dedos.

– Sean, naquele primeiro dia em que falamos com Sally, você perguntou a ela se conhecia Junior. Ela disse que o tinha visto por aí, mas você reparou como parecia nervosa e evasiva?

– É verdade – disse King.

– Ir prestar uma última homenagem a um homem que você apenas tinha *visto por aí*? – refletiu Harry.

– Vou ter uma outra conversa com a srta. Sally – declarou King.

Com um gesto, Harry os convidou a se sentarem no sofá defronte da lareira enquanto ficava de pé diante deles.

– Pois bem, parece muito claro que a falsa incriminação de Junior tenha sido feita por alguém com conhecimento de investigações criminais.

– Então, qual é nossa próxima linha de ação? – perguntou Michelle.

Protelando a resposta à pergunta de Michelle, Harry consultou um relógio de bolso antigo, pendurado numa corrente em seu colete.

– Esta é uma belíssima peça, Harry – comentou Michelle.

– Pertencia a meu bisavô. Como não tenho filhos, estou guardando-o para meu sobrinho mais velho. – Ele manuseou o relógio pesado carinhosamente. – Neste mundo tumultuado em que vivemos, é confortador saber que ainda se pode saber a hora do dia da mesma maneira com que há mais de cem anos. – Ele fechou a caixa do relógio e olhou atentamente para os dois. – Muito bem – disse, retornando à pergunta de Michelle. – A esta altura, todo mundo lá em baixo já terá tomado no mínimo um e possivelmente dois drinques. Portanto, sugiro que nos juntemos às massas inebriadas e as observemos e escutemos. Não está além do reino da possibilidade que nosso assassino esteja nesta casa agora, neste momento. No mínimo, poderíamos obter informações que possam impedir futuros assassinatos.

Eles encerraram a reunião e desceram para o andar principal.

CAPÍTULO

51

HAVIA VÁRIOS ESTRANHOS GRUPOS esperando por eles no andar de baixo. Viram Savannah na varanda fechada de vidro, nos fundos, com as duas crianças menores de Oxley. Ela parecia estar brincando com elas de algum tipo de jogo que envolvia puxar a orelha e pantomimar. A menina mais velha dos Oxley estava parada num canto, observando sem sorrir.

– Jogo de adivinhação – concluiu Michelle. – Nunca imaginei que Savannah tivesse jeito para distrair crianças pequenas.

– Acho que ela é bem mais infantil em certas coisas do que as pessoas pensam – concluiu King.

Chip Bailey e Dorothea conversavam em voz baixa num canto afastado da sala de visitas. Eddie estava por perto, aparentemente entretido numa conversa com Todd Williams, que não fora ao enterro, mas não perderia os comes e bebes após o funeral.

Enquanto eles observavam, Remmy e Lulu desceram a escadaria de braços dados. Todas as cabeças se viraram para olhar.

– Por que isto me faz lembrar de Lee e Grant, em Appomattox? – cochichou Harry.

Chip Bailey imediatamente abandonou Dorothea e se encaminhou até a escada para receber Remmy. Mason, que estivera servindo a comida, não ficou muito atrás dele.

– A matilha já está fazendo o cerco e o antigo homem da casa mal acabou de ser enterrado – comentou Harry.

– Chip Bailey também? – perguntou Michelle. – Nunca teria imaginado isso, Eddie disse que a mãe não suportava o homem.

– Ser o marido, com as despesas pagas, de uma mulher imensamente rica, é prêmio suficiente para, no mínimo, fazer um esforço para mudar a opinião dela – comentou King secamente.

Contudo, Remmy aparentemente tinha outras idéias. Passou altiva por ambos os homens e se encaminhou em direção a King e seu grupo.

Remmy deu um aceno de cabeça para Harry enquanto se aproximava.

– Eu sei que você e Lulu já se conhecem, Harry, portanto não vou me incomodar com apresentações.

King pensou ter detectado um faiscar nos olhos de Remmy enquanto dizia isso.

– Estou muito satisfeito que *você* a tenha conhecido, Remmy – replicou Harry. – E, no que parece ser, de uma maneira muito positiva.

– Digamos apenas que chegamos a um acordo de opiniões – Remmy olhou para Lulu e apertou a mão da outra mulher. – Eu fui burra, cega, injusta e admiti isso francamente para Lulu. – Ela olhou bem nos olhos da outra mulher. – Nenhuma de nós pode trazer de volta nossos maridos, mas eu juro que nunca faltará nada a você e a suas belas crianças enquanto eu estiver viva.

– Eu fico-lhe muito grata por isso, sra. Battle, realmente fico muito grata. – Lulu agora não só parecia estar lúcida como falava com lucidez.

– Eu sei que sim e, por favor, me chame de Remmy. – Ela então se virou para King e Michelle. – Espero que estejam fazendo progressos no caso – comentou.

– A cada dia – respondeu King.

Remmy olhou para ele com curiosidade, mas não disse nada.

– Nós gostaríamos de voltar aqui para ter uma conversa em algum momento – disse King.

– Sim, Eddie me falou disso. Bem, eu não pretendo ir a lugar nenhum.

– Não permita que os jornais a deixem deprimida, Remmy – disse King.

– Jornais? Quando quero saber o que está acontecendo comigo, eu não consulto desconhecidos, apenas pergunto a mim mesma.

Priscilla Oxley subitamente entrou no círculo, equilibrando um grande prato cheio de comida e uma taça de vinho.

– Querida – disse ela para Remmy –, muito obrigada por tudo. Ora veja só, sempre disse a Lulu que você era uma santa. Não é verdade, filhinha, ainda outro dia eu estava dizendo que se o mundo tivesse mais Remmys Battles, que mundo ele seria!

– Mãe, por favor – começou Lulu, mas Priscilla prosseguiu rapidamente.

– E agora você e Lulu se tornaram amigas, você nos trouxe para sua linda casa e disse que cuidaria das crianças. Veja só, justamente quando perdemos *nosso* pobre Junior, eu não sabia o que minha filha iria fazer. – Seu peito avantajado arfou e a voz grave se embargou na garganta. Foi um desempenho magnífico, pensou King.

– Mamãe, eu tenho um emprego, um bom emprego. Não se pode dizer que as crianças fossem passar fome.

Contudo, Priscilla estava entusiasmada demais para aceitar uma negativa.

– E agora que vou ficar para ajudar Lulu e tudo mais, com aquela casa nova terminada e seu apoio constante, ora veja só, eu sei que tudo vai ficar muito bem. – Duas lágrimas escorreram pelas faces balofas. – Falando de mãe para mãe, não tenho como lhe dizer que alívio isto é. – Ela encerrou sua fala engolindo de uma vez o conteúdo inteiro do copo de vinho.

Para King, o *connoisseur*, foi um momento doloroso. Entretanto, depois daquele desempenho emocional, pensou ele, a mulher merecia ter seu próprio programa de televisão.

– Estou apenas satisfeita de ter podido ajudar, Priscilla – disse Remmy educadamente.

Priscilla olhou para ela timidamente.

– Provavelmente não se lembra, mas eu costumava servir você quando visitava Greenbrier na Virgínia Ocidental.

– Ah, eu me lembro *muito* bem de você, Priscilla.

Priscilla se imobilizou.

– Ah, você lembra? Bem, mais uma vez obrigada. – E então Priscilla se retirou com a mesma rapidez com que havia chegado.

Em seguida, Eddie e Bailey vieram se juntar a eles.

– Foi um bonito funeral, Remmy – declarou Bailey

– O reverendo Kelly sabe fazer um bom trabalho. – respondeu ela. – E ele tinha muito bom material. Bobby teve uma vida realmente extraordinária.

– Vou assistir a uma das representações de Eddie no sábado – disse Bailey.

– O que que vão representar? – perguntou Michelle.

– A Batalha de Cedar Creek nos arredores de Middleton – respondeu Eddie. – Phil Sheridan do Exército de Shenandoah contra o Exército de Jubal Early do Vale. Geralmente é encenada em outubro, mas adiantamos um pouco este ano. – Ele baixou o olhar e depois olhou de esguelha para Michelle. Parecia a ponto de dizer alguma coisa, mas se manteve em silêncio.

Harry perguntou:

– O velho Jubal não foi o único general confederado que nunca se rendeu formalmente?

– Isso mesmo – respondeu Eddie. – Ele acabou tornando-se advogado e trabalhando em Rocky Mount, na Virgínia.

– Bem, pelo menos ele escolheu uma profissão honrada depois da guerra – comentou Harry.

– Creio que agora Eddie e eu vamos passar muito mais tempo juntos – comentou Bailey. King achou que o homem não poderia ter sido mais óbvio.

– Espero que sim, será um prazer – observou Eddie, com o que pareceu genuíno entusiasmo.

Você é um bom mentiroso, Eddie, refletiu King.

Remmy estendeu a mão e segurou a mão do filho.

– Como está você?

– Apenas esperando por dias melhores, mãe.

– Talvez você e Dorothea devessem ir passar algum tempo fora, apenas sair um pouco.

– Sim, talvez a gente faça isso – respondeu Eddie sem nenhum vestígio de interesse.

King reparou que os filhos de Oxley tinham entrado quando viram a mãe. Enquanto Lulu se juntava às crianças, King pediu licença, foi até o bar, pediu duas taças de vinho e se encaminhou para a varanda para falar com Savannah, enquanto ainda estava sozinha.

A moça estava sentada no sofá olhando fixamente para o fogo que ardia na lareira na outra extremidade do aposento.

– Foi um longo dia para você, Savannah – disse ele em voz baixa.

Ela se sobressaltou e levantou a cabeça, sorrindo quando viu quem era. Ele lhe ofereceu um dos copos e sentou-se ao lado dela.

– Uma taça de Château Palmer pode fazer milagres para levantar o ânimo. É um excelente vinho francês.

– "Palmer" não me parece um nome francês – comentou ela, olhando fixamente para seu copo, como se pudesse ver imagens dentro dele.

– Ele era um general, servindo sob o comando de Wellington que foi para Bordeaux com seu exército por volta de 1814 e ficou por lá. Comprou uma propriedade, que por fim acabou conhecida pelo nome de Château Palmer, e começou a produzir vinho, o que demonstra que a uva, como a pena, é mais poderosa do que a espada.

– Eu não entendo muito a respeito de vinhos – disse ela. – Sou mais uma apreciadora de Jack Daniels e Coca-Cola.

– Nunca se pode errar com Jack e Coca, mas se estiver interessada em vinho, eu teria prazer em ajudar você, embora pudesse começar a aprender bem aqui, nesta casa. Seus pais têm na adega uma coleção de dez mil garrafas. Quase desmaiei de inveja quando a vi pela primeira vez. – Ele tomou um gole do vinho e a observou observar o fogo. – Vi você com as crianças da família Oxley.

– São crianças simpáticas – disse ela baixinho, enquanto brincava com o colar de pérolas. – A menorzinha, Mary Margaret, estava em prantos quando chegou aqui, coitadinha. Ela realmente sente falta do pai. Eu os trouxe para cá. Mamãe e a sra. Oxley queriam conversar.

– Elas parecem ter resolvido tudo.

– Eu sinceramente pensava que Junior fosse culpado. – Os olhos dela subitamente cintilaram cheios de lágrimas.

– Eu também, a princípio.

– Sei que não ajudei muito no outro dia.

– Você ainda estava em choque. No momento em que estiver pronta para falar, estarei aqui.

Ela assentiu distraidamente, enquanto seus dedos nervosos brincavam com as pérolas. King esperou que ela falasse, mas não falou. Apenas ficou com o olhar fixo no fogo.

Por fim, ele se levantou.

– Se precisar de alguma coisa, qualquer coisa, apenas me dê uma ligada.

Ela levantou o olhar e agarrou a mão dele.

– Por que você não é casado?

De início, King pensou que Savannah estivesse flertando com ele, mas então se deu conta de que estava falando sério.

– Eu fui, muito tempo atrás, e simplesmente não deu certo.

– Creio que algumas pessoas são destinadas a ficar sozinhas.

– Você não pensa que é uma dessas pessoas, não é?

Ela sacudiu a cabeça.

– Não. Mas creio que meu pai era.

Intrigado, King tornou a se sentar.

– O que a faz dizer isso?

Antes que ela pudesse responder, eles ouviram Remmy dizer:

– Tenho certeza de que há pessoas que gostariam de vê-la, Savannah.

Ambos se viraram e a viram de pé no vão da porta, perscrutando-os.

Savannah se levantou obediente.

– Vejo você depois, Sean.

Ele observou mãe e filha se afastarem antes de ir se juntar a Michelle na sala de visitas. Harry tinha interceptado Remmy e Savannah enquanto elas voltavam e estava falando com as duas num canto afastado.

Arranque todas as informações que puder, Harry, pensou King, *porque eu praticamente fui posto para fora do campo.*

– Alguma coisa interessante? – perguntou Michelle.

– Savannah é uma mulher problemática. Ela sabe de alguma coisa mas não consegue dizer.

– Use o seu charme, Sean. Ela está louca por você.

– Ah, você acha que sim?

– *Por favor.* Os homens são tão cegos quando se trata disso!

– E então, aconteceu alguma coisa aqui do seu lado?

– Fui convidada para a próxima representação de Eddie. Vou com Chip.

King cruzou os braços e a encarou, os olhos fixos nela:

– É mesmo?

Ela o encarou de volta, defensivamente:

– É, vou mesmo. Por quê?

– As *mulheres* são tão cegas quando se trata disso!

– Deixe disso, ele é casado, Sean!

– Sim, ele é.

CAPÍTULO

52

MICHELLE FOI DE CARRO COM Chip Bailey para os arredores de Middletown, Virgínia. A manhã estava fresca, clara, tinha límpidos céus azuis ao alto e uma brisa agradável para amenizar o calor que aumentava.

– Bom dia para lutar – disse Bailey.

Existe realmente algum dia que seja bom para matar uns aos outros?, refletiu Michelle.

O homenzarrão bebericou seu café e mastigou um cheese egg do McDonald's. Michelle mordiscou uma barra energética e segurou a garrafa de suco de laranja que trazia no colo. Estava de jeans, botas de caminhada e sua jaqueta do Serviço Secreto. Bailey tinha vestido calça e camisa cáqui, um suéter e usava óculos escuros.

– Você alguma vez já assistiu a uma dessas representações? – perguntou Bailey.

– Não.

– São realmente muito interessantes. Eles têm eventos de todos os tipos: treinamento de infantaria, demonstrações do funcionamento de hospitais de campanha, bandas, festas, até bailes elegantes, chás ao entardecer e excursões à luz de velas. As cargas de cavalaria são realmente um espetáculo. Estes caras levam este negócio a sério. Você verá centenas deles por lá, hoje, embora, durante a guerra de verdade, os exércitos tivessem dezenas de milhares de soldados. Mas, de todo modo, eles apresentam um belo espetáculo.

– Como foi que Eddie se meteu com isso? Não parece algo que atrairia um artista sensível.

– Creio que foi o pai dele quem primeiro se interessou por isso. Ele era um apaixonado por história, até ajudou a financiar algumas das representações de batalhas.

– Eddie era muito ligado ao pai?

– Creio que queria ser. Este é um dos motivos pelos quais começou a participar nas representações – pelo menos é minha opinião, depois de alguma observação cuidadosa. Porém, Bobby Battle era um sujeito inescrutável. E nunca esteve por aqui com muita freqüência. Creio que ele preferia voar ao redor do mundo num balão a gás ou construir uma fábrica na Ásia a criar os filhos dele.

– Soube que ele lhe ofereceu um emprego depois que resgatou Eddie.

Bailey pareceu surpreso por ela ter conhecimento disso.

– Ofereceu, mas eu não estava interessado.

– Se incomoda se eu perguntar por quê?

– Não é nenhum grande segredo. É só porque gosto de ser um agente do FBI. Não fazia muito tempo que estava trabalhando no Birô e queria fazer carreira.

– Como conseguiu solucionar o caso?

– Recebi uma dica de um informante e descobri que era fonte limpa. Eddie estava na faculdade, na época, e fiz uma investigação. Descobri que havia um sujeito morando no mesmo conjunto de apartamentos que era um criminoso condenado que já tinha cumprido pena.

– Por que Eddie não morava em casa? Ele não estudou na UVA?

– Não, ele estudava na Virginia Tech, em Blacksburg, a algumas horas daqui. De todo modo, o fato era que o tal sujeito tinha descoberto quem eram os pais de Eddie. Eddie chegou em casa tarde, certa noite, e quando recuperou os sentidos viu que estava amarrado num casebre no meio de lugar nenhum.

– Como você descobriu o casebre?

– O sujeito o havia usado antes para caçar. Não estou dizendo que ele fosse nenhum grande gênio, mas era perigoso. Os Battle pagaram o resgate; mas estávamos de tocaia, observando quando o dinheiro foi apanhado.

– Espere um minuto, pensei que os Battle não tivessem pago o resgate.

– Não, eles pagaram mas recuperaram o dinheiro – pelo menos a maior parte dele.

– Não estou entendendo.

– Em casos de seqüestro, a parte mais arriscada para o criminoso é apanhar o resgate. Hoje em dia, se pode fazer isso com transferências bancárias, transações por computador e coisas desse tipo, mas, mesmo assim, ainda é arriscado. Vinte anos atrás, era muito mais difícil. Mas este sujeito achou que tinha descoberto um meio. Ele acertou as coisas de modo que fosse num shopping-center, num sábado, com gente por todos os lados. Deve ter feito um reconhecimento do lugar, porque sabia onde ficava a saída dos fundos. No instante em que pegou a mala, desapareceu no meio de um mar de gente.

– Então, como você conseguiu apanhá-lo?

– Tínhamos dois transmissores escondidos na mala. Mas imaginamos que ele pensaria nisso e que se livraria da mala, por isso também tínhamos transmissores em algumas das fitas coladas que prendiam os maços de notas. Não acreditávamos que ele fosse jogar fora o dinheiro. E, de fato, ele se livrou da mala. Mesmo assim, conseguimos segui-lo até o casebre.

– Isso não foi um risco, não o prender no local?

– O risco maior era nunca mais encontrar Eddie. O histórico deste sujeito mostrava que era um tipo que agia sozinho. Se Eddie estivesse vivo, e isto era uma grande dúvida, o sujeito provavelmente iria voltar para libertá-lo ou, o que era mais provável, para matá-lo.

– E foi então que houve o tiroteio?

– Ele deve ter nos avistado e abriu fogo, nós disparamos de volta. Tínhamos um atirador de elite conosco e o seqüestrador levou um tiro na cabeça.

– Você disse que havia recuperado a maior parte do dinheiro?

Bailey deu uma risada.

– Depois que nos avistou e abriu fogo, o idiota queimou cerca de quinhentos mil do total de cinco milhões no forno barrigudo que havia no casebre. Imagino que estivesse pensando que não iríamos apanhá-lo *e* o dinheiro.

– Sorte de vocês não terem acertado Eddie – comentou Michelle.

Ele olhou para ela com severidade:

– É fácil prever as coisas depois que já aconteceram.

– Não estou tentando criticar nem questionar o que fizeram. Também já estive em situações parecidas. Nunca é fácil. O importante é que Eddie sobreviveu.

– Esta sempre foi a minha opinião quanto a isso. – Bailey apontou para um pouco mais a frente. – E lá está ele em carne e osso.

Eles tinham saído da rodovia principal e entrado numa área de estacionamento cheia de caminhões, trailers para cavalos, veículos recreativos e barracas de acampamento. Ao longo de um dos lados, numerosas tendas estavam montadas. Michelle acenou para Eddie, que estava ocupado preparando seu equipamento. Eles saltaram do carro e foram se juntar a ele.

– Então o que você vai ser desta vez? – perguntou Bailey.

Eddie sorriu.

– Sou um homem de muitos talentos, de modo que tenho múltiplos papéis. Primeiro, sou um major da 52ª da Virgínia, numa brigada só de virginianos, sob o comando da Divisão do general John Pegrame. Depois disso, eu selo um cavalo e me torno parte do 36º Batalhão de Cavalaria da Virgínia, a Brigada de Johnson sob o comando da Divisão do general Lomax. Na verdade, pertenço a várias unidades diferentes; eles estão sempre procurando por corpos. Que diabo, eu já assentei praça em exércitos Confederados no Tennessee, Kentucky, Alabama e até no Texas. Fiz artilharia, cavalaria, infantaria e, numa ocasião, até voei num balão de observação. Vejam só, mas, por favor, não contem à minha mãe. Porém, houve ocasiões em que também enverguei o uniforme azul da União.

– Parece bastante complicado – comentou Michelle.

– Ah, é um espetáculo e tanto. Existem manuais de instruções sobre como organizar um desses eventos, completos, contendo desde amostras de diferentes tipos de orçamentos, a planos de marketing, logística, como encontrar patrocinadores, esse tipo de coisa.

Michelle apontou para a fileira de tendas.

– O que são essas tendas?

– São chamadas de vivandeiros – respondeu Eddie. – Durante a Guerra Civil, os mercadores seguiam os exércitos e vendiam-lhes mercadorias. Os vivandeiros dos dias de hoje vendem peças de época, vestuário e artigos para os atores e para o público. Quanto aos atores, existem definitivamente níveis diferentes. Eles têm os que são chamados de "contadores de fios", que se certificam de que seus uniformes sejam autênticos a ponto de contar o número de fios do tecido para verificar se têm o mesmo número de fios que na guerra de verdade, daí o apelido. – Eddie fez uma cara séria. – Eles também são chamados de Nazistas do ponto de costura. – Bailey e Michelle caíram na gargalhada. – Então você tem o outro lado do espectro, os "nem-de-longe"; estes são os que ousam ter poliéster em seus uniformes ou usam talheres ou pratos de plástico durante uma representação, quando essas coisas nem sequer tinham sido inventadas na época da guerra. Eu os chamo de *Julie* em vez de *Johnny* Rebs.*

– E o que você é, um Nazista ou um Julie? – perguntou Michelle

Ele sorriu.

– Eu sou um meio-termo. A maior parte das minhas coisas é autêntica, mas de vez em quando também cedo aos confortos da vida. – Ele baixou a voz: – Não conte a ninguém, mas meu uniforme tem algum raiom e, Deus que me perdoe, Lycra também. E, se me pressionar com relação à questão, eu não negaria que poderiam ser encontradas em minha pessoa algumas coisinhas de plástico.

– Seu segredo está seguro comigo.

---

* Do nome *Johnny* + *reb* rebelde, soldado confederado. (N.da.T.)

– Hoje, na verdade, vou comprar algumas coisas com os vivandeiros. Todo o mundo está se preparando para a representação da Batalha de Gettysburg na Pensilvânia em julho. Depois, teremos a campanha de Spotsylvania, na Virgínia, programada; a Estrada para Atlanta e a Batalha de Franklin serão no outono. Mas esta batalha de hoje é um negócio um bocado importante. A União superava os rebeldes com cerca de um terço de homens a mais, tanto na infantaria quanto na cavalaria, tinha mais do que o dobro em número de peças de artilharia, mas os ianques sofreram o dobro do número de mortos e feridos.

Enquanto o ajudava com a arma, o cantil e o rolo de cobertores, Michelle olhou ao redor observando toda a atividade.

– Isto aqui parece o cenário de uma grande produção de cinema.

– Pois é, mas sem o grande dia de pagamento no final.

– São garotinhos que não crescem nunca – retrucou Bailey, sacudindo a cabeça e sorrindo. – Os brinquedos apenas se tornam maiores e mais complicados.

– Dorothea está aqui? – perguntou Michelle.

Eddie deu de ombros.

– Minha mulher preferiria ter todo o cabelo arrancado fio a fio, um de cada vez, a vir me ver brincar de soldado. – Uma corneta soou. – OK, os acampamentos do exército estão abertos. Eles vão começar com uma pequena palestra sobre a batalha e coisa e tal, alguns exercícios de manobras de campo de infantaria, música e depois uma demonstração de cavalaria.

– Você disse que estaria a cavalo. Onde está a sua montaria?

Eddie apontou para um andador do Tennessee, de treze palmos de altura, de aparência ligeira, amarrado num trailer estacionado ao lado da picape de Eddie.

– Lá está minha montaria, Jonas. Sally tem cuidado muito bem dele, mas aquele cavalo está pronto para enfrentar alguma ação de verdade.

Eles seguiram para o acampamento do exército. Michelle observou com grande admiração enquanto Eddie executava as manobras de infantaria, depois, montado em Jonas, o fazia executar alguns passos bastante complexos durante a demonstração de cavalaria. Houve a solicitação para que os espectadores deixassem o campo de combate antes que a barragem de artilharia começasse. Ao ouvir a primeira salva, Michelle cobriu as orelhas.

Então o primeiro dia da batalha foi anunciado.

Eddie indicou a eles um local de onde poderiam "me ver morrer gloriosamente". Também mostrou onde ficavam as tendas de hospitalidade.

– Cachorro-quente e cerveja gelada. Este é um luxo que nenhum soldado da Guerra Civil jamais viu – observou.

– Ouvi dizer que estão filmando isto – disse Bailey.

– Isso mesmo. Eles filmam várias das batalhas. Para a posteridade – acrescentou com sarcasmo.

– Presumo que todas as armas e canhões estejam carregados com munição de festim – disse Michelle.

– A minha está. Espero sinceramente que todos os outros participantes tenham seguido esta mesma regra. – Eddie sorriu. – Não se preocupe, todos nós aqui somos profissionais. Não haverá balas de mosquete voando pelos ares. – Ele se levantou e equilibrou todo o seu equipamento. – Por vezes não sei como aqueles sujeitos conseguiam andar, quanto mais combater.

– Boa sorte – disse Michelle enquanto ele se afastava rapidamente.

CAPÍTULO

53

A MENSAGEM ESTAVA ESPERANDO no jipe de Kyle quando ele saiu de seu apartamento. Ele abriu o envelope e leu o conteúdo, o rosto se abrindo num largo sorriso. Era de sua cliente de comprimidos controlados, a maluca exibicionista com uma paixão por armas com silenciador. Ela queria um encontro, num motel local, muito tarde naquela noite. Tinha incluído até o número do quarto. Pedia desculpas pelo que havia feito e queria fazer uma reparação. Prometia pagar a ele cinco mil dólares e, de maneira ainda mais intrigante, a consumação do que ele havia esperado receber da última vez. Ela o queria, dizia a carta. Ela o queria muito. Ele nunca se esqueceria da experiência. E havia incluído mais um elemento de persuasão: dez notas de cem dólares. Provavelmente era o mesmíssimo dinheiro que o fizera deixar para trás.

Ele enfiou o dinheiro no bolso, entrou no jipe e deu a partida. Seu esquema de chantagem não tinha dado em nada; evidentemente estivera errado sobre o que vira. Mas, agora que esta nova oportunidade havia se apresentado e com os mil dólares já no bolso, como poderia ele de alguma forma perder? OK, ela provavelmente não batia muito bem da bola, mas não acreditava que fosse puxar uma arma outra vez. Por que haveria de lhe dar tanto dinheiro se não estivesse falando sério quanto ao que dissera? Iria ser muito cauteloso, mas Kyle considerava que aquele talvez fosse o dia em que dera mais sorte em sua vida. E disse a si mesmo que seria bruto com ela, para se vingar um pouco por tê-lo assustado tanto. Seria capaz de apostar que ela gostava de ser tratada de maneira bruta. Bem, daria à vadia mais do que ela esperava. O grande Kyle estava a caminho da guerra.

* *

Michelle e Bailey assistiram de binóculos enquanto a batalha, ou melhor, a série de escaramuças, se desenrolava por toda a área: cargas e contra-ataques e combate corpo a corpo que parecia inacreditavelmente realista. A cada vez que o canhão explodia, Michelle pulava e Bailey ria.

– Caloura – disse ele em tom brincalhão.

Colunas de homens de uniformes cinza e marrom caramelo lançavam-se ao ataque sendo confrontados por seus adversários de azul. Apesar de toda a fumaça, tiros, disparos de canhão, gritos, confusão e correria de pés e choques de sabre contra sabre por toda parte, Michelle podia facilmente imaginar como a verdadeira guerra seria muito pior. Pelo menos, não havia sangue empoçado na terra nem corpos desmembrados espalhados; não havia soluços de verdade que anunciassem os estertores dos mortalmente feridos. O pior ferimento que eles observaram foi um entorse de tornozelo.

Michelle ficou muito alerta quando viu Eddie e sua companhia andrajosa irromperem da floresta berrando o famoso grito de guerra dos rebeldes. Eles foram recebidos por uma salva de tiros dos oponentes da União e metade dos homens tombou por terra, mortos ou agonizantes. Eddie não foi atingido no fogo inicial. E ele e cerca de doze de seus homens continuaram a avançar correndo. Eddie saltou a trincheira de madeira e entrou num combate corpo a corpo furioso com três soldados da União, derrubando dois deles enquanto Michelle assistia fascinada. Ele chegou, na verdade, a levantar um dos homens e a atirá-lo longe sobre um arbusto. Enquanto seus soldados tombavam ao seu redor, Eddie desembainhou o sabre e travou um complexo exercício de esgrima com um capitão da União, finalmente derrubando-o.

Tudo parecia tão real que, quando Eddie se virou para buscar outro inimigo e levou um tiro de rifle no estômago, Michelle sentiu sua respiração escapar num arquejo. Enquanto Eddie caía ao chão, ela sentiu uma vontade quase irresistível de sacar sua própria arma, correr para a linha de combate e atirar no homem que matara Eddie.

Ela se virou e deu com Bailey de olhos cravados nela.

– Eu sei. Senti a mesma coisa da primeira vez que o vi ser morto.

Por alguns minutos, nenhum dos homens fez qualquer movimento, Michelle se sentiu ficando nervosa. Então, para alívio dos dois, Eddie se soergueu, se inclinou para o lado e falou com um dos homens caídos junto dele, se levantou e veio se juntar a Michelle e Bailey.

Ele tirou o chapéu, limpou a testa suada.

– Foi absolutamente incrível, Eddie – comentou Michelle.

– Puxa vida, madame, a senhora deveria ter-me visto em Gettysburg ou em Antietam. Lá, realmente, eu estava em grande forma.

Você me pareceu mutíssimo bem hoje, pensou Michelle, e então se conteve, as censuras de King lhe voltando à mente: ele era casado. Ainda que a mulher parecesse não gostar dele, ainda assim era casado.

– Como vocês sabem quem morre ou não? – perguntou ela.

– É tudo bastante planejado com antecedência. A maioria das representações é realizada de sexta-feira a domingo. Na sexta, as pessoas começam a se reunir e os generais vão falar com todo o mundo, dizem de que eles precisam, quem vai estar onde, quem morre e quem não morre. Muito depende de quem aparece e com que – cavalos, canhões e coisas desse tipo. Quase todo o mundo aqui é experiente, de modo que não existe quase nenhuma curva de aprendizado. Sabe aquele sujeito que levantei e atirei no arbusto? Aquilo foi uma pequena vingança de minha parte. Na última batalha, o merdinha me acertou na cabeça com o punho da espada. Disse que tinha sido acidente. Passei uma semana com um grande galo na cabeça. Por isso, *acidentalmente* eu o agarrei e atirei naquele espinheiro.

Ela olhou para onde os homens "mortos" ainda estavam caídos por terra.

– Existem regras com relação a quanto tempo vocês têm que ficar lá?

– Existem, mas são flexíveis. Às vezes o general diz a você com antecedência que tem que ficar no chão até o fim da batalha. Ou se temos carregadores de ambulância que aparecem, podemos ser removidos do campo de batalha assim. Hoje eles estão filmando, então é um pouco mais complicado, mas a câmera passou para outra escaramuça depois que fui morto, de modo que escapuli e abandonei o campo. – Com um sorriso tímido, ele acrescentou: – O cenário é muito melhor por aqui.

– Comparado com corpos espalhados? Não creio que vá interpretar isto como um elogio – disse Michelle, retribuindo o sorriso dele.

Mais tarde eles observaram Eddie em ação a cavalo enquanto conduzia seus homens em investidas exploratórias táticas das linhas de formação da União. Os cavaleiros passavam em lampejos, subindo e descendo, em disparada, as colinas e saltando obstáculos no caminho.

Michelle se virou para Bailey.

– Onde ele aprendeu a montar assim?

– Você ficaria surpresa com as coisas que este homem é capaz de fazer. Já viu alguma das pinturas dele?

– Não, mas gostaria muitíssimo de ver.

Eddie passou por eles a cavalo mais tarde e atirou o chapéu emplumado da cavalaria para Michelle.

– Para que é isto? – perguntou ela, apanhando-o.

– Eu não fui morto. Você deve ser meu amuleto de sorte – gritou para ela antes de novamente sair em disparada.

Seguiram-se um chá para senhoras e um desfile de moda. Depois disso houve uma aula prática dos tipos de dança da época da Guerra Civil. Eddie fez par com Michelle e a ajudou a aprender os passos intricados de várias. Um baile formal viria a seguir, que deveria ser apenas para os atores, mas Eddie tinha um vestido de época da Guerra Civil que havia comprado de um dos vivandeiros e que deu para Michelle.

Michelle olhou para o vestido com surpresa.

– O que espera que eu faça com isto?

– Ora, *milady*, se vamos ao baile sem ser convidados, a senhora precisa de trajes apropriados. Vamos, venha, você pode se trocar no caminhão. Eu montarei guarda para que sua reputação permaneça intacta.

Eddie também tinha comprado uma roupa para Chip Bailey, mas o agente do FBI anunciou que precisava ir embora.

– Então eu a levarei de volta para casa – disse Eddie. – De todo modo, não vou poder ficar para o segundo dia da batalha. Vou partir esta noite.

Michelle pareceu um pouco constrangida com isso, mas Eddie disse:

– Prometo que serei um perfeito cavalheiro. E lembre-se de que teremos Jonas no trailer como acompanhante.

Eles passaram as duas horas seguintes dançando, comendo e bebendo.

Eddie finalmente precisou se sentar, o peito grande ofegante enquanto Michelle parecia apenas ligeiramente sem fôlego.

– Tudo bem, menina, você tem um fôlego e tanto, tenho que admitir.

– Bem, eu não lutei numa guerra hoje.

– Estou exausto e minhas costas estão me matando. Estive montando a cavalo e fazendo esta brincadeira de lutar por tempo demais. Está pronta para encerrarmos o dia?

– Estou.

Antes de partirem, ele tirou uma foto Polaróide de Michelle com o vestido de baile.

– Provavelmente nunca mais verei você vestida assim – explicou ele –, por isso não custa ter uma prova.

Ela se trocou e vestiu suas roupas habituais antes da viagem de carro de volta para casa. No caminho, eles conversaram, primeiro sobre a batalha e representações em geral e depois sobre o passado de Michelle e sua família.

– Um monte de irmãos, hein? – comentou Eddie.

– Irmãos demais, às vezes. Eu era a caçula e, embora ele nunca admitisse, meu pai sempre foi louco por mim. Ele e meus irmãos são todos policiais. Quando decidi seguir o mesmo tipo de carreira, não ficou nada satisfeito. Até hoje ainda não se recuperou muito bem.

– Eu tinha um irmão – disse ele em voz baixa. – O nome dele era Bobby. Éramos gêmeos.

– Eu sei, me contaram. Sinto muito.

– Ele era um garoto maravilhoso. Doce, faria qualquer coisa por você, só que era um pouco retardado. Eu o amava. Amava de verdade e sinto uma saudade terrível dele.

– Tenho certeza de que deve ter sido uma enorme tristeza para toda sua família.

– É, acho que foi sim – respondeu ele.

– E imagino que você e Savannah não tenham muito em comum.

– Ela é uma boa garota também, realmente muito inteligente, mas é meio perdida. Que diabo, quem sou eu para culpá-la, olhe só para mim.

– Creio que você se saiu muito bem em suas escolhas.

Ele lançou um olhar de esguelha para ela:

– Isto é um elogio e tanto vindo de você, uma campeã olímpica que se tornou agente de Serviço Secreto e agora é craque como detetive. Você gosta de trabalhar com Sean?

– Ele é ótimo. Eu não poderia pedir um melhor parceiro e mentor.

– Realmente ele é um homem brilhante. Mas vamos falar com franqueza: tem sorte de ter *você*. – Michelle olhou para fora pela janela, visivelmente constrangida.

– Não estou querendo me insinuar, Michelle. Vocês dois trabalham bem juntos. Deve ser bom ser uma das partes em um relacionamento assim. Acho que estou apenas com inveja.

Ela se virou e olhou para ele.

– Se você está infeliz, pode mudar isso, Eddie.

– Estou infeliz em alguns sentidos – respondeu ele. – Mas não creio que tenha coragem para fazer uma mudança, não uma mudança de verdade. Não é só Dorothea. Ela segue o seu caminho e eu o meu. Muitos casamentos se acomodam e funcionam exatamente assim e posso lidar com isso. Mas tenho minha mãe também. Digamos que eu decida ir embora daqui, o que acontece com ela?

– Ela me parece uma pessoa muito capaz de cuidar de si mesma.

– Você poderia ficar surpresa, especialmente agora, com todo mundo fazendo acusações contra ela.

– Sean e eu vamos nos reunir com ela e cuidar disso, evidentemente. Seja lá o que for que ela tenha dito a Lulu, funcionou. Se Lulu acredita que ela não teve nada a ver com a morte de Junior, as outras pessoas também começarão a acreditar nisso.

– Não é apenas a morte de Junior, é a de meu pai. Não é nenhum segredo que eles tinham um casamento por vezes tumultuado, algumas pessoas suspeitam de que ela o tenha matado. Não tenho certeza de que ela possa sobreviver a isso.

– Antes de nos reunirmos com Remmy, você poderia tentar ver se ela não conta a você o que havia no armário dela e foi roubado.

Ele pareceu confuso.

– Pensei que fosse apenas a aliança, dinheiro e o resto.

– Não, havia alguma outra coisa. Alguma coisa que ela queria de volta tão desesperadamente que ofereceu um bocado de dinheiro a Junior, se ele devolvesse.

Eddie apertou com mais força o volante.

– Que diabo poderia ser?

– Estou na esperança de que você descubra. Se ela contar a alguém, presumo que conte a você.

– Eu vou tentar, Michelle. Farei tudo o que puder.

Ele dirigiu até a casa dela, saltou e a acompanhou até a porta.

– Quando vierem para conversar com mamãe, não deixem de passar em minha casa depois e mostrarei a você e a Sean alguns de meus quadros.

O rosto de Michelle se iluminou.

– Adoraria isso, Eddie, gostaria muito mesmo. Bem, obrigada por uma noite maravilhosa. Fazia muito tempo que não me divertia tanto.

Ele se inclinou numa grande reverência e, quando se levantou de novo, entregou a ela o chapéu emplumado.

– Para a senhora, *milady*. – E acrescentou: – Puxa, nos últimos vinte anos eu não me diverti tanto quanto hoje.

Os dois ficaram parados ali, meio sem jeito, sem olhar um para o outro durante um longo momento e então Eddie estendeu a mão, que ela imediatamente apertou.

– Bem, boa-noite – disse ele.

– Boa-noite, Eddie.

Enquanto ele ia embora com o trailer do cavalo atrás da picape, Michelle ficou parada passando os dedos no chapéu de cavalaria e observando-o se afastar.

Com muito pouca freqüência Michelle se permitia pensar sobre um relacionamento de longa duração com um homem. Primeiro, viera a meta de ser uma atleta olímpica, depois a de ser policial de rua e então, durante a década seguinte, ela trabalhara com afinco para abrir seu caminho em meio às complexidades e dificuldades de ser uma agente do Serviço Secreto. Estas tinham sido as expectativas *dela*, *suas* metas de carreira, e enfrentara cada uma delas sem fazer concessões e as conquistara. Agora, aos trinta e dois anos, tendo se estabelecido numa cidade pequena e iniciado uma nova carreira, haviam começado a se insinuar pensamentos sobre as possibilidades de algo mais, além do trabalho, além de abrir caminho a unhas e dentes até o pináculo de uma nova carreira. Ela nunca, na verdade, se imaginara sendo mãe – embora não tivesse nenhum motivo para crer que não poderia ser uma boa mãe –, mas podia se imaginar como a esposa de alguém.

Olhou fixamente para o redemoinho de poeira que pairava no ar deixado para trás pela picape de Eddie.

E mais uma vez ouviu a advertência de Sean soar em seus ouvidos. Eddie *era* casado, mesmo que fosse infeliz no casamento. E assim, para ela, isto era uma questão encerrada.

Entrou na casa e passou a hora seguinte massacrando com chutes o pesado saco de boxe.

CAPÍTULO

54

ENQUANTO MICHELLE ESTAVA na representação, King recebeu um telefonema de Sylvia Díaz em seu barco residência.

– Sentimos sua falta no funeral e na recepção – disse ele.

– Bem, eu não conhecia os Battle e, é claro, não fui convidada para a recepção. E entrar de penetra numa ocasião como aquela não me pareceu uma idéia muito brilhante.

– Você perdeu alguns acontecimentos interessantes. – Ele explicou sobre Remmy e Lulu Oxley, mas não mencionou ter visto Sally Wainwright junto da sepultura de Junior. Quanto menos pessoas soubessem daquilo por ora, melhor, pensou ele.

– Eu preciso falar com você. Está livre para jantar esta noite? – perguntou ela.

– Você parece estressada. Alguma coisa errada?

– Sean, acho que há alguma coisa muito errada.

Naquela noite, King dirigiu até um restaurante nos arredores de Charlottesville. Sylvia não quisera que se encontrassem em Wrightsburg. Suas respostas enigmáticas para as perguntas dele o haviam deixado cheio de curiosidade. Quando estavam sentados à uma mesa reservada, no fundo do salão, ele não perdeu tempo.

– OK, o que está acontecendo?

Sylvia embarcou no relato de sua descoberta do roubo das drogas controladas por Kyle e de ter visto a mulher misteriosa no Aphrodisiac.

King se recostou na cadeira, perplexo:

– Você não reconheceu a voz dela?

– Não, estava abafada pela porta. Kyle obviamente também não sabia quem era. E ela estava armada, de modo que não quis abusar de minha sorte tentando descobrir.

– Não, você fez a coisa certa. Mil dólares o saquinho; isto deve reduzir a lista.

– Evidentemente uma mulher rica ou com acesso a dinheiro.

– Pensei que fossem apenas as dançarinas que se hospedassem nos quartos.

– Bem, não posso dizer com certeza que *não era* uma das dançarinas – respondeu Sylvia. – Pelo que ouvi, ela fez uma espécie de striptease para ele, embora tenha ficado furioso quando não acabou em relação sexual. Eu me lembro claramente de Kyle gritando com ela por ficar "rebolando a bunda nua" bem na sua frente e depois não querer "dar para ele" ou algo bem vulgar parecido com isso. Eu com certeza jamais notei esta faceta dele no trabalho, graças a Deus.

– De que tipo de drogas estamos falando?

– Remédios para a dor, principalmente, mas muito potentes. Alguns que, se você der um jeito de evitar o componente de liberação controlada ou tomar muitos, podem causar um choque tremendo, por vezes com risco de vida.

– E você a viu sair?

– Creio que era ela, mas não posso dizer que esteja cem por cento certa de que fosse. Se foi, ela saiu num Mercedez-Benz conversível – sabe, um daqueles modelos mais antigos, como carro de colecionador. Não consegui ver o número da placa e não tenho certeza quanto à cor, mas era escuro, talvez verde ou azul escuro. Portanto, se aquela era ela, creio que não era uma das dançarinas. Se fosse, teria simplesmente ficado no clube.

– Apesar disso, devemos conseguir rastrear o carro.

– E o que devo fazer com relação a Kyle?

– Parece-me que é um caso de polícia. Você tem as provas e foi testemunha.

– Você acha que devo confrontá-lo?

– Não! Não temos como saber o que ele poderia fazer. Vou falar com Todd amanhã e ver o que ele acha. Mas é melhor você começar a pensar em encontrar um novo assistente.

Ela assentiu devagar com a cabeça.

– Acho que deveria ter previsto isso. Kyle estava sempre se metendo onde não devia. Eu o apanhei no computador no escritório administrativo outro dia e ele me veio com uma conversa fiada sobre compra de material. Provavelmente estava adulterando o inventário da farmácia enquanto eu estava bem ali.

– Ele evidentemente é um mentiroso rematado e, embora pareça não ser do tipo violento, são exatamente com esses que a gente precisa ter cuidado. Cuidarei disso amanhã de manhã cedo, sem falta.

Ela sorriu para ele.

– É bom ter alguém para cuidar da gente para variar.

King retribuiu o sorriso e olhou ao redor.

– Eles têm uma excelente adega aqui. Você se importa se eu mandar trazer algo de extraordinário para bebermos?

– Como eu disse, é bom ter alguém para cuidar da gente.

– Se a minha memória não me falha, eles têm um Château Ducru-Beaucaillou 1982.

– Ducru-Beaucaillou? Meu francês está meio enferrujado.

– Significa "bela pedra" – disse ele olhando-a bem nos olhos. – Parece apropriado.

As duas horas seguintes se passaram muito depressa e a conversa deixou Kyle de lado e se voltou para questões mais pessoais.

– George e eu costumávamos vir aqui todo ano para comemorar nosso aniversário de casamento – disse Sylvia, enquanto olhava fixamente pela janela para a lua cheia pairando no céu acima deles.

– Um belo lugar para comemorar – comentou King. – Na verdade, eu também trouxe Michelle aqui quando inauguramos a agência.

– Eu estava numa cama de hospital tão sedada que só fui ficar sabendo que ele estava morto uns dois dias depois.

– Por que estava no hospital?

– Tive uma ruptura do divertículo do cólon. George fez a cirurgia em mim. Tornou-se um tanto complicada depois que ele começou a operar, tive uma reação à anestesia e minha pressão sangüínea despencou. Na verdade, isto não é assunto para um jantar.

– Deve ser estressante para um médico operar a própria mulher.

– Aquele tipo de cirurgia era a especialidade dele. Creio que, instintivamente, ele sabia que podia ser um pouco mais complicado do que os exames mostravam e estava certo. George era, de longe, o melhor cirurgião da área; de fato, um dos melhores do país. Eu estava nas melhores mãos possíveis. – Ela subitamente enxugou os olhos com o guardanapo.

King se inclinou e segurou-lhe a mão.

– Eu sei que foi tudo muito doloroso para você, Sylvia. Realmente, sinto muitíssimo que tenha tido que passar por tudo aquilo.

Ela respirou fundo e enxugou os olhos.

– Seria de se imaginar que eu fosse superar isso depois de algum tempo. Vivo dizendo a mim mesma que tudo faz parte da vida. De fato, sempre que faço uma autópsia de uma vítima de assassinato, tento dizer isso. A morte, às vezes uma morte violenta e injusta, faz parte da vida. Sem esta perspectiva não creio que eu pudesse fazer meu trabalho.

Ele levantou o copo num brinde a ela:

– Um trabalho que você faz extraordinariamente bem.

– Obrigada, é bom saber que alguém reconhece o valor do que faço.

Ela olhou para ele timidamente.

– Que foi? – perguntou.

– Eu estava apenas pensando na razão de termos parado de sair juntos.

– Eu estava começando a pensar na mesma coisa.

Ela tocou de leve na mão dele.

– Talvez devamos cuidar disso.

– Talvez devamos – respondeu King.

CAPÍTULO

55

KYLE ESTAVA FURIOSO. TINHA chegado ao quarto de motel na hora exata, batido na porta e ninguém havia respondido. Esperou do lado de fora por mais trinta minutos para ver se ela aparecia. Não apareceu. Então decidiu bater de novo. Talvez ela tivesse pegado no sono. Talvez estivesse drogada e apagada. Tentou girar a maçaneta da porta. Estava trancada! Olhou ao redor. Havia apenas dois outros carros parados no estacionamento e estes estavam bem distantes daquela área do motel. Quando ia entrando em seu jipe, um carro entrou no estacionamento. Kyle observou enquanto um homem grande e gordo e uma mulher pequenina numa saia minúscula e andando meio trôpega em saltos de dez centímetros saltavam e entravam num dos quartos sem olhar para ele. Kyle sacudiu a cabeça; bem, pelo menos um homem iria se dar bem naquela noite. Deu partida no carro e foi embora.

Durante todo o caminho até seu apartamento, pensou em várias maneiras de localizar a mulher e puni-la de maneira cruel por aquela última artimanha. Sobretudo, estava aborrecido por perder o pagamento de cinco mil dólares.

Entrou e parou em sua vaga no estacionamento, bateu a porta do jipe e subiu depressa a escada. Era mais de uma hora da manhã e ele não tinha nada que compensasse o sono perdido. Mas iria à forra. Tinha o que ela queria, mais drogas. Ela não perdia por esperar, viraria o feitiço contra o feiticeiro. Iria ao Aphrodisiac. Se ela trabalhasse lá, descobriria quem era. E se não trabalhasse, iria ao quarto, a confrontaria, fingiria uma retirada e esperaria que ela saísse do clube. Então a seguiria até em casa e descobriria a identidade dela. Com esta informação na mão, poderia fazer pressão de verdade. Se tinha dinheiro para pagar mil dólares por drogas que valiam cinqüenta dólares, ela poderia pagar um bom dinheirinho por seu silêncio.

Quando afinal abriu a porta de seu apartamento, estava com a maior parte do plano elaborada. Começaria a execução no dia seguinte.

Foi até seu quarto de dormir e acendeu a luz. Só que a luz não se acendeu. A droga da lâmpada de novo. Então ele percebeu o movimento na direção onde ficava a cama. Era ela! Aqui em seu apartamento. Estava deitada em sua cama, com apenas um lençol a cobri-la. Mesmo no escuro, ele podia distinguir a echarpe e os óculos que ela sempre usava.

– Que diabo você está fazendo aqui? Esperei no motel durante quase uma hora. – Não ocorreu a Kyle lhe perguntar como sabia onde ele morava.

Em resposta, ela se pôs sentada, deixando o lençol escorregar ligeiramente de seus ombros que estavam nus. Aquilo fez o sangue dele se acelerar e toda sua raiva rapidamente se dissipou. Então ela empurrou o lençol sedutoramente até as coxas que também estavam nuas. Kyle sentiu sua excitação aumentar quando ela fez um gesto para que fosse se juntar a ela na cama.

– Nada de armas desta vez, está bem? – conseguiu gaguejar.

Ela fez que sim com a cabeça e apontou para a escrivaninha contra a parede. Kyle foi até lá e viu o dinheiro espalhado ali.

Quando olhou de volta para ela, tinha se levantado e estava de pé diante dele, o lençol não cobrindo quase nada. Com um gesto rápido da mão, ela fez sinal para que ele fosse para a cama.

Kyle obedeceu sorrindo. Ela andou num círculo atrás dele. Ele se virou para encará-la, de costas para a cama.

O lençol caiu.

A mão dela se ergueu e Kyle gelou. Parecia uma arma o que tinha na mão. Quando ela disparou, ele levantou as mãos, como se para deter a bala.

Os dardos duplos movidos a ar comprimido presos por quatro metros e meio de arame à pistola Taser foram disparados e perfuraram a camisa fina de Kyle. Com um golpe terrível, o choque de cinqüenta mil volts o atingiu bem no meio do peito, muito mais que o suficiente para derrubar um atacante da NFL de cento e trinta quilos quanto mais um técnico de necrotério magricela. A força da corrente elétrica imediatamente paralisou seu sistema nervoso central e ele caiu para trás na cama, onde se enroscou numa posição fetal enquanto seus músculos se contraíam.

Apesar do fato de que ele fosse ficar incapacitado por algum tempo, a mulher avançou depressa para a cama, puxou e liberou os dardos. Guardou a pistola Taser na bolsa, que estava no chão, e enfiou um par de luvas. Em seguida, ela retirou uma seringa.

Kyle observou apavorado enquanto ela virava seu braço paralisado, puxava para cima a manga, amarrava um torniquete de borracha em seu antebraço para interromper o fluxo de sangue nas veias, encontrava uma boa e injetava o conteúdo da seringa nela. Rapidamente, ela desfez o nó e posicionou a seringa e o torniquete na mesinha-de-cabeceira ao lado da cama.

Enquanto Kyle jazia em convulsões na cama, a mulher olhou para ele. O que havia injetado já estava fazendo efeito. Ele estava começando a ter convulsões mais intensas, mas não era o suficiente. Ela pegou o travesseiro, o colocou sobre o rosto dele e pressionou. Dois minutos depois estava tudo acabado. Retirou o travesseiro e olhou de novo para ele. Tentou sentir o pulso e não o encontrou. Kyle estava morto.

Apesar de parecer estar nua, na verdade, ela estava de calcinha e sutiã. Tirou da bolsa um conjunto de calça e casaco tipo agasalho de ginástica e vestiu rapidamente, recolheu o dinheiro, revistou os bolsos de Kyle e encontrou o bilhete que lhe havia escrito. Enfiou o bilhete e a roupa de cama em que havia se enrolado dentro da bolsa. Certificou-se de não ter deixado nada para trás além do torniquete de borracha e da seringa e saiu do prédio.

Enquanto se afastava a toda velocidade do apartamento do homem morto, consolou-se com o fato de que agora tinha um problema a menos com que lidar.

CAPÍTULO

56

King e Michelle foram juntos de carro visitar Remmy na manhã seguinte.

King pôs Michelle a par de sua conversa com Sylvia.

– Falei com Todd mais cedo esta manhã. Ele vai prender o Kyle hoje.

– Alguma idéia de quem seja a mulher misteriosa?

– Creio que a coisa mais fácil a fazer é ir ao clube e perguntar. Se for uma freqüentadora habitual ou trabalhar lá, alguém tem que saber a respeito disso.

Por sua vez, Michelle contou a King sobre a representação.

– Foi impressionante, centenas de pessoas e tanta coisa acontecendo ao mesmo tempo. Quero dizer, havia um caos total, foi como assistir a uma batalha de verdade. Eddie acha que é possível que eles exibam parte do que foi filmado na estação de televisão da PBS local – disse ela.

– Na verdade, já fui a umas duas dessas representações. Uma mulher que eu namorava quando ainda estava no Serviço Secreto tinha um irmão que era um apaixonado. Tinha um museu inteiro de *memorabilia* e objetos da Guerra Civil. Mosquetes, uniformes, espadas e até um kit de amputação.

– Eddie fez um belo trabalho. O homem tem talentos extraordinários, porém, apesar disso, a auto-estima dele está no fundo do poço.

– Bem, o pai dele era um homem difícil de igualar ou vencer.

– Pois é, mas não se pode dizer que ele não tenha conseguido realizar nada na vida. E, apesar de ser um homem tão ligado a atividades físicas, você precisava tê-lo visto quando falou do irmão gêmeo. Na verdade, em certos sentidos, é bem possível que ele seja o mais excepcional de todos os Battle.

King a encarou com uma expressão inquisitiva:

– E você disse que ele a trouxe de volta para casa? Só vocês dois?

– Você quer parar com essas insinuações? Não aconteceu nada e não vai acontecer nada entre nós.

– É bom saber disso, porque a última coisa de que precisamos é de Dorothea ou, Deus nos livre, Remmy Battle com motivos para nos atacar – retrucou King.

Eddie estava à espera deles na porta da frente da mansão.

– Passei a última hora tentando convencê-la a me contar o que havia naquela gaveta secreta e não consegui absolutamente nada – relatou ele.

– Bem, se ela se recusa a contar a você, não creio que conseguiremos dobrá-la – disse King.

– Talvez eu a tenha amaciado um pouco. Ela está no terraço dos fundos e espera vocês. O café está quente; Mason acabou de trazê-lo com alguns biscoitinhos de presunto.

Eddie seguiu para o terraço com eles. Remmy fechou o que parecia ser um diário em que estivera escrevendo. Era um daqueles à moda antiga, com uma fivela e fechadura de lingüeta e tranca na capa. Remmy colocou o diário no bolso interno de seu casaco.

Enquanto King cumprimentava Remmy, Eddie fez um gesto para que Michelle se aproximasse e sussurrou:

– Quando acabarem aqui, venham até meu estúdio; fica bem atrás da casa da antiga cocheira. Tenho uma coisa para mostrar.

Ele foi embora e Michelle se virou e viu o olhar penetrante de Remmy cravado nela.

– Soube que você foi ver Eddie brincar de soldado – disse ela devagar.

Michelle se juntou a eles à mesa. King serviu o café.

– Ele sem dúvida sabe fazer bem aquilo – comentou Michelle. – Eu não tinha idéia de que fosse tão complicado.

– Eddie entrou nisso porque seu pai se interessava por representações. Não creio que na verdade goste tanto.

– Bem, para mim, pareceu que ele realmente adora.

– Bem, as aparências realmente podem ser enganadoras, não é?

As duas mulheres olharam uma para a outra por um tempo desagradavelmente longo.

King, afinal, interrompeu o silêncio.

– Você é uma fazedora de milagres, Remmy.

– De que está falando, exatamente?

– Estou falando da conversão de Lulu, de inimiga em amiga.

Remmy abanou a mão refutando a idéia.

– Eu estava errada e reconheci meu erro. Não interprete isso como se fosse algum grande gesto de benevolência.

– Mas o que a levou a concluir que estava enganada? – perguntou Michelle, enquanto estendia a mão para pegar um biscoito e o café.

Remmy levantou a xícara e tomou um gole antes de responder:

– Eu fiz uma oferta a Junior que ele não podia recusar. Mas ele a recusou. E então foi assassinado. Não é preciso ser um cientista especialista em foguetes para perceber que o caso é muito mais complicado do que eu imaginava.

– Mas ainda assim, Junior poderia ter estado envolvido. De fato, poderia ter sido morto por causa disso – disse King.

Remmy pousou seu olhar severo nele:

– Você não tentou de todas as maneiras me convencer de que ele era inocente? Ou será que estou pensando em outro Sean King?

– Estou apenas fazendo o papel de advogado do diabo.

– Tinha me esquecido, você é advogado. Isso me faz lembrar de por que não suporto esta raça.

– Então fico satisfeito por ter pendurado as chuteiras. Eu não gostaria de tê-la como inimiga.

– Não, você não gostaria – respondeu ela com aspereza.

– Pelo que soube, você ainda está bastante ansiosa para recuperar alguns haveres além de suas jóias e dinheiro.

– Eddie já esteve aqui tentando, Sean – disse Remmy. – E se não quis contar a ele, certamente não vou contar a você.

– É assim tão mau? – perguntou King, em um tom muito sério. – Tão mau que você se arriscaria que mais pessoas fossem assassinadas?

– Eu tenho meus motivos.

– Espero que sejam muitíssimo bons, mas creio que você está sendo não só egoísta, como também imprevidente.

– Não estou habituada a que falem comigo desta maneira – retrucou ela em tom ríspido.

– Costumo ter a tendência de esquecer as boas maneiras durante uma investigação de assassinato. Tenho certeza de que as minhas prioridades estão corretas – replicou ele com firmeza.

– O que havia dentro de meu armário não pode ter nada a ver com ninguém ser assassinado.

– Seu marido e Junior podem ter sido mortos pela mesma pessoa. Se for assim, a única ligação que vejo entre eles é o roubo.

– Não pode ser, não pode ser – disse Remmy teimosamente.

– E você não permitirá que julguemos isso?

– Não, não permitirei – declarou ela imperturbável.

– Está bem, vamos voltar ao motivo pelo qual estamos aqui. Eddie disse que há pessoas por aí dizendo que é possível que você tenha mandado matar Bobby e Junior. Ele diz que isto está arruinando a sua vida.

– Eddie fala demais. Pensei que o tivesse ensinado que a reserva e o estoicismo são duas das maiores qualidades que uma pessoa pode ter.

– Mas não são maiores que o amor – observou Michelle. – E ele a ama.

– Eu sei disso! – retrucou Remmy rispidamente.

– Se ele está preocupado com você, deve haver um motivo – persistiu Michelle.

– Eddie se preocupa demais com as coisas erradas.

– Remmy, não podemos ajudá-la se não confiar em nós – disse King.

– Eu nunca disse que precisava de sua ajuda.

– OK, tudo bem. A propósito, onde você estava quando Junior foi morto?

– Ninguém me disse ainda quando, exatamente, ele foi morto.

Depois que King a informou dos parâmetros de tempo, ela pensou um pouco.

– Eu estava aqui. Na verdade, em meu quarto lendo.

– Alguém pode confirmar isto?

– Eu posso.

Mason estava de pé no umbral da porta.

– Estive na casa até as dez horas naquela noite. A sra. Battle não saiu de seu quarto durante esse período de tempo.

King olhou para ele por um longo momento:

– Obrigado, Mason. – Olhou de volta para Remmy enquanto Mason se retirava. – É agradável ter um empregado tão bom e tão leal, não é? Última pergunta: por que sua aliança de casamento estava na gaveta e não em seu dedo?

Remmy não respondeu de imediato. King a encarou, esperando por uma resposta. Finalmente, ela disse:

– Uma aliança é um símbolo de amor e de compromisso.

– Sim – concordou King, esperando que ela continuasse.

– Você disse que era a sua última pergunta. Tenho certeza de que sabe onde fica a saída.

Do lado de fora, Michelle comentou:

– Sean, você sabe que não foi Remmy quem matou Junior.

– Com certeza. É que vi Mason vindo em direção ao pátio. Queria que nos dissesse onde *ele* estava naquele horário.

– Isso foi um bocado esperto.

– Mais do que imagina, porque ele disse que Remmy não saiu do quarto dela.

– E isso significa?

– Significa que Mason não tem um álibi para o horário em que Junior foi morto.

– Você realmente acha que ele seja um possível suspeito?

– É claro que é, Michelle. É um homem mais velho, mas apesar disso, é grande e forte o suficiente para ter enfrentado Junior. E você reparou que o assassino em momento nenhum falou conosco. Apenas usou o apontador de mira a laser para transmitir suas instruções.

– Porque, se falasse, teríamos reconhecido sua voz?

– Exatamente. E ele mentiu sobre o motivo pelo qual Remmy não estava usando a aliança.

– Por falar nisso, a estóica sra. Battle foi bastante franca em sua resposta. Se não há amor e não há compromisso, não se usa aliança. Contudo, ela continuou casada com o homem.

– Muitos casamentos funcionam assim, infelizmente. Bem, pelo menos ela agora está livre dele.

Eles chegaram ao carro de King.

– Eu vou dar uma caminhada até o estúdio de Eddie – disse Michelle.

– Eu vou procurar Sally e ver se ela não será um pouco mais cooperativa do que sua patroa. Encontro com você na casa de Eddie quando acabar.

– O que acha que Sally vai lhe dizer?

– Estou cansado de ser obstruído pelo silêncio das pessoas envolvidas neste caso – disse ele, pronunciando as palavras em tom incisivo e cortante. – Portanto, é melhor ela ter um raio de uma explicação muito boa para estar rezando diante do túmulo de Junior.

– Sean King, você sabia que fica muito sexy quando fica zangado?

– É o que me dizem – retrucou King, enquanto saía a passadas largas para pôr contra a parede a jovem cavalariça.

CAPÍTULO 57

King viu um cavalo e uma amazona vindo em sua direção. Contudo, era Savannah, não Sally, montada num grande capão com as duas patas dianteiras sarapintadas de branco.

Ela parou ao lado dele e desmontou. Estava de jeans, botas de montaria e uma jaqueta de veludo.

– Belo dia para uma cavalgada – disse ele.

– Posso selar uma montaria para você.

– Faz muito tempo que eu não monto.

– Ora, vamos, é como andar de bicicleta.

Ele apontou para seu paletó e calças formais.

– Francamente, não estou vestido para isso. Que tal deixar para uma próxima ocasião?

– Tudo bem, claro – respondeu ela, visivelmente duvidando de que ele algum dia fosse cumprir a promessa.

– Não estou apenas dando uma desculpa, Savannah. Estou falando sério.

– Tudo bem. Está aqui para ver minha mãe?

– Já estive com ela. Infelizmente, a entrevista foi curta.

Savannah não conseguiu conter um sorriso.

– E está surpreso?

– Não, creio que sou um otimista. – Ele olhou ao redor. – Você viu Sally?

– Ela está no estábulo por ali – respondeu Savannah, apontando por cima do ombro esquerdo de King. – Por quê?

– Só queria saber.

Ela olhou para ele desconfiada, mas depois deu de ombros.

– Obrigada por ter passado aquele tempo comigo depois do enterro.

– Foi um prazer. Eu sei como as coisas devem ter sido difíceis para você.

– Creio que vão ficar mais difíceis ainda. Aquele agente do FBI esteve aqui de novo.

– Chip Bailey? O que ele queria?

– Queria saber onde eu estava quando papai foi morto.

– Esta é uma pergunta bastante rotineira. E o que você disse a ele?

– Que estava em casa, em meu quarto. Ninguém me viu, pelo menos que eu saiba. Acho que peguei no sono, porque não ouvi minha mãe chegar. Nem fiquei sabendo que papai tinha morrido, só descobri na manhã seguinte.

– Fiquei surpreso de que ela não tivesse ido chamar você quando recebeu o telefonema.

– Meu quarto fica no segundo andar, do lado oposto da casa, onde fica o dela. E eu, bem, tenho saído à noite e só voltado bastante tarde. Ela pode ter pensado que eu estivesse fora e nem se dado ao trabalho de verificar.

– Compreendo. Você não deve abusar dessas saídas noturnas; não é bom para a saúde.

– Acho que devo tratar de aproveitar para fazer isso enquanto tenho energia. Ainda tenho muitos anos para me tornar sem graça e entediante.

– Não creio que ninguém descreveria você nesses termos. Já tomou alguma decisão quanto ao futuro?

– Recebi uma proposta de emprego numa companhia petroquímica para ser engenheira de campo. O trabalho é no exterior. Estou pensando nisso.

– Bem, você seria, sem sombra de dúvida, a mais bonita engenheira de campo que eu já vi.

– Se você continuar falando desse jeito, eu poderia pensar que tem intenções mais sérias.

– Não creio que eu pudesse estar à sua altura.

– O senhor poderia se surpreender, sr. King.

Enquanto Savannah se afastava cavalgando, o olhar de King a seguiu. Ele havia se esquecido do talento especial dela: engenharia química. E ela, como muitos dos outros naquele caso bizarro, não tinha álibi para o horário em que seu pai fora morto. E, no entanto, aquela era apenas uma morte e um assassino. O que estaria o outro assassino fazendo agora? Procurando aumentar a sua lista de vítimas?

Ele encontrou Sally no estábulo, limpando as baias.

Ela se apoiou na pá e limpou o suor da testa.

– Pelo que vi, Savannah está montando de novo – disse King.

Ela olhou para a pá.

– Contudo, nunca a vi fazer esta parte do trabalho.

King decidiu ir direto ao ponto:

– Eu vi você no enterro.

– O sr. Battle tinha muitos amigos. É verdade que havia toneladas de pessoas lá.

– Não, eu estava me referindo ao enterro de Junior Deaver.

Sally ficou imóvel.

– Junior Deaver? – disse cautelosamente.

– A menos que você tenha uma irmã gêmea idêntica, estava rezando junto ao túmulo dele.

Sally começou a trabalhar de novo enquanto King a observava.

– Você pode contar para mim ou para o FBI, a escolha é sua.

– Eu não sei do que você está falando, Sean. Por que eu haveria de estar rezando junto ao túmulo de Junior? Como já lhe disse, mal conhecia o homem.

– Foi por isso que vim aqui perguntar a você, porque você evidentemente *o conhecia*, sim senhora.

– Bem, você está enganado.

– Tem certeza de que quer fazer as coisas desta maneira?

– Tenho muito trabalho a fazer hoje.

– Ótimo, a escolha é sua. Você conhece algum bom advogado?

Sally parou de trabalhar com a pá e olhou para ele temerosa.

– Por que eu precisaria de um advogado? Não fiz nada de errado.

King tomou-lhe a pá e a encostou num canto. Então chegou bem perto dela, levando Sally a recuar contra a porteira de uma das baias.

– Permita-me deixar isto tão claro quanto me for possível. Se você tem informações materiais sobre o assassinato de Junior Deaver ou sobre o arrombamento e roubo da casa e, consciente e intencionalmente, deixar de se apresentar às autoridades para comunicá-las, isto é crime passível de punição com pena de prisão. E, se for acusada deste crime, vai precisar de um advogado. Se não tiver um, posso recomendar vários muito bons.

Sally parecia estar a um segundo de explodir em lágrimas.

– Eu não sei de nada, Sean, não sei! – exclamou Sally chorando alto.

– Então não tem absolutamente nada com que se preocupar. Mas se estiver mentindo para mim, poderia ir para a cadeia. – Ele lhe devolveu a pá. – E, embora eles não tenham cavalos por lá, têm muita merda. Da espécie humana – acrescentou.

Ele tirou um de seus cartões de visita do bolso e o enfiou na fita do chapéu dela.

– Portanto, quando pensar bem no assunto e se der conta de que estou certo, ligue para mim. Eu posso ajudar.

Enquanto ele se afastava, Sally tirou o cartão e o examinou, uma expressão de total desamparo em seu semblante.

CAPÍTULO

58

O ESTÚDIO DE EDDIE FICAVA num celeiro de dois andares reformado, nos fundos do terreno da antiga cocheira convertida em casa. Michelle entrou pela porta lateral e chamou em voz alta:

– Eddie?

O lugar havia passado por obras e alterações consideráveis no interior. Havia janelas que se estendiam ao longo do segundo andar e uma clarabóia para dar a iluminação necessária para o artista, mesas de trabalho, cavaletes e baldes com pincéis e outras ferramentas estavam meticulosamente arrumados. Telas grandes e pequenas com trabalhos em vários estágios de acabamento estavam penduradas nas paredes. Os odores de tintas a óleo e de terebentina pairavam pesados no ar. Uma escadaria subia para uma plataforma no segundo andar, onde parecia haver um pequeno quarto sem janelas com uma porta.

– Eddie? – chamou ela de novo, enquanto examinava algumas das obras nas paredes. Os retratos e paisagens eram pintados com atenção meticulosa ao detalhe. Havia uma cena quase terminada de uma batalha da Guerra Civil que, aos olhos admitidamente inexperientes de Michelle, deveria estar exposta em um museu.

Numa outra parede, havia uma quantidade de objetos cuidadosamente pendurados e rotulados. Pareciam ser uma coleção variada do hobby de representação de Eddie.

Ela se virou quando ouviu pés batendo ao subir a escada. Eddie vestia um avental de artista, cuja parte da frente estava manchada de tinta azul, e seu cabelo estava atraentemente despenteado. Debaixo do braço, ele trazia o que parecia ser uma pequena tela. Estava coberta por um pano.

– Oi, eu estava apenas terminando de fazer uma coisa – disse ele.

Michelle apontou para os quadros.

– Não sou nenhuma especialista, mas não esperava ver trabalho desta qualidade.

Ele descartou o elogio dela com um abanar de mão, mas seu sorriso revelava o quanto o havia agradado.

– Tecnicamente, estou entre os bons, creio. Mas os verdadeiros grandes artistas têm alguma coisa – não creio que ninguém possa realmente atribuir-lhe uma grandeza mensurável – que eu não tenho. Mas para mim, tudo bem. Estou feliz com o que de fato tenho e meus clientes também. – Ele pegou o quadro que estava carregando e o colocou num cavalete vazio, mas não o descobriu.

– E então, alguma sorte com mamãe?

– Quando sua mãe não quer fazer alguma coisa, é como tentar mover uma montanha. Mas continuaremos tentando. O que é isso?

Eddie tinha se virado para ela com um largo sorriso.

– OK, feche os olhos.

– O quê?

– Apenas feche os olhos.

Michelle hesitou e, então, fez o que ele pedia.

– Pronto, agora abra.

Quando ela o fez, estava olhando para si mesma, pelo menos uma versão de si mesma na tela, usando o vestido de baile da representação. Michelle se aproximou da tela e a examinou de perto antes de se virar para Eddie com espanto.

– Era por isso que eu queria uma foto Polaróide sua – explicou ele.

– É lindo. Como conseguiu fazer isso tão depressa?

– Trabalhei no quadro a noite inteira. Com a motivação adequada, uma pessoa pode conseguir qualquer coisa. Mas não lhe faz justiça, Michelle, realmente não faz. – Ele o embrulhou com papel pardo e fechou com fita crepe. – Pode levar, é seu.

– Mas por que você me pintou?

– Você passou um dia inteiro me vendo brincar de soldado, era o mínimo que eu podia fazer.

– Eu gostei de assistir; não foi nenhum incômodo.

– Mesmo assim agradeço.

Ela tocou no quadro embrulhado.

– E eu agradeço isto.

Ela lhe deu um abraço e ficou surpresa ao ver como ele a abraçou apertado, com força; como era forte. E ela retribuiu o abraço apertado. Por um longo momento, seus corpos ficaram colados um contra o outro. Ele cheirava a tinta e suor e a alguma outra coisa, algo intensamente masculino. As mãos dela traçaram de leve os músculos duros de suas costas e ombros. Não queria parar de abraçá-lo, mas, finalmente, Michelle se afastou dele, a cabeça e o olhar baixos.

Ele pôs a mão em concha sob o queixo dela e o levantou:

– Olhe, eu sei que isto provavelmente está ficando um pouco constrangedor para você. Não estou me atirando ao seu pescoço nem dando em cima de você. Você ao acordar amanhã não vai encontrar um carro novo na entrada de sua casa. Mas...

– Eddie – começou ela, mas ele levantou a mão.

– Mas só que é tão bom ter uma amiga, é o que estou dizendo, apenas isso.

– Imaginaria que você tem muitos amigos, homens e mulheres.

– Na verdade, sou mais um tipo solitário. Eu pinto e luto em batalhas de faz de conta.

– E faz ambas as coisas extremamente bem – observou ela.

– Sim, faz mesmo – disse uma outra voz.

Eles viraram e observaram King enquanto este entrava.

– Oi, Eddie – disse ele.

Os dois homens trocaram um aperto de mãos enquanto Michelle observava sem graça.

King olhou ao redor para as obras de arte nas paredes.

– Você realmente tem um olho magnífico.

– Tem certeza de que minha mãe não pagou a você para dizer isso?

King olhou para a parede de antiguidades da Guerra Civil.

– Uma coleção interessante.

– É um de meus poucos hobbies. – Ele sorriu para Michelle. – Sabe, Sean, temos que recrutá-lo para as representações. Posso ver você montado num cavalo de batalha numa carga de cavalaria bem diante de uma bateria da União, dormindo com os mosquitos e comendo biscoito de marinheiros até suas artérias explodirem.

King lançou um olhar para Michelle e sorriu.

– No dia em que você vir isso acontecer, vai ser o dia em que o céu vai cair e matar todos nós – disse ele, parafraseando a resposta de Michelle à oferta de Lulu para ser dançarina exótica.

Eddie estava a ponto de dizer alguma coisa quando o celular de King tocou. Ele atendeu, ouviu e então desligou, com o semblante muito preocupado.

– Era Sylvia. Kyle Montgomery foi encontrado morto.

– O quê?! – exclamou Michelle.

– Quem é Kyle Montgomery? – perguntou Eddie, confuso.

– O assistente de Sylvia Díaz – respondeu Michelle. – Ele foi assassinado?

– Sylvia não tem certeza. Disse que por enquanto parece uma overdose, mas não está convencida. Quer que nos encontremos com ela no apartamento de Kyle. Todd também está lá.

Os dois saíram apressados. Michelle gritou por cima do ombro:

– Telefono para você, Eddie. Obrigada.

Enquanto eles saíam do prédio, Eddie olhou para o retrato embrulhado.

– Mas você esqueceu seu quadro. – Eles já estavam fora do alcance de sua voz. Ele deu de ombros com desapontamento e carregou a pintura para o andar de cima.

CAPÍTULO

59

A EQUIPE DE MEDICINA FOREN-se já havia terminado quando eles chegaram ao apartamento de Kyle. Ele ainda estava na cama, os olhos sem vida fixos no teto do apartamento pequenino e úmido.

Sylvia estava olhando para ele quando King a tocou no ombro. Ela se virou e havia lágrimas em seus olhos. Passou a mão nos olhos para enxugá-las e se compôs, assumindo uma postura mais profissional.

– Está tudo bem, Sylvia – disse King. – Vocês não eram grandes amigos, mas eu sei que, apesar disso, é doloroso.

Ela assoou o nariz num lenço de papel e fez sinal para os técnicos ainda à espera.

– Podem levá-lo.

Eles colocaram Kyle numa bolsa plástica sobre uma maca e carregaram-na para fora.

Todd Williams entrou e veio se juntar a eles.

Michelle perguntou:

– Então *foi mesmo* overdose? O que vemos aqui não é mais um assassinato em série?

O chefe sacudiu a cabeça.

– Não havia relógio, nem nada de coleira de cachorro por aqui.

Contudo, King estava olhando para Sylvia.

– Mas no telefone você disse que não tinha certeza de que fosse uma overdose.

– Sem dúvida, encontramos indícios de que fosse – respondeu ela lentamente.

Williams acrescentou:

– Uma seringa, um torniquete de borracha e uma marca de agulha no braço.

Sylvia prosseguiu:

– Precisamos fazer os exames de laboratório em qualquer resíduo na seringa para ver que substância era. Isso levará alguns dias. E farei os exames de toxicologia nos líquidos do corpo, mas não saberemos os resultados destes antes de no mínimo duas semanas.

– Não poderá dizer pela autópsia o que foi injetado nele? – perguntou Williams.

– Sim e não. Se foi heroína, por exemplo, que é um depressor do sistema respiratório, poderia haver um ligeiro peso ou congestão nos pulmões e um muco nas vias aéreas, mas estaria longe de ser conclusivo. O fato é que, se ele morreu de dose excessiva, a autópsia por si só não revelará de que droga foi com certeza. Temos que nos apoiar nos relatórios de toxicologia para isso. Se foi cocaína, o relatório de toxicologia identificará isso. Se foi heroína, 6-monoacetilmorfina, um metabólito da heroína, será encontrado no corpo. Isto é uma prova bastante conclusiva de uma overdose de heroína.

– Talvez tenha sido uma droga de seu consultório.

– É possível, mas, se os testes encontrarem presença de 6-monoacetilmorfina no sangue ou na urina de Kyle mas não acusarem a presença de aspirina ou Tilenol, isto será prova suficiente de que não é um narcótico opiáceo contido em medicamentos controlados o que há no organismo dele.

– Tilenol ou aspirina? – perguntou Williams.

– Sim, porque os opiáceos de prescrição médica quase sempre são combinados com estes medicamentos. O mesmo não é o caso com heroína ou cocaína ou outras drogas vendidas nas ruas.

– Quem o encontrou? – perguntou Michelle.

– Eu encontrei – respondeu Williams. – Depois que você me ligou hoje de manhã, decidi cuidar disso pessoalmente. Vim até aqui com um patrulheiro. Nós batemos na porta. Não houve resposta. O jipe dele estava estacionado na frente do prédio, de maneira que imaginamos que ele estivesse aqui. Ligamos para o telefone do apartamento e para o celular dele, mas não houve resposta. Não tínhamos mandado judicial para entrar, mas a situação era bastante suspeita. Então, procurei o escritório do zelador superintendente do prédio e o convenci a abrir. Foi quando o encontramos.

– A temperatura do corpo e o grau de *rigor mortis* sugerem que ele está morto há menos de doze horas – opinou Sylvia.

King consultou o relógio.

– Em algum momento depois da meia-noite, mais ou menos?

– Sim.

– E ninguém o viu entrar no apartamento ou sair dele? – perguntou King.

– Ainda estamos verificando isso – respondeu Williams.

– OK, nós precisamos encontrar esta mulher misteriosa no Aphrodisiac imediatamente – declarou King.

– Vou até lá hoje mesmo – disse Williams.

– Gostaria de ir com você Todd – disse King. – Poderia deixar para daqui a umas duas horas e nos encontrar lá? Ligaremos para você.

– Creio que não fará mal.

– Quando vai fazer a autópsia, Sylvia? – perguntou Michelle.

– Agora mesmo. Já cancelei todos os pacientes que tinha hoje.

– Agora que Kyle está morto, será que não pode conseguir alguém para ajudá-la? – perguntou King. – Eles poderiam mandar alguém de Richmond ou de Roanoke.

– Mas, sem nenhum aviso prévio, não será imediatamente – respondeu Sylvia.

– Mas, se ele de fato tiver morrido de overdose, não terá importância. Você disse que só teria confirmação dentro de duas semanas – observou Williams.

– Mas poderia haver outros vestígios que estão lentamente desaparecendo enquanto conversamos – retrucou Sylvia com aspereza. – O corpo fala conosco depois da morte, Todd, mas quanto mais esperamos, mais baixa fica a voz.

– Bem, eu ajudarei você – disse Williams. – Tenho que presenciar a autópsia de qualquer maneira. – E acrescentou: – Está se tornando uma porcaria de uma rotina.

Quando estavam todos saindo, King deteve Sylvia:

– Você está bem?

Ela olhou para ele com uma expressão desgostosa.

– Creio que é possível que Kyle tenha cometido suicídio.

– Suicídio! Por quê?

– Ele pode ter suspeitado de que eu tivesse descoberto que estava vendendo drogas.

– Mas se matar, isto é um pouco drástico. E este sujeito me pareceu um covarde. Além disso, não havia nenhum bilhete de suicida.

– Covardes se matam, Sean. Têm medo de enfrentar as conseqüências de seus atos.

– E, não me diga, você está se culpando?

– Se tiver sido suicídio, não posso pensar em nenhum outro motivo exceto minhas suspeitas.

– Isto não é justo com você mesma, Sylvia. Não pediu que o sujeito roubasse drogas.

– Não, mas...

– Antes de ficar se autoflagelando por causa disso, por que não faz a autópsia? Por melhor que seja, não pode predizer o que aconteceu enquanto não a fizer.

– Mas mesmo a autópsia não me dirá se a dose excessiva foi acidental ou intencional.

– Em última instância, a conclusão é a seguinte: foi escolha de Kyle. Você não tinha nenhum controle sobre o que aconteceu. E a vida já é cheia o suficiente de motivos legítimos para culpa sem que precisemos acrescentar a culpa dos outros ao nosso próprio fardo.

Sylvia conseguiu dar uma sombra de sorriso:

– Você é um homem muito sábio.

– Tive muita prática. Principalmente lidando com meus próprios erros idiotas.

– Eu ligo para você assim que acabar a autópsia.

– Sinceramente, espero que esta seja a última que você tenha que fazer por muito tempo.

Quando ele começou a se virar para ir embora, ela disse:

– A noite de ontem foi a mais divertida que vivi em muitos anos.

– Posso dizer o mesmo.

Enquanto King e Michelle se afastavam no carro, Michelle olhou para ele:

– Estou enganada ou você e Sylvia retomaram o romance? – Ele lhe deu um olhar de esguelha, mas não respondeu. – Vamos, Sean, não me venha com aquela conversa fiada habitual de que sou sua parceira mas não sua psicanalista.

– Por que não? Ainda é um argumento válido.

Ela afundou no assento do carro com uma expressão derrotada.

– Tudo bem. Ótimo.

– De qualquer maneira, por que você se importa?

– Eu me importo porque estamos no meio de uma investigação muito complicada de assassinato e não precisamos que o melhor detetive do caso e a *brilhante* médica-legista se deixem distrair por um romance.

– Se eu não soubesse que é improvável, diria que você está com ciúmes.

– Ah, por favor!

– Eu disse que se não soubesse que é improvável. E não se preocupe, agora, primeiro vem o caso, tudo mais fica em segundo lugar. – Ele fez uma pausa e acrescentou: – Eu vi você e Eddie se abraçando.

Ela olhou para ele com raiva.

– Você estava nos espionando!

– Não, eu espiei pela janela quando estava a caminho da porta para ver se vocês estavam lá dentro. Não sabia que vocês dois estavam na maior atracação.

– Isto é tão injusto, Sean. Eu estava apenas agradecendo a ele por um quadro que pintou de mim.

– Ah, ele pintou um retrato seu? Isto deveria deixar bem claras as intenções dele.

– Ele está infeliz.

– E não é problema seu resolver esta infelicidade – retrucou ele. – Portanto, apenas esqueça isso, Michelle. A última coisa que você quer neste momento é ter seu julgamento obscurecido.

Michelle pareceu a ponto de discutir, mas permaneceu em silêncio.

King prosseguiu:

– Ele é um sujeito atraente, divertido e simpático que passou por mais tragédias na vida do que deveria e, para completar isso, está preso a um casamento infeliz. Você não seria a primeira mulher na história a querer ajudar um homem assim.

– Você parece ter bastante experiência em coisas desse tipo.

– O mundo está cheio de *coisas* desse tipo. E nenhum de nós é imune a elas.

– Tudo bem, tudo bem, entendi o recado. E, agora, para onde?

– Vamos visitar Roger Canney. Parece que ele recebeu uma quantia considerável de dinheiro mais ou menos por ocasião da morte da esposa. As origens do dinheiro não são claras.

– Isso é interessante.

– Você não ouviu a parte mais interessante. A falecida sra. Canney tinha um emprego.

– É mesmo? Onde? – perguntou Michelle.

– Nas Empresas Battle. Gostaria de tentar adivinhar para qual dos executivos ela trabalhava?

– Bobby Battle!

– Ganhou o prêmio.

CAPÍTULO

60

NINGUÉM RESPONDEU QUANDO eles bateram na porta da residência Canney.

– Isso é estranho – comentou King. – Eu telefonei avisando que viria. Ele disse que estaria em casa.

Michelle saiu e foi espiar o interior da janela da garagem.

– Bem, há dois carros aqui, um grande BMW e um Range Rover. A menos que ele pague muitíssimo bem à governanta, não creio que sejam dela.

King pôs a mão e empurrou de leve a porta da frente e esta se abriu. Michelle viu isso e imediatamente sacou a arma e foi se juntar de novo a King.

– Eu juro por Deus – sussurrou ela – que, se ele estiver aí dentro morto, com uma coleira de cachorro no pescoço e usando um relógio com o ponteiro marcando seis, vou berrar uma semana inteira.

Eles entraram silenciosa e cautelosamente. A sala da frente estava vazia. Examinaram cada um dos aposentos subseqüentes antes de passar para o seguinte.

Michelle ouviu o barulho primeiro, um som de grunhido, que parecia vir dos fundos da casa. Seguiram depressa naquela direção e olharam ao redor. Não viram ninguém, mas o som se repetiu, desta vez seguido por um ruído ressonante de metal sobre metal.

Michelle gesticulou para uma porta no final do corredor. King assentiu, seguiu adiante e lentamente a empurrou e abriu com o pé enquanto Michelle lhe dava cobertura. King examinou o interior, se retesou e então relaxou. Abriu a porta e fez um gesto para que Michelle se juntasse a ele.

Canney estava sentado de costas para eles, com fones de ouvido e fazendo flexões de perna em sua bem equipada sala de exercícios. King esmurrou a porta, Canney se virou bruscamente e arrancou os fones de ouvido.

– Que diabo vocês estão fazendo aqui? – perguntou.

– Eu liguei esta manhã. O senhor disse que à uma hora estava bom. Já é uma hora. Ninguém atendeu à porta e calhou de estar aberta.

Canney se levantou, pôs de lado o CD player e se enxugou com uma toalha.

– Perdoem-me. Minha governanta está de folga e devo ter perdido a noção do tempo.

– Acontece com todo o mundo – disse King. – Podemos esperar, se quiser se lavar.

– Não, creio que podemos apenas tratar logo disto. Não posso imaginar que vá demorar muito. Vamos nos sentar lá fora. Eu fiz uma limonada.

Eles saíram para um grande jardim nos fundos da casa, que tinha uma piscina de duas raias, um spa e uma pequena construção em estilo cabana bem como o jardim: um projeto paisagístico executado com requinte.

– Que lindo – comentou Michelle.

– Sim, eu adoro ficar por aqui.

– Tudo parece bastante recente – observou King. – E não mora nesta casa há muito tempo, não é? O quê, uns três anos, mais ou menos?

Canney o encarou com um olhar cáustico, enquanto bebia a limonada.

– Como soube?

– Os registros públicos são exatamente isso: públicos. Está aposentado agora. Como contador?

– Vinte anos me pareceram um tempo longo o suficiente para me preocupar com o dinheiro dos outros.

– Bem, agora tem um bocado de dinheiro seu com que se preocupar. Creio que trabalhar com contabilidade paga melhor do que eu imaginava.

– Fiz alguns bons investimentos ao longo dos anos.

– E sua falecida esposa também trabalhava, nas Empresas Battle. Ela era secretária executiva de Bobby Battle, não era? De fato, ela não estava trabalhando lá quando morreu naquele acidente de carro?

– Estava. Isso não é exatamente nenhum segredo.

– Não vi o senhor no enterro de Battle.

– Isso é porque eu não fui.

– O senhor não tinha se mantido em contato com a família?

– Só porque minha esposa trabalhava lá não quer dizer que fôssemos amigos deles.

– Encontrei uma fotografia de sua esposa enquanto fazia minha pesquisa do histórico do caso. Era uma mulher muito bonita; tinha até ganho um desses concursos locais de beleza.

– Megan era extraordinariamente atraente, sim. A direção para onde está conduzindo esta conversa tem por objetivo chegar a algum ponto?

– O ponto é que tive que sair à caça de fotografias de sua esposa porque não existe nenhuma aqui em sua casa. Também não há quaisquer fotos de seu filho.

– O senhor quer dizer nas áreas públicas.

– Não. Quando ninguém veio abrir a porta e descobrimos que estava aberta, pensamos que tivesse acontecido alguma coisa. Sendo assim, fomos de aposento em aposento, inclusive ao seu quarto; não existem quaisquer fotos de sua família.

Canney se levantou, furioso:

– Como se atreve!

King permaneceu impassível.

– Deixe-me ser bem franco com você, Roger: você passou a dispor de um dinheiro considerável mais ou menos três anos atrás, pouco depois que sua esposa morreu, na verdade. Foi quando comprou esta casa. Antes disso, era um contador comum, com uma renda comum e vivendo com algum conforto porque sua esposa também trabalhava. Pessoas desse tipo não se aposentam subitamente *depois* que perdem os rendimentos do cônjuge e compram um imóvel de um milhão de dólares.

– Ela tinha seguro de vida.

– De cinqüenta mil dólares. Eu também verifiquei isso.

– O quê, exatamente, você está insinuando?

– Não estou interessado em insinuações. Preferiria muito saber a verdade.

– Esta entrevista está encerrada. Creio que sabe o caminho da saída, uma vez que já revistou minha casa.

King e Michelle se levantaram.

– Tudo bem, podemos fazer as coisas da maneira difícil.

– E podem fazê-las com Giles Kinney, meu advogado. Ele vai acabar com vocês.

King sorriu:

– Giles não me assusta. Ganho fácil dele no campo de golfe pelo menos uma vez por semana.

CAPÍTULO

61

King e Michelle se encontraram com Todd Williams e dois de seus assistentes no Aphrodisiac e logo estavam no escritório de Lulu, interrogando-a sobre a ocupante do quarto e as visitas de Kyle ao local. De início, ela negou ter conhecimento do assunto, mas, por fim, admitiu que recentemente vira Kyle no clube.

– Mas eu não sei quem é a mulher – disse Lulu. – Ela não trabalha aqui. Disto sei com certeza.

– Que história é esta, agora você entrou para o ramo da caridade, alugando quartos para ricos usuários de drogas? – perguntou Williams com sarcasmo.

– Eu não sabia que nada desse tipo estivesse acontecendo. Ela pagou pelo quarto em dinheiro. Apenas pensei que precisasse de um lugar onde pudesse ficar.

– Ela vinha aqui todas as noites?

– Sinceramente, não mantive nenhum controle. A menos que você vá entrar numa das áreas de espetáculo para ver as garotas ou nos bares, não é necessário mostrar identidade. Aqui, também temos restaurantes e salões de estar e de dança e um centro de negócios. Qualquer um pode entrar em um desses lugares e sair deles. Estamos abertos para o público – acrescentou ela em tom acalorado.

King sacudiu a cabeça:

– Vamos, deixe disso, Lulu, você está me dizendo que quando a mulher apareceu aqui, pela primeira vez, não falou com ela em nenhum momento? Que diabo, então como soube o que ela queria?

– Ela deixou o dinheiro e um bilhete que dizia que queria aquele quarto e somente aquele quarto.

– E o que você fez? Simplesmente deu o quarto a ela sem fazer perguntas?

– É apenas um quarto, Sean! E dinheiro é dinheiro. Não se pode dizer que ela estivesse mantendo alguma atividade criminosa aqui. Ela só vinha à noite. Durante o dia limpávamos o quarto, como fazemos com todos os outros. Nunca havia nada lá. Eu sei que parece um pouco estranho e admito que fiquei curiosa. De fato, logo que ela começou a aparecer, fiquei de olho. Nunca havia qualquer barulho alto ou coisa parecida. Exceto por este tal de Kyle, ninguém nunca a visitava.

– Você a via chegar e sair?

– Às vezes. Mas ela sempre usava uma echarpe, um casaco comprido e óculos.

– E isso não fez você ficar desconfiada? Nunca sequer tentou descobrir quem ela era? Esperar e observá-la sair, de alguma forma tentar identificá-la?

– É claro que fiquei desconfiada, mas não faz o meu gênero ficar me metendo na vida das outras pessoas. Viva e deixe viver é o meu lema. Se ela queria um quarto particular e não queria que ninguém soubesse quem era, pelo menos estava disposta a pagar bem pelo privilégio. E isto é tudo. Não estou aqui para afugentar clientes – acrescentou ela em tom desafiante.

– Bem, Kyle Montgomery está morto, possivelmente assassinado, portanto isto confere um caráter diferente às coisas – disse Williams.

Lulu olhou para ele nervosamente:

– Não sei de nada a respeito disso. Posso assegurar que não foi morto aqui, então não vejo o que este lugar tem a ver com isso.

– Bem, então deixe-me esclarecer para você – disse o chefe de polícia. – Temos uma testemunha que diz que ocorreu uma altercação muito acalorada entre Kyle e esta mulher. Sabemos que ele estava fornecendo para ela drogas controladas que havia roubado do consultório da doutora onde trabalhava.

– Não sei de nada a respeito disso.

Williams prosseguiu:

– Então, eles tiveram uma discussão recentemente e, na noite passada, Kyle morreu.

– Bem, eu não o matei e não sei quem é a mulher.

– Ela veio aqui ontem à noite?

– Não que eu saiba. Pelo menos, eu não a vi.

– Quando foi a última vez em que a viu?

Lulu refletiu.

– Não tenho certeza. Tenho tido outras coisas em que pensar, inclusive um marido para enterrar – retrucou ela em tom áspero.

– Vamos precisar interrogar qualquer pessoa aqui que possa ter visto a mulher.

– Algumas dessas pessoas só devem se apresentar para trabalhar mais tarde.

– Então agora, neste momento, quero ver o quarto e quero interrogar quem *estiver* aqui que possa tê-la visto.

Lulu olhou para ele nervosamente:

– Agora?

– Há algum problema nisso?

– Não, mas algumas das dançarinas do turno da noite ainda estão dormindo.

– Dormindo. São duas e meia da tarde.

– Elas dançam até o amanhecer!

– Está bem, vamos começar com as não dançarinas, mas, enquanto isso, trate de acordar essas garotas e deixá-las prontas para falar conosco. Compreendeu Lulu?

– Compreendi – respondeu ela rapidamente.

Enquanto eles iam saindo, Michelle deu um olhar de relance para trás e viu a mão de Lulu desaparecer dentro de uma gaveta da escrivaninha, exatamente como havia acontecido da última vez que ela e King tinham estado ali.

Depois de saírem, Michelle disse:

– Todd, por que você não reúne as pessoas e começa a interrogá-las? Sean e eu vamos dar uma espiada por aí.

– Boa idéia. Compararemos os resultados depois.

– O que é que há? – perguntou King, depois que o chefe de polícia e seus homens os deixaram.

– Vamos depressa.

Michelle o conduziu para fora e para os fundos do prédio onde ela localizou uma escada que saía do segundo andar. Eles ficaram escondidos atrás de uma lata de lixo e esperaram. Depois de cerca de um minuto, mais ou menos, a paciência deles foi recompensada. Um número considerável de homens. Alguns carregando os casacos sobre o braço, outros com a camisa desabotoada e as fraldas fora da calça, o cabelo desgrenhado, emergiram de uma porta no segundo andar e desceram pela escada externa, embarcaram em seus carros e partiram a toda velocidade.

King e Michelle se entreolharam.

– Parece que o Aphrodisiac vive de acordo com seu nome. Bela descoberta, Michelle – comentou King.

– E a prostituição é uma maneira de aumentar o antigo fluxo de renda – acrescentou Michelle. – E agora, o que fazemos a respeito disso?

– Creio que devemos ter mais uma conversa com Lulu.

– Marido morto e três filhos. Eu sei que é crime, Sean, mas não estou muito entusiasmada com a possibilidade de mandá-la para a cadeia.

– Talvez possamos mostrar a ela seu erro de conduta.

Quando Lulu voltou para o escritório mais tarde, King estava sentado à sua escrivaninha e Michelle de pé ao lado dele.

– O que estão fazendo aqui? – berrou Lulu.

Em resposta, King enfiou a mão dentro da gaveta e pressionou o botão que haviam encontrado.

– Espero que este segundo aviso não confunda as garotas, mas pelo menos todos os clientes já saíram da casa.

O queixo de Lulu caiu, deixando-a boquiaberta de espanto, mas ela se recuperou rapidamente.

– O que está querendo dizer com isto?

– Sente-se, Lulu – disse King em tom muito firme. – Estamos aqui para ajudar. Mas, se você tentar nos enganar mesmo que seja só um bocadinho, simplesmente diremos a Todd para vir aqui e assumir o controle. E então não estará mais em nossas mãos.

Lulu os encarou furiosamente, mas por fim sentou-se, as mãos agitando-se inquietas no colo.

– Se você quiser fumar, fique à vontade; é possível que demoremos um pouco por aqui.

Lulu acendeu o cigarro, tragando a fumaça e pondo-a para fora pelas narinas.

King se recostou na cadeira.

– OK, explique qual é o esquema.

– Não é o que você pensa – disse Lulu.

– Você é inteligente demais para fazê-lo à moda de antigamente, portanto tenho certeza de que tem alguma coisa muito criativa. Estou curioso para ouvir o que é.

Lulu olhou nervosamente para eles:

– Trabalhei duro durante anos para fazer este lugar crescer. Dia e noite até tarde, por vezes ignorando meus filhos e Junior também. Tenho úlceras e o vício de fumar dois maços por dia. É claro, sou a sócia proprietária minoritária, mas realmente sou eu quem comanda o negócio. Meus sócios passam a maior parte do tempo na Flórida. Mas vivem me pressionando para aumentar os lucros para que possam comprar barcos maiores e esposas mais bonitas. Mais, mais e mais – isto é a única coisa que eu escuto.

– Então você descobriu meios de fazer isso com as dançarinas?

– Na verdade, meus sócios é que sugeriram isso. Eu não queria fazer, mas eles insistiram. Disseram que arranjariam outro gerente que faria e que se livrariam de mim. Mas qualquer garota que não quisesse aceitar não era obrigada e ninguém faria perguntas. Eu não arredei o pé quanto a isso. – Ela hesitou e então disse: – Se eu contar a vocês...

– Lulu, como Sean disse, estamos aqui para ajudar você – declarou Michelle.

De repente, ela começou a gritar:

– Por quê? Que importância isso tem para vocês?

King respondeu:

– Porque acreditamos que, basicamente, seja uma boa pessoa e uma mãe com três filhos que precisam de você. Esteve sob uma pressão tremenda e acabou de perder seu marido. O que nos contar não passará daqui, tem a nossa palavra.

Lulu respirou fundo e começou:

– Nenhum dinheiro troca de mãos entre qualquer das garotas e qualquer dos homens. Nós... bem, nós formamos uma espécie de clube. Os sócios pagam uma taxa de inscrição para se associar ao clube e depois uma quantia mensal baseada em... bem, baseada no uso. Registramos nos livros de contabilidade como uso do sistema de contatos de negócios.

– Bem, isto com certeza é uma maneira original de estabelecer contatos. Prossiga – disse King.

– É uma quantia bastante grande, portanto a clientela é limitada e de um certo nível.

– Tradução: homens ricos em busca de ação na cama – comentou King.

– De qualquer maneira, com o título de sócio, eles têm acesso às garotas somente com encontro marcado com antecedência. Os sócios recebem senhas, palavras especiais, para dizer às garotas e elas saibam que está tudo bem. Todos eles usam proteção e não permitimos práticas perigosas. Qualquer um que maltrate uma das garotas é expulso sem possibilidade de volta. Mas nunca tivemos nenhum problema. As dançarinas que participam recebem pagamento adicional.

– Bastante criativo, mas mesmo assim ainda é ilegal, Lulu. Isto poderia fechar a casa e botar você na cadeia.

Lulu acendeu mais um cigarro e parecia prestes a vomitar.

– Eu sei – disse ela com a voz trêmula. – Deus, eu sabia que esse esquema inteiro era burrice.

– E a campainha em seu escritório fica ligada aos quartos, para alertar as garotas e seus clientes quando há um problema, e eles se retiram pela saída dos fundos.

– Isso – admitiu Lulu tristemente. – E tenho pessoas vigiando a entrada para o corredor de tempos em tempos.

– Então como Kyle passou?

– A mulher deixou um bilhete e uma fotografia de Kyle dizendo-me que ele podia passar. – Ela apagou o cigarro. – Há uma coisa que posso lhe dizer. Havia alguém seguindo Kyle na noite em que o vi. Um de meus vigias me contou isso mais tarde.

– Era Sylvia Díaz, a médica para quem Kyle trabalhava.

– O nome é conhecido.

– Ela é a médica-legista local. E, antes que você trocasse de médico, vocês tinham o mesmo ginecologista.

– Eu não troquei de ginecologista.

– Tudo bem, a questão é: ela foi a testemunha que viu Kyle aqui e ouviu a discussão entre ele e a mulher. – Ele fez uma pausa e disse: – Você vai ter que pôr fim a isso, Lulu. A partir de hoje, acabou, ou então tudo vai desmoronar.

– Eu terei que devolver o dinheiro aos homens. Isto é um bocado de dinheiro.

– Não, não terá. Com pleno conhecimento, eles participaram em um esquema ilegal. Diga-lhes que escaparam por um triz hoje e ponto final. Diga-lhes que devolver o dinheiro pode significar que este será rastreado e poderá conduzir de volta a eles, caso haja uma investigação posterior. Tenho certeza de que eles desistirão do dinheiro para evitar o risco. – Ele a encarou incisivamente. – Esta é a sua única saída, Lulu.

Ela afinal assentiu, concordando:

– Vou telefonar para todos eles hoje.

– E fale com seus sócios na Flórida. Deixe claro para eles que o braço longo da lei da Virgínia chega mesmo tão longe ao sul. Se não quiserem perder os barcos e as gatinhas, é melhor parar de pressionar você e se limitar à dança exótica e cerveja, que, tenho certeza, rendem um bom dinheiro.

King se levantou e gesticulou para que Michelle o acompanhasse ao sair.

– E, com Remmy ajudando a cuidar das crianças financeiramente e a terminar a casa, quem sabe você não poderia passar menos tempo aqui e mais tempo em casa. É apenas uma sugestão.

Quando eles iam saindo, Lulu os chamou de volta e disse:

– Olhe, tenho uma enorme dívida de gratidão para com vocês. Tudo o que posso dizer é muito obrigada.

King se virou.

– Eu achei que estava na hora de você ter uma oportunidade. Boa sorte. – Ele e Michelle começaram a sair de novo mas pararam quando Lulu os chamou mais uma vez.

– Tem uma coisa que sei com certeza, é a marca do carro que a tal mulher dirige. Eu o vi uma vez.

– Nós também. Um Mercedes conversível modelo antigo.

– Era mais do que isso. Era um clássico de verdade, um Mercedes 1959 300SL Roadster.

– Como sabe disso? – perguntou Michelle.

– Um de meus sócios é um colecionador de automóveis apaixonado. Tem uma frota dos de luxo em Naples. Ele me ensinou muita coisa. O tal que a mulher dirige é uma beleza. Vale uma pequena fortuna.

King murmurou alguma coisa baixinho para consigo mesmo.

– Lulu, considere paga a sua dívida. Vamos, Michelle. – Ele a agarrou pelo braço e a empurrou porta afora.

– Qual é a pressa? – perguntou Michelle.

– Creio que sei onde encontrar o tal carro.

CAPÍTULO

62

KING ESTACIONOU O LEXUS numa estrada lateral e saltou.

– Teremos que ir a pé a partir daqui. Não quero que ninguém nos veja, se for possível.

– Aonde estamos indo?

– Seja paciente. Você verá logo, logo.

Eles escalaram um portão dos fundos, saltaram e seguiram cautelosamente por uma estradinha de cascalho. Através de uma brecha numa das duas longas fileiras de cercas vivas, com três metros e meio de altura, plantadas em ambos os lados, Michelle viu de relance a casa ao longe e comentou:

– Estamos na propriedade dos Battle. – Enquanto King seguia na direção oposta à da casa, ela disse: – Sean, a casa fica para o outro lado.

– Não é para lá que estou indo.

– Então para onde?

– Para o celeiro reformado onde ficam os carros.

Eles alcançaram a grande estrutura sem ser vistos. King conseguiu arrombar com um pé-de-cabra uma porta lateral e entraram. King avançou cautelosamente pela lateral de cada um dos carros no primeiro andar, espiando por baixo das capas de pano. Quando acabaram com os do primeiro andar, seguiram pela escada para o segundo.

Havia um bom número de carros cobertos ali e King começou a verificar um por um. Ao chegar ao terceiro veículo, ele levantou a capa completamente e a deixou cair no chão. Examinou o nome do modelo do veículo.

– Um 300SL. – Ele se ajoelhou e examinou os pneus, passando a mão pelas ranhuras. Levantou um dedo para que Michelle visse.

– Lama – disse ela. – Mas como alguém poderia sair com este carro e ninguém saber?

– Fácil. Este prédio não é mais usado, como Sally nos disse. E não é visível da casa. E aquela estradinha de cascalho por onde viemos sai direto na estrada lateral. Se ela só dirigir tarde da noite, teria boas probabilidades de que ninguém a visse.

– *Ela*. Então creio que está bem claro quem é nossa *stripper* sensual viciada em drogas.

King se levantou.

– Sim, está. E creio que é melhor irmos ter uma conversa com ela.

– Isso não vai ser agradável.

– Acredite em mim, não saber da verdade ainda é pior.

Eles seguiram na direção da mansão. Antes que chegassem lá, contudo, King fez um desvio, passou pelas estrebarias e atravessou o portão que ligava as propriedades da antiga cocheira à mansão dos Battle.

– Sean, para onde você está indo? Savannah deve estar na Casa Battle.

King a ignorou e continuou andando em passo decidido. Ela se apressou atrás dele. King viu o carro estacionado diante da casa, subiu as escadas correndo e bateu com força na porta da antiga cocheira. Eles logo ouviram o som de passos se aproximando e a porta se abriu.

– O que você quer? – perguntou ela.

– Podemos entrar, Dorothea? – perguntou King. Ele posicionou um pé dentro do vão da porta para o caso de não obter a resposta que queria.

– Por quê? – perguntou ela.

– Kyle Montgomery está morto.

Uma das mãos de Dorothea voou em direção ao peito, então ela deu um passo para trás como se cambaleasse devido a um golpe físico.

– Eu... eu não sei quem é.

– Nós sabemos de tudo, Dorothea. Rastreamos o carro.

– Que carro?

– O 300SL. O carro no estábulo que você usou para ir para o Aphrodisiac.

Ela os encarou, desafiante:

– Estão enganados.

– Estamos perdendo tempo – disse King com impaciência. – Você foi vista saindo do clube, Dorothea. Temos uma testemunha que recentemente viu você entrar no carro e sair de lá por volta das cinco da manhã.

O olhar desafiante de Dorothea começou a se apagar.

– Esta mesma pessoa ouviu você e Kyle discutindo. Você puxou uma arma para ameaçá-lo. Você o ameaçou...

– Eu não ameacei aquele reles... – Dorothea se calou e pareceu que ia desmaiar.

King disse em voz baixa:

– Achei que você gostaria de conversar primeiro conosco, antes de com a polícia. Mas, se não quiser, podemos ir em frente e chamá-los agora.

– Ah, meu Deus – exclamou ela. Em segundos sua aparência externa endurecida simplesmente se desfez em pedaços e as lágrimas escorreram por suas faces. King empurrou a porta e eles entraram.

CAPÍTULO

63

– Eu não o matei, Sean. Não matei.

– Mas estava comprando drogas dele?

– Eu tenho estado sob uma pressão tremenda ultimamente – ela começou a falar devagar. – Tenho tido alguns... reveses financeiros.

– Gastar mil dólares por noite em drogas não é exatamente a maneira de acabar com problemas financeiros.

Ela olhou para ele, atordoada.

– Então você falou com aquele reles catador de lixo!

– Cuidado, não se deve falar mal dos mortos. Conte-me o que aconteceu naquela noite.

– Quanto você sabe?

– O bastante para que, se você começar a mentir, eu saiba que está mentindo e isso não me deixará contente.

– Eu não sei o que deu em mim, sinceramente não sei. Eu sabia que Kyle queria dormir comigo. Não que isto não fosse óbvio. Os homens são tão transparentes...

– Mas você não queria dormir com *ele*?

– É claro que não. Mas eu tinha bebido muito. E havia tomado a decisão de que naquela noite seria a última vez. Exatamente como você disse, drogas não iriam resolver meus problemas. E não eram só os problemas de dinheiro. Era a família... Um casamento com entrada para o clã dos Battle traz consigo muita pressão e estresse.

– Eu até posso compreender que ter Remmy como sogra não deve ser exatamente uma moleza – comentou Michelle secamente.

– Foi um total e absoluto pesadelo. Tudo que eu fazia, vestia, comia, bebia ou dizia era inspecionado. E eles não tinham nenhum tato com relação às críticas. Bobby era muito pior que Remmy. Era um tirano muito duro. E suas bruscas mudanças de humor eram aterradoras. Num minuto estava sorrindo e feliz, no seguinte, berrando e fazendo ameaças. Qualquer um podia ser alvo para ele, até Remmy. Comecei a me tratar com um terapeuta, para tentar enfrentar meus problemas de uma maneira mais construtiva.

– Isto é bom – disse King. – Mas você estava nos falando sobre Kyle.

– Sim. Bem, quando Kyle apareceu com as drogas, eu estava um pouco bêbada e decidi transar com ele. Então, bem, eu... – Ela parou, o rosto se ruborizando. – Foi uma idiotice. Sei disso.

– Nós sabemos a respeito do striptease. Você não precisa entrar em detalhes. Mas puxou uma arma e o ameaçou.

– Ele estava a ponto de me atacar! Eu tinha que me proteger.

– E você exigiu o dinheiro de volta.

– Eu já tinha pago a ele o suficiente. Ele estava roubando as drogas. Sua margem de lucro era de cem por cento. Estava apenas tentando tornar a transação um pouco mais justa para o meu lado.

– Então recuperou o dinheiro?

– Recuperei. Fingi que ia atirar nele e ele saiu correndo. Foi a última vez em que o vi, eu juro.

– Como acabou por se aproximar dele, para começar?

– Eu sabia que trabalhava no consultório de Sylvia, embora nunca tivéssemos tido nenhum contato direto. Tinha ido lá para tratar de um problema nas costas. Os remédios para a dor que ela me receitou se tornaram uma espécie de necessidade, mas, depois que meu tratamento acabou, Sylvia não quis mais me dar receitas. Porém, àquela altura, já estava viciada. Sabia que Sylvia mantinha as drogas que eu queria no consultório. Também já tinha percebido que Kyle era um tipo marginal como pessoa: pronto, disposto e capaz de fazer qualquer coisa por dinheiro. E sabia que drogas controladas de um consultório médico eram muito mais seguras do que qualquer coisa que você pudesse comprar na rua. Além disso, eu não queria de jeito nenhum ter uma ligação com um traficante de drogas de verdade. Escolhi o Aphrodisiac como local de encontro porque tinha almoços e reuniões lá e sabia que eles tinham quartos e que não fariam perguntas.

– E não pensou que Kyle soubesse quem você era? Evidentemente, ele tinha visto você no consultório de Sylvia.

– Eu sempre usei óculos escuros e uma echarpe, mantive as luzes bem baixas e falei muito pouco. E se ele tivesse me reconhecido, tenho certeza de que teria tentado me chantagear.

King olhava atentamente para ela quando disse isso. Dorothea percebeu o olhar dele e empalideceu.

– Eu sei que isto parece realmente ser mau, Sean.

– Dorothea, isto é realmente mau. Eddie sabe de alguma coisa a respeito de tudo isto?

– Não! Por favor, você não pode contar a ele. Não temos o melhor casamento do mundo, mas ainda gosto dele e isto o matará.

– Não posso prometer nada, Dorothea. Agora, quero saber onde você estava ontem à noite.

– Estava aqui.

– Eddie pode corroborar isso? – perguntou Michelle. – Ele voltou cedo da representação.

– Como sabia disso? – perguntou Dorothea.

Michelle pareceu pouco à vontade.

– Eu fui de carro com Chip Bailey para Middleton para ver a batalha. Chip precisou sair cedo e Eddie me deu uma carona de volta. Ele disse que não iria ficar para o segundo dia da representação.

Dorothea a encarou com desconfiança e então disse:

– Bem, ele não estava na casa ontem à noite. Provavelmente estava no estúdio. Às vezes dorme lá.

Michelle começou a dizer alguma coisa, mas resolveu calar-se. King disse:

– Então, você não tem um álibi. A propósito, telefonei para o Jefferson Hotel, em Richmond. Você não se registrou nem ficou hospedada lá em nenhum momento na noite em que Bobby foi morto, como disse que tinha estado. O FBI também já terá descoberto este fato. Estava no Aphrodisiac naquela noite?

– Estava. Kyle me trouxe as drogas por volta das dez horas.

– Irônico.

– O que é?

– Ele era seu álibi para o assassinato de seu sogro, mas agora está morto. Portanto, a menos que alguma outra pessoa no clube a tenha visto, lá se vai seu álibi para aquele assassinato também.

Dorothea pôs as mãos na cabeça e começou a soluçar. Finalmente, Michelle se levantou, foi até a cozinha e voltou com um pano molhado para ela.

– Tenha calma, Dorothea – disse King. – Ainda não houve parecer oficial que estabelecesse que a morte de Kyle foi assassinato. Pode ter sido apenas uma overdose. Ou até mesmo suicídio.

– Eu não posso imaginar aquele homem tirando a própria vida. Pelo pouco que vi dele, estava envolvido demais em cuidar de seus próprios interesses. – Dorothea limpou o rosto com o pano e, então, olhou fixamente para King: – E então, como vamos prosseguir agora?

– Não podemos manter suas ações em segredo.

Os lábios de Dorothea começaram a tremer.

– Imagino que não podia esperar que o fizessem.

– Contudo, a medida do que tem de ser revelado ainda precisa ser determinada.

– Eu não matei Kyle Montgomery nem meu sogro!

– Falando deste último, por que você foi ao hospital naquele dia?

– Isso realmente tem alguma importância agora?

– Poderia ter.

Ela respirou fundo.

– Bobby me prometeu dinheiro, uma parte maior de sua herança. O testamento dele tinha que ser mudado para fazer isso. Ele disse que o faria, mas nunca tinha me dado prova de que o tivesse feito.

– Então você foi até lá para verificar se ele o fizera?

– Ouvi dizer que ele estava desperto e falando. Não sabia se teria uma outra oportunidade. Meus problemas financeiros estariam solucionados, se Bobby tivesse mudado o testamento como disse que faria.

– Não, você quer dizer que estariam solucionados quando ele *morresse* e você de fato recebesse o dinheiro – corrigiu Michelle.

– É isso – disse Dorothea baixinho, enquanto baixava o olhar. – De qualquer maneira, quando cheguei lá ele não estava coerente e tinha voltado para o respirador.

– Eddie sabia desta perspectiva de mudança no testamento?

– Não. Eddie pensa que estamos bem financeiramente. Ele não se preocupa com coisa nenhuma.

– Creio que você está enganada quanto a isso – disse Michelle.

– Por que Bobby mudaria o testamento para favorecer você e Eddie em vez de Remmy? Pelo que ouvi, ele já tinha feito doações para vocês dois.

Dorothea deu um sorriso forçado.

– Será que alguém, algum dia, pode ter dinheiro suficiente? Eu sei que eu não posso. E Bobby tinha tanto do *maldito* dinheiro.

Ele a olhou com firmeza:

– Bobby era um negociador duro. Sendo assim, o que você estava dando em troca, Dorothea?

– Eu preferiria não dizer – respondeu ela finalmente. – Não é algo de que eu me sinta exatamente orgulhosa.

– Na verdade, creio que posso adivinhar. O pequeno show de striptease que você fez para Kyle provavelmente não foi nada em comparação. A propósito, por que você dirigiu um dos carros clássicos da coleção de Bobby para ir ao Aphrodisiac?

Ela olhou para ele com um sorriso triunfante:

– Achei que ele me devia pelo menos isso. E, de qualquer maneira, ele não os dirigia mais.

– Você sabe por quê?

– Imagino que tenha se cansado deles. O grande Bobby Battle era notório por fazer isso. Ficar cansado das coisas e se esquecer delas. – Ela abafou um soluço.

King se levantou e baixou os olhos para ela sem muita simpatia.

– Se a morte de Kyle for considerada um assassinato, a polícia vai querer interrogar você.

– Suponho que agora não tenha mais importância. Não pode ficar muito pior do que já está.

– Ah, não, Dorothea, pode ficar muito pior.

Enquanto iam saindo da casa, Michelle perguntou:

– Como você sabia que era ela? Eu estava certa de que Savannah era a nossa *stripper* viciada em drogas.

– Não, não podia ser ela.

– Por que não? Você se lembra de como ela ficou se exibindo na piscina naquele dia?

– Exatamente. Esta foi a resposta. Sylvia disse que, quando estava no Aphrodisiac, ouviu Kyle dizer que a mulher estava *exibindo* o traseiro nu.

– Sim, e daí?

– Bem, Savannah tem o nome dela tatuado em *seu* traseiro. Se mantivermos todo o resto exatamente igual, duvido que ela o mostrasse a Kyle, se quisesse se manter incógnita. Só existe uma Savannah em Wrightsburg com um *derrière* daqueles.

CAPÍTULO

64

Mais tarde naquele dia, eles receberam um recado de Sylvia de que ela havia acabado a autópsia de Kyle Montgomery. Combinaram de se encontrar no escritório de King. Quando ela apareceu, Todd Williams a acompanhava. Um minuto depois, Chip Bailey parou no estacionamento.

– Eu liguei para ele – explicou Williams. – Achei que precisávamos mantê-lo informado, apesar de o assassinato de Kyle não estar ligado aos assassinatos em série.

– Tem certeza de que não? – perguntou King.

Williams lançou um olhar cortante para King:

– Você está *tentando* me deixar maluco?

Enquanto eles se acomodavam na sala de reuniões, Sylvia abriu sua pasta.

– Como eu disse, não saberemos da causa exata da morte enquanto não recebermos os resultados da toxicologia – começou ela. – Contudo, houve alguns achados incomuns no exame externo que me levaram a crer que a morte dele é suspeita.

– Querendo dizer suicídio por overdose? – perguntou King.

– Não, querendo dizer homicídio. – Ela fez uma pausa e depois começou a falar rápida, mas firmemente: – Kyle não era um usuário de drogas conhecido. Não encontramos em seu apartamento quaisquer outras drogas nem a parafernália que os drogados têm e não havia quaisquer outras marcas de agulha em nenhuma parte de seu corpo.

– Mas você encontrou uma seringa usada com alguma substância dentro e uma marca de agulha no braço dele – comentou Bailey.

– A substância na seringa foi confirmada como sendo heroína. Tudo bem, digamos que Kyle quis se matar. Heroína é uma droga vendida nas ruas, portanto você nunca pode ter certeza da dose que realmente está injetando. E também temos que procurar descobrir saber onde ele a conseguiu. Obviamente, eu não tenho heroína na farmácia.

Williams disse:

– Mas ele teria mais conhecimentos do que um leigo. E a triste verdade é que existem fontes de fornecimento de drogas ilegais em toda parte.

– Mas se você vai se matar, procura acertar logo da primeira vez. Conclusão: heroína não é uma boa escolha para o suicídio. Mas, mais importante, encontrei duas pequenas marcas superficiais de ferimentos por perfuração no centro do peito de Kyle. Não havia percebido as marcas na cena do crime por causa da má iluminação.

– Que tipo de marcas de perfuração? – perguntou Bailey.

– Como minúsculas agulhas posicionadas a menos de dois centímetros e meio uma da outra. É um tipo de ferimento que tem um desenho específico.

– Como o de uma perfuração feita com seringa? – perguntou Michelle.

– Não. E você não usaria uma seringa no peito. Braços e pernas são de longe as melhores localizações para se aplicar uma injeção.

– Bem, o que você acha que é? – perguntou King.

– Já vi um caso como este antes, em Richmond, depois de um tumulto. Um homem teve uma parada cardíaca e morreu depois que a polícia o incapacitou com uma pistola Taser. Uma Taser deixaria marcas gêmeas como a que vi em Kyle, onde os dardos eletrificados penetraram no corpo com impacto.

Bailey concluiu:

– Então alguém atirou nele com a Taser e depois o injetou com uma overdose. Foi por isso que não havia sinais de luta.

– Não posso ter certeza absoluta com relação à Taser, mas ainda há mais. Também encontrei pequenas petéquias e hemorragias nos olhos e na boca.

– Isto é um sinal de asfixia ou de morte por sufocamento – disse Michelle.

– Exatamente. As hemorragias ocorrem enquanto o indivíduo luta para respirar. Agora, não encontrei nenhuma indicação de estrangulamento na autópsia, por isso estou pensando que ele pode ter sido sufocado com um objeto que não deixaria quaisquer vestígios deste tipo, como um travesseiro. E heroína é um depressor do sistema respiratório; a respiração dele já estaria muito superficial e isto teria ajudado a pessoa que tentava matá-lo por sufocamento.

– Então, se ele foi assassinado e a pessoa tentou fazer com que parecesse um suicídio, quem tinha motivo para matá-lo? – perguntou Bailey.

– Bem, a mulher para quem ele estava vendendo drogas no Aphrodisiac, para começar – respondeu Williams. Bailey olhou para ele interrogativamente e o chefe de polícia pôs seu colega a par das informações.

Bailey argumentou:

– Mas se ela conseguiu o dinheiro de volta, por que matá-lo?

– E se Kyle tivesse descoberto quem ela era e estivesse tentando chantageá-la? – sugeriu Sylvia. – Isto seria um excelente motivo para assassinato: o medo de ter sua identidade revelada.

– Portanto, temos que encontrar esta mulher e depressa – disse Williams.

Michelle e King trocaram olhares.

– Nós sabemos quem ela é – disse ele.

Todos olharam para ele com surpresa.

– Bem, que diabo, quem é ela? – perguntou Williams.

– Dorothea Battle. E ela não tem álibi para o horário em que Kyle foi morto.

– Dorothea Battle? – O chefe de polícia se levantou da cadeira. – Por que diabo você não me disse isso imediatamente, Sean?

– Nós acabamos de descobrir. Ela o admitiu para nós.

Williams puxou seu telefone celular.

– Bem, então vamos mandar prendê-la agora.

– Ela está em casa.

– Você quer dizer que espera que esteja. Se ela tiver fugido, vou considerar você responsável.

– Eu não acredito que ela tenha matado Kyle, Todd.

Williams ignorou essa parte e falou ao telefone, ordenando a prisão de Dorothea Battle. Depois de fazê-lo, ele olhou para o investigador particular:

– E em que você baseia esta conclusão?

– Instinto visceral.

– Obrigado, manterei isto em mente.

– Se Dorothea de fato tiver matado este sujeito, poderemos ter três assassinos à solta. O assassino serial, a pessoa que matou Bobby Battle e agora seja lá quem for que matou Montgomery – observou Bailey.

– Ou Dorothea poderia ter matado Bobby – disse Williams. – Ele olhou para King: – Ela disse alguma coisa sobre o motivo de ter ido visitar Battle?

– Dorothea estava com esperanças de que Bobby tivesse alterado seu testamento para deixar-lhe mais dinheiro. Ela disse que foi ao hospital para se certificar de que ele o havia feito. Como se revelou, ele não tinha. Remmy ficou com o dinheiro. Portanto, a morte dele não beneficiou Dorothea.

Michelle interveio:

– Dorothea disse que ele estava incoerente. Mas, e se quando ela o visitou, ele lhe disse que não havia mudado o testamento e, por raiva, ela o tiver envenenado?

King retrucou:

– Não creio que Battle estivesse em condições de responder a qualquer pergunta. Ele estava no respirador artificial assistido, que torna praticamente impossível falar.

Bailey lançou um olhar rápido para King:

– Diante disso, como anda a sua teoria com relação às vítimas terem algum tipo de ligação entre si?

King deu de ombros.

– Ainda estou trabalhando com esta hipótese.

Depois que os outros saíram, King pegou o telefone e fez uma chamada. Poucos momentos depois, contudo, ele pôs o fone no gancho.

– Com quem estava tentando falar? – perguntou Michelle.

– Harry Carrick. Ninguém atendeu. Vou tentar de novo mais tarde. Depois que Dorothea for presa, realmente vai voar merda no ventilador. Harry é amigo de Remmy e eu gostaria de avisá-lo com alguma antecedência. Ele poderia querer ir até lá falar com ela. E Dorothea vai precisar de um advogado.

– Estou me perguntando se não deveria procurar Eddie e avisá-lo.

– É melhor que ele saiba por alguma outra pessoa. Bailey provavelmente vai querer ter a honra de fazê-lo.

– Por que você não contou a Bailey sobre a ligação de Canney com Battle?

– Eu não sei ainda se existe uma ligação de verdade. Gostaria de ter certeza.

– Mas tem suas suspeitas?

– Sim, tenho. E são fortes.

– Quer me contar quais são?

– Meu palpite é de que Steve Canney era filho de Bobby Battle com a sra. Canney. E que Roger Canney fez o velho pagar depois que sua esposa morreu. Isto explicaria seu súbito enriquecimento e o fato de não ter fotografias da esposa adúltera e do filho bastardo.

– Estou surpresa de que ele tenha esperado que ela morresse no acidente de carro antes de começar a chantagear Battle – observou ela.

King olhou fixamente para sua parceira.

– Acidente de carro? – disse devagar.

– Sim, ela tinha bebido e perdeu a direção do carro. Não se lembra?

– Me lembro muito bem, obrigado.

Ela observou a expressão distante no olhar de seu parceiro.

– Você descobriu alguma coisa. Quer me contar?

Ele olhou de relance para ela:

– E se a esposa de Canney não tiver morrido num acidente de carro?

– Mas morreu. Eles a encontraram dentro do carro no fundo de um barranco. Eu disse a você que verifiquei isso com Todd.

– Certo. Ela morreu quando o carro se desgovernou e despencou no barranco. Mas isso não torna o ocorrido necessariamente um acidente, não é?

CAPÍTULO

65

King finalmente conseguiu entrar em contato com Harry e contou a ele o que havia acontecido.

– Vou seguir direto para a casa dos Battle – disse. – Por que você e Michelle não se encontram comigo lá?

Estava na hora do jantar quando todos eles se encontraram na mansão.

Remmy veio recebê-los à porta.

– Mason está fora no momento – explicou ela.

– Já soube? – perguntou King.

– Já. Acho muito difícil que ela consiga se safar desta.

King olhou para a mulher mais velha com surpresa.

– Remmy, eu sei que vocês duas não são as melhores amigas, mas, mesmo assim, ela é casada com seu filho.

– Único motivo pelo qual tenho algum interesse.

– Onde está Eddie?

– Na cidade, falando com os advogados. Dorothea ainda não foi formalmente acusada?

– Eles ainda não têm sequer uma causa da morte determinada de maneira definitiva – explicou Michelle. – Enquanto isso não acontecer, não podem acusá-la.

– Você não imagina que ela tenha matado o homem, não é? – Harry perguntou a Remmy.

Ela o encarou francamente.

– Não, mas também não imaginava que ela estivesse comprando drogas roubadas.

– Existe uma diferença bastante grande entre isso e assassinar alguém – replicou Harry.

Com um gesto, ela os convidou a entrar.

– Por que não continuamos esta conversa *fascinante* durante o jantar?

Savannah veio se juntar a eles na sala de jantar. Vestia uma saia longa, blusa branca, suéter azul-marinho, meias e sapatos fechados de saltinho. O cabelo estava bem penteado e o rosto, modestamente maquiado.

Foi preciso um momento para que King se desse conta do que estava vendo. Então o pensamento lhe ocorreu: a filha estava vestida tal qual a mãe. Lançou um olhar para Michelle. Por sua expressão espantada, ficava claro que estava pensando a mesmíssima coisa.

Harry sentou-se ao lado de Savannah e começou a conversar com ela, enquanto King e Michelle se concentravam em Remmy.

– Dorothea não ganhou virtualmente nada com a morte de Bobby – disse King. – Portanto, não havia nenhum motivo neste caso.

– Motivos não precisam ser simplesmente financeiros – respondeu Remmy, enquanto passava manteiga no pão.

Como o seu motivo para matar seu marido?, pensou King.

– Tem alguma coisa em mente? – perguntou-lhe Michelle.

– Não, estou apenas afirmando o que pensei que fosse um fato evidente.

– Você não tinha idéia de que Dorothea estivesse usando um dos carros de Bobby e alugando um quarto no Aphrodisiac? Ou que ela tivesse um problema com drogas?

Remmy sacudiu a cabeça.

– Mas, por outro lado, não sou a guardiã de minha nora, não é?

– Eu sabia que Dorothea tinha um problema com drogas. – Todos os olhos se voltaram para Savannah.

– Ela mencionou isto para você? – perguntou King.

– Não, mas eu a vi uma vez, imagino que estivesse voltando daquele lugar. Era de manhã bem cedo e eu tinha me levantado para fazer uma caminhada. Ela vinha da direção do antigo celeiro onde ficam os carros. Estava num estado lastimável. Fiquei surpresa até que tivesse conseguido dirigir de volta para casa.

– Você não presumiu apenas que estivesse bêbada? – perguntou Michelle.

– Depois de quatro anos de faculdade, você sabe bem a diferença entre bêbado e drogado.

– Fico tão satisfeita que nosso dinheiro tenha podido lhe pagar uma formação tão inestimável – comentou Remmy com aspereza.

– Você a interrogou a respeito disso, Savannah? – perguntou King.

– Não, não era da minha conta.

– Mas não contou a ninguém, nem ao Eddie?

– Mais uma vez, não era da minha conta. Dorothea e eu não somos íntimas, caso não tenha reparado.

Depois do jantar, Remmy pediu licença, dizendo que tinha algumas cartas para escrever, e deixou Savannah encarregada das despedidas formais. Contudo, King precisava usar o banheiro e pediu a Harry e Michelle que o aguardassem um pouco. Enquanto esperavam que ele voltasse, Harry conduziu Savannah para um canto e começou a conversar com ela em tom confidencial. Quando King voltou, eles despediram-se e saíram.

Harry se desculpou:

– Não tive a intenção de ignorar você, Michelle, mas estou preocupado com Savannah e queria conversar com ela em particular.

– Reparou que ela agora está se vestindo como a mãe? – perguntou King.

– Isto foi uma indicação de que havia algo errado – respondeu Harry diplomaticamente. – Remmy é uma mulher muito intimidadora e imagino que nem uma pessoa independente como Savannah seja imune à sua força de vontade.

– E Remmy escreve muitas cartas, mantém um diário e presumivelmente recebe muitas cartas de amigos – comentou King.

Harry olhou para ele com estranhamento e curiosidade.

– Imagino que sim. Da mesma forma que eu. Isto é importante?

– Enquanto eu estava usando o banheiro, por acaso passei pelo estúdio. Remmy estava lá escrevendo algumas cartas como disse que iria fazer.

– E? – perguntou Michelle.

– A única coisa que tem me incomodado é que ainda não sabemos o que foi tirado dos armários dela e de Bobby. E se tiverem sido cartas ou um diário, alguma coisa desse tipo?

Harry respondeu.

– Isto faria sentido. Mulheres como Remmy com freqüência desejam um lugar seguro para suas cartas confidenciais.

– Cartas que poderiam de alguma forma ser incriminadoras – observou King. – Não num sentido criminoso, mas em termos pessoais. Pelo menos, é algo para termos em mente.

Eles deixaram a casa. Michelle tinha vindo sozinha em seu carro. Ela se despediu de Harry e de King e foi embora. Harry entrou em seu conversível e acenou enquanto se afastava.

King estava entrando em seu carro quando viu o bilhete no banco da frente.

Era curto e direto. "Eu quero conversar. Me encontro com você em sua casa, hoje, às dez da noite." Estava assinado "Sally".

King olhou ao redor mas não viu ninguém. Consultou o relógio. Eram nove horas. Debateu consigo mesmo se deveria ligar para Michelle e dizer-lhe que fosse se encontrar com ele no barco. Depois pensou melhor e decidiu que não. Isso poderia afugentar Sally. Saiu com seu carro. Dentro de uma hora, parte daquele mistério poderia estar esclarecida ou, no mínimo, menos confusa. No momento, para ele, isso bastava.

CAPÍTULO

66

UMA HORA DEPOIS, KING SE encontrou com Sally no final da entrada para carros, a conduziu para além da obra de sua nova casa em construção e desceu a escada até o barco onde morava.

A moça estava visivelmente muito nervosa. Para deixá-la mais à vontade, King disse:

– É a coisa certa a fazer, Sally. Realmente é. E, depois que desabafar e tirar este peso do peito, vai se sentir melhor.

Eles se sentaram à pequena mesa da cozinha enquanto a água do lago lentamente lambia o casco do barco. Ele havia preparado uma xícara de chá quente e agora encarava a moça com expectativa.

– Junior – disse ele finalmente. – Você veio me contar sobre Junior?

Sally deixou escapar um grande suspiro e começou a falar.

– Eu estava com ele quando aconteceu o roubo.

King ficou surpreso.

– Você o ajudou no arrombamento?

– Não! Não na casa Battle. Na casa de Junior, a casa nova que ele estava construindo.

– Então ele não roubou?

– Não poderia. Estivemos lá das oito da noite até quase quatro da manhã. E fica a pelo menos uma hora de carro da casa dos Battle.

– Por que você estava com Junior na casa nova?

Sally tomou um gole de chá e se recostou na cadeira, o rosto enrubescido, as faces molhadas de lágrimas.

– Ah, meu Deus, não consigo acreditar que estou lhe contando isso.

– Sally? Por que você estava com ele? – perguntou King em tom incisivo.

– Tínhamos nos conhecido melhor enquanto ele estava trabalhando na casa dos Battle. Acho que nós... nós estávamos nos sentindo solitários.

– Você estava tendo um caso com Junior?

– Não foi nada disso, não foi assim! – respondeu ela em tom acalorado.

– Então me diga *como foi* – respondeu King em tom calmo.

– Éramos apenas amigos. No princípio. Quero dizer, bem. – Ela descansou a xícara e se inclinou para a frente. – Ele tinha me dito que estaria trabalhando na casa a noite inteira. Que sua esposa estava de folga e que ficaria com as crianças. Eu fui até lá, eu o seduzi, nós tivemos relações sexuais. Pronto. Foi isso. Agora contei.

– *Você* seduziu *Junior*?

Ela pareceu ofendida.

– Nem sempre estou vestida com calças jeans e coberta de bosta de cavalo, Sean. Sei me lavar e me arrumar muito bem. Ele ficou surpreso quando apareci lá, é claro. Mas deixei claro para ele o que eu queria.

– Mas eu pensei que Junior realmente amasse Lulu.

– E ele amava, mas, afinal, era um homem e eu estava vestindo quase nada e minha oferta era um bocado difícil de recusar. Eu apenas queria sexo, sem perguntas nem compromissos. E, pelo que ele me disse, Lulu não vinha lhe dando muita atenção havia bastante tempo. Trabalhava até tarde no clube.

– Então, você encontrou Junior pronto, disposto e capacitado?

– Vamos explicar da seguinte maneira: ele não teria estado fisicamente capaz de praticar o roubo. Que diabo, *eu* mal conseguia andar quando acabou.

King levantou a mão.

– Tudo bem, tudo bem, não preciso de mais detalhes.

Sally esfregou os olhos.

– O negócio é que eu realmente gostava dele. Sei que ele era grandalhão e aparentava ser do tipo durão, mas, na verdade, era um sujeito muito carinhoso por baixo de tudo aquilo.

– Por que você não se apresentou quando Junior foi preso pelo roubo?

– Ele não deixou! Disse que preferia ir para a cadeia a permitir que Lulu descobrisse.

– OK, creio que posso compreender isto. Que mais?

– É só isso. Eu saí de fininho do enterro de Battle para ir dizer um último adeus junto ao túmulo de Junior. Não imaginei que alguém tivesse me visto. – Ela baixou o olhar para a mesa. – Isso tudo vai ter que ser revelado?

– Talvez não, agora que Junior está morto e Remmy convencida da inocência dele. E creio que não há nenhum motivo para destruir a memória que Lulu guarda do marido.

– Ele realmente a amava, Sean; eu fui apenas uma trepada de uma noite, só isso. – Ela acrescentou numa voz bem baixinha: – Acho que é o que sempre sou.

Depois de Sally ter ido embora, King pensou em telefonar para Michelle, mas decidiu esperar até a manhã. Tinha sido um longo dia. Ele foi para a cama.

Do lado de fora do barco-casa, o homem havia observado Sally partir. Tinha usado o dispositivo de escuta que instalara para ouvir a conversa inteira entre os dois. Levantou o olhar para o barco-casa enquanto a última luz era apagada por lá. Esperaria até que Sean King estivesse totalmente adormecido e então iria lhe fazer uma última visita.

CAPÍTULO

67

MICHELLE TINHA DIRIGIDO PARA casa, praticado um pouco de kickboxe na bolsa pesada pendurada em seu porão, guardado algumas peças de roupa lavadas e dado uma limpeza de verdade na cozinha. Depois disso, tomou um banho de chuveiro e estava pensando em ir para a cama, mas sentia-se cada vez mais inquieta. Seus pensamentos retornavam sem cessar para os assassinatos. Haveria alguma coisa que estivessem deixando passar despercebida? King tinha sugerido que a sra. Canney não havia morrido num acidente de carro, que fora assassinada. Se fosse verdade, por quem?

Com a cabeça zunindo, decidiu sair para dar uma volta de carro; aquilo sempre a ajudava a pensar com mais clareza. O caminho que seguiu a fez passar defronte do escritório dela e de King. Estacionou e entrou, imaginando que passaria em revista as volumosas anotações sobre a investigação que mantinha em sua escrivaninha, para ver se alguma coisa lhe dava um estalo.

Quando passou pela pequena recepção do escritório, viu alguns recados telefônicos na mesa da recepcionista de meio expediente. Havia um para King, de um tal Billy Edwards. O nome soava familiar, mas não conseguia situá-lo. O código de área era de Los Angeles. Ainda era bastante cedo por lá, decidiu. Uma das coisas que a aborreciam com relação a trabalhar com King era o seu jeito inacreditavelmente reticente, que preferia guardar suas opiniões para si mesmo, mesmo com o sacrifício de sua parceira. Aquilo podia ser uma chance para ela de ter uma vantagem sobre ele. Telefonou para Edwards. No terceiro toque, o telefonema foi atendido.

– Billy Edwards?

– Exato. Quem fala?

– Michelle Maxwell. Sou sócia de Sean King em Wrightsburg, na Virgínia. Ele lhe telefonou?

– Isso mesmo. Eu estava apenas retornando a chamada.

– Ele está fora no momento e me pediu para responder sua chamada.

– Para mim, tudo bem. Então o que vocês querem saber sobre o tempo em que trabalhei para os Battle?

Naquele instante, o nome se encaixou. Billy Edwards era o mecânico que cuidava da coleção de carros clássicos de Bobby Battle. Tinha sido despedido no dia seguinte à discussão de Bobby e Remmy, a tal que Sally Wainwright ouvira.

– Isso mesmo – disse Michelle rapidamente. – Pelo que soubemos, você foi despedido de maneira muito abrupta.

Edwards deu uma risada.

– Posto para fora com um pé na bunda sem nenhum aviso seria uma descrição melhor.

– Por Bobby Battle?

– O próprio. Ouvi no noticiário que ele tinha morrido. É verdade?

– É. Ele deu algum motivo para dispensar seus serviços?

– Não. Mas não precisava. Não tinha nada a ver com o meu trabalho, eu sei disso. Agora, admito que fiquei furioso com a maneira como foi feito, mas o homem me tratou bem. Pagou-me uma generosa indenização pela demissão e escreveu uma bela de uma carta de referências, que me ajudou a conseguir um outro emprego bastante depressa, em Ohio, trabalhando para um outro sujeito rico dono de uma coleção de carros maior que a de Battle.

– Que bom para você. Agora, pelo que soubemos na noite antes de você ter sido despedido, ele e a sra. Battle tiveram uma discussão no celeiro reformado onde ficam os carros.

– Remmy Battle, puxa vida, esta mulher é um verdadeiro horror. Mas, deixe-me dizer, francamente, aqueles dois eram mesmo feitos um para o outro, como Godzilla batendo cabeça com King Kong.

– Concordo. Mas você sabia de alguma coisa sobre uma discussão?

– Não. Como ficou sabendo disso?

– Receio que não possa lhe dizer, é confidencial.

– Hã-hã. Aposto como foi Sally Wainwright, não foi?

– Por que diz isso?

– Porque ela gostava de ir para lá e ficar por lá sozinha. É claro que às vezes ela ia para lá comigo também – acrescentou ele com uma risadinha. – Ah, sim, passamos bons tempos juntos, eu e Sally.

– Então vocês dois estavam... namorando?

– Não. A gente apenas transava. Ela era bem safada, posso lhe dizer. Se Battle imaginasse o que fazíamos dentro de alguns de seus veículos...

– É mesmo?

– Que diabo, sim. Mas eu não era o único.

– Quem mais?

– Mason ainda está trabalhando lá?

– Está.

– Bem, é isso aí.

Michelle não conseguiu esconder seu espanto.

– Mason estava dormindo com Sally?

– Pelo menos era o que ela dizia. – Ele acrescentou: – Eu nunca vi, pessoalmente, os dois transando. Mas ela é uma garota bonitinha. Eu provavelmente não deveria dizer isso para uma mulher, mas, com todo mundo morando junto na mesma casa, sabe como é, as coisas acontecem. A gente a via circular em trajes reduzidos ou saindo do banheiro enrolada numa toalha pequena, ora, somos apenas humanos. Não estou me desculpando pelo que aconteceu.

– Eu compreendo. Mais alguém?

– Provavelmente, mas não tenho nomes para lhe dizer.

– Sally disse que Bobby tinha acabado de entrar dirigindo o Rolls-Royce quando ele e Remmy começaram a discussão.

– O Rolls? Era uma beleza. Só existem algo em torno de cinco iguais no mundo inteiro. Ele acabou se livrando do carro?

– Aparentemente, ele o fez no dia seguinte.

– Imaginei que o faria.

Michelle se retesou.

– Por que diz isso?

– Na manhã em que fui posto na rua, fui buscar minhas ferramentas e minhas coisas nas cavalariças dos carros. Sempre tive uma paixão por aquele Rolls. Era uma máquina maravilhosa. De qualquer maneira, aquela era a última vez que iria vê-lo. Não havia nenhuma probabilidade de comprar um para mim. – Edwards deu uma gargalhada.

Michelle, contudo, estava tensa como um arco pronto para lançar a flecha.

– E o que você fez?

– Eu queria dar uma última olhada no carro. Tirei a capa e me sentei dentro dele, fazendo de conta que era meu.

– Certo, certo – disse Michelle com impaciência. – Mas por que achava que Battle ia se livrar do carro?

– Porque, quando estava tornando a cobri-lo, reparei que o pára-lama esquerdo da frente tinha uma mossa e um dos faróis fora quebrado. Isto tinha que ter acontecido na noite anterior, porque eu tinha acabado de checar o carro naquela tarde e estava em ordem. Não era um estrago tão grande, na verdade, mas, com um carro como aquele, estamos falando em milhares de dólares em reparos. E não se consegue mais peças para um veículo como aquele. Foi realmente uma pena. Imagino que Battle tenha batido em alguma coisa e que isso o tenha deixado furioso. O sujeito detestava que qualquer coisa estivesse fora de ordem. Costumava aparecer no antigo celeiro e me passar um carão se encontrasse óleo no chão ou uma placa pendurada fora de alinhamento. Provavelmente, ficou doente ao ver o estrago no Rolls. Se ele não pudesse repará-lo para ficar perfeito, iria se livrar dele. Esse era bem o jeito do homem.

– Você alguma vez disse a alguém que o Rolls-Royce havia sido danificado?

– Não. O carro era dele; podia fazer o que quisesse com ele.

– Você se lembra da data exata em que foi danificado?

– Bem, deve ter acontecido na noite antes de eu ser despedido. Como disse, eu tinha checado o carro naquela tarde e não havia nenhuma marca.

– Compreendo. Mas em que data foi isso?

Edwards ficou em silêncio por um instante.

– Foi há mais de três anos, disso eu sei. No outono ou perto do outono. Fiz alguns trabalhos para uma companhia na Carolina do Norte até que o emprego em Ohio apareceu. Talvez setembro. Não, creio que foi em outubro ou talvez novembro. Pelo menos é o que acho – disse ele com menos confiança.

– Não pode ser mais específico?

– Olhe, tenho dificuldade em me lembrar de onde eu estava na semana passada, quanto mais três anos atrás. Andei me mudando uma porção de vezes depois disso.

– Você poderia dar uma olhada em seus recibos de pagamento da época em que trabalhou para os Battle? Ou dos trabalhos na Carolina do Norte ou em Ohio? Isso nos daria uma idéia melhor.

– Minha senhora, eu moro num apartamento de um quarto, em West Hollywood. Não tenho espaço para guardar esse tipo de coisas. Mal tenho espaço para minhas roupas.

– Bem, se você se lembrar, por favor, poderia me ligar?

– Claro, se for importante.

– É muito importante.

Michelle desligou o telefone e foi sentar-se à sua escrivaninha. Há mais de três anos, no outono. Contudo, se *tivesse* sido no outono, teria sido cerca de três anos e meio atrás, uma vez que agora era primavera. De repente, ela se sentou muito ereta. *Espere um minuto*, disse para consigo mesma. *Sally Wainwright provavelmente se lembraria da data exata*. Ela consultou o relógio. Era tarde demais para ligar para ela. Poderiam tentar fazê-lo de manhã. Agora, naquele instante, contudo, queria falar com King e contar o que havia descoberto.

Ligou para o celular dele mas não houve resposta. Deixou um recado. Ele não tinha telefone fixo no barco. Provavelmente estava dormindo. Michelle ficou olhando fixamente para o telefone, ponderando sobre o que deveria fazer. Parte dela dizia: encerre a noite e vá para casa, porém, enquanto olhava para o aparelho, começou a ter um sentimento muito estranho. Sean tinha sono muito leve. Por que não havia atendido? O identificador de chamadas teria mostrado que era ela. A menos que ele não pudesse atender ao telefone! Ela agarrou as chaves e correu para seu carro.

CAPÍTULO

68

SEAN KING SE MEXEU DE UM lado para o outro, na cama, de maneira desconfortável. Enquanto o barco balançava, um pequeno gemido escapou-lhe dos lábios à medida que um incêndio ardia em seu cérebro. Mesmo assim, ele não despertou. Não era um pesadelo que o estava atacando. Seu corpo estava sendo gradualmente privado da capacidade de absorver oxigênio. Ele estava lenta e silenciosamente sendo morto.

Os faróis cortaram a escuridão enquanto Michelle estacionava a Baleia e saltava. Ela avançou rapidamente e desceu a escada que levava ao barco-casa.

– Sean? – gritou Michelle, enquanto esmurrava a porta do barco. – Sean? – Ela olhou ao redor. O carro dele estava estacionado lá em cima. Ele tinha que estar ali. – Sean?

Michelle tentou abrir o trinco da porta. Estava trancada. Deu a volta pelo passadiço e olhou para dentro por uma das janelas laterais. Não conseguiu ver nada. Esmurrou a janela que sabia ser a do quarto onde ele dormia.

– Sean? – Ela pensou ter ouvido um som. Escutou mais atentamente. Era um gemido.

Correu de volta para a porta da frente, que golpeou com o ombro, mas a porta não se moveu. Recuou um pouco e, então, saltou adiante, lançando um poderoso golpe de pé lateral contra a porta, que acertou com uma pancada surda, arrebentou-a e a abriu no ponto onde a tranca se encaixava no umbral. Ela correu para dentro, de pistola em punho. Sentiu um peso imediato nos pulmões, o que aumentou seu nível de pânico. Havia um zumbido vindo de algum lugar e, ao mesmo tempo que avançava correndo pelo interior escuro do barco-casa, sentiu as gavinhas geladas de alguma coisa agarrando-a. Tropeçou em coisas antes de alcançar o interruptor e o aposento escuro se iluminou.

– Sean? Sean? – gritou.

Chegou aonde ele estava e tentou acordá-lo, mas ele não despertava. Ela o arrastou para fora da cama, pela cabine, para fora do barco e para o ar livre. Ele permaneceu caído imóvel no convés, o rosto com um tom vermelho-cereja muito assustador. *Envenenamento por monóxido de carbono.* Ela se debruçou sobre ele, afastou o cabelo do rosto e começou a respiração boca-a-boca.

– Respire, Sean, respire, droga. Respire!

Continuou bombeando ar para dentro dele, dando-lhe cada grama do seu que podia, até começar a se sentir tonta e nauseada. E mesmo assim persistiu.

– Respire. Vamos, Sean, por favor, por favor! Respire para mim, Sean, respire para mim, querido, por favor. Sean, não faça isso comigo. Não faça isso comigo. Vamos, seu canalha, estou pedindo, respire!

Tomou-lhe o pulso, levantou a camiseta e escutou os batimentos cardíacos. Mal conseguia ouvir. Forçou mais ar para dentro dos pulmões dele e, em seguida, parou por preciosos segundos para chamar 911. E então continuou. Estava pronta para começar a fazer ressuscitação cardiopulmonar se ele tivesse uma parada cardíaca. Mas o coração dele ainda estava batendo, ela podia ouvi-lo. Se ao menos os pulmões começassem a fazer o que deviam. Michelle continuou e forçar ar para dentro dele até sentir que ia desmaiar. *Ele parece morto. Ele se foi. Eu falhei.*

– Por favor, Sean, por favor, não faça isso. Não desista. Eu estou aqui, eu estou aqui, Sean. Vamos, você pode fazer isso. Você consegue. – Ela prosseguiu com uma enorme inalação após a outra, resolutamente fazendo com que cada uma descesse pela garganta dele com toda a velocidade possível, com a firme intenção de causar impacto aos pulmões dele, expandi-los, de gritar com o cérebro dele, para dizer que a luta não estava acabada.

Você pode fazer isso, Sean. A sua hora ainda não chegou, droga, a sua hora não chegou. Não me abandone, Sean King. Não faça isso.

Ela praguejou e soprou. Soprou e praguejou, berrando palavras de encorajamento, tentando alcançá-lo onde quer que pudesse estar, em vida, morte ou entre as duas.

Fique comigo, Sean. Fique comigo. Ainda não é a sua hora. Não é a sua hora. Acredite em mim.

E finalmente o quadro começou a mudar. O peito dele começou a subir e descer com mais força e regularidade; a coloração vermelho vivo do rosto começou a clarear. Ela correu e pegou água no barco e passou no rosto dele. Onde estava a ambulância? Eles já deveriam estar ali. Sean estava melhor, mas seu estado poderia mudar a qualquer segundo. E se tivesse sofrido uma grave privação de oxigênio por muito tempo, será que haveria lesão cerebral? Michelle afastou este pensamento preocupante da mente e continuou a cuidar dele.

Quando derramou o último resto de água no rosto de King e se levantou para ir buscar mais, ela olhou para baixo e ficou gelada. O ponto do laser estava bem no meio de seus seios, bem em cima de seu coração.

Ela não hesitou, principalmente porque estava farta de brincar de pegar com um assassino que estava sempre um passo à frente deles. E estava furiosa por tê-lo deixado escapar da última vez, quando Junior morrera. Com uma rapidez estonteante, ela saltou para um lado e no mesmo movimento sacou a pistola e disparou. Esvaziou o pente inteiro, espalhando os tiros por uma área ampla o suficiente para encontrar – com esperança em Deus – aquela pessoa que havia tomado tanto, de tanta gente.

Ela rolou, se levantou agachada atrás da sólida amurada do barco, descarregou o pente vazio e enfiou um novo. Introduziu uma nova carga de disparos na câmara com um rápido deslizar do mecanismo de retrocesso e espiou por cima da amurada. Então ela o ouviu, um som de passos correndo para longe. Estava a ponto de dar perseguição a seu quase assassino, quando King gemeu bem alto. Num instante estava ao lado dele, todos os pensamentos sobre o assassino em fuga esquecidos. King tentava se sentar, sua respiração arquejante saindo em grandes jatos de ar. Um instante depois, ele vomitou violentamente. Michelle molhou um pano na água do lago e limpou o rosto dele e então o tomou nos braços e o abraçou com toda a força que podia.

– Recoste-se, Sean, apóie-se em mim. Está tudo bem, apenas recoste-se. Estou segurando você. – Ela tentou lutar contra as lágrimas, agora, lágrimas de felicidade. Finalmente decidiu apenas deixar que escorressem por suas faces. Teve vontade de berrar de alegria enquanto abraçava o homem contra seu peito.

– O que aconteceu? – perguntou ele com a voz fraca. – Que diabo aconteceu?

– Poupe seu fôlego; a ambulância está a caminho.

Ele concentrou o olhar nela, enquanto Michelle lhe embalava a cabeça em seu colo.

– Você está bem?

Só então Michelle se deu conta de que tinha levado um tiro. Não pela dor, pelo menos não inicialmente; pelo sangue que escorria por seu braço. Tateou e sentiu o buraco na manga da camisa por onde o projétil havia passado. Apenas um arranhão, pensou. Não havia nenhuma bala ali dentro; pelo menos não pensava que houvesse. Rasgou a parte inferior da manga e improvisou uma bandagem para conter a perda de sangue.

– Michelle, *você* está bem? – perguntou King de novo, mais ansioso, embora seus olhos estivessem fechados.

– Nunca estive melhor – mentiu ela.

CAPÍTULO

69

– Alguém bloqueou as saídas de ventilação de seu sistema de aquecimento, Sean – Todd Williams relatou a King e Michelle, mais tarde, no hospital.

– Todos os gases entraram de volta na cabine. Você teve sorte de Michelle ter chegado lá naquela hora.

– Eu quase não cheguei a tempo – disse ela, esfregando o braço ferido que agora estava numa tipóia.

King fez uma careta para ela da cama.

– Você disse que estava bem. Não creio que levar um tiro se qualifique como estar bem – resmungou.

– Foi só um arranhão.

– Não exatamente, Michelle – interveio Sylvia. – Foi na parte interna de seu braço. Mais dois centímetros e poderia ter acertado seu torso e o estrago teria sido muito pior.

Michelle deu de ombros, descartando aquele pronunciamento lúgubre, e perguntou:

– Alguém encontrou a bala ou o atirador?

– Não, nos dois casos – respondeu Williams. – A bala provavelmente está no lago. O atirador, que diabo, quem sabe?

– Bem, pelo menos uma coisa boa resultou disso – declarou King. Todos olharam para ele. – Se o assassino quis se livrar de mim, devemos estar chegando bastante perto.

– Pois bem, não vamos apanhá-lo enquanto eu estiver sentado aqui – observou Williams.

Depois que ele se foi, Sylvia disse para King:

– Você não pode voltar para o barco. Pode ficar hospedado em minha casa; tenho espaço de sobra.

Michelle se levantou e disse com firmeza:

– Ele vai ficar na minha casa. Assim também poderei ficar de olho nele por lá.

King olhou constrangido para as duas mulheres.

– Ela tem razão, Sylvia. Você tem muito o que fazer. Não pode ficar sentada bancando minha ama-seca, embora esteja me sentindo bem.

Michelle sacudiu a cabeça.

– Você ouviu o que o médico disse, Sean. Tem que ir devagar durante alguns dias.

– É isso mesmo – concordou Sylvia. – Eles encheram você de oxigênio e pode ser que se sinta bem no momento, mas seu corpo sofreu um choque e, se abusar, acabará voltando direto para cá. – Ela olhou para Michelle: – Bem, você trate de se cuidar também.

– Pode deixar, obrigada.

Sylvia deu um abraço em King, cochichou alguma coisa no ouvido dele e depois se foi.

– O que ela disse? – perguntou Michelle.

– Não tenho direito a ter segredos?

– Não comigo. Eu acabei de salvar sua vida. E não foi pela primeira vez.

King suspirou.

– Tudo bem. Ela disse para não assustá-la assim de novo.

– Só isso?

– Lamento se está desapontada. Qual é, você esperava que ela me jurasse amor eterno? Um casal precisa trabalhar a relação para isso. No mínimo três refeições, um cinema e uns bons amassos ou pelo menos foi o que me disseram.

– Sabichão. Isso mostra que está melhor.

– Podemos sair daqui agora?

– Eles querem manter você em observação por mais algum tempo.

– Que diabo, tudo o que eu preciso é de um pouco de ar fresco e isso você não consegue em nenhum hospital.

– OK, vou ver o que posso fazer. Podemos dar uma passada em seu barco para você pegar suas coisas.

– Você pode dirigir com este braço?

– Dirigir *e* atirar. Do jeito com que as coisas vão indo, provavelmente precisaremos das duas coisas.

Quando eles iam saindo do estacionamento, uma hora depois, no carro de Michelle, King disse em tom rabugento:

– Bem, pelo menos desta vez não explodiram a minha casa.

– Admiro um homem que consegue achar algum aspecto positivo em todas as situações.

– Agora tenho mais um desafio a enfrentar.

Michelle olhou para ele com uma expressão confusa.

– E qual é?

– Sobreviver na sua casa.

Mal havia começado a clarear do lado de fora, quando Sally Wainwright se levantou da cama para começar seu trabalho. Os cavalos precisavam ser alimentados, montados, exercitados e tratados. As baias tinham que ser limpas e as cilhas de rédeas e selas, reparadas, além de uma legião de outras tarefas que fariam com que as horas passassem correndo. Sempre a primeira a se levantar e, em geral, a primeira a ir para a cama, ela estava se movendo mais lentamente naquela manhã, depois de ter ido se deitar tarde, na noite anterior. Estava com medo do que poderia acontecer depois de sua conversa com Sean King. Entretanto, como ele dissera, fora a coisa certa a fazer. Pelo menos agora todo mundo saberia que Junior tinha sido inocente.

Ela se vestiu e saiu para o ar frio da manhã, os passos ligeiros levando-a rapidamente para os estábulos. Sally se aproximou da baia do primeiro cavalo, um que estava tentando adestrar de acordo com suas obrigações. Perguntou a si mesma por quanto mais tempo iria trabalhar ali. Somente Savannah e Eddie montavam e, diante da possibilidade da partida de Savannah, será que haveria alguma necessidade de cavalos e estábulos? Talvez estivesse na hora de ir embora para outro lugar. Houvera tragédias demais, mortes demais. Ela começou a tremer só de pensar nisso.

A faca serrilhada talhou por completo e sem dificuldade o pescoço de Sally, cortando as artérias carótidas e veias jugulares tão profundamente, de fato, que no caminho fez um corte também em sua coluna cervical ao desenhar o recorte serrilhado em forma crescente da orelha esquerda para a orelha direita. Ela resfolegou, tentou falar, sentiu o sangue descendo em jorros pela frente da blusa, derramando-se muito mais depressa do que era possível para seu corpo repor. Primeiro, ela caiu de joelhos e depois, de cara no chão. O cérebro atordoado de Sally Wainwright teve consciência de que ela fora assassinada um instante antes de morrer.

O assassino usou o ancinho para empurrar Sally e virá-la de barriga para cima. Ela olhava fixamente para cima, mas agora não podia ver a pessoa, é claro. O ancinho desceu direto sobre seu rosto, quebrando-lhe o nariz. Mais um golpe fez afundar uma de suas maçãs do rosto; um terceiro golpe destruiu a órbita do olho esquerdo. Quando, afinal, os golpes pararam de se abater, nem a mãe de Sally teria reconhecido sua própria filha.

O ancinho e a faca foram deixados caídos no chão, ao lado do corpo, enquanto o assassino continuava a andar para lá e para cá e observá-la. Seu semblante tinha uma expressão de fúria, de ódio pela mulher morta. Um momento depois, Sally estava sozinha em sua morte, toda a palha ao redor empapada com seu sangue. O único som era do cavalo enquanto se chocava contra a porta do estábulo, esperando com impaciência por seu cavaleiro para o passeio matinal. Um cavaleiro que não viria.

CAPÍTULO

70

KING SE ACOMODOU NA CAMA no minúsculo quarto de hóspedes do pequeno chalé de Michelle. À medida que o céu clareava, podia ouvir Michelle na cozinha fazendo barulho ao mexer em pratos e utensílios e estremeceu ao pensar em que mistura intragável ela estaria preparando para ele desta vez. Michelle estava sempre tentando convencê-lo a tomar *shakes* vitaminados e a comer barras energéticas com baixos teores de carboidratos, sem carboidratos ou apenas com os carboidratos "certos," jurando que seu corpo iria sentir a mudança miraculosa da noite para o dia.

– Sinceramente não estou com fome – gritou para ela em voz fraca. – Prepare apenas alguma coisa para você, talvez um pedaço de papelão com um pouco de tofu.

A louça continuou a bater e a água a correr e ele ouviu de maneira distinta o som de ovos sendo quebrados e, então, o liqüidificador sendo ligado.

– Ah, meu Deus – gemeu ele e tornou a se recostar contra os travesseiros. *Ovos crus com quem sabe mais o quê.* King decidiu começar a pensar a respeito do caso, para afastar de sua mente o pesadelo gustatório iminente.

Sete mortes começando com Rhonda Tyler e terminando, pelo menos até o presente momento, com Kyle Montgomery. Cinco das mortes, ele acreditava, tinham sido cometidas pelo mesmo assassino. As de Bobby Battle e Kyle não, em sua opinião. Se eles tinham sido mortos pela mesma pessoa, não sabia. E agora sua própria vida quase fora tirada e a de Michelle também. Parecia haver uma abundância de suspeitos em potencial e uma escassez de pistas. A cada estágio, o assassino ou assassinos pareciam estar um passo à frente. Tinham ido falar com Junior, mas o assassino chegara lá antes. Sylvia lhe contara a respeito de Kyle, dos roubos e da mulher no Aphrodisiac. Quando, afinal, haviam começado a investigar aquilo, Kyle também estava morto. Sally viera lhe contar sobre seu encontro sexual com Junior e ele sofrera uma tentativa de assassinato pouco depois.

King se sentou ereto na cama.

Sally!

– Michelle – chamou em voz alta. O bate-bate na cozinha continuava. Ela evidentemente não o ouvira. Ele se levantou e cambaleou até a cozinha. Seu equilíbrio ainda não estava muito bom. Michelle estava diante da pia cortando uma cebola e pondo no liqüidificador, onde no momento um líquido viscoso, verde amarelado, repousava. Ela se virou e o viu.

– O que você está fazendo de pé? – disse em tom de censura.

– Temos que ver como está Sally.

– Sally? Por quê?

– Ela veio me ver ontem à noite com algumas informações importantes. Logo depois que foi embora, eu fui dormir. Foi então que sabotaram meu sistema de aquecimento. – Ele contou a Michelle sobre Sally ter estado com Junior na noite do roubo.

– Bem, isto é o que se pode chamar de uma revelação espantosa. E você está temeroso de que a pessoa que tentou nos matar possa ter visto Sally por lá também?

– Nada me surpreenderia com este sujeito. Ele sempre parece saber de tudo com antecedência.

Michelle limpou as mãos, pegou o celular e ligou para Todd Williams. Transmitiu a mensagem ao chefe e desligou.

– Ele está indo para lá com alguns de seus homens neste momento.

– Talvez devêssemos ir até lá também.

– O único lugar aonde você vai é de volta para a cama.

– Olhe só para você: levou um tiro e ainda está atacando ovos e esfaqueando cebolas.

– Apenas trate de voltar para a cama. Tenho certeza de que Sally está bem. Todd prometeu telefonar.

Com relutância, King obedeceu. Supunha que as probabilidades fossem bastante remotas de alguma coisa ter acontecido com Sally tão rapidamente.

Savannah estava esmurrando a porta da antiga cocheira com tanta força que suas mãos estavam começando a ficar roxas. Dorothea finalmente abriu a porta, vestindo um robe. Savannah quase caiu para dentro da casa.

Dorothea viu o olhar aterrorizado no rosto da outra mulher e disse:

– Meu Deus, Savannah, o que foi?

Ela apontou na direção dos estábulos que ficavam próximos.

– Eu encontrei... eu encontrei Sally. Nos estábulos. Está morta. Com a cabeça esmagada. Ah, meu Deus, ela está morta! – gritou com estridência.

Dorothea olhou ao redor freneticamente, como se o assassino pudesse estar se escondendo no vestíbulo. Subiu as escadas correndo até o quarto, onde Eddie estava dormindo.

– Eddie! Savannah encontrou Sally morta nos estábulos. Eddie!

Deitado, ele continuou imóvel na cama. Dorothea se aproximou.

– Eddie! – Ela o agarrou pelos ombros e o sacudiu com violência. – Eddie, acorde.

Tudo que obteve como retorno foi um pequeno gemido. Tomou o pulso dele. Estava muito fraco, do mesmo modo como sua respiração, assustadoramente fracos. Agarrou um copo de água na mesinha-de-cabeceira e jogou no rosto dele. Isso não adiantou nada. Ela levantou a pálpebra direita dele. A pupila parecia uma cabeça de alfinete. Conhecedora de drogas, Dorothea sabia o que aquilo significava. Pegou o telefone e discou 911, depois desceu as escadas correndo para onde Savannah estava agachada bem ao lado da porta, soluçando. Ela vestia as roupas de equitação, reparou Dorothea, e suas botas tinham deixado manchas de lama por toda parte no vestíbulo.

* *

Todd Williams se levantou de onde estava agachado ao lado do corpo de Sally e assentiu. Sylvia se aproximou para examinar Sally, enquanto a equipe de técnicos de medicina forense procurava vestígios. Chip Bailey estava parado ao lado da porta dupla do estábulo e observava os procedimentos quando Williams veio se juntar a ele.

– Como está Eddie? – perguntou Bailey.

– Ainda inconsciente. Não sei se ele foi envenenado ou o quê. Não sei mais que diabo está acontecendo. O que quero dizer é: quem desejaria matar Sally e Eddie?

– Eu pensei que a garota não tivesse nada a ver com tudo isso.

Sylvia se levantou depois de examinar o corpo por alguns minutos e veio se juntar aos dois policiais.

– A garganta dela foi cortada quase que de orelha a orelha. A perda de sangue foi horrenda. A morte teria ocorrido em mais ou menos um minuto. E então o rosto dela foi golpeado e esmagado até virar uma pasta.

– Então você tem certeza de que a garganta foi cortada primeiro? – perguntou Bailey.

– Tenho. Ela estava morta quando os golpes a atingiram.

– Hora da morte?

– Não mais do que quatro horas mais ou menos. Tomei a temperatura retal e o grau mínimo de *rigor mortis* confirma isso.

Williams consultou o relógio.

– Então foi por volta das cinco e meia desta manhã.

– Parece que sim. Não há sinal de estupro ou de agressão sexual. Quem quer que a tenha matado a golpeou por trás e é destro. O corte na garganta foi executado da esquerda para a direita.

– E Savannah a encontrou? – perguntou Bailey.

– Ela ia sair a cavalo e encontrou o corpo – disse Williams. – Pelo menos, isso é o que acho que ela disse. Estava chorando tanto que, sinceramente, não consegui me certificar.

– E ela foi para a casa na antiga cocheira pedir ajuda? – perguntou Bailey.

– Fica situada mais perto do estábulo do que a mansão ou a casa onde Sally morava – explicou Williams.

– E Dorothea abriu a porta, tentou acordar Eddie e então telefonou pedindo ajuda.

– Exato.

Bailey remoeu as informações.

– Então Dorothea e Eddie estavam na cama juntos. Dorothea estava bem, mas Eddie tinha sido envenenado ou coisa parecida.

– Ainda não tomei um depoimento completo de Dorothea – respondeu Williams.

– Acho que é melhor fazê-lo.

– Não, o que *eu* acho é que é melhor é ligar para Sean e Michelle – respondeu Williams. – Eles telefonaram a respeito de Sally esta manhã, antes que recebêssemos a chamada de Dorothea. Evidentemente, eles sabem de algumas coisas que não sabemos.

CAPÍTULO

71

Enquanto King esperava pela chamada de Williams, Michelle entrou, trazendo uma bandeja equilibrada no braço bom.

Ele franziu o cenho para ela.

– Eu deveria estar servindo você.

– Tome, isto vai lhe fazer bem. – Ela ajeitou a bandeja e apontou para o conteúdo. – Meu famoso *shake* megapoderoso, cereais secos com banana fatiada e, como um pequeno prêmio especial, pão com baixo teor de carboidrato e pasta de abacate.

– Quais são os ingredientes do mega *shake*? Não, deixe para lá, eu não quero saber. – Ele tomou um minúsculo gole do *shake* e rapidamente largou o copo. – Creio que preciso respirar um pouco.

– Isso não é vinho, Sean.

– Não, com toda certeza não é – disse ele com firmeza. Limpou a boca com um guardanapo. – Eu não consegui chegar a perguntar por que você estava vindo para minha casa tão tarde ontem à noite.

– Ah, droga, eu me esqueci completamente. Billy Edwards, o antigo mecânico dos Battle, telefonou de Los Angeles.

King rapidamente se pôs sentado na cama.

– O que ele disse?

Michelle lhe contou sobre o Rolls danificado. Antes mesmo que terminasse, King estava fora da cama e agarrando as roupas.

– O que você está fazendo? – perguntou ela, espantada.

– Tenho que ver uma pessoa e depressa.

– Quem?

– Roger Canney.

* *

Eles chegaram à casa de Canney apenas para descobrir que não havia ninguém. Espiaram pelas janelas escurecidas e tentaram todas as portas, mas estavam trancadas. King reparou que o jornal da manhã estava nos degraus da frente. Estavam parados na entrada para carros quando um homem se aproximou, caminhando com dois grandes cães de caça – ou, melhor dizendo, eles o estavam arrastando.

– Ele não está em casa – gritou o homem, que usava um boné de basquete dos Maryland Terrapins. – Eu o vi sair, ah, por volta de duas horas atrás, quando estava dando minha corrida.

King olhou para o relógio:

– Um bocado cedo.

– Estava com algumas malas que colocou no carro. Imagino que tenha saído de viagem.

– Qual dos carros? O BMW ou o Range Rover? – perguntou Michelle.

– O Range Rover.

– Ele disse para onde ia?

– Não. Saiu daqui tão depressa que quase me atropelou.

Eles agradeceram ao homem, entraram na camionete de Michelle e foram embora.

– Vou telefonar para Todd e pedir a ele que emita um boletim de alerta e detenção para Canney – disse King.

– Sean, o que está acontecendo?

– Pense em como a sra. Canney morreu.

– Estava bêbada e morreu num acidente de carro. Mas você sugeriu que poderia ter sido assassinada.

– Exato. Assassinada e empurrada para o fundo daquele barranco quando seu carro foi atingido por um Rolls-Royce muito pesado dirigido por Bobby Battle. Ambos os acontecimentos ocorreram há cerca de três anos e meio.

– Você está dizendo que Bobby Battle matou a sra. Canney. Por quê?

– E se não tiver sido Roger Canney quem primeiro deu início ao esquema de chantagem contra Battle? Talvez tenha sido a sra. Canney que ameaçou revelar que Battle era o pai de seu filho e Battle não reagiu da maneira como ela tinha imaginado ou ele se cansou de pagar. Então Roger Canney chantageia Battle pela morte de sua esposa.

– Como Roger Canney teria sabido que Battle estava envolvido na morte de sua esposa?

– Canney poderia ter sabido do plano da esposa de chantagear Battle. Ou também é muito possível que ele tenha concebido o plano de chantagem e sua esposa o tenha ajudado a fazer pressão sobre Battle. E então a esposa dele é convenientemente morta? Canney é um sujeito esperto. Mesmo que não tivesse provas concretas do assassinato, saberia somar dois mais dois.

– Então ele confronta Battle, diz a ele que sabe que matou sua esposa *e* que é o pai de Steve e que quer dinheiro para ficar calado.

King assentiu.

– Ao tentar evitar ser chantageado por ter um filho ilegítimo através do assassinato da sra. Canney, ironicamente, Battle pode ter se posto em posição de ser chantageado por assassinato.

– Mas será que Battle não teria se dado conta de que Canney teria que revelar sua cumplicidade no esquema de chantagem se fosse à polícia, afirmando que Battle assassinara sua esposa? Quero dizer, Canney teria que apresentar algum motivo plausível.

– Ele poderia simplesmente usar o fato do filho ilegítimo. Poderia ter afirmado que desconhecia qualquer esquema de chantagem ou a fonte de quaisquer somas recebidas, responsabilizando a esposa morta por isso.

– Sujeito simpático.

– Pois é.

– Parece que nós o assustamos a ponto de fugir.

– Esperemos que não tenha ido muito longe. Precisamos dele para preencher várias lacunas.

Justamente no momento em que King ia ligar para Williams, o chefe de polícia lhe telefonou. King contou a ele o que Sally havia revelado na noite anterior, bem como suas suspeitas sobre Roger Canney e o fato de que o homem havia fugido. Williams tomou as providências para a emissão do alerta geral e a ordem de detenção e em seguida pediu que fossem se encontrar com ele na casa dos Battle. Ele se recusou a dizer por que e a responder a quaisquer perguntas sobre Sally.

King se deixou afundar de volta no assento com uma expressão desesperada. *Ela está morta.*

CAPÍTULO

72

QUANDO ELES CHEGARAM À casa Battle, Williams e Chip Bailey conduziram King e Michelle aos estábulos. No caminho, Williams deu a notícia do assassinato de Sally e do que acontecera com Eddie. King empalideceu e se apoiou com a mão contra uma das estacas da cerca. Michelle enfiou o braço bom sob o dele.

– Agora tenha calma. Não queremos que você desmaie também.

– A faca usada para matar Sally foi tirada da base de madeira das ferramentas do estábulo e deixada na cena do crime – disse-lhes Bailey. – A mesma coisa aconteceu com o ancinho. Sylvia acabou de ir embora, mas disse que a morte teria sido bastante rápida.

– Podemos ver o corpo? – perguntou King.

– A visão não é nada bonita, Sean. Se eu fosse você, não o faria – respondeu Williams.

– Eu preciso ver – retrucou King com firmeza.

Com relutância, Williams os conduziu até o interior e ao lugar onde estava o cadáver de Sally.

– Meu Deus! – exclamou Michelle.

– Parece que o assassino estava furioso com ela por algum motivo – comentou Williams. – Simplesmente continuou a bater e bater em sua cabeça. – Ele olhou para King: – Talvez Sally soubesse de mais do que estava contando.

– Talvez – respondeu King, lentamente, enquanto afastava o olhar com dificuldade. Ficou parado sério e solene do lado de fora dos estábulos e observou enquanto o corpo de Sally era retirado numa bolsa plástica preta.

Quando as portas da ambulância se fecharam com uma pancada seca, ele se virou para Williams.

– Isto foi minha culpa. Eu a obriguei a me contar a verdade e nem sequer pensei que ela pudesse estar em perigo por causa disso.

– Você estava lutando por sua vida, Sean – argumentou Williams. – Na verdade, não teve uma oportunidade de pensar em mais nada.

– Como está Eddie? – perguntou Michelle.

Bailey respondeu.

– Acabei de ligar para o hospital. Disseram que ainda está inconsciente, mas fora de perigo.

– Eles já sabem o que foi?

– Não. Eu ia passar no hospital mais tarde, se quiser venha comigo. Agora, neste momento, pretendo falar com Dorothea de novo. E, depois disso, com Savannah, embora, pelo que ouvi, ela esteja em péssimas condições.

Enquanto iam andando, Williams se virou para King:

– Se este negócio a respeito de Canney se confirmar e render um bom resultado, vou ficar lhe devendo uma. Desta, eu nunca teria desconfiado.

– Isto é apenas uma peça do quebra-cabeça, Todd – respondeu King.

Dorothea veio recebê-los na porta de sua casa. Parecia pálida, abatida e cansada. Enquanto Williams, King e Michelle ofereciam palavras de comiseração, Chip Bailey não foi capaz de nenhuma delicadeza desse tipo. Apenas olhava para ela com uma mescla de raiva e determinação. Eles evitaram pisar nas partes sujas de lama na entrada e seguiram para a sala de visitas.

– A que horas você e Eddie foram se deitar? – perguntou Williams.

– Por volta de meia-noite e meia. Ele tinha estado fora, no estúdio, trabalhando. Mas nós não fomos dormir a essa hora. Só fomos dormir cerca de uma hora mais tarde. – Ela sorriu de maneira um tanto constrangida. – Não pensei que a possibilidade de estar implicada num assassinato pudesse fazer tão bem para nossa vida sexual. Mas Eddie tem sido maravilhoso durante toda esta provação.

– É difícil encontrar um bom homem em momentos de dificuldade – comentou Michelle em tom tenso.

– Estou começando a me dar conta disso – respondeu ela com surpreendente sinceridade.

Bailey interrompeu a conversa.

– Ele foi drogado, Dorothea. Falei com os médicos no hospital e eles disseram que ele estava sob a influência de algum tipo de narcótico muito poderoso.

Ela subitamente pareceu assustada.

– Isto é o que não consigo compreender. Eu... eu tenho que dizer que quando Savannah começou a bater em nossa porta, eu acordei completamente grogue. E ainda não me sinto de todo recuperada.

Bailey olhou para ela desconfiado e disse:

– Você não falou nada a respeito disso quando estivemos aqui de manhã.

Dorothea respondeu rapidamente.

– Tudo estava acontecendo tão depressa. Savannah estava fora de si, Sally estava morta e eu não conseguia acordar Eddie. Deus do céu, parecia tudo um pesadelo.

– A que horas Savannah bateu à sua porta? – perguntou Bailey.

– Um pouco depois das oito. Eu me lembro de ter olhado no relógio do vestíbulo.

– O que Eddie comeu ou bebeu ontem à noite?

– Nós jantamos, nada fora do comum. Tomamos um pouco de vinho depois do jantar e então ele foi para o estúdio para pintar e eu trabalhei em minha papelada em meu escritório aqui em casa.

– Podemos ver as sobras do jantar e da garrafa de vinho? – perguntou Bailey.

– Não sobrou nada. Acho que a garrafa está por aqui em algum lugar.

– Agradeceria se você pudesse me mostrar onde, antes de eu ir embora – retrucou Bailey.

As feições dela tornaram-se desafiadoras.

– O que, exatamente, está tentando provar?

Ele a encarou friamente.

– De alguma maneira, alguém fez com que Eddie ingerisse alguma coisa que o derrubou tão completamente que ainda não está de todo recuperado. Tinha que ter sido administrado de alguma forma.

– Bem, eu não tenho idéia de como isso foi feito – respondeu ela em tom irritado.

– Isto não é problema, é minha função descobrir como – disse Bailey. – As drogas que você comprou de Kyle: ainda tem alguma delas por aqui?

– Eu... eu não tenho certeza. Posso procurar.

– Não. Vou lhe dizer o que vou fazer: vou mandar revistar sua casa. Tem algum problema quanto a isso?

Dorothea se levantou com as pernas trêmulas.

– Creio que deveria primeiro falar com meu advogado.

Bailey também se levantou.

– Ótimo. Faça isso. Nesse meio-tempo, vou conseguir um mandado de busca. Vou designar um de meus agentes para montar guarda do lado de fora da casa, apenas para o caso de alguma coisa importante decidir sair daqui. Podemos verificar os ralos, e você tem uma fossa séptica, portanto poderemos encontrar qualquer coisa que seja jogada na latrina.

– Suas insinuações são ridículas – exclamou ela. – Eu não matei Sally nem droguei meu marido.

– É uma pena para você que não tenhamos uma causa de morte definitiva para Kyle Montgomery. Se tivéssemos, você poderia estar na cadeia agora. Isto teria sido um bom álibi para você.

Bailey saiu da sala, enquanto Dorothea olhava para King com uma expressão digna de pena.

– Sean, o que está acontecendo? – Ele avançou rapidamente e a segurou antes que ela fosse ao chão. King a deitou no sofá.

Ele se virou para Michelle:

– Me arranje um pouco de água.

Michelle saiu apressada e King olhou de volta para Dorothea. Ela agarrou o braço dele.

– Deus, estou me sentindo muito mal. Minha cabeça parece que vai estourar e meu estômago está embrulhado.

– Vou pedir a Mason que venha para cá cuidar de você.

Ela apertou o braço dele com mais força ainda.

– Eu não fiz nada, Sean. Você tem que acreditar nisso.

Michelle voltou com a água e Dorothea bebeu.

– Você acredita em mim, não acredita? – perguntou ela suplicante.

– Deixe-me explicar da seguinte maneira: eu acredito em você na mesma medida em que acredito em qualquer pessoa no presente momento.

Quando King, Michelle e Williams saíram da casa, avistaram Bailey falando com um de seus homens e apontando para a casa. Foram até junto dele.

– Você certamente não deu nenhuma folga a Dorothea, Chip – comentou Williams.

– Que eu tivesse conhecimento, ela não merecia nenhuma – rebateu o agente do FBI.

– Esta manhã foi um bocado traumatizante para ela, na verdade, todos esses últimos dias.

– Por que eu haveria de sentir pena da mulher se tudo é obra dela mesma?

– Você acha que ela drogou o marido, depois saiu às escondidas e matou Sally? – perguntou King.

– Creio que é inteiramente possível que ela tenha drogado Eddie e que uma outra pessoa tenha matado Sally enquanto Eddie estava inconsciente. Os estábulos ficam perto o suficiente da antiga cocheira para que, se tivesse havido luta ou se Sally tivesse conseguido gritar, Eddie pudesse ter ouvido e ido socorrê-la. Com ele drogado, isto não podia acontecer.

– E de quem você acha que Dorothea foi cúmplice em tudo isso?

– Se eu soubesse, provavelmente poderíamos todos ir para casa.

– E o motivo para matar Sally?

– Ela sabia de mais coisas do que contou a qualquer pessoa, inclusive a você. Sally disse que era o álibi de Junior. Bem, temos apenas a palavra dela quanto a isso, porque ela só se apresentou depois que Junior estava morto. Ele não pôde corroborar. Agora, suponhamos que ela *não estivesse* com ele na noite do arrombamento e roubo? Suponhamos que estivesse ajudando alguém a arrombar a mansão ou fazendo isso ela mesma?

– Se foi assim, por que ela iria aparecer com essa história sobre estar com Junior? – perguntou Williams.

King respondeu:

– Porque isso dá a *ela* um álibi para o roubo.

– Exatamente – disse Bailey, fuzilando Williams com um olhar triunfante.

– Esta na verdade não é uma má teoria, Chip – observou King.

– Obrigado. Eu tenho meus momentos. – Ele entrou em seu carro e se foi.

CAPÍTULO

73

EDDIE FINALMENTE COMEÇOU A recuperar os sentidos por volta das três horas daquela tarde.

Williams, Bailey, King e Michelle tinham se reunido em seu quarto, no hospital. Eddie levantou o olhar para eles de sua cama, muito pálido, trêmulo e desgrenhado. Remmy estava sentada ao lado do filho, segurando-lhe a mão num aperto firme e esfregando sua testa com um pano úmido.

– Meu Deus, Eddie, nunca mais me dê um susto desses.

– Não foi exatamente essa minha idéia – respondeu ele com uma voz muito cansada.

– De que você se lembra sobre ontem à noite? – perguntou King.

– Dorothea e eu jantamos, durante o jantar conversamos sobre, sabe como é, os últimos acontecimentos. Eu tinha estado com o advogado durante algum tempo antes disso.

– Por que ela não foi ver o advogado com você? – perguntou Michelle.

– Eu queria que viesse, mas ela não quis. Por mais louco que pareça, creio que ela acredita que, se ignorar tudo isso, o problema vai desaparecer. De qualquer maneira, depois do jantar fui para meu estúdio, para desanuviar as idéias de tudo aquilo. – Ele lançou um olhar de esguelha para Michelle antes de continuar. – Por volta da meia-noite, mais ou menos, fui para casa e subi para ir me deitar. Dorothea ainda estava acordada. Na verdade, ela estava *muito* acordada, se compreendem o que quero dizer – acrescentou ele, visivelmente constrangido.

Remmy fungou.

– É inacreditável para mim diante das circunstâncias, mas desisti de tentar compreender sua esposa há muitos anos.

– Fui eu tanto quanto ela, sabe? – ele retrucou com aspereza para a mãe. O olhar dele, contudo, permaneceu cravado em Michelle. – Creio que, de certa forma, foi uma manifestação do seguinte raciocínio: certo ou errado, esta é minha casa. Mas admito que o momento escolhido foi estranho.

– O que aconteceu depois disso? – indagou King.

– Eu dormi. Quero dizer, acho que realmente peguei no sono. A coisa seguinte que eu sei é que acordo e estou no hospital. Que diabo foi isso?

– Os médicos disseram que foi sulfato de morfina, também conhecido como SM Contin – respondeu Williams. – Garantia de deixar você nocauteado durante oito, nove horas ou mais.

– Mas por quê? – perguntou Eddie. – Que objetivo se alcançou com isso?

King olhou para Williams:

– Você não contou para ele?

– Não me contou o quê? – perguntou Eddie.

Williams baixou o olhar para ele.

– Sally Wainwright foi assassinada por volta das cinco e meia esta manhã.

Eddie se sentou na cama tão depressa que quase arrancou o cateter intravenoso.

– Quê! – berrou ele. – Sally?

– Eddie! – exclamou sua mãe enquanto o empurrava de volta para baixo. – Você vai se machucar.

Eddie subitamente ficou com uma expressão descontrolada e tornou a se levantar como um raio.

– Meu Deus! Dorothea! Ela está bem?

– Está ótima – respondeu Williams rapidamente. – Está muitíssimo bem.

– Por enquanto – murmurou Bailey.

Eddie tornou a afundar na cama, mas agarrou o braço da mãe.

– Alguém matou Sally enquanto ela dormia?

King respondeu:

– Não, ela foi morta no estábulo.

– Mas por que Sally? – questionou Eddie.

Williams olhou para King, que disse:

– Ela havia se apresentado com informações importantes que excluíam a possibilidade de Junior ter cometido o arrombamento e roubo na casa de sua mãe.

Então foi Remmy quem pareceu surpresa.

– Eu já havia concluído que não tinha sido ele, mas como Sally poderia ter prova disso?

– Ela tinha e não vamos entrar em detalhes quanto a isso por enquanto – respondeu Williams.

– O que ela disse incriminava alguma outra pessoa? – perguntou Eddie.

– Não – admitiu King.

– Então por que matá-la?

– Não tenho resposta para isso. Não tenho resposta para uma porção de coisas.

Bailey se manifestou:

– Mas o que sabemos com certeza, Eddie, é que você foi drogado ontem à noite e, enquanto estava desacordado, alguém matou Sally. Alguém que conhecia a rotina dela e sabia que estaria no estábulo naquela hora da manhã.

Todo mundo se manteve em silêncio durante um momento desconfortavelmente longo, até que Eddie exclamou:

– Vocês estão sugerindo que minha esposa...

Bailey o interrompeu.

– Não estou sugerindo nada. Estou apenas expondo um fato simples. Mas Dorothea *tornou-se* suspeita.

Eddie sacudiu a cabeça.

– Ela é uma mulher de negócios respeitada.

– Com um problema de ser viciada em drogas e, possivelmente, suspeita de assassinato – ressaltou Remmy em tom áspero.

– Cale a boca, mãe! – berrou Eddie.

Isto pegou todos eles desprevenidos. Remmy lentamente largou a mão do filho.

Eddie apontou um dedo acusador para Bailey.

– Se você pensa por um minuto que Dorothea me drogou e depois matou Sally, está perdendo o tempo de todo mundo enquanto o verdadeiro assassino está fugindo.

– É nossa obrigação investigar todas as pistas possíveis – respondeu Bailey em tom calmo.

– Inclusive as absurdas?

– É melhor descansar um pouco, Eddie – disse King com delicadeza. – Você teve uma noite difícil.

– Muito bem, de qualquer maneira, eu agora realmente gostaria de ficar sozinho.

Eddie virou a cara para todos eles e cobriu o rosto com o antebraço.

Remmy se levantou e seguiu para a porta.

– Eu volto mais tarde para ver como você está, meu filho.

– Faça o que quiser – respondeu ele rispidamente.

Remmy foi até a porta, então se virou para Williams:

– Sabe, me parece que não avançamos nada desde o primeiro dia. Temos uma porção de gente morta e nenhum progresso. – Ela lançou um olhar virulento para Bailey: – E isto inclui o ilustre FBI. Faz com que fique me perguntando por que diabo eu pago impostos. – E saiu do quarto.

Os homens a seguiram.

Michelle fez uma pausa ao chegar à porta, virou-se e olhou para Eddie. Ele ainda estava deitado lá, o rosto coberto pelo braço. Ela saiu sem fazer barulho.

CAPÍTULO

74

DOIS DIAS SE PASSARAM SEM nenhum sinal de Roger Canney, apesar de Chip Bailey e o chefe Williams terem posto barreiras de controle de segurança em toda a área.

– Parece que ele se enfiou em um diabo de um buraco em algum lugar – reclamou, frustrado, o agente do FBI em uma reunião da equipe de investigação.

Agora, com um total de oito homicídios e as tentativas de assassinato contra King e Michelle, Wrightsburg estava transbordando de agentes das forças de segurança pública brigando por território, provas e a maneira apropriada de saciar as hordas da mídia que haviam invadido a cidade. Quase nenhum cidadão havia deixado de ser entrevistado por um repórter de alguma organização. Não se podia assistir às notícias nacionais nem ler o *Washington Post*, o *New York Times* ou o *USA Today* sem ver uma matéria sobre os assassinatos de Wrightsburg. Um especialista após o outro propunha uma solução após a outra, a maioria não tendo nada a ver com os verdadeiros fatos do caso. As pessoas estavam pondo suas casas à venda com uma rapidez assustadora, o mercado e a economia locais estavam em queda em todas as áreas e não parecia por demais absurdo pensar que a cidade pudesse deixar de existir se o assassino ou assassinos não fossem capturados rapidamente. De maneira nada surpreendente, os líderes de negócios e políticos estavam pedindo a cabeça do chefe Williams, bem como a de seus principais – ainda que recentemente nomeados -- assistentes, King e Maxwell. Bailey também estava sentindo a pressão de seus superiores, mas continuou a tocar seu trabalho, metodicamente investigando qualquer pista que parecesse promissora, embora a maioria não desse em nada.

Eddie teve alta e foi liberado do hospital mais ou menos na mesma ocasião em que Sylvia concluiu a autópsia de Sally; não que tivesse havido qualquer dúvida sobre a causa de sua morte. Não haviam se materializado quaisquer novas pistas, mas pelo menos também não morrera mais ninguém.

Em meio a todo este caos e escrutínio, quando parecia que a cidade inteira iria implodir a qualquer segundo, Sean King retirou duas garrafas de sua adega portátil com temperatura condicionada e foi jantar com Michelle na casa de Harry Carrick.

Enquanto ela saía do chalé e entrava no Lexus conversível, os olhos de King se arregalaram ao vê-la.

– Você está linda, Michelle – exclamou ele, examinando o vestido justo cuja bainha acabava na altura do meio da coxa e que mostrava uma dose saudável de suas pernas olímpicas. Também usava um elegante xale azul nos ombros; já não estava mais com a tipóia. Ela havia se maquiado e parecia até ter lavado o cabelo e quase nenhum fio estava pendurado diante do rosto. Era um contraste atordoante com seus habituais trajes de jeans, jaquetas, tênis e agasalhos de corridas e tranças esfiapadas malfeitas.

Por seu lado, King usava terno e gravata e tinha até um lenço na lapela.

– Eu queria causar uma boa impressão em *Harry* – ela apressou-se em dizer. – Mas, puxa vida, não esperava esses louvores de sua parte.

– Não sei muito bem a respeito do que você está falando.

– Encontrei o café e o almoço que preparei para você na lata do lixo novamente. Se não gosta da minha comida, apenas diga logo. Não há nenhuma possibilidade de que isto possa ferir meus sentimentos.

Em sua melhor imitação de Bogart, King disse:

– Ora, meu anjo, você não deveria perder tempo na cozinha. Não é seu estilo, anjinho.

Ela sorriu e disse:

– Graças a Deus por essas pequenas bênçãos.

– Mas com isto dito, o prato de atum que você fez na outra noite estava realmente gostoso.

– Um grande elogio vindo de você.

– Vou dizer o que vamos fazer: a próxima refeição vamos cozinhar juntos. Conheço alguns truques que posso ensinar a você.

– OK, está combinado.

– Como vai o braço?

– Como eu disse, era apenas um arranhão.

Enquanto seguiam no carro com a capota arriada, pelas estradas serpenteantes no campo, numa noite bonita e cálida, sob a cobertura de um vasto céu estrelado, Michelle lançou um olhar admirador para ele e observou:

– Você também está um bocado elegante.

– Como Eddie Battle, sou capaz de me arrumar direitinho de vez em quando. – Ele sorriu, debochado.

– Somos os únicos convidados?

– Sim, uma vez que fui eu que sugeri que nos reuníssemos.

– Você? Por quê?

– Já está na hora de nos sentarmos e conversarmos com calma e atenção a respeito deste caso e eu raciocino melhor enquanto tomo uma ou duas boas garrafas de vinho.

– Você tem certeza de que não queria apenas escapar de mais uma refeição em minha casa?

– Jamais me ocorreu tal pensamento.

A casa de Harry era grande, antiga e seu interior era lindamente decorado.

Ele veio recebê-los na porta e os conduziu até a biblioteca, onde, a despeito do calor da noite, uma lareira acolhedora estava acesa. O velho advogado vestia um terno de três peças, muitíssimo elegante, com um padrão xadrez de elegantes cores discretas. Tinha um cravo preso na lapela do paletó. Serviu-lhes os drinques e eles se sentaram num macio sofá de couro, bastante amaciado pelo uso diante da lareira. A peça parecia ter acomodado os traseiros de, no mínimo, cinco gerações.

Harry levantou o copo.

– Um brinde a meus dois bons amigos. – Todos brindaram e então Harry acrescentou, depois de admirar Michelle: – E realmente, creio que devemos fazer mais um brinde. – Ele levantou o copo mais uma vez. – A uma das mulheres mais lindas que já encontrei. Michelle, você está extraordinariamente bonita esta noite.

Michelle sorriu e lançou um olhar de esguelha para King.

– Ora, mas quem dera eu soubesse cozinhar.

King começou a dizer alguma coisa, mas pareceu mudar de idéia e apressadamente tomou um gole de seu coquetel.

– Que lugar incrivelmente interessante a sua casa – comentou Michelle, enquanto olhava ao redor, para as estantes de madeira embutidas, marcadas por buracos de cupins e repletas do que pareciam ser tomos de livros antiquíssimos.

O olhar de Harry seguiu o dela ao redor da biblioteca.

– É claro que é mal-assombrada, como deveria ser uma casa que viu o princípio do século XVIII.

– Mal-assombrada? – perguntou Michelle.

– Ah, sim. Já vi numerosas aparições ao longo dos anos. Várias delas eu considero freqüentadoras assíduas. Desde o meu retorno a este lugar, senti que tinha um verdadeiro dever de conhecê-las, considerando o fato de que irei me juntar a elas num futuro não muito distante.

– Você ainda tem muito tempo pela frente – comentou King.

– O que nós faríamos sem você? – disse Michelle, batendo o copo alto de uísque contra o copo baixo de bourbon de Harry.

– Antes mesmo que o outro ramo da família Lee começasse a construir sua fortaleza em Startford Hall, meus ancestrais estavam pondo os tijolos cobertos com a argamassa para erigir isto. – Harry consultou seu relógio de bolso. – Calpúrnia serve o jantar às sete e meia em ponto. Isto nos dá algum tempo para conversarmos antes da refeição, embora eu tenha certeza de que posso adivinhar o tópico de nosso jantar.

– Calpúrnia? – perguntou Michelle.

– Calpúrnia é minha cozinheira e governanta; uma senhora adorável que trabalha comigo há anos. Eu a descobri quando estive na suprema corte em Richmond e ela gentilmente concordou em vir para cá comigo. Eu estaria completamente perdido sem Calpúrnia.

Ele tomou um gole de seu bourbon, descansou o copo e juntou as mãos, seu semblante agora com uma expressão muito séria.

– Nós precisamos solucionar esta história e rapidamente, vocês sabem. Não podemos esperar que as pessoas parem de ser mortas apenas porque desejamos.

– Eu sei – disse King. Levantou-se e os encarou, dando as costas para a lareira. – Estive pensando muito a respeito do assunto, uma vez que não tinha muito mais a fazer enquanto me recuperava daquela intoxicação de monóxido de carbono. Pois bem, tivemos oito mortes até agora. – Ele levantou os dedos de uma das mãos. – Mas quero falar apenas sobre cinco delas, pelo menos inicialmente. Quero começar com Rhonda Tyler.

– A dançarina – disse Harry.

– A prostituta.

– Você tem certeza? – perguntou Michelle.

– Eu verifiquei com Lulu. Tyler era uma das que optavam pela estrutura de "pagamento adicional".

– O que é isso? – perguntou Harry curiosamente.

– Uma atividade secundária desenvolvida pelo Aphrodisiac; desde então, parou de funcionar – explicou King em tom vago.

Harry assentiu de maneira compreensiva.

– Eu sempre desconfiei de que isto estivesse acontecendo. Quero dizer, não se pode deixar que homens vejam garotas nuas, entupi-los de álcool e não esperar que alguns queiram mais do que apenas brincar de *voyeur*.

– Exatamente. Então, Rhonda era uma prostituta. Será que foi por isso que ela foi morta?

Michelle arriscou uma resposta.

– Bem, prostitutas são provavelmente o grupo número um entre as vítimas de assassinos em série.

– Correto mais uma vez. Portanto, estamos lidando com apenas um assassino serial "comum" que optou por começar com este grupo "clássico" de vítimas ou será que há mais alguma coisa acontecendo?

– O que você quer dizer, Sean? – perguntou Harry.

– Quero dizer, será que Tyler foi um símbolo ou sua morte foi mais pessoal?

– Como podemos responder a isso com o pouco que sabemos? – perguntou Michelle.

– Permitam-me responder a uma pergunta com uma pergunta. Será que Bobby Battle poderia ter desfrutado dos serviços de Rhonda Tyler? Ela estava no Aphrodisiac antes que Bobby tivesse o derrame. Ele era um freqüentador conhecido do lugar, embora Lulu tenha sido bastante vaga com relação à última vez em que o viu lá.

– Eu não havia considerado este aspecto – disse Harry baixinho. – Mas digamos que ele tenha dormido com ela. Por que isto faria dela um alvo para nosso assassino, juntamente com pelo menos quatro outras pessoas que parecem não ter nenhuma ligação entre si?

– E se algumas das outras vítimas tivessem ligações com Bobby Battle?

– Tais como?

Michelle respondeu:

– Sean acha que Steve Canney era filho ilegítimo de Bobby. A mãe dele havia trabalhado para Battle e provavelmente engravidou dele e nós acreditamos que Roger Canney estivesse chantageando Bobby. Também acreditamos que Bobby possa ter estado envolvido na morte da sra. Canney, três anos e meio atrás e que foi nessa ocasião que a chantagem começou.

– Meu Deus! – exclamou Harry.

– Mas, Sean – disse Michelle –, estive pensando a respeito disso também. Bobby tinha casos com mulheres abertamente, dormia com prostitutas. Se o que você diz é verdadeiro, por que ele se importaria se a verdade fosse conhecida sobre um filho ilegítimo? Por que ele se permitiria ser vítima de chantagem por causa de um encontro sexual?

– Eu creio que posso responder a isso – disse Harry. – Exatamente por volta do período de que vocês estão falando, Bobby estava no meio da operação de venda de sua companhia. Muitos advogados locais que eu conheci estavam trabalhando nas negociações. O comprador era uma grande corporação multinacional com uma reputação impecável. E Bobby era exatamente a face pública da companhia.

– Então a notícia de um filho ilegítimo não teria ajudado as negociações – observou King.

– Exatamente. De fato, o negócio foi concluído e Bobby ganhou mais dinheiro do que poderia gastar em várias vidas. Isto provavelmente foi bom.

– Por que diz isso? – perguntou King.

– Battle sempre tinha sido um excêntrico, mas há alguns anos vinha se tornando cada vez mais estranho em seu comportamento. Violentas alterações de humor, crises de depressão seguidas por períodos de euforia irreais. E sua mente não era mais o que tinha sido. Depois de ter sido um dos mais brilhantes engenheiros e empresários de sua época, ele tinha começado a se esquecer de nomes e de coisas importantes. Eu realmente não fiquei surpreso com o derrame. Na verdade, suspeitava de que ele tivesse sofrido vários outros menores, antes, que tinham afetado sua mente. Mas estamos nos afastando muito do tópico da chantagem. – Harry se virou para King: – Perdoe-me pelo desvio.

– Não, precisamos de todas as informações que pudermos obter. A ocasião da venda da companhia de Bobby me faz crer que era apenas Roger Canney quem tinha o plano de chantagem. Seria de se pensar que a sra. Canney soubesse quem era o pai do filho dela ou pelo menos que Bobby poderia ter sido o pai. Steve Canney tinha dezessete anos quando morreu. Se ela quisesse vir a público e pedir uma pensão, não teria esperado todos esses anos. Bobby já era bastante rico havia dezessete anos.

Harry levou adiante esta linha de raciocínio:

– Mas Roger Canney poderia ter sabido que Steve não era seu filho biológico e ter esperado que sua mulher morresse antes de fazer pressão sobre Bobby. Talvez tenha esperado porque ela não tivesse concordado em fazê-lo. Ele com certeza saberia da venda em potencial da companhia do homem. Isto foi anunciado publicamente.

– Ou, talvez – sugeriu Michelle –, Roger Canney não tenha querido esperar que sua mulher morresse "naturalmente". Então, apressou o processo ao forçar seu carro a sair da estrada, liberando-o para dar início a seu esquema de chantagem.

– Mas era o carro de Bobby que estava danificado exatamente por volta da ocasião da morte dela – argumentou King. – Assim, me parece muito mais provável que Bobby a tenha matado.

– Estou apenas ressaltando que Roger Canney poderia ter tido um motivo para matá-la também – retrucou Michelle.

King olhou para ela com admiração.

– Esta é uma boa observação, Michelle. Eu, na verdade, não havia considerado esta possibilidade.

– Então onde tudo isso nos deixa? – ela quis saber.

A campainha chamando para o jantar os interrompeu.

– Eu disse a Calpúrnia que uma campainha anunciando o jantar está um bocado fora de moda, mas ela afirma que minha audição não é mais o que era e que é a única maneira pela qual ele consegue chamar minha atenção sem andar pela casa inteira para me encontrar. Vamos para a mesa?

CAPÍTULO

75

SEAN TINHA TIRADO A ROLHA de ambas as garrafas de vinho ao chegar, de modo que pudessem respirar de maneira apropriada antes do jantar. À mesa, ele serviu a primeira.

– Este é um La Croix de Peyrolie de Lussac-St-Emilion.

– E tenho certeza de que tem uma história maravilhosamente elegante – comentou Michelle enquanto apreciava o aroma do vinho.

– É feito por Carole Bouquet, cujo nome é muito apropriado e costumava ser uma modelo famosa, além de ter sido uma das garotas de James Bond no filme *007 somente para seus olhos*, creio. A outra garrafa é um Ma Vérité de Gérard Depardieu, Haut-Médoc.

– Permita-me adivinhar, feito pelo ator do mesmo nome – arriscou Harry.

– Sim. Estes vinhos são realmente famosos e promissores e só os sirvo em ocasiões especiais.

– Harry e eu nos sentimos muito honrados – disse Michelle, com um sorriso malicioso.

Eles brindaram e começaram a refeição, que foi servida por Calpúrnia. Ela tinha cerca de sessenta anos de idade e mais de um metro e oitenta e dois de altura, de constituição forte, maciça e com cabelos espessos grisalhos puxados para trás num coque severo. Parecia uma funcionária de lanchonete de escola saída do pior pesadelo de qualquer criança. Entretanto, a comida estava espetacular.

Quando Calpúrnia os deixou, Harry disse:

– Agora, Michelle estava perguntando onde suas especulações sobre a linhagem de Steve Canney e a possível ligação de Rhonda Tyler com Bobby Battle nos deixavam.

– Com o fato de que duas das vítimas poderiam estar ligadas a Bobby Battle. É evidente ou plausível que mais vítimas também estejam?

– Janice Pembroke? – indagou Michelle.

– Não. Eu a vejo simplesmente como uma pessoa no lugar errado na hora errada – respondeu King.

– Diane Hinson? Era uma advogada. Talvez estivesse trabalhando em algum negócio corporativo com Bobby – sugeriu Michelle.

King sacudiu a cabeça.

– Duvidoso. Ela era uma advogada de tribunal, principalmente uma criminalista. Fiz um bocado de perguntas e não consegui encontrar ninguém que pudesse colocá-los juntos em nenhuma ocasião. Vamos deixar Hinson por enquanto e seguir adiante. O próximo da lista é Junior Deaver. Ele tinha uma ligação clara com os Battle.

– Certo. Trabalhava para eles e também foi acusado de roubar deles – disse Michelle.

– Mas o roubo aconteceu *depois* que Bobby teve o derrame – observou Harry.

– Eu nunca imaginei que Bobby estivesse matando ninguém – disse King –, exceto, talvez, a sra. Canney. Mas temos três pessoas com possíveis ligações com Bobby Battle. Cada uma foi morta usando as técnicas de um infame assassino serial, um relógio foi posto nos pulsos e, subseqüentemente, uma carta foi enviada.

Michelle não pareceu convencida.

– Tudo bem, concordo que Pembroke poderia ter sido morta apenas porque estava com Canney, porém Hinson foi morta de acordo com o método do Caçador da Noite. Mas você diz que ela não tinha nenhuma ligação com Battle.

– O relógio dela foi ajustado para marcar quatro horas e um minuto – disse King. Ele fez uma pausa e prosseguiu: – E, lembrem-se, o relógio de Pembroke foi acertado para marcar duas e um minuto. Os outros estavam marcando a hora redonda em ponto.

– Portanto, o de Hinson e o de Pembroke estavam um minuto, um tico fora da hora – disse Michelle.

– Exatamente. – King olhou para ela com perplexidade. – Um tico fora da hora? Há alguma coisa de familiar com relação a esta frase, mas não consigo pensar no que é.

– Então, o assassino estava, intencionalmente, nos dizendo, por meio dos relógios, que algumas vítimas estão ligeiramente de fora?

– Creio que ele está nos dizendo que Tyler, Canney e Junior foram mortos intencionalmente por causa da ligação deles com Bobby. Pembroke e Hinson não foram especificamente escolhidas como alvo, porque não tinham nenhuma ligação desse tipo.

– Tudo bem. Vamos presumir que Pembroke tenha sido morta porque estava com Canney. Por que Hinson foi assassinada? – perguntou Michelle.

– Para que enveredássemos por vários caminhos, tentando fazer com que tudo fizesse sentido, mas nunca faria. Para os propósitos de nosso assassino, fazer com que Pembroke morresse na mesma ocasião que Canney foi apenas um bônus. Deixou as coisas ainda mais confusas para nós. Se Canney estivesse sozinho, aposto que teríamos tido um outro assassinato como o de Hinson para ocultar a ligação com Bobby. E isso explica por que o assassino usou a palavra "moleque" em vez de "moleques" em sua carta depois do assassinato dos adolescentes. Apenas um moleque era alvo dele. Steve Canney.

– Mas, Sean, se o assassino de fato quisesse nos desviar do caminho, por que acertar alguns relógios de modo que marcassem um minuto fora da hora, que estivessem um tico fora? Se tivesse mantido todos os relógios na hora redonda, em ponto, as probabilidades são de que você nunca tivesse topado com esta linha de raciocínio.

– Por algum motivo, eu creio que este sujeito está tentando jogar limpo ao nos dar uma pista verdadeira.

– Ou ele está apenas se divertindo às nossas custas – disse Michelle.

– É possível, mas não acredito nisso.

Michelle ainda parecia cética.

– Tudo bem, vamos presumir que tudo isso seja verdade. Agora temos Bobby Battle como um possível denominador comum. Mas você não acha que ele tenha sido morto pela mesma pessoa. O fato de ele estar ligado a mais um outro assassino não é uma coincidência grande demais? E depois temos Kyle e Sally. Como essas mortes se encaixam?

– A despeito do que Sylvia descobriu, Kyle pode ter sido um suicida. E Sally pode ter sido morta porque não se apresentou com o álibi para Junior.

– Não estou compreendendo, Sean – disse Harry.

– Se Junior foi morto apenas porque ele roubou dos Battle, então, depois que o assassino descobriu que, na verdade, não tinha cometido o arrombamento e roubo, isto significou que Junior foi morto sem nenhum motivo. O assassino se vingou e, em sua mente doentia, talvez achasse que também estava vingando Junior ao matar Sally. Ele pode ter aberto mão de suas marcas registradas do relógio e indícios de infames assassinos seriais porque estava enraivecido demais ou não a considerou importante o suficiente. E também não teve muito tempo para planejar. Sally me contou a verdade pouco mais de sete horas antes de ser morta.

– Bem – disse Michelle –, o fato do rosto dela ter sido massacrado por golpes repetidos depois de estar morta talvez se encaixe na teoria da vingança. Alguém dominado pela fúria.

– Exato. Um homem capaz de um ataque feroz e... – King se imobilizou. – Sete horas.

– O que é, Sean? – perguntou Harry.

– Não tenho certeza – disse ele por fim. – O que acabei de dizer sobre sete horas me tocou de alguma forma, mas não da maneira como pensei que faria. – Ele refletiu por um momento e depois sacudiu a cabeça: – Perdoem-me, provavelmente é apenas uma pequena crise de senilidade um tanto prematura.

– E que tal a teoria de Chip Bailey de que Sally mentiu sobre estar com Junior e cometeu ou ajudou a cometer o roubo? – perguntou Michelle.

As sobrancelhas de Harry se levantaram.

– Esta é uma conjuntura intrigante.

– Sim, é verdade – concordou King lentamente. – E não é uma teoria que possamos descartar por completo no presente momento, embora meus instintos me digam que ele está errado.

Continuaram a refeição e também acabaram de tomar a segunda garrafa de vinho. Mais tarde, na biblioteca, tomaram o café que Harry serviu. Ele ofereceu um conhaque para encerrar o jantar, mas ambos recusaram.

– Eu tenho que dirigir para casa – explicou King. – O vinho foi mais que o suficiente.

– E eu tenho que cuidar dele enquanto dirige para nos levar para casa – acrescentou Michelle, sorrindo.

A sala tinha ficado fria e Michelle se postou diante da lareira, aquecendo as longas pernas.

– Vestidos podem ser insuficientes contra correntes de ar frias – disse ela, acanhada.

Harry se virou para King.

– Qual é a sua opinião sobre Dorothea?

– Bem, a fonte da droga que foi administrada a Eddie não estava no vinho e eles também não encontraram nenhuma das drogas que Dorothea tinha comprado de Kyle – respondeu King. – Contudo, eu chequei com Sylvia. O sulfato de morfina que deram a Eddie era uma das drogas que ela mantinha na farmácia e pode ter sido uma das drogas que Kyle levou para Dorothea no Aphrodisiac. E Dorothea não tem nenhum álibi para o horário em que Kyle foi morto. Ela disse que estava em casa, mas Eddie não a viu.

– Na verdade, ele esteve no estúdio a noite inteira pintando um retrato meu – disse Michelle, num tom embaraçado.

King a encarou atentamente, mas não fez comentários.

Harry olhou para ela com curiosidade por um momento e depois disse:

– Então ela estava comprando as drogas e é uma possível suspeita tanto da morte de Bobby como da de Kyle Montgomery. Também foi a pessoa que teve a melhor oportunidade de drogar Eddie e morava muito perto de onde Sally foi morta. É tudo circunstancial, é claro, mas, mesmo assim, convincente.

– E ela tem andado deprimida devido a reveses financeiros e a questões familiares a respeito das quais nos falou – disse Michelle. – Uma mulher com problemas em todos os sentidos.

King retrucou:

– Não discordo de você, mas estou tendo um bocado de dificuldade para encontrar o motivo dela. Dorothea disse que Bobby tinha prometido mudar o testamento para beneficiá-la, mas não o fez. De modo que lá se vai o motivo dela para matá-lo.

– A menos que tenha descoberto que ele não o havia feito e ficou tão furiosa que o assassinou – ponderou Michelle.

Harry se levantou e se postou ao lado de Michelle diante da lareira.

– Com mais de setenta anos, o corpo da gente fica sensível às correntes de ar, independentemente da quantidade de roupa ou do calor relativo do ambiente – explicou ele.

Retomando a discussão, ele disse:

– Poderia haver uma terceira possibilidade. Estivemos concentrados no que foi tirado da gaveta de Remmy, mas o que foi roubado da gaveta de Bobby?

Ambos olharam fixamente para ele mas não disseram nada. Harry prosseguiu:

– O testamento que deixava tudo para Remmy é o que tem sido usado pelos advogados. Foi redigido muitos anos atrás.

– Como sabe disso? – perguntou Michelle.

– O advogado que o preparou era um antigo assistente meu, atualmente é sócio de uma firma em Charlottesville. Eles estavam com o original e este é o testamento que está sendo legitimado.

– Alguém procurou por um outro testamento mais recente? – perguntou King.

– Esta é exatamente a questão. Eu creio que não. Mas e se um testamento posterior tiver sido a coisa roubada do armário de Bobby durante o assalto?

King argumentou:

– Mas se estava no compartimento secreto de Bobby, cuja existência Remmy nos disse que desconhecia, ela não teria tido a oportunidade de destruí-lo.

– Não estou dizendo que tenha sido Remmy. Bobby teve um derrame, esteve delirante, falando coisas sem nexo no hospital, pelo que ouvi – disse Harry.

– E talvez ele tenha mencionado um outro testamento – disse King, estalando os dedos.

– Assim, qualquer um que tenha ouvido poderia ter cometido o roubo – completou Harry.

– Contudo, se Dorothea estivesse com o testamento, ela o teria tornado público, não teria?

– Mas haveria a pequena questão de onde o testamento tinha vindo – observou Harry. – Não creio que ela quisesse confessar um roubo.

King pareceu confuso.

– Mas, Harry, estamos nos esquecendo de uma coisa. A morte de Bobby foi amplamente noticiada. Quem quer que tivesse preparado o novo testamento teria se apresentado.

– Talvez ele não tenha usado uma firma de advogados para redigi-lo.

– Se ele o redigiu sozinho, ainda precisaria de testemunhas.

– Não se tiver sido um testamento de próprio punho, todo escrito com a letra dele.

– Então, se existir um testamento assim, quem está com ele e por que não o tornou público?

– Esta é uma pergunta para a qual eu adoraria ter a resposta – comentou Harry enquanto acabava de beber seu copo de conhaque.

CAPÍTULO

76

KING E MICHELLE DISSERAM boa-noite para Harry, entraram no carro e foram embora. O tempo ainda estava agradável o suficiente para manter a capota arriada. Contudo, Michelle ajeitou melhor o xale ao redor dos ombros.

– Eu posso levantar a capota, se você quiser – ofereceu King, reparando no movimento dela.

– Não, a brisa está deliciosa e o ar com um cheiro muito bom.

– Isto é primavera na Virgínia rural, imbatível.

– Tenho a sensação de que fizemos algum progresso esta noite.

– Pelo menos tivemos tempo para abordar com calma os diferentes ângulos. Isso sempre ajuda.

Ela lançou-lhe um olhar de esguelha desconfiado:

– Como sempre, você está dizendo menos do que sabe.

Ele fingiu ficar ofendido com o comentário; entretanto, seu sorriso o traiu revelando a encenação.

– Não estou admitindo que *saiba* de coisa alguma. Mas, de fato, suspeito de certas coisas que posso não ter mencionado.

– Tais como o quê, *parceiro*?

– Tais como o fato de que passei uma noite maravilhosa tomando duas fabulosas garrafas de vinho com uma moça muito atraente e tudo a respeito de que conversei foi assassinato e mutilação intencionais.

– Você está se esquivando. E mencionar o vinho antes de falar de mim diz muita coisa.

– Bem, conheço aquelas garrafas há muito mais tempo do que conheço você.

– Muito obrigada, mas você continua se esquivando.

O veículo utilitário SUV bateu neles por trás com tanta violência que, se não estivessem de cinto de segurança, ambos teriam sido projetados de cabeça pelo pára-brisa.

– Mas que diabo! – berrou King enquanto olhava pelo espelho retrovisor. – De onde eles vieram? – As palavras mal tinham sido pronunciadas quando foram abalroados novamente. King lutou com o volante, tentando manter o Lexus na estrada cheia de curvas.

Michelle tirou os sapatos de salto e pressionou os pés descalços contra o assoalho do carro para se firmar. Enfiando a mão na bolsa, ela tirou a arma, pôs na câmara um pente e desfez a trava de segurança, tudo praticamente em um único movimento ágil.

– Você consegue ver o motorista? – perguntou King.

– Não com os malditos faróis altos acesos na minha cara. Mas tem de ser o assassino.

King pegou seu telefone celular.

– Desta vez vamos apanhar este canalha.

– Cuidado, lá vem ele de novo – gritou Michelle.

O impacto seguinte do veículo muitíssimo mais pesado quase levantou a traseira do Lexus da estrada. O celular de King foi arrancado de sua mão, bateu contra o pára-brisa e saiu voando para trás. O aparelho bateu e quicou contra a capota do SUV, caiu no asfalto e se espatifou em pedaços.

King agarrou-se ao volante novamente e conseguiu recuperar o controle quando os dois veículos se separaram. O carro de King era superado em peso por pelo menos uma tonelada. Mesmo assim, o Lexus era muito mais ligeiro do que o monstro que os atacava e tinha trezentos cavalos sob o capô. Lançando mão de todos eles quando entraram numa reta, King pisou fundo no acelerador e o Lexus saltou na dianteira, deixando o outro veículo muito para trás.

Michelle soltou o cinto de segurança.

– Que diabo você está fazendo? – gritou King.

– Você não tem como escapar dele nestas estradas cheias de curvas e eu não tenho como mirar para atirar direito presa pelo cinto de segurança. Apenas trate de se manter na dianteira, bem à frente dele.

– Espere um minuto, primeiro ligue para 911.

– Não posso. Eu não trouxe meu celular. Minha bolsa era pequena demais para ele *e* a minha arma.

King olhou para ela com incredulidade.

– Você não trouxe o telefone, mas trouxe a arma?

– Acho que sei escolher muito bem minhas prioridades – retrucou ela com aspereza. – O que posso fazer com um telefone? Telefonar até morrer?

Ela se virou ao contrário no assento, se inclinou por cima do encosto e posicionou o cotovelo no apoio para cabeça do banco de trás.

– Mantenha-se à frente dele – repetiu.

– Tudo bem, que diabo, e você trate de ter cuidado para não ser morta – rebateu ele.

A camionete aproximou-se acelerando de novo para mais uma colisão de metal com metal, mas, antes que pudesse fazer contato, King deu uma guinada passando para o outro lado da estrada, inverteu a manobra para endireitar o carro e rabeou no acostamento, levantando o cascalho, antes de retornar à superfície pavimentada. Ele passou a marcha e conseguiu entrar na curva fechada a oitenta quilômetros por hora, com os pneus cantando. Subitamente, sentiu as rodas da direita perdendo contato com o asfalto e deu uma balançada brusca com seus noventa quilos para aquele lado, agarrando o quadril de Michelle e empurrando-a de lado contra a porta do passageiro.

– Não estou tirando casquinha. É só que preciso do lastro. Fique aí por um segundo.

Ele reduziu a velocidade uns três quilômetros por hora e deixou escapar um suspiro de alívio quando a borracha dos pneus mais uma vez aderiu ao chão.

Eles entraram em mais uma reta que King sabia que se estenderia por quatrocentos metros antes que tivessem que se confrontar com uma série de curvas serpenteantes. King enfiou o pé no acelerador e pisou tão fundo, com tanta força, que teve certeza de que mais seis centímetros e seus sapatos estariam batendo na pavimentação. Enquanto arrancava com violência, levando o ponteiro a deslizar ligeiro sobre os dígitos triplos no velocímetro, as árvores passavam num piscar de olhos numa velocidade tão estonteante que ele teria começado a vomitar se tivesse se dado ao trabalho de olhar.

Atrás dele, o motorista da camionete a acelerou a bem mais que cento e sessenta quilômetros no trecho da reta de quatrocentos metros, mantendo-se folgadamente dentro da distância necessária para abalroá-los. King atingiu cento e oitenta quilômetros e procurou uma outra marcha para passar, mas o Lexus não tinha mais nada a dar. Tudo em que ele conseguia pensar era: *quantos air bags tem este maldito carro?* Esperava que tivesse no mínimo uma dúzia, pois parecia que iriam precisar de cada um porque a série de curvas se aproximava deles voando. Se reduzisse a velocidade, estariam mortos; se mantivesse aquela velocidade, estariam igualmente mortos.

Michelle observou os faróis que avançavam para eles e depois desviou o olhar para a silhueta do motorista. Ela se moveu devagar e com cuidado para a frente, finalmente apoiando o cotovelo direito na parte superior da mala do carro e fez mira segurando a pistola com as duas mãos.

Eles entraram numa área de curvas e King freou com violência para noventa e cinco quando as placas indicavam trinta, mas os engenheiros de tráfego, sem dúvida, não tinham levado em conta veículos assassinos em seus cálculos de velocidade segura na estrada. Aquilo permitiu que a camionete ganhasse terreno de maneira significativa.

– Ele está vindo aí – advertiu King. – Não posso ir mais depressa sem nos fazer capotar.

– Apenas mantenha o carro firme. Se ele não reduzir, vou estourar o pneu da frente dele.

O perseguidor chegou a quinze metros e depois a seis metros. Era impossível que não estivesse vendo que ela o tinha bem na mira, pensou Michelle, e, mesmo assim, não cedeu nem um centímetro de terreno. Então a caminhonete deu um inacreditável salto para a frente enquanto o motorista acelerava.

King tinha visto isso e imitou o esforço do homem. O Lexus disparou adiante, com a camionete bem atrás deles. King arqueou o corpo e enfiou os dois pés no acelerador, como se isso fosse lhes dar a turbinagem de que precisavam tão desesperadamente.

A coisa com que ele não havia contado era com uma família de cervos escolher aquele momento para atravessar a estrada.

– Cuidado! – gritou King. Ele girou o volante para a esquerda e depois para a direita. Eles saíram da estrada e seguiram quicando num trecho de trilho de segurança enquanto os Bambis se dispersavam. King sentiu o trilho de segurança gravar sua assinatura em seu outrora belo conversível pelo ruído estridente de arrebite por arrebite. Conseguiu retornar à estrada e olhou para trás. O motorista da camionete tinha pisado fundo nos freios para evitar os cervos, mas o utilitário não havia chegado a sair da estrada e, mais uma vez, estava quase em cima deles.

King não teve tempo de voltar para a velocidade de cruzeiro e, de qualquer maneira, o estranho gemido do motor o fez se perguntar se o trilho de segurança não teria causado danos mais graves do que apenas arranhões. O que era certo era que o velocímetro havia baixado para menos de cento e quarenta e estava se mantendo lá.

– Prepare-se – gritou Michelle. – Aí vem o filho-da-mãe. – Ela disparou a arma duas vezes enquanto a camionete se chocava contra a traseira do Lexus, rasgando um buraco no carro e arrancando o pouco que ainda restava do pára-choque moldado, arremessando-o na floresta. Michelle foi lançada para a frente pela colisão, em direção à traseira do carro. Quando King viu suas pernas passarem voando por ele, estendeu a mão livre, agarrou e puxou para baixo um tornozelo, enganchou o braço ao redor da perna de Michelle e a segurou com toda a força que pôde. Eles alcançaram mais um trecho de reta e, de alguma forma, ele conseguiu imprimir mais velocidade no carro, deixando a camionete de novo para trás.

– Merda! – berrou Michelle.

– Você está ferida?

– Não, consegui disparar dois tiros, mas perdi minha arma. Que droga, há cinco anos que tenho esta SIG.

– Olhe, esqueça a arma; este sujeito está tentando nos matar.

– Ora, se eu estivesse com minha arma, poderia matá-lo antes dele nos matar. Não sei se acertei alguma coisa. Ele se chocou conosco justamente no momento em que disparei. – Então ela gritou: – Espere um minuto!

– O quê?

– Lá está ela. Minha arma foi parar na beira do aerofólio. Está enganchada lá.

– De jeito nenhum, nem sequer pense em tentar, madame.

– Apenas segure a minha perna. Estou quase alcançando.

– Que diabo, Michelle, assim você vai me matar do coração e já estou quase tendo um ataque sem isso.

King estava tão concentrado nela que não viu o utilitário acelerar e emparelhar com eles senão no último instante.

– Segure-se – gritou ele, ao mesmo tempo em que imediatamente engatava a marcha lenta, saltando as marchas intermediárias da engrenagem de uma maneira que provavelmente tornava nula qualquer garantia que o fabricante do Lexus oferecia. Ele podia quase ouvir o carro gritando com ele *Pare já com isso!* e esperou ver a transmissão ser vomitada na estrada. Baixou a velocidade para vinte quilômetros no velocímetro, agora com ambos os pés nos freios, então conseguiu parar com um tranco surdo, as rodas soltando fumaça, enquanto tremores sacudiam seu corpo descendo por seu torso até se dissiparem nos dedos dos pés. Michelle estava agarrada com todas as forças no apoio de cabeça do banco traseiro, os pés descalços apoiados na parte de trás do banco dele.

O corpo de King estava falhando de tantas maneiras que ele imaginou que uma parada cardíaca seria o mínimo que poderia esperar. Pôs o carro em marcha-a-ré e enfiou o pé no acelerador. Imprimiu toda a força que ainda restava em seu motor e disparou como um foguete para trás.

O utilitário havia parado tão bruscamente que seus pneus pareciam em chamas, tal o volume de fumaça que jorrava deles. O motorista fez uma rápida curva de 180 graus e vinha na direção deles a toda velocidade, a grade da camionete parecendo dentes arreganhados para devorá-los. Estava ganhando terreno a cada evolução das rodas.

Michelle parou de se arrastar em direção à arma e olhou para seu parceiro.

– Você não tem como ser mais rápido que ele em marcha-a-ré do que ele vindo de frente, Sean.

– Obrigado, por me dizer. – Os nós de seus dedos estavam ficando arroxeados, tamanha a força com que agarrava o volante. – Agarre-se a tudo que puder. Vou contar até cinco e cortar um J.

– Você deve estar louco.

– É, devo estar.

Com cortar um J, King queria dizer que, de uma posição de direção em marcha-a-ré rápida, ele iria virar o carro numa curva de 180 graus, provavelmente sobre duas rodas, inverter a marcha, acionar as turbinas e disparar como um foguete na direção oposta. Tudo isso numa única manobra ágil, de preferência sem matar os dois.

O suor brotou na testa de King, enquanto rezava para que todo o treinamento que fizera no Serviço Secreto lhe voltasse à memória tantos anos depois. Ele agarrou-se à porta com a mão livre para usá-la como força de alavanca, pressionou o pé esquerdo contra o assoalho como ponto de apoio, calculou o momento exato e girou a roda com violência, soltando-a completamente e depois agarrando-a e imobilizando-a. Funcionou com perfeição. Ele saltou por cima das duas primeiras marchas para a frente, acelerou e saiu em disparada. Contudo, cinco segundos depois a camionete estava atrás deles e ganhando terreno.

Agora havia fumaça saindo do capô do Lexus e cada um dos instrumentos do painel para o qual King olhava fixamente predizia sua perdição. A velocidade deles caiu para noventa quilômetros, depois para oitenta. Tinha acabado.

– Sean, lá vem ele! – gritou Michelle.

– Não há mais porcaria nenhuma que eu possa fazer – berrou ele em resposta, a impotência transformando-se em raiva num mesmo fôlego.

O utilitário passou rugindo, fez meia-volta, acelerou e, com suas duas toneladas e meia, chocou-se contra a lateral do carro deles. King manteve uma das mãos no volante e com a outra agarrou o tornozelo de Michelle, enquanto ela se esforçava para alcançar a arma. Os dedos dele enterraram-se com tanta força em sua pele, que ele sabia que estava tirando sangue. O braço e o ombro dele estavam sendo torcidos quase além do limite.

– Você está bem? – gritou, rangendo os dentes contra a dor enquanto podia sentir todo o peso dela puxando seus tendões.

– Agora estou, peguei a arma.

– Bem, que ótimo, porque o canalha está vindo aí de novo. Segure-se!

Ele olhou para o lado para ver a camionete preta virar em sua direção mais ou menos ao mesmo tempo em que sentiu a perna de Michelle se contorcer e girar em sua mão.

– O que você está fa... – King não teve tempo de acabar a frase. O utilitário acertou a extremidade traseira do Lexus e o carro fez o que King temera desde o princípio. Começou a rabear derrapando e então girou 360 graus, totalmente fora de controle.

– Segure-se! – gritou roucamente, enquanto aparentemente cada grama de bile em sua barriga tinha começado a marchar para cima para incinerar sua garganta.

Quando agente do Serviço Secreto, King tinha treinado incessantemente para dominar as manobras de veículos nas condições mais arriscadas imagináveis. Aproveitando o aquecimento da curva em J, ele apenas deixou os instintos assumirem o controle. Em vez de lutar contra os movimentos do carro, ele foi junto com eles, girando o volante na direção do giro em vez de contra ele e combatendo o impulso natural de enterrar o pé no freio. O que mais temia era que o carro capotasse. Se o fizesse, Michelle estaria morta e provavelmente ele também ou, na melhor das hipóteses, ficaria paraplégico. King não sabia quantas voltas o carro havia feito, mas o Lexus de carroceria baixa, com o fundo pesado de mil setecentos e vinte quilos manteve-se preso ao asfalto, apesar de lançar longe uma boa quantidade da borracha de seus pneus e um monte de suas entranhas metálicas.

O carro finalmente parou de frente para a direção para onde eles tinham estado seguindo; o utilitário preto estava um pouco mais adiante e se afastando deles com velocidade, aparentemente tendo decidido abandonar a luta. A arma de Michelle disparou, os pneus traseiros do utilitário se desintegraram quando os projéteis os atingiram. O veículo começou a derrapar rabeando, girou 360 graus e então fez o que o Lexus se recusara fazer o tempo todo: capotou. Virou três vezes estremecendo e foi parar sobre o teto destruído, junto ao acostamento da direita da estrada bem distante deles, deixando atrás de si uma esteira turbulenta de metal, vidro quebrado e borracha.

King acelerou para a frente, tanto quando podia em seu carro destruído, enquanto Michelle deslizava para o assento ao lado dele.

– Sean?

– Quê?

– Você pode soltar minha perna.

– Quê? Ah, certo. – Ele soltou os dedos cerrados.

– Eu sei; também fiquei com medo. – Ela deu um aperto confortador na mão dele, enquanto se entreolhavam e respiravam fundo, aliviados e gratos.

– Aquilo foi uma demonstração excepcional de boa pilotagem, agente King – disse ela agradecida.

– E sinceramente espero que seja a última vez que eu tenha de fazer isso.

Estacionaram ao lado do carro acidentado e saltaram. Avançaram em direção ao carro; Michelle estava de pistola em punho. King conseguiu abrir a porta do motorista.

O homem se projetou em direção a eles.

Michelle estava pronta para disparar, mas então seu dedo relaxou no gatilho.

O motorista estava de cabeça para baixo e preso por seu cinto de segurança. Quando King abriu a porta do carro, ele havia mergulhado pela abertura.

A cabeça estava tão ensangüentada e deformada que King não se deu ao trabalho de verificar se havia pulso.

– Quem é? – perguntou ela.

– Não sei dizer; está muito escuro aqui. Espere um minuto. – ele correu até o carro e manobrou o Lexus de modo que os faróis ficassem apontados diretamente para o homem morto.

Olharam para o corpo agora banhado pela luz intensa.

Era Roger Canney.

CAPÍTULO 77

Às DEZ HORAS DA MANHÃ, O trailer duplo dos Deaver estava vazio. As crianças estavam na escola e Lulu, no trabalho. Priscilla Oxley tinha saído de carro para ir a uma pequena mercearia comprar cigarros e mais água tônica para acompanhar a vodca de que tanto gostava. Enquanto isso, uma camionete estava estacionada atrás de um grupo de árvores que margeavam a estrada pavimentada levando à estradinha de cascalho onde o trailer ficava situado. O homem dentro da camionete tinha observado enquanto Priscilla passava em velocidade em seu LTD, com um cigarro numa das mãos e um celular na outra, enquanto dirigia com os joelhos.

O homem imediatamente saltou e seguiu cautelosamente pela floresta até chegar à orla da clareira ao lado do trailer. Luther, o velho cão, saiu devagar do galpão nos fundos, inclinou a cabeça na direção do homem enquanto farejava seu cheiro, deu um latido cansado e então voltou para dentro do galpão. Um minuto depois, o homem estava dentro do trailer depois de arrombar a tranca simples da porta da frente e encaminhava-se rapidamente para o pequeno quarto escritório que ficava situado numa das extremidades.

Junior Deaver nunca tinha sido grande coisa como homem de negócios e era pior ainda na manutenção dos arquivos de seus trabalhos, mas felizmente sua esposa era muito boa nas duas áreas. Os arquivos da companhia de construção de Junior estavam organizados e facilmente acessíveis. Mantendo uma orelha atenta à aproximação de qualquer pessoa, o homem examinou os arquivos, que estavam convenientemente arrumados em ordem cronológica. Quando acabou, reparou que havia compilado uma lista bastante longa. Tinha que ser uma daquelas pessoas.

Dobrou a lista, guardou-a no bolso e recolocou os arquivos nos lugares apropriados. Então saiu pelo caminho por onde viera. Quando chegou à camionete, Priscilla Oxley passou de carro em direção ao trailer, com seu tabaco e sua tônica. Uma mulher de sorte, pensou ele. Cinco minutos antes e ela estaria morta.

Afastou-se em seu carro, com a preciosa lista no bolso. Refletiu a respeito do roubo que havia sido injustamente atribuído a Junior Deaver. Ele tentou se lembrar de todos os detalhes que tinha ouvido a respeito do crime. Definitivamente, havia alguma coisa ali faltando. Com a mesma determinação, passou e repassou as circunstâncias da morte de Bobby. Quem não tivera explicação para seu paradeiro que pudesse querer o canalha morto? Havia vários possíveis suspeitos, mas ninguém que ele realmente acreditasse que pudesse ter matado o velho. Teria sido necessário ter coragem e conhecimento, atributos que ele possuía em abundância e que respeitava nos outros. Esperava que chegasse o dia em que poderia falar ao impostor sobre sua admiração, imediatamente antes de lhe cortar a garganta.

Talvez devesse ter feito Sally falar antes de matá-la. No entanto, o que, de fato, ela poderia ter sabido? Ela estava com Junior, dissera. Eles tinham feito sexo. Sally era uma mulher burra que preferia passar seus dias com animais de quatro patas e suas noites com animais de duas. Merecera a morte rápida que tivera. *De qualquer maneira, o que é uma Sally Wainwright a menos no planeta?*, perguntara a si mesmo.

Até aquele momento, ele havia matado seis pessoas, uma delas por engano, um erro pelo qual fizera uma reparação, pelo menos à sua maneira. Não havia possibilidade de que pudesse rezar o rosário por isso; nenhum confessionário poderia, de forma alguma, conter seus pecados. Ele tinha falhado em eliminar King e Maxwell, o que o frustrara imensamente. Sem dúvida, eles agora estavam elaborando novas teorias sobre o que estava realmente acontecendo e um dia poderiam até encontrar por acaso a correta. Por mais complicado que tudo parecesse, o par era bem capaz de descobrir a solução e arruinar tudo. Seria arriscado, mas teria que fazer uma nova tentativa de matá-los, de uma maneira que não falhasse. Levaria tempo para arquitetar uma situação adequada que lhe permitisse fazê-lo. Enquanto isso, prestaria muita atenção às informações que recebia de seus grampos e tentaria se manter um passo adiante. Seria difícil, mas, se mantivesse o sangue frio e se ativesse a seu plano, daria certo.

Estava confiante de que iria vencer. Tinha a mais poderosa de todas as vantagens: não tinha medo de morrer para ter a vitória final. Duvidava de que seus oponentes sentissem o mesmo.

Entretanto, agora, ele tinha um outro componente de seu plano para executar.

Uma saída bem-sucedida.

CAPÍTULO

78

– Vocês não podem acreditar que Roger Canney seja o homem – disse King em tom exaltado.

Eles estavam na chefatura de polícia, ao redor de uma longa mesa de reuniões. Williams e Bailey o encararam de volta com expressões de dúvida. Michelle rabiscava um bloco à sua frente enquanto, ao mesmo tempo, observava seu parceiro atentamente.

– Ele tentou matar vocês dois – ressaltou Bailey.

King retrucou:

– Porque nós praticamente acusamos Canney de ter chantageado Bobby Battle. O fato de que ele tenha tentado nos matar prova, de maneira bastante conclusiva, que estávamos certos. E se Canney, na verdade, matou a esposa, provavelmente estaria apavorado de que descobríssemos isso também. Ele partiu para a fuga, pensamos nós. Mas, na realidade, ainda está na área e tenta nos matar. Isto não significa que tenha cometido todos os outros crimes.

Bailey sacudiu a cabeça:

– Ele teria que saber, ou pelo menos acreditar, que vocês nos contaram suas suspeitas. E o método dele de tentar matar vocês foi bastante burro. Alguém poderia ter passado de carro e visto tudo. E ele usou seu próprio veículo para tentar matá-los.

– Eu não disse que era um criminoso esperto. Francamente, acho que enlouqueceu. Havia anos ele vinha levando uma vida fácil, de conforto e tranqüilidade, pensando estar seguro. E então o filho é assassinado e, por acaso, damos com a chantagem. Talvez ele apenas tenha perdido o juízo. E se você fizer um teste de paternidade em ambos os Canney e Bobby, creio que vai descobrir quem era o verdadeiro pai de Steve Canney – acrescentou King.

– Tudo bem, então talvez Canney tenha matado seu filho e a namorada e Bobby Battle e depois matou a prostituta e Diane Hinson para confundir as coisas.

– E Junior Deaver? – questionou King. – Como ele se encaixa nisso?

– Canney poderia tê-lo contratado para roubar a casa dos Battle – respondeu Bailey.

– Por que motivo? – rebateu King.

– Bem, se Battle e a sra. Canney *estavam* tendo um caso, talvez Battle tivesse alguma coisa pertencente a sua amante que Roger Canney quisesse de volta. Ou Canney estava com medo de que Battle tivesse alguma coisa que o incriminasse. Mas, então, Junior também rouba objetos de Remmy e Canney fica furioso com isso ou temeroso de que Junior vá entregá-lo. Então o mata. Ao tentar matar vocês dois, ele mostrou que não se incomodava de assassinar qualquer um que se metesse em seu caminho.

– E a morte de Sally? – perguntou Michelle. – Como se inclui nisso?

– Pelo que vocês nos disseram, ela era, e não estou querendo falar mal dos mortos, uma garota que ia para a cama com qualquer coisa que vestisse calças. Talvez Junior tenha contado a ela sobre Canney e ele tenha descoberto e teve que matá-la também – disse Bailey, que deu um largo sorriso, visivelmente satisfeito consigo mesmo.

King se recostou na cadeira, sacudindo a cabeça.

– Não deixa de fazer algum sentido, Sean – concordou Williams.

– Está errado, Todd – declarou King, com muita firmeza. – Tudo errado.

– Então me dê uma teoria alternativa que se encaixe nos fatos – desafiou Bailey.

– Neste momento não posso, mas estou lhe dizendo que se você parar de procurar pelo assassino de verdade – ou, mais provavelmente, assassinos –, outras pessoas poderão morrer.

– Não vamos parar, Sean – disse Williams –, mas, se mais ninguém for morto, é uma boa prova de que Canney é o homem.

– Você não acredita nisso, Todd, por mais que queira acreditar. – King se levantou. – Vamos, Michelle, preciso de um pouco de ar.

Do lado de fora da chefatura de polícia, King se apoiou contra o carro de Michelle, enfiou as mãos nos bolsos e espalhou um monte de cascalho com um chute furioso.

– Você sabe, ou Chip Bailey é o maior idiota que eu jamais conheci ou...

– Ou talvez ele esteja certo e você não consegue se obrigar a admitir – concluiu Michelle.

– Ah, você acha isso? Que diabo, minha própria parceira conspirando contra mim – disse ele, com um sorriso resignado. – Talvez eu esteja errado.

Michelle deu de ombros.

– Acho que atribuir a culpa de tudo a Canney é realmente forçar um pouco demais, mas, como Bailey disse, não temos grande coisa em termos de teoria alternativa.

– Existem coisas de que sabemos, coisas que estão balançando bem diante de nossa cara e que não estamos nem vendo. Se eu conseguisse agarrá-las e me ater a elas, sei que isso nos levaria para onde precisamos ir. Mas o fato de que não consigo vê-las está me levando à loucura.

– Creio que conheço um remédio.

Ele olhou para ela desconfiado:

– Não vou correr uma maratona nem fazer *bungee-jumping* para fazer meu cérebro funcionar melhor.

– O que estou pensando não exige absolutamente nenhum esforço físico.

– Isto é um conceito absolutamente espantoso vindo de você.

Michelle olhou para o belo céu azul.

– Pois eu digo que está na hora de passear de barco. Nada como uma volta na água para fazer fluir de novo os lubrificantes mentais, especialmente num dia como hoje.

– Nós não temos tempo – King se calou e sua expressão se abrandou. – Está bem, depois de quase termos sido mortos duas vezes, talvez uma pequena folga não seja má idéia.

– Eu sabia que você compreenderia a minha lógica. Vamos de jet-ski, Sea-Doo ou lancha?

– Lancha. Estou ficando cansado de você sempre ficar querendo apostar corrida nos jet-skis.

– Isso é só porque eu sempre venço você.

CAPÍTULO

79

KING ESTAVA NA DIREÇÃO DO barco e Michelle sentada ao lado dele no *jet-boat* Bombardier de seis metros, enquanto eles passeavam pela superfície lisa do lago a cinqüenta e cinco quilômetros por hora. A temporada de verão ainda estava longe, portanto tinham a água quase que só para eles.

– Quanto você conhece do lago Cardinal? – perguntou King.

– Muita coisa. Não sou de perder tempo.

King continuou num tom pedante:

– Você sabia, este lago foi formado pelo represamento de dois rios e depois permitiu que a água se acumulasse ao longo de dez anos. O resultado foi um lago muito profundo, de cinqüenta quilômetros de comprimento, excelente para a pesca, a prática de esportes aquáticos e com cerca de duzentas enseadas e braços de água.

– Uau, você parece o corretor de imóveis que me vendeu minha casa falando. Também refinancia hipotecas?

Eles seguiram na direção da represa hidroelétrica, que, na verdade, eram duas represas, uma acima e uma mais abaixo. Então, chegaram ao canal principal e viraram para oeste. No ponto onde os dois rios se uniam, King rumou para norte até chegarem a um canal que primeiro seguia para norte depois dobrava para leste. Mantiveram este rumo, passando pelos pares de marcos de sinalização do canal que ficavam posicionados rio acima, até que ele puxou a alavanca do acelerador de mão e aproou direto para uma pequena enseada desabitada. Alguns minutos depois ancoraram a uma profundidade de cerca de seis metros de águas límpidas e King apanhou uma cesta de comida e um isopor com refrigerantes e água que tinha preparado.

– Eu vou nadar antes de comermos – disse Michelle.

– Como está o seu braço?

– Mas você quer parar com essa história do braço? Foi apenas um arranhão.

– Por que será que eu acho que se você levasse no peito um tiro calibre trinta-trinta, você pediria apenas um Band-Aid e um dos pequenos, só para completar?

Ela tirou a roupa até ficar só de maiô e mergulhou.

– Deus, a água está fantástica – comentou depois de voltar ao barco.

King examinou o painel de instrumentos.

– A água está a uma temperatura de vinte e um graus, ainda um pouco fria para mim. Só gosto mesmo quando está a vinte e sete, vinte e oito.

– Você quer dizer que é um molengão.

– Também se poderia dizer isso, é verdade.

Depois que almoçaram, King puxou a âncora e partiram de novo. Michelle apontou para uma ponta longa e larga mais adiante. Era uma vista e tanto: uma doca com plano inclinado para abrigar seis barcos, com mirante, bar, área de refeições e galpões de equipamento e cerca de quinhentos metros quadrados de deque, tudo cercado por paredes laterais de cedro e cobertura de telhas de madeira de toras cortadas em pedaços de um metro. Parecia implorar por uma matéria na *Architectural Digest*.

– Aquilo é realmente impressionante. Quem é o dono?

– Qual é, você perde o senso de direção na água? Aquilo é a casa Battle.

– O quê? Eu não sabia nem que o terreno deles dava para o lago.

– Não se constrói uma casa em Wrightsburg sem acesso ao lago. Eles são donos da ponta inteira e mais cerca de oito hectares. A doca fica bastante afastada da casa principal. De fato, não se pode nem ver a mansão do lago. Creio que foi projetada assim, de maneira a não terem desconhecidos passando de barco e espiando o tempo todo. Eles usam carrinhos de golfe para ir e vir.

– Que vida! – Ela franziu os olhos para protegê-los da luz intensa do sol. – Quem está lá fora no barco a vela?

King passou a mão nos binóculos e ajustou o foco no piloto do outro barco.

– Savannah. – Ele refletiu por um momento, então empurrou a alavanca do acelerador de mão para a frente e navegou em direção ao veleiro.

– O que vai fazer?

– Sair para pescar.

Eles se aproximaram do veleiro, que era pouco mais que um Starfish. Savannah tinha uma das mãos na cana do leme e na outra segurava uma lata de Coca-Cola. Ela acenou quando viu quem eram.

– Mentes brilhantes têm as mesmas idéias – gritou King.

Savannah vestia uma camiseta longa sem manga por cima do maiô duas peças. O cabelo estava molhado e puxado para trás num rabo-de-cavalo e seu rosto já começara a ficar avermelhado por causa do sol.

– A água está incrível – comentou.

– Sean se recusa a entrar enquanto não chegar à temperatura da banheira – respondeu Michelle.

– Não sabe o que está perdendo, sr. King – disse Savannah.

– Bem, eu poderia ficar tentado se vocês duas me acompanhassem.

Cada uma levou um minuto para largar a âncora e então, primeiro Savannah e depois Michelle, mergulharam. Quando vieram à tona, King ainda estava sentado na plataforma do barco, com os pés balançando na água.

– O que você está fazendo, Sean? – perguntou Michelle.

– Eu disse que poderia ficar *tentado*, não que mergulharia de verdade.

Michelle e Savannah olharam uma para a outra, uma comunicação silenciosa se estabelecendo entre as duas mulheres. Ambas mergulharam desaparecendo sob a superfície da água.

Quando voltaram à tona ao lado de onde King estava sentado, cada uma tinha um dos pés dele nas mãos.

– Ah, não, vocês – começou King. O que mais ele estivera a ponto de dizer se perdeu quando foi puxado para dentro do lago e imediatamente afundou. Ele voltou à tona cuspindo e praguejando em alto e bom som:

– Isto não é calção de banho! – gritou ele.

– Agora é – respondeu Savannah com satisfação.

Depois de meia hora na água, eles navegaram os barcos rumo à doca e se sentaram no mirante, bebendo as cervejas que Savannah tinha ido buscar na geladeira do bar.

Michelle olhou ao redor para o panorama da montanha e da água.

– Uma vista e tanto.

– Este é realmente meu lugar favorito na propriedade inteira – disse Savannah.

King examinou a coleção de barcos dos Battle.

– Eu já naveguei na grande lancha de cruzeiro Sea Ray, mas não me lembro daquela esportiva Formula 353 FasTech. É uma beleza.

– Papai tinha acabado de comprar no inverno passado. O pessoal da marina veio e a preparou para o verão. Ainda não a pusemos sequer algumas horas no motor. Eddie é o verdadeiro navegador da família. Eu apenas gosto de passear nelas e tomar banho de sol e beber cerveja. Eddie disse que iria sair com ela em breve e testá-la. Pelo que soube, é realmente muito veloz, tem uns motores monstruosos.

King concordou:

– E como, imagine dois motores de quinhentos cavalos Merc EFIs; uma velocidade máxima de mais de 130 quilômetros e velocidade de cruzeiro de cerca de cem. Diga a Eddie que eu adoraria ajudá-lo a testá-la.

– Puxa vida – disse Savannah com um sotaque sulista exagerado –, e eu aqui que estava me divertindo tanto em meu velho barquinho a vela sem nenhum cavalo.

– É claramente coisa de homens, Savannah – comentou Michelle, lançando um olhar divertido para seu parceiro. – Eu não sabia que você era tão ligado em barcos de corrida.

– É fácil quando não se tem dinheiro para tê-los.

Houve um momento de silêncio e King lentamente descansou a cerveja e olhou para a caçula dos Battle com uma expressão séria.

– Você não veio aqui apenas para me admirar de biquíni e cobiçar os barcos, não é? – perguntou ela, retribuindo o olhar dele com uma expressão esperançosa que buscava confirmar a possibilidade de que, de fato, isso fosse tudo em que ele estivesse interessado.

– Na verdade, temos algumas perguntas a fazer.

Savannah imediatamente virou o rosto e sua expressão tornou-se aflita.

– Sally?

– Entre outras coisas.

– Este é um dos motivos pelos quais vim para cá velejar, para fugir disso. – Ela sacudiu a cabeça. – Nunca vou conseguir tirar aquilo da minha cabeça. Nunca. Foi tão horrível, Sean, tão horrível.

Ele pôs a mão sobre a dela e a apertou por um momento antes de soltar.

– Mas só vai piorar se não apanharmos a pessoa que fez aquilo.

– Eu contei a Todd e ao agente Bailey tudo que sei. Nem sequer sabia que Sally estava no estábulo até que...

– E então correu para a casa de seu irmão? – perguntou Michelle. Savannah assentiu. – Dorothea veio abrir a porta. Como parecia ela?

– Sinceramente não me lembro. Eu estava histérica. Me lembro dela ir chamar Eddie, mas então não conseguia acordálo. Então tudo virou um deus-nos-acuda. Apenas fiquei parada junto da porta o tempo todo. Estava com medo de me mexer. Quando eles vieram e levaram Eddie, corri de volta para o meu quarto e puxei as cobertas sobre a cabeça. – Ela deixou seu drinque e se afastou para ir sentar na doca, com os pés na água.

King a observou curiosamente. Que diabo estava atormentando seu cérebro, implorando-lhe que o decifrasse? Ele afinal sacudiu a cabeça, frustrado. Simplesmente não vinha à tona.

– Sua mãe está em casa? – perguntou.

– Não, ela saiu. Alguma coisa a ver com advogados e o testamento.

– Você se importaria se déssemos mais uma olhada nos closets dos quartos de seus pais?

Ela girou sobre as nádegas para olhar para ele.

– Pensei que já tivessem feito isso.

– Nunca faz mal checar uma segunda vez. Poderia ajudar.

Eles embarcaram no carrinho de golfe que Savannah havia dirigido para descer e subiram em direção à casa. Savannah os conduziu pela entrada dos fundos e subiu a escada para o terceiro andar.

– Eu vivo dizendo à mamãe que, se pretende ficar aqui, precisa mandar botar um elevador.

– Subir escadas é um bom exercício – comentou Michelle.

– Não ouça o que ela diz – observou King. – Ponha o elevador.

Savannah abriu a porta do quarto da mãe e parou bruscamente.

– Ah – exclamou ela. – O que está fazendo aqui dentro?

King passou por ela e olhou para Mason com desconfiança.

O mordomo retribuiu o olhar deles sem se perturbar.

– Estava apenas arrumando o quarto de sua mãe, Savannah. As arrumadeiras raramente fazem um bom trabalho. – Então ele encarou King e Michelle com a mesma desconfiança. – Posso ajudá-los em alguma coisa?

– Umm – começou Savannah, os dentes superiores mordendo o lábio inferior.

– Estão molhando o tapete – apontou Mason.

– Estávamos nadando no lago – explicou Michelle.

– Um belo dia para isso. – Ele continuou a encará-los com o olhar indagativo.

– Estamos aqui para dar mais uma olhada no closet de Remmy, Mason – disse King. – Como parte da investigação.

– Mas eu pensei que, já que o sr. Deaver está morto, não houvesse mais investigação em curso.

– Seria de se pensar que não, porém, na verdade, não é este o caso – respondeu King educadamente.

Mason se virou para Savannah:

– Você consultou sua mãe a respeito disso?

King respondeu:

– Ela nos mostrou uma vez antes, Mason. Não posso imaginar que tenha alguma objeção com uma segunda vez.

– Eu sempre gosto de me certificar dessas coisas, Sean.

– Você compreende, como sabemos que Junior não foi o culpado e Remmy agora fez amizade com a viúva dele, cabe a nós descobrir quem de fato levou aquelas coisas. É claro que é do interesse de Remmy que isso aconteça. Mas, se quiser ligar para ela e incomodá-la enquanto está com os advogados de sucessões, tudo bem. Apenas esperaremos aqui.

King podia ver Mason examinando tudo isso em sua mente. Por fim, ele deu de ombros.

– Não vejo em que poderia trazer qualquer prejuízo. Apenas tentem deixar as coisas arrumadas. A sra. Battle é muito exigente.

– Sim, ela é – concordou King.

Mason se retirou e eles imediatamente entraram no closet de Remmy e acessaram a gaveta secreta, examinando-a minuciosamente, mas sem encontrar nada.

– Talvez vocês tenham mais sorte no quarto de papai – disse Savannah.

Enquanto iam saindo do closet, King parou para olhar para algumas fotografias na prateleira defronte à cama de Remmy. Savannah parou ao lado dele.

– Esta sou eu quando tinha doze anos, gorda e feia. Deus, ainda sinto esse aparelho nos dentes.

King levantou uma outra foto, uma antiga, de dois bebês.

Savannah apontou enquanto falava.

– Este é Eddie e este Bobby Jr. Não o conheci, é claro; ele morreu antes que eu nascesse. Não, desculpe, é Eddie à esquerda e Bobby Jr. à direita. – Ela ainda parecia não ter certeza. – Bem, isto é constrangedor, não reconhecer seus próprios irmãos.

– Ora, mas eles eram gêmeos – retrucou King, pondo a foto de volta no lugar.

Eles seguiram para o quarto de Bobby, mas também não tiveram sucesso por lá, pelo menos não de início. Mas, enquanto King examinava a gaveta centímetro por centímetro, ele se retesou.

– Poderia me conseguir uma lanterna? – pediu a Savannah.

– Mamãe tem uma na mesinha-de-cabeceira, para o caso de faltar luz. – Savannah correu e trouxe a lanterna.

King a acendeu dentro da gaveta.

– Vejam isto. – Todos espiaram o interior da gaveta.

– Parecem letras – observou Michelle.

– Isto é definitivamente um *k* e ou/um *c* ou um *o*.

Michelle olhou mais de perto.

– Então há algum espaço e isto é um *p* seguido pelo que parece um *a* ou um *o*.

King se endireitou, com uma expressão pensativa.

– Parece que alguma coisa esteve guardada nesta gaveta e que estas letras de alguma forma mancharam a madeira ficando impressas nela.

– Poderia ter sido molhado – sugeriu Savannah.

King se inclinou para o interior da gaveta e deu uma longa cheirada na madeira. Ele olhou Savannah.

– Bobby bebia neste quarto?

– Papai beber? Ele tem um bar inteiro naquele móvel que parece um aparador em frente à cama dele. Por quê?

– Porque o interior da gaveta cheira a uísque.

– Isto poderia explicar a umidade – disse Michelle, que deu uma cheirada. – Ele estava olhando para lá o que fosse, derramou o drinque na gaveta e as letras foram transferidas do papel para o fundo da gaveta.

King foi para o quarto e voltou com uma caneta e papel que tinha apanhado na escrivaninha de Battle. Escreveu as palavras com os espaços aproximados entre elas.

Kc ___ pa, Ko ___ pa, Ko ___ po

– Kc-pa, Ko-pa ou Ko-po – disse ele lentamente. – Lembra alguma coisa a vocês? – Savannah sacudiu a cabeça.

– Evidentemente, estão nos faltando letras. Se estivéssemos jogando a *Roda da Sorte*, seria aqui que eu pediria um par de vogais – disse Michelle. – O que você acha, Sean?

Ele refletiu um momento antes de responder:

– De alguma forma, isto pode ser o segredo todo, bem aqui, se eu conseguir pensar no que significa.

Michelle teve uma súbita inspiração. Enquanto Savannah estava examinando as letras que King havia escrito, Michelle cochichou na orelha de seu parceiro:

– Será que talvez seja do testamento de próprio punho de Battle que Harry achou que poderia existir?

Nenhum deles ouviu a porta do quarto se fechar silenciosamente atrás da pessoa que estivera ouvindo às escondidas. Nem ouviram o som suave de passos seguindo pelo corredor para a escada.

CAPÍTULO

80

SEAN KING SENTOU-SE RÍGIDO na cama como se alguém o tivesse cutucado com um aguilhão de gado.

Sete horas! Meu Deus, sete horas! Mas não era realmente sete horas, era mais que provável que fosse mais que isso. A referência a sete horas o havia feito pensar na morte de Sally. Ela havia morrido em torno de sete horas, depois de lhe contar sobre Junior. Isto era uma questão importante. Contudo, a diferença de tempo de sete horas ainda há pouco o fizera admitir um fato espantoso, tão espantoso que, com aquela única revelação, tudo mais começara a se encaixar com perfeição.

Ele tateou e encontrou o relógio na mesinha-de-cabeceira. Era uma hora da manhã. King se levantou cambaleante da cama, tropeçou em alguma coisa que Michelle descuidadamente havia deixado no chão do quarto de hóspedes e caiu agarrando o dedão do pé. Tateou ao redor e encontrou o objeto. Era um haltere de nove quilos.

– Pelo amor de Deus! – berrou para ninguém em particular. Levantou-se esfregando o pé e saiu mancando pelo corredor até o quarto dela. Estava a ponto de entrar de supetão quando pensou melhor. Apanhar Michelle Maxwell assim de surpresa poderia lhe valer uma passagem de ida para o necrotério. Ele bateu na porta.

– Você está vestida?

Uma voz sonolenta atravessou os dois centímetros e meio de madeira da porta.

– Quê?

– Se você ainda mantém aquela metralhadora calibre cinqüenta debaixo do travesseiro, não empunhe. Eu venho em paz.

Ele entrou no quarto e acendeu a luz. Ela estava sentada na cama esfregando os olhos.

– Gosto de sua escolha de lingerie – comentou ele, olhando para o conjunto largo de calça e blusão de malha cinza blasonado com o acrônimo WIFLE, que era a abreviação de *Women in Federal Law Enforcement* [Mulheres nas Forças de Segurança Federais]. – Use isto em sua lua-de-mel e seu maridinho nunca a deixará sair da cama.

Ela olhou para ele com irritação.

– Foi por isso que me acordou, para criticar meu pijama?

Ele se sentou ao lado dela.

– Não, tenho uma coisa que preciso que você faça enquanto eu estiver fora.

– Fora? Fora onde?

– Tenho algumas coisas que preciso investigar.

– Eu irei com você.

– Não, preciso de você aqui. Quero que fique de olho nos Battle.

– Os Battle. Quais?

– Todos eles.

– E como exatamente vou poder fazer isso?

– Vou ligar para Remmy e dizer que você precisa fazer mais algumas perguntas. Ela reunirá todo mundo em sua casa e isto facilitará as coisas para você.

– O que exatamente devo perguntar a eles?

– Você encontrará uma porção de coisas, não se preocupe.

Ela cruzou os braços e olhou para ele com teimosia.

– Que diabo está acontecendo?

– Ainda não tenho certeza, mas realmente preciso que você faça isso.

– Está escondendo coisas de mim de novo. Sabe que eu detesto isso.

– Ainda não sei de nada definido. Mas você será a primeira a saber. Eu juro.

– Pelo menos vai me dizer que coisas você vai investigar?

– Está bem. Vou pedir a um amigo meu que examine os resultados da autópsia de Bobby.

– Por quê?

– Depois – prosseguiu ele, ignorando a pergunta –, vou ao hospital da UVA fazer uma pequena pesquisa sobre certos narcóticos. Então vou fazer um trabalhinho de antiquário.

Ela levantou as sobrancelhas.

– Antiquário?

– Depois disso, vou visitar o médico de família de Bobby Battle. Tenho algumas perguntas a fazer que poderiam esclarecer muita coisa. E por último, mas não menos importante, vou até Washington para comprar um certo aparelho que poderia nos auxiliar muitíssimo.

– E isto é tudo que você vai me contar?

– É.

– Puxa, obrigada por toda a confiança que tem em mim.

Ele se levantou.

– Escute, Michelle. Se eu lhe contasse exatamente o que estou pensando e depois se revelasse que estou completamente enganado, poderia levar você a confiar na pessoa errada. Até saber se estou certo ou não, tenha uma coisa em mente: enquanto não apanharmos esta pessoa, ninguém é seu amigo. E estou falando sério, ninguém.

Ela o encarou olhos nos olhos:

– Você está tentando me assustar?

– Não, estou tentando nos manter vivos. Já levamos tiros duas vezes. Não quero que a terceira vez seja a que quebre o encanto.

CAPÍTULO

81

ENQUANTO KING ESTAVA TENDO sua epifania e conferência noturna com Michelle, um homem com assassinato em mente havia entrado na residência de Jean e Harold Robinson. Usando um capuz preto, ele havia aberto a tranca da porta do porão e entrado silenciosamente. Era fácil quando se tinha a chave e ele tinha, tendo usado as impressões que moldara no shopping-center para fazer uma. Antes de entrar na casa, havia cortado as linhas telefônicas. No interior, moveu-se rapidamente subindo a escada, pois conhecia bem o layout da casa. Havia quatro ocupantes e sabia onde se encontrava cada um, depois de ter feito o reconhecimento da residência várias vezes. Além disso, também tinha estudado uma planta esquematizada da casa que, convenientemente, era exibida no site do construtor.

Como havia deduzido no shopping-center onde avistara pela primeira vez a *soccer mom* Jean Robinson, a família tinha um sistema de segurança, mas não o usava. As três crianças – o bebê para quem tinha acenado na camionete e os dois garotos mais velhos – estavam dormindo no andar de cima. A mulher e o marido tinham uma suíte master no andar principal, só que o marido não estava em casa, motivo pelo qual estava ali naquela noite.

O sistema de aquecimento se acendeu com um estremecimento, enchendo a casa de ar aquecido a gás. Sob a cobertura do som, ele correu pelo corredor para o dormitório principal. Parou para ouvir junto à porta por um-dois-três segundos. Tudo que escutou foram os roncos suaves da sra. Robinson, que estava esperando por ele sem sequer saber que o fazia. Ele abriu a porta e a fechou suavemente atrás de si. Seus olhos havia muito tempo já tinham se ajustado à escuridão. Jean Robinson era uma pequena protuberância do lado esquerdo da cama California King. Usava uma camisolinha branca transparente. Ele a estivera espiando pela janela enquanto ela se vestia. Ela tinha o mau hábito de não fechar completamente as cortinas e deixar a luz acesa quando se despia. Como a janela dava para o quintal dos fundos, provavelmente presumira que tinha privacidade. Presumira de maneira incorreta, é claro, como a maioria das pessoas fazia com relação ao fato de ter qualquer privacidade. Sempre havia alguém olhando. Sempre.

Ela havia recuperado a forma rapidamente depois do terceiro filho. A barriga estava mais uma vez achatada, os seios ainda grandes por amamentar o bebê, as pernas esguias, o traseiro rechonchudo, mas de uma maneira muito atraente. O marido sem dúvida a amava e eles tinham uma vida sexual saudável. No entanto, que interesse tinha isso para ele na verdade? Não estava aqui para estuprar a mulher, só para matá-la.

A mordaça foi enfiada em sua boca num instante, impedindo qualquer som que ela pudesse ter feito. Depois de um segundo de confusão quanto ao que estava acontecendo com ela, todos os músculos em seu corpo se retesaram. Ele a agarrou por trás, esmagando-a contra a cama. Contudo, era mais forte do que poderia ter imaginado; ela lutou contra ele. Sua mão se estendeu para trás, agarrou o capuz e o arrancou fora.

Ele entrou em pânico e bateu-lhe a cabeça com violência contra a madeira maciça da cabeceira da cama, uma vez, duas, uma terceira vez, até que a sentiu desfalecer. Bateu com ela mais uma vez contra a sólida peça de carvalho e pensou ter ouvido seu crânio se fraturar, se é que era possível ouvir uma coisa dessas. Enquanto um antebraço fazia pressão contra a nuca de Jean, a mão livre buscava freneticamente o capuz. Ele o encontrou cerrado no punho dela. Arrancando-o, tornou a enfiá-lo. Pondo o braço sob a cintura fina da mulher, ele a levantou totalmente da cama e a arremessou com violência, de cabeça, contra a madeira uma última vez.

Virou-a de frente e olhou para os olhos dela. Estavam abertos, fixos, sem vida; o sangue da cabeça esmagada escorria, manchando os seios expostos. Ele tirou completamente a camisolinha e a atirou longe, do outro lado do quarto, levantou o corpo nu e o posicionou no chão. Empunhou a faca que havia roubado da cozinha dos Robinson e começou a recortar a pele dela, marcando-a com desenhos muito complexos. A polícia não deveria ter problema nenhum em reconhecer este aqui, pensou ele enquanto trabalhava. Arriscou-se a acender um pequeno abajur na mesinha-de-cabeceira e usou a lâmina da faca para limpar-lhe as unhas, extraindo os pedaços do capuz de debaixo delas. Estes ele guardou no bolso.

Pegou o relógio dela na mesinha-de-cabeceira, o acertou para marcar seis horas, puxou o pino para fora e apertou a pulseira ao redor de seu pulso.

Quando acabou, tentou sentir-lhe o pulso, só para se certificar. Desaparecera por completo, Jean Robinson tinha deixado de existir. O próximo passo para a mulher seria a açougueira licenciada, dra. Díaz. Harold Robinson agora era um viúvo com três filhos pequenos para cuidar. E o mundo continuaria, o que provava absolutamente a sua tese, não que nada disso realmente tivesse alguma importância. *Todos nós somos substituíveis.*

Agarrou a camisolinha, que poderia ter resíduos seus, e a enfiou no bolso. Não podia se dar ao luxo de passar o aspirador antes de sair por causa dos outros ocupantes da casa; de fato, tinha sorte de que os sons da mãe deles sendo espancada até a morte não tivesse acordado os meninos mais velhos.

Ele se virou mais uma vez para admirar seu trabalho. Sim, estava tudo elegantemente arrumado – serviço de primeira, na verdade.

À sua saúde, sra. Robinson.

Ele foi para a cozinha, encontrou a bolsa da mulher, tirou o telefone celular, apertou o botão da agenda, obteve o número que queria e ligou para o bom marido, que estava na estrada, não muito distante dali. Ele disse quatro palavras simples. "Sua esposa está morta." Então encerrou a ligação e desligou o celular. Estendeu a mão para o topo do armário da cozinha e recuperou o aparelho de escuta que tinha plantado ali numa visita anterior. Não precisaria mais dele.

Agora tinha mais uma tarefa a executar e então estaria tudo acabado, pelo menos por aquela noite. Começou a se encaminhar para a escada dos fundos que levava ao porão.

– Mãe?

Ele gelou, imobilizado ali na passagem, enquanto a luz no corredor do andar de cima se acendia. O som de passadas se aproximou; eram passos curtos, hesitantes; pés descalços escorregando no piso de madeira.

– Mãe?

O garotinho apareceu no alto da escadaria e olhou para baixo. Numa das mãos segurava um cachorro de pelúcia que vinha arrastando consigo. Vestia cuecas brancas e uma camiseta do Homem Aranha. Esfregou os olhos sonolentos com o punho pequenino, rechonchudo.

– Mamãe? – chamou ele de novo. Ainda olhando para baixo, afinal, o menino viu a sombra do capuz negro na base da escada.

– Papai?

O assassino ficou parado ali e olhou fixamente para a criança. Sua mão enluvada deslizou para dentro do bolso, os dedos tocaram a faca. Estaria acabado num instante. Uma dupla em vez de apenas uma morte, que importância tinha? *Mãe e filho, que diabo de importância tem?* Ele se tensionou para fazer exatamente isso. Contudo, não se moveu. Simplesmente encarou o pequenino vulto delineado pela luz fraca; a testemunha ocular em potencial.

– Papai? – chamou o menino novamente, a voz agora se elevando, com medo, quando não houve resposta.

Ele recuperou o controle bem a tempo.

– É o papai, meu filho, volte para a cama, vá dormir.

– Pensei que você tivesse que ir, papai.

– Eu me esqueci de uma coisa, Tommy, é só isso. Vá dormir antes que acorde seus irmãos. Você sabe que quando seu irmãozinho começa a chorar, não tem mais jeito. E dê um beijo em Bucky por mim – acrescentou ele, se referindo a um urso de pelúcia. Embora não pudesse imitar exatamente a voz do pai, saber o nome do filho e que ele tinha irmãos e outros detalhes íntimos certamente acalmariam o garotinho.

Havia pesquisado os Robinson exaustivamente. Sabia tudo a respeito deles, dos apelidos aos números da Previdência Social, dos restaurantes favoritos aos vários esportes que os dois meninos mais velhos, Tommy e Jeff, jogavam: Tommy beisebol e Jeff futebol. Sabia que Harold Robinson tinha saído de casa pouco antes da meia-noite a caminho de Washington, D.C... que a mãe deles os amava muito... que naquela noite havia lhes tomado aquela pessoa para sempre. Ele o fizera apenas porque ela tivera o imenso infortúnio de passar por seu radar enquanto comprava leite e ovos. Poderia ter sido a mãe de qualquer um. De qualquer um. Mas apenas calhara de ser a de Tommy. E de Jeff, o irmão de doze anos. E do pequeno Andy, de um ano, que sofrera de cólica durante os primeiros seis meses de vida. Eram espantosos os detalhes íntimos que as pessoas contavam se a gente apenas ouvisse. Apesar disso, ninguém realmente ouvia mais, exceto, talvez, os padres. E assassinos como ele.

Ele largou a faca no bolso. Tommy teria a oportunidade de crescer. Um Robinson era suficiente para aquela noite.

– Volte para a cama, filho – disse de novo em tom mais firme.

– Está bem, papai. Eu amo você. – O garotinho girou os calcanhares e seguiu de volta pelo corredor.

O homem do capuz negro ficou parado ali por tempo demais, o olhar fixo parado no espaço onde o sonolento Tommy estivera, onde ele dissera: *Eu amo você, papai.* Ele deveria estar cuidando de sua fuga; concluindo sua última tarefa. *Eu amo você, papai.*

Subitamente, sentiu-se envergonhado de estar na mesma casa com a criança que dissera isso a ele, por mais que tivesse sido equivocadamente. Amaldiçoou-se. *Vá, vá agora. O marido provavelmente está ligando para a polícia agora neste instante. Vá, seu idiota!*

Lá embaixo, no porão inacabado, ele acendeu a lanterna sobre o encanamento coberto com tampa que marcava uma futura área de toalete. Desatarraxou a tampa, tirou o grande saco plástico de objetos, enfiou-a no cano e atarraxou a tampa de volta de maneira cuidadosa. Ao introduzir e esconder falsos indícios não se podia ser nem óbvio demais nem estúpido demais. Sua manobra tática tinha que ser perfeita.

Saiu discreta e silenciosamente, atravessou o quintal e se encaminhou para o fusca azul que estava estacionado a vários quarteirões de distância. Tirou o capuz enquanto se afastava no carro. Então fez uma coisa que nunca tinha feito antes: seguiu direto para a casa onde havia acabado de cometer, talvez, o mais odioso de todos os seus crimes. A mãe assassinada estava no quarto dela, Tommy no dele – a terceira água-furtada a partir da esquerda. As crianças acordavam às sete para estar prontas para a escola. Se a mãe não estivesse de pé a esta hora, eles iriam chamá-la. Ele consultou o relógio; agora era uma da manhã. Tommy tinha talvez mais seis horas de normalidade.

– Aproveite-as, Tommy – murmurou para a janela escura. – *Aproveita-as... E sinto muito.*

Ele se afastou no carro, lambendo o sal das lágrimas que lhe escorriam pelo rosto.

CAPÍTULO

82

KING JÁ HAVIA PARTIDO NUM carro alugado quando Todd Williams telefonou para Michelle com a notícia da morte de Jean Robinson. Quando ela chegou à casa onde ocorrera a tragédia, estava cercada por carros de polícia e veículos de emergência. Os vizinhos observavam aterrorizados de janelas e de varandas. As três crianças Robinson tinham ido para a casa de um parente nas vizinhanças, com o pai.

Michelle encontrou Williams, Sylvia e Bailey no quarto principal; todos os três estavam de olhos fixos na antiga dona da casa.

Michelle recuou ligeiramente ao ver o que tinha sido feito à mulher.

Sylvia olhou para ela e balançou a cabeça com compreensão:

– Estigmatizada.

As palmas das mãos e os pés de Jean Robinson tinham sido mutilados como se para se assemelhar às marcas das chagas de Cristo na cruz. E seu corpo também tinha sido posicionado como o do filho de Deus naquele objeto de madeira cinzelada.

Bailey disse em tom cansado:

– Bobby Joe Lucas. Ele fez exatamente a mesma coisa em catorze mulheres no Kansas e Missouri no princípio da década de 1970, depois de estuprá-las.

– Estou bastante segura de que não ocorreu estupro aqui – disse Sylvia.

– Não estava sugerindo isso. Lucas morreu de um ataque do coração na prisão, em 1987. E, de acordo com o marido, a camisola dela está faltando. Isto se encaixa no *modus operandi* de nosso assassino.

– Onde está Sean? – perguntou Williams.

– Está fora, buscando respostas para algumas perguntas.

Bailey olhou para ela com desconfiança.

– Onde?

– Sinceramente não sei.

– Eu pensei que Batman não fosse a lugar nenhum sem Robin – disse o agente do FBI em tom sarcástico.

Antes que Michelle pudesse disparar uma resposta, Williams disse:

– Bem, você não pode ligar para ele? Ele iria querer ter conhecimento disso.

– O telefone celular dele foi destruído durante a perseguição com Roger Canney. Ainda não o substituiu.

– Tenho certeza de que ele tomará conhecimento disso em muito pouco tempo – disse Sylvia. – Más notícias sempre chegam mais depressa que as boas.

– Onde está o marido?

Williams respondeu:

– Com os meninos. Ele estava na estrada quando aconteceu. É vendedor de uma companhia de alta tecnologia. Disse que recebeu um telefonema do celular da esposa pouco antes de uma da manhã. A voz disse que sua esposa estava morta. Ele tentou ligar de volta para o celular dela mas não respondia. Então tentou ligar para casa, mas a linha não estava funcionando. Depois descobrimos que havia sido cortada. Então ele ligou para 911.

– Quando Robinson chegou aqui?

– Cerca de uma hora depois de meus homens. Ele estava a caminho de Washington para uma conferência de vendas.

– Ele gosta de viajar um bocado tarde da noite.

– Disse que queria pôr os filhos na cama e passar algum tempo com a esposa antes de ir – respondeu Bailey.

– Algum motivo para suspeitar dele? – perguntou Michelle.

– Exceto o fato de que não há sinais de entrada forçada, nenhum que possamos ver – respondeu Williams.

– E ninguém viu nada? – perguntou ela.

– Só havia as três crianças em casa. O bebê, é claro, não pode nos ajudar. O menino mais velho...

Uma policial entrou apressada no quarto.

– Chefe, eu acabei de entrevistar Tommy, o filho do meio. Ele disse que o pai estava em casa ontem à noite quando ele acordou. Não sabe dizer que horas eram. Disse que o pai disse a ele que havia esquecido alguma coisa e que voltasse para a cama.

Naquele instante, um outro policial entrou correndo.

– Encontramos alguma coisa no encanamento do porão.

Eles colocaram o saquinho tirado do encanamento sobre a mesa da sala de jantar e observaram o conteúdo através do plástico transparente.

– A medalha de são Cristóvão, a argola de umbigo, a pulseirinha de ouro de tornozelo, a fivela de cinto e um anel de ametista – inventariou Williams.

– Todas as coisas tiradas de cada uma das cinco primeiras vítimas – disse Bailey.

Williams imediatamente se virou para um de seus policiais.

– Quero que Harold Robinson seja detido e posto sob custódia neste instante.

CAPÍTULO

83

A PRIMEIRA PARADA DE KING havia sido para ver um médico seu amigo, em Lynchburg, que também era um patologista muito respeitado. Ele tinha examinado os resultados da autópsia de Bobby Battle muito cuidadosamente. Um laudo mais detalhado havia sido preparado por Sylvia, que incluía os resultados toxicológicos e exame microscópico de tecido cerebral de Battle.

– A partir do achado global do enrugamento incomum da aorta torácica e das lesões microscópicas no cérebro, eu certamente não posso deixar de considerar a hipótese, Sean – concluiu seu amigo especialista. – Estes são, sem dúvida, sinais reveladores da doença.

– Mais uma pergunta – disse King. – Pode afetar o feto?

– Você quer dizer: se pode atravessar a placenta? É claro.

A parada seguinte de King foi o hospital de UVA, onde se encontrou com um professor no departamento de farmacologia. Aquilo, na verdade, era o que havia feito com que tudo começasse a se mover e a espicaçar sua mente.

O professor lhe informou que "uma pessoa que abusa de narcóticos fortes cria uma tolerância crescente a eles. Com o passar do tempo, o efeito desejado fica diminuído e doses maiores são necessárias para alcançar o resultado desejado".

King havia lhe agradecido e voltado ao carro. *Bem, eu conheço com certeza alguém que tem andado tomando narcóticos fortes: Dorothea.*

Seu alvo seguinte foi uma loja de antiguidades na área de shoppings no centro de Charlottesville, onde já havia estado várias vezes. Com a ajuda do dono, ele encontrou o objeto que estava procurando.

– É um disco chave de escrita cifrada – explicou o dono. Ele apontou para o objeto redondo de metal que tinha um anel externo de letras e um interno. – Você pode decodificar mensagens em código desse modo. Move os anéis de modo a alinhar os dois conjuntos de letras: substitui o *a* por *e*, *s* por *w* e assim por diante.

– E se você estiver errado por uma letra ou um *tico* fora do alinhamento, o significado inteiro da mensagem muda? Basta um tico fora, certo?

– Esta é uma boa maneira de descrever. Um tico fora, e a coisa inteira muda.

– Não pode nem imaginar como tudo isto é inacreditavelmente satisfatório. – King comprou o disco chave de escrita e se foi, deixando o dono da loja fitando-o com curiosidade.

Um pouco mais tarde, ele estava conversando com o médico particular de Bobby Battle, um profissional proeminente na área e um homem a quem conhecia bem.

King abordou os resultados da autópsia com o cavalheiro, que examinou o laudo muito cuidadosamente e, então, tirou os óculos de aro de metal e disse em tom cauteloso:

– Eu fui médico pessoal dele apenas durante os últimos vinte anos, sabe.

– Mas percebeu mudanças?

– Na personalidade dele, sim, é claro que sim. Mas ele já estava bem entrado nos anos. Metade de meus pacientes tem mudanças de personalidade quando chegam a essa idade.

– Mas, no caso de Bobby, o senhor suspeitou de que esta fosse a causa?

– Não necessariamente. De maneira geral, é um caso brando de demência ou dos princípios de mal de Alzheimer. É claro, não tive o benefício de um exame *post-mortem*.

– O senhor mandou fazer algum exame enquanto ele era seu paciente?

– Os sintomas não eram extremos e sabe como ele era. Se não quisesse que nenhum exame fosse feito, não se faria nenhum. Contudo, estes resultados da autópsia poderiam indicar que ele havia alcançado um estágio avançado. E, atenção, sublinho a palavra *poderia*.

– O senhor alguma vez falou com Remmy a respeito disso?

– Não era minha posição fazê-lo e eu não tinha nenhuma prova concreta. Eu suspeitava de que ela soubesse que alguma coisa estava errada – acrescentou ele rapidamente.

– E, apesar disso, eles tiveram Savannah.

– Tipicamente, a penicilina tem sido muito eficaz contra a doença. E o fato é que Savannah é saudável.

– Se Bobby tinha a doença, quanto tempo poderia ter estado no corpo dele?

– Décadas. É crônica. Pode ter uma longa evolução no corpo quando não é tratada.

– Então ele poderia ter contraído depois de ter tido Savannah?

– Ou poderia ter tido antes. No estágio avançado, não é sexualmente transmissível, assim, mesmo que ele tivesse a doença quando Savannah foi concebida, não teria havido nenhum perigo para o feto.

– Ainda assim, Remmy poderia ter contraído?

– Não conheço o médico dela, mas, se contraiu, imagino que tivesse procurado tratamento.

King conversou com o médico por mais vários minutos, depois agradeceu ao homem e se foi.

Tinha mais uma parada a fazer. Telefonou antes para se certificar de que a loja estivesse aberta. Duas horas depois, estava entrando em um estacionamento-garagem no centro de Washington D.C. Minutos depois, entrou numa loja varejista muito especial, onde conversou durante algum tempo com um dos funcionários.

– Isso dá conta do recado? – perguntou King ao funcionário, mostrando o tal equipamento que o homem lhe tinha dado em resposta a seu pedido.

– Sem qualquer dúvida.

King dirigiu de volta para o barco onde morava, com um grande sorriso no rosto. Como havia aprendido ao longo dos anos, informação era coisa de *rei*, como seu nome.

Tinha acabado de entrar no barco quando ouviu o som de passadas do lado de fora. Olhou pela janela e viu Michelle correndo em direção à doca.

Saiu para o convés enquanto chegava junto dele ainda correndo.

– Estive procurando você em toda parte – disse ela.

– O que houve?

– Eles acham que encontraram o assassino.

King olhou para ela com perplexidade.

– O quê? Quem?

– Venha, vamos, preciso pôr você a par de muita coisa.

Os dois correram para a camionete.

CAPÍTULO

84

– E O GAROTINHO TEM *CERTEza* de que era o pai dele? – perguntou King pela terceira vez.

Eles estavam na chefatura de polícia, passando em revista os acontecimentos da casa dos Robinson na noite anterior.

– Foi isso o que ele disse – respondeu Williams. – Não sei por que mentiria a respeito disso.

– Mas ele disse que estava no alto da escada olhando para baixo, para o escuro.

– O pai dele falou com ele. Sabia o nome dele, o nome do irmão e que havia um bebê lá em cima e até mesmo o nome do bicho de pelúcia de Tommy. Quem mais poderia ser? – King não respondeu: se recostou na cadeira e brincou com a caneta que segurava.

Williams prosseguiu.

– E encontramos todos os objetos tirados de cada uma das cinco vítimas de assassinato na casa do homem.

– Encontraram digitais neles? – perguntou King incisivo.

– Nenhuma. Mas isso não me surpreendeu nada. Não encontramos impressões digitais em nenhuma das outras cenas do crime.

– Bastante conveniente, deixar todas as provas na casa dele.

– Não, nós tivemos foi uma sorte danada de encontrá-las. Meu policial só reparou porque a tampa do encanamento estava torcida meio torta na rosca enquanto as outras tampas estavam direitas. Ele estava lá em busca de maneiras pelas quais o sujeito poderia ter entrado e reparou nisso.

– Qual é a história de Robinson?

– Saiu de casa por volta de meia-noite e estava quase na metade do caminho para Washington quando recebeu o telefonema.

– Ele não parou em lugar nenhum?

– Não. O celular da esposa dele de fato ligou para o dele nessa hora. Nós checamos. Mas ele poderia ter estado parado dentro de casa e feito isso com os dois telefones.

– Mas, apesar disso, ele apareceu mais de uma hora depois de vocês chegarem à casa? – questionou King teimosamente.

– Então ele ficou dando voltas de carro aquele tempo todo para arranjar um álibi para si mesmo. E, na verdade, não pareceu tão arrasado com o fato de que sua mulher estava morta. Pegou os meninos e foi para a casa de um parente.

– E o motivo dele para matar todas essas pessoas?

– Ele é um assassino serial disfarçado de pai de classe média. Não seria a primeira vez. Escolheu suas vítimas e as matou.

– Mas então como fica a ligação entre Deaver, Canney e Battle?

– Coincidência ou a ligação estava errada.

– E a teoria de por que ele matou a esposa? – persistiu King.

– Talvez ela suspeitasse dele – sugeriu Bailey. – E teve que matá-la antes que estas suspeitas se tornassem perigosas e tentou ligar isso aos assassinatos em série. O sujeito está na estrada sozinho durante a noite com muita freqüência, perfeito para um assassino serial. Agora, no momento, estamos verificando o paradeiro dele no horário em que ocorreu cada um dos outros crimes. Era um risco, matar em sua própria casa. Mas ele poderia ter sentido que não tinha escolha. Se seu filho não o tivesse visto, nós nunca teríamos suspeitado.

– Sim, meus instintos me dizem que é o nosso homem – disse Williams.

– No entanto, o filho fala com ele e o menino ainda está vivo? – questionou King.

Bailey respondeu:

– Talvez até um animal desses tenha seus limites. Ou talvez ele tenha pensado que o filho estivesse meio adormecido e que não fosse se lembrar da conversa ou que ninguém acreditaria nele, se o menino contasse a alguém. Você é advogado. Um advogado de defesa poderia fazer uma farra com um menino tão pequeno.

King se recostou com exasperação enquanto Bailey o observava com atenção.

– Sua parceira disse que você tinha estado fora, fazendo investigações por conta própria. Descobriu alguma coisa?

Havia a medida exata de deboche por trás da pergunta do agente do FBI para fazer com que King tivesse vontade de estrangular o homem. Como se percebendo isso, Michelle, por uma vez, pôs a mão no ombro dele para acalmá-lo.

– Fique frio – sussurrou por entre dentes.

– É aqui neste ponto que eu devo dizer: "Dane-se Michelle?" – murmurou em resposta.

Em vez disso, King se levantou e disse:

– Bem, se ele *é* o homem, meus parabéns. Apenas mantenham-nos informados. – Ele tirou a insígnia de policial. – Quer isto de volta, *chefe*?

– Não. Não está *oficialmente* encerrado enquanto não obtivermos uma confissão ou mais provas.

– Bom, porque me agrada ser um agente de polícia agora. De fato, poderia ser útil.

Ele saiu da sala.

– Ora, isso é que é inveja – comentou Bailey.

Michelle imediatamente saiu em defesa de seu parceiro.

– Não temos certeza de que Robinson seja o homem.

– Bem, estamos nos aproximando depressa deste ponto – retrucou Bailey.

Michelle se levantou para ir embora.

– Ah, Michelle – disse Bailey –, não se esqueça de nos manter informados sobre quaisquer outros *progressos* que vocês dois façam. Tenho certeza de que serão inestimáveis para a investigação.

– Chip, este foi o comentário mais inteligente que você fez desde que o conheci.

Ela seguiu King e o encontrou do lado de fora.

– Então o que você acha? – perguntou-lhe.

– Acho que vamos deixar que eles mantenham Robinson preso. Ele provavelmente estará mais seguro na cadeia.

– Mas você não acha que foi ele.

– Não, eu *sei* que não foi ele.

– Mas sabe quem foi?

– Estou chegando lá. Você teve uma chance de falar com os Battle?

– Não depois de que tudo isso aconteceu. Ainda quer que eu fale?

King refletiu por um momento, a mão tamborilando no capô do carro enquanto o fazia.

– Não, vamos direto ao ponto. Nosso tempo está se esgotando.

– Você acha que ele vai matar de novo?

– Ele arrumou tudo para que a polícia pense que o assassino está trancado na cadeia. Esta é a saída dele. Apesar disso, as probabilidades são de que Robinson deva ter um álibi para pelo menos um dos assassinatos. Porém, quanto mais tempo esperarmos, menos chance teremos de apanhar o verdadeiro assassino.

– Se ele não atacar de novo, por que manter Robinson na cadeia?

– Porque, se ele sair, estou convencido de que será encontrado em algum beco com uma bala na cabeça e um bilhetinho conveniente na mão fria e morta dizendo: "Fui eu."

– Então o que fazemos agora?

King abriu a porta da camionete dela.

– Agora está na hora de tentarmos acertar o melhor golpe que pudermos. E pedir a Deus para que seja um nocaute.

CAPÍTULO

85

ELE ESTAVA NA METADE DA LISTA que havia tirado do trailer de Junior Deaver. Os outros levariam tempo, mas havia conseguido ganhar algum espaço para respirar. A polícia tinha prendido Harold Robinson. Na verdade, ele dera sorte com o fato de Tommy ter acordado e identificado o pai como estando em casa, conforme relatavam os jornais. Isto e mais a descoberta dos objetos pertencentes às cinco vítimas parecia confirmar Robinson como o autor da matança desenfreada. Algo que havia sido sua intenção o tempo todo. Se iria se sustentar não sabia. Se Robinson tivesse um álibi para pelo menos um dos assassinatos, poderia levar o navio inteiro a pique, mas, até isso acontecer, ele teria espaço onde trabalhar. E a esposa de Robinson, a corroborante natural para o paradeiro do marido, estava morta. Isto tornaria a verificação do álibi pela polícia um pouco mais difícil. Havia mais um assassinato a cometer, mas não estava preocupado com a possibilidade da polícia relacioná-lo aos crimes anteriores e inocentar Robinson. Eles nunca encontrariam o corpo de sua próxima vítima. Na verdade, não restaria coisa nenhuma para ser encontrada.

Recentemente, ele havia descoberto uma informação muito intrigante. Quando verificara a gravação da escuta do telefone instalado no escritório de Maxwell e King, ouvira a conversa que Michelle tivera com Billy Edwards. Três anos e meio antes, o grande Bobby Battle e sua imperiosa esposa tinham tido uma violenta discussão no celeiro onde ficavam os carros. E o Rolls-Royce havia sido danificado. Mais de três anos e meio atrás. De fato, no dia antes de Edwards ter sido mandado embora.

Ele ficou sentado remoendo isso. Havia alguma coisa, se ao menos pudesse se lembrar do que era. Finalmente, retornou à sua lista, que mostrava as pessoas para quem Junior Deaver havia feito trabalhos no passado recente. Imaginava que, se alguém tinha incriminado Junior falsamente pelo roubo, teria que ter tido acesso a seu trailer e objetos pessoais. Além disso, deduziu que a pessoa que tivesse cometido o roubo provavelmente tinha matado Bobby Battle. Este ato não só roubara sua glória como arruinara tudo pelo que ele havia trabalhado. Por este pecado somente a punição máxima serviria.

Michelle e King estavam reunidos no escritório.

– OK, Sean, chega de respostas fáceis, basta de conversa fiada. Estou cansada de ser mantida no escuro. Você disse que tínhamos que dar a este sujeito nosso melhor golpe. E pedir a Deus que fosse um nocaute. Quero saber de tudo que você sabe. E quero saber agora, neste instante.

– Michelle...

– Tudo agora, Sean, ou pode procurar outra sócia!

King se recostou na cadeira e suspirou pesadamente.

– Tudo bem, eu sei quem matou Bobby Battle. Falei com uma porção de médicos, fiz minhas compras de antiguidades, fiz algumas outras pesquisas e consegui elucidar algumas peças do quebra-cabeça e tudo se sustenta.

– Quem é?!

– Deixe-me dizer primeiro que você não vai acreditar.

– Ótimo, não vou acreditar.

King brincou com um clipe de papel sobre a escrivaninha.

– Harry Carrick matou Bobby Battle.

– Você está maluco? Que possível motivo poderia Harry... – King a interrompeu.

– O mais antigo dos motivos possíveis. Ele está apaixonado por Remmy. É apaixonado por ela há décadas.

– Mas você está dizendo que ele também arrombou e roubou a casa dos Battle?

– Estou. Lembre-se, ele é um velho amigo dos Battle. Seria relativamente fácil para ele conseguir uma chave da casa e também obter o código para desativar o sistema de segurança.

Então, ele apenas arrebenta a janela e faz com que pareça um arrombamento. Harry disse que Junior tinha feito serviços para ele. Você viu a picape de Junior. Estava cheia de ferramentas, roupas. Harry poderia ter tirado qualquer coisa que quisesse para incriminar Junior. E, além disso, ele foi promotor e juiz de comarca durante anos, portanto não é nenhum neófito quanto a impressões digitais. Poderia ter retirado uma digital de Junior e deixado na casa dos Battle.

– Mas por que ele roubaria dos Battle?

– Creio que Bobby tinha provas incriminadoras do caso amoroso deles no esconderijo secreto, em seu armário. Se for verdade, ele provavelmente faria com que parecesse que o compartimento secreto de Remmy era o verdadeiro alvo, enquanto, na realidade, estava atrás do que havia dentro do de Bobby.

– Que tipo de prova incriminadora Bobby poderia ter?

Em resposta, King abriu a gaveta e tirou uma foto. Ele a virou ao contrário e apontou para a parte de trás.

– Kc-pa? Ko-pa? Por que não tentamos papel Kodak?

Michelle lentamente estendeu a mão e pegou a foto. Passou os dedos sobre as palavras "*Kodak paper*" impressas no verso.

– E isso descolou parcialmente para o fundo da gaveta. – King assentiu. – Então ele tinha uma foto de Remmy e Harry em alguma posição comprometedora?

– Tem de ser. Foi por isso que Harry apresentou sua teoria de um testamento roubado do armário de Bobby, para nos tirar da trilha certa. Em minha opinião, Harry e Remmy deviam estar nisto juntos. Tinham que recuperar a foto mas fazer com que parecesse que houvera um roubo em que as coisas de Remmy tinham sido tudo que fora levado. De acordo com esta teoria, Remmy teria dado a Harry a chave e o código de acesso para desarmar o sistema. O que eles provavelmente não se deram conta foi de que o sistema tem uma função de arquivo. Sem que Remmy soubesse, eu verifiquei este registro. À uma e meia da manhã, quando ocorreu o roubo, o sistema de segurança foi desligado por alguém que inseriu o código de acesso. Ninguém jamais tinha verificado isso antes, porque todo mundo presumiu que tivesse sido um roubo.

– Assim, eles conseguiram pegar a foto.

– E então só há mais uma coisa a fazer.

– Matar Battle – disse Michelle e a voz dela se embargou. – Não consigo acreditar nisso, Sean, não consigo. Não Harry.

– Veja do ponto de vista de Harry. A mulher que ele amava estava casada com um monstro. Lembre-se, ele estava no hospital na manhã em que Bobby morreu. Nos disse que o hospital ligara pedindo que viesse porque era o advogado conselheiro deles.

– Você quer dizer que ele não é?

– Não, ele é, mas eles não o chamaram. Ele veio por conta própria. Deu um jeito de nos encontrar quando estávamos saindo. Disse que era um velho amigo de Bobby. Perguntou se tínhamos visto Remmy. Tudo isso são coisas para desviar quaisquer suspeitas que pudéssemos ter a respeito dele.

– Então e na noite em que Battle foi morto?

– Remmy saiu do hospital por volta das dez, mais ou menos. Fez sinal para Harry, que estava esperando no estacionamento, provavelmente vestido com trajes cirúrgicos. Ele é o advogado conselheiro do hospital. Conhece o horário da mudança de turnos. Entra, muda a posição da câmera, injeta a substância na bolsa, deixa as falsas pistas e vai embora.

– Mas o fato de Remmy ter estado lá a incrimina. Por que eles teriam feito isso desta maneira? Por que ter Remmy em qualquer lugar perto dali?

– Foi por isso que eles puseram as falsas provas de que era obra do assassino serial. Eu verifiquei: Remmy já era rica, mesmo sem Bobby deixar os bens para ela no testamento. Portanto, quanto a isso não havia nenhum motivo. E, como Remmy estava lá, as pessoas, na verdade, acreditaram que ela poderia ter sido falsamente incriminada. Poderiam suspeitar dela de início, mas, com o passar do tempo, começariam a pensar como você: que se ela realmente o tivesse feito, de jeito nenhum estaria perto daquele quarto na noite em que Battle morreu.

– E o que ela e Harry iam fazer? Esperar um pouco e se casar?

– Não, desconfio que, depois de um intervalo discreto, Remmy se mudaria para longe daqui. Então, um pouco depois,

Harry faria o mesmo. A parada seguinte, talvez uma ilha particular na Grécia.

Michelle respirou fundo e soltou o ar lentamente.

– Então e agora, o que vamos fazer?

– Vamos jantar com Remmy e Harry.

– Quê! Você está brincando?

– Não, nós vamos jantar na casa de Harry. – Ele chegou para a frente na cadeira. – Michelle, eles cometeram um erro, um pequeno erro, mas foi o bastante. Usando um pequeno aparelho de escuta e vigilância que comprei em Washington, temos todas as provas de que precisamos.

– Todd ou Bailey sabem a respeito disso?

– Não, só nós. Eu nunca aprovarei o que Harry e Remmy fizeram, mas achei que mereciam que isso fosse tratado com toda a discrição e com o máximo de dignidade possível.

– Quando? – perguntou ela.

– Amanhã à noite, às sete. Harry está fora da cidade até amanhã de tarde. Seremos só nós quatro. Uma vez que eles se dêem conta de que sabemos da verdade e temos provas, não tenho dúvida de que confessarão e virão conosco sem resistência. Então os entregaremos a Todd.

– Tenho um mau pressentimento com relação a isto, Sean. Realmente um mau pressentimento.

– Você acha que me agrada? Harry foi um juiz da Suprema Corte da Virgínia; tem sido um bom amigo meu há anos.

– Eu sei, mas...

– Por mais que você goste de Harry, tem que deixar isso de lado. Bobby Battle era uma pessoa horrorosa de várias maneiras. Também descobri que ele provavelmente estava sofrendo de uma doença crônica que pode ter transmitido a Remmy.

– Ah, meu Deus!

– Mas, independentemente disso – continuou King –, ele não merecia ser assassinado. – Olhou para ela e disse baixinho: – Pronto, agora contei a você tudo que sei. – Uma pausa e então: – Você vai estar ao meu lado nesta, Michelle?

– Vou estar ao seu lado – respondeu Michelle em voz baixa.

CAPÍTULO

86

KING TINHA PEDIDO A HARRY que desse folga a Calpúrnia naquela noite, pois ele gostaria de preparar o jantar para os quatro.

– Você tem uma cozinha e tanto, Harry – disse King, enquanto ele e Michelle punham a refeição na mesa. – Agradeço por ter-me deixado chegar cedo para fazer as coisas.

Harry examinou a refeição preparada com requinte.

– Francamente, Sean, só posso pensar que tive muito mais a ganhar que você com este acerto.

Harry estava vestido com um de seus melhores ternos, embora parecesse um pouco justo.

– Meu peso não mudou em quarenta anos, mas a localização dele mudou – explicou ele fingindo um tom deprimido.

– É verdade – concordou Remmy, que também estava muito elegantemente vestida. Ela e Harry sentaram-se lado a lado diante de Sean e Michelle na grande mesa de jantar.

– Eu espero que a volta de vocês para casa vá ser menos movimentada que da última vez em que jantaram comigo.

– Na verdade, creio que pode ser que esta noite tenha seus próprios pontos altos de interesse – disse King em tom vago, enquanto começava a servir a comida. Enquanto isso, Michelle observava com uma expressão distraída.

– Michelle, minha querida, o que há de errado? – perguntou Harry.

Ela lançou um olhar rápido para ele.

– Nada, apenas não estou me sentindo muito bem. Provavelmente é apenas um resfriado de primavera.

A refeição correu normalmente. Depois de comerem a sobremesa, eles passaram à biblioteca para tomar o café. A noite havia esfriado e a lareira acesa estava quente e acolhedora. King foi até uma enorme divisória de madeira com latão que ficava em diagonal, em um canto.

– Esta é uma bela peça – comentou.

– É do século XVIII – respondeu Harry. – Foi feita à mão, de materiais produzidos aqui na propriedade.

King parou diante da lareira. Olhou nervosamente para Michelle e então disse:

– Receio que eu tenha sido um tanto enganador esta noite.

Harry e Remmy pararam de conversar e olharam para ele com surpresa.

– Quê? – perguntou Remmy.

– O propósito deste jantar não foi, de fato, social.

Harry repousou a xícara de café, lançou um olhar para Remmy e então para Michelle, que manteve a cabeça baixa e a mão enfiada no bolso da jaqueta.

– Não compreendo, Sean. Você quer dizer que quer falar mais a respeito do caso?

– Não, na realidade, não preciso mais falar a respeito do caso. Creio que sei de tudo que preciso saber.

Os dois continuaram a olhar curiosamente para ele.

Afinal, Michelle não conseguiu mais se conter:

– Sean, conte logo a eles.

Harry perguntou:

– Contar o quê?

A mão em que Remmy segurava a xícara e o pires começou a tremer.

Todos eles se viraram quando o homem de capuz preto entrou na sala, de arma em punho e a mira a laser apontada diretamente para o coração de Harry.

King imediatamente se posicionou entre o homem encapuzado e Harry.

– Isto acaba agora – disse King em voz baixa. – Chega de matança.

– Saia do meu caminho ou você morre primeiro!

Remmy se levantou. A pistola girou na direção dela.

– Sente-se! – ordenou o homem rispidamente.

King deu um passo à frente, mas parou quando a pistola se virou mais uma vez em sua direção.

– Michelle – disse o homem do capuz preto –, tire sua arma e ponha sobre a mesa. Agora! Nada de heroísmo – acrescentou.

Ela o fez, segurando a arma pelo cano.

– Você não pode matar todos nós, não acha? – perguntou King.

– Estou pensando a respeito disso, seriamente – retrucou o homem enquanto olhava para Remmy.

– Bem, então creio que está na hora de esclarecer seu engano – disse King calmamente. – Remmy e Harry não tiveram nada a ver com a morte de Bobby. Foi uma armação. Uma armadilha para atrair você. – Fez uma pausa e acrescentou: – Eu descobri o grampo.

O homem armado deu um passo para trás, a pistola baixou um grau.

– Quê?

– A conversa que você ouviu entre mim e Michelle foi uma encenação. OK!

Ele estalou os dedos e a sala imediatamente se encheu de policiais e agentes do FBI fortemente armados. Eles saíram de trás da enorme divisória móvel, do grande armário com gavetas no canto e de trás das pesadas cortinas. Com uma dúzia de armas contra apenas a sua, o homem do capuz preto recuou contra a parede.

– Largue a arma – disse Todd Williams, com a arma apontada diretamente para o círculo reticulado gravado no capuz negro.

Michelle tinha apanhado sua arma e estava apontando para o mesmo ponto. O encapuzado parecia estar pensando se deveria fazer um esforço. O corpo dele pareceu se tensionar.

– Largue! – berrou Williams, que evidentemente percebeu o que o homem estava fazendo.

– Seria realmente melhor se você largasse – disse King numa voz calma. – Pelo menos assim você poderia esclarecer algumas peças que faltam. Acho que nos deve isso.

– Ah, sim, acha mesmo? – A despeito do sarcasmo, o homem deixou a pistola cair no piso. Imediatamente foi atirado ao chão pelos policiais e algemado.

– A casa esteve cercada o dia inteiro – disse King, enquanto eles puxavam o homem e o punham de novo em pé. – Sabíamos exatamente onde você esteve em todos os momentos. Quando fui até ali admirar aquele móvel, na verdade recebi o sinal de que você estava na casa e que podia começar minha pequena encenação. – Ele fez uma pausa. – Tínhamos mantido Harry e Remmy em lugares seguros para que você não tivesse uma oportunidade de passar a nossa frente. Fizemos isso em *nossos* termos. Na verdade, foi agradavelmente diferente do que vinha acontecendo. – King foi andando até junto do prisioneiro. – Me dá licença? – Olhou para as mãos algemadas do prisioneiro. – Uma vez que não está em posição de removê-lo.

– Agora não tem mais importância, não é?

King lançou um olhar para Remmy.

– Estou vendo que já sabe pela voz dele, Remmy, mas, Harry, é melhor segurá-la de qualquer maneira.

Harry colocou um braço protetor ao redor dos ombros trêmulos de Remmy. Ela apertou a mão contra a boca, abafando um soluço.

King tirou o capuz. O homem se contraiu ligeiramente enquanto o tecido deslizava sobre suas feições fortes.

– Está tudo acabado, Eddie – proclamou King.

Cercado por homens armados, algemado e apanhado em flagrante, Eddie Battle, na verdade, teve a temeridade de sorrir.

– Você acha mesmo, Sean?

– Sim, acho.

– Que diabo, vou apostar que não, meu velho.

CAPÍTULO

87

– EU AINDA NÃO COMPREENDO como você descobriu tudo, Sean – disse Williams.

O chefe de polícia, Sylvia e Chip Bailey estavam reunidos no escritório de King e Maxwell.

King dobrou um clipe de papel num triângulo antes de responder.

– Sete horas – disse ele. – Sete horas, foi o que me fez começar a pensar na direção de Eddie.

– Você mencionou isso antes – disse Williams.

– Mas não era uma pista literal. Isso fez com que eu começasse a pensar sobre a droga que havia sido dada a Eddie, ou melhor, auto-administrada.

– O sulfato de morfina – disse Michelle.

– Exato. Falei com um especialista em narcóticos. Ele me disse que uma dose padrão da droga deixa você nocauteado de *oito* a *nove* horas, a menos que a pessoa a quem é administrada tenha o hábito de usar narcóticos potentes. Então os efeitos ficam diminuídos. Bem, Dorothea era exatamente uma usuária habitual de narcóticos. Creio que Eddie pôs a droga em sua bebida por volta das duas horas naquela noite, depois de terem feito sexo. Contudo, como ela criara uma resistência por meio de seu próprio uso de drogas, os efeitos da morfina foram reduzidos. De fato, ela havia se recuperado quase *plenamente* menos de seis horas depois – antes das oito, na verdade, a hora em que Savannah veio e lhe contou sobre Sally ter sido morta.

– Mas ela mencionou que estava meio grogue – observou Bailey.

– E estava, mas começando a se recuperar. Apenas pensamos que ela estivesse mentindo, tentando encobrir a verdade. Contudo, Eddie só podia administrar o sulfato de morfina a si mesmo depois que tivesse matado Sally, não antes, digamos, às seis horas mais ou menos. Ele começou a se recuperar dos efeitos por volta das três da tarde, cerca de *nove* horas depois de ter tomado ou o período de tempo normal que a droga deixaria alguém inconsciente. Isto só seria possível se ele a tivesse tomado *depois* que Sally foi morta. A referência de sete horas que ficou me incomodando veio de Sally ter sido morta menos de sete horas depois de ter-me contado sobre Junior. Aquilo me fez começar a pensar sobre quanto tempo Eddie tinha ficado inconsciente e simplesmente não batia. Em especial, se você acreditasse que Dorothea também tinha sido drogada, uma vez que eles se recuperaram em horários muito diferentes. Mesmo com a maior tolerância que ela havia desenvolvido, era uma discrepância grande demais.

Williams deu uma palmada na perna.

– Que diabo, eu nunca nem sequer pensei nisso. – Apontou um dedo acusador para Bailey. – Nem você.

King prosseguiu.

– O mais concebível, se o assassino não fosse Eddie, seria que tivesse drogado Eddie, mas o teria feito muito antes de matar Sally, de modo que Eddie estivesse seguramente inconsciente. Ele não esperaria até *depois* de ter matado Sally. Qual teria sido o sentido? E tipicamente um assassino quer escapar, não perder tempo em injetar uma droga para nocautear alguém sem nenhum motivo.

– Isto faz sentido – admitiu Bailey.

– E as sete horas também me fizeram começar a pensar sobre uma outra coisa. Se Sally foi morta por causa do que ela me contou, menos de sete horas antes, então meu barco tinha que estar grampeado. De que outro modo poderia Eddie ter sabido daquilo tão depressa? Ele poderia ter seguido Sally até minha casa e ter estado ouvindo de dentro de seu carro. De todo modo, eu tinha que fazer alguma coisa a respeito disso, então resolvi comprar isto.

Ele apresentou um pequeno aparelho.

– É um detector de transmissor e captador de freqüência com um alcance de um a três megahertz. Também tem uma barra de fórmula gráfica de dezesseis seções para indicar a potência de RF e permite localizar onde está o grampo.

– Você encontrou um aparelho de escuta e não o removeu? – perguntou Bailey.

– Não. Enquanto Eddie pensasse que as informações que coletava fossem válidas, então eu podia manipulá-las, usá-las para capturá-lo.

– Foi corajoso de Harry e Remmy participarem da encenação – disse Michelle.

– Nenhum dos dois sabia que era Eddie até que ele falou. Lamento ter dado um choque daqueles em Remmy, mas achei que sobrecarregá-la com o fardo do conhecimento da culpa de seu filho com antecedência teria sido pior.

– Eu estava nervoso com relação àquilo – disse Williams. – Tudo bem, tínhamos o lugar cercado, mas, mesmo assim, ele poderia ter atirado em alguém.

– Eu tinha certeza de que não o faria, não quando se desse conta de que Harry não tinha nada a ver com a morte de Bobby. Eddie jogava limpo, tenho que ser justo com ele. Ele matava, mas o fazia por motivos específicos. Mas, só por via das dúvidas, eu obriguei Harry a usar um colete a prova de balas. Deixou o terno dele um pouco justo, mas valeu o desconforto. E, é claro, ter uma dúzia de policiais armados no mesmo aposento não atrapalhou. – Ele abriu a escrivaninha e tirou um outro objeto.

– O que é isso? – perguntou Sylvia, olhando com curiosidade.

– É um disco chave de cifra, uma maneira de decodificar mensagens cifradas. Esta versão era usada pelo exército Confederado durante a Guerra Civil. Eddie tem um em seu estúdio. – Ele moveu o disco fazendo-o girar. – Se você estiver só um tico fora do alinhamento, como um traço de minuto a mais num mostrador de relógio, o significado inteiro do que você diz muda. Um tico ou um traço fora, basta apenas isso. Tenho certeza de que foi de onde Eddie tirou a idéia de alterar os horários nos relógios, dependendo da vítima. Isso agradaria tanto o lado criativo dele quanto seu amor pela história da Guerra Civil.

– Mas o que eu não entendo são os álibis dele – protestou Bailey. – Nós verificamos. Por exemplo, quando Canney, Pembroke e Hinson foram mortos, ele estava participando em representações da Guerra Civil. Eles se lembravam da picape de Eddie estar lá virtualmente o tempo inteiro. Isto está documentado.

King respondeu:

– Tenho certeza de que a *picape estava* lá. Mas a picape tem um engate de reboque. Eu verifiquei. Nas duas representações de que está falando, ele não levou o trailer do cavalo. Mas poderia ter rebocado um outro *carro* para perto da área da representação e deixado escondido na floresta. Depois usado aquele veículo para ir e voltar dos locais dos assassinatos e todo mundo acreditaria que nunca tinha saído de lá porque a picape ainda estava lá. De fato, creio que descobriremos que ele tinha um outro carro escondido, em algum lugar, e que o usou.

– Deus – disse Sylvia, deixando escapar um longo suspiro. – Todos nós fomos tão cegos.

– Tudo bem, Sean, você nos explicou como descobriu o que ele fez, agora diga-nos por quê. Por que Eddie matou todas aquelas pessoas? – pediu Williams.

– E em linguagem compreensível para gente ignorante, se conseguir – disse Sylvia com um sorriso, repetindo o comentário que King havia usado no necrotério quando começara a explicar a causa da morte de Rhonda Tyler.

King não retribuiu o sorriso.

– Eddie Battle é um homem muito complexo. E este plano esteve se formando em sua mente durante um tempo muito longo. Creio que tudo começou com a morte de seu irmão gêmeo.

– Bobby Jr., o que nasceu com um grave retardo mental – disse Bailey.

– Não, Bobby Jr. não nasceu assim; ele nasceu infectado com *sífilis*. A lesão cerebral veio mais tarde.

– Sífilis? – exclamou Bailey.

King pegou duas fotos sobre a escrivaninha.

– Quando Michelle e eu estivemos no quarto de Remmy, Savannah nos mostrou esta foto dos gêmeos quando eram pequenos. Ela não conseguia distingui-los. – Ele pegou a outra foto. – Este é um retrato de Bobby Jr., pouco antes dele morrer, que Mason nos mostrou. A mudança em suas feições, as manifestações de hidrocefalia e o problema com os dentes e olhos são muito aparentes. A doença lhe foi transmitida pela mãe quando ele estava no útero.

– Dentes de Hutchinson, chanfrados e com molares com a borda incisiva mais estreita que a cervical, atrofia do nervo óptico – disse Sylvia enquanto examinava a foto do rapazinho. – Ainda assim, como Remmy contraiu sífilis?

– Do marido dela. Ele estava infectado com a doença contagiosa quando engravidou Remmy dos gêmeos ou teve relações sexuais com ela durante o primeiro ou segundo trimestre daquela gravidez.

– E a sífilis pode atravessar a placenta – disse Sylvia em voz baixa.

– Exatamente. Por fim, Bobby Jr. acabou tendo lesões do sistema nervoso central e sofreu os outros efeitos porque não foi tratado. Mais tarde ele morreu de câncer, mas tenho certeza de que a sífilis havia debilitado gravemente seu organismo.

– Mas por que não foi tratado? – perguntou Sylvia.

– Eu tive uma conversa muito constrangedora com Remmy a respeito disso. Ela disse que quando seu filho começou a apresentar sintomas estranhos, Bobby se recusou a levar o menino ao médico. Ele se recusava sequer a reconhecer que estivesse doente. Provavelmente, não admitia nem para si mesmo que estava com sífilis, porque, ao que parece, também nunca procurou tratamento. De qualquer maneira, quando, afinal, Remmy buscou auxílio médico, era tarde demais. A doença havia causado danos irreversíveis. Lembrem-se, isto foi há mais de trinta anos e o nível de conhecimento médico não estava nem de longe tão evoluído quanto hoje. Ela viveu com esta culpa durante anos.

– É difícil acreditar que uma mulher como Remmy não tivesse levado o filho a um médico imediatamente – comentou Michelle.

– Isto é exatamente o que eu estava pensando – comentou Sylvia.

– Eu acho que há muita coisa que não sabemos sobre Remmy e o relacionamento dela com o marido – disse King. – Uma mulher que fala com adoração e orgulho sobre o marido mas não usa a aliança de casamento e não se importa se vai recuperá-la? Estas são águas muito profundas que nunca conseguiremos sondar inteiramente.

– Mas eles tiveram Savannah anos depois e ela é saudável – observou Bailey.

– Bobby não estava mais com a doença no estágio contagioso nessa ocasião e Remmy tinha recebido tratamento para a sífilis anos antes. – King guardou as fotos e prosseguiu: – Agora, historicamente, uma das principais maneiras de transmissão e disseminação da doença é através de relações sexuais com prostitutas. Como sabemos, Bobby tinha a reputação de andar com mulheres desse tipo. Ele contraiu a doença de uma prostituta e a transmitiu para Remmy que, sem saber, a transmitiu para Bobby Jr. Ele e Eddie não eram gêmeos idênticos e sim, fraternos, de modo que não dividiram o mesmo líquido amniótico. Provavelmente foi por isso que Eddie não foi infectado.

– E Eddie descobriu a respeito disso? – perguntou Bailey.

– Sim, embora como, eu não tenha certeza. Mas creio que vem guardando este conhecimento há muito tempo. Um barril de pólvora esperando para explodir. Creio que Eddie também sentia uma culpa enorme. Sabia que tinha sido apenas por sorte que havia escapado de ter o mesmo destino. De acordo com todos os relatos, ele amava muitíssimo o irmão.

– Então Rhonda Tyler foi... – começou Williams.

– A maneira de Eddie de punir simbolicamente a prostituta que havia infectado seu pai todos aqueles anos antes e, desse modo, condenado seu irmão. Tyler teve o grande infortúnio de cruzar com Eddie em algum ponto.

– O enrugamento incomum na aorta de Bobby e as lesões cerebrais – disse Sylvia. – Tudo isso aponta para sífilis – disse ela num tom muito desgostoso, cobrindo os olhos com a mão.

– Você, na verdade, não estava procurando isso, Sylvia – disse King com delicadeza. – E essas coisas também poderiam ser causadas por outras doenças.

Michelle prosseguiu com a explicação:

– Steve Canney tinha que morrer porque a mãe dele teve um caso com Bobby que resultou em seu nascimento. A mãe dele estava morta, então Steve teve que ser sacrificado em seu lugar.

– Eddie é muito devotado a Remmy – disse King. – Tenho certeza de que, no filho bastardo, viu um insulto direto contra ela. Janice Pembroke simplesmente estava no lugar errado, na hora errada.

– Um tico fora – disse Bailey.

– Exato. O mesmo com Diane Hinson. Um tico fora, para esconder seus rastros e para cortar ainda mais a ligação entre as vítimas.

– E Junior Deaver?

– Eddie pensou que ele tivesse roubado sua mãe. Isto foi o suficiente. Quando descobriu que estivera enganado, descontou em Sally. Podem ver seu sentido de jogo limpo e de justiça, ainda que doentio. As pegadas de lama no vestíbulo deveriam ter-me dito que era ele. Savannah disse que não se afastou da porta, mas havia pegadas lamacentas por toda parte. Eram das botas de Eddie, não de Savannah. Ele estava com pressa. Não tinha nenhuma idéia de quando Dorothea despertaria dos efeitos da droga e também tinha que tomar a morfina. Provavelmente nem reparou na lama. Como pudemos ver pela surra que deu em Sally, estava ligeiramente enlouquecido.

– Ligeiramente! – exclamou Williams.

– E então fez aquela armação para que Harold Robinson levasse a culpa de tudo. Por que ele o escolheu, não sei.

– Espere um minuto. O homem que o garotinho viu era Eddie? – perguntou Michelle.

– Era.

– Por que Eddie não o matou também?

– Ele pode ter pensado que se o menino acreditasse que era seu pai, isso ajudaria a selar de maneira definitiva o destino de Robinson. E isto de fato aconteceu. Ou talvez, apesar de tudo que ele fez, não tenha conseguido matar uma criança. Como já disse, Eddie é um homem de personalidade muito complexa.

– Você quer dizer um monstro – disse Williams.

– Dorothea já sabe? – perguntou Sylvia.

Bailey assentiu:

– Eu contei a ela. Remmy e Savannah foram comigo para dar a notícia. Posso dizer a vocês, aquela família está arrasada.

– Mas por que Eddie imitou assassinos seriais famosos? – perguntou Williams.

King inclinou a cabeça para Bailey.

– Creio que isso era dirigido a você, Chip.

– A mim?

– Faria sentido se ele quisesse alardear sua superioridade. Derrotar você na área que é sua especialidade.

– Mas por quê? Éramos amigos. Eu salvei a vida dele.

– Não, você estragou completamente o seqüestro que ele havia armado.

Bailey se levantou da cadeira de um salto.

– Quê?

– Estou convencido de que ele armou seu próprio seqüestro. Contratou o homem que você matou. Ele queria punir o pai pela morte do irmão dois anos antes e a única maneira que um estudante universitário de vinte anos podia conceber para fazer isso era dando-lhe um golpe que criasse um rombo na carteira no montante de cinco milhões de dólares. Tenho certeza de que era ele quem estava queimando o dinheiro depois que você matou seu parceiro. Não queria que o pai o recebesse de volta. Mas o tempo dele se esgotou. Teve que se amarrar e se fazer de tonto quando você chegou lá. Eu disse que ele vinha nutrindo este ódio pelo pai por muito tempo.

– Inacreditável – disse Bailey enquanto lentamente tornava a se sentar. – Isto é inacreditável – disse de novo. – E todos estes anos ele fingiu que estava tudo ótimo, quando na verdade me odiava?

– Eddie é um ator e um mentiroso consumado. E vamos resumir da seguinte maneira: considere-se muito afortunado por não ter sido encontrado com um relógio em seu pulso.

– Cristo! – exclamou o agente do FBI.

– Mas, Sean – disse Williams –, passaram-se mais de vinte anos entre o seqüestro e todos esses assassinatos. O que fez Eddie explodir?

– Creio que foi o derrame do pai dele. Talvez tenha sentido que Bobby iria morrer antes que pudesse lhe mostrar sua versão de justiça. Não tenho certeza quanto a isso, mas creio que o momento escolhido é mais que coincidência.

– Então e agora? – perguntou Michelle.

Williams respondeu:

– Eddie será acusado amanhã no tribunal.

– Sem dúvida este julgamento será transferido para uma outra circunscrição judiciária – disse King. – Se chegar a isso.

– Como assim, está querendo dizer insanidade? – perguntou Williams. – De jeito nenhum. O canalha sabia exatamente o que estava fazendo.

– De certa maneira, ele estava exorcizando demônios que estiveram com ele a vida inteira – disse King. – Não estou justificando nada do que ele fez e, se for condenado a morte, assim seja. Mas, se Eddie não tivesse tido Bobby Battle como pai, não creio que nada disso teria acontecido.

CAPÍTULO

88

Quando Eddie Battle foi conduzido ao tribunal na manhã seguinte, num comboio especial formado pela polícia estadual e por agentes uniformizados do FBI, a multidão de moradores da cidade e pessoal da mídia era tão enorme que o comboio não conseguiu passar. De fato, alimentada pela atenção nacional que a história recebera, aparentemente toda a população de uma área de cinco estados tinha vindo ver. E o olhar do povo parecia furioso.

– Merda – berrou o chefe Williams enquanto observava o populacho da camionete que encabeçava o comboio. – Estava com medo disso. Temos recebido ameaças de morte contra Battle desde que saiu a notícia de sua captura. – Ele examinou os bandos que impediam o caminho. – Não há como dizer se alguém por aí tem uma arma. – Ele perscrutou um grupo de homens de aspecto truculento parado ao lado de picapes com material de construção na caçamba.

– Aquele ali provavelmente é um bando de amigos de Junior e eles não parecem estar aqui para passar a mão na cabeça de Eddie.

– Não existe uma entrada subterrânea para o tribunal? – perguntou Bailey, que estava no assento traseiro atrás de Williams.

– Você não acha que se existisse eu já teria ido para lá? Talvez devêssemos levá-lo de volta para a cadeia e deixar as coisas se acalmarem.

– Se acalmarem! Isto não vai se acalmar durante meses. É melhor tratarmos de acabar com isso agora, enquanto temos pessoal por aqui.

Williams examinou a multidão mais uma vez, então berrou no *walkie-talkie*.

– OK, vamos avançar bem pelo meio da rua. Avancem devagar; não quero saber de processos porque atropelamos alguém. Vamos estacionar no gramado bem junto da escada. Vocês esvaziem, isolem e protejam esta área. Quero um círculo de policiais com escudos de proteção e capacetes à prova de bala, entenderam? Então abriremos as portas, fecharemos o círculo e seguiremos depressa com ele para que ouça a acusação. Mas antes dele tornar a sair, com certeza vamos dispersar esta maldita multidão e tirar estes caminhões de televisão daqui.

– Você vai ter um grande problema com a imprensa invocando a Primeira Emenda por causa disso, Todd – observou Bailey.

– Para o inferno com a Primeira Emenda! Tenho um prisioneiro que preciso manter vivo. Mesmo que seja apenas para que eles possam executá-lo.

A área foi isolada e protegida, a van parou na frente e Eddie Battle foi levado rapidamente para o tribunal, enquanto gritos e xingamentos choviam sobre os homens que formavam o círculo ao seu redor, junto com garrafas, latas, pedras e outros objetos arremessados, mas felizmente nenhuma bala.

Os advogados de Battle indicados pelo tribunal o encontraram do lado de fora da sala de audiência. Conversaram brevemente e entraram. Em juízo, Eddie declarou-se inocente. Sua advogada não pediu que fosse determinada fiança, não que tal requerimento pudesse ter sido seriamente considerado. Os advogados poderiam ter ficado apavorados de que, em liberdade, Eddie viesse visitá-los no meio da noite.

– Entraremos em contato – disse a advogada principal, uma mulher alta, corpulenta, com um péssimo corte de cabelo.

– Tenho certeza – disse Eddie, o corpo forte quase explodindo no macacão laranja de prisioneiro pequeno demais. – A senhora acha que pode conseguir me libertar por bom comportamento?

Eddie e seus guarda-costas seguiram de volta em direção à saída, mas foram detidos por Williams e Bailey muito antes de chegar às portas.

– Estamos à beira de um tumulto lá fora – disse Williams. – Antes de podermos sair com ele, temos que controlar isso. Dei ordens para que fossem usados spray de pimenta e gás lacrimogêneo se eles não se dispersarem.

Eddie sorriu:

– Parece que eu realmente botei fogo na velha Wrightsburg, Todd.

– Cale a boca! – berrou Williams, mas isso não adiantou nada para apagar o sorriso do rosto de Eddie. Só o tornou mais largo.

– Agora, você tem que me proteger, *Todd*. Não pode deixar que eles me matem senão a imprensa vai ficar fula da vida. Você não pode privá-los do espetáculo. Pense nos índices de audiência. Pense nos dólares de publicidade.

– Eu disse para calar a boca! – Williams se moveu na direção dele, mas Bailey se meteu no meio.

– Isto é besteira, Todd, nem pense nisso.

– Puxa, obrigado, Chippy. Você sempre foi tão bom amigo – disse Eddie.

Bailey girou nos calcanhares e sua mão foi para a arma.

Então foi a vez de Williams intervir:

– Tudo bem, Chip, não vamos deixar que ele faça isso conosco. – Ele berrou para dois de seus policiais: – Levem-no para a cela no segundo andar. Viremos buscá-lo quando a multidão estiver sob controle.

– Boa sorte – gritou Eddie, enquanto os policiais o levavam embora. – Não me decepcione agora.

CAPÍTULO

89

UM DOS POLICIAIS ESTAVA PARADO ao lado da porta de saída; o outro se mantinha junto da janela.

– A coisa lá fora *está* mesmo um tremendo de um tumulto – comentou o que estava junto à janela. Ele tinha a altura de Eddie, corpo musculoso e cabelo encaracolado. – Lá vai o gás lacrimogêneo.

– Gás lacrimogêneo! – exclamou o outro, um policial mais baixo, com um peito de buldogue, cintura larga e amplos quadris que faziam com que o equipamento em seu cinto se projetasse para os lados. – Eu gostaria de estar lá fora disparando aquele negócio nesses filhos-da-mãe.

– Bem, então vá, eu seguro por aqui.

– Não posso. O chefe disse para ficar aqui. – Ele lançou um olhar em direção à cela onde Eddie Battle estava sentado em silêncio, observando-os. – Este filho-da-mãe matou um bando de gente. O cara é doido.

– Eles não se revoltam por qualquer tantã, rapazes – disse Eddie.

Os dois olharam para ele. O policial grandalhão deu uma risada.

– Esta é boa. Eles não se revoltam por qualquer tantã.

O policial baixo olhou para o companheiro.

– Pode ir – disse o policial grandalhão. – Este cara não vai a lugar nenhum.

– Bem, olhe aqui, se você vir o chefe vindo, me passe um rádio. Volto num instante.

– Tudo bem.

O policial baixo saiu e ficaram só Eddie e o policial grandalhão.

Eddie se levantou e chegou junto da porta.

– Você tem um cigarro?

– Certo, você acha que eu vou cair nessa. Minha mãe não me criou para ser idiota. Você trate de ficar lá e eu vou ficar aqui.

– Ora, vamos, eles revistaram todos os orifícios que eu tenho e alguns que eu nem sabia que tinha. Não tenho nada com que possa ferir você. Eu realmente preciso de um cigarro.

– Mm-hum. – O policial grandão continuou olhando pela janela. Volta e meia dava uma olhadela rápida para trás para vigiar Eddie, mas por fim acabou por manter o olhar no que estava acontecendo do lado de fora.

Eddie Battle tinha antebraços maciços com veias grossas saltadas. Uma dessas veias era maior e mais grossa que as outras, um fato provavelmente observado pelo policial que o revistara, mas que não despertara nenhuma suspeita. Afinal era uma veia, cheia de sangue. Entretanto, para alguém talentoso como Eddie Battle, uma veia nem sempre era uma veia. Esta veia, na verdade, era feita de plástico, resina e borracha e era completamente oca. Ao longo de sua carreira de representações, Eddie se tornara um especialista muito competente em maquiagem, disfarces, figurino e na criação de falsos ferimentos e cicatrizes. Ele tornou a se sentar nas sombras por algum tempo, trabalhando na veia artificial com os dedos. Finalmente, a veia se "rompeu" e ele retirou os objetos muito finos que havia escondido ali. O risco de que pudesse ser apanhado tinha sido muito real e ele havia tomado algumas medidas muito concretas para lidar com esta possibilidade. Nenhuma revista à sua pessoa, por mais completa que fosse, teria descoberto a ferramenta tipo gazua com mecanismo tensor que ele tinha escondida na veia oca.

Eddie manteve os olhos no policial grandalhão, que ainda olhava pela janela. Avançou movendo-se silenciosamente, enfiou e posicionou as mãos algemadas através das barras de tal modo que cobrissem a fechadura. Inseriu os instrumentos na tranca e devagar começou a trabalhá-la. Ele havia praticado exatamente aquela manobra, durante horas seguidas, inúmeras vezes, com uma velha tranca de porta de cadeia que havia recuperado de uma prisão que fora demolida. Finalmente, através da ferramenta tensora e da gazua, começou a sentir as tranquetas começarem a entrar no lugar. Houve um ruído alto vindo de fora e ele aproveitou aquele momento para encobrir o som da fechadura estalar e se abrir. Continuou a segurar as barras e enfiou os instrumentos entre os pulsos e algemas.

– Ei, seu cretino! Ei, estou falando com você, seu grandalhão idiota.

O policial grandalhão se virou e o encarou:

– Por que você não vai pentear macaco! Não sou eu quem vai acabar numa cadeira elétrica.

– Injeção letal, seu imbecil.

– Tá legal, exatamente o que eu queria dizer. Então quem é o imbecil?

– De onde estou olhando é você. – *Vamos, venha, bonitão, apenas venha até aqui.*

– Pode continuar falando.

– Qual é, pauladas e pedradas teus ossos quebrarão, mas palavras nunca ferirão? Como um raio de um imbecil como você consegue ser policial? Mas não um policial de verdade, só um bobalhão caipira. – *Vamos, venha, você sabe que quer me dar uma porrada. Aqui, guardinha, chega mais, guardinha.*

– Nós, bobalhões caipiras, apanhamos você, não foi?

– Um ex-agente do Serviço Secreto me apanhou seu merda idiota. O seu chefe, eu poderia ter comido no café da manhã em qualquer dia da semana. – Eddie olhou para a mão do homem e viu a aliança de casamento. – Depois que fodi sua mulher, sabe. Puxa, ela é um bocado gostosa.

– Hmm-hum. – Uma gota de suor escorreu pelo pescoço largo do policial. A mão da pistola cerrava e se descerrava.

Está quase.

– Seus filhos são tão feios quanto você ou a bunda gorda da sua mulher adotou para que não tivessem monstrinhos correndo pela casa?

O policial girou nos calcanhares e avançou passadas largas em direção à cela, os grandes sapatos tipo botina militar ressoando alto no piso de concreto pintado a cada passo.

– Tudo bem, seu merda, você tem muita sorte de estar aí dentro...

Eddie abriu a porta com um chute e o metal pesado acertou o policial bem no rosto. Ele caiu pesadamente. Eddie avançou para o ataque, a corrente que prendia suas mãos envolveu o pescoço do policial e Eddie flexionou os braços poderosos. Em trinta segundos, não havia mais policial grandalhão. Eddie revistou o corpo, pegou as chaves das algemas e se livrou delas. Saiu correndo, trancou a porta do corredor, puxou o policial morto para dentro da cela, trocou de roupa com ele e o posicionou no catre apoiado contra a parede.

Eddie pôs os óculos escuros do policial e o chapéu de aba larga, destrancou a porta e examinou rapidamente o corredor. Havia policiais postados ao longo daquele corredor.

Não era um problema, sempre havia a janela. Ele fechou a porta, correu até lá e olhou para baixo. Felizmente para ele, a polícia agora estava arrebanhando o populacho para o outro lado do prédio. Olhou para baixo. Não seria fácil, mas a alternativa era muito menos palatável. E ele tinha um trabalho para terminar. Abriu a janela, subiu e saiu por ela, buscou o parapeito abaixo com o pé e o acertou em cheio. Ele se agachou agarrou o parapeito estreito de tijolos com os dedos fortes, baixou e soltou o corpo, mas continuou a se segurar balançando. Olhou para a direita e para a esquerda. Balançou o corpo para fora, fez isso de novo, afastando-se um pouco mais dessa vez, e então mais uma vez, até seu corpo estar quase paralelo com o parapeito. No quarto balanço, ele se soltou, o homem no trapézio voador. Bateu na projeção do telhado do primeiro andar do prédio, se equilibrou e então baixou o corpo para o chão.

Em vez de se afastar correndo, dirigiu-se para o outro lado do prédio e entrou no meio da multidão, lutando para abrir passagem ao mesmo tempo em que fingia estar ajudando a controlar o tumulto. Chegou a um grupo de carros de radiopatrulha vazios, examinando o interior de um após o outro, até que avistou chaves na ignição de um pesado Ford Mercury. Embarcou no carro, deu marcha-a-ré e saiu dirigindo. O tumulto da turba continuava, o pessoal das redes de televisão filmando tudo com maligna satisfação para a audiência nacional. Contudo, eles tinham acabado de perder o maior de todos os furos: a fuga bem-sucedida de Eddie Lee Battle.

Ele encontrou um pacote de chicletes no cinzeiro, enfiou um pedaço de um deles com sabor de frutas na boca e ligou o rádio de polícia do carro, de modo que pudesse saber imediatamente quando eles descobrissem que não estava mais sob custódia. Inalou o ar fresco e fez um aceno rápido de mão para um guri que vinha de bicicleta junto à calçada da rua. Reduziu a velocidade do carro de patrulha e baixou a janela.

– Ei, você vai ser um bom cidadão cumpridor das leis, meu filho?

– Vou sim, senhor – gritou o garotinho. – Quero ser igual ao senhor.

Ele jogou um chiclete para o menino.

– Não, não quer, meu filho. – *Você não quer ser como eu. Eu estou em estado terminal; tenho apenas mais alguns dias para viver.*

Mas se concentrou no lado positivo enquanto acelerava. Ele estava livre e de novo em atividade. E só tinha mais um trabalho a fazer. Mais um!

Puxa, isso era tão bom.

CAPÍTULO

90

– Então quem matou Bobby Battle e Kyle Montgomery? – perguntou Michelle.

Eles estavam sentados na doca de King, tomando um pouco de sol, depois de retornarem de uma volta matinal nos *jet-skis*.

– Ainda não tive nenhum estalo. Talvez eu tenha usado todas as minhas pequenas células cinzentas para apanhar Eddie.

– Bem, Dorothea tinha o melhor motivo para matar Kyle.

– E ela teve a oportunidade de matar Bobby também. E talvez a motivação. Se ele não cumpriu sua parte do acordo de lhe dar uma parte maior na herança.

Michelle pareceu preocupada.

– Eu sei que você inventou toda aquela história sobre Remmy e Harry, mas não acha, na verdade, que...

– Harry tem um álibi, um álibi imbatível. Na ocasião da morte de Battle, ele estava proferindo um discurso na Ordem dos Advogados do estado em Charlottesville.

Michelle demonstrou alívio.

– E Remmy?

Agora King pareceu preocupado.

– Eu não sei, Michelle, simplesmente não sei. Ela sem dúvida tinha bons motivos para querer matá-lo.

– Ou talvez alguém que quisesse ser o próximo senhor do castelo o tenha feito.

Ele olhou para ela estranhamente e estava a ponto de responder quando o telefone celular tocou.

King atendeu, ouviu e seu rosto ficou lívido. Desligou.

– Isto foi realmente, mas realmente, uma má notícia, não foi? – perguntou ela, temerosa.

– Eddie fugiu.

* *

Todos os Battle passaram a ter segurança vinte e quatro horas em casa. Harry Carrick, King e Michelle foram se juntar a eles lá, uma vez que era possível que a vida deles também estivesse em perigo. Uma caçada humana maciça em três estados, conduzida conjuntamente pelo FBI e polícia local, foi iniciada, mas dois dias depois não havia nenhum sinal de Eddie.

King e Michelle estavam na sala de jantar tomando café com Sylvia, Bailey e Williams e conversando sobre o caso.

– Eddie é um homem com grande experiência em viver ao ar livre. E conhece o terreno desta região melhor do que muitos – ressaltou Bailey. – Ele caçou e explorou a região a maior parte de sua vida. É capaz de viver com quase nada durante semanas.

– Obrigado, Chip, isto é muito animador – comentou Williams em tom azedo. – Nós encontraremos o filho-da-mãe, mas não posso prometer que o capturaremos vivo.

– Não creio que Eddie vá permitir que isto aconteça novamente – disse King.

– Ele não teria deixado a área o mais rápido possível? – perguntou Michelle.

King sacudiu a cabeça:

– Há muitas barreiras de polícia nas estradas e em todas as estações de trem, ônibus e no aeroporto. O carro de polícia que ele roubou foi encontrado abandonado numa estradinha secundária. Creio que ele foi para as colinas.

Williams assentiu, concordando com isso.

– A melhor chance dele é ficar escondido aqui pelos arredores, mudar sua aparência o máximo que puder e, quando as coisas se acalmarem, tentar fugir.

King não pareceu muito convencido.

Williams percebeu isso e perguntou:

– Você discorda?

– Creio que ele está por aqui, mas não com o objetivo que você imagina.

– Qual, então?

– Alguém matou o pai dele.

– E daí?

– E daí que eu creio que Eddie queria tudo para si mesmo. Creio que Bobby deveria ter sido a última vítima nisto tudo, se o derrame não o matasse antes. – King olhou de relance para Michelle. – Ele veio nos procurar, afirmando que sua mãe estava angustiada pelo fato das pessoas pensarem que ela mandara matar o marido e Junior. Sabia que ela não o fizera. Queria que descobríssemos quem tinha sido. E você se lembra de quando estávamos tomando drinques com ele no Sage Gentleman? Ele disse que seu pai tinha que viver.

– Para que ele pudesse matá-lo – disse Michelle.

– Então que diabo ele vai fazer, sair atrás da pessoa que matou Bobby? – perguntou Williams. – Nem sequer sabemos quem é, Sean.

– Mas se procurarmos esta pessoa até encontrar, temos uma boa chance de apanhar Eddie.

– Eu apreciaria se os senhores não planejassem a captura e a execução de meu único filho sobrevivente em minha casa.

Todos se viraram para ver Remmy parada ali. Ela raramente tinha aparecido nos espaços públicos da mansão. Quando o fazia, não falava com ninguém, nem mesmo com Harry. Suas refeições eram servidas no quarto.

King se levantou da cadeira.

– Sinto muito, Remmy, não tínhamos visto que estava aí.

– Por que não haveria de estar? Esta é minha única casa e minha sala de jantar e estas xícaras que estão usando também são minhas, caso tenham se esquecido.

King lançou um olhar para Williams.

– Eu sei que esta situação é incômoda...

– Para descrever com modéstia – interrompeu ela.

Williams interveio:

– É só que é muito mais fácil ter todos vocês no mesmo lugar, Remmy.

– Ah, fico satisfeita que seja mais fácil para algumas pessoas; com certeza não é para mim.

– Podemos ir para um hotel – sugeriu Michelle, mas Remmy descartou o comentário com um aceno de mão decisivo.

– Que nunca se diga que faltei a meu dever cívico, mesmo que isto signifique perder meu filho. – Ela saiu do aposento pisando duro.

Todos eles se entreolharam nervosamente.

– Esta é realmente uma situação impossível para ela – observou Sylvia.

– Você acha que algum de nós está gostando? – rebateu Michelle. – Eddie é um assassino em série. Ela precisa aprender a aceitar isso.

King assumiu uma expressão pensativa enquanto punha mais açúcar no café e mexia.

– Falando nisso, espero que todos vocês se dêem conta de que o caso contra Eddie não é irrefutável.

– De que diabo você está falando? – protestou Williams. – Ele apareceu na casa de Harry com uma máscara Zodiac, pronto para matar todos vocês. E agora fugiu e matou um policial durante a fuga.

– Certo. Mas sem sabermos o que aconteceu entre ele e o policial, poderia haver uma alegação de legítima defesa ou de homicídio involuntário. A porta da cela estava aberta e um advogado de defesa poderia alegar que o policial estava tentando acelerar o processo da justiça e que Eddie apenas se defendeu. Agora, eu tenho tanta certeza de que ele seja culpado desses assassinatos quanto se o tivesse visto cometê-los. Mas você não precisa me convencer, você tem de convencer um júri neutro, talvez um júri de uma outra parte do estado ou mesmo de um outro estado. Portanto, onde estão suas provas concretas de que ele cometeu os assassinatos?

Williams ainda estava indignado.

– Tudo o que você disse. A motivação dele. O disco de código, ter drogado Dorothea.

– Tudo isso é teoria e especulação, Todd – disse King em tom firme. – Precisamos de indícios físicos ligando-o aos crimes; nós os temos?

Sylvia tomou a palavra.

– Se tivesse me perguntado antes do assassinato de Jean Robinson, eu provavelmente teria dito não. Contudo, encontrei um folículo de cabelo, com a raiz ainda presa, no chão ao lado da cama dela. Não sei como foi parar lá, mas a cor e a textura me disseram que não era dela nem do marido. Eu o mandei para ser comparado com uma amostra do DNA de Eddie. Se combinar, nós o apanhamos, pelo menos por este assassinato.

– E esperamos que a balística confirme que os projéteis que foram disparados nos pneus de nosso carro quando Junior foi morto são da mesma arma que foi apreendida com Eddie – acrescentou Michelle.

– Apenas deixe-me pôr as mãos nele – disse Williams. – Teremos uma confissão em dois tempos.

– *Se* o apanharmos – observou Michelle.

– Ele pode se esconder por algum tempo, mas no final acabaremos por apanhá-lo – disse o chefe em tom confiante.

– A pessoa atrás de quem ele está – disse King. – Este é o segredo. Se a encontrarmos, encontraremos Eddie.

– Você realmente acha isso? – perguntou Bailey

– Não – respondeu King –, eu sei disso com certeza. Para ele, ainda falta um. Só mais um. E temos que chegar lá antes dele.

CAPÍTULO

91

EDDIE SE RECOSTOU NO PEQUENO catre em sua caverna. Havia descansado, comido e feito planos. Tinha um aparelho de TV/rádio /*scanner* de freqüência de polícia a bateria e havia se mantido informado dos fatos novos e progressos na busca, o que fora bastante fácil, uma vez que não houvera nenhum. Contudo, estava limitado em seus movimentos. Não podia sair à noite e era uma longa caminhada para chegar à velha e maltratada picape que ele havia escondido num recanto no mato apenas para a presente contingência.

Depois de todos aqueles anos, passando de atividade em atividade, sem nunca gravar uma verdadeira identidade em lugar nenhum, ele finalmente havia encontrado seu nicho: assassino fugitivo. Deu uma gargalhada, se levantou, se alongou, pôs-se no chão e fez cem flexões e um número igual de abdominais. Tinha encaixado uma barra de aço entre duas protuberâncias de rocha no fundo da caverna. Alçou-se e fez vinte e cinco exercícios rápidos de levantamento na barra e depois cinco, com apenas um braço de cada vez. Deixou-se cair ao chão, a respiração ofegante. Ele não tinha mais vinte anos, mas, para a sua idade, não estava nada mau. O policial grandalhão sem dúvida teria confirmado isso.

Tirou a pistola do coldre e pôs na câmara a munição capaz de penetrar em coletes a prova de bala que havia comprado no mercado negro com a mesma facilidade com que se clicaria um *mouse*. Que diabo, você podia comprar qualquer coisa na Internet – armas, munição, mulheres, crianças, casamento, divórcio, felicidade, morte –, bastava que soubesse onde procurar. Mas era uma arma contra mil, as probabilidades muito piores até que no Álamo.

E no entanto um homem sem nada por que viver é um homem verdadeiramente poderoso. Talvez invencível. Ele tinha lido isso em algum lugar ou será que o inventara? Pouco importava, seria seu tema daquele ponto em diante.

Eles o caçariam e o perseguiriam até finalmente matá-lo. Disso tinha certeza. Mas não importava, desde que primeiro ele apanhasse o assassino do pai. Isto era tudo o que realmente importava agora. Uau, ele realmente tinha simplificado sua vida. Deu mais uma gargalhada.

Tirou a lista do bolso. Os nomes estavam diminuindo, mas agora não tinha certeza de que pudesse chegar a todos eles. Contudo, depois de pensar muito, achou que talvez tivesse conseguido encontrar um atalho. Tentaria usá-lo esta noite. Mais duas mortes: a do assassino de seu pai e a sua. E então Wrightsburg poderia voltar ao normal. Sua família poderia seguir adiante e recomeçar a vida, finalmente livre de seu monstruoso patriarca.

Eddie se deitou de novo no catre, manteve um ouvido atento ao rádio e o outro a qualquer ruído vindo de fora. A localização isolada da caverna e a entrada bem escondida tornavam muito improvável que alguém se aproximasse dali. Contudo, se houvesse esse infortúnio, ele daria aos que o fizessem um enterro adequado. Não era um monstro; em seu caso, a maçã caíra bem longe da árvore.

Eu não sou o filho de meu pai. E obrigado, Jesus, por isso. Mas estarei encontrando você brevemente, papai. Talvez o diabo nos acolha juntos. Pela eternidade. Nós conversaremos.

Ele estalou os dedos grossos e sonhou com esse encontro à medida que a tarde escurecia e se tornava noite. A noite em que ele se poria em movimento. Para seguir seu atalho. Para seu último alvo. E então a grande cortina desceria pondo fim ao show de Eddie Lee Battle. Não haveria bis. Estava ficando cansado. *Adeus, todo mundo, foi legal enquanto durou.*

Só faltava mais um... Ou será que era mais? Sim, talvez fosse mais. Que importância tinha, afinal?

CAPÍTULO

92

O PEQUENO PRÉDIO QUE ABRIGAVA o jornal *Wrightsburg Gazette* estava escuro e vazio àquela hora da noite. Não havia nenhum sistema de alarme nem vigia noturno, pois o que havia para roubar do venerando, mas nada rentável, *Gazette,* exceto papel? O dinheiro andava curto na publicação diária e o proprietário não gostava de desperdiçá-lo com a proteção de coisas que acreditava que não precisassem disso.

A tranca simples da porta dos fundos girou e então se abriu e Eddie entrou e fechou a porta às suas costas. Correu para a pequena sala no fundo da tipografia. Abriu a porta para esta seção sem janelas, varreu com o foco da luz da lanterna os armários de gavetas de arquivos empilhados uns sobre os outros e começou a ler as etiquetas na frente de cada um.

Encontrou o que queria, abriu, retirou o antiquado rolo de microfichas e foi a um dos terminais que ficavam enfileirados no círculo externo da sala. Sentou-se, inseriu o rolo na máquina leitora, acendeu a luz atrás da tela e ligou a máquina. Sabia a data que estava procurando e, rapidamente, encontrou a história que queria. É claro que agora tudo se encaixava, todas as coisas que tinha ouvido ao longo dos últimos anos, as pequenas pistas aqui e ali. Mais um pensamento lhe ocorreu quando se lembrou de algo que Chip Bailey lhe dissera certa ocasião. Tinha acontecido antes, não neste país, mas em um outro.

Sim, agora tudo faz perfeito sentido.

Removeu o rolo e o recolocou na gaveta do arquivo. Estava a ponto de sair, mas parou um instante, pensando melhor sobre alguma coisa, finalmente seu rosto se abriu num sorriso. *Por que não?* Pegou uma caneta de tinta indelével de um recipiente sobre uma das mesas e foi até a parede. Escreveu as quatro letras bem grandes na parede de concreto. Eles não poderiam deixar de ver, não é? Não que fossem, de fato, ter alguma idéia do que significava. Afinal, ele queria chegar lá primeiro. Eles viriam e recolheriam os pedaços depois que tudo estivesse terminado.

Admirou sua obra por um momento, então tornou a sair silenciosamente. A picape estava estacionada a cerca de um quilômetro e meio, numa estradinha de terra batida que ele duvidava muito de que a polícia estivesse vigiando. Manteve-se atrás da linha da floresta enquanto fazia o caminho de volta.

Chip Bailey sentou-se na cama, confuso por um momento, então se deu conta do que era o barulho. Era seu telefone celular tocando. Tateou ao redor, encontrou e acendeu o interruptor da luz em seu pequeno quarto de motel e atendeu ao telefone. Era o chefe Williams; a mensagem dele foi concisa, mas o fez esquecer qualquer pensamento de voltar a dormir.

Alguém tinha acabado de arrombar o *Wrightsburg Gazette*. A descrição da pessoa combinava com a de Eddie Battle. Estavam isolando a área. Bailey se vestiu em um minuto, pôs o cinto com o coldre e enfiou a arma. Correu para seu carro e entrou.

A faca o acertou no peito com tamanha força que o punho estalou ao bater contra o esterno de Bailey. O agente do FBI moribundo tentou olhar ao redor, para ver quem acabara de matá-lo, mas a faca havia quase cortado em dois seu coração. Tombou para trás no assento com a cabeça inclinada para um lado.

Eddie se levantou do banco de trás e largou a faca. Tinha passado pelo motel no caminho de volta para a picape. Ao ver o carro de Bailey no estacionamento, achara apropriado retribuir o favor a seu velho amigo por "tê-lo salvado" todos aqueles anos antes. Poderia não ter outra oportunidade. Tinha discado o número do celular de Bailey de um telefone público. Tinha imitado a voz de Williams bem o suficiente para que o agente do FBI, ainda grogue, não percebesse a diferença.

Bem, aquela desatenção ao detalhe lhe custara caro.

Desculpe, Chip, quem dorme no ponto perde. E, de qualquer maneira, você não era um agente assim tão bom. Um bocado inepto e pomposo, na verdade. E queria tanto ser meu padrasto. Aquela grana toda era uma grande atração, não era, velho Chip? Velho amigo. Velho companheiro.

Eddie saltou do carro. Chegou à sua picape em meia hora, mantendo-se bem longe das estradas. Agora estava na hora de dormir e se preparar. E então agir de acordo com as informações que obtivera naquela noite.

Seu atalho para determinar a identidade da pessoa que matara seu pai tinha funcionado com perfeição. Esperava apenas que a "execução", ao final, fosse igualmente impecável.

– Foi a faca *dele* – disse Williams a King e Michelle na casa Battle. – As impressões digitais estavam na faca. Eddie não está tentando esconder que o fez. Provavelmente está orgulhoso.

O corpo de Chip Bailey fora encontrado na manhã seguinte por um de seus homens. A morte do agente veterano do FBI havia chocado todo mundo.

– Um bocado corajoso da parte de Eddie sair do esconderijo para matar Chip desse modo – comentou King.

– Não tenho certeza de que tenha sido este o único motivo pelo qual ele saiu – retrucou o chefe de polícia. – É melhor vocês dois virem comigo.

Ele os levou de carro até o prédio do *Gazette* e apontou para a palavra que Eddie havia escrito na parede:

TEAT

King olhou para a palavra e depois para Williams:

– Teat? Como assim, quer dizer uma teta de vaca? Você tem certeza de que isto foi obra de Eddie e não uma travessura de algum moleque?

– Não, tenho certeza. Na verdade, até parece isso. Mas o *Gazette* não fica muito longe do motel onde Chip foi morto.

King olhou ao redor para a sala.

– O que ele poderia querer daqui?

Michelle apontou para os numerosos arquivos de microfichas.

– Talvez estivesse procurando por alguma coisa ali dentro.

– É um bocado de coisa para olhar, se você não sabe o que está procurando – comentou King. Ele se virou para Williams com uma expressão preocupada: – É melhor você ter cuidado, Todd.

– Não tenho a menor intenção de levar uma facada no peito. Tenho homens me protegendo vinte e quatro horas por dia, os sete dias da semana. Gostaria que Chip tivesse feito o mesmo.

– Talvez ele tenha pensado que nunca poderia ter acontecido com ele – observou Michelle. – Ou talvez fosse orgulhoso demais.

– Ou, talvez, realmente acreditasse que Eddie era seu amigo – comentou Williams.

– Que amigo – observou King. – Como está indo a busca?

– Há estradinhas secundárias e floresta demais. E, aparentemente, todo mundo numa área de quatro estados telefonou e disse ter visto Eddie. Ele tem três metros de altura, garras e pedaços de corpos pendurados da boca encrostada de sangue. Juro por Deus que não sei como ninguém é condenado neste país, realmente não sei.

– É preciso apenas uma boa pista – recordou-lhe Michelle.

– Eu poderia morrer de velhice antes que isso aconteça – rebateu Williams. Michelle olhou para seu parceiro.

– O que você acha, Sean?

Ele sacudiu a cabeça cansadamente.

– Creio que depois de tudo isso, Eddie está no comando e nós estamos de volta ao ponto de partida.

CAPÍTULO

93

KING E SYLVIA TINHAM ACABAdo de jantar na casa dela. King tirara uma licença do acampamento armado na casa Battle. Contudo, havia um policial postado na entrada para carros da casa de Sylvia só para garantir que a refeição deles não fosse interrompida.

Sylvia brincou com o bracelete em seu pulso esquerdo.

– Onde você acha que ele está?

King deu de ombros.

– A mil e quinhentos quilômetros daqui ou a três metros, é difícil dizer.

– Ele esmagou o crânio de Jean Robinson, você sabe. E a traquéia daquele policial no tribunal também. E esfaqueou Chip Bailey com tanta força que a lâmina da faca acertou a medula espinhal! Para não mencionar o que fez com Sally Wainwright e todas aquelas outras pessoas *e* o fato de quase ter matado você.

– E, no entanto, ele não matou Tommy Robinson.

– E você acha que isso desculpa o que ele fez? – perguntou ela em tom ríspido.

King olhou para ela por cima da beira da taça de vinho.

– Não. – Ele se levantou e pegou a garrafa que trouxera. – O vinho desta safra é melhor bebido ao ar livre. – Estava cansado de falar sobre Eddie. Estava farto daquilo, para dizer a verdade.

Eles desceram os degraus até o pequeno cais de Sylvia.

– Quando você construiu o mirante? – perguntou.

– No ano passado. Gosto de me sentar lá e ficar olhando a vista.

– Você tem uma localização muito agradável para isso, embora devesse pensar em botar um plano inclinado para um barco.

– Eu enjôo na água. E não sou muito boa nadadora.

– Eu ficaria orgulhoso de ensinar a você.

Eles se sentaram e beberam o vinho.

– Eu vou levar você para uma volta em meu barco. Este lago é muito seguro – disse King depois de algum tempo.

– Tem certeza disso?

– Absoluta.

O homem vinha alternando entre nadar logo abaixo da superfície por quinze metros e então subir ligeiramente, apenas com o rosto fora da água para respirar e, antes de mergulhar, seguir adiante. Veio à tona uma última vez movendo as pernas na água e olhando ao redor. Estava tudo exatamente como havia imaginado: não havia nenhuma vigilância no embarcadouro. Por que eles haveriam de pensar nisso? Eram apenas polícia.

Eddie nadou a pequena distância até o embarcadouro com braçadas metódicas. Vestido com a roupa de mergulho preta, ficava praticamente invisível. Chegou à escada, saiu da água e então parou, escutando. Fez uma varredura detalhada da área circundante antes de continuar e subir para o cais, então puxou uma pochete à prova d'água que trazia amarrada ao pé. Tirou a arma da bolsa e consultou o relógio. Precisava andar depressa. Não havia possibilidade de fazer uma saída silenciosa, embora houvesse o roncar de trovões ao longe. Tinha ouvido no rádio que uma grande tempestade se aproximava: ventos fortes, chuva, raios e trovões. Não poderia ter pedido uma noite melhor. Parecia que os elementos naturais eram sempre seus amigos. Isto era bom, porque não tinha quaisquer outros.

Seguiu para o galpão de depósito, digitou a senha da tranca, abriu a porta e entrou. Apanhou todo o equipamento de que precisaria, apertou o controle do elevador elétrico e saiu depressa com o controle remoto do elevador na mão.

A lancha Formula FasTech estava sendo baixada na água. Antes de ter sido preso, tomara a precaução de se assegurar de que estivesse completamente pronta para ser usada. O representante que a vendera a seu pai tinha dito que era um dos barcos mais rápidos – se não *o* mais rápido – do lago. Bem, dependendo de como as coisas corressem, ele talvez precisasse de cada quilômetro que pudesse desenvolver.

Entrou na cabine. Quando o barco se acomodou totalmente na água, apertou o botão de parar no controle remoto do elevador. Tudo ficou em silêncio de novo. Não acenderia as luzes de navegação enquanto não estivesse bem longe da costa, se acendesse. Ele tinha sorte de que mais ninguém na família fosse de fato um grande aficcionado por barcos. Não haveria ninguém descendo até o cais àquela hora da noite. Sorte deles. Estava com vontade de matar, família ou não. Agora parecia não conseguir mais se controlar.

Ele esperou e esperou. E então veio o enorme estrondo de trovão quando a tempestade começou seu fogo de barragem. Eddie deu partida no dois motores Merc quase que simultaneamente e mil cavalos de força instantaneamente dispararam sob seus pés. Apertou o controle de comando que enviava a maior parte do ruído para debaixo d'água. Empurrou de leve o acelerador manual para trás e o barco recuou e saiu do plano inclinado. Virou a proa do barco para a boca da enseada, empurrou o acelerador para a frente e cobriu cerca de dezoito quilômetros, se afastando da casa. Sentiu o casco tremer um pouco sob seus pés, como se os motores estivessem zangados por não estar exigindo mais deles, por não estar voando a toda velocidade sobre os flutuadores, deixando todo mundo para trás. Ele deu uma palmadinha no painel. *Isto virá mais tarde, prometo.*

Depois que entrou num canal aberto, acelerou para velocidade média e a FasTech imediatamente saltou para sessenta e cinco quilômetros por hora, os Mercs ainda não inteiramente satisfeitos, mas chegando perto. Examinou a tela colorida do GPS no centro do painel, plotou seu rumo e aproou para sudoeste a 150 graus. Não havia outros barcos na água e ele conhecia o lago intimamente. Os canais eram bem sinalizados com bóias piscando em pares, a jusante. Baixios e bancos de areia eram sinalizados com luzes brancas gritantes. De qualquer maneira, sabia onde todos eles ficavam. Os únicos lugares onde se poderiam encontrar problemas eram nas enseadinhas em que os baixios nem sempre eram sinalizados e a terra se espetava para fora da água ao acaso. Contudo, o pai dele havia comprado um radar para complementar os acessórios da FasTech e ele não estava preocupado com a possibilidade de encalhar, nem mesmo nas enseadinhas. Obrigado, papai, *fico devendo esta, seu filho-da-mãe.*

Manteve as luzes de navegação apagadas e aumentou a velocidade para noventa quilômetros. Ficou alternando entre olhar por cima da proa e para o GPS. Os Mercs agora estavam bastante contentes; pelo menos o casco havia parado de tremer. Ele estava a boa velocidade, erguido pelos flutuadores e deslizando suave sobre as águas, apesar da tempestade agora estar entrando forte. Eddie ligou o rádio VHF e ouviu o boletim meteorológico. Todas as pequenas embarcações estavam recebendo ordens para se retirar da água. As pessoas recebiam instruções para fixar sarrafos nas escotilhas. Ia ser uma beleza de uma tempestade formidável.

Obrigado, Jesus. Ele teria o espetáculo inteiro só para si mesmo. Mudou a rota quando chegou ao canal principal e então apontou a proa para sudoeste, 220 graus na bússola. Na verdade, afinal não era tão longe pela água. Ficava muito mais longe de carro, motivo pelo qual ele pegara a lancha. De qualquer maneira, a polícia estava vigiando as estradas. Entretanto, só havia uma lancha da polícia no lago e esta só trabalhava nos fins de semana, quando o lago ficava mais cheio. Não haveria ninguém por lá para atrapalhá-lo naquela noite.

Manteve-se na roda do leme e deixou o vento açoitar-lhe o rosto e levantar-lhe o cabelo. À medida que a brisa ganhou intensidade, a água tornou-se mais encapelada; cristas de espuma branca agora delineavam o alto das ondas escuras. Contudo, a FasTech parecia engolir as ondas de sessenta centímetros e continuou fendendo as vagas em seu caminho. Eddie olhou para o céu ameaçador. Sempre adorara a vida ao ar livre. Montar cavalos, brincar de soldado, acampar sob a ampla vastidão do céu, pintar nasceres de sol de tirar o fôlego, caçar e pescar, até chegar ao conhecimento de como cada coisa complementava a outra, de como as coisas se alimentavam umas das outras.

Entretanto, estava tudo chegando ao fim. Ele tinha pleno conhecimento e compreensão de que aquela seria sua última incursão. Surpreendente como havia chegado depressa. Era muito forte e saudável, mas, ainda assim, sua expectativa de vida chegara ao fim aos quarenta anos de idade. Contudo, quando tivesse acabado, ele teria realizado tudo que havia querido fazer. Quantas pessoas podiam dizer isso? Tinha vivido sua vida exatamente de acordo com seus próprios termos, não os de seu pai ou os de sua mãe ou de mais ninguém. Somente os seus.

Esta era uma mentira que contava a si mesmo todos os dias.

Abriu o isopor e tirou a única cerveja que tinha posto lá antes de ser preso. Naquela ocasião, não soubera que iria precisar do barco, apenas que poderia precisar.

A cerveja estava quente, é claro, todo o gelo havia muito se derretera. Mas lhe pareceu muito gostosa. Levantou e encostou o metal contra a face e empurrou o acelerador de mão todo para a frente. Os motores despertaram da modorra de velocidade de cruzeiro e o barco acelerou roncando para setenta milhas náuticas, cento e trinta quilômetros por hora e depois foi além. As colinas que se erguiam do lago feito pelo homem passaram voando por ele; os milhares de árvores que salpicavam sua pele eram sentinelas silenciosas de seu último hurra! *A carga de Eddie Lee Battle e sua fiel cavalaria ligeira.* Deus, ele estava em seu elemento.

– Vamos penetrar pela brecha mais uma vez – berrou para os céus escuros relampejantes enquanto a chuva começava a cair pesada. Ele lambeu as gotas que lhe escorriam pela face. – A maior virtude de um homem é a coragem de um contra todos. Quando parecer maior a escuridão, haverá luz, mesmo que apenas pelo pulsar de um coração a bater – proclamou, citando a prosa rebuscada de escritor da época da Guerra Civil que provavelmente nunca na vida havia levado ao ombro um mosquete. Como se respondendo à deixa, o céu subitamente se iluminou cortado por um raio de um bilhão de velas e o trovão rugiu enquanto a tempestade começou a se desencadear.

O rugir dos Mercs acompanhavam a Mãe Natureza em cada decibel. A esteira atrás dele era enorme, mas seu avanço sobre as águas tão suave, tão terrivelmente suave, lá no alto sobre os flutuadores. Ele era um verdadeiro foguete. Ninguém seria capaz de apanhá-lo.

Ninguém.

CAPÍTULO

94

MICHELLE ANDOU DE UM LADO para outro em seu quarto na casa Battle como uma fera enjaulada em busca de alguma possível saída por onde pudesse se esgueirar para a liberdade. King tinha ido à casa de Sylvia jantar. Por que isso a incomodava não tinha certeza. Bem, talvez tivesse certeza. Não havia sido convidada. E por que exatamente aquilo a surpreendia?

Por fim, saiu correndo do quarto, desceu a escadaria principal, dois degraus de cada vez, e entrou na sala de estar. Não tinha visto Remmy o dia inteiro. Dorothea provavelmente estava dormindo. Ela dormia muito. Quem poderia censurá-la? Estava arruinada financeiramente, era viciada em drogas, suspeita de ter assassinado Kyle Montgomery e seu marido havia se revelado um maníaco assassino e estava à solta. Se fosse Michelle, provavelmente dormiria pelo resto da vida.

Ela parou quando viu Savannah se aproximando pelo corredor. A moça não estava mais se vestindo como a mãe. Talvez a invencibilidade de Remmy Battle estivesse perto de se esgotar. Vestia jeans de cintura baixa que deixavam à mostra a parte de cima das calcinhas, tipo biquíni, uma blusa curta de cavas largas e estava de pés descalços, as unhas pintadas de vermelho, tom de maçã caramelada.

Savannah levantou a cabeça com surpresa quando viu Michelle ali, como se nem sequer soubesse que a outra mulher estivera hospedada na casa aquele tempo todo.

– Como vão as coisas, Savannah?

O rosto de Savannah se contraiu com tristeza e raiva:

– Ah, beleza pura. Com pai morto, cunhada que virou legume, mãe fora do ar e um irmão assassino serial. E com você?

– Desculpe, escolhi mal as palavras.

– Não se incomode. Para você também a vida não tem sido fácil.

– Comparada com a de sua família, creio que todo mundo tem tido uma vida fácil. – Ela fez uma pausa, se perguntando se deveria simplesmente voltar para o quarto e ficar emburrada. Rejeitando esta opção, disse: – Eu ia fazer um café. Que tal?

Savannah hesitou antes de responder.

– Claro, não tenho mesmo mais nada para fazer.

As duas se sentaram na sala de estar com as xícaras de café.

Michelle olhou para a janela onde a chuva começava a tamborilar contra as vidraças.

– Parece que uma tempestade realmente está vindo por aí – comentou. – Espero que Sean volte logo.

– Ele está na casa de Sylvia?

– Está. Foi lá só para jantar.

– Vocês estão dormindo juntos?

Michelle se encolheu diante daquela pergunta indelicada.

– Quem, eu e Sylvia? – galhofou.

– Você sabe de quem estou falando.

– Não, não estamos. Não que isso seja de sua conta.

– Se eu trabalhasse com Sean, dormiria com ele.

– Bom para você. Mas não faz nada bem para um excelente relacionamento de trabalho.

– Você gosta dele, não gosta?

– Gosto e também o respeito. Estou contente por sermos parceiros de trabalho.

– Mas é só isso?

– Por que está tão interessada nisso?

– Provavelmente porque não creio que jamais vá ter alguma coisa assim. Quero dizer, alguém em minha vida.

– Mas o que é isso, está louca? Você é jovem, bonita e rica. Vai poder escolher o homem que quiser. É assim que o mundo funciona.

Savannah a encarou com uma expressão franca e incisiva.

– Não, não vou.

– É claro que vai. Por que não poderia?

Savannah começou a roer as unhas.

Michelle se inclinou para ela e tirou a mão da boca de Savannah.

– Só crianças pequenas roem as unhas, Savannah. E, já que estamos fazendo perguntas francas uma à outra, por que você não manda tirar seu nome de sua bunda? Isto poderia ajudar suas perspectivas de casamento, se é com isso que está preocupada.

– Não ajudaria nada.

Michelle olhou para ela desconfiada.

– Por que esta cena tipo "coitadinha de mim"?

Savannah de repente explodiu:

– Porque e se eu for tão maluca quanto o resto de minha família? Meu pai era completamente maluco. Meu irmão é um assassino. Agora descobri que meu outro irmão tinha sífilis. Minha mãe é outra anormal, lá à sua maneira. Até minha cunhada é um desastre total. É uma doença. Se você entra em contato com os Battle, você está condenada. Então, que raio de chance tenho eu? Não tenho nenhuma. Nenhuma! – Ela deixou a xícara de café cair no chão, se enroscou toda e começou a chorar de soluçar.

Michelle ficou olhando para ela durante um longo momento, perguntando-se se sequer queria se envolver naquilo. Por fim, foi se sentar junto de Savannah e a abraçou bem apertado, disse palavras de consolo sem realmente saber de onde vinham. Enquanto o trovão ribombava lá fora, os soluços de Savannah começaram a se abrandar, mas a moça ainda se agarrava a Michelle como se fosse a única amiga que ela já tivera ou jamais teria.

Tudo o que Michelle queria, na verdade, era sair daquele lugar o mais rápido possível. Seria até capaz de enfrentar Eddie, o maníaco homicida, cara a cara, desde que fosse longe da casa Battle. Mas, apesar disso, ficou ali onde estava e abraçou a mulher que chorava soluçando e sussurrou palavras de consolo em seu ouvido. Michelle a abraçou como se fosse uma pessoa de sua família, silenciosamente agradecendo a Deus por não ser. Para quem conhecia a verdade, Savannah poderia muito bem estar certa a respeito de tudo o que acabara de dizer. Talvez os Battle fossem amaldiçoados.

CAPÍTULO

95

– Esta foi realmente uma noite maravilhosa, Sean.

Ele e Sylvia tinham voltado para a casa e estavam sentados no pequeno pátio envidraçado, pegado à cozinha, observando a tempestade se aproximar.

– Adoro assistir a tempestades no lago – disse ela. – É ainda mais bonito durante o dia, quando se podem vê-las chegando por cima da crista das montanhas.

Ela se virou e o apanhou de olhos cravados nela.

– Estava apenas pensando que existe algo muito mais bonito que tempestades e que está sentado bem ao meu lado.

Ela sorriu.

– Esta é uma velha cantada de seus tempos de faculdade?

– É, mas a grande diferença é que agora estou falando sério.

Eles se aproximaram um do outro, o braço dele envolveu-lhe os ombros e ela encostou a cabeça em seu peito.

– Como eu disse antes, é uma delícia ter alguém para cuidar de mim, para variar – disse Sylvia.

– Vocês dois realmente formam um belo casal, bonito mesmo.

Sylvia gritou e se levantou de um salto. King começou a se levantar do sofá até que percebeu que seria inútil, tendo uma arma apontada para ele. Tornou a se sentar.

Eddie Battle se encostou no umbral da porta, ainda vestido nas roupas de mergulho, apontando a pistola primeiro para Sean e depois para Sylvia. A mira a laser dançou sobre o torso deles como um carvão incandescente num cordão de marionete.

– Na verdade, vocês fazem um casal tão adorável que, se eu tivesse uma câmera, tiraria uma foto.

– Que diabo você quer, Eddie?

– O que eu quero? O que eu quero, Sean?

King se postou na frente de Sylvia enquanto Eddie entrava no aposento.

– Foi isso que eu perguntei.

– Você sabe, eu gosto de você. Gosto realmente. Não estou aborrecido por ter sido você quem me apanhou. Foi uma bela pequena batalha de inteligências. Foi por isso que tentei matar você e Michelle em seu barco-casa.

– Por que você não poupa todo mundo de um monte de problemas e não se entrega? Tem um policial logo ali fora.

– Não, ele não está logo ali, Sean – corrigiu Eddie. – Está no final da entrada para carros em sua viatura. Eu verifiquei. E, com a tempestade uivando, eu poderia atirar em vocês dois, dar uma festa e ele nem sequer saberia.

– OK, então onde é que ficamos com isso?

– Ficamos com vocês dois vindo comigo. Vamos dar uma voltinha no lago.

King chegou uma das mãos mais para baixo e a pressionou contra o bolso do paletó. Seu novo telefone celular estava naquele bolso.

– No lago? Há uma tempestade com raios e trovões! – exclamou Sylvia.

King tateou o teclado com os números através do tecido. *Mantenha-o ocupado, Sylvia.*

Como se pudesse ler seu pensamento, ela disse:

– E você não tem como fugir pela água.

– Não estou tentando fugir. Desisti desta idéia há muito tempo.

King encontrou o botão de discagem rápida que queria, pressionou, então tateou e pressionou o botão de chamar. Ele teria que sincronizar aquilo com precisão.

Tão logo ouviu a chamada se completar e a voz começou a dizer alô, ele gritou:

– Que diabo, Eddie, isto é loucura. Qual é, você agora vai partir para seqüestro?

– Vou, estava ficando cansado de ficar só matando. Vamos embora.

– Nós não vamos entrar em seu barco e ponto final.

Eddie colocou a mira a laser sobre a testa de Sylvia.

– Então eu simplesmente a matarei bem aqui. A escolha é sua. Sinceramente, pouco me importo.

– Então me leve, mas só eu – retrucou King.

– Isto não faz parte do plano, velho amigo. Quero os *dois*.

– Para onde vai nos levar?

– E estragar a surpresa? – Por um instante aterrador, o semblante de um homem que havia matado nove pessoas os encarou: – Agora, Sean. Vamos já.

Por algum motivo, que nem sequer para ela era compreensível, depois de deixar Savannah, Michelle tinha ido até o estúdio de Eddie para dar uma olhada. Não acreditava que o homem estivesse de tocaia escondido nas vizinhanças de sua casa; havia policiais armados por toda parte e Eddie não era nenhum idiota. Mas, enquanto examinava pintura por pintura, não pôde deixar de se perguntar como um homem que havia matado tanta gente podia ter criado obras tão bonitas. Não parecia possível que a mesma mente e corpo pudessem abrigar tão grande artista e um assassino tão aterrador. Ela estremeceu com um calafrio e apertou os braços ao redor de si mesma. E pensar que se sentira atraída por ele. O que isso dizia sobre sua capacidade de julgamento? Sua percepção das outras pessoas? Como poderia algum dia voltar a confiar em seus instintos? Aquele pensamento horrível fez seu estômago arder. Ela se dobrou para a frente, subitamente, se sentindo tonta e nauseada; apertou os antebraços contra as coxas enquanto lutava contra a sensação de vertigem.

Deus, como você pode ter sido tão cega? Mas então se lembrou do que se dizia sobre alguns dos mais famosos assassinos da história. Que eles não pareciam ser nem agiam como assassinos. Eram atraentes, divertidos como companhia; você se sentia compelida a gostar deles. Este era o mais assustador de todos os aspectos. *Eles eram você e eles eram eu.*

Ela se endireitou quando o telefone tocou. Atendeu, mas ninguém disse nada. E então ouviu a voz de King gritando alguma coisa, de que apenas uma palavra ela realmente compreendeu. Mas foi o suficiente.

– Eddie!

Ainda ouvindo e tentando entender o que estava acontecendo do outro lado da ligação, olhou ao redor, avistou um telefone de linha fixa sobre uma mesa próxima a um dos cavaletes de Eddie e ligou para Todd Williams.

– Eles estão na casa de Sylvia... pelo menos acho que estão.

– Ai, que merda. Mas tenho um patrulheiro lá com Sean.

– Ele já pode estar morto.

– Estou a caminho.

– Eu também.

Michelle apertou o celular contra a orelha enquanto corria de volta para a mansão dos Battle. Correu até seu quarto, agarrou as chaves da camionete e correu de volta para fora. Estava pronta para entrar no carro, mas então se deteve e voltou. Dirigiu-se aos trancos ao quarto de Savannah e abriu a porta com uma pancada. Savannah estava na cama. Ela se levantou de um salto quando Michelle irrompeu quarto adentro. Michelle cobriu os orifícios do fone de modo que nada do que ela dissesse chegasse aos ouvidos de Eddie Battle.

– Meu Deus, o que é? – perguntou Savannah.

– Preciso de seu telefone.

– O quê?

– Me dê o raio do seu celular!

Segundos depois, Michelle estava embarcando em seu carro, com o telefone ainda apertado contra a orelha, se esforçando para ouvir qualquer coisa que pudesse ajudá-la a descobrir onde Sean estava.

Espere um minuto. Tinha ouvido alguma coisa. O que era?

– Barco! – Sean estava perguntando para onde Eddie os estava levando no barco. Tinha ouvido isso claramente.

Ela apertou os números no telefone que tinha pegado com Savannah.

– Todd, eles estão num barco no lago.

– Um barco! Diabo, onde Eddie arranjou um barco?

– Há uma porção deles aqui no ancoradouro. Inclusive uma lancha esportiva.

– Merda!

– Todd, você tem um barco? – perguntou ela freneticamente.

– Não. Quero dizer, o pessoal de fiscalização de Caça e Pesca tem um, mas não tenho certeza de onde está agora.

– Bem, isto é ótimo! – Michelle refletiu rapidamente. *Idiota.* É claro.

– Em quanto tempo você consegue chegar aqui?

– Ora, ahh, dez minutos – respondeu Williams.

– Reduza para cinco e se encontre comigo no embarcadouro dos Battle. É uma longa caminhada, mas há um carrinho de golfe que você pode usar. O caminho é iluminado e há placas indicando a direção.

– Mas e você?

– E eu o quê? – exclamou ela.

– Não vai precisar do carrinho?

– Só me faria ir mais devagar. Agora escute com atenção, a caminho daqui você tem que entrar em contato com o pessoal de Caça e Pesca, encontrar este barco e mandar alguns homens armados para a água. Certifique-se de mandar fechar todas as estradas que dão acesso ao lago. Ligue também para o FBI e para a polícia estadual e diga para mandarem um helicóptero para cá, com um holofote grande, imediatamente. Diga a eles para mandarem pessoal da SWAT ou do Resgate de Reféns. Vamos precisar de atiradores de precisão.

– Tudo isto vai levar tempo, Michelle.

– Coisa que nós não temos, portanto faça logo!

– O lago é grande. Tem mais de oitocentos quilômetros de costa. Muitos lugares para se esconder.

– Obrigada pelo discurso. Apenas trate de vir logo.

Ela desligou, saltou da camionete, correu dando a volta pelos fundos da casa e partiu a toda velocidade, descendo em direção ao embarcadouro pelo caminho iluminado. Continuou com o telefone no ouvido, na esperança de escutar alguma coisa útil, mas tudo que ouviu foi um rugido. Se eles estavam no barco, os motores encobririam qualquer outro som.

Alcançou o embarcadouro, acendeu um interruptor e a área inteira foi banhada pelas luzes. Mas, naquele instante, a enorme faixa horizontal de um raio riscou o céu seguida pelo crepitar de um trovão tão alto que ela cobriu as orelhas.

O olhar dela imediatamente percebeu o plano inclinado vazio.

– Merda, ele está na FasTech.

Michelle voltou para o telefone.

– Todd, ele está numa Formula FasTech. Uma lancha esportiva de dez metros, com uma listra vermelha...

– Eu conheço este tipo de lancha. Você tem alguma idéia dos motores que esta lancha tem?

– Tenho, um par de Mercs, com quinhentos cavalos cada e cada um com uma hélice Bravo da pesada. Todd, se não estiver aqui em três minutos, vou embora sem você. – Ela desligou.

– OK, o que temos por aqui? – perguntou-se enquanto corria de galpão em galpão. Jet-skis eram ágeis e velozes mas não tinham luzes de navegação e ela não conseguia imaginar muito bem o grandalhão Todd sendo capaz nem de segurar-se nela enquanto dirigia ou de manobrar um ele mesmo. Além disso, depois do duelo desigual com Roger Canney, se as coisas acabassem numa batalha de barcos, queria dispor de algo um pouco mais robusto de seu lado.

Ela parou diante da grande lancha de cruzeiro Sea Ray, acomodada em seu lugar. Claramente, não tinha potência para se igualar à FasTech em velocidade, mas era um barco grande, com grandes motores – isso era tudo de que precisava. Arrancou depressa a tranca do galpão de depósito, entrou e encontrou as chaves da Sea Ray e o controle remoto para o elevador em que o barco estava e tratou de deixar o barco pronto.

Todd Williams apareceu voando num carrinho de golfe minutos depois. Passou a mão num colete salva-vidas e subiu a bordo.

– Consegui entrar em contato com todo mundo. O pessoal de Caça e Pesca está pondo o barco no lago na ponte Haley

Point, isso fica a uns vinte e cinco quilômetros subindo o rio. Tanto o FBI quanto a polícia estadual estão mandando helicópteros e atiradores de elite o mais rápido que puderem. As barreiras em todas as estradas de acesso ao lago estão sendo montadas.

– Ótimo. Agora tome isto e ouça com toda a atenção. Sean pode nos dar pistas de onde eles estão. – Williams pegou o telefone e o encostou na orelha.

Michelle puxou o acelerador de mão para marcha-a-ré e eles recuaram rapidamente, se afastando do embarcadouro, tão depressa que Williams caiu contra a amurada e quase mergulhou pela borda. Se endireitando, ele disse:

– Merda, Michelle, você sabe dirigir este negócio? Não é uma droga de um barco a remo.

– Eu aprendo depressa. A casa de Sylvia, diga-me aproximadamente a que distância fica daqui e as coordenadas de rota para a bússola.

Todd deu a melhor estimativa que pôde e ela rapidamente calculou o tempo, a distância e a rota. Na verdade, enquanto estivera no Serviço Secreto, tornara-se uma excelente marinheira, pilotando tudo desde barcos "charuto" com motor de competição, enquanto protegia presidentes que eram apaixonados por altas velocidades na água, a dóceis barcos a remo com os netos dos mesmos ex-presidentes como seus preciosíssimos passageiros.

– OK, segure-se.

Ela apontou a proa para o canal aberto e empurrou o acelerador para velocidade máxima. O grande Sea Ray gemeu um pouco de início, como se estivesse despertando. Mas, então, seus propulsores cortaram a água para valer, espirrando-a em todas as direções. A proa se elevou no ar como um cavalo indomado esperto, pronto para arremessar longe seu cavaleiro, e o barco deu um enorme salto adiante. Em segundos, eles estavam totalmente erguidos nos planadores e o barco acelerou até alcançar setenta e cinco quilômetros, enquanto Michelle navegava em linha reta para as mandíbulas abertas da tempestade que se aproximava, num lago de vinte mil acres de superfície, sem ter nenhuma idéia do rumo que deveria seguir.

CAPÍTULO

96

– Vamos, diga para onde está nos levando Eddie? – gritou King, mais alto que o ruído dos dois motores misturados com os trovões da tempestade.

Ele estava com os pés e mãos amarrados com uma linha de pesca e deitado de lado no convés, ao lado da cadeira do capitão. Sylvia estava sentada no assento da popa, amarrada da mesma maneira, enquanto Eddie dirigia a lancha de pé, com o vento a chicotear seus bastos cabelos.

– Que importância tem para você? Não existe bilhete de volta para esta viagem.

– Então por que nos matar? Você preencheu seu cartão de pontos. Apanhou todo mundo que queria.

– Não todo mundo, velho amigo. A propósito, ganhei a aposta.

– Que aposta?

– Quando você me capturou, disse que estava tudo acabado, eu disse que não.

– Meus parabéns.

Eddie mudou o rumo para leste, cortando em diagonal uma grande onda que sacudiu a FasTech com violência. King bateu com a cabeça na amurada de fibra de vidro atrás dele.

– Se você não for mais devagar, vai matar todos nós muito antes de chegar ao lugar para onde está indo.

Em resposta, Eddie acelerou ainda mais.

– Eddie, por favor – berrou Sylvia da popa.

– Cale a boca!

– Eddie – começou ela de novo.

Eddie se virou e disparou uma bala a menos de dois centímetros da orelha esquerda de Sylvia. Ela gritou e se atirou no convés.

Com um enorme estrondo, um raio fino acertou uma árvore numa pequena ilha enquanto eles passavam rapidamente. O carvalho explodiu em chamas, lançando madeira carbonizada na água. O ribombar do trovão que se seguiu foi muito mais alto que os motores.

King se arrastou devagar para a frente. Amarrado daquele jeito, não tinha nenhuma chance contra um homem fisicamente forte como Battle. Mesmo numa luta em igualdade de condições, provavelmente não conseguiria vencê-lo. Lançou um olhar rápido para Sylvia. Ainda estava deitada no convés. Podia ouvir seus soluços acima dos outros sons. Lutou para se pôr sentado, finalmente conseguindo. Deslizou as costas contra o bordo da lancha e, por fim, conseguiu se alçar e sentar no banco ao lado de Eddie.

Eddie olhou para ele e sorriu.

– Gosta da vista daí?

King olhou ao redor. Conhecia bem o lago, embora soubesse, como todo marinheiro experiente, que as coisas tinham um aspecto muito diferente na escuridão. Contudo, naquele momento eles passaram por um marco que reconheceu, o prédio de um condomínio de cinco andares, construído numa ponta de terra argilosa que se projetava num dos canais principais do lago. Gritou:

– Parece que estamos rumando para leste, para a represa. – Ele rezou para que a ligação de seu telefone ainda estivesse conectada. Se não estivesse e Michelle tentasse ligar de volta para ele, não poderia apertar o botão de resposta e, de todo modo, o som do telefone tocando o entregaria.

– Leste para a represa? – perguntou de novo, ainda mais alto.

– Você conhece o lago – disse Eddie, que tomou mais um gole da cerveja quente, parecendo saborear cada gota.

– Eu sei por que você matou aquelas pessoas, Eddie.

– Não, você não sabe.

– Eu descobri, Tyler, Canney, Junior, Sally. E Hinson e Pembroke para nos confundir. Um tico fora da hora, certo? Um minuto.

– Você não sabe de merda nenhuma.

– Seu pai era um homem horrível, Eddie. Eu sei que ele levou você a isto. Você matou por causa dele, do que ele fez com sua mãe, com seu irmão.

Eddie apontou a pistola para a cabeça de King.

– Eu disse que você não sabe de merda nenhuma sobre por que eu fiz o que fiz.

King mordeu o lábio, tentando manter seus nervos sob controle, algo não exatamente muito fácil de fazer naquele momento.

– OK, então por que não me conta?

– Que importância tem, Sean? Eu sou um psicótico, OK? Se não me queimarem na cadeira, deveriam apenas me trancar e jogar a chave fora. Deixar que alguém me enfie uma faca na barriga quando estiver dormindo em minha cela. Então, todo mundo vai poder respirar fundo aliviado. Eddie não existe mais. Isso é bacana, Eddie não existe mais e o mundo continua girando. – Ele encarou King e sorriu: – Veja, pelo menos quando *você* morrer, vai haver muita gente para lamentar. Eu não tenho ninguém.

– Dorothea?

– Certo, pode crer.

– Remmy vai lamentar.

– Você acha?

– Você acha que não?

Eddie sacudiu a cabeça.

– Não vamos entrar nesse assunto.

– Conte-me sobre Steve Canney.

– O que há para contar?

– Você é um homem honrado, Eddie. Deveria ter vivido cento e cinqüenta anos atrás. Por isso, conceda a um homem condenado seu último desejo. Fale comigo.

Eddie finalmente sorriu.

– Por que não? OK, vamos lá. Eu tinha acabado de voltar da faculdade. Meus pais estavam se desentendendo de novo. Savannah tinha cerca de dois anos de idade e papai já estava cansado dela. Eu sabia que o canalha estava andando com outras mulheres de novo. Eu o segui e o vi com a mulher de Canney. Quando ela teve o filho, arrombei uma sala no hospital e chequei os registros de tipo sangüíneo. Roger Canney não era o pai. Eu sabia quem era.

– Savannah era filha de Bobby e Remmy?

– Ah, sim. Creio que papai pensou que mamãe iria realmente se divorciar dele naquela ocasião. Então, ela de repente acabou grávida. Se foi por sexo consensual ou não, você teria que perguntar a ela.

– Mas por que diabo eles não se divorciaram?

– Bobby Battle aceitar que a esposa o abandonasse? Aquele maníaco por poder e controle não teria permitido isso de jeito nenhum. Isso teria sido um sinal de fracasso. O grande Bobby Battle nunca fracassava. Nunca!

– Remmy poderia ter-se divorciado dele, se quisesse.

– Creio que ela não quis.

King debateu se deveria fazer a pergunta seguinte, decidiu que poderia ser a única chance que teria. Também estava pensando que, quanto mais mantivesse Eddie falando, mais tempo ele e Sylvia permaneceriam vivos. E, quem sabe, talvez conseguisse convencê-lo a permitir que ambos vivessem.

– Por que você não matou o menino, Eddie? Tommy Robinson?

– Calculei que ele incriminaria o pai, tornaria minha vida mais fácil.

– Ora, vamos, você não podia ter certeza disso.

– Bolas, não havia motivo para matá-lo. E daí? Você acha que isso faz de mim um bom escoteiro, só porque consegui não matar uma droga de um garotinho? Você viu o que fiz com Sally. Que mal ela algum dia me fez, hein? Eu esmaguei o rosto dela até os ossos. – Ele olhou para baixo e reduziu a velocidade no acelerador.

A tempestade estava se tornando cada vez mais furiosa a cada minuto. E mesmo a FasTech agora estava tendo dificuldade de cortar as vagas maciças. A Formula construía alguns dos melhores barcos do mundo e King rezou para que a fibra de vidro daquele pudesse resistir à surra que estava levando. Contudo, bastava que um único raio os acertasse para que fossem incinerados quando o tanque explodisse.

– E Junior?

– Esse aí fez com que eu me sentisse realmente mal. Aquela estúpida da Sally. Por que ela não se apresentou? Que diabo, eu gostava de Junior.

– Ele não deixou que Sally contasse a verdade. Não queria magoar a esposa.

– Está vendo, é isso. É sempre melhor dizer a verdade. Ambos estariam vivos se simplesmente tivessem feito isso. – Eddie sugou a última gota de cerveja da lata e a atirou pela borda. Ele balançou a cabeça para frente e para trás para soltar os músculos fortes do pescoço. – Você já matou gente antes, Sean.

– Só quando estavam tentando me matar.

– Eu sei disso, não estava nos pondo na mesma categoria. Como se sentiu imediatamente antes de vê-los morrer, quando sabia que tinha feito aquilo?

– Senti como se uma parte de mim tivesse morrido com eles.

– Creio que nisso é que você e eu somos diferentes.

– Quer dizer que sentiu prazer?

– Não, quero dizer que eu já estava morto quando comecei a matar. – Ele flexionou os braços e sacudiu a cabeça para clareá-la. – Eu nem sempre fui assim. Nunca fiz mal a ninguém. Não era uma dessas pessoas que começam torturando animais e vão avançando até chegar a seres humanos. O tipo de merda de que Chip Bailey vivia falando o tempo todo.

– Nunca pensei que você fosse um assassino serial comum.

– É mesmo? – Eddie sorriu. – Eu queria jogar na NFL. Era bom o suficiente para isso, um excelente jogador no time da faculdade. Poderia ter conseguido ser jogador profissional. Bem, talvez pudesse, talvez não pudesse. Era forte como um touro, tinha ótimas pernas e detestava perder, cara, como eu detestava. Mas não aconteceu, simplesmente não estava escrito nas cartas. Sabe, você estava certo. Nasci tarde demais. Os anos 1800 teriam combinado um bocado melhor comigo. Estou completamente perdido neste século.

– Quando descobriu a verdade a respeito de seu irmão?

Eddie virou o olhar devagar para King e depois checou a popa, onde Sylvia mais uma vez estava sentada na ponta do banco de ré. Olhando de novo para King, respondeu lentamente:

– Por que está perguntando isso?

– Porque acho que foi onde tudo isso começou, é por isso.

– Ah, qual é, a minha grande desculpa?

– A maioria dos homens em sua posição estariam suplicando por uma justificativa, uma defesa legal, alguma coisa que os explicasse.

– Então, creio que não sou como a maioria dos homens.

– Sífilis. Quando você soube que era isso?

Eddie puxou o acelerador de mão um pouco mais e a velocidade do FasTech se reduziu para trinta nós. Ainda alta, mas pelo menos os propulsores do barco não estavam mais saltando para fora da água a cada duzentos metros.

– Quando tinha dezenove anos – respondeu Eddie devagar, o olhar ainda fixo na distância por cima da proa, como se estivesse tentando calcular o ponto estimado. – Eles não sabiam que eu tinha descoberto. Estavam apenas me contando mentiras sobre as razões da morte de meu irmão. Mas eu descobri a verdade, ah, sim, senhor, descobri. Eles não iam me fazer engolir aquela merda. De jeito nenhum.

– Então foi pouco antes do seqüestro.

Eddie sorriu:

– Não consigo acreditar que tenha podido manter aquilo em segredo por todos estes anos. Acho que Chip ficou muito surpreso.

– Para não dizer coisa pior. – King lançou um olhar rápido para Sylvia, mas ela estava olhando para fora, para as águas escuras, e se encolhendo a cada explosão de relâmpago e estrondo de trovão. King sentiu o jantar subir de volta a sua garganta, as ondas estavam bastante revoltas. Ele lutou contra a ânsia de vomitar e disse: – Você alguma vez confrontou seu pai a respeito do assunto?

– Confrontá-lo com o quê? Ele era o indomável Bobby Battle. O canalha achava que nada do que fizesse estava errado. Nunca admitiu o que havia feito com seu próprio filho. Trepava e se esfregava com qualquer vagabunda que aparecesse, trazia merda para casa, matou Bobby e nem sequer deu bola. Aquilo com certeza não me surpreendeu. Ele não deu a mínima por ter matado o fruto de seu próprio sangue. O maldito cérebro se dissolvendo, os olhos saltando para fora do rosto, os dentes apodrecendo. Os últimos anos de vida ele viveu em agonia o tempo todo e quero dizer o tempo todo mesmo. Era como se alguém tivesse pegado uma linda pintura e esfregado terebentina em toda a tela. Eu sabia que Bobby ainda estava lá, mas não conseguia mais vê-lo. – Eddie piscou rapidamente. – Todo dia, cara, eu tinha simplesmente que ficar assistindo enquanto ele definhava. Então, quando ele começou a realmente ficar doente, eu disse: levem Bobby a um médico. Droga, ajudem Bobby, ajudem. Por favor! E eles não levavam nunca. Eu era apenas uma criança, diziam. Não compreendia, diziam. Eu compreendi, cara. Compreendi muitíssimo bem, só que tarde demais para Bobby.

– Ouvi dizer que seu irmão era uma pessoa maravilhosa, apesar de todo o sofrimento e das provações por que passou.

O semblante de Eddie se iluminou:

– Você precisava tê-lo visto, Sean. Era um doce de pessoa. Era tudo que eu não era. Antes do cérebro dele começar a falhar, ele era esperto, cara, quero dizer esperto de verdade. Me ensinava uma porção de coisas, me ajudava, cuidava de mim. Ele era meu irmão mais velho. Não havia nada que não fizéssemos um pelo outro. Os momentos em que vivemos juntos. – King observou enquanto lágrimas salgadas começaram a escorrer pelas faces de Eddie misturadas com a chuva. – E então ele começou a ficar cada vez mais doente e mais doente. Mamãe finalmente o levou a um especialista; ela nunca me contou o que esta pessoa disse, mas Bobby continuou a piorar. Ele morreu quatro dias depois de nosso décimo oitavo aniversário. Papai estava fora, em uma viagem de negócios qualquer. Mamãe se recusou a entrar no quarto. Eu abracei meu irmão enquanto ele fazia a passagem e continuei abraçado com ele até que eles me obrigaram a largá-lo. – Ele fez uma pausa e acrescentou: – Bobby foi o único amigo que eu tive na vida. Ele é a única pessoa que eu sei com certeza que realmente me amava.

– Você disse que a reação de seu pai não o surpreendeu. Alguma outra coisa o surpreendeu? – perguntou King com curiosidade.

– Você realmente quer saber o que me surpreendeu? Quer realmente saber?

Para King, Battle parecia um garotinho desesperado, ansioso para contar um segredo.

– Quero, sinceramente quero.

– Que minha mãe, minha querida mãe, mulher de tutano duro como aço, não tenha levantado um dedo para salvar seu próprio filho. Seu próprio maldito filho. Agora, me explique isso, será que pode, por favor?

– Eu não posso, Eddie. Não sei por quê.

Eddie respirou fundo, enchendo os pulmões de ar.

– Bem-vindo ao time. – Ele puxou o acelerador de mão ainda mais para trás. – OK, chegamos. – Enquanto o barco reduzia a velocidade, King olhou para trás para ver se conseguia dizer onde estavam. Estava muito escuro e seu sentido de orientação, confuso, mas algo lhe parecia muito familiar.

Eddie tirou uma faca da bolsa à prova d'água e a apontou para King, que recuou em pânico.

– Eddie você não quer fazer isso. Podemos conseguir ajuda para você.

– Estou além de qualquer ajuda, Sean, mas obrigado pela oferta.

Sylvia gritou da popa:

– Por favor, Eddie, não faça isso.

Eddie a encarou, subitamente sorriu e fez um gesto para que ela se aproximasse dele. Quando Sylvia não se moveu, ele empunhou a arma:

– O próximo tiro vai entrar direto em seu cérebro, doutora. Trate de vir para cá.

Ela se aproximou cambaleando, trêmula de medo. Ele cortou a linha de pesca que a amarrava e a empurrou pela escada abaixo, para dentro da cabine de proa, e fechou a porta depois que ela entrou. Então enfiou a lâmina da faca sob a linha que amarrava os pés de King e a cortou em um só movimento.

– Vá para a popa do barco, Sean. – Ele apertou o cano da arma nas costas do homem para enfatizar a ordem.

– O que você está fazendo, Eddie?

– Apenas completando o círculo, cara, voltando ao ponto de partida. Agora suba na amurada e vire-se de costas para mim.

– Você vai atirar em mim aqui ou quando eu estiver na água?

Em resposta, Eddie pegou a faca e cortou a linha que prendia os pulsos de King, libertando-o. King olhou para ele com desconfiança.

– Não estou vendo aonde você vai com isso, Eddie.

– Não, você *não está* vendo e não verá, não por mim. – Com um empurrão repentino, Eddie acertou King com violência no peito com um de seus antebraços maciços. King voou para trás por sobre a água e tombou de cabeça em direção ao fundo.

Eddie correu de volta para a cabine de pilotagem, empurrou o acelerador de mão para frente e a FasTech disparou antes que King sequer tivesse uma chance de chegar à tona.

Quando, afinal, ele subiu, viu a FasTech fazer um círculo e rumar de volta em sua direção.

King se virou e começou a nadar se afastando. Por que o canalha não o havia baleado e acabado assim? Por que atropelá-lo com o barco? À medida que a FasTech se aproximava dele, King quase podia sentir os propulsores maciços cortando sua carne, tingindo a água do lago de vermelho com seu sangue.

No último instante, o barco se desviou e passou por ele. Eddie gritou:

– Obrigado por ter me perguntado sobre meu irmão, Sean. Isso acabou de lhe salvar a vida. Trate de vivê-la bem.

O barco se afastou rugindo, rapidamente se transformando num minúsculo ponto antes de desaparecer completamente na escuridão.

King gritou:

– Sylvia! Sylvia! – mas era inútil. Ele se virou, olhou ao redor e finalmente se deu conta de por que o lugar que o cercava lhe parecia tão familiar. O embarcadouro para onde agora estava olhando era o *seu* embarcadouro. Estavam na enseada de sua casa! E lá estava seu *jet-boat* em sua vaga.

Mesmo assim, a FasTech já desaparecera. Como poderia ele encontrá-los a tempo?

E então ele teve um clarão de compreensão, sobre o que Eddie dissera. *Completando o círculo. Ele está voltando ao ponto de partida.*

King nadou em direção ao embarcadouro com toda a força que tinha.

CAPÍTULO

97

MICHELLE ESTAVA VOANDO através da escuridão no Sea Ray, seguindo em direção à casa de Sylvia quando Williams chegou junto a ela.

– A ligação em seu telefone caiu – disse ele desanimado.

– Provavelmente foi a tempestade.

– É, provavelmente – respondeu.

Ela olhou para o céu.

– Não vejo nenhum helicóptero.

– Que droga, Michelle, com este tempo? O que você esperava? Não se pode arriscar a vida de um monte de gente assim.

– Por que não? Passei nove anos de minha vida fazendo isso no Serviço Secreto.

– Ora, vamos, estamos fazendo tudo o que podemos...

– O que é isso? – perguntou ela subitamente.

– O que é o que?

– É o telefone! – gritou ela. – Meu telefone, onde está?

– Lá no banco.

– Assuma o comando.

Ela agarrou o telefone e apertou o botão de resposta. Seu coração pulou quando ouviu a voz dele.

– Michelle, conseguiu ouvir alguma coisa ao telefone?

– Consegui e Todd e eu estamos no barco seguindo para a casa de Sylvia agora, neste instante. Ligamos para todo mundo.

– Escute, Eddie ainda está com Sylvia. Ele está seguindo para a enseada, abaixo de onde o primeiro corpo foi encontrado. Sabe onde fica?

– Sei.

– Estou em meu barco indo para lá agora.

Michelle correu até a cabine de pilotagem com o telefone apertado na orelha, agarrou a direção e mergulhou o Sea Ray numa tremenda curva, inclinando seu convés até ficar quase perpendicular à água. Williams caiu novamente.

– Estou a caminho. Dez minutos. Mandaremos todo mundo para lá. Ah, e Sean?

– Sim?

– Obrigada por estar vivo.

Eddie apontou a proa bem para o círculo de argila vermelha que se projetava para fora da enseadinha em que estava, desligou os motores e inclinou o FasTech para parar em cima dele. Começou a abrir a porta da cabine.

– OK, doutora, vamos.

O jato de líquido do extintor de incêndio o acertou bem no rosto. Ele cambaleou para trás e foi golpeado na cabeça com o recipiente de metal. Cego, ele agarrou o rosto nas mãos e caiu de joelhos. Mas percebeu que Sylvia passava correndo por ele, tentou agarrá-la e a fez tropeçar num de seus braços.

– Afaste-se de mim, seu canalha, afaste-se de mim – berrou ela.

Eddie limpou o rosto com a mão, os olhos ardendo loucamente. Ele a agarrou pela nuca da blusa, a levantou completamente no ar e a atirou na costa dura de argila, onde ela aterrissou com uma pancada surda e ficou imóvel.

Abriu um armário de materiais e tirou a machadinha de cabo curto, saltou para fora do barco pela proa e seus pés bateram em terra. Vadeou mais para dentro da água e mergulhou o rosto abaixo da superfície para limpar a porcaria que ela havia disparado em cima dele. Levantou-se, olhou para o lago e para os raios crepitando ao longe, respirou fundo, se virou e caminhou de volta para junto dela.

– Levante-se.

Sylvia não disse nada.

– Eu disse para se levantar. – Ele reforçou a ordem enfiando-lhe um bico de pé nas costelas.

– Acho que meu braço está quebrado – choramingou ela.

– Qual deles?

– O esquerdo.

Ele estendeu a mão para baixo, agarrou-lhe o braço esquerdo e a pôs de pé enquanto ela urrava de dor.

– Seu maldito canalha, você está me matando!

– É isso mesmo. Estou. – Ele a arrastou para a floresta.

O barco de King voou através da água. Olhou rapidamente para trás e viu o piscar de luzes a cerca de quinhentos metros mais atrás. Ligou o telefone, que, de alguma forma, havia sobrevivido ao mergulho na água.

– É você que vem logo atrás de mim? – perguntou.

Michelle respondeu.

– E me aproximando rapidamente.

King reduziu a velocidade do barco enquanto manobrava para entrar na enseadinha estreita. Tão logo viu o FasTech encalhado, apagou as luzes de navegação.

– OK – disse ao telefone –, parece que eles estão fora do barco.

A lancha de cruzeiro de Michelle apareceu na embocadura da enseadinha. Ela desacelerou o motor, apagou as luzes e, com o motor em ponto morto, costeou o barco na água rasa posicionando-o ao lado do *jet-boat.*

– Você está armado? – gritou para King.

Ele levantou a pistola:

– Dei uma passada em meu barco antes de sair.

Michelle e Todd apanharam as lanternas na cabine do Sea Ray e os três desembarcaram de seus barcos e vadearam até a costa, as pistolas apontadas para a FasTech, para o caso de Eddie estar à espera, de tocaia.

Dando cobertura uns aos outros, revistaram rapidamente a lancha e não encontraram nada, exceto um extintor de incêndio vazio.

Seguiram para a costa e depois para dentro da floresta.

– Vamos nos separar – disse King –, mas nos manter em contato visual. Nada de luzes por enquanto, senão ele poderia nos acertar com facilidade.

Com um estrondo, um raio acertou o morro defronte deles com tamanha força que o solo pareceu tremer.

– Se os malditos raios não acabarem conosco antes – resmungou Williams.

Eles avançaram com cuidado até a crista do morro e olharam para além.

– A pouco menos de duzentos metros e para a direita, está o lugar onde o primeiro corpo foi encontrado, se não estou enganado – sussurrou King.

– Mais ou menos isso – concordou Michelle.

– Vamos avançar devagar e com calma – disse Williams. – Este sujeito é esperto como o diabo. Não quero acabar como Chip...

O grito de Sylvia acertou todos eles bem na boca do estômago.

King disparou pela encosta abaixo, Michelle em seus calcanhares e Williams rosnando na retaguarda.

CAPÍTULO

98

– Por favor, pelo amor de Deus, não faça isso. – Sylvia estava de joelhos, o rosto apoiado contra um toco podre de árvore, com o joelho de Eddie apoiado no meio de suas costas, mantendo-a em posição.

– Por favor – ela continuou a gemer. – Por favor.

– Cale a boca!

– Por que você está fazendo isso? Por quê?

Ele enfiou a pistola no cinto de ferramentas que havia posto no barco e tirou um capuz preto de dentro da roupa de mergulho. Enfiou o capuz na cabeça, ajustando as aberturas para os olhos de modo que pudesse ver. Não era o capuz com o círculo e retículo que a polícia havia confiscado, mas serviria muito bem para aquela execução improvisada.

Ele levantou o machado numa das mãos fortes.

– Últimas palavras?

Sylvia estava quase inconsciente de dor e medo. Ela começou a balbuciar alguma coisa.

Eddie gargalhou.

– Você está rezando? Merda! Muito bem, teve a sua chance.

Ele ergueu o machado acima da cabeça. Contudo, antes que pudesse descê-lo sobre o pescoço de Sylvia, o cabo do machado explodiu.

– Belo tiro, Maxwell – murmurou Williams enquanto eles avançavam correndo.

Se pensavam que Eddie simplesmente se renderia, logo viram que este não era o caso.

Ele saltou para o lado, afastando-se o suficiente para alcançar um declive íngreme, rolou e escorregou descendo até o fundo. Num instante, estava de pé e saiu correndo.

King correu para Sylvia e a tomou nos braços.

– Está tudo bem, Sylvia – sussurrou com delicadeza. – Você está salva.

Houve um lampejo de movimento.

– Michelle! – berrou King. – Não!

Ela havia ultrapassado a crista e rolado pela encosta até o fundo. Pondo-se de pé tão depressa quanto Eddie, disparou atrás dele.

– Droga! – berrou King. Ele passou Sylvia para Williams e correu atrás de sua parceira.

Enquanto King corria, só conseguia saber para onde estava indo quando a escuridão total era iluminada por relâmpagos. Ou quando ouvia o estrépito de passadas adiante.

– Por que você está fazendo isso? – berrou para Michelle, apesar de saber que ela não poderia ouvi-lo.

Depois de ter passado a última hora com Eddie Battle, não tinha nenhum desejo de um dia tornar a se aproximar do homem a menos que ele estivesse atrás de grades com doze guardas cercando-o. E, talvez, nem mesmo assim.

Parou subitamente porque os sons mais adiante haviam cessado.

– Michelle? – sibilou. – Michelle? – ele empunhou a pistola e a girou em arcos, periodicamente olhando por cima do ombro, para o caso de Eddie ter circulado para trás ao seu redor para tentar apanhá-lo pelas costas.

Mais adiante, Michelle estava de olhos cravados num aglomerado de arbustos com grande intensidade. Ela baixava o olhar rapidamente de tempos em tempos para ver se a minúscula luz vermelha estava dançando sobre seu corpo. Enfiou o cano da arma através de uma pequena fenda no arbusto de azevim atrás do qual estava escondida e separou ligeiramente os galhos. Houve um ligeiro movimento à sua direita, mas era apenas um esquilo.

Ouviu um ruído atrás de si e girou rapidamente.

– Michelle?

Era King, mas a cerca de seis metros de distância. Ele havia seguido por um caminho diferente e estava separado dela por uma parede de espinheiros.

– Fique recuado – disse por entre os dentes cerrados. – Ele parou bem ali adiante.

Ela se virou e esperou. O clarão de um relâmpago; aquilo era tudo de que ela precisava. Moveu-se cautelosamente ao redor do arbusto, recuou um pouco e, então, lentamente foi avançando para o lado e para frente com o objetivo de sair atrás de Eddie.

O clarão de um raio. Ela ouviu o ruído à sua direita. Girou sobre si mesma e disparou no mesmo instante. Houve uma explosão à sua frente enquanto uma faísca de luz incandescente explodia por um instante e então desaparecia.

Ela não podia saber, mas ao mesmo tempo Eddie tinha feito um círculo ao redor dela e havia disparado exatamente no mesmo instante em que ela. Contra chances de provavelmente um bilhão para uma, as duas balas haviam colidido, causando a faísca explosiva que ela vira.

Eddie a acertou abaixo da cintura e, com violência, tirou-lhe o fôlego, antes de derrubá-la quase que de cara no chão. Era uma manobra de luta quase que elementar. Lama, folhas e galhos foram empurrados tão fundo para dentro de sua boca que ela mal podia respirar. Michelle contorceu o corpo de um lado para o outro e tentou chutá-lo, mas ele estava em cima dela, imobilizando-a. Era inacreditavelmente forte; ela não podia nem chegar perto de se libertar daquele punho de ferro com seus dedos; era como uma criança tentando escapar do pai. Ela tentou se levantar, mas não tinha nem de longe força necessária para fazê-lo, com os mais de cem quilos cerrados ao redor dela.

Droga. Ela cuspiu a porcaria que lhe enchia a boca. Se ao menos conseguisse empurrá-lo e afastá-lo, poderia acertá-lo com golpes estonteantes, com os pés, que poderiam lhe dar uma chance. Mas ele simplesmente era forte demais. Ela sentiu a mão se cerrar ao redor de sua garganta enquanto ele mantinha a outra imobilizando-lhe os braços. Michelle debateu-se com violência tentando obrigá-lo a soltá-la, mas não tinha ponto de apoio. Tentou gritar, mas não conseguiu. Começou a perder o foco, seu cérebro parecia pesado, seus membros começaram a se contorcer.

Será que isto é o fim? É isto?

E então tudo se relaxou. O peso foi retirado. Ela estava livre e Michelle teve certeza de que tinha morrido nas mãos de Eddie Lee Battle. Ela se virou para ver o rosto dele olhando para ela, sorrindo do que acabara de fazer.

Só que ele não estava olhando para ela. Ela se sentou, arrastou-se correndo para longe dele e só então viu para o que ele olhava tão fixamente.

King estava parado ali. As duas mãos no punho e gatilho de sua pistola, a arma apontada diretamente para Eddie, que agora recuava um pouco. As roupas de King estavam esfarrapadas e o rosto e as mãos ensangüentados nos lugares onde havia lutado contra os espinheiros para alcançá-los.

– Eu não a teria matado, Sean.

King estava tremendo de raiva.

– Sei, certo, seu canalha.

Eddie continuou a recuar, as mãos ao alto.

– Mais um passo e vai levar uma entre os olhos, Eddie.

Eddie parou, mas começou a baixar as mãos.

Michelle se levantou e olhou ao redor, procurando sua pistola.

– Olhe, Sean, vá em frente e atire – disse Eddie cansadamente. – Poupe um bocado de dinheiro para o estado em vez de ter que me abrigar no corredor da morte.

– Não vai ser desta maneira com que vamos fazer.

– Por favor, faça, Sean. Estou acabado. Não tenho mais nada.

– Você vai conseguir. Não tenha medo.

– Acha que sim?

– De fato, aposto que você...

– Que diabo, se diz que aposta...

Eddie saltou, a mão deslizando para as costas; ele sacou a pistola.

Michelle gritou.

O tiro foi disparado.

King se aproximou e olhou para Battle caído no chão. Chutou a pistola para longe e olhou fixamente para o sangue que jorrava do ombro de Eddie, onde a bala o acertara antes de sair pelas costas do homem.

– Desta vez eu ganhei a aposta, Eddie.

Eddie sorriu debilmente para ele:

– Só errou por um tico, cara. Só um tico.

CAPÍTULO

99

Eddie Battle se declarou culpado de todos os assassinatos que cometera. Em troca de plena cooperação com as autoridades e de responder a todas as perguntas e porque havia alguma dúvida sobre sua estabilidade mental, seus advogados conseguiram um acordo que o enviaria para a prisão sem a possibilidade de jamais tornar a ser libertado. Houve reações imediatas de todos os lados. Ativistas a favor da pena de morte marcharam nas ruas de Wrightsburg. Houve exigências de *impeachment* do governador, dos promotores e do juiz responsável pelo caso. A família Battle – pelo menos o que restava dela – viu-se inundada por ameaças de morte. Previa-se que Battle, qualquer que fosse a prisão de segurança máxima para onde fosse mandado, estaria morto em menos de um mês.

King não havia acompanhado grande parte disso. Depois de balear Eddie, ele havia ajudado a carregá-lo e a carregar Sylvia para os barcos em que tinham sido levados para o hospital. Ambos haviam se recuperado plenamente, embora King duvidasse de que Sylvia jamais seria a mesma depois de sua experiência aterradora.

Que diabo, eu nunca poderia ser o mesmo, pensou King.

Havia feito longos passeios em seu barco, refazendo à luz do dia o percurso que havia coberto naquela noite medonha. Ele e Michelle tinham conversado a respeito daquela noite, mas na maioria das vezes ele evitava o assunto. Ambos sentiam-se bastante esgotados. Contudo, ela fora efusiva em seus agradecimentos por tê-la salvado.

Michelle sempre sacudia a cabeça ao se recordar daquilo.

– Nunca tinha me sentido tão impotente e indefesa daquela maneira antes, Sean. Nunca havia encontrado um homem tão forte. Era como se ele estivesse possuído por alguma coisa que não era deste mundo.

– Creio que estava – respondeu King.

Tudo isso havia trazido King de volta ao lugar onde estava naquele momento, sentado diante de sua escrivaninha e se perguntando o que Eddie quisera dizer com suas últimas palavras enquanto jazia sangrando naquele morro.

– Só errou por um tico, cara. – Aquelas seis palavras martelavam em sua cabeça e ele não conseguia se livrar delas. Finalmente, se levantou da mesa e se dirigiu até a casa dos Battle. Remmy estava em casa, disse-lhe Mason.

Havia várias malas empilhadas no vestíbulo.

– Alguém vai viajar? – perguntou King.

– Savannah aceitou um emprego no exterior. Vai partir hoje.

Sorte dela, pensou King, enquanto Mason o conduzia pelo corredor.

Remmy parecia uma versão muito pálida de si mesma. Estava bebericando sua xícara de café. King tinha certeza de que, na verdade, nove décimos eram bourbon.

– Soube que Savannah está de mudança – disse ele depois que Mason os deixou a sós.

– Sim, mas ela disse que poderia voltar para o Natal – disse a mãe esperançosa.

Ou não, pensou King.

– Dorothea saiu da clínica de desintoxicação?

– Saiu. Está de volta, morando aqui ao lado. Vou ajudá-la com os problemas financeiros.

– É bom saber disso. Não há nenhum motivo para não usar bem seu dinheiro. E ela faz parte da família. A polícia não suspeita mais de que estivesse envolvida na morte de Kyle?

– Não creio que suspeitem. Duvido que algum dia consigam solucionar o crime.

– Nunca se sabe.

Nenhum dos dois disse uma palavra sobre Eddie. De todo modo, o que havia a dizer?

King estava ansioso para ir embora, então decidiu ir direto ao assunto.

– Remmy, eu vim aqui para lhe fazer uma pergunta. É sobre um antigo empregado seu, Billy Edwards?

Ela olhou para ele espantada.

– O mecânico?

– Isso mesmo.

– Qual é a pergunta?

– Preciso saber a data exata em que foi embora.

– Os registros da folha de pagamento lhe dirão isso.

– Estava com a esperança de que me dissesse isso. – Ele olhou para ela com expectativa.

– Quer vê-los agora?

– Agora mesmo.

Quando ela voltou com os livros, King havia se virado para ir embora, mas então alguma coisa o fez parar.

Baixou o olhar fixo para a meticulosamente bem arrumada e bem vestida Remmington Battle, sentada ali numa bela cadeira antiga, a epítome da grande dama aristocrata sulista.

Ela levantou o olhar rapidamente para ele.

– Mais alguma coisa? – perguntou friamente.

– Valeu a pena?

– Valeu a pena o quê?

– Ser a esposa de Bobby Battle. Valeu a pena perder seus dois filhos?

– Como ousa! – retrucou ela asperamente. – Você se dá conta do inferno por que passei?

– Sim, também tem sido realmente muito fácil para mim. Por que não tenta responder a minha pergunta?

– Por que deveria? – retrucou.

– Considere como um gesto de generosidade para uma senhora digna e refinada.

– Seu sarcasmo não significa nada para mim.

– Então deixe-me explicar sem rodeios. Bobby Jr. era seu filho. Como pôde simplesmente deixá-lo morrer?

– Não foi assim! – disse ela levantando a voz. – Você acha que foi uma escolha tipo isto ou aquilo? Pensa que eu não amava meu filho?

– Palavras são fáceis, Remmy, tomar atitudes é que é difícil. Como enfrentar seu marido? Como dizer a ele que pouco lhe importava onde ele tinha apanhado a doença, mas que *seu* filho iria receber tratamento para ela. Não é nada tão difícil de diagnosticar, mesmo naquela época. Se tivesse tratado o menino com penicilina, as probabilidades seriam muito boas de que tivesse seus *dois* filhos presentes em sua vida agora. Você alguma vez pensou a respeito do assunto nesses termos?

Remmy começou a dizer alguma coisa e então parou. Repousou a xícara de café e cruzou as mãos no colo.

– Talvez eu não fosse tão forte naquela época quanto sou hoje. – King viu o brilho de lágrimas em seus olhos. – Mas eu finalmente tomei a decisão correta. Levei Bobby Jr. a todo tipo de especialistas.

– Mas era tarde demais.

– Sim – disse Remmy baixinho. – E então veio o câncer. E ele simplesmente não tinha condições de lutar. – Ela limpou as lágrimas e estendeu a mão para o café, mas então parou e olhou para ele.

– Todo mundo tem de fazer escolhas na vida, Sean – disse.

– E muita gente faz as escolhas erradas.

Remmy pareceu à beira de um comentário cortante, mas King a interrompeu no ato quando pegou uma fotografia na prateleira e a levantou. Era de Eddie e Bobby Jr. quando crianças. Ela subitamente levou a mão à boca como se para abafar um soluço.

– Bobby era um homem muito diferente logo quando nos casamos. Talvez fosse àquele homem que eu estivesse me agarrando, na esperança de que ele voltasse.

King pôs a foto de volta no lugar.

– Creio que qualquer homem que deixe seu próprio filho morrer sem levantar a mão para salvá-lo não é um homem por quem valha a pena esperar.

Ele se retirou sem olhar para trás.

Quando King saiu da casa, viu um motorista pondo as malas de Savannah num sedã preto. Savannah saltou do carro e se aproximou de King.

– Eu queria ver você antes de partir – disse ela. – Ouvi parte do que disse à minha mãe. Não estava tentando ouvir a conversa, estava apenas passando.

– Francamente, não sei se sinto pena dela ou se a detesto.

Ela olhou fixamente para a casa:

– Ela sempre quis ser a matriarca desta grande família sulista. Sabe como é, uma espécie de dinastia.

– Parece que não conseguiu – comentou King.

Savannah o encarou:

– Esta é a questão... creio que ela se obrigou a acreditar que *tinha* conseguido. Ela odiava meu pai em particular e ao mesmo tempo o idolatrava em público. Ela amava seus filhos e ao mesmo tempo os sacrificou para preservar seu casamento. Não faz nenhum sentido. Tudo que sei é que estou indo embora para bem longe. Vou passar os próximos dez anos tentando entender. Mas vou fazê-lo à distância.

Ele se abraçaram e King segurou a porta aberta do carro para ela.

– Tudo de bom, Savannah.

– Ah, Sean, por favor diga a Michelle que eu agradeço por tudo que ela fez.

– Pode deixar.

– E diga a ela que segui seu conselho sobre a tatuagem.

King olhou para ela inquisitivamente, mas não disse nada. Acenou enquanto o carro se afastava.

King dirigiu até o *Wrighsburg Gazette* e, sem perceber, sentou-se diante da mesma máquina de microfichas que Eddie na noite em que havia arrombado o prédio do jornal.

King fez correr o rolo de números atrasados até encontrar a data que estava procurando, o dia em que Edwards fora mandado embora. Não encontrou o que estava procurando. Então lhe ocorreu que poderia ter acontecido tarde demais para entrar na edição do dia seguinte. Avançou para um dia depois disso. Era notícia de primeira página. Leu a história cuidadosamente, se recostou e, então, apoiou a cabeça sobre o tampo da mesa enquanto sua mente começava a se esgueirar para áreas que eram realmente inconcebíveis.

Quando tornou a se levantar, observou a parede em que Eddie havia escrito. Tinha sido limpa, mas ainda havia resquícios da palavra que ele escrevera ali.

TEAT

Alguns dias antes, havia brincado com várias combinações da palavra: *teta, teste, texto*. Nada parecia funcionar. Contudo, não acreditava que Eddie tivesse escrito a palavra se não fosse importante.

King tirou o disco de decodificação do bolso e brincou com ele. Por algum motivo, tinha dado para andar com ele no bolso. De longa data, se havia descoberto que análise freqüente podia decifrar um código criptográfico de complexidade razoável. O método era simples. Algumas letras do alfabeto ocorrem com muito mais freqüência que outras. E a letra que ocorre com muito mais freqüência que outras é o *e*. Esta descoberta tinha dado aos criptografistas decodificadores de escrita cifrada uma vantagem por algum tempo, até que os criadores de escrita codificada mais uma vez tinham conseguido derrotá-los, séculos depois.

King girou o anel externo do disco de cifragem até que a letra *e* estivesse alinhada com a letra *a*. Um tico fora. Olhou para a parede e, no olho de sua mente, trocou uma letra: o *a* por um *e*. Agora lia-se:

TEET

Aquilo também não fazia nenhum sentido. O que era um ou uma *teet*? Como tentativa com pouca possibilidade de êxito, saiu de lá e voltou para seu escritório, ligou o computador e, com uma ferramenta de busca na Internet, digitou a palavra *teet*, e, só para ver, a palavra *crime*. Provavelmente, as respostas vão ser todas lixo, pensou. Contudo, quando olhou para a primeira listagem, ele subitamente ficou atento.

– Ah, meu Deus – disse. Leu tudo o que estava lá e se recostou na cadeira. Passou a mão na testa: estava úmida de suor, seu corpo inteiro estava. – Ah, meu Deus – disse novamente.

King se levantou devagar. Estava satisfeito por Michelle estar fora. Não teria podido encará-la. Não naquele momento.

King tinha que rastrear e confirmar algumas coisas, só para ter certeza. E então, simplesmente, teria que encarar os fatos. Sabia que seria uma das coisas mais difíceis que jamais tivera que fazer.

CAPÍTULO

100

Dois dias mais tarde King parou no estacionamento e saltou do carro. Entrou no prédio de escritórios, perguntou por Sylvia e foi encaminhado a seu consultório.

Ela estava sentada à mesa do consultório médico, com o braço esquerdo numa tipóia. Levantou a cabeça e sorriu, então deu a volta e o abraçou.

– Você já está se sentindo humano? – perguntou ela.

– Estou chegando lá – respondeu ele baixinho. – Como vai o braço?

– Quase bom.

Ele se sentou diante dela enquanto Sylvia se empoleirava na ponta da escrivaninha.

– Quase não tenho visto você ultimamente.

– Tenho andado meio ocupado – respondeu ele.

– Tenho duas entradas para uma peça em Washington no próximo sábado. Seria atrevido demais de minha parte perguntar se quer ir comigo? Quartos de hotel separados, é claro. Você estará perfeitamente seguro.

King lançou um olhar rápido para o cabide de casacos. O casaco de mulher, suéter e sapatos estavam bem arrumados no cabide ou ao lado dele.

– Alguma coisa errada, Sean?

Ele olhou de volta para ela.

– Sylvia, por que você acha que Eddie veio atrás de nós?

A atitude dela mudou imediatamente.

– Ele é maluco. Nós ajudamos a acabar com ele. Ou, pelo menos, você ajudou. Ele odiava você por isso.

– Mas ele me libertou. E ficou com *você*. Estava com você deitada sobre um toco de árvore, pronto para cortar sua cabeça. Como um carrasco.

O rosto dela se contorceu furioso.

– Sean, o homem já havia matado nove pessoas, a maioria ao acaso.

Ele tirou um pedaço de papel do bolso e o entregou a ela. Sylvia tornou a se sentar atrás da escrivaninha e o leu devagar.

Levantou a cabeça.

– É o artigo de jornal sobre a morte de meu marido.

– Ele foi vítima de um atropelamento em que o motorista fugiu, o caso nunca foi solucionado.

– Sei muito bem disso – disse Sylvia friamente, empurrando o papel de volta para ele. – E daí?

– E daí que na mesma noite em que George Díaz foi morto, o Rolls-Royce de Bobby Battle foi danificado. No dia seguinte, o Rolls-Royce havia desaparecido, assim como o mecânico que cuidava da coleção de Bobby.

– Você está dizendo que este mecânico matou meu marido?

– Não, estou dizendo que Bobby Battle o fez.

Ela olhou para ele atordoada.

– Por que diabo ele faria isso?

– Porque estava vingando você. Vingando a mulher que ele amava.

Sylvia se levantou, os dedos cravados no tampo da mesa.

– Que diabo você está tentando fazer aqui?

Então foi a atitude de King que mudou. Ele chegou para frente na cadeira.

– Sente-se, Sylvia, tenho muito mais a dizer.

– Eu...

– Sente-se!

Ela se deixou cair lentamente de volta na cadeira, sem em nenhum momento tirar os olhos dele.

– Você me disse numa ocasião que tinha visto Lulu Oxley no ginecologista que tratava vocês duas. Insinuou que ela havia trocado de médico. Mas ela não trocou de médico. Você, sim.

– E isto é crime?

– Vou chegar aí. Consegui o nome de seu novo ginecologista com seu antigo médico e então fui visitar seu novo ginecologista. Ela trabalha lá em Washington. Por que tão longe, Sylvia?

– Isto não é de sua conta.

– Quando você fez aquela operação, há três anos e meio, seu marido fez a cirurgia. Ele era o melhor, você disse. Só que ele tinha um outro plano secreto quando a operou. Descobri isso depois de conversar com um cirurgião amigo meu que me disse que o procedimento para corrigir o rompimento de um divertículo é um dos muito poucos que permitiriam ao cirurgião fazer alguma coisa "extra" na região pélvica que muito provavelmente não seria percebida por ninguém que estivesse assistindo a ele.

– Será que você, por favor, poderia ir direto ao ponto?! – exclamou ela.

– Eu sei, Sylvia.

– Sabe o quê? – retrucou ela furiosa.

– Que foi feita uma ligação das trompas em você sem seu conhecimento, que a deixou estéril.

Houve um longo silêncio.

– Você não sabe do que está falando...

King a interrompeu:

– George Díaz sem dúvida corrigiu sua diverticulite e operou seu cólon, mas ao mesmo tempo ele também ligou suas trompas. E ele o fez de propósito. Você não podia voltar a seu antigo ginecologista com aqueles pontos em suas trompas: como poderia explicá-los? Por isso, foi a uma nova médica, provavelmente, com histórico médico falso, e ela os removeu. Eu fui consultá-la com uma história inventada sobre minha "esposa" e seu problema de trompas. Disse-lhe que você a havia recomendado porque ela havia feito um trabalho maravilhoso com você. Devido às restrições impostas pela confidencialidade, ela não pôde me dizer muita coisa, mas disse apenas o suficiente para confirmar minhas suspeitas. E o dano era irreversível, não era? Você nunca teria filhos.

– Seu canalha, como você ousa...

King a interrompeu de novo:

– Seu marido descobriu que você e Bobby eram amantes. Caiu pelo velhote exatamente como centenas de outras antes de você. E George se vingou de sua infidelidade. E então você quis a sua vingança. – Ele pegou a foto de George Díaz sobre a escrivaninha e colocou com a face virada para o tampo. – Não precisa mais manter a fachada da pobre viúva sofredora e inconsolável para mim.

– Eu estava deitada numa cama de hospital quando George foi morto!

– Isso mesmo. Mas aposto que seu marido lhe contou o que tinha feito. Ele desejaria que você soubesse como ele havia se vingado de sua traição. E você ligou para Bobby e contou tudo a ele. E ele pegou seu Rolls-Royce, foi até sua casa, viu Díaz sair para uma caminhada e acabou com ele. De início, pensei que Bobby tivesse forçado a esposa de Roger Canney a sair da estrada e a tivesse matado, porque a morte dela também ocorreu por volta da época em que George foi morto. Mas o caso dela foi um simples acidente de automóvel. A morte de seu marido foi homicídio.

– Isso é tudo conjetura. E, mesmo se tivesse acontecido como você diz, não fiz nada de errado. Mal nenhum. Nada.

– O mal que você fez veio depois. Porque você matou Bobby Battle ao injetar uma dose letal de cloreto de potássio na bolsa da solução intravenosa.

– Saia de meu consultório.

– Irei quando tiver acabado o que tenho a dizer – retrucou ele.

– Primeiro você diz que eu sou amante do homem e depois, que sou a assassina dele. Que possível motivo teria eu para matá-lo?

– Você temia ser exposta – respondeu King com simplicidade. – No mesmo dia em que ele foi morto, nós vimos você na casa de Diane Hinson. Michelle lhe contou que Bobby estava consciente, mas que estava falando coisas sem nexo, gritando o nome de pessoas, dizendo coisas, totalmente incoerente. Você ficou apavorada que ele dissesse seu nome, falasse sobre o relacionamento de vocês. Então tudo viria à tona. Talvez ele já tivesse largado você nessa altura. De modo que talvez você não devesse nada a ele. Não tenho certeza quanto a isso, mas tenho certeza de que foi lá e o matou. Para uma médica, seria possível. Você conhecia a rotina do hospital. Injetou o veneno na bolsa e não no tubo e deixou a pena e o relógio porque queria que o assassinato fosse atribuído ao outro assassino. Foi muito rápida em apoiar minha teoria de que um membro da família teria matado Bobby. Mas cometeu um erro. Você não tirou nada do quarto de hospital dele. Aqueles objetos roubados de outras vítimas, a medalha de são Cristóvão e o resto não foram revelados ao público nem a você. Portanto, não sabia que deveria copiar este detalhe.

Sylvia sacudiu a cabeça.

– Você está maluco. Está tão louco quanto Eddie Battle, sabe disso? E imaginar que eu estava querendo reatar nosso namoro.

– Pois é, eu também. Creio que tenho um bocado de sorte.

O rosto dela se contorceu de forma medonha.

– Está bem, você já disse o que queria, agora saia daqui. E, se repetir uma palavra disso, eu o processarei por calúnia.

– Ainda não acabei, Sylvia.

– Ah, ainda tem mais conversa de doido a caminho?

– Muito mais. Você também foi a pessoa que roubou a casa dos Battle.

– Você simplesmente não pára, não é?

– Bobby provavelmente tinha lhe dado o código de acesso e uma chave. Junior tinha feito obras em sua casa, você nos contou isso. Conseguiu o material para incriminá-lo com muita facilidade e quem melhor para forjar uma digital que uma médica-legista? Não tenho certeza de como fez isso, mas sei que, para uma pessoa experiente, é possível.

– Por que eu iria roubar a casa deles? O que eu iria fazer com a aliança de casamento de Remmy?

– Você estava pouco se lixando para a aliança! Havia uma outra coisa que você queria. Battle estava em coma no hospital. Não tinha certeza se Remmy sabia da existência do esconderijo secreto de Bobby. Você não tinha nem certeza de que o que queria estivesse lá, mas tinha que ver. Sabia onde ficava a gaveta secreta no closet de Bobby, mas não sabia como abri-la e teve que arrombá-la. Evidentemente, alguém iria ver aquilo, então arrombou o closet de Remmy para parecer um roubo e plantou as pistas para incriminar Junior. Você provavelmente soube por Bobby que Remmy tinha um compartimento secreto em seu closet, mas ele não conhecia a localização exata. Foi por isso que teve que arrebentar tudo enquanto procurava.

– E o que exatamente eu teria roubado?

– Uma fotografia de você e Bobby juntos. Algumas das letras da parte de trás do papel Kodak passaram para a gaveta. Ele poderia ter contado a você que a guardava ali. De qualquer maneira, você tinha que recuperá-la. Porque, se ele morresse e a foto fosse descoberta, as pessoas poderiam começar a juntar as peças a respeito da morte de seu marido. E, mesmo que não fosse responsável por aquilo, ninguém acreditaria em você. E talvez tenha parecido um bocado irônico acabar com a aliança de casamento de Remmy. Alguma vez a usou no isolamento de sua casa?

– OK, agora chega! Saia daqui! Já!

King não se moveu.

– E você tinha realmente que matar Kyle? Por quê? Ele estava tentando fazer chantagem?

– Eu não o matei. Ele estava me roubando!

King olhou de esguelha para o cabide.

– Você estava fazendo a autópsia de Hinson na noite em que Battle foi morto. Disse que Kyle tinha vindo ao necrotério naquela noite, mas não mencionou que o tinha visto ou falado com ele, apenas que ele havia acessado a porta e que isto estava gravado no registro de segurança.

– Eu não o vi. Estava nos fundos trabalhando em Hinson.

– Não por volta das dez horas, não estava. E isto foi provavelmente o que Kyle viu, ou, para ser mais preciso, *não viu*. – Ele apontou para as coisas meticulosamente arrumadas no cabideiro. – Seu casaco, sapatos e outros objetos, você *sempre* os coloca lá quando está aqui trabalhando. Também é um bocado estranho fazer uma autópsia à noite e sem qualquer assistência ou a presença de uma testemunha, como fez com Hinson. Você atormentou tanto Todd por ter fugido das outras autópsias, mas não o quis na de Hinson, porque precisava estar em outro lugar. A saber, no hospital para matar Bobby durante a troca de turnos das enfermeiras. Fingiu estar doente quando Todd telefonou mais tarde, na noite da morte de Bobby, porque tinha que completar a autópsia de Hinson ou então porque não conseguiu se obrigar a ver o corpo de Bobby tão cedo, logo depois de tê-lo matado.

– Isto é loucura. Eu queria fazer a autópsia o mais depressa possível. O corpo só dará pistas durante um certo período de...

– Guarde o sermão para alguém que esteja interessado – disse King. – Aposto que Kyle juntou tudo isso e tentou chantagear você. Então, você veio me procurar com o fato perfeitamente verdadeiro de que ele estava roubando drogas e vendendo-as e eu lhe disse que falaria com Todd para interrogar Kyle no dia seguinte. Só que, àquela altura, você já o tinha matado. Talvez tenha ido direto depois que acabamos de jantar. E, durante a autópsia, convenientemente, você descobriu indícios suficientes para fazer com que parecesse homicídio. E, é claro, Dorothea estava pronta para levar a culpa, o que tenho certeza de que era a sua intenção. De fato, aposto que a reconheceu no Aphrodisiac e sabia que ela era a cliente das drogas de Kyle.

Ele olhou para ela. Sylvia o encarava com o olhar vago.

– Mas valeu tudo a pena por um monstro como Battle? Valeu, Sylvia? Você era apenas uma em cem. Ele não amava você. Ele não amava ninguém.

Ela pegou o telefone.

– A menos que você saia imediatamente, vou ligar para a polícia.

King se levantou.

– Ah, só para seu conhecimento, foi Eddie quem me deu a pista disso. Ele sabia que você tinha matado o pai dele; era por isso que ia matar você.

– Então agora você dá ouvidos a criminosos condenados?

– Alguma vez já ouviu falar de um sujeito chamado Teet Haerm?

– Não.

– Ele vivia na Suécia. Talvez ainda viva. Foi acusado de matar algumas pessoas nos anos oitenta. Foi preso e condenado, no entanto, mais tarde, a sentença foi revista e ele foi libertado.

– E o que exatamente isto tem a ver comigo? – perguntou ela em tom gelado.

– Teet Haerm era o *médico-legista* da cidade de Estocolmo. Dizem que ele realizou as autópsias de algumas de suas vítimas. Provavelmente, a única ocasião em que isso jamais aconteceu. Pelo menos até agora. Eddie deixou para trás uma pista, só que cometeu um erro de ortografia de propósito. Afinal, ele queria apanhar você primeiro. – Ele fez uma pausa e acrescentou: – Não sei se Teet era culpado ou não, mas sei que você é.

– E não pode provar uma palavra de nada do que disse.

– Você tem razão, não posso – concordou King. – Pelo menos não agora, neste momento. Mas deixe-me lhe dizer uma coisa, doutora, não vou parar de tentar. Enquanto isso, espero que a culpa acabe com a sua vida.

King saiu e fechou a porta com firmeza às suas costas.

CAPÍTULO

101

King e Michelle embarcaram no pequeno avião e voaram para a Carolina do Sul. De lá, viajaram uma hora de carro até a penitenciária de segurança máxima para onde Eddie Battle havia sido transferido e onde passaria o resto de sua vida. Michelle preferiu esperar do lado de fora enquanto King entrou.

Eddie foi trazido com correntes nos pés e nas mãos e cercado por quatro guardas grandalhões, que em nenhum momento tiravam os olhos dele. O cabelo de Eddie estava raspado a zero e havia cicatrizes e ferimentos em seu rosto e antebraços que King sabia terem sido infligidos depois dele ter sido preso. Ele se perguntou quantos outros estariam escondidos sob o macacão. King sentou-se diante de Eddie. Estavam separados por uma placa de dois centímetros e meio de Plexiglas. King já havia sido instruído sobre todas as regras para visitantes, a principal das quais era não fazer movimentos repentinos e nunca, jamais, tentar ter qualquer contato físico com o prisioneiro.

King sabia que não teria nenhuma dificuldade de seguir aqueles procedimentos.

– Eu perguntaria como vai, mas posso ver.

Eddie deu de ombros:

– Não é assim tão mau. O negócio é bastante básico. Matar ou ser morto e eu ainda estou aqui. – Ele encarou King com uma expressão curiosa: – Não esperava ver você de novo.

– Tinha algumas perguntas que queria fazer a você. E depois tinha algo para contar. O que você quer primeiro?

– Me dê as perguntas. Os rapazes por aqui não têm muitas. Passo a maior parte de meu tempo na biblioteca. Me exercitando com pesos, jogando bola ou tentando organizar alguns dos rapazes para formar um time. Porém, eles não me deixam pintar. Acho que têm medo de que eu afogue alguém num balde. Pode mandar.

– Primeira pergunta: foi o derrame de seu pai que fez com que tudo começasse?

Eddie assentiu.

– Tinha andado pensando a respeito daquilo por algum tempo. Não tinha certeza de que teria coragem de fazer de verdade; quando o velho arriou, minha cabeça deu um estalo de repente. Agora ou nunca.

– Segunda pergunta: por que matar Steve Canney? Pensei que o tivesse feito por sua mãe, mas agora sei que não foi.

Eddie se mexeu na cadeira, as correntes chocalhando. Um dos guardas ficou de olho neles. Eddie sorriu e acenou antes de se virar de volta para King.

– Meus pais deixaram meu irmão morrer e meu pai ainda sai, dá umas voltas e tem outro filho com uma puta qualquer. Bem, eu não queria nem precisava de outro irmão. Este moleque Canney cresceu saudável e forte. Este deveria ter sido Bobby. – A voz dele se levantou tornando-se ainda mais alta e agora os quatro guardas estavam de olho nele. King não sabia se sentia mais medo de Eddie ou deles.

– Terceira pergunta: o que fez você matar Junior? De início, pensei que você acreditasse que ele havia roubado sua mãe. Agora sei que não teria se importado com isso. Então por quê?

– Havia um desenho de meu irmão que foi danificado durante o roubo.

– Sua mãe me mostrou.

– Era um desenho de Bobby antes dele ficar realmente doente. – Eddie fez uma pausa e pôs as mãos acorrentadas sobre a madeira diante dele. – Eu é que fiz o desenho. Adorava aquele retrato. E queria que ficasse no quarto de mamãe para ela sempre se recordar do que fizera. Quando o vi todo arrebentado, sabia que mataria quem tivesse feito aquilo. Pensei que Junior tivesse arrombado a casa. Isto foi a sentença de morte dele.

King conteve um calafrio, diante do raciocínio de Eddie para explicar um assassinato, e disse:

– Caso esteja interessado, tudo isso abalou muitíssimo Remmy, embora ela tente não demonstrar.

– Ela teve muita sorte por eu não ter tido coragem para acabar com *ela*.

– Você criou o plano de imitar os famosos assassinos seriais por causa de Chip Bailey?

Eddie sorriu.

– O velho Chippy. Se gabava o tempo todo de quanto era muito mais esperto que todo mundo, de quanto conhecia a respeito de assassinos seriais, seus *modus operandi*. Ele afirmava que seria capaz de capturar o mais esperto deles. Bem, resolvi aceitar este desafio. Creio que os resultados falam por si.

– Se seu pai não tivesse sido assassinado, o que você teria feito?

– Eu o teria matado. Mas antes disso eu iria contar a ele sobre todas as pessoas que tinha matado e por quê. Queria que ele soubesse o que tinha feito. Por uma vez na vida, queria que assumisse a responsabilidade.

– Última pergunta. Por que você levava alguma coisa de cada uma de suas vítimas?

– Para poder plantá-las na casa de Harold Robinson, para jogar a culpa nele. – Ele fez uma pausa, sua testa se franziu e finalmente disse em voz baixa. – Acho que sou igualzinho ao meu pai.

King compreendeu que aquela era de longe a sentença mais dura a que Eddie podia ser condenado e era imposta por ele mesmo. Fora por isso que fizera a última pergunta.

– Então, o que você veio aqui me contar?

King baixou bem sua voz.

– Que você estava certo a respeito de Sylvia. Eu a acusei cara a cara de tudo, mas não tenho como provar nada, embora vá continuar tentando.

– Você entendeu minha pista do "Teet"?

– Entendi.

– Descobri a respeito dele quando fui ao FBI em Quantico, com Chip, certa ocasião. Sylvia se mudou de Wrightsburg, provavelmente para criar uma outra vida sob outro nome.

– Sorte dela.

– Não contei a mais ninguém a respeito disso, nem mesmo a Michelle.

– Acho que não tem importância.

– *Tem* importância sim, Eddie, só que não há nada que eu possa fazer com relação a isso agora. Não tenho nenhuma prova. Ela soube cobrir seus rastros muito bem, mas vou continuar tentando. – King se levantou. – Não voltarei para ver você.

– Eu sei. – Enquanto Eddie começava a se levantar, gritou: – Ei, Sean, você pode dizer a Michelle que eu realmente não a teria machucado naquela noite? E diga que adorei quando dançamos juntos.

A última imagem que King teve do homem foi dele se afastando com o andar arrastado por causa das correntes, cercado pelos guardas. E então Eddie Battle desapareceu. King esperava que fosse para sempre.

Quando ia saindo da penitenciária, King foi detido e um embrulho lhe foi entregue no centro de visitantes. Disseram-lhe apenas que tinha sido enviado por correio para lá e que tinham recebido instruções para guardá-lo para ele. Na verdade, estava endereçado a Michelle. Ele voltou para o carro.

– O que é isso? – perguntou ela.

– É para você. Pararemos para almoçar naquela lanchonete por onde passamos antes e poderá abri-lo.

Na verdade, era apenas um pé sujo cheio de caminhoneiros, mas a comida era gostosa e o café quente. Eles encontraram um lugar perto do fundo e almoçaram.

– Você não quer saber como ele está? – perguntou King.

– Não. Por quê? Ele perguntou por mim?

King hesitou e disse:

– Não, não mencionou seu nome.

– Uma coisa ainda me deixa intrigada – disse ela.

– Verdade, só uma? – King tentou dar um sorriso.

– O que havia no cofre do armário de Remmy que ela queria tanto ter de volta?

– Creio que eram cartas de um certo cavalheiro conhecido dela.

– Então ela *estava* tendo um caso?

– Não, foi um caso de amor não correspondido. O cavalheiro em questão não o admitiria de forma alguma com uma mulher casada. Mas ela queria as cartas dele de volta.

– Eu queria saber quem poderia ter... – Ela parou, os olhos arregalados. – Não...

– Sim – disse King rapidamente. – Sim, mas foi há muito tempo e ele não fez nada de que deva se envergonhar. Simplesmente gostava de uma mulher que demonstrou não merecer isso.

– Deus, isto é tão triste.

Ele a ajudou a rasgar o embrulho. Ambos ficaram sentados olhando fixamente para o objeto.

Era a pintura retratando Michelle de vestido de baile que Eddie havia feito.

King olhou para ela e depois para o quadro, mas não disse nada. Pagaram a conta e saíram. Antes de entrarem no carro, Michelle atirou o quadro na lata de lixo do lado de fora da lanchonete.

– Pronta para ir para casa? – perguntou King enquanto ela embarcava no banco do motorista.

– E como.

Michelle deu partida no carro, acelerou e eles se foram, deixando para trás uma nuvem de poeira.

Fim

AGRADECIMENTOS

A Michelle, é difícil acreditar, décimo livro e a contagem continua. Eu não teria escolhido fazer esta viagem com mais ninguém.

A Rick Horgan, por ter-me ajudado a ver a floresta *e* as árvores quando eu realmente precisava disso.

A Maureen, Jamie e Larry, por tudo o que vocês fazem e por serem amigos tão maravilhosos.

A Tina Andreadis, por ser uma amiga querida e um dos principais motivos pelos quais o público sabe quem eu sou.

Ao resto da equipe da Warner Books, por todo o trabalho duro e apoio. Eu sei que livros não se vendem sozinhos.

A Aaron Priest, por sempre estar presente quando preciso.

A Lucy Childs e Lisa Erbach Vance, por tudo que vocês fazem.

A Maria Rejt, por seus atenciosos comentários editoriais.

À dra. Monica Smiddy, por toda a sua magia de medicina forense. A senhora seria uma excelente professora.

À dra. Marcella Fierro, por pacientemente responder a todas as minhas perguntas e me dar uma visão dos bastidores do Instituto Médico Legal de Richmond.

À dra. Caroline Broome, por fazer com que este autor pareça conhecer muito mais sobre questões de medicina do que na verdade conhece.

A Bob Shule, meu enólogo residente, revisor estelar e grande amigo.

À dra. Alli Guleria e seu marido, dr. Anshu Guleria, por me ajudarem em questões médicas, por me emprestarem seus carros superbacanas para a história e por serem amigos tão maravilhosos. Consultores são fantásticos, não são?

A Jennifer Steinberg, por toda a excelente pesquisa. Ainda não deixei você em apuros, mas continuarei tentando.

A Lynette e Deborah, por tudo que vocês fazem todos os dias para me manter na linha. Sei que não é uma tarefa fácil.

Este livro foi impresso na Editora JPA Ltda.,
Av. Brasil, 10.600 – Rio de Janeiro – RJ,
para a Editora Rocco Ltda.